소립자

소립자
Les Particules élémentaires

미셸 우엘벡 장편소설 이세욱 옮김

LES PARTICULES ÉLÉMENTAIRES
by MICHEL HOUELLEBECQ (1998)

Copyright (C) Flammarion, 1998
Korean Translation Copyright (C) The Open Books Co., 2003

This Korean edition is published by arrangement with Flammarion SA through Shinwon Agency.

이 책은 실로 꿰매어 제본하는 정통적인 사철 방식으로 만들어졌습니다.
사철 방식으로 제본된 책은 오랫동안 보관해도 손상되지 않습니다.

프롤로그	7
제1부 잃어버린 왕국	15
제2부 기이한 계기들	127
제3부 감정의 무한	359
에필로그	411
역자 해설 고통의 근원을 공략하는 독한 풍자	425
미셸 우엘벡 연보	435

프롤로그

이 책은 다른 무엇이기에 앞서 한 남자의 이야기다. 남자는 삶의 대부분을 20세기 후반기에 서유럽에서 살았다. 대개는 혼자였지만, 이따금 다른 사람들과 관계를 맺기도 했다. 그가 태어난 나라는 선진국 대열에서 중·후진국 경제권으로 천천히 그러나 어쩔 수 없이 밀려나고 있었다. 그와 같은 시대를 살았던 사람들은 가난의 위협에 시달리기 일쑤였을 뿐만 아니라, 외로움과 괴로움 속에서 평생을 보냈다. 사랑이라든가 정이라든가 인류애 같은 감정들은 상당한 정도로 사라진 뒤였다. 그의 동시대 사람들은 대개 서로 무관심하거나 냉정했다.

그 남자 미셸 제르진스키가 실종되었을 때, 누가 보기에도 그는 최고 수준의 생물학자였다. 그래서 사람들은 노벨상에 관한 이야기가 나올 때마다 진지하게 그를 떠올렸다. 하지만 그가 진정 중요한 사람이라는 사실은 세월이 조금 더 지나서야 알려지게 된다.

제르진스키가 살았던 시대에, 사람들은 대체로 철학을 어떠한 실제적 중요성도 없는 것으로, 심지어는 대상조차 없는 것으로 생각하였다. 그러나 사실 어떤 시대에 한 사회의 구성원들이 어떤 세계관을 가장 널리 받아들이고 있는가 하는 것은 대단히 중요한 문제이다. 그 세계관이 그 사회의 경제와 정치와 풍속을 좌우하기 때문이다.

형이상학적 돌연변이, 즉 대다수 사람들이 받아들이는 세계관의 근본적이고 전반적인 변화는 인류 역사를 통틀어 아주 드물게만 나타난다. 예를 들자면, 기독교의 출현이 바로 그런 변화에 해당된다.

형이상학적 돌연변이는 일단 일어났다 하면, 이렇다 할 저항에 부딪히지 않고 궁극적인 귀결에 이를 때까지 발전해 간다. 그러면서 정치·경제 체제며 심미적 판단이며 사회적 위계질서를 가차 없이 휩쓸어 간다. 인간의 어떤 힘도 그 흐름을 중단시킬 수 없다. 그 흐름을 중단시킬 수 있는 것이 있다면, 그것은 새로운 형이상학적 돌연변이의 출현뿐이다.

그런데 언뜻 생각하기에는 형이상학적 돌연변이가 약해진 사회, 이미 쇠퇴의 길에 들어선 사회를 공략할 것 같지만, 실제로는 꼭 그렇다고 말할 수 없다. 기독교가 출현했을 때, 로마 제국은 세력이 정점에 달해 있었다. 최고도의 조직화를 자랑하며 당시에 알려진 세계를 모두 지배하고 있었고, 과학 기술과 군사력에서 다른 나라의 추종을 불허하였다. 그럼에도 로마 제국은 전혀 승산이 없었다. 근대 과학이 등장했을 때, 중세 기독교는 인간과 세계에 대한 완벽한 이해 체계를 구성하고 있었다. 기독교는 국민 통치의 바탕을 이루고 있었고, 학문과 예술을 지배했으며, 전쟁과 평화를 좌지우지하였고, 부의 생산과 분배를 조직하였다. 그럼에도 기독교가 무너지는 것을 막을 수 있는 것은 아무것도 없었다.

세계사에 유례가 없는 새로운 시대를 열게 될 제3의 형이상학적 돌연변이는 여러 가지 점에서 가장 근본적인 것이었다. 미셸 제르진스키는 그 형이상학적 돌연변이의 선구자도

주인공도 아니었다. 하지만 그가 살아가면서 겪은 몇 가지 개인적인 사정 때문에, 그는 가장 자각적이고 가장 명철한 주동자 가운데 하나가 되었다.

우리는 오늘날 완전히 새로운 체제의 지배를 받으며 살고 있다.

세상 모든 것을 엮어 주는 네트워크가 우리 몸을 감싸고, 환희의 빛으로 우리 몸을 적신다.

옛 사람들이 음악을 빌어 이따금 예감했던 것,

그것을 우리는 나날이 실제의 현실에서 경험하고 있다.

옛 사람들이 도달할 수 없는 영역, 절대의 영역에 속한다고 생각하던 것,

그것을 우리는 아주 간단하고 누구나 잘 아는 것으로 생각한다.

하지만 우리는 그 옛 사람들을 경멸하지 않는다.

우리가 그들의 꿈에 빚지고 있다는 것을 알기 때문이다.

그들의 역사를 구성한 괴로움과 즐거움의 얽힘이 없었다면, 우리가 보잘것없는 존재가 되고 말았으리라는 것을 알기 때문이다.

우리는 알고 있다. 그들이 증오와 공포를 겪으며 어둠 속에서 서로 부딪히고 있었을 때, 그들이 조금씩 자기들의 역사를 써나가고 있었을 때, 자기들 마음속에 우리의 이미

지를 품고 있었다는 것을.

    우리는 알고 있다. 그들 마음속 깊은 곳에 그 희망이 없었다면, 그들은 존재하지 않았으리라는 것을.

    그 꿈이 없었다면, 그들은 존재할 수조차 없었으리라.

    이제 우리는 빛 속에 살고 있다.

    이제 우리는 빛을 직접적으로 느끼며 산다.

    햇무리처럼 우리를 둘러싸고 있는 환희 속에서

    빛이 우리 몸을 적시고 우리 몸을 감싼다.

    이제 우리는 생명의 강가에 터를 잡고

    땅거미가 밀려들지 않는 영원한 오후 속에 살고 있다.

    이제 우리는 우리의 육신을 감싸고 있는 빛을 손끝으로 느낄 수 있다.

    이제 우리는 목적지에 도달했다.

    우리는 분리가 지배하는 세계, 우리를 나와 남으로 갈라놓는 사고방식을 뒤로하고,

    새로운 법칙의 지배를 받는

    고요하고도 풍요로운 환희 속에서 유영하고 있다.

    그리하여

    오늘 처음으로,

    우리는 옛 시대가 어떻게 종말을 고했는지 돌이켜 보고자 한다.

제1부
잃어버린 왕국

1

 1998년 7월 1일은 수요일이었다. 제르진스키는 이날부터 휴직에 들어가기로 되어 있었다. 따라서 그는 주 중에 술자리를 갖지 않는 관행을 깨고 화요일 저녁에 조촐한 송별의 자리를 마련하였다. 실험용 배아를 보관하는 냉동 컨테이너들 사이에, 그것들의 덩치 때문에 약간 작아 보이는 브란트 냉장고가 있었다. 보통 화학 약품을 보관하기 위해 사용하는 그 냉장고에 제르진스키는 샴페인 병들을 넣어 두었다.
 열다섯 명에 네 병이면 될 듯 말 듯했다. 될 듯 말 듯하기는 술자리 자체도 마찬가지였다. 사람들을 한자리에 불러 모으는 이유가 그리 절실한 것이 아니라서, 누가 조심성 없는 말 한마디를 하거나 곱지 않은 눈길을 보내기만 해도 모두가 뿔뿔이 흩어져 저마다 서둘러 자기 자동차로 가버릴 염려가 있었다.
 그들은 지하층의 냉방 설비가 갖춰진 한 방에 모였다. 바닥에 하얀 타일이 깔려 있고 독일의 호수들을 홍보하는 포스터로 장식된 방이었다. 사진을 찍자고 제안하는 사람은 아무도 없었다. 가장 먼저 자리를 뜬 사람은 연초에 새로 들어온 젊은 연구원이었다. 턱수염을 기르고 겉보기에 멍청한 느낌을 주는 그 연구원은 주차 문제를 핑계 대며 몇 분 만에 자리에서 빠져나갔다. 남은 사람들 모두가 거북해 하고 있다는 것이 점점 더 분명하게 느껴졌다. 곧 다가올 여름 휴가가 화제에 올랐다. 고향 집에 간다는 사람들도 있었고, 녹색 관광을 하겠다는 축도 있었다. 그들이 주고받는 말들이 허공에서 느릿느릿 부딪혔다. 그들은 이내 헤어졌다.

저녁 7시 30분이 되자 모든 게 끝났다. 제르진스키는 여성 동료 한 사람과 나란히 주차장을 가로질러 걸었다. 기다란 검은 머리에 피부가 새하얗고 젖가슴이 풍만한 그녀는 그보다 나이가 조금 많았다. 십중팔구는 그녀가 그의 뒤를 이어 연구팀을 이끌게 될 터였다. 그녀가 발표한 논문들은 대부분 초파리의 DAF3이라는 유전자에 관한 것들이었다. 그녀는 혼자 살고 있었다.

제르진스키는 자기의 도요타 승용차 앞에 서서 그녀에게 미소를 지으며 한 손을 내밀었다(이 동작은 그가 몇 초 전부터 예상하고 있던 것이었다. 그래서 그는 조금도 어색하지 않게 얼굴에 미소를 띠고 손을 내밀 수 있었다). 그들은 손을 맞잡고 살며시 흔들었다. 조금 뒤에 그는 그 악수에 따뜻함이 없었다고 생각했다. 상황이 상황이니 만큼 그가 그녀를 껴안아 줄 수도 있었으리라. 장관들이나 대중 가수들이 하는 것처럼 말이다.

그녀와 헤어지고 나서, 그는 바로 자동차를 출발시키지 않고 5분 동안 그대로 있었다. 그에게는 그 시간이 아주 길게 느껴졌다. 저 여자는 왜 출발하지 않고 저러고 있지? 브람스를 들으면서 자위라도 하고 있는 걸까? 아니면 자기가 맡게 될 새로운 직책에 대해서 생각하는 걸까? 그런 생각을 하며 즐거워하고 있는 것일까? 마침내 그녀의 골프 승용차가 주차장을 떠났다. 그는 다시 혼자가 되었다. 그날 낮에는 햇볕이 쨍쨍했었다. 저녁이 되었는데도 날씨가 아직 더웠다. 지난 몇 주 사이에 여름 날씨가 완연해졌다. 한낮에는 강렬한 햇살 속에서 모든 것이 움직임을 멈추고 굳어 버린 듯했다. 하지만 제르진스키는 벌써 낮이 짧아지기 시작했음을 느끼고 있었다.

그가 근무하던 연구소는 주변 환경이 아주 좋았다. 그는 자동차를 출발시키면서 새삼스레 그런 생각을 했다. 이곳 주민들은 〈팔레조에 살면서 주변 환경의 혜택을 누리고 있다고 생각하십니까?〉라는 질문에 대해 63퍼센트가 그렇다고 대답한다고 했다. 그도 그럴 것이, 파리 남부 교외에 자리 잡은 이 도시에는 고층 건물이 없고 건물 사이사이에 잔디밭이 많았다. 대형 슈퍼마켓도 여러 개 있어서 생활필수품을 구입하기가 용이하였다. 〈삶의 질〉이라는 것은 팔레조 같은 곳을 두고 하는 말일 터였다.

파리 남부 고속 도로 상행 차로는 텅 비어 있었다. 제르진스키는 학창 시절에 본 뉴질랜드의 어떤 공상 과학 영화를 떠올렸다. 자기가 그 영화 속에 들어와 있는 듯한 기분이 들었다. 모든 생명이 사라지고 지상에 자기 혼자 남아 있는 느낌. 공기 중에 떠도는 어떤 것이 묵시록의 메마른 분위기를 연상시키고 있었다.

제르진스키는 10여 년 전부터 파리의 프레미쿠르 거리에 살고 있었다. 그곳은 조용한 동네였다. 그는 그 조용함에 익숙해져 있었다. 1993년에 그는 누군가와 함께 살 필요가 있다고 느꼈다. 사람이든 동물이든 그가 집에 돌아올 때 맞아 주는 존재가 있으면 좋겠다고 생각한 것이었다. 그가 선택한 것은 겁이 많은 동물인 하얀 카나리아였다. 이 새는 지저귀기를 좋아하였다. 특히 아침에 많이 지저귀었다. 하지만 기뻐서 그러는 것 같지는 않았다. 하긴 카나리아가 기쁨을 느낀다는 게 가능한 일일까? 기쁨이란 온 마음으로 느끼는 진하고 깊은 감정이며, 가슴을 뛰게 하는 충만감이다. 기쁨이 커지면 열광이 되고 황홀함이 되고 법열이 된다. 한번은 그가 카나리아를 새장에서 꺼낸 적이 있었다. 녀석은 겁에 질려 소파에 똥을 싸더니, 부리나케 새장으로 달려가서 들어가는 문을 찾았다. 한 달 뒤에 그는 다시 새를 꺼내 보았다. 이번에는 새가 가엾게도 창문 너머로 떨어졌다. 그러더니 가까스로 날갯짓하는 법을 기억해 내고는 다섯 층쯤 아래로 내려가, 맞은편 건물의 발코니에 내려앉는 데에 성공했다. 그 건물 관리인의 말에 따르면, 거기에는 젊은 여자가 살고 있다고 했다. 미셸 제르진스키는 그 집에 고양이가 없기를 바라면서, 그 여자가 돌아오기를 기다려야 했다. 알고 보니 그 여자는 『스무 살』이라는 잡지의 편집자였고 혼자 살고 있었으며 고양이를 키우지 않고 있었다.

  미셸은 날이 저문 뒤에야 새를 되찾을 수 있었다. 새는 콘크리트 벽에 바싹 기댄 채 추위와 두려움에 떨고 있었다.

  그는 여러 차례 그 편집자와 다시 마주쳤다. 주로 쓰레기를 버리러 나갔다가 만나곤 했다. 그때마다 그녀는 고개를 끄덕여 보였다. 그를 알아본다는 뜻이지 싶었다. 그녀의 고갯짓에 대해 그는 똑같이 고개를 끄덕여 답례를 보냈다. 결국 새가 떨어진 사건 덕분에 이웃을 하나 사귄 셈이었다. 그런 점에서 그건 잘된 일이었다. 미셸의 아파트 창문 너머로는 열 채쯤 되는 건물이 보였다. 그러니까 약 3백 세대의 아파트를 볼 수 있는 것이었다. 그 많은 이웃 중에서 그와 어떤 식으로든 관계를 맺은 사람은 맞은편 건물의 그녀뿐이었다.

  대개 그가 저녁에 집에 돌아오면, 카나리아는 휘파람 소리를 내며 지저귀곤 했다. 그 지저귐은 5분에서 10분 정도 계속되었다. 그러면 그는 새에게 모이를 주고 물과 모래를 갈아

주었다. 그런데 동료들과 샴페인을 마시고 돌아온 그날 저녁에는 새가 아무 소리도 내지 않았다. 그는 새장으로 다가갔다. 새는 죽어 있었다. 이미 온기가 사라진 작고 하얀 몸뚱이가 배설물 흡수용 모래 위에 옆으로 쓰러져 있었다.

그는 슈퍼 체인 〈모노프리〉의 인스턴트 식품 매장에서 사 온 파슬리 소스 농어 요리에다, 맛이 형편없는 스페인 발데페냐스 산 포도주를 곁들여 저녁을 해결했다. 그는 어찌할까 망설이다가 새의 사체를 비닐봉지에 담고 빈 맥주병을 넣어 묵직하게 만든 다음, 그것을 건물의 쓰레기 투하 통로에 던져 버렸다. 이것 말고 내가 무엇을 할 수 있겠는가? 죽은 새를 위해 미사라도 드리란 말인가? 하고 생각하면서.

그는 입구가 비좁은(그러나 카나리아 사체가 들어가기에는 충분한) 그 쓰레기 투하 통로가 어디로 통하는지 알아본 적이 없었다. 그럼에도 그날 밤 꿈에서 거기로 버려진 오물들이 담긴 거대한 쓰레기통들을 보았다. 쓰레기통들은 커피 필터, 토마토 소스에 버무려진 라비올리, 잘려진 성기들 따위로 가득 차 있었다. 죽은 새만큼이나 통통한 거대한 벌레들이 새의 부리처럼 생긴 주둥이를 내밀고서 새의 사체로 몰려들었다. 그러더니 새의 다리를 뽑고 내장을 갈기갈기 찢고 눈알을 파내고 있었다. 미셸은 몸을 부들부들 떨며 어둠 속에서 몸을 일으켰다. 아침이 밝아 오려면 아직 몇 시간이 더 지나야 했다. 그는 신경 안정제 자낙스를 세 알 먹고 다시 잠이 들었다. 그가 자유를 얻고 맞이한 첫 밤은 그렇게 끝났다.

2

  1900년 12월 14일, 막스 플랑크는 베를린 아카데미에서 「표준 스펙트럼에서의 에너지 배분 법칙 이론에 관하여」라는 논문을 발표하였다. 이 논문에서 그는 에너지 양자라는 개념을 처음으로 도입하였고, 이 개념은 이후의 물리학 발전에서 중요한 역할을 하게 된다. 1900년에서 1920년 사이에는 아인슈타인과 보어의 주도로 이 새로운 개념을 종래의 이론에 조화시키기 위해 기발한 이론적 모델을 세우는 작업이 다양하게 시도되었다. 그런 시도들이 별로 실효성이 없는 것으로 판명되고 이전의 이론적인 틀을 가지고는 어떻게 해도 안 된다는 것이 밝혀진 것은 1920년대 초부터였다.

  닐스 보어가 양자 역학의 진정한 창시자로 받아들여지는 것은 단지 그의 개인적인 발견 때문만이 아니다. 그것은 다른 무엇보다 그가 자기 주위에 형성해 낸 특별한 분위기 때문이다. 창의성과 지적인 열기, 정신의 자유로움, 우정이 넘치는 분위기 말이다. 보어가 1919년에 창립한 코펜하겐 물리학 연구소는 유럽 물리학계의 젊은 연구자들을 대거 영입하였다. 하이젠베르크, 파울리, 보른 등이 바로 거기에서 풋내기 연구자 시절을 보냈다. 보어는 그들보다 나이가 조금 더 많았을 뿐인데도, 철학적인 통찰력에 친절함과 엄격함이 결합된 독특한 면모를 지니고 있었다. 그는 그들의 가설을 놓고 조목조목 따져 가며 몇 시간씩 토론을 벌이곤 했다. 정확함을 추구하는 것이 거의 편집증에 가까울 정도였던 그는 실험을 해석할 때 어떤 근사치도 허용하지 않았다. 하지만 그는 정신이 활짝 열려 있는 사람이었다. 그는 어떤 새로운 발상이 아무리 엉뚱하다 해도 그것을 면밀히 검토해 보기 전에는 결코 터무니없다고 생각한 적이 없었고, 어떤 고전적인 개념이 아무리 견고해 보이더라도 그것을 절대적인 것으로 받아들인 적이 없었다. 그는 학생들을 티스빌데에 있던 자기 별장으로 초대하는 것을 좋아하였다. 거기에는 물리학자뿐만 아니라 다른 분야의 과학자, 정치인, 예술가들도 초대받아 오곤 했다. 그들의 화제는 물리학에서 철학으로, 역사에서 예술로, 종교에서 일상생활로 자유롭게 넘나들었다. 그것은 고대 그리스 철학자들의 시대 이래로 일찍이 유례가 없는 일이었다. 그런 특별한 분위기 속에서, 1925년에서 1927년 사이에 코펜하겐 해석의 핵심적인 개념들이 형성되었다. 이 개념들은 공간과 시간과 인과 관계에 관한 기존의 개념들을 상당한 정도로 무효화했다.

제르진스키는 자기 주위에 그런 환경을 만들어 내는 데에 전혀 성공하지 못했다. 그가 이끌었던 연구팀의 분위기는 여느 사무실의 분위기와 조금도 다를 게 없었다. 시적인 감성을 지닌 일반인들은 분자 생물학 분야의 연구자라고 하면 현미경을 든 랭보를 상상할지도 모른다. 하지만 그들은 랭보 같은 천재하고는 거리가 멀다. 그들은 현미경을 든 랭보이기는커녕, 오히려 시사 종합 주간지 『르 누벨 옵세르바퇴르』를 읽으며 그린란드로 바캉스 가기를 꿈꾸는 성실한 기술자들이다. 현재의 분자 생물학 연구는 창의성이나 상상력 따위를 전혀 요구하지 않는다. 거의 틀에 박힌 일을 기계적으로 행하는 것이라서 굳이 최고급 두뇌를 필요로 하지 않는다. 그저 이류 수준의 합리적인 지력이면 족하다. 대학 입학 자격을 얻고 학부에서 2년만 공부하면 연구에 필요한 기구를 조작하는 데에 부족함이 없는데도, 사람들은 박사 과정을 밟고 학위 논문을 발표한다. 국립과학연구소 생물학부 부장인 데플레슈앵은 곧잘 이런 말을 하곤 했다. 〈유전 암호를 생각해 내고 단백질 합성의 원리를 발견하는 것은 아무나 할 수 있는 일이 아니었어. 그 일에 가장 먼저 관심을 가졌던 사람이 누구였나 생각해 보게. 물리학자 가모였어. 그 일에 비하면, DNA를 해독하는 일은 진짜 별 게 아냐. 그냥 해독하고 또 해독해서, 하나의 분자를 밝혀 내고 또 다른 분자로 넘어가는 거야. 컴퓨터에 데이터를 입력하면, 컴퓨터가 알아서 결과를 계산해 주지. 그러면 우리는 콜로라도에 팩스를 보내. 그들이 밝혀 낸 유전자에는 B27이라는 이름이 붙고 우리가 알아낸 것에는 C33이라는 이름이 붙지. 이건 조리법대로 따라 하는 요리와 비슷한 거야. 어쩌다 조금 나아진 연구 기기가 나오게 되면, 그걸 가지고 작업하는 것만으로도 노벨상을 받기에 충분하지. 간단해. 누구나 쉽게 할 수 있는 일이지.〉

7월 1일 오후에는 더위가 기승을 부렸다. 폭염에 지친 사람들을 강가로 불러내어 옷을 벗게 만든 다음, 결국에는 천둥비를 몰고 와 벌거벗은 사람들을 흩어지게 만드는 그런 날씨였다. 데플레슈앵의 사무실은 아나톨 프랑스 강변로에 면해 있었다. 센 강 건너편의 튈르리 기슭에서는 동성애자로 보이는 남자들이 일광욕을 즐기며, 둘이서 혹은 삼삼오오 모여서 이야기를 나누고 있었다. 그들은 모두 엉덩이가 드러나는 끈 팬티 차림이었다. 선탠 로션을 바른 그들의 근육이 햇살을 받아 번들거렸다. 그들의 엉덩이는 반질반질하고 통통해 보였다. 그들 중 몇몇은 이야기를 나누면서 끈 팬티의 나일론 천을 문질러 스스로 성기에 자극을 주거나, 팬티 속으로 손가락을 밀어 넣어 거웃과 성기의 뿌리 부분이 드러나게 하고 있었다. 데플레슈앵은 통유리창 가까이에 망원경을 설치해 두었다. 그는 동성애자로 소문이 나 있었다. 하지만 그건 사실과 달랐다. 그는 동성애자라기보다 몇 년 전부터 술에 절어 사는 한심한 알코올 중독자였다. 그런 풍경이 펼쳐지는 날이면, 그는 망원경에 한쪽 눈을 댄 채 두 차례쯤 자위를 시도하곤 했다. 어떤 젊은이가 끈 팬티를 아래로 살그머니 미끄러뜨리고 거기에서 빠져나온 성기가 공중으로 힘차게 솟구치는 모습에 눈길을 붙박은 채 말이다. 하지만 그의 성기는 물렁물렁하고 쭈글쭈글한 모습으로 축 처져 있었다. 그는 안 되는 것을 되게 하려고 굳이 애쓰지 않았다.

제르진스키는 오후 4시 정각에 도착했다. 데플레슈앵이 만나고 싶다고 해서 온 것이었다. 데플레슈앵이 보기에, 제르진스키의 휴직에는 미심쩍은 구석이 있었다. 물론 어떤 연구자가 1년간의 연구 휴가를 얻어 노르웨이나 일본, 아니면 40대 사람들이 숱하게 자살하는 그 밖의 다른 나라에 가서 다른 팀의 일원으로 연구 활동을 하는 것은 흔히 있는 일이었다. 때로는 연구자들이 벤처 사업에 뛰어들어 이러저러한 분자를 상품화하기 위한 회사를 세우는 경우도 있었다 — 이런 일은 돈에 대한 탐욕이 상상을 초월할 정도로 극심했던 이른바 〈미테랑 시대〉에 빈번하게 일어났다. 그들 중에는 사심 없는 연구 활동 기간 중에 획득한 지식을 비열한 방식으로 영리화함으로써 단기간에 상당한 재산을 모은 자도 있었다. 그런데 제르진스키의 휴직은 하나의 수수께끼 같았다. 무슨 계획이나 목적이 있는 것도 아니었고, 이렇다 할 해명이 있는 것도 아니었다. 제르진스키는 마흔 살의 나이에 한 연구팀의 책임자로서 열다섯 명의 과학자를 거느리고 있었다. 상관이라고 해봐야 생물학 부장인 데플레슈앵이 있을 뿐인데, 그마저도 완전히 형식적인 상하 관계라서 그가 데플레슈앵의 명령을 받고 어떤 일을 하는 경우는 전혀 없었다. 게다가 제르진스키의 팀은 연구 실적이 아주 좋아서, 유럽에서 가장 훌륭한 팀으로 인정받고 있는 터였다. 요컨대 제르진스키에게는 휴직을 할 만한 이유가 없었다. 데플레슈앵은 애써 목소리에 힘을 주며 물었다.

「무슨 계획이라도 있나?」

제르진스키는 30초쯤 침묵을 지키다가 짧게 대답했다.

「생각해 봐야죠.」

첫마디부터 대화가 겉돌 조짐이 보였다. 데플레슈앵은 쾌활함을 잃지 않으려고 애쓰면서 다시 물었다.

「개인적인 문제인가?」

얼굴 윤곽이 섬세하고 눈매가 슬퍼 보이는 제르진스키의 진지한 표정을 바라보면서, 그는 문득 옛날 일을 떠올렸다. 그러자 갑자기 제르진스키에게 미안하다는 생각이 들었다. 개인적인 문제면 어떤가? 이 친구는 충분히 쉴 자격이 있지 않은가? 15년 전에 오르세의 파리11대학에 가서 제르진스키를 데려온 게 바로 그 자신이었다. 그의 선택은 아주 탁월했던 것으로 판명되었다. 제르진스키는 치밀하고 엄격하면서도 창의성이 풍부한 연구자였다. 그가 온 이후로 연구소에 많은 연구 결과가 축적되었다. 국립과학연구소의 분자 생물학부가 유럽에서 손꼽히는 지위를 유지하게 된 것은 대부분 그의 공로였다. 결국 제르진스키는 계약을 충실하게 이행한 셈이었다.

데플레슈앵은 이렇게 말을 맺었다.

「당연한 얘기지만, 자네는 지금까지와 다름없이 연구소 컴퓨터에 계속 접속할 수 있을 걸세. 우리는 자네가 우리 서버에 저장된 연구 결과들을 볼 수 있고 연구소의 인터넷 게이트웨이에 계속 접속할 수 있도록 자네의 접속 암호를 그대로 살려 두겠네. 그것 말고 뭐든 필요한 게 생기거든, 언제든지 나에게 부탁하게.」

제르진스키가 나간 뒤에, 그는 다시 통유리창으로 다가갔다. 그는 약간 땀을 흘리고 있었다. 강 건너편 기슭에서는 아랍계로 보이는 갈색 피부의 젊은이가 막 반바지를 벗고 있는 참이었다.

그가 보기에 생물학 분야에는 근본적인 문제들이 아직 남아 있었다. 생물학자들은 마치 분자가 물질의 개별적인 요소이고 오로지 전자기적 인력과 척력을 통해서만 서로 결합되는 것처럼 생각하고 행동하기가 일쑤였다. 그들 가운데 EPR 역설[1]이나 아스페의 실험[2]에 관해서 알고 있는 사람은 거의 없을 것이라고 그는 확신했다. 20세기 초 이래로 물리학 분야에서 어떤 발전이 이루어졌는지에 관해 관심을 갖고 깊이 연구하는 생물학자는 거의 없을 터였다. 원자에 대한 생물학자들의 개념은 데모크리토스의 개념에서 크게 벗어나 있지 않았다. 그들은 반복적인 데이터들을 우직하게 축적하면서, 그것들을 직접적으로 산업에 응용하는 일에만 골몰해 있을 뿐, 자기들 연구의 개념적 토대가 무너지고 있음을 전혀 깨닫

---

1 닐스 보어를 중심으로 하는 양자 역학 이론가들이 내놓은 코펜하겐 해석을 반박하기 위해, 1935년 아인슈타인이 포돌스키, 로젠과 공동 명의로 제기한 주장.
2 1982년 프랑스의 물리학자 아스페가 아인슈타인의 반론을 물리치고 양자 역학의 정확성을 실증하기 위해 행한 실험.

지 못하고 있었다. 국립과학연구소 내에서 그 점을 깨닫고 있는 사람은 원래 물리학으로 시작했다가 나중에 생물학 분야에 들어온 제르진스키와 그 자신밖에 없는 듯했다. 만일 생물학자들이 생명의 원자론적 토대에 관해 진지한 논의를 벌인다면, 오늘날의 생물학은 풍비박산이 나고 말 터였다.

센 강에 어둠이 깔리는 동안, 데플레슈앵은 그 문제를 놓고 생각에 몰두해 있었다. 그는 제르진스키의 성찰이 장차 어떤 식으로 발전할지 가늠할 수 없었다. 그것에 관해 제르진스키와 토론을 벌이는 것조차 버거울 거라고 느꼈다. 그의 나이 벌써 예순이었다. 그는 지적인 면에서 자기가 시대에 완전히 뒤떨어져 있다고 생각했다. 동성애자들은 떠나고, 강 건너편 기슭에는 이제 사람의 자취가 보이지 않았다. 그는 자신이 마지막으로 발기한 게 언제인지 기억조차 할 수 없었다. 그는 천둥비가 한바탕 쏟아지기를 기다리고 있었다.

3

 천둥비는 밤 9시경에 몰아쳤다. 제르진스키는 싸구려 아르마냑을 조금씩 홀짝거리면서 빗소리를 들었다. 그는 마흔 살을 갓 넘겼다. 그에게도 이른바 〈40대의 위기〉가 닥친 것일까? 여러 가지 점에서 볼 때 그건 아니었다. 우선, 오늘날에는 그 위기가 마흔 살에 나타나지 않는다. 생활 조건이 향상됨에 따라 오늘날의 40대는 건강 상태도 좋고 신체적인 조건도 아주 양호하다. 옛날에는 마흔 살이 되면, 인생의 오르막길이 끝나고 죽음을 향한 긴 내리막길이 시작되었음을 알리는 징후들이 나타났다. 신체의 외양을 통해서든 힘을 많이 쓸 때 나타나는 기관의 반응을 통해서든 말이다. 하지만 오늘날엔 그 초기 징후들이 대개 마흔다섯 살이나 쉰 살 무렵이 되어서야 나타난다. 다음으로, 그 〈40대의 위기〉는 흔히 여러 가지 성적인 현상들, 특히 젊은 여성의 몸에 대한 강렬하고 갑작스러운 추구와 결합되어 있다. 그러나 그런 추구는 제르진스키의 경우와는 너무나 거리가 멀었다. 그의 성기는 그저 오줌을 누는 데에만 쓸모가 있었기 때문이다.

 이튿날 그는 7시쯤에 일어났다. 그러고 나서 서가에서 물리학자 베르너 하이젠베르크의 자서전 『부분과 전체』를 꺼내어 들고, 에펠 탑 앞의 샹 드 마르스 쪽으로 산책을 나갔다. 아침 공기가 맑고 삽상했다. 그가 이 책을 가지고 있었던 것은 열일곱 살 때부터였다. 그는 빅토르 쿠쟁 산책로의 플라타너스 아래에 앉아서 제1장의 다음과 같은 대목을 다시 읽었다. 하이젠베르크가 자기 학창 시절의 시대적 분위기를 회상하면서, 원자 이론을 처음으로 접할 때의 상황을 이야기하는 대목이었다.

〈그 일이 일어난 것은 1920년 봄이었던 것으로 생각된다. 제1차 세계 대전이 끝나자, 독일의 젊은이들 사이에 불안과 동요가 퍼져 나갔다. 패전에 크게 실망한 구세대는 자기들의 손에서 고삐를 놓쳐 버린 마당이었다. 그래서 젊은이들은 크고 작은 여러 집단과 단체로 모여들어, 새롭게 나아갈 길을 모색하거나, 이미 부서져 버린 낡은 나침반 대신 그들이 나아갈 방향을 가리켜 줄 새로운 나침반을 찾아내려 하고 있었다.

바로 그러한 분위기에서, 나는 어느 화창한 봄날에 열 명에서 스무 명쯤 되는 학우들과 그룹을 지어 도보 여행을 떠나게 되었다. 내 기억이 정확하다면, 우리는 슈타른베르크 호수의 서쪽 기슭을 따라 솟아 있는 언덕들을 가로질러 가고 있었다. 초록빛으로 반짝이며 늘어서 있는 너도밤나무들 사이로 시야가 트일 때면, 우리의 왼쪽 아래로 호수가 나타나곤 했다. 호수는 풍광의 배경을 이루며 우뚝 서 있는 산까지 펼쳐져 있는 것처럼 보였다. 이상하게도, 이렇게 걷고 있던 중에 원자 물리학의 세계에 관한 나의 첫 대화가 이루어졌고, 이 대화는 나중에 내가 학문적으로 성장해 가는 과정에서 중대한 의미를 갖게 된다.〉

11시쯤 되자 더위가 다시 기승을 부리기 시작했다. 미셸은 집으로 돌아와서 옷을 다 벗고 침대에 누웠다. 그 뒤로 3주 동안 그는 거의 밖에 나가지 않았다. 어떤 물고기가 공기를 들이마시기 위해 이따금 물 밖으로 머리를 내민다고 할 때, 그 물고기는 물 밖으로 머리를 내밀고 있는 몇 초 동안 무엇을 보게 될까? 수중 세계와는 완전히 다른 공기의 세계, 천국 같은 세계를 보게 되지 않을까? 물론 그러고 나면 물고기는 약육강식의 원리가 지배하는 해초의 정글로 다시 돌아가야 한다. 하지만 그 짧은 시간 동안 물고기는 다른 세계, 어떤 완전한 세상이 존재한다는 것을 직감하지 않았을까?

7월 15일 저녁에 미셸은 브뤼노에게 전화를 걸었다. 아버지는 서로 다르지만 브뤼노는 그의 형이었다. 자동 응답기가 돌아가면서, 쿨 재즈 음악을 배경으로 브뤼노의 음성이 알아듣기 힘든 메시지를 전하고 있었다. 브뤼노야말로 〈40대의 위기〉를 겪고 있는 게 틀림없었다. 그는 턱수염을 기르고 있었고 가죽 코트를 즐겨 입었다. 자기가 인생을 안다는 것을 보여 주기 위해, 마치 이류 추리극 시리즈에 나오는 인물처럼 말하기가 일쑤였다. 또한 작은 시가를 피우고, 가슴 근육을 발달시키기 위해 헬스클럽을 다니고 있었다. 하지만 미셸은 자기 자신에 대해서는 〈40대의 위기〉라는 설명을 전혀 믿지 않았다. 그런 위기를 겪고 있는 남자는 그저 조금이라도 더 살기를 바란다. 자기 삶이 조금이라도 더 연장되기를 바라는 것이다. 그런데, 그의 경우는 산다는 것에 완전히 싫증을 내고 있었다. 딱히 무슨 까닭이 있는 건 아니었다. 그저 계속 살아가야 할 이유를 찾아내지 못하고 있을 뿐이었다.

같은 날 밤에 미셸은 샤르니 초등학교 시절에 찍은 사진 한 장을 다시 보다가 울음을 터뜨렸다. 사진 속의 아이는 책상 앞에 앉아서 한 손에 교과서를 펼쳐 들고 있었다. 아이는 즐겁고 씩씩한 표정으로 카메라 쪽을 보며 미소를 짓고 있었다. 그 아이가 자라서 오늘날의 그가 되었다는 사실이 믿어지지 않았다. 아이는 자신감 넘치는 진지한 태도로 공부를 하고 있었다. 아무 두려움 없이 세상 속으로 들어가 세상을 발견하고 있는 중이었다. 인간 사회 속에 마련된 자기의 자리를 차지할 준비가 되어 있는 모습이었다. 아이의 시선에서 그 모든 것을 읽을 수 있었다. 아이는 작은 깃이 달린 재킷을 입고 있었다.

 미셸은 며칠 동안 그 사진을 침대 머리맡의 전등에 기대어 놓고 수시로 들여다보았다. 시간의 신비라는 건 그리 대단한 것이 아니다. 세상 만물은 다 이렇게 변하게 마련이다. 그는 그런 식으로 생각하려고 애썼다. 세월이 흐르면 눈빛도 달라지고 기쁨과 자신감도 사라지는 것이다. 그는 뷜텍스 매트리스 위에 누운 채, 옛날의 나는 지금의 내가 아니다라는 생각을 자꾸 스스로에게 불어넣었다. 하지만 그게 뜻대로 되는 일은 아니었다. 아이의 이마에서 동그랗게 파인 자그마한 자국이 눈에 띄었다. 수두를 앓고 나서 생긴 이 자국은 세월이 지난 뒤에도 그대로 남아 있었다. 옛날의 나는 지금의 나인가 아닌가? 진실은 어디에 있는가? 한낮의 더위가 방 안으로 밀려들고 있었다.

4

마르탱 세칼디는 1882년 코르시카 섬의 한 마을에서 태어났다. 그의 부모는 일자무식의 농민이었다. 따라서 그는 특별한 일이 없는 한, 조상 대대로 그랬던 것처럼 섬이라는 좁은 울타리 안에서 농사를 지으며 살게 될 것처럼 보였다. 당시에 그곳 농민들이 영위했던 삶은 우리나라에서는 이미 오래전에 사라진 삶이라서, 그것에 관해 자세하게 이야기하는 것은 별로 흥미로운 일이 되지 못할 것이다. 일부 급진적인 환경 운동가들만이 이따금 그런 삶에 관해서 남들이 이해하지 못하는 동경을 표명하고 있을 뿐이다. 하지만 이야기에 만전을 기하자는 뜻에서, 그 삶에 관해 짤막하게 개괄적인 묘사를 하고자 한다. 그곳에는 천혜의 자연이 있고 맑은 공기가 있다. 사람들은 저마다 몇 뙈기의 농지를 경작하고(한 농가가 경작하는 농지의 면적은 엄격한 상속 제도에 따라 정확하게 결정된다), 때때로 멧돼지를 사냥한다. 성인 남녀들은 이곳저곳에서 주로 자기 배우자와 성행위를 벌여 자식을 낳는다. 그런 다음 그 자식들을 양육하여 똑같은 생태계 안에서 자기들의 자리를 차지하게 만들어 준다. 그러다가 나이가 들면 병에 걸려 죽는다.

마르탱 세칼디는 그렇게 살다 간 조상들과는 전혀 다른 인생의 길을 걸었다. 그의 독특한 운명은 제3공화국[3]의 전 기간에 걸쳐서 프랑스 공교육이 어떤 역할을 수행했는지를 아주 잘 보여 준다. 이 시기의 공교육은 새로운 세대를 프랑스 사회에 통합시키고 과학 기술의 진보를 촉진하는 역할을 충실하게 수행하였다. 마르탱의 초등학교 담임 교사는 자기 반에 범상치 않은 아이가 하나 있음을 이내 알아차렸다. 그가 보기에, 아이는 추상적인 사고 능력과 풍부한 창의력을 지니고 있었다. 그런 능력은 아이의 출신 환경에서는 찾아보기 힘든 것이었다. 그는 교사의 역할이 단지 장래에 시민이 될 아이들에게 기초적인 지식을 전수하는 것에 국한되어 있지 않다는 것을 잘 알고 있었다. 프랑스 공화국에 중요하게 쓰일 인재를 발굴하는 것 또한 자기가 할 일이라는 것을 깨닫고 있었던 것이었다. 담임 교사는 마르탱 같은 인재가 코르시카에서 썩으면 안 된다는 말로 아이의 부모를 설득하는 데에 성공했다. 그리하여 소년 마르탱은 1894년 장학금을 받고 마르세유의 티에르 중고등학교에 기숙생으로 들어갔다(이 학교는 작가 마르셀 파뇰의 어린 시절에 대한 회고담 속에 잘 묘사되어 있다. 마르탱 세칼디는 죽는 날까지 마르셀 파뇰의 자전적인 이야기를 즐겨 읽었다. 가난한 환경에서 태어난 재능 있는 젊은이의 삶을 통해서 한 시대의 토대가 된 꿈과 이상을 사실적으로 재구성한 걸작이라고 여겼기 때문이다). 1902년에 그는 초등학교 시절의 은사가 자기에게 걸었던 기대를 조금도 저버리지 않고, 이공계의 명문 학교인 에콜 폴리테크닉에 입학했다.

1911년, 그는 이후의 삶을 결정하게 될 중요한 직책을 맡

[3] 나폴레옹 3세가 프로이센-프랑스 전쟁에서 패하여 제2제정이 무너진 1870년부터 페탱의 비시 정부가 들어선 1940년까지를 가리킴.

게 된다. 프랑스령 알제리 전역에 걸쳐 효율적인 수로망을 건설하는 것이 그의 임무였다. 그는 고가식 수로의 곡률과 수도관의 직경을 계산하면서, 25년 동안 그 일에 종사하였다. 1923년에 그는 사무직원으로 일하고 있던 주느비에브 쥘리와 결혼하였다. 그녀는 두 세대 전부터 알제리에 터를 잡고 살아온 프랑스 랑그독 출신 집안의 딸이었다. 그들은 1928년에 딸 자닌을 낳았다.

한 사람의 삶에 관한 이야기는 말하는 사람의 의도에 따라 길어질 수도 있고 짧아질 수도 있다. 만일 한 인생에 관해 형이상학적인 이야기를 한다거나 인생의 무상함을 강조하고자 하는 경우라면, 굳이 긴 이야기를 할 필요가 없다. 극단적으로 말하자면, 예로부터 묘비에 새겨 온 것처럼 언제 태어나서 언제 죽었다는 것만 밝혀 주어도 무방하다. 하지만 마르탱 세칼디의 경우에는, 역사적이고 사회적인 배경을 상기시키면서 개인의 특성을 강조하기보다 사회의 변화 과정을 부각시키는 편이 좋을 듯하다. 그 자신이 사회의 특징을 잘 보여 주는 요소이기 때문이다. 마르탱 세칼디처럼 〈시대의 징후를 드러내는 개인들〉은 대체로 단순하고 행복한 삶을 산다. 그들은 수동적이면서도 능동적이다. 당대의 역사적인 변화에 휩쓸린다는 점에서는 수동적이지만, 그 변화에 적극적으로 동참한다는 점에서는 능동적이다. 그런 삶을 요약하는 데에는 한두 페이지 정도의 지면이면 충분하다.

한편 마르탱 세칼디의 딸 자닌은 〈선구자〉라고 하는 까다로운 범주에 속한다. 선구자들은 한편으로는 당대의 지배적인 생활 방식에 착실하게 적응하면서도, 다른 한편으로는 그것을 넘어서기 위해 새로운 행동을 주창하거나 극소수 사람들의 행동 양식을 대중화한다. 그들의 삶을 이야기하자면 좀 더 많은 지면이 필요하다. 그들의 인생 역정이 파란만장하고 혼란스러운 경우가 많기 때문에 더더욱 그러하다. 하지만 그들은 역사의 흐름을 가속화하는 역할 — 대개는 역사적인 해체를 가속화하는 역할 — 을 수행할 뿐이고, 역사의 흐름에 새로운 방향을 부여하지는 못한다. 그런 역할은 혁명가나 예언자에게 맡겨진다.

자닌 세칼디는 일찍부터 비범한 지적 능력을 발휘하였다. 그녀는 어린 시절의 자기 아버지에게 결코 뒤지지 않을 만큼 총명한 데다가 대단히 독립적인 성격을 지니고 있었다. 그녀가 처음으로 성을 경험한 것은 열세 살 때였다. 그것은 당시의 풍속으로 보나 그녀가 자란 환경으로 보나 대단히 예외적인 일이었다. 그녀는 첫 경험 이후 제2차 세계 대전이 한창이던 시기(알제리에서는 비교적 평온했던 시기)에 주말마다 콩스탕틴이나 알제에서 열리던 댄스 파티에 참석하였다. 그러면서도 학교 성적은 언제나 좋았다. 1945년에 그녀는 우수한 성적으로 대학 입학 자격 시험에 합격하고 부모 곁을 떠나 파리에서 의학 공부를 시작했다.

제2차 세계 대전 직후의 몇 년 동안은 힘겹고 불안한 시절이었다. 산업 생산 지수는 바닥을 기고 있었고, 전시에 실시되던 식량 배급 제도는 1948년이 되어서야 폐지되었다. 하지만, 사회 일각의 소수 부유층 내부에서는 이미 충동적이고 쾌락적인 대량 소비의 초기 징후들이 나타나고 있었다. 미국에서 건너온 이 소비 문화는 이후의 몇 십 년 동안 국민 전체로 퍼져 나가게 된다. 그러한 시대 분위기에서, 의과 대학생이었던 자닌 세칼디는 〈실존주의〉 시대를 아주 가까이에서 경험할 수 있었다. 〈타부〉라는 술집에서 장 폴 사르트르와 비밥을 추는 기회를 갖기까지 했다. 그녀는 사르트르의 저작에는 그다지 깊은 인상을 받지 못했지만, 장애에 가까울 정도로 못생긴 그 철학자의 외모에는 큰 충격을 받았다. 사르트르와 달리 그녀는 대단히 아름다웠다. 얼굴 윤곽이 뚜렷한 지중해 풍의 미인이었다. 그녀는 숱하게 연애를 한 끝에 1952년 세르주 클레망을 만났다. 그가 외과 인턴 과정을 끝내 가던 무렵의 일이었다.

훗날 브뤼노는 자기 아버지 세르주 클레망에 대해서 이런 식으로 말하곤 했다.

「내 아버지가 어떻게 생겼는지 알고 싶으세요? 휴대폰을 들고 있는 원숭이를 상상해 보세요. 그러면 그 양반의 모습을 대충 짐작할 수 있을 겁니다.」

물론 당시에 세르주 클레망은 휴대폰을 가지고 있지 않았다. 하지만 그가 원숭이처럼 털이 많았던 건 사실이다. 요컨대 그는 전혀 미남이 아니었다. 하지만 그에게는 강렬하고도 단순한 남성적 매력이 있었다. 그것이 젊은 여성 인턴 자넌의 마음을 사로잡았을 게 틀림없다. 게다가 그는 장래 유망한 젊은이였다. 그는 미국 여행을 다녀온 뒤에, 성형외과 클리닉을 개업하면 성공할 가능성이 대단히 높다고 확신했다. 아닌 게 아니라, 성의 상품화가 점차 확산되고 그와 병행하여 전통적인 부부 관계가 해체되어 가고 있다는 사실, 서구 경제의 발전 전망이 높아지고 있다는 점 등 제반 사정이 성형외과의 빛나는 미래를 약속하고 있었다. 게다가 세르주 클레망에게는 남들보다 그것을 먼저 깨달았다는 장점이 있었다. 프랑스에서는 그가 가장 먼저 깨달았을 것이고, 유럽 전체를 놓고 보더라도 선각자 축에 들어갈 게 틀림없었다. 문제는 개업에 필요한 자본이 없다는 것이었다. 마르탱 세칼디는 장차 자기 사위가 될 젊은이의 야심 찬 기업 정신에 좋은 인상을 받고, 그에게 돈을 빌려 주기로 했다. 그리하여 1953년 파리 서쪽 불로뉴 숲 가장자리에 있는 고급 주거 도시 뇌이이에 최초의 클리닉이 문을 열었다. 세르주가 예상했던 대로 성공은 눈부셨다. 당시 한창 발전해 가고 있던 여성 잡지에 광고를 게재한 것도 성공에 한몫을 했다. 1955년 지중해가 내려다보이는 칸의 언덕에 새 클리닉이 문을 열었다.

자닌과 세르주는 훗날 사람들이 〈현대적인 부부〉라고 부르게 될 그런 관계를 이루고 있었다. 어느 날 그녀가 임신을 했다. 정말 아이를 갖고 싶어서가 아니라 부주의 때문에 생긴 일이었다. 하지만 그녀는 아이를 낳기로 결심했다. 출산이란 여자라면 누구나 마땅히 해보아야 할 일에 속한다고 그녀는 생각했다. 게다가 그녀가 경험해 보니, 임신은 대체로 기분 좋은 기간이었다. 그리하여 1956년 3월에 브뤼노가 태어났다. 하지만 이들 부부는 어린아이를 키우는 게 보통 일이 아님을 이내 깨달았다. 육아란 신경을 많이 써야 하는 지겨운 일이었다. 그것과 개인의 자유라는 그들의 이상은 도저히 양립할 수 없을 듯했다. 결국 두 사람의 합의에 따라 어린 브뤼노는 알제의 외가에 보내지는 신세가 되었다. 그 무렵에 자닌은 다시 아기를 가졌다. 그러나 이번에는 아기 아버지가 마르크 제르진스키였다.

다시 세월을 거슬러 올라가, 마르크 제르진스키의 출생과 성장 과정을 간단히 살펴보고자 한다. 마르크의 아버지 뤼시앵 제르진스키는 기아의 문턱까지 다다른 지독한 가난에 떠밀려, 1919년 폴란드 남부의 광산 도시 카토비체를 떠났다. 프랑스에서 일자리를 얻으리라는 희망을 품고 20년 전에 태어난 고향을 떠난 것이었다. 그는 철도 분야에 노동자로 취업하였다. 처음에는 철도를 부설하는 일에 종사했고 나중에는 선로를 유지하고 보수하는 일을 맡게 되었다. 그는 부르고뉴 출신 일용 노동자의 딸인 마리 르 루와 결혼하였다. 그녀 역시 철도 노동자였다. 그는 그녀에게 네 명의 자녀를 남기고 1944년 공교롭게도 연합군의 포화 속에서 죽었다.

네 자식 중 셋째였던 마르크는 아버지가 세상을 떠났을 때 열네 살이었다. 마르크는 똑똑하고 성실하고 약간 그늘이 진 소년이었다. 그는 한 이웃 사람의 주선으로 1946년 파리 동쪽 교외 주앵빌에 있던 파테 영화 제작소에 견습 조명 기사로 취직했다. 그가 그 일에 뛰어난 재능을 타고났다는 것은 금방 드러났다. 그는 촬영 감독이 대충대충 지시를 했을 뿐인데도, 감독이 오기 전에 조명 장비를 아주 훌륭하게 준비해 놓곤 했다. 앙리 알르캉[4]은 그를 대단히 높이 평가하였다. 그래서 1951년 방송을 갓 시작한 프랑스 라디오·텔레비전 방송 협회에 들어가기로 결정하면서 그를 조수로 삼고 싶어 했다.

마르크가 자닌을 만난 것은 1957년 초였다. 당시에 그는 지중해 연안의 최고급 휴양지 생 트로페의 사교계에 관한 텔레비전 다큐멘터리를 만들고 있었다. 그의 취재는 브리지트 바르도라는 인물에 초점을 맞추면서도(1956년에 「하느님은 여자를 창조하셨다」가 개봉됨으로써 바르도의 신화가 만들어지고 있던 때였다), 예술계와 문학계의 몇몇 유파, 특히 나중에 〈사강 파〉라는 이름을 얻게 된 사람들에게까지 범위가 확대되어 있었다. 자닌은 마르크가 만나는 사람들의 세계에 매료되었다. 자닌은 돈이 많았지만, 그 세계에 들어갈 수 없었다. 그녀는 자기가 정말로 마르크를 사랑한다고 생각했다. 아마도 그건 사실이었을 것이다. 마르크는 다큐멘터리라는 장르를 고집하였다. 그는 조명 기재를 최소한으로 사용하고 카메라 앞의 대상을 조금씩 이동시키면서 관객의 마음에 미묘한 파동을 일으키는 장면들을 만들어 냈다. 차분하고 사실적이면서도 깊은 절망이 감도는 그 장면들을 보면서 혹자는

---

[4] Henri Alekan(1909~2001). 「미녀와 야수」, 「로마의 휴일」, 「베를린 천사의 시」 등의 촬영을 맡은 프랑스의 촬영 감독.

미국 화가 에드워드 호퍼의 작품들을 떠올리기도 했다. 자기가 만나는 유명 인사들에 대한 그의 시선은 덤덤했다. 그는 오징어나 가재를 카메라에 담을 때와 똑같은 마음가짐으로 바르도나 사강을 찍었다. 그는 아무에게도 말을 걸지 않았고, 아무하고도 친하게 지내지 않았다. 자닌에게는 그러한 그가 너무나 매력적이었다.

자닌은 1958년에 남편과 이혼하였다. 아들 브뤼노를 친정에 보낸 지 얼마 되지 않았을 때의 일이었다. 그것은 서로 잘못이 있음을 인정한 합의 이혼이었다. 세르주는 칸에 있는 클리닉의 자기 몫을 자닌에게 선선히 양보하였다. 그것만으로도 그녀는 넉넉한 수입을 보장받게 되었다. 그녀와 마르크는 생 트로페 만에 면한 생트 막심이라는 마을의 한 빌라에 살림을 차렸다. 둘이 함께 살기 시작한 뒤에도 마르크는 혼자 살 때의 습관을 전혀 바꾸지 않았다. 그녀는 영화감독으로 성공할 생각을 하라고 마르크를 닦달하곤 했다. 그는 늘 그러겠다고 대답했지만, 실제로는 아무 노력도 하지 않았다. 그저 다음 다큐멘터리의 주제가 떨어지기를 기다릴 뿐이었다. 그녀가 저녁 파티를 열 때면, 그는 손님들이 오기 전에 주방에서 혼자 식사를 한 다음 바닷가로 산책을 나가기 일쑤였다. 그러고는 손님들이 떠나기 직전에 돌아와서 필름 편집을 급히 끝내지 않으면 안 되는 사정이 있었노라고 핑계를 댔다. 1958년 6월에 아들이 태어났을 때, 그는 무척 곤혹스러워하는 기색을 드러냈다. 몇 분 내내 아기를 물끄러미 바라보고 있기가 예사였다. 아기는 놀라울 정도로 그를 빼쏘았다. 하관이 빨고 광대뼈가 솟은 것도 똑같았고, 눈이 크고 초록색인 것도 똑같았다. 그로부터 얼마 지나지 않아, 자닌은 바람을 피우기 시작했다. 마르크는 아마도 그 때문에 고통을 받았을 것이다. 하지만 그 점에 대해 딱 잘라 말하기는 쉽지 않다. 그는 갈수록 말수가 적어졌고, 그녀의 부정에 대해서도 무어라 말한 적이 없었기 때문이다. 그는 조약돌과 나뭇가지와 게의 등딱지 등으로 작은 제단을 만들곤 했다. 그런 다음 강렬한 빛 속에서 그것들을 사진에 담았다.

생 트로페에 관한 그의 다큐멘터리는 큰 성공을 거두었다. 영화 월간지 『카이에 뒤 시네마』에서 그에게 관심을 갖고 인터뷰를 요청했다. 하지만 그는 일언지하에 거절하였다. 그는 1959년 봄에 미국 록 음악의 도입과 〈예예〉[5] 현상의 출현에 관한 짤막한 다큐멘터리를 찍었다. 이 신랄한 작품으로 그의 인기는 다시 올라갔다. 고다르 감독 같은 거물이 함께 일하자고 제안해 올 정도였다. 하지만 마르크는 극영화에는 전혀 관심이 없었기 때문에 고다르의 제안을 두 차례나 거절하였다. 같은 시기에 자닌은 프랑스의 지중해 해안에 놀러 오는 미국인들과 어울리기 시작했다. 그 무렵에 미국 캘리포니아에서는 뭔가 아주 새로운 일이 벌어지고 있었다. 빅 서 근처의 에살렌에 성적인 자유를 바탕으로 한 공동체들이 생겨나고 있었던 것이었다. 이 공동체들은 의식의 영역을 확대한다는 미명하에 환각제를 사용하고 있었다. 자닌은 이탈리아 출신의 미국인 프란체스코 디 메올라의 정부가 되었다. 디 메올라는 에살렌 공동체 중 하나를 창설한 자로서, 시인 앨런 긴스버그나 소설가 올더스 헉슬리와도 교분이 있는 것으로 알려져 있었다.

1960년 1월, 마르크는 중화인민공화국에서 한창 건설되고 있던 새로운 형태의 공산주의 사회에 관한 다큐멘터리를 제작하기 위해 떠났다. 그는 6월 23일 한낮에 생트 막심의 빌라

---

[5] 1950년대 말에 미국의 록 음악이 프랑스에 유입되면서 젊은이들이 춤과 노래에 열광했던 문화 현상. 〈예예〉라는 말은 영미 로커들이 즐겨 외치던 〈오 예!〉라는 감탄사에서 나왔다.

에 돌아왔다. 처음엔 집이 텅 비어 있는 줄 알았는데, 안에 들어가 보니 그게 아니었다. 열다섯 살쯤 되어 보이는 여자가 완전히 벌거벗은 채 응접실의 카펫 위에 가부좌를 틀고 앉아 있었다. 그가 자닌은 어디에 있느냐고 물었더니, 여자는 〈곤 투 더 비치……〉라고 대답하고는 다시 잠을 자는 듯한 상태로 빠져들었다. 자닌의 방에는 수염을 기른 거구의 사내가 있었다. 술에 취한 것으로 보이는 사내는 침대에 비스듬하게 누운 채 코를 골고 있었다. 그때 어디에서 이상한 소리가 들려왔다. 마르크는 귀를 바싹 기울였다. 신음 소리 같기도 하고 헐떡이는 소리 같기도 했다.

소리를 좇아 2층 침실로 올라가 보니, 악취가 진동을 하였다. 통유리창으로 들어온 햇살이 검은색과 흰색의 타일 바닥을 강렬하게 비추고 있었다. 그의 아들 미셸이 오줌이나 똥에 이따금 미끄러지면서 타일 바닥 위를 엉금엉금 기어다니고 있었다. 아이는 두 눈을 깜박이면서 계속 신음 소리를 냈다. 그러다가 인기척을 느끼더니 도망을 치려고 했다. 마르크는 아들을 품에 안았다. 겁먹은 아이는 그의 품에서 바들바들 떨고 있었다.

마르크는 집에서 나와 근처 상점에서 유아용 카 시트를 샀다. 그러고 나서 자닌 앞으로 짤막한 편지를 썼다. 그는 다시 자동차에 올라 아이를 카 시트에 앉히고 안전띠를 매어 준 다음, 북쪽을 향해 차를 출발시켰다. 그는 론 강을 끼고 올라가다가 발랑스 어름에서 중앙 산악 지대로 방향을 틀었다. 땅거미가 내리고 있었다. 그는 커브를 돌고 다른 커브가 나오기 전에 이따금 뒷좌석에 잠들어 있는 아들에게 눈을 주었다. 그때마다 그는 이상한 감정이 엄습해 오는 것을 느꼈다.

그날부터 미셸은 할머니 품에서 자랐다. 할머니는 정년을 맞고 퇴직한 뒤에, 고향인 프랑스 중부의 욘 지방에서 살고 있었다. 미셸이 떠나고 얼마 지나지 않아서, 자넌은 디 메올라의 공동체에 가서 살기 위해 캘리포니아로 떠났다. 미셸은 열다섯 살이 될 때까지 다시는 어머니를 만나지 못하게 된다. 그렇다고 아버지를 자주 볼 수 있었던 것도 아니다. 1964년, 미셸의 아버지는 티베트에 관한 다큐멘터리를 만들기 위해 떠났다. 당시 티베트는 중국군에 점령되어 있었다. 그는 어머니에게 보낸 편지에서, 자기는 아주 잘 지내고 있으며 티베트 불교도들의 시위에 공감하고 있다고 썼다. 중국이 폭력적으로 그들의 시위를 근절하려 하고 있다는 말도 빼놓지 않았다. 그러더니 다시는 그에게서 소식이 오지 않았다. 프랑스 정부가 중국 정부를 상대로 항의를 제기했지만 아무 소용이 없었다. 그의 시신은 끝내 발견되지 않았지만, 1년 후 그는 프랑스 정부의 공식 발표를 통해서 사망한 것으로 확정되었다.

5

 1968년 여름, 미셸은 이제 열 살이 되었다. 아이는 두 살 때부터 할머니하고만 살고 있다. 그들이 사는 곳은 프랑스 중부 욘 도(道)와 루아레 도의 경계에 있는 샤르니라는 시골 마을이다. 아이는 갸륵하게도 날마다 일찍 일어나 할머니의 아침을 차린다. 그것을 위해 특별히 카드 한 장을 마련하여 거기에 홍차를 우려내는 시간이며 버터나 잼을 바른 빵 조각의 수 등을 적어 놓았다.

 아이는 점심때까지 자기 방에서 시간을 보내는 경우가 많다. 쥘 베른의 소설이나 『멍멍이 피프』[6]나 『5인 클럽』[7]을 읽을 때도 있지만, 대개는 『만물박사』 시리즈를 읽는 데에 몰두한다. 거기에는 세상의 모든 것에 관한 이야기가 다 나와 있다. 목재나 금속 재료의 강도, 구름의 형태, 꿀벌의 춤에 관한 이야기가 있는가 하면, 아주 오랜 옛날 어떤 왕이 죽은 왕비를

---

 6 스페인 출신 프랑스 만화가 아르날(1909~1982)이 1948년부터 일간지 『뤼마니테』와 주간지 『바이양』을 통해 발표한 만화의 주인공이자, 이 만화들을 묶어 간행한 계간지(1950~1967)의 제목. 피프는 프랑스 만화에서 가장 유명한 개이다.
 7 영국 소설가 에니드 블리튼(1897~1968)의 인기 소설. 네 명의 소년 소녀와 다고벨이라는 개의 모험을 그린 작품.

기리기 위해 지었다는 타지마할 궁전과 소크라테스의 죽음, 3천 년 전에 기하학을 창시한 유클리드 등에 관한 이야기도 있다.

오후가 되면, 아이는 정원에 앉아서 시간을 보낸다. 반바지 차림으로 벗나무에 등을 기대고 앉아 있으면, 풀의 폭신폭신함과 햇살의 따사로움을 느낄 수 있다. 아이는 텃밭의 상추들을 바라본다. 아이는 그것들이 태양의 열기와 물을 빨아들이고 있음을 느낀다. 해거름이 되면 상추밭에 물을 주어야지 하고 아이는 생각한다. 그러고는 『만물박사』나 『백 가지 질문』 시리즈 중 한 권을 계속 읽는다. 아이는 지식을 빨아들인다.

아이는 종종 자전거를 타고 들판에 나가기도 한다. 있는 힘껏 페달을 밟노라면, 한없는 행복감으로 가슴이 뿌듯해진다. 그럴 때 아이는 삶이 영원할 것 같은 기분을 맛본다. 어린 시절에 느끼는 그런 영원성은 오래 가지 않는다. 하지만 아이는 아직 그것을 알지 못한다. 달리는 자전거 양 옆으로 풍경이 천천히 지나간다.

샤르니에는 식료품점이 하나밖에 없다. 하지만 정육점의 소형 트럭이 수요일마다 오고, 생선 장수의 트럭도 금요일마다 온다. 토요일 점심때면 할머니는 종종 크림소스 대구 요리를 해주신다. 미셸은 샤르니에서 마지막 여름을 보내고 있는 중이다. 하지만 아이는 아직 그것을 모르고 있다. 연초에 할머니에게 심장 발작이 일어난 적이 있었다. 파리 교외에 살고 있는 미셸의 두 고모는 자기들 집에서 그리 멀지 않은 곳에 할머니와 미셸이 살 집을 구하고 있는 중이다. 할머니는 이제 1년 내내 손자와 단둘이서만 살 수 있는 상태가 아니고, 정원을 가꿀 수 있는 처지도 아니다.

미셸은 제 나이의 사내아이들과 노는 일이 별로 없다. 그렇다고 해서 그 아이들과 사이가 나쁜 건 아니다. 미셸은 조금 특별한 아이로 받아들여지고 있다. 머리가 좋아서 무엇이든 쉽게 이해하는 듯하고, 학교 성적도 대단히 우수하다. 오래전부터 모든 과목에서 1등을 도맡아 하고 있다. 할머니에게는 정말이지 자랑스러운 손자가 아닐 수 없다. 그런 식으로 독주가 계속되면 급우들의 시샘이 있을 법도 한데, 아무도 미셸을 미워하거나 괴롭히지 않는다. 미셸은 수업 시간에 선생님이 즉석 과제를 내줄 때면, 아이들이 자기 것을 쉽게 베끼도록 내버려 둔다. 그는 옆자리의 아이가 다 베끼기를 기다렸다가 페이지를 넘긴다. 또 그는 우등생이면서도 언제나 맨 뒷자리에 앉는다. 까딱 잘못하면 무너져 버릴 수도 있는 게 미셸의 왕국이다.

6

 어느 여름날 오후, 미셸이 아직 욘 지방에 살고 있을 때의 일이다. 그는 사촌 누나 브리지트와 함께 들판으로 놀러 나갔다. 브리지트는 열여섯 살이었다. 얼굴도 예쁘고 마음씨도 고왔던 그녀는 몇 년 뒤에 지독한 바보와 결혼하게 된다. 그녀는 미셸의 두 손을 잡고 자기 주위로 맴돌이를 시켰다. 그러다가 그들은 갓 깎아 놓은 풀밭에 쓰러졌다. 그는 그녀의 따뜻한 가슴에 바싹 기대어 몸을 웅크렸다. 그녀는 짧은 치마를 입고 있었다. 이튿날, 그들의 몸은 작고 빨간 반점으로 뒤덮였고 어디 하나 가렵지 않은 데가 없었다. 여름 풀밭에는 학명으로 트롬비디움 홀로세리쿰이라 불리는 털진드기의 유충이 아주 많다. 직경이 2밀리미터쯤 되는 이 벌레는 선홍색 몸뚱이가 매우 살지고 통통하며, 뾰족한 주둥이로 포유류의 살갗을 찔러 심한 염증을 일으킨다. 흔히 혀벌레라 불리는 린구아툴리아 리나리아는 주로 개의 비강과 이마나 턱의 공동(空洞) 속에 살지만, 때로는 사람의 몸에 기생하기도 한다. 그 유충은 타원형이고 꼬리가 달려 있으며, 주둥이로 살갗에 구멍을 뚫을 수 있다. 두 쌍의 부속지(또는 미발달지)에는 기다란 발톱이 달려 있다. 성충은 하얗고 창끝처럼 뾰족하며 길이가 18밀리미터에서 85밀리미터 정도 된다. 몸뚱이는 납작하고 투명하며 가시 모양의 돌기로 덮여 있다.

 1968년 1월, 미셸은 할머니를 따라 파리 동부에 인접한 센에 마른 지방으로 이사하였다. 고모들이 자기들 집 가까운 곳으로 할머니를 모신 것이었다. 그 뒤로 처음 얼마 동안은 미셸의 삶에 이렇다 할 변화가 없었다. 크레시 앙 브리는 파리에서 50킬로미터밖에 떨어지지 않은 곳이지만, 당시에는 아직 시골이었고 오래된 집들로 이루어진 아담한 마을이었다. 화가 코로가 그린 몇몇 그림의 배경이 된 곳이기도 하다. 그랑 모랭 강에서 물을 끌어오는 수로망이 있다는 점을 들어, 어떤 광고 전단에서는 크레시를 〈브리의 베네치아〉라고 과도하게 추켜세우기도 한다. 그때만 해도 주민 중에 파리에 직장이 있는 사람은 드물었고, 대다수는 인근에 있는 작은 회사들의 종업원이었다. 특히 군청 소재지인 모에 직장을 두고 있는 사람들이 많았다.
 두 달 뒤에 할머니가 텔레비전을 샀다. 하나밖에 없는 채널에 이제 막 광고가 출현하던 무렵의 일이었다. 1969년 7월 21일 밤에, 미셸은 인간이 달의 표면에 첫걸음을 내딛는 장면을 생중계로 볼 수 있었다. 세계 전역에 걸쳐서 6억의 시청자가 미셸과 동시에 그 광경을 지켜보았다. 몇 시간 동안 계속된 그 중계방송은 아마도 과학 기술에 희망을 걸었던 서구 문명의 제1기가 정점에 달하는 사건이었으리라.
 미셸은 크레시 앙 브리 중학교에 학기 중에 전학을 했음에도, 적응을 잘하여 어렵지 않게 2학년에 올라갔다. 그에게는 매주 목요일마다 하는 일이 하나 있었다. 기존의 체제를 바꾸어 새롭게 출범한 『피프』[8]지를 사는 일이었다. 많은 독자들은 주로 사은품으로 딸려 나오는 신기한 발명품을 얻으려고 이 주간지를 샀지만, 미셸은 거기에 실리는 모험담들을 읽기 위해 샀다. 그 이야기들은 놀라울 만큼 다양한 시대와 공간을 배경으로 단순하면서도 깊이 있는 몇 가지 도덕적 가치를 제시하고 있었다. 바이킹 라그나르, 테디 테드와 아파치, 〈야만 시대의 아들〉 라한, 회교국의 대신과 칼리프를 가지고 놀았던 나스딘 호자 등 모든 인물이 하나의 똑같은 윤리를 대변하고 있는 듯했다. 미셸은 차츰차츰 그 사실을 깨달았다. 그는 이후로도 오랫동안 그 이야기들의 영향에서 벗어나지 못하게 된다. 나중에 니체를 읽게 되었을 때 그는 약간의 자극을 받았을 뿐이고, 칸트를 읽을 때는 자기가 이미 알고 있는 다음과 같은 것을 확인했을 뿐이다.

순수한 도덕은 유일하고 보편적이다. 시간이 흘러도 변하지 않고 무엇이 거기에 부가되지도 않는다. 순수한 도덕은 역사, 경제, 사회, 문화 등 어떠한 요인에도 영향을 받지 않으며, 아무것에도 의존하지 않는다. 순수한 도덕은 무엇에 의해 결정되는 것이 아니라 모든 것을 결정하며, 무엇에 의해 조건 지어지는 것이 아니라 모든 것에 조건을 부여한다. 요컨대 그것은 절대적인 것이다. 그런데 우리가 실제로 관찰할 수 있는 도덕은 순수한 도덕의 요소들과 다른 요소들이 다양한 비율로 혼합된 것이다. 이 다른 요소들이 어디에서 온 것인가는 다소 불분명하지만, 대개는 종교에서 온 것이다. 어떤 사회의 도덕에서 순수한 도덕의 요소들이 차지하는 비율이 크면 클수록, 그 사회는 오래오래 행복하게 존속할 수 있을 것이다. 만일 어떤 사회에 보편적인 도덕의 순수한 원리가 충만하다면, 그 사회는 세상이 다할 때까지 존속하게 될 것이다.

8 앞에서 말한 『멍멍이 피프』의 인기가 높아지자, 이 만화가 연재되던 소년 주간지 『바이양』은 제호를 『피프의 잡지 바이양』으로, 1969년에는 다시 『피프, 가제트』로 바꾸었다.

미셸은 『피프』의 주인공들을 다 좋아했지만, 그가 특히 마음에 들어한 것은 고독한 인디언 〈검은 늑대〉였다. 아파치 족, 수 족, 샤이엔 족의 장점을 한 몸에 지닌 이 고결한 인물은 애마 시눅을 타고 늑대 투피와 함께 평원을 가로지르며 끊임없이 돌아다닌다. 그는 약자를 돕는 데에 주저 없이 나서는 행동가인 동시에, 초월적인 윤리 기준에 비추어 자신의 행동에 계속 논평을 가하는 사색가이다. 그런가 하면, 때로는 다코타 족이나 크리 족의 갖가지 속담을 인용하거나 더 간결하게 〈평원의 법칙〉을 끌어와서 보편적인 도덕률에 시의 정취를 불어넣는 시인이기도 하다. 미셸은 여러 해가 지난 뒤에도 그 〈검은 늑대〉를 여전히 칸트주의적 영웅의 이상형으로 간주하게 된다. 칸트주의적 영웅은 언제나 자기의 도덕적 원칙을 충실히 지키면서, 자신이 마치 보편 왕국의 입법자 중 하나인 양 행동한다. 〈검은 늑대〉 시리즈에 들어 있는 이야기들 가운데 어떤 것들은 모험담이라는 좁은 틀을 벗어나 대단히 시적이고 철학적인 경지에 도달해 있다. 「가죽 팔찌」 같은 이야기가 거기에 속한다. 이 이야기에는 별들을 찾으러 다니는 샤이엔 족의 늙은 추장이 아주 감동적으로 그려져 있다.

미셸은 텔레비전에는 그다지 많은 흥미를 느끼지 않았다. 그래도 일주일에 한 번씩 방송되는 「동물의 왕국」은 가슴을 조여 가며 열심히 보았다. 영양이나 사슴 같은 섬약한 동물들은 공포 속에서 하루하루를 보낸다. 그에 반해서 사자나 표범 같은 동물들은 게으르고 아둔하게 시간을 보내다가 이따금 잔혹성을 폭발시켜 저들보다 약한 동물이나 늙고 병든 동물들을 죽이고 갈기갈기 찢어서 먹어 버린다. 그러고 나면 그 맹수들은 다시 아둔한 잠에 빠져든다. 그들을 잠에서 깨우는 것은 그들의 내부에서 살을 파먹는 기생충들뿐이다. 이 기생충들은 더 작은 기생충들로부터 공격을 당하고, 작은 기생충들은 다시 바이러스들을 위한 번식의 터전이 된다. 한편 뱀들은 나무들 사이로 미끄러져 다니면서 독니로 새들과 포유류를 공격한다. 그러다가 갑자기 맹금의 부리에 몸뚱이가 잘린다. 그 잔인한 장면들을 해설하는 내레이터 클로드 다르제의 목소리는 거만하고 멍청한 느낌을 주었다. 그는 얼토당토않은 경탄의 표현을 늘어놓기가 일쑤였다. 미셸은 동물들의 잔인한 행동에 분개하며 몸을 바들바들 떨었다. 그런 일이 되풀이되면서 그의 마음속에 다음과 같은 신념이 확고하게 자리를 잡았다. 전체적으로 보아 야생의 자연은 너무나 추악해서 그저 혐오감을 줄 뿐이다. 야생의 자연은 파괴와 학살을 당연한 것으로 받아들이게 한다. 그래서 인간은 어쩌면 그 학살을 완수하는 것이 자신들의 사명이라고 생각하고 있는지도 모른다.

1970년 4월 주간지 『피프』는 이후에 두고두고 화제가 된 신기한 물건을 무료 증정품으로 내놓았다. 〈생명의 가루〉라는 게 바로 그것이었다. 잡지에 자그마한 봉지 하나가 딸려 나왔는데, 그 봉지 안에는 〈아르테미아살리나〉라는 작은 바다 갑각류의 알이 들어 있었다. 그 알들은 수천 년 전부터 생명 활동이 정지된 상태에 있다고 했다. 그것들에 다시 생명을 불어넣는 절차는 꽤나 복잡했다. 먼저 그릇에 물을 받아 놓고 사흘 동안 침전물을 가라앉힌 다음 맑은 윗물을 다른 그릇에 따른다. 그 물을 미지근하게 덥히고 봉지의 내용물을 부은 다음 살살 젓는다. 그 뒤 며칠 동안 용기를 밝고 따뜻한 곳에 둔다. 미지근한 물을 규칙적으로 조금씩 더 부어서 증발된 수분을 보충하고, 이따금 천천히 저어서 산소를 공급한다. 미셸은 그러한 지시를 충실히 따랐다. 몇 주가 지나자 용기 안에 작고 반투명한 갑각류 동물들이 우글거렸다. 약간 혐오스럽기는 했지만, 살아 있는 것은 분명했다. 미셸은 그것들을 어떻게 해야 할지 몰라서, 결국 그랑 모랭 강에 다 쏟아 버렸다.
 같은 호 『피프』에는 1회로 완결되는 20쪽짜리 모험담이 실려 있었다. 라한의 어린 시절과 그가 선사 시대의 고독한 영웅이 된 사연을 밝혀 주는 이야기였다. 라한이 아직 어렸을 때, 그의 부족은 화산 폭발로 거의 전멸하다시피 했다. 화산 폭발이 너무나 갑작스럽게 일어났기 때문에, 그의 아버지 현자 크라오가 죽어 가면서 할 수 있었던 일은 매 발톱 세 개로 된 목걸이를 아들에게 물려주는 것뿐이었다. 그 발톱들은 각각 〈서서 걸어 다니는 자들〉, 즉 인간의 장점을 하나씩 나타내고 있었다. 하나는 신의의 발톱이었고, 다른 하나는 용기의 발톱, 셋 중에서 가장 중요한 나머지 하나는 선의의 발톱이었다. 그때부터 라한은 그 목걸이를 걸고 다니면서 각각의 발톱이 뜻하는 장점을 지닌 사람이 되려고 노력하였다.
 크레시 집의 좁고 기다란 정원에도 벚나무가 한 그루 있었다. 욘에 있던 집의 벚나무보다는 조금 작은 것이었다. 미셸은 그 벚나무 아래에서 예전과 다름없이 『만물박사』와 『백문백답』 시리즈를 읽었다. 그의 열두 번째 생일을 맞이하여 할머니는 〈꼬마 화학자〉 세트를 선물하였다. 미셸은 기계 공학이나 전기 공학보다 화학을 더 좋아하였다. 화학이 한결 신비롭고 다채롭기 때문이었다. 할머니가 사준 세트 안에는 많은 통들이 있었고, 이 통들 안에는 색깔이며 형태며 조성이 제각각인 화학 약품들이 들어 있었다. 화학 약품들이 각기 통 안에 들어 있을 때는 서로 영원히 분리되어 있는 물질들처럼 보이지만, 그것들을 서로 만나게 하는 순간 격렬한 화학 반응이 일어나면서 전혀 새로운 화합물이 생겨나곤 했다.
 7월의 어느 날 오후, 미셸은 정원에서 책을 읽고 있다가 문득 이런 생각을 했다. 생명의 화학적 토대는 지금 우리가 알고 있는 것과는 전혀 다른 것이 될 수도 있었을 것이다. 생명체의 분자 내에서 탄소와 산소와 질소가 하는 역할을 다른 것들이 맡게 될 수도 있었으리라. 원자가는 같으나 원자량이 더 큰 원소들이 말이다. 지구가 아닌 다른 행성에서는 기온과 기압이 상이한 조건에서 생명체의 분자를 이루는 원소들이 규소와 황과 인이 될 수도 있었을 것이고, 게르마늄과 셀레늄과 비소, 혹은 주석과 텔루르와 안티몬이 될 수도 있었으리라. 미셸의 주위에는 그런 문제들에 대해서 함께 이야기를 나눌 수 있는 사람이 아무도 없었다. 그 대신 그는 할머니에게 여러 권의 생화학 책을 사달라고 부탁했다.

7

 미셸의 형 브뤼노의 어린 시절에 관한 최초의 기억은 네 살 때로 거슬러 올라간다. 그것은 어떤 모욕감에 대한 기억이다. 당시에 어린 브뤼노는 알제의 라페를리에 공원 옆에 있던 유아원에 다녔다. 어느 가을날 오후, 유아원 여교사는 남자아이들에게 나뭇잎으로 목걸이 만드는 법을 가르쳐 주었다. 여자아이들은 그 나이에 벌써 여성에게 강요되는 멍청한 인종(忍從)의 몸가짐을 보이며 비탈에 앉아 기다리고 있었다. 여자아이들은 대부분 하얀 원피스 차림이었다. 땅바닥에는 황금빛 낙엽들이 지천으로 깔려 있었다. 밤나무 잎과 플라타너스 잎이 특히 많았다. 목걸이를 다 만든 남자아이들은 저희가 좋아하는 여자아이에게로 가서 그것을 목에 걸어 주었다. 하지만 브뤼노는 마냥 꾸물거리고만 있었다. 나뭇잎들이 손에서 자꾸 바스러졌다. 내가 사랑을 원하고 있다는 것을 저 아이들에게 어떻게 알리지? 목걸이를 못 만들었는데 저 아이들에게 그걸 어떻게 설명하지? 브뤼노는 분하고 속상해서 울음을 터뜨렸다. 여교사가 아이를 달래러 왔다. 하지만 이미 모든 게 끝난 뒤였다. 아이들은 자리에서 일어나 공원을 떠났다.
 브뤼노의 외조부모는 에드가르 키네 대로의 대단히 아름

다운 아파트에 살고 있었다. 알제 중심가의 중산층 아파트 건물들은 오스만의 도시 개조 이후에 나타난 파리의 건물들을 그대로 본떠서 지은 것들이었다. 길이가 20미터나 되는 복도가 현관에서 거실까지 아파트 내부를 가로지르고 있었고, 거실 발코니에 서면 백색 도시 알제가 한눈에 들어왔다. 브뤼노는 세월이 많이 흘러 인생에 환멸을 느끼는 냉소적인 40대가 된 뒤에도, 그 아파트와 관련된 이미지 하나를 계속 떠올리게 된다. 네 살 적의 그가 세발자전거의 페달을 힘껏 밟으며 어둠침침한 복도를 지나 환하게 빛나는 발코니까지 달리는 장면을 말이다. 그가 한평생을 살면서 가장 큰 행복을 경험한 것은 아마도 바로 그때였을 것이다.

1961년에 브뤼노의 외할아버지가 세상을 떠났다. 온대 기후에서 포유류나 조류가 죽으면 그 사체가 가장 먼저 끌어들이는 것은 집파리 속(屬)이나 쿠르토네브라 속의 파리들이다. 사체가 조금 부패하기 시작하면 다른 종의 파리들, 특히 검정파리 속과 금파리 속의 파리들이 등장한다. 그런 다음, 박테리아와 구더기들이 뱉어 낸 소화액이 함께 작용하여 사체를 약간 흐물흐물하게 만든다. 그러면 사체는 낙산 발효와 암모니아성 발효의 본거지가 된다. 3개월이 지나면, 파리들의 작업이 끝나고 딱정벌레 목 수시렁이 속의 곤충들과 나비 목의 아글로사 핀구이날리스가 그 뒤를 잇는다. 이 곤충들은 주로 사체의 지방을 양분으로 삼는다. 발효 중인 단백질은 피오필라 페타시오니스의 애벌레들과 딱정벌레 목 코리네테스 속 벌레들의 차지가 된다. 그리고 나서도 부패된 사체에는 아직 약간의 수분이 남아 있다. 그 마지막 남은 수분을 빨아들이는 것은 진드기들이다. 사체가 미라처럼 바싹 말라붙어도 또 다른 착취자들이 몰려온다. 쇠수시렁이와 둥글수시렁이의 애벌레들, 아글로사 쿠프레알리스와 티네올라 비셀렐리아의 애벌레들이 바로 그것들이다. 이로써 사체의 순환이 종결된다.

브뤼노는 이따금 외할아버지의 관을 다시 떠올리곤 했다. 그것은 광택이 나고 은 십자가가 붙은 짙은 검은색 관이었다. 그 이미지를 떠올리면 웬일인지 마음이 편안해지곤 했다. 때로는 행복한 기분마저 들었다. 외할아버지는 그토록 아름다운 관 속에 들어가 있으니 괜찮으실 거라고 어린 브뤼노는 생각했다. 이탈리아의 여배우 이름 같은 그 모든 애벌레와 진드기 따위가 존재한다는 사실을 알게 된 것은 나중의 일이다. 하지만 그것을 알게 된 오늘날에도 외할아버지의 관은 그에게 여전히 행복한 이미지로 남아 있다.

외할아버지가 돌아가신 뒤 알제리를 떠나 마르세유로 이사 오던 날의 기억도 생생하게 남아 있다. 외할머니는 주방의 타일 바닥 한복판에 내려놓은 이삿짐 위에 망연히 앉아 있었고, 타일 바닥으로는 바퀴벌레들이 이리저리 돌아다니고 있었다. 외할머니가 실성한 것은 아마 그날이었을 것이다. 몇 주 사이에 몰아닥친 크나큰 시련을 견디지 못하고 그만 정신에 이상이 생기고 말았다. 남편이 죽은 데다가 알제리가 독립함에 따라 서둘러 그 나라를 떠나야 했다. 마르세유에서 집을 구하는 것도 쉽지 않아서, 북동 지역의 지저분한 단지까지 들어가서야 아파트 하나를 겨우 찾아낼 수 있었다. 알제리에서 태어나 알제리에서만 살아온 그녀에게 프랑스는 너무나 낯선 땅이었다. 게다가 하나밖에 없는 딸자식마저도 그녀를 돌보지 않았다. 무심한 자넌은 제 아버지의 장례식에도 나타나지 않았다. 뭔가가 잘못된 게 틀림없었다. 틀림없이 어딘가에서 잘못이 저질러진 것이었다.

외할머니는 다시 정신을 차리고 그 뒤로 5년을 더 살았다.

정신이 다시 돌아오자, 가구를 사고 식당으로 쓰던 방에 아이의 침대를 새로 들이고 인근 초등학교를 찾아가 아이를 입학시켰다. 할머니는 저녁마다 학교 앞으로 아이를 데리러 왔다. 아이는 바싹 야윈 꼬부랑할머니와 손을 잡고 가는 것이 부끄러웠다. 다른 아이들에게는 부모가 있었다. 이혼한 사람들의 자녀가 아직 드물던 시절이었다.

밤이 되면, 할머니는 말년에 그토록 박복해져 버린 인생을 한탄하면서 지난 세월을 끝없이 되새기곤 했다. 아파트는 천장이 낮았고 여름에는 열기 때문에 숨이 막힐 지경이었다. 할머니는 밤새 뒤척이다가 새벽녘이 되어서야 겨우 잠을 이루곤 했다. 낮에는 아주 큰 소리로 혼잣말을 하면서 실내화를 질질 끌고 아파트 안을 돌아다녔다. 자기가 혼잣말을 하고 있다는 사실조차 의식하지 못하고, 어떤 때는 똑같은 말을 50번이나 잇달아 되뇌기도 했다. 딸의 무심한 처사가 못내 괘씸한지 〈못된 것, 제 아버지 장례식에도 안 오고……〉라는 말을 자주 하였다. 때로는 손에 들고 있는 걸레나 냄비를 무엇에 쓰려고 했는지도 잊어버린 채 이 방에서 저 방으로 왔다 갔다 하면서, 〈제 아버지 장례식인데……. 제 아버지 장례식인데……〉 하는 말을 되풀이하기도 했다. 할머니가 그렇게 아파트 안에서 왔다 갔다 할 때면 타일 바닥에 실내화 끌리는 소리가 슥슥 하고 들려왔다. 브뤼노는 그 소리가 무서워서 침대에 웅크리고 있을 때가 많았다. 그는 뭔가 나쁜 일이 생기고야 말리라는 것을 예감하고 있었다. 어떤 날에는 할머니의 혼잣말이 아침부터 시작되었다. 아직 잠옷도 갈아입지 않고 머리엔 컬 클립을 단 채로 〈알제리는 프랑스 땅이야……〉라는 식으로 혼잣말을 하는 것이었다. 중얼거림이 시작되면 이내 실내화 끄는 소리가 들려왔다. 할머니는 눈에 보이지 않는 어떤 지점을 계속 살피면서 이리저리 돌아다녔다. 한참을 그러고 나면 〈프랑스는…… 프랑스는……〉 하고 되뇌는 할머니의 목소리가 천천히 잦아들었다.

할머니는 언제나 요리하는 것을 좋아했다. 그것이 할머니의 마지막 기쁨이었다. 할머니가 브뤼노를 위해 차려 주는 식사는 열 사람이 먹어도 될 만큼 푸짐한 경우가 많았다. 어떤 때는 올리브 기름에 절인 고추, 앤초비, 감자 샐러드 등 전채 요리 다섯 가지에, 주요리로 고기와 채소를 다져 속을 채운 호박 요리, 올리브로 맛을 낸 토끼 요리, 북아프리카 요리 쿠스쿠스 등을 내놓기도 했다. 할머니가 잘 만들지 못하는 게 하나 있다면 그건 과자였다. 하지만 연금을 받는 날이면 누가며 설탕에 절인 밤이며 엑상프로방스 아몬드 과자 등을 몇 상자씩 사가지고 돌아오곤 했다. 브뤼노는 차츰차츰 뚱뚱하고 겁 많은 아이가 되어 갔다. 할머니는 음식을 만들고 차리는 것만 좋아할 뿐 정작 자신은 거의 먹지 않았다. 일요일 아침에는 할머니가 다른 날보다 조금 늦게 일어났다. 브뤼노는 할머니 침대로 가서 할머니의 야윈 몸에 바싹 다가들어 몸을 웅크리곤 했다. 그는 자기가 한밤중에 일어나 할머니의 심장 한복판을 칼로 찌르는 기이한 상상을 한 적이 있었다. 상상 속에서 그는 눈물을 철철 흘리며 할머니의 시신 앞에 쓰러졌고, 자기도 이내 숨을 거두었다.

1966년 말에 할머니는 딸 자닌에게서 편지를 한 통 받았다. 자닌은 매년 크리스마스 카드를 주고받는 브뤼노의 아버지를 통해서 주소를 알았다고 했다. 자닌은 지난 일에 대해서 미안해하거나 후회하는 기색도 없이, 그저 이런 식으로만 말했다. 〈아빠가 돌아가셨다는 것과 엄마가 이사했다는 것을 알게 되었어요.〉 그녀는 캘리포니아에서 돌아와 프랑스 남부 지방에서 살고 있다는 소식을 전하면서도, 주소는 가르쳐 주지 않았다.

1967년 3월의 어느 날 아침, 할머니는 호박 튀김을 만들려고 하다가 펄펄 끓는 기름 냄비를 엎고 말았다. 할머니는 가까스로 건물의 복도로 나가서 울부짖는 소리로 이웃 사람들에게 사고를 알렸다. 브뤼노는 저녁에 학교를 나오다가 자기네 아파트 위층에 사는 하우지 아주머니를 보았다. 그녀는 브뤼노를 병원으로 곧장 데려갔다. 브뤼노는 병원의 허가를 얻어 몇 분 동안 할머니를 만났다. 할머니의 상처는 붕대로 가려져 있었다. 할머니는 모르핀 주사를 많이 맞았음에도 브뤼노를 알아보고 두 손으로 그의 한 손을 꼭 쥐어 주었다. 그런 다음 아이는 어른들에게 이끌려 병실을 나왔다. 그날 밤중에 할머니의 심장이 멎었다.

브뤼노는 또다시 죽음과 맞닥뜨리게 되었다. 이번에도 아이는 죽음이라는 사건의 의미를 제대로 이해하지 못했다. 그래서 아이는 여러 해가 지난 뒤에도 국어 숙제나 역사 작문을 잘해서 상을 받게 되면, 그것에 대해 할머니에게 이야기를 하리라고 마음을 먹곤 했다. 물론 그러고 나면 즉시 할머니가 돌아가셨다는 사실에 생각이 미쳤다. 하지만 그런 생각은 죽 이어지는 것이 아니었기 때문에, 그와 할머니의 대화를 방해하지는 않았다. 그들의 대화는 비록 갈수록 뜸해지기는 했지만 이후로도 오랫동안 계속되었다. 그가 현대 문학 교수 자격 시험에 합격하던 날에는 특히 이야기가 길었다. 그날 그는 자기가 받은 점수에 관해 할머니에게 이야기하리라 생각하면서 설탕에 절인 밤을 두 상자 사가지고 돌아왔다. 그것이 그들의 마지막 대화였다. 공부를 마치고 처음으로 교직에 임용되었을 때, 그는 자기가 변했다는 사실을 깨달았다. 돌아가신 할머니와 이야기를 나누는 것은 이제 옛날 일이 되어 버렸다. 할머니의 이미지가 그의 마음속에서 사라져 가고 있었다.

장례식 다음 날에 이상한 광경이 벌어졌다. 브뤼노의 아버지와 어머니가 그를 어떻게 할 것인가를 놓고 의견을 나누고 있었다. 브뤼노가 두 사람을 동시에 만난 것은 그때가 처음이었다. 그들은 아파트의 큰방에 있었고, 브뤼노는 자기 침대에 앉아서 그들의 이야기에 귀를 기울이고 있었다. 다른 사람들이 나에 관해서 이야기하는 것을 듣는 것은 언제나 흥미로운 일이다. 그들이 나의 존재를 의식하지 못하고 있는 것처럼 보일 때는 더더욱 그러하다. 그럴 때 우리는 나 자신이 제3자가 된 듯한 기분을 느낄 수 있다. 그건 그다지 불쾌한 일이 아니다. 요컨대, 브뤼노는 두 사람이 자기와 직접 관련된 이야기를 하고 있다고 느끼지 않았다. 하지만 그 대화는 장차 그의 삶에서 결정적인 역할을 하게 될 아주 중요한 것이었다. 그는 나중에 그 대화를 여러 번 다시 기억해 냈다. 하지만 그것에 대해 이렇다 할 감정을 느낀 적은 한 번도 없었다. 그는 자기와 그 두 어른 사이에 직접적인 혈연 관계가 있다는 사실을 믿을 수가 없었다. 그저 그들이 너무나 크고 너무나 젊어 보인다는 사실에 놀랐을 뿐이었다. 브뤼노는 9월이 되면 중학교에 진학해야 했다. 그의 부모가 이러저러한 의논 끝에 내린 결정은 그를 기숙사에 보내고 주말마다 아버지가 그를 파리로 데려가는 것이었다. 어머니는 방학 때 이따금씩 그를 데려가기로 했다. 브뤼노는 아무러해도 상관이 없다고 생각했다. 그 두 어른이 자기에게 아주 냉담하게 굴지 않는 게 다행스러울 뿐이었다. 어쨌거나 그는 할머니와 함께 사는 것 이외의 다른 삶을 생각해 본 적이 없었다.

8
오메가 수컷

브뤼노는 파자마 윗도리를 벗고 세면대에 몸을 기댄다. 작고 하얀 배의 겹쳐진 살이 차가운 도기를 내리누른다. 브뤼노는 이제 열한 살이다. 저녁이면 늘 그러듯이 이를 닦으려는 참이다. 제발 아무 일 없이 양치질을 끝냈으면 좋겠다고 생각하는데, 빌마르가 다가온다. 아직 패거리의 다른 녀석들은 보이지 않는다. 녀석이 브뤼노의 어깨를 툭 친다. 브뤼노는 겁을 집어먹고 바들바들 떨면서 뒤로 물러서기 시작한다. 곧이어 무슨 일이 벌어질지 짐작이 간다. 〈이러지 마……〉 하고 그가 기어 들어가는 목소리로 말한다.

이번에는 플레가 다가온다. 키는 작달막하지만 몸집이 딱 바라지고 힘이 대단히 센 녀석이다. 녀석은 다짜고짜 브뤼노의 뺨을 후려친다. 브뤼노가 울음을 터뜨리자, 놈들은 브뤼노를 떠밀어 바닥에 쓰러뜨리더니 두 다리를 잡고 질질 끌고 간다. 변소 근처에 다다르자, 놈들은 브뤼노의 파자마 아랫도리를 벗긴다. 브뤼노의 성기는 아직 어린아이의 고추처럼 작고 거웃도 나지 않았다. 두 녀석이 브뤼노의 머리털을 잡고 흔들며 입을 벌리라고 한다. 브뤼노는 입을 벌릴 수밖에 없다. 그러자 플레가 변소 청소할 때 쓰는 대걸레를 그의 얼굴에 대고 문지른다. 쿠린내가 난다. 브뤼노는 상처받은 짐승처럼 울부짖는다.

브라쇠르가 가세한다. 놈은 열네 살이라서 1학년 학생들 가운데 가장 나이가 많다. 놈이 제 자지를 꺼낸다. 브뤼노의 눈에는 아주 크고 굵어 보인다. 다른 녀석들이 키득거리고 있는 동안, 놈은 바닥에 쓰러져 있는 브뤼노와 수직이 되게 서더니 얼굴에 대고 오줌을 갈긴다. 전날 저녁에는 그보다 더한 짓을 했다. 브뤼노에게 제 자지를 빨게 한 다음 제 항문까지 핥도록 강요했으니 말이다. 하지만 이번엔 그런 짓은 하지 않을 모양이다. 〈브뤼노 클레망, 네 자지에는 털이 없어. 우리가 털이 나도록 도와주마……〉 하고 놈이 이죽거렸다. 놈의 신호에 따라 다른 두 녀석이 브뤼노의 성기에 면도용 무스를 바른다. 이윽고 브라쇠르가 면도기를 꺼낸다. 면도날이 다가온다. 브뤼노는 겁에 질려서 똥을 지리고 만다.

1968년 3월의 어느 날 밤, 한 사감이 기숙사 마당 안쪽에 있는 변소에서 알몸에 똥칠갑을 한 채 웅크리고 있는 브뤼노를 발견했다. 그는 브뤼노에게 파자마를 입혀서 학감인 코엔의 사무실로 데려갔다. 브뤼노는 자기가 어쩔 수 없이 말을 하게 될까 봐 두려웠고, 자기 입에서 브라쇠르라는 이름이 튀어 나올까 봐 두려웠다. 하지만 코엔은 한밤중에 잠을 깨웠는데도 브뤼노를 상냥하게 맞아 주었다. 자기가 거느리고 있는 사감들과는 달리, 그는 학생들에게 반말을 쓰지 않았다. 그가 기숙사 학감을 지낸 학교는 이번이 세 번째였다. 이미 거쳐온 기숙사 중에는 이곳보다 학생들이 더 거친 곳도 있었다. 그동안의 경험을 통해서 그는 피해자들이 대개 가해자들의 이름을 밝히려 하지 않는다는 것을 잘 알고 있었다. 결국 그가 할 수 있는 일은 1학년 공동 침실을 책임지고 있는 사감을 야단치는 것뿐이었다. 기숙생들의 대다수는 부모들의 보살핌을 제대로 받지 못하는 아이들이었다. 그런 아이들에겐 사감인 그가 부모의 권위를 대신할 수 있는 유일한 인물이었다. 아이들에 대한 감독을 강화하고 잘못을 저지르기 전에 개입했어야 했다 — 하지만 학생 2백 명에 사감이 5명밖에 안 되는 상황에서 그건 도저히 불가능한 일이었다. 브뤼노가 나가고 난 뒤에, 그는 커피 한 잔을 끓여 마시고 1학년 학생들의 신상 카드를 훑어보았다. 플레와 브라쇠르가 의심스러웠다. 하지만 증거가 전혀 없었다. 증거만 있다면 녀석들은 퇴학감이었다. 난폭하고 잔인한 녀석들 몇 명 때문에 다른 학생들까지 폭력에 물들어서는 안 될 일이었다. 남학생들 중에는 약자를 모욕하거나 학대하고 싶어 하는 자들이 많다. 특히 사춘기에는 그들의 잔혹성이 가공할 수준에 다다른다. 코엔은 인간이 법률의 통제를 받지 않고도 선하게 행동할 수 있다는 환상을 품고 있지 않았다. 이 기숙사에 온 뒤로 그는 학생들에게 자기를 무서운 존재로 인식시키는 데에 성공했다. 그는 알고 있었다. 자기가 법적 권위를 대표하고 있으며, 그 최후의 보루가 없었다면 브뤼노 같은 학생들에게 가해지는 가혹 행위는 한도 끝도 없었으리라는 것을.

브뤼노는 낙제를 하고도 오히려 잘된 일이라고 생각했다. 브라쇠르와 빌마르는 2학년에 올라갔으므로 다른 공동 침실에 있게 될 터였다. 그런데 불행하게도, 68년 사태 뒤에 나온 교육부 방침에 따라 기숙사 사감들의 수를 줄이고 자율 규제 제도를 실시한다는 결정이 내려졌다. 이 조치는 시대의 흐름에 맞을 뿐만 아니라 인건비를 줄이는 이점까지 있었다. 이로써 한 공동 침실에서 다른 공동 침실로 건너가는 것이 한결 쉬워졌고, 2학년 학생들이 일주일에 한 번꼴로 1학년 공동 침실을 습격하는 것이 하나의 관행처럼 되어 버렸다. 그들은 한두 명의 피해자를 끌고 자기들 공동 침실로 돌아가서 본격적으로 일을 벌이곤 했다. 그러던 어느 날, 학년 초에 전학 온 미셸 켐프라고 하는 빼빼 마르고 겁 많은 남학생이 학대자들을 피해 창문 밖으로 몸을 던지는 사건이 발생했다. 그들의 학대가 너무나 괴로워서 죽음을 각오하고 뛰어내린 것이었다. 다행히 그는 목숨을 건졌다. 하지만 땅바닥에 떨어질 때의 충격 때문에 복잡골절이 생겼다. 특히 발목 부상이 심했다. 부서진 뼛조각을 다시 모아서 맞추기가 어려웠다. 결국 그는 평생 장애를 안고 살아야 하는 것으로 드러났다.

코엔은 모든 학생을 상대로 심문을 벌인 끝에 자기의 추정이 사실임을 확인하였다. 그는 플레를 불러들여 죄를 추궁하였다. 녀석은 끝내 자기 죄를 인정하지 않았다. 하지만 코엔은 플레에게 사흘 동안의 정학 처분을 내렸다.

동물 사회는 거의 모두가 어떤 지배 체제를 바탕으로 운용된다. 이 지배 체제는 구성원들 간에 힘의 차이가 있다는 사실과 결합되어 있고, 엄격한 위계 질서를 특징으로 삼고 있다. 집단 내에서 가장 힘이 센 수컷은 〈알파 수컷〉이라 불린다. 두 번째로 힘이 센 〈베타 수컷〉이 그 뒤를 잇는다. 이런 식으로 해서 가장 힘이 약한 〈오메가 수컷〉까지 서열이 매겨진다. 힘이 세다 약하다 하는 것은 대개 결투라는 의식을 통해서 결정된다. 서열이 낮은 동물들은 서열이 높은 동물들에게 싸움을 걸어서 자기들의 지위를 개선하려고 노력한다. 싸움에서 이기면 등급이 올라가고, 등급이 올라가면 몇 가지 특권을 누리게 된다. 다른 구성원들보다 먹이를 먼저 먹을 수도 있고 집단 내의 암컷들과 교미를 할 수도 있다. 반면에, 가장 힘이 약한 동물은 복종의 자세(쭈그려 앉기, 항문 보이기 등)를 취함으로써 싸움을 피할 수 있다.

브뤼노의 상황은 그 가장 약한 동물의 처지보다 나을 게 없었다. 폭력을 쓰고 약자를 지배하는 것은 동물 사회에 두루 퍼져 있는 현상이지만, 어떤 동물 사회에서는 약자를 상대로 아무 이유 없이 가혹 행위를 하는 일도 벌어진다. 그런 경향은 침팬지들(예컨대, 판 트로글로디테스라는 종)의 사회에서 서서히 조짐을 보이다가 원시적인 인간 사회에서 절정에 달한다. 진화한 인간 사회라 할지라도 아동과 청소년의 세계에서는 그런 경향이 원시 사회에서와 똑같이 나타난다. 연민, 즉 남의 고통을 자기의 고통으로 느끼는 것은 나중에 가서야 출현하게 된다. 이 연민은 이내 도덕률의 형태로 체계화된다. 브뤼노네 학교 기숙사에서는 이 도덕률이 장 코엔을 통해 구현되고 있었다. 그는 자기에게 맡겨진 그 역할을 마다할 생각이 전혀 없었다. 그는 독일의 나치 당원들이 니체의 사상을 악용했다고 생각하지 않는 사람이었다. 그가 보기에 니체는 연민을 부정하고 있었고, 도덕률을 넘어서 있다고 자처하고 있었으며, 욕망을 강조하고 욕망의 지배를 내세우고 있었다. 그런 사상이 나치즘으로 이어지는 것은 당연한 일이라고 그는 생각했다. 근속 연수로 보거나 학위로 보거나 그는 중학교의 교장으로 임용될 수도 있는 사람이었다. 그런 그가 학감 자리에 머물러 있는 것은 스스로 그러기를 원했기 때문이었다. 그는 기숙사 사감 수를 줄이는 것에 항의하기 위해 교육청에 여러 차례 의견서를 보냈다. 하지만 아무 소용이 없었다.

동물원에서 어떤 캥거루의 수컷은 사육사가 몸을 바로 세우고 있으면 그것을 자기에게 싸움을 걸어오는 것으로 간주하고 사육사를 공격한다. 사육사가 구부정한 자세를 취하면 캥거루의 공격은 진정될 수 있다. 몸을 구부리고 있는 것이 싸움을 원하지 않는 캥거루의 자세이기 때문이다. 장 코엔은 싸움을 원하지 않는 온순한 캥거루의 모습을 보이고 싶지 않았다. 브라쇠르의 잔혹한 행위는 학우 한 사람을 평생의 불구자로 만들어 버렸고, 브뤼노 같은 학생들에게도 돌이킬 수 없는 심리적 피해를 주었을 것이었다. 브라쇠르를 자기 사무실로 호출하여 심문할 때, 코엔은 녀석에 대해 노골적인 경멸을 표시하였고 녀석을 퇴학시키겠다는 의도를 전혀 숨기지 않았다.

브뤼노의 아버지는 토요일에 브뤼노를 파리로 데려갔다가 일요일 저녁에 메르세데스 벤츠에 태워 기숙사에 도로 데려다 주곤 했다. 그때마다 브뤼노는 기숙사가 있는 낭퇴유 레모가 가까워지면 혼자서 부들부들 떨기 시작했다. 기숙사의 홀은 학교를 빛낸 유명한 졸업생 쿠르틀린과 무아상의 얼굴을 표현한 얕은 돋을새김으로 장식되어 있었다. 조르주 쿠르틀린은 부르주아들의 삶과 관료 사회의 부조리를 풍자적으로 그려낸 작가이다. 앙리 무아상은 1906년에 노벨상을 받은 화학자로서 금속 산화물과 철합금을 만들기 위한 전기로를 개발하고 화합물에서 규소와 불소를 분리해 냈다. 브뤼노의 아버지는 언제나 7시 저녁 시간에 딱 맞추어 도착했다. 브뤼노는 대개 평일 점심때만 제대로 식사를 할 수 있었다. 그 시간에는 통학생들과 기숙생들이 함께 식사를 했다. 하지만 저녁은 기숙생들끼리만 하는 식사였다. 여덟 명이 앉는 식탁에서 좋은 자리는 언제나 상급생들의 차지였다. 상급생들은 먼저 자기들 접시에 음식을 푸지게 담은 다음, 하급생들이 남은 음식을 먹지 못하도록 음식 그릇에 침을 뱉곤 했다.

브뤼노는 주말에 아버지를 만날 때마다 자기가 당하고 있는 일을 이야기할까 말까 하고 망설였다. 하지만 그의 결론은 언제나 못 하겠다는 쪽이었다. 그의 아버지는 남자란 모름지기 자기 자신을 지킬 줄 알아야 한다고 생각하고 있었다. 아닌 게 아니라 어떤 아이들은 브뤼노보다 나이가 많지 않은데도 못되게 구는 선배들에게 대들고 필사적으로 싸움을 벌여서 결국에는 자기들을 함부로 건드리지 못하게 만들기도 했다. 브뤼노는 아버지 같은 사람은 자기를 이해하지 못할 거라고 생각했다. 브뤼노의 아버지 세르주 클레망은 〈성공한〉 남자였다. 그의 부모는 프티 클라마르에서 조그만 식료품 가게를 운영했지만, 그는 마흔두 살의 나이에 성형 전문 클리닉을 세 개나 가지고 있었다. 그것도 최고급 주택가에 있는 클리닉이었다. 하나는 뇌이유에 있었고, 다른 하나는 파리 북서 교외의 베지네에, 나머지 하나는 스위스의 로잔 근처에 있었다. 그의 전처가 캘리포니아에 가서 살고 있을 때는 칸에 있는 클리닉의 경영까지 맡아 수익의 반을 챙기기도 했다. 그는 오래전에 수술에서 손을 놓았다. 그 대신 그는 사람들 말마따나 〈탁월한 경영자〉가 되었다. 하지만 그의 사회적 성공이 자식 문제를 해결하는 데에도 그대로 이어지는 것은 아니었다. 그는 자기 아들에 대해서 어떻게 처신해야 할지를 모르고 있었다. 그는 아들에 대해 약간의 죄책감을 느끼고 있었고, 시간을 너무 많이 빼앗기지만 않는다면 되도록 잘해 주고 싶었다. 그래서 브뤼노가 오는 주말에는 애인들을 집에 불러들이지 않고 브뤼노하고만 시간을 보내려고 애썼다. 그는 조리가 다 된 음식을 사다가 아들과 마주 앉아 저녁을 먹었고, 아들과 함께 텔레비전을 보았다. 무슨 놀이를 하면서 시간을 보내면 좋았을 텐데, 그는 할 줄 아는 놀이가 없었다. 이따금 브뤼노는 한밤중에 일어나 냉장고로 갔다. 그는 콘플레이크를 꺼내어 사발에 쏟아 붓고 우유와 생크림을 첨가한 다음 거기에 다시 설탕을 듬뿍 뿌려서 먹었다. 그렇게 몇 사발을 욕지기가 나도록 먹고 나면, 배가 그득하고 기분이 좋았다.

9

 풍속의 변화라는 점에서 볼 때, 1970년은 색정적인 소비가 급속히 확산된 해로 기록될 것이다. 검열의 눈이 아직 시퍼렇게 살아 있었음에도 선정적인 풍조가 빠르게 번져 나간 해였다. 1960년대의 〈성 해방〉 이념을 대중의 취향에 맞게 표현한 뮤지컬 코미디 「헤어」가 큰 성공을 거두었고, 젖가슴을 드러내는 새로운 풍속이 남프랑스 해변으로 빠르게 퍼져 나갔다. 파리의 섹스숍은 몇 달 사이에 3개에서 45개로 증가하였다.
 그해 9월에, 브뤼노의 이부(異父) 동생 미셸은 중학교 3학년에 진급하여 외국어로 독일어를 배우기 시작했다. 그가 아나벨을 알게 된 것은 독일어 수업을 그녀와 함께 받게 되면서였다.

 그 무렵에 미셸은 행복이란 무엇인가에 대해 온건하고 보수적인 생각을 가지고 있었다. 아니, 그보다는 행복에 대해 진정으로 생각해 본 적이 없다고 말하는 편이 나을 것이다. 그의 생각이라는 것이 결국은 할머니의 생각을 그대로 물려받은 것이기 때문이다. 그의 할머니는 가톨릭 신자였고 우파인 드골에게 투표를 하는 사람이었다. 두 딸이 모두 공산당

원과 결혼했지만, 그렇다고 해서 할머니의 태도가 달라지지는 않았다. 할머니는 어린 시절에 전시의 궁핍을 겪고 스무 살 무렵에 해방을 맞이한 세대에 속한다. 이 세대가 자식들에게 물려주고 싶어 하는 세계란 다음과 같은 것이다. 여자는 집에서 살림을 하고, 남자는 밖에 나가서 일을 한다(살림이든 일이든 예전과는 비교가 안 될 정도로 편해졌다. 여자는 가전 제품의 도움으로 가사 노동에 들이는 시간을 줄이고 식구들에게 많은 시간을 할애한다. 남자는 자동화 덕분에 예전보다 적게 일하고 일도 덜 고되다). 부부는 서로 정조를 지키며 다정하고 행복하다. 그들은 도심을 벗어난 곳에 있는 쾌적한 집에서 산다. 여가 시간에는 수공예를 하거나 정원을 가꾸거나 그림을 그린다. 아니면 여행을 다니면서 다른 지방이나 다른 나라의 생활 양식과 문화를 발견한다.

아나벨의 아버지 자콥 빌케닝은 네덜란드 프리슬란트 지방의 중심지 레우바르덴에서 태어났다. 하지만 네 살 때 프랑스에 왔기 때문에 네덜란드의 고향에 대해서는 어렴풋한 기억밖에 없었다. 1946년에 그는 가장 친한 친구의 여동생과 결혼하였다. 그녀는 열일곱 살이었고 다른 남자는 전혀 경험해 본 적이 없었다. 그는 현미경 공장에서 얼마 동안 일한 뒤에 정밀 렌즈 공장을 설립하여 주로 앙제니외와 파테의 하청을 받아서 일하였다. 당시는 아직 일본 기업과 경쟁할 일이 없을 때였다. 프랑스는 품질이 뛰어난 렌즈를 생산하고 있었고, 그 중의 일부는 슈나이더나 차이스의 제품과 비교해도 손색이 없었다. 그의 사업은 아주 순조로웠다. 그들 부부는 두 아들을 각각 1948년과 1951년에 낳았고, 그로부터 여러 해가 지난 뒤인 1958년에 아나벨을 낳았다.

아나벨은 행복한 가정에서 태어났다(그녀의 부모는 25년 넘게 결혼 생활을 하는 동안 단 한 번도 심각하게 다퉈 본 적이 없었다). 그녀는 자기 인생 역시 부모의 삶과 똑같을 거라고 믿고 있었다. 미셸을 만나기 전 여름에 그녀는 다음과 같은 생각을 하기 시작했다. 이제 막 열세 살이 되어 가던 무렵이었다. 이 세상 어딘가에 한 남자가 있다. 그녀는 그가 누구인지 모르고, 그 역시 그녀를 모른다. 하지만 장차 그녀는 그와 함께 인생을 가꾸어 갈 것이다. 그녀는 그를 행복하게 해주려고 노력할 것이고, 그 역시 그녀를 행복하게 해주려고 노력할 것이다. 그런데 그런 생각을 하다 보니, 한 가지 궁금한 것이 생겼다. 그 남자가 어떻게 생겼는지를 모르는데, 설령 그 사람을 만난다 한들 어떻게 알아보느냐 하는 것이었다. 생각이 거기에 미치자 당혹스러운 기분이 들었다. 그때 그녀는 『주르날 드 미키』라는 잡지의 독자 상담란에 실린 한 여성 독자의 편지를 읽었다. 그 독자는 그녀와 동갑이었는데, 공교롭게도 그녀와 똑같은 불안을 느끼고 있다고 고백하고 있었다. 상담자는 그 독자를 안심시키려는 듯 이런 말로 대답을 끝맺고 있었다. 〈걱정하지 마세요, 코랄리 양. 그 남자를 알아보게 될 거예요.〉

아나벨과 미셸은 독일어 숙제를 함께하면서 사귀기 시작했다. 미셸은 길 건너편에 살고 있었다. 50미터도 떨어지지 않은 가까운 거리였다. 그들은 갈수록 빈번하게 휴일을 함께 보냈다. 그는 대개 점심 시간이 끝날 무렵에 왔다. 그때마다 아나벨의 작은오빠는 정원에 눈길을 한번 주고서는 〈아나벨, 네 약혼자다……〉 하고 농담을 했다.

미셸은 별난 남학생이었다. 축구나 대중 가수에 대해서는 아는 게 전혀 없었다. 자기 반에서 인기가 없는 것도 아니고 이야기 상대도 여러 명 있었지만, 아무하고도 친밀한 관계를 맺지 않았다. 아나벨과 사귀기 전에는 학교 친구 중에서 그의 집에 온 사람이 아무도 없었다. 그는 혼자서 사색하고 꿈을 꾸는 것에 익숙해져 있었다. 그러던 그가 여자 친구랑 함께 있는 것을 점차 자연스럽게 받아들이게 되었다. 그들은 종종 자전거를 타고 나가 불랑지스 비탈길을 올라갔다. 그런 다음 풀밭과 나무숲을 가로질러 그랑 모랭 강이 내려다보이는 언덕까지 걸어갔다. 그렇게 걸으면서 상대방에 대해서 조금씩 알아 갔다.

10
카롤린 예세얀의 미니스커트

미셸이 아나벨을 만난 그 1970학년도에 들어서면서 브뤼노의 기숙사 생활이 약간 개선되었다. 브뤼노는 중학교 3학년에 진급했다. 중학교 3학년부터 고등학교 3학년까지의 학생들이 자는 곳은 다른 동의 공동 침실이었다. 이 공동 침실은 칸막이가 된 작은 침실로 나뉘어 있었고, 각각의 작은 침실에는 침대가 네 개씩 있었다. 브뤼노의 상황이 개선된 것은 이렇게 공동 침실이 바뀌었기 때문이 아니라, 기숙사의 폭력배들이 브뤼노를 때리고 모욕하는 데에 싫증을 느꼈기 때문이었다. 그들이 보기에 브뤼노는 매도 맞을 만큼 맞았고 모욕도 당할 만큼 당했다. 그들은 차츰차츰 다른 희생자에게 관심을 돌렸다.

같은 해에 브뤼노는 여학생들에게 관심을 갖기 시작했다. 어쩌다가 휴일에 남학생 기숙사와 여학생 기숙사에서 합동으로 소풍을 나가는 경우가 가끔 있었다. 날씨가 화창한 목요일[9] 오후 같은 때는 교외의 강변으로 놀러 나가곤 했다. 거기에는 카페가 하나 있었다. 미니축구놀이 탁상과 핀볼 머신

9 예전에 프랑스에서는 목요일에 학교를 쉬었다. 1972년부터는 주 중 휴일이 수요일로 바뀌었다.

을 빽빽하게 들여놓은 카페였다. 하지만 이 카페에 학생들이 많이 꼬였던 것은 미니축구나 핀볼을 하기 위해서라기보다 유리 상자 안에 들어 있던 뱀 때문이었다. 남학생들은 뱀을 자극하기 위해 손가락으로 뱀의 몸뚱이가 닿아 있는 유리벽을 툭툭 치면서 놀았다. 뱀은 그 진동 때문에 잔뜩 성이 나서, 있는 힘을 다해 제 몸을 유리 벽에 내던지다가 결국 녹초가 되곤 했다. 10월의 어느 오후, 브뤼노는 파트리샤 오베예르와 말을 주고받았다. 그녀는 고아였다. 그래서 여름방학 때만 기숙사를 떠나 알자스 지방에 있는 삼촌 집에 간다고 했다. 그녀는 금발에다 몸이 날씬했고, 말이 아주 빨랐다. 그녀의 얼굴 표정에는 변화가 많았지만, 이따금 표정을 바꾸지 않고 한동안 기묘한 미소를 띠고 있기도 했다. 그 다음 주에 브뤼노는 그녀가 다리를 벌린 채 브라쇠르의 무릎에 앉아 있는 것을 보고 큰 충격을 받았다. 녀석은 그녀의 허리를 잡고 진하게 키스를 하고 있었다. 하지만 브뤼노는 그것만 보고 지레 어떤 일반적인 결론을 내리지는 않았다. 그 사실만 가지고 그를 몇 년 동안 괴롭혔던 난폭한 놈들이 여학생들에게 인기가 있다고 단정할 수는 없었다. 그놈들 말고는 여학생을 꾀거나 여학생에게 치근대는 남학생들이 없었기 때문이다. 브뤼노가 관찰한 바에 따르면 놈들은 확실히 여학생들에게 잘 보이려고 애를 썼다. 플레와 빌마르는 물론이고 가장 악랄한 브라쇠르조차도 근처에 여학생이 있을 때는 하급생을 때리거나 모욕하는 것을 삼가고 있었다.

중학교 3학년이 되면서부터 학생들은 시네마 클럽에 가입할 수 있었다. 영화는 매주 목요일 밤에 남학생 기숙사의 강당에서 상영되었다. 여학생들도 거기에서 함께 영화를 보았다. 12월의 어느 날 밤, 「흡혈귀 노스페라투」가 상영되기 전에 브뤼노는 카롤린 예세얀 옆에 앉았다. 영화가 끝날 무렵, 그는 옆에 앉은 그녀의 허벅지에 왼손을 살며시 얹었다. 한 시간 넘게 생각한 일을 실행에 옮긴 것이었다. 몇 초 동안(5초 혹은 7초? 어쨌거나 10초보다 긴 시간이 아니었던 것은 확실하다), 아무 일도 일어나지 않았다. 참으로 경이로운 순간이었다. 그녀는 전혀 움직이지 않고 있었다. 브뤼노는 갑자기 몸이 후끈하게 달아올라 거의 실신할 지경이었다. 잠시 후, 그녀는 아무 말 없이 그의 손을 가만히 밀어냈다. 브뤼노는 나중에 어른이 되어서도 엄청나게 행복했던 그 몇 초와 카롤린 예세얀이 가만히 손을 밀어냈던 그 순간을 두고두고 다시 생각하게 된다. 돌이켜 보면, 소년 브뤼노의 마음속에는 아주 순수하고 다정한 어떤 것이 있었다. 그것은 일체의 성적인 욕구에 앞서는 단순한 접촉의 욕구였다. 그저 상냥한 사람의 몸을 만지고 싶은 욕구, 상냥한 사람의 품에 안기고 싶은 욕구였다. 다정함은 성적인 매력에 앞선다. 그래서 철저히 절망하기가 그토록 어려운 것이다.

그런데 브뤼노는 그날 밤 카롤린 예세얀의 팔을 잡을 수도 있었을 텐데, 왜 하필이면 그녀의 허벅지에 손을 올렸을까?(만일 팔을 잡았다면 십중팔구는 그녀가 받아들였을 것이고, 그것이 아름다운 사랑 이야기의 시작이 되었을지도 모를 일이다. 그도 그럴 것이, 강당에 입장하기 위해 줄을 서 있을 때 먼저 말을 걸어온 것은 그녀였다. 브뤼노가 그녀 옆에 앉겠다고 마음을 먹은 것도 그 때문이었다. 게다가 그녀는 그들의 의자 사이에 놓인 팔걸이에 팔을 올려놓고 있었다. 사실 그녀는 오래전부터 그를 주목해 온 터였고, 브뤼노도 그녀를 무척 좋아하고 있었다. 사정이 이러하다면, 그녀는 그날 밤 그가 손을 잡아 주기를 간절히 바라지 않았을까?) 문제는 카롤린 예세얀이 허벅지를 맨살로 드러냈다는 데에 있었다. 브뤼노는 단순한 마음에 그녀의 허벅지가 공연히 드러나 있을 리는 없다고 생각하였다. 브뤼노는 나중에 나이가 들어 쓸쓸한 기분으로 그 시절의 감상(感傷)에 다시 빠져들면서, 그 사건에 자기 운명의 핵심이 분명하게 드러나 있다고 생각했다. 1970년 12월의 그날 밤에, 카롤린 예세얀은 그가 어린 시절에 겪은 모욕과 슬픔을 지워 줄 수도 있었다. 브뤼노에게는 그것이 첫 번째 실패였다(그녀가 가만히 그의 손을 밀어낸 뒤로 그는 그녀에게 다시는 말을 걸지 못했다). 그 실패 이후로는 모든 게 훨씬 더 어려워졌다. 하지만 카롤린 예세얀의 인간적인 면모를 총체적으로 고려해 볼 때, 그녀에게는 아무 잘못이 없었다. 눈매가 어린 암양처럼 순하고 검은 곱슬머리를 길게 늘어뜨린 카롤린 예세얀, 복잡한 가정 사정 때문에 무아상 중고등학교 여학생 기숙사의 스산한 건물에 살고 있었던 카롤린 예세얀, 그녀는 오히려 그녀가 있다는 것만으로 인류에게 희망을 가질 수 있게 하는 존재였다. 모든 게 절망의 나락으로 떨어지게 된 것은 아주 사소하고 거의 우스꽝스럽기까지 한 사정 때문이었다. 30년이 지난 뒤에 브뤼노는 다음과 같이 확신하게 되었다. 일견 하찮아 보이지만 실제로는 대단히 중요한 역할을 했던 요소들을 감안해 볼 때, 그날 밤의 상황은 이렇게 요약될 수 있다. 모든 게 카롤린 예세얀의 미니스커트 탓이었다고.

브뤼노가 카롤린 예세얀의 허벅지에 손을 얹었을 때, 그는 거의 청혼하는 심정으로 그런 행위를 한 것이었다. 그는 사회의 과도기에 사춘기를 보내고 있었다. 일부 선구자들 — 그의 부모도 그들의 달갑지 않은 본보기다 — 을 제외하면, 앞선 세대는 사랑과 결혼과 성을 매우 단단한 끈으로 한데 묶어 놓은 바 있었다. 사실 사랑과 결혼이 견고하게 결합된 것은 그리 먼 옛날의 일이 아니다. 임금 노동자 계층이 점차 확산되고 1950년대에 급속한 경제 성장이 이루어지면서, 예전의 중매 결혼이나 정략 결혼이 점차 쇠퇴의 길을 걷게 된다(갈수록 소수가 되어 가고 있던 귀족 계층은 예외다. 이 계층에서는 세습 재산이라는 개념이 아직 현실적인 중요성을 간직하고 있기 때문이다). 가톨릭 교회는 혼외의 성행위를 언제나 좋지 않게 보아 오던 터라, 연애 결혼 쪽으로 풍속이 바뀌어 가는 것을 열렬히 환영하였다. 사랑하는 사람끼리 결혼하는 것이 교리(〈하느님은 남자와 여자를 창조하셨다〉)에도 더 합당하고, 가톨릭 교회가 목적으로 삼고 있는 평화와 정절과 사랑의 문명으로 나아가는 데도 더 유익하다고 보았던 것이다. 그 시기에 가톨릭 교회와 정신적으로 맞설 수 있는 유일한 세력이었던 공산당 역시 거의 동일한 목표를 위해 투쟁하고 있었다. 그런 분위기 속에서 1950년대의 젊은이들은 너나 할 것 없이 〈사랑에 빠지기〉를 고대하였다. 농촌 인구가 도시로 몰리고 촌락 공동체가 사라짐으로써 장래의 배우자를 선택하는 범위가 예전과는 비교가 안 될 정도로 확장되었기 때문에 사랑에 대한 젊은이들의 갈구는 더욱 깊어 갔다(파리 북쪽의 사르셀에서 이른바 〈대가족 보호 정책〉이 실시된 게 1955년 9월의 일이다. 이 정책은 프랑스 사회가 핵가족 사회로 변했음을 여실히 보여 주고 있다). 이렇게 볼 때, 1950년대와 1960년대 초를 〈연애 감정의 황금 시대〉로 규정하는 것은 결코 무리가 아니다. 가수 장 페라의 노래와 프랑수아즈 아르디의 초기 노래를 들으면 그 시절의 분위기를 다시 느낄 수 있다.

한편, 같은 시기에 리비도를 자극하는 대중 문화(엘비스 프레슬리의 노래, 마릴린 먼로의 영화)가 미국에서 들어와 서구 전역으로 빠르게 확산되었다. 부부의 행복을 지원하는 도구인 냉장고나 세탁기와 더불어 트랜지스터라디오와 레코드

플레이어가 널리 보급되고, 그에 따라 〈청소년기의 불장난〉이 하나의 행동 모델로서 부상하기 시작했다. 참된 사랑과 불장난 사이의 이데올로기적 갈등은 1960년대 내내 잠복해 있다가, 1970년대 초에 본격적으로 불거져 나왔다. 예컨대, 『꽃다운 마드무아젤』과 『스무 살』이라는 잡지에서는 그 갈등이 다음과 같은 구체적인 질문으로 나타났다. 〈우리는 결혼 전에 어디까지 갈 수 있는가?〉 그런 물음에 대해 절대 자유주의의 영향을 받은 언론 매체들은 미국 쪽에서 온 쾌락주의적이고 섹스 지상주의적인 선택을 강력하게 지지하고 나섰다(『악튀엘』 창간호는 1970년 10월에 나왔고, 『주간 샤를리』 창간호는 같은 해 11월에 출간되었다). 이 잡지들은 정치적인 관점에서는 반(反)자본주의를 표명하고 있었지만, 유대·기독교적 가치를 파괴하고 젊음과 개인의 자유를 예찬한다는 점에서 오락 산업과 한통속이었다. 그 잡지들과는 달리, 젊은 여성을 위한 잡지들은 상반되는 선택을 놓고 고민하던 끝에, 긴급히 하나의 타협안을 내놓았다. 그 타협안은 다음과 같이 요약될 수 있다. 첫 단계에서는(이를테면, 열두 살에서 열여덟 살 사이에는), 많은 남자를 사귄다. 두 번째 단계에서는(대개 고교 졸업 직후), 결혼을 염두에 두고 진지한 연애를 한다. 이 시기는 두 번째 단계이자 원칙적으로는 마지막 단계이다. 하지만 이 타협안은 허약하기 짝이 없는 것이었다. 우선 첫 단계에서 많은 남자를 사귀라고 하는데, 이 〈사귀다〉라는 말의 모호성은 실제적인 행위의 모호성을 그대로 반영하고 있다. 한 남자와 사귄다는 게 정확하게 무슨 뜻일까? 입맞춤 정도를 한다는 걸까? 아니면 페팅이나 딥 페팅, 나아가서는 엄밀한 뜻으로 말하는 성관계를 가진다는 걸까? 남자가 젖가슴을 만지려고 하면 그걸 허용해야 할까? 팬티를 벗어도 되는 걸까? 남자의 성기를 만져도 되는 걸까? 파트리샤 오베예르에게나 카롤린 예세얀에게나 그건 결코 간단한 문제가 아니었다. 그녀들이 좋아하는 잡지들은 모호한 해결책이나 서로 모순되는 대답들을 내놓기가 일쑤였다.

젊은 여성을 위한 잡지들이 제안한 그 타협안 — 사실 이것은 상반되는 행동 모델을 인생의 연속적인 두 시기에 자의적으로 갖다 붙인 것이었다 — 이 죽도 밥도 아니었다는 것은 몇 년이 지나서야 분명하게 드러났다. 이혼이 성행하는 상황이 되어서야 비로소 그것의 문제점이 드러난 것이다. 그럼에도 많은 처녀들은 그 터무니없는 도식을 믿을 만한 삶의 모델로 받아들였다. 자기들 주위에서 너무나 빠른 변화가 일어나고 있는 것에 어리둥절해 하고 있던 그 순진한 여자들은 그 모델을 따르려고 무던히 애를 썼다.

아나벨의 경우에는 사정이 사뭇 달랐다. 그녀는 밤마다 미셸을 생각하며 잠이 들었고, 아침에 잠에서 깨어나면 그를 다시 만난다는 기쁨에 가슴이 벅차올랐다. 학교에서 뭔가 재미있거나 특별한 일이 생기면, 즉시 미셸을 떠올리고 그것을 그에게 이야기해 주리라고 생각했다. 어떤 이유로 그를 만나지 못하는 날에는 불안과 슬픔을 느꼈다. 여름 방학 동안에는 부모와 함께 지롱드 지방의 별장에 가 있었기 때문에 날마다 그에게 편지를 썼다. 물론 그녀의 편지는 열정적인 것과는 거리가 멀었고 오히려 자기 또래의 남자 형제에게 쓸 수 있을 법한 편지와 비슷했다. 그리고 그녀의 삶을 감싸고 있는 감정은 불타는 정열이라기보다는 달무리처럼 부드러운 것이었다. 하지만 그녀의 마음속에서는 하나의 진실이 차츰차츰 분명한 모습을 드러내고 있었다. 비록 그녀가 스스로 솔직하게 인정하지는 않았지만, 그녀는 〈진실한 사랑〉과 마주하고 있었다. 애써 구하지도 않고 진정으로 갈망한 적도 없는데, 어느새 그것이 자기 앞에 와 있는 것이었다. 그녀에겐 첫사랑이

참사랑이었다. 다른 사랑은 없을 것이고, 그런 것이 있을 수 있다는 생각조차 해본 적이 없었다. 『꽃다운 마드무아젤』이라는 잡지에 따르면, 그런 사랑은 가능했다. 거의 일어나지 않는 일이라서 환상을 가져서는 안 되지만, 어떤 사람들에게는 마치 기적처럼 그런 사랑이 찾아올 수 있다고 했다. 지극히 드문 일이지만 분명히 확인된 사례가 있다는 얘기였다. 만일 그런 사랑을 만난다면, 그것은 이승에서 우리에게 일어날 수 있는 가장 행복한 일이라는 것이었다.

11

미셸은 그 무렵에 찍은 사진 한 장을 간직하고 있었다. 1971년 부활절 방학 때 아나벨네 집의 정원에서, 그녀의 아버지가 작은 나무숲과 꽃 무더기 속에 숨겨 놓은 계란 모양의 초콜릿을 찾고 있는 광경을 찍은 사진이었다. 사진 속에서 아나벨은 개나리 덤불 한가운데에 있었다. 어린아이처럼 골똘한 표정으로 나뭇가지를 벌려 가며 초콜릿을 열심히 찾고 있는 모습이었다. 얼굴에 드러나기 시작한 섬세한 자태가 장차 그녀가 대단히 아름다우리라는 것을 짐작할 수 있게 해주고 있었다. 또한 그녀의 살짝 솟아오른 풀오버는 젖가슴의 윤곽을 그려 보이고 있었다. 그들이 부활절 날 계란 모양의 초콜릿을 찾으며 논 것은 그게 마지막이었다. 이듬해에는 이미 그런 놀이를 할 나이가 아니었기 때문이다.

아나벨은 열세 살 때부터 난소에서 분비된 황체 호르몬과 에스트라디올의 영향으로 가슴과 엉덩이에 피하 지방이 붙기 시작했다. 여성의 이 두 기관은 완전하게 발육이 되면 좌우의 균형이 잘 맞고 실팍하고 동그스름한 모습을 띠게 된다. 그러면 남자들은 그 모습을 보면서 어떤 강렬한 욕망을 느낀다. 아나벨은 그녀의 어머니가 그 나이 때 그랬던 것처럼 몸매가 아주 예뻤다. 그런데 얼굴은 모녀간에 차이가 있었다. 어머니의 얼굴은 참하다고는 할 수 있어도 대단히 아름답다고 말할 정도는 아니었다. 그에 반해서 아나벨은 어느 모로 보나 굉장한 미인이 될 게 틀림없었다. 그녀의 어머니는 그것 때문에 은근히 걱정을 하고 있었다. 아나벨의 커다란 파란색 눈과 숱이 많고 눈부실 정도로 밝은 금발은 네덜란드계인 아버지 쪽을 닮은 게 분명했다. 하지만 친탁도 외탁도 아닌 어떤 형태 발생적 우연이 작용했는지, 그녀의 얼굴은 보는 사람의 가슴을 서늘하게 만들 정도로 너무나 깨끗하고 단아했다.

아름다움을 갖추지 못한 처녀는 불행하다. 사랑받을 가능성이 많지 않기 때문이다. 아무도 그녀에게 치근대거나 지분거리지 않아서 좋은 점도 있지만, 그녀는 마치 투명 인간과 같아서 그녀가 지나가도 그녀의 뒤를 따르는 눈길이 없다. 사람들은 그녀가 앞에 있으면 거북함을 느끼기 때문에 차라리 그녀를 무시해 버린다. 그와 반대로, 더없이 아름다운 여자들, 이를테면 꽃다운 나이의 여자들에게서 흔히 볼 수 있는 상큼한 아름다움을 훨씬 뛰어넘는 미녀들은 현실의 사람이 아닌 것 같은 신비로운 느낌을 자아낸다. 그리고 한결같이 어떤 비극적인 운명을 예고하는 듯한 분위기를 풍긴다.

나이와 신분에 관계없이 모든 남자들이 주목하는 젊은 여자들, 중간 규모의 도시 번화가를 따라 그냥 지나가는 것만으로도 청장년 남자들의 심장 박동을 빨라지게 하고 노인들의 입에서 한탄 섞인 볼멘소리가 튀어나오게 하는 아가씨들. 아나벨은 열다섯 살쯤부터 그런 희귀한 여자들 축에 들게 되었다. 그녀는 교실이나 카페에 자기가 나타날 때마다 갑자기 주위가 조용해진다는 사실을 이내 알아차렸다. 하지만 그녀가 그 까닭을 완전히 이해하는 데에는 몇 년의 세월이 더 걸렸다. 크레시 앙 브리 중학교에서는 그녀가 미셸과 〈사귀고 있다〉는 것을 누구나 알고 있었다. 그러나 설령 그런 소문이 없었다 하더라도, 그녀에게 감히 무언가를 시도하려는 남학생은 아무도 없었을 것이었다. 젊은 여자가 너무 빼어난 미모를 지녔을 때 겪는 주된 고충 중 하나가 바로 그것이다. 그런 여자들과 상대가 된다고 스스로 느끼는 사내들은 노련하고 능글맞고 거리낌 없는 색골들뿐이다. 그래서 일반적으로 사내들 중에서 가장 비루한 것들이 그녀들의 처녀성이라는 보물을 얻는다. 그리고 이것이 그녀들에게는 돌이킬 수 없는 영락(零落)의 첫걸음이 된다.

1972년 9월, 미셸은 크레시에서 멀지 않은 모라는 도시의 무아상 고등학교에 입학했다. 한 학년 아래인 아나벨은 한 해 더 크레시 중학교에 남아 있어야 했다. 미셸은 기차로 통학을 했다. 돌아올 때는 에스블리에서 레일카로 갈아타고 보통 18시 33분에 크레시 역에 도착했다. 아나벨은 매일같이 역에서 그를 기다렸다. 그들은 크레시의 수로를 따라서 함께 걷곤 했다. 어쩌다 가끔은 카페에 들어가기도 했다. 아나벨은 이제 알고 있었다. 언젠가는 미셸이 그녀에게 입을 맞추고 그녀의 몸을 어루만질 날이 오리라는 것을. 그녀는 초조해 하거나 걱정하지 않고 그 순간을 느긋하게 기다리고 있었다. 그런 날이 반드시 오리라고 철석같이 믿고 있었다.

성행동은 기본적으로 타고나는 것이다. 하지만 생애 초기의 몇 년 동안 어떤 경험을 하느냐에 따라서 성행동이 발현하는 메커니즘에 큰 차이가 생길 수 있다. 특히 조류와 포유류에게서 그런 경향이 뚜렷하게 나타난다. 예컨대, 개와 고양이, 쥐, 기니피그, 붉은털원숭이(마카카 물라타)의 경우에는 조기에 종의 다른 구성원들과 신체 접촉을 갖는 것이 성행동 발현에 필수적인 듯하다. 쥐의 수컷은 새끼 시절에 어미와 신체적으로 접촉하지 못하면 구애 행동의 억제라는 대단히 심각한 성행동 장애를 보인다. 미셸은 아나벨에게 키스를 할 수 없었다. 그것을 하느냐 안 하느냐에 따라 자기 인생이 크게 달라지리라는 것을 알았다 해도(실제로 그의 인생은 그것 때문에 크게 달라졌다), 그녀에게 키스를 할 수 없었으리라.

아나벨은 저녁에 그가 손에 책가방을 들고 레일카에서 내리는 것을 보면 너무나 행복해서 그의 품으로 왈칵 달려들곤 했다. 그들은 행복감으로 몸이 마비될 듯한 상태에서 몇 초 동안 서로 껴안고 있었다. 그러고 나서야 그들은 비로소 말을 주고받기 시작했다.

브뤼노 역시 무아상 고등학교를 다니고 있었다. 반은 달랐지만 그도 1학년이었다. 그는 자기에게 아버지가 다른 동생이 있다는 것을 알고 있었다. 하지만 그가 아는 건 그게 전부였다. 그는 어머니를 거의 만나지 못하고 있었다. 여름 방학 때 두 번 어머니의 빌라가 있는 남프랑스의 카시 해수욕장에 간 적은 있었다. 어머니는 여행하는 젊은이들을 많이 맞아들였다. 그 젊은이들은 언론에서 흔히 〈히피〉라고 부르는 자들이었다. 그들은 일을 하지 않았다. 이름을 자닌에서 제인으로 바꾼 어머니는 그들을 공짜로 재워 주고 먹여 주었다. 따라서 그들은 그녀의 전남편이 세운 성형외과 클리닉의 수입으로 살고 있는 것이었다. 다시 말하면, 세월이 가져다 주는 손상에 맞서 싸우거나 생래적인 불완전함을 바로잡으려는 일부 부유층 여자들의 욕망 덕분에 먹고사는 셈이었다. 그들은 바위로 둘러싸인 작은 만에서 알몸으로 해수욕을 하였다. 브뤼노는 수영 팬티 벗는 것을 한사코 거부하였다. 그는 자기가 희멀겋고 왜소하고 혐오스럽고 너무 뚱뚱하다고 느끼고 있었다. 어머니는 이따금 그런 젊은이 하나를 침실로 맞아들였다. 어머니는 이미 마흔다섯 살의 중년 여인이었다. 음부는 야위고 약간 처져 있을 게 틀림없었다. 하지만 용모는 여전히 아름다웠다. 어머니의 빌라에서는 젊은 여자들의 음부를 늘 가까이에서 볼 수 있었다. 때로는 손을 뻗으면 닿을 만큼 가까이 있기도 했다. 브뤼노는 늘 흥분된 상태에 있었기 때문에 하루에 세 차례나 용두질을 하곤 했다. 그는 그 음문들이 자기에게는 닫혀 있다는 것을 잘 알고 있었다. 그곳에 오는 젊은 남자들은 한결같이 그보다 크고 힘이 좋았다. 그처럼 희멀겋지 않고 구릿빛으로 보기 좋게 그을어 있었다. 여러 해가 지나 브뤼노가 다른 계층의 사람들을 접해 보고 나서 깨달은 것이지만, 당시에 〈히피〉로 대표되었던 주변적인 젊은이들의 세계는 결코 열린 세계가 아니었다. 소시민의 세계, 샐러리맨과 중간 관리자들의 세계가 그보다 한결 너그럽고 친절하고 개방적이었다. 그 문제와 관련하여 브뤼노는 이런 식으로 말하기를 좋아하였다. 〈나도 점잖은 간부 사원으로 변장하면 그들 속으로 들어갈 수 있어. 정장과 셔츠와 넥타이만 있으면 되는 거야. 중저가 브랜드 의류 전문점에서 염가 판매할 때 사면 그거 다 합쳐 봐야 8백 프랑밖에 안 들어. 그러니까 돈은 문제될 것 없고 그저 넥타이만 맬 줄 알면 된다고 볼 수 있어. 물론 자동차가 없다면 문제가 되겠지. 월급쟁이가 목돈을 마련한다는 게 쉬운 일은 아니니까 말이야. 하지만 방법이 없는 건 아냐. 대출을 받으면 돼. 그런 다음 몇 년 동안 일해서 갚으면 되는 거지. 요컨대 소시민의 세계에 받아들여지는 것은 어려운 일이 아냐. 하지만 히피들의 세계는 달라. 히피로 변장하는 것은 아무 소용이 없어. 나는 잘생기지도 않았고 그들이 즐겨 쓰는 말대로 《쿨》하지도 않아. 벌써 머리도 빠지고 점점 뚱뚱해지고 있어. 나이가 들면 들수록 불안해지고 예민해져. 그들이 보이는 배척과 경멸의 징후 때문에 점점 더 고통을 받게 돼. 그들 속으로 들어가자면 자연스러운 아름다움을 갖춰야 해. 다시 말하면, 동물적이어야 하는 거지. 하지만 나는 그렇지 못해. 돌이킬 수 없는 결함이지. 내가 무슨 말을 하고 무슨 행위를 하고 무엇을 사든, 나는 결코 그 장애를 극복할 수 없을 거야. 그것은 타고난 장애만큼이나 어찌할 수 없는 것이거든.〉

브뤼노는 어머니 집에 처음 머물 때부터 히피들이 자기를 받아 주지 않으리라는 것을 깨달았다. 그는 잘생긴 동물이 아니었고 앞으로도 결코 되지 않을 것이었다. 밤이면 그는 열려 있는 음부들을 꿈에서 보았다. 그 무렵에 브뤼노는 카프카를 읽기 시작했다. 카프카를 처음 읽었을 때, 그는 살얼음이 깔리는 듯한 한기를 느꼈다. 『심판』을 읽었을 때는 다 읽고 나서 몇 시간이 지난 뒤에도 멍하고 노곤한 느낌이 가시지 않았다. 그는 카프카가 그리고 있는 세계가 어떤 세계인지 금방 알아차렸다. 수치심으로 얼룩진 그 슬로 모션의 세계, 존재와 존재가 별들 사이의 텅 빈 공간만큼이나 막막하고 허허로운 공간에서 마주치기만 할 뿐 그들 사이에 어떤 관계도 맺어질 수 없을 것 같은 세계, 그것은 바로 브뤼노의 정신세계였다. 이 세계는 느리고 차가웠다. 그래도 따뜻한 것이 있기는 했다. 여자들의 두 다리 사이에 있는 게 바로 그것이었다. 하지만 그는 거기에 도달할 수 없었다.

브뤼노에게 문제가 있다는 사실이 점점 더 분명해지고 있었다. 그는 친구가 없었고, 여자들을 두려워하였다. 그의 청소년기는 전반적으로 보아 참담한 실패였다. 그의 아버지는 그것을 알아차리고 갈수록 죄책감을 크게 느끼고 있었다. 1972년 크리스마스를 맞아, 그는 전처에게 파리로 올 것을 요구했다. 아들 문제를 의논하기 위해서였다. 대화 도중에 그는 브뤼노의 이부 동생이 브뤼노와 같은 학교에 다니고 있다는 사실을 알게 되었다. 형제가 학교도 같고 학년도 같은데, 단 한 번도 서로 만난 적이 없다는 사실에 그는 큰 충격을 받았다. 마치 가족 해체의 비천한 상징을 보는 듯했다. 그는 전처와 자기 모두에게 책임이 있다고 생각했다. 그래서 처음으로 권위적인 태도를 보이며 자닌에게 그녀의 둘째 아들을 만나 보라고 요구했다. 더 늦기 전에 뭔가 할 수 있는 일이 있으면 해야 되지 않느냐면서.

자닌은 미셸의 할머니가 자기에 대해 좋은 감정을 가지고 있을 리가 없다는 것을 잘 알고 있었다. 그렇지만 상황은 그녀가 상상했던 것보다 더 나빴다. 그녀가 크레시 앙 브리의 집 앞에 포르셰를 주차하고 있을 때, 미셸의 할머니가 장바구니를 손에 들고 나왔다. 할머니는 그녀를 보자 퉁명스럽게 말했다.

「당신이 미셸을 보고 싶어 한다면, 내가 그걸 막을 수는 없소. 그 애는 당신 아들이니까. 나는 지금 장 보러 가는 길이오. 한 시간 후에 돌아올 텐데, 그때까지는 다시 가주었으면 좋겠소.」

그러고 나서 할머니는 발길을 돌렸다.

미셸은 자기 방에 있었다. 그녀는 방문을 밀고 들어갔다. 아들을 만나면 먼저 입을 맞춰 주리라고 생각했는데, 그녀가 얼굴을 가져가자마자 미셸은 1미터는 족히 되게 뒤로 물러서 버렸다. 미셸은 자라면서 자기 아버지를 놀라울 정도로 똑같이 닮아 가고 있었다. 야들야들한 금발이며 하관이 빤 얼굴, 약간 솟아오른 광대뼈가 영락없는 자기 아버지 모습이었다. 그녀는 가져온 선물을 내놓았다. 레코드 플레이어와 롤링 스톤즈의 음반 여러 장이었다. 미셸은 시다 달다 말도 없이 선물을 받아 들었다(며칠 뒤에 그는 레코드 플레이어는 그대로 두고, 음반들은 다 없애 버렸다). 그의 방은 어두웠고, 벽에 포스터 한 장 붙어 있지 않았다. 책상에 수학 책이 펼쳐져 있었다. 〈이게 뭐니?〉 하고 그녀가 묻자, 그는 잠시 망설이다가 〈미분 방정식이에요〉 하고 대답했다. 그녀는 아들과 살아가는 이야기도 나누고 방학 때 자기 집에 놀러 오라는 말도 할 작정이었다. 그러나 도무지 그런 이야기를 할 분위기가 아니었다. 그녀는 그저 조만간 형이 찾아올 거라는 것만 알려 주었다. 미셸은 마다하지 않았다. 침묵이 한동안 이어졌다. 그렇게 한 시간 가까이 흘렀을 때, 정원에서 아나벨의 목소리가 들려왔다. 미셸은 창가로 급히 달려가더니 그녀에게 들어오라고 소리를 쳤다. 자닌은 정원 문을 통과하고 있는 처녀에게 눈길을 한번 주고 나서, 입을 약간 비틀며 말했다.

「예쁘다, 네 여자 친구.」

그 말이 언짢게 들렸는지 미셸의 안색이 변했다. 자닌은 포르셰에 올라타다가 아나벨과 눈이 마주쳤다. 그녀는 모가 선 눈으로 아나벨을 쏘아보았다.

자닌이 일러준 대로 브뤼노가 찾아왔다. 미셸의 할머니는 브뤼노에 대해서는 전혀 반감을 품고 있지 않았다. 그 애 역시 천륜을 저버린 어미의 희생자라는 게 할머니의 생각이었다(거칠고 피상적이기는 하지만, 따지고 보면 맞는 말이다). 그리하여 브뤼노는 목요일 오후면 으레 미셸을 보러 오게 되었다. 그는 에스블리에서 크레시 라 샤펠[10] 사이를 운행하는 레일카를 타고 다녔다. 그는 가능하면 혼자 앉아 있는 젊은 여자의 맞은편에 자리를 잡았다(그건 거의 언제나 가능했

10 앞에서 크레시 앙 브리 또는 줄여서 크레시라고 하던 것을 여기에서 크레시 라 샤펠이라고 하는 까닭은 1972년에 크레시 앙 브리와 라 샤펠 쉬르 크레시라는 두 읍이 통합되어 크레시 라 샤펠이 되었기 때문이다.

다). 여자들은 속이 비치는 블라우스를 입었건 다른 옷을 입었건 대부분 다리를 꼬고 앉아 있었다. 엄밀히 말해서 그가 주로 앉았던 곳은 여자들의 정면이라기보다 대각선 방향의 건너편이었다. 하지만 같은 쪽의 긴 의자에 약간 거리를 두고 앉는 경우도 종종 있었다. 그는 금발이든 갈색 머리든 긴 머리를 보기만 하면 사타구니 쪽이 팽팽해지곤 했다. 자리를 고르느라 통로를 지나가노라면 팬티 속이 여간 고통스럽지 않았다. 그는 자리에 앉기가 무섭게 손수건을 꺼내 들었다. 그런 다음 학습 자료 폴더를 펼쳐 넓적다리 위에 올려놓으면, 몇 차례 손을 놀리자마자 일이 끝나 버렸다. 이따금 그를 달뜨게 만든 여자가 그가 성기를 꺼내는 순간에 꼬고 있던 다리를 푸는 경우가 있었다. 그럴 때는 성기에 손을 댈 필요조차 없었다. 그녀의 작은 팬티가 보이자마자 정액이 분출해 버리기 때문이었다. 손수건은 혹시 필요한 경우가 생기지 않을까 해서 꺼내 놓는 것이었다. 대개는 폴더의 학습 자료, 예컨대 이차 방정식, 곤충의 도해, 소련의 석탄 생산 등에 관한 자료에 사정을 하기 때문에 굳이 손수건을 사용하지 않아도 되었다. 여자는 브뤼노가 그러고 있는 것을 아는지 모르는지 잡지만 계속 읽고 있을 뿐이었다.

세월이 많이 흐른 뒤에, 브뤼노는 자기 인생에 대한 회의에 빠진 채 지난 일들을 거듭거듭 되새겨 보게 된다. 그러면서 자기에게 일어났던 많은 일들이 겁 많고 뚱뚱했던 한 소년과 직접적인 관련이 있다고 생각했다. 그는 그 소년의 사진들을 간직하고 있었다. 그 소년이 자라서 욕망에 사로잡힌 어른이 되었다. 그의 어린 시절은 고통스러웠고, 그의 청소년기는 잔인했다. 이제 그는 마흔두 살이었다. 객관적으로 말해서, 죽음으로부터는 아직 멀리 있었다. 하지만 앞으로 무엇을 더 경험하고 무엇을 더 즐길 수 있을 것인가? 창녀들로부터 펠라티오를 받는 것? 그건 가능할 것이었다. 그는 알고 있었다. 자기가 그것을 위해 갈수록 선뜻선뜻 돈을 내리라는 것을. 어떤 목표를 추구하며 사는 사람들은 지난 일을 곱씹으며 시간을 낭비하지 않는다. 그런데 브뤼노는 발기가 점점 어려워지고 짧아지면서, 삶의 긴장이 더욱 풀어지는 듯한 서글픈 기분에 빠져들곤 했다. 그가 이제까지 살면서 추구해 온 주된 목표는 성과 관련된 것이었다. 다른 목표를 추구할 수 있으면 좋으련만 앞으로도 그게 쉽지는 않을 듯했다. 그런 점에서 브뤼노는 자기 시대의 특징을 잘 보여 주는 사람이었다.

프랑스 사회에서는 2세기 전부터 구성원들 사이에 부를 놓고 다투는 치열한 경쟁이 전개되어 왔다. 그런데 브뤼노의 청소년기에 들어와 그런 경제적 경쟁이 상당히 완화되었다. 경제적 조건이 평등해지는 쪽으로 가리라는 생각이 사회에 점점 더 널리 퍼져 가고 있었다. 스웨덴 식 사회 민주주의 모델이 자주 인용되었다. 정치인들뿐만 아니라 기업의 책임자들도 사회 민주주의를 들먹이는 판국이었다. 예전의 젊은이들은 경제적 성공을 통해 동시대인들보다 우월해지려는 욕구가 강했지만, 그 시대의 젊은이들은 그런 목표에 별로 고무되지 않았다. 브뤼노도 그런 젊은이 중 하나였다. 직업적인 면에서 그의 목표는 그저 인구의 대부분을 차지하는 중산층에 포함되는 것뿐이었다. 나중에 지스카르 데스탱 대통령은 브뤼노가 포함되고자 했던 그 계층을 일컬어, 〈윤곽이 정해져 있지 않은 광범위한 중간 계급〉이라고 했다. 하지만 인간이란 위계질서를 세우는 데 능한 동물이다. 인간은 남보다 자기가 우월하다고 느끼기를 열망한다. 스웨덴과 덴마크는 유럽 민주주의 국가들이 경제적 평등의 길로 나아가는 데에서 모델 역할을 했을 뿐만 아니라, 〈성적인 자유〉의 본보기가 되기도 했다. 노동자들과 중간 관리자들이 점진적으로 중간 계급에 통합되어 가고 있는 동안에, 그 계급 내부에서 ─ 정확히 말하면, 그 중간 계급의 자녀들 사이에서 ─ 자기 도취적 경쟁의 새로운 지평이 열렸다. 한 가지 예로, 1972년 7월에 오스트리아 국경에서 가까운 독일 바이에른 지방의 작은 도시 트라운슈타인에서 어학 연수를 받던 때의 일을 이야기할 수 있을 것이다. 브뤼노의 그룹에 파트릭 카스텔리라는 다른 프랑스 젊은이가 있었다. 그는 3주 동안에 무려 서른일곱 명의 여자와 성 관계를 가졌다. 같은 기간에 브뤼노는 단 한 명의 여자와도 관계를 갖지 못했다. 슈퍼마켓의 여종업원에게 자기 성기를 꺼내 보인 적은 있었다 ─ 다행히 그녀는 깔깔거리며 웃었을 뿐, 그를 경찰에 신고하지는 않았다. 파트릭 카스텔리는 그와 마찬가지로 부르주아 가정 출신이고 학교 성적이 좋았다. 경제적인 측면에서 보면 그들의 운명은 비슷해질 가능성이 많았다. 하지만 성적인 면에서 보면 그들 사이에는 우열 관계가 생길 공산이 컸다. 브뤼노의 청소년기는 그와 비슷한 기억들로 점철되어 있었다.

그 뒤로 경제의 세계화가 진전되면서 한동안 완화된 것처럼 보이던 경제적 경쟁이 다시 치열해졌다. 그럼으로써 모든 인구가 구매력의 꾸준한 증대와 함께 광범위한 중간 계급에 통합되리라는 꿈은 사라지고, 실업과 불안정한 삶 속으로 빠져들어 가는 사람들이 갈수록 많아졌다. 그렇다고 해서 성적인 경쟁의 치열함이 완화된 것은 아니었다. 섹스를 둘러싼 경쟁은 오히려 더욱 뜨거워졌다.

브뤼노가 미셸과 알고 지낸 지 어느덧 25년이 되었다. 강산이 두 번도 더 변했을 긴 세월이다. 하지만 브뤼노는 자기가 그동안 거의 변하지 않았다고 느끼고 있었다. 한 개인의 정체성과 그의 주된 특성에는 변하지 않는 핵이 있다는 가정이 그에게는 아주 자명한 것으로 보였다. 하지만 그의 개인사를 되돌아보면, 대부분의 시간은 망각 속으로 영원히 침몰되어 있었다. 숱한 세월을 살지도 않고 그냥 보내 버린 듯한 기분이 들었다. 예외가 있다면 유익한 경험이 많았던 청소년기의 마지막 두 해였다. 그 시기에는 유독 추억할 만한 것이 많았다.

나중에 그의 동생이 설명한 바에 따르면, 어떤 인생에 대한 기억은 양자 물리학자 그리피스가 말하는 정합적 역사라는 것과 비슷한 것이라고 한다. 그것은 그들이 5월의 어느 날 밤에 미셸의 아파트에서 캄파리라는 이탈리아 술을 마시고 있을 때 나온 얘기였다. 그들이 과거 얘기를 하는 것은 드문 일이었다. 그들은 대개 정치나 사회 분야의 뉴스를 화제로 삼았다. 하지만 그날 밤에 그들은 자기들의 과거에 관해서 이야기했다. 미셸의 설명은 이러했다.

「형은 자기 인생의 이러저러한 순간들을 기억하고 있어. 그 기억들은 다양한 양상으로 나타나. 형이 다시 떠올리는 것은 어떤 생각이나 동기일 수도 있고 어떤 얼굴일 수도 있어. 때로는 조금 전에 파트리샤 오베예르 얘기를 할 때처럼 단지 어떤 이름만 기억하기도 해. 그런가 하면 다른 기억은 전혀 없는데 어떤 얼굴만 생각나기도 하지. 카롤린 예세얀의 경우를 보면, 형이 그녀에 관해 알고 있는 것은 형의 손을 그녀의 허벅지에 올려놓았던 그 몇 초의 시간에 집중되어 있어. 그리피스의 정합적 역사라는 개념은 양자계의 측정값들을 일관된 서술을 통해 연결시키기 위해 도입되었어. 하나의 정합적인 서술은 서로 다른 시점에서 행해진 일련의 측정을 바탕으로 구성돼. 각각의 측정은 일정한 시점에서 어떤 물리량을 어떤 가치 영역에 포함시킨다는 것을 뜻해. 예를 들어, 어떤 전자의 운동을 측정한다고 생각해 봐. 시간 t1에서는 어떤 속도가 나와. 물론 이 속도는 측정 방식에 따라 달라질 수 있는 근사값이야. 그 다음에 시간 t2에서는 어떤 공간 영역에서의 위치가, 시간 t3에서는 스핀 값이 나와. 우리는 이 측정들의 부분 집합을 바탕으로 논리적으로 앞뒤가 맞는 하나의 〈역사〉를 구성할 수 있어. 하지만 이것이 〈참〉이라고 말할 수는 없어. 단지 모순이 없이 성립된다고 말할 수 있을 뿐이야. 어떤 실험에서든 실험 대상이 되고 있는 물리 세계에 대한 서술이 나올 수 있어. 그리고 그 서술 일부는 그리피스가 정식화한 형태로 새롭게 쓰일 수 있어. 마치 세계가 서로 분리된 요소들로 이루어져 있고 그 요소들이 본질적이고 안정적인 속성을 가진 것처럼 서술할 수 있다는 거야. 하지만 그리피스의 정합적인 역사는 일련의 측정을 바탕으로 다시 쓰일 수 있기 때문에 그 수가 일반적으로 하나보다 훨씬 많게 마련이야. 형은 자아를 의식하고 있어. 그래서 형이 자신의 기억을 바탕으로 재구성할 수 있는 개인사가 하나의 정합적인 역사라고 가정하지. 서술에 모순이 없다고 해서 그게 진실이라고 생각하는 거야. 형은 스스로를 일정한 시간 동안 삶을 지속하는 독립된 개인으로 생각하고 있고, 사물과 속성의 존재론에 매여 있어. 그래서 형의 가설에 관해서 조금도 의심하지 않는 거야. 현실적인 삶을 놓고 보면, 그 가설이 맞는 것처럼 보일지도 몰라. 하지만 꿈의 영역을 생각해 봐. 여전히 그 가설이 통할까?」

「나도 자아가 하나의 환상이라고 생각하고 싶어. 그래서 고통이 사라질 수 있다면 좋겠어. 하지만 자아가 환상이라 해도 고통스럽기는 마찬가지인걸…….」

브뤼노가 나직한 소리로 그렇게 말했다. 미셸은 뭐라고 대답해야 할지 몰랐다. 그는 불교에 대해서 전혀 아는 바가 없었다. 대화가 쉽지 않았다. 기껏해야 일 년에 두 번 만나는 사이가 되었으니 그럴 법도 했다. 그들이 젊었을 때는 자주 만나서 열띤 토론을 벌이곤 했다. 하지만 이제 그런 시절은 가고 없었다.

1973년 9월에, 그들은 2학년 C반에 같이 들어갔고, 그 뒤로 두 해 동안 수학과 물리 수업을 함께 받았다. 미셸은 언제나 반의 수준을 훨씬 넘어서 있었다. 그는 인간 세계에 번뇌와 고통이 가득하다는 것을 깨달아 가고 있었다. 그는 수학을 좋아했다. 수학 방정식은 그에게 차분하면서도 생생한 기쁨을 안겨 주었다. 무언가가 보일 듯 말 듯한 어둠 속을 나아가다 보면 돌연 어떤 통로가 나타나곤 했다. 공식을 활용하고 절묘한 인수 분해를 하다 보면, 어느새 마음이 환해지고 평온해졌다. 어떤 명제를 증명할 때면, 처음 도출되는 식은 진리가 멀지 않은 곳에서 팔딱이고 있다는 느낌 때문에 감동을 주었고 마지막으로 유도되는 식은 찬란한 기쁨을 주었다.

같은 해에 아나벨은 중학교를 졸업하고 무아상 고등학교에 진학했다. 그들 세 사람은 방과 후에 자주 만났다. 만나서 같이 시간을 보내다가, 브뤼노는 기숙사로 가고 아나벨과 미셸은 기차역으로 갔다. 그들의 상황은 기이하고 슬픈 양상을 띠어 가고 있었다. 1974년 초 미셸은 힐베르트 공간을 공부하는 데에 몰두하였다. 그런 다음에는 측정 이론에 입문하고 리만과 레베그와 스틸체스의 적분을 깨우쳤다. 같은 시기에 브뤼노는 카프카를 읽었고 레일카 안에서 딸딸이를 쳤다. 5월의 어느 날 오후, 브뤼노는 크레시에 갓 문을 연 수영장에 갔다. 거기에서 그는 두 여학생을 상대로 자기 목욕 수건의 끝자락을 들어 올려 성기를 보여 주는 장난을 쳤다. 두 여학생은 팔꿈치로 상대방을 툭툭 치면서 그 광경에 흥미를 보였다. 브뤼노는 둘 중에서 안경을 낀 갈색 머리 여학생과 한참 동안 눈길을 주고받았다. 그는 자신이 너무 불행하고 욕구 불만이 너무 심해서 타인의 마음에 관심을 가질 수 없었다. 그래도 동생 미셸이 좋지 않은 상황에 놓여 있다는 것은 눈치채고 있었다. 그가 보기에 미셸은 자기보다 더 나쁜 상황에 빠져 있는 듯했다. 그들은 종종 카페에 함께 갔다. 미셸은 파카를 입고 우스꽝스러운 모자를 쓰고 다녔으며, 미니축구놀이를 할 줄 몰랐다. 말을 하는 건 주로 브뤼노 쪽이었고, 미셸은 갈수록 말수가 적어졌다. 그가 아나벨에게 보내는 시선은 친절하기는 했으나 활기가 없었다. 아나벨은 희망을 버리지 않고 있었다. 그녀는 다른 세계에 살고 있는 듯한 그를 이해하고 싶었다. 그 무렵에 그녀는 톨스토이의 『크로이처 소나타』를 읽고, 한때 그 책을 통해서 미셸을 이해했다고 믿었다. 25년이 지난 뒤에, 브뤼노는 그 시절을 돌아보면서 자기들이 불안하고 비정상적이고 미래가 없는 상황에 놓여 있었다고 생각했다. 과거를 회상하다 보면, 모든 게 다 그렇게 되도록 예정되어 있었던 게 아닐까 하는 생각을 갖기 쉽다. 십중팔구는 틀린 생각인데도 말이다.

12
몸을 규격화하는 체제

> 혁명기에 어떤 자들은 혁명이 성공한 것을 자기들
> 공으로 돌린다. 그들은 자기들 덕에 동시대인들의 무정부주의적
> 열정이 비약적으로 고무되었다고 생각한다. 참으로 기이한 오만이
> 아닐 수 없다. 그들이 깨닫지 못하는 것이 있다. 그 허울뿐인 승리는
> 그저 하나의 자발적인 경향에 기인한다는 사실, 그리고 그 경향은
> 사회의 총체적인 상황에 의해 결정된다는 사실 말이다.
> — 오귀스트 콩트, 『실증철학 강의』, 48강

프랑스에서 1970년대 중엽은 영화「천국의 유령」과「시계 태엽 장치 오렌지」와「레 발쇠즈」[11]가 물의를 빚으며 크게 성공을 거둔 시기로 기억될 것이다. 이 세 영화는 성격은 서로 다르지만 다 같이 성공을 거둠으로써 주로 섹스와 폭력에 바탕을 둔 〈신세대〉 문화가 오락 시장에서 잘 팔릴 수 있다는 것을 확인시켜 주었다. 실제로 이 문화는 그 뒤로 수십 년 동안 높은 수준의 시장 점유율을 계속 유지하게 된다. 1960년대에 열심히 벌어서 경제적으로 넉넉해진 30대들은 1974년에 나온「엠마뉘엘」에서 자기 자신들의 모습을 보았다. 쥐스트 자캥의 이 영화는 여가 활용과 이국 취향의 로케이션과 성적 환상을 제시함으로써, 유대·기독교적 전통의 뿌리가 깊은 프랑스 사회의 한복판에서 레저 문화의 도래를 선언한 셈이었다.

1974년에는 영화뿐만 아니라 다른 분야에서도 풍속의 해방을 진전시키는 일들이 많이 일어났다. 3월 20일에 파리에

---

11 블랙 유머의 대가 베르트랑 블리에 감독의 영화(1974년 작품). 미풍양속에 어긋나는 파격적인 성 묘사로 논란을 일으킴. 제목 〈레 발쇠즈Les Valseuses〉는 원래 왈츠를 추는 여자들이라는 뜻이지만 속어로는 불알을 뜻한다.

서 비타톱이라는 헬스클럽이 처음으로 문을 열었다. 이 클럽은 그 뒤로 육체미와 육체 숭배의 영역에서 개척자의 역할을 하게 된다. 7월 5일에는 성년을 18세로 낮추는 법안이 통과되었고, 같은 달 11일에는 쌍방이 합의하면 이혼을 허용하는 법률이 채택되고 간통죄가 형법에서 사라졌다. 또한 11월 28일에는 임신 중절을 허용하는 이른바 〈베이유 법〉이 격렬한 토론 끝에 통과되었다. 대다수 뉴스 해설자들은 그것을 〈역사적〉인 사건으로 규정하였다. 사실 서구 사회에서 오랫동안 주류를 이뤄 온 기독교적 인류학에서는 수태에서 죽음에 이르기까지 인간의 온 생명을 한없이 중요하게 생각한다. 이것은 기독교 신앙에 비추어 당연한 일이다. 기독교인들은 인간의 육신 안에 영혼이 존재한다고 믿으며, 이 영혼은 영원히 살아서 나중에 하느님과 결합되리라고 생각한다. 그런데 19세기와 20세기에 걸쳐 생물학이 발전함에 따라 유물론적 인류학이 서서히 부상하게 된다. 기독교적인 인류학과 비교할 때 전제 자체가 근본적으로 다른 이 인류학은 윤리적인 면에서 한결 온건한 태도를 취한다. 유물론적 인류학은 다음 두 가지 점에서 기독교적 인류학과 극명한 차이를 보인다. 먼저, 유물론적 인류학에서는 태아를 무조건 하나의 생명으로 인정하지는 않는다. 점진적 분화 상태에 있는 세포들의 작은 집합체인 태아는 일정한 사회적 합의가 이루어질 때(정상적인 생활을 할 수 없게 하는 유전적 결함이 없는 경우, 부모가 동의하는 경우)에만 생명을 가진 독립된 개체로 인정된다. 다음으로, 유물론적 인류학에서는 노인을 지속적인 해체 상태에 있는 기관들의 결합체로 간주한다. 노인은 기관들이 서로 충분히 연계하면서 기능하고 있다는 조건에서만 자신의 생명을 연장할 권리를 진정으로 주장할 수 있다 — 이런 생각을 뒷받침하기 위해 〈인간의 존엄성〉이라는 개념이 도입된다. 이렇듯이 인생의 양쪽 끝에 있는 두 시기는 임신 중절이나 안락사와 같은 윤리적 문제들을 제기한다. 이 문제를 둘러싸고, 근본적으로 상반된 두 인류학은 계속 대립하게 된다.

프랑스 공화국은 원칙적으로 불가지론의 입장에 서 있었다. 그런데 이 불가지론은 결국 유물론적 인류학이 승리하는 데에 도움을 주었다. 유물론적 인류학의 승리는 점진적이고 위선적이고 약간은 음험하기까지 했다. 인간 생명의 〈가치〉라는 문제는 공개적으로 언급되고 있지 않았을 뿐이지 여전히 사람들의 마음속에 살아 있었다. 서구 문명의 마지막 몇십 년 동안 사회 전반에 의기소침하고 때로는 자학적이기까지 한 분위기가 조성된 데에는 그 문제도 한몫을 했을 게 틀림없다.

1974년 여름은 갓 열여덟 살이 된 브뤼노에게 대단히 중요한 시기였다. 여러 해가 지나 정신과 치료를 받게 되었을 때, 그는 세세한 대목에 변경을 가해 가면서 그 시기에 관해 여러 번 되풀이해서 이야기했다 ─ 정신과 의사는 그 이야기를 무척 마음에 들어하는 듯했다. 브뤼노의 이야기는 대체로 이런 식이었다.

「7월 말경의 일입니다. 지중해 연안에 있는 어머니 집에 가서 일주일 동안 묵었을 때였어요. 거기엔 여전히 사람들의 왕래가 많았지요. 그 즈음에 어머니의 섹스 상대는 어떤 캐나다 남자였어요. 매우 건장한 젊은 남자였습니다. 떠나기로 한 날 아침에 나는 다른 날보다 일찍 잠에서 깨어났어요. 그래도 햇살이 벌써 따갑더군요. 나는 그들의 침실로 들어갔습니다. 둘 다 자고 있었어요. 나는 잠시 망설이다가 시트를 끌어당겼지요. 어머니가 움직이더군요. 어머니가 곧 눈을 뜰 거라고 생각했지요. 그러나 아니었습니다. 어머니는 허벅지를 약간 벌린 채 계속 자고 있었어요. 나는 어머니의 음부 앞에 무릎을 꿇고 앉았어요. 몇 센티미터 앞까지 손을 가져갔지요. 하지만 감히 거기에 손을 댈 수는 없었어요. 나는 침실을 나와 집 밖으로 나갔습니다. 어머니는 임자 없는 고양이들을 많이 거둬 먹이고 있었어요. 모두 얼마간은 들고양이로 변한 녀석들이었습니다. 까만 새끼 고양이 한 마리가 돌 위에 올라앉아 햇볕을 쬐고 있었어요. 나는 그 녀석에게 다가갔지요. 집 주위의 땅바닥은 자갈투성이였고 아주 하얬어요. 비정한 느낌이 들 정도로 하얬어요. 나는 용두질을 하기 시작했어요. 새끼 고양이는 나를 여러 차례 흘깃거리더니, 내가 사정을 하기 전에 눈을 감아 버리더군요. 나는 몸을 숙여 커다란 돌멩이 하나를 집어 들었지요. 고양이의 머리통이 깨지고 약간의 골이 주위로 튀었습니다. 나는 돌들을 모아 고양이 시체를 덮어 주고 다시 집 안으로 들어갔어요. 아직 아무도 일어나지 않았더군요. 그날 오전 중에 어머니는 나를 아버지 집에 데려다 주었습니다. 아버지 집은 거기에서 50킬로미터쯤 떨어진 곳에 있었지요. 자동차를 타고 가면서, 어머니는 처음으로 디 메올라에 관해 이야기를 했어요. 그도 4년 전에 캘리포니아를 떠나 아비뇽 근처의 방투 사면(斜面)에 대저택을 샀다더군요. 그는 여름마다 유럽의 모든 나라와 북아메리카에서 오는 젊은이들을 맞아들이고 있다고 했습니다. 어머니는 나보고도 거기에 한번 가보라고 했어요. 나에게 새로운 지평이 열릴 거라고 하더군요. 디 메올라의 가르침은 주로 바라문교의 전통에 바탕을 두고 있었습니다. 하지만 어머니 말로는 광신이나 배타성 같은 건 전혀 없다고 했어요. 그는 심리적 억압으로부터 벗어나게 하는 테크닉이며 인공 두뇌학 등도 활용하고 있었어요. 개인을 해방시키는 것, 깊숙한 곳에 감춰진 개인의 창조적 능력을 개발하는 것에 주안점을 두고 있었습니다. 〈우리는 우리가 가진 뉴런의 10퍼센트밖에 사용하고 있지 않아.〉 자동차가 솔숲을 지나가고 있을 때 어머니가 그러더군요. 〈거기에 가면 네 또래의 젊은이들을 만날 수 있을 거야. 네가 우리와 함께 머무는 동안, 우리는 모두 네가 성적인 면에서 어려움을 겪고 있다는 인상을 받았어.〉 그러고 나서 어머니는 서구의 성생활 방식과 원시 사회의 성 풍속을 비교했습니다. 서구인들이 성을 즐기는 방식은 인간의 자연스러운 본성에서 일탈해 있다고 하더군요. 반면 많은 원시 사회에서는 부족의 어른들이 나서서 사춘기 젊은이들을 자연스럽게 성에 입문시킨다는 것이었죠. 어머니는 더 말하는 것을 삼갔지만, 내가 나중에 알게 된 바로는, 어머니 역시 1963년에 디 메올라의 아들을 성에 입문시킨 적이 있어요. 다비드가 열세 살 되던 해의 일이었어요. 첫날 오후에는 다비드 앞에서 옷을 벗은 다음 그가 자위를 하도록 격려했습니다. 둘째 날 오후에는 어머니가 직접 손과 입을 사용해서 해주었어요. 그러고 나자 셋째 날에는 그가 마침내 삽입을 할 수 있었습니다. 제인에게 그 일은 아주 기분 좋은 추억이었어요. 그 젊은 애의 성기는 아주 딴딴했고, 몇 차례 사정을 하고 나서도 딴딴함을 잃지 않은 채 성교를 계속할 수 있을 것 같았다고 합니다. 그녀가 젊은이들 쪽으로 완전히 돌아선 게 아마 그때부터였을 거예요. 〈하지만, 나는 네 엄마야. 입문은 언제나 직계 가족 바깥에서 이루어지는 거야. 세계를 향해 열리기 위해서는 반드시 그래야 해〉 하고 그녀가 말을 잇더군요. 나는 어머니가 그날 아침 내가 음부를 들여다보고 있을 때 깨어 있었던 건 아닌가 하고 가슴이 뜨끔했지요. 하지만 어머니의 말 자체는 별로 새삼스러울 게 없는 거였습니다. 근친상간의 금기는 이미 기러기나 원숭이들에게서조차 확인되고 있는 바이니까요. 자동차는 생트 막심으로 다가가고 있었어요.」

브뤼노의 이야기는 계속되었다.
「아버지 집에 도착하자마자 나는 아버지가 잘 지내지 못하고 있다는 것을 알아차렸습니다. 그해 여름에 아버지는 휴가를 2주일밖에 갖지 못했어요. 처음으로 사업이 삐걱거리기 시작하면서 돈 문제가 생겼던 모양이에요. 당시에는 그런 사정을 몰랐고, 나중에 아버지가 다 이야기해 줘서 알았지요. 실리콘을 넣어서 젖가슴을 키우는 수술이 부상할 때였는데, 그 시장을 완전히 놓쳐 버린 거예요. 아버지는 그것을 한때 반짝하고 말 유행이라고 생각했어요. 정말 바보 같은 생각이었지요. 미국에서 온 유행치고 몇 년 뒤에 서유럽을 휩쓸지 않은 게 있나요? 하나도 없어요. 아버지의 젊은 동업자 가운데 하나는 기회를 놓치지 않고 따로 개업을 했답니다. 그는 유방 확대 수술을 주력 상품으로 내세우며 시장을 크게 잠식했어요. 그 바람에 아버지의 고객이 많이 떨어져 나갔지요.」
브뤼노의 아버지는 그런 사정을 일흔 살이 되어서야 아들에게 털어놓았다. 간경변 때문에 쓰러지기 직전의 일이었다. 그때 아버지는 술잔에 든 얼음 조각들을 달그락거리면서 어두운 표정으로 이렇게 덧붙였다. 「역사란 되풀이되는 거야. 퐁세, 그 얼간이(20년 전에 아버지를 망하게 만든 그 젊은 성형외과 의사를 가리킨다)는 얼마 전에 음경 확대 수술 쪽에 투자하는 것을 거부했어. 성형외과가 무슨 소시지 가게냐 하면서, 유럽 남자들은 그런 것을 좋아하지 않을 거라고 장담하고 있지. 내가 예전에 그랬듯이 바보 같은 생각을 하고 있는 거야. 내 나이가 지금 서른 살이라면, 난 기꺼이 음경 확대 수술 쪽에 투자하겠어.」 그렇게 이야기 한 토막을 꺼내 놓고 나면, 아버지는 마치 졸고 있는 것과도 같은 몽롱한 상념에 빠져들곤 했다. 아버지의 이야기에는 도무지 진전이 없었다. 나이는 어쩔 수가 없는 모양이었다.

1974년 7월 그때만 해도 브뤼노의 아버지는 아직 영락의 초기 단계에 들어서 있었을 뿐이다. 그는 산 안토니오의 추리 소설을 한 무더기 쌓아 놓고 버번 한 병을 옆에 둔 채 방에 틀어박혀 있었다. 그러다가 저녁 7시쯤 나와서는 떨리는 손으로 이미 조리된 음식을 차리곤 했다. 그는 아들과 대화하는 것을 완전히 포기한 건 아니었지만, 자기가 먼저 말을 걸지는 않았다. 그렇게 이틀이 지나자 브뤼노는 숨이 막힐 듯한 기분이 들었다. 그는 밖으로 나가 오후 시간을 보내기 시작했다. 딱히 갈 데가 있는 것도 아니어서 그냥 해변으로 나가 어슬렁거렸다.

 정신과 의사는 브뤼노 이야기의 그 다음 대목을 별로 좋아하지 않는 듯했다. 하지만 브뤼노는 그 대목에 애착을 느끼고 있었다. 그냥 건너뛰고 싶은 생각이 조금도 없었다. 결국 이 얼간이는 이야기를 들어 주기 위해 있는 거 아닌가? 나 같은 사람들의 이야기를 들어 주라고 고용된 자가 아닌가 말이다. 브뤼노는 그렇게 생각하면서 이야기를 계속했다.

「그녀는 혼자 있었습니다. 날마다 오후에 혼자 해변에 나와 있었어요. 가엾은 부잣집 딸아이였죠. 그런 점에서 나와 비슷했어요. 그녀는 열일곱 살이었습니다. 작고 뚱뚱했죠. 살갗은 너무 하얗고 수줍음이 많아 보이는 얼굴엔 여드름이 나 있었습니다. 내가 떠나기 바로 전날인 넷째 날 오후에, 나는 해수욕 수건을 들고 가서 그녀 옆에 앉았어요. 그녀는 배를 깔고 엎드려 있었는데, 수영복의 브래지어를 끌러 놓고 있더군요. 무슨 말을 할까 하고 망설이다가 겨우 찾아낸 말이 〈바캉스를 보내고 있니?〉였어요. 그녀가 눈을 들더군요. 그녀가 무슨 재치 있는 말을 기대하지는 않았겠지만, 그렇다 해도 내 말은 너무 멍청하게 들렸을 겁니다. 우리는 통성명을 했어요. 그녀의 이름은 아닉이었어요. 그녀가 몸을 일으켜야 할 때가 되었을 때, 나는 속으로 생각했지요. 이 애가 엎드린 채 손을 뒤로 돌려 브래지어를 채울까, 아니면 그냥 몸을 일으켜 나에게 젖가슴을 보일까? 그녀는 이도 저도 아닌 중간쯤 되는 방법을 선택했습니다. 다시 말해서, 브래지어 앞쪽을 잡고 돌아눕더군요. 그녀가 동작을 마무리하는 순간에 브래지어의 컵이 약간 비스듬해지면서 젖가슴이 반쯤 보였어요. 가슴이 정말 크더군요. 벌써 약간 물렁물렁한 느낌을 주는 것으로 보아, 나중에는 상황이 매우 심각해지겠다 싶었어요. 나는 그녀의 용기가 가상하다고 생각하면서, 브래지어의 컵 속으로 한 손을 집어넣어 가슴을 조금씩 노출시켰어요. 그녀는 눈을 감고 그냥 가만히 있었지만, 몸이 약간 경직되어 있더군요. 나는 손을 계속 놀려 쓰다듬었어요. 그녀의 젖꼭지가 딱딱했어요. 그 일은 내 인생에서 가장 아름다운 순간의 하나로 남아 있습니다.

그 다음부터는 일이 쉽지 않았어요. 나는 그녀를 아버지 집으로 데려갔습니다. 우리는 곧장 내 방으로 올라갔어요. 아버지가 그녀를 볼까 봐 걱정이 되더군요. 그동안 살아오면서 대단히 아름다운 여자들을 많이 겪어 본 아버지에게 그녀를 보이기가 싫었어요. 다행히 아버지는 자고 있었어요. 그날은 낮술에 곤드레만드레 취해서 밤 10시가 되어서야 깨어났지요. 내가 그녀의 팬티를 벗기려고 하자, 그녀는 받아들이지 않았어요. 남자와 어떤 것도 해본 적이 없다고 하더군요. 그 대신 그녀는 조금도 머뭇거리지 않고 나에게 용두질을 해주었습니다. 아주 열성적으로 흔들어 주었지요. 그녀가 미소를 짓고 있었던 게 생각나요. 그런 다음, 나는 자지를 그녀의 입 가까이로 가져갔어요. 그녀는 몇 차례 가볍게 빨아 주기는 했지만, 그것을 별로 좋아하는 것 같지는 않았어요. 나는 더 고집을 부리지 않고, 말을 타듯이 그녀 위에 올라탔지요. 그녀의 젖가슴 사이에 성기를 끼웠을 때, 나는 그녀가 정말로 행복해하고 있다고 느꼈어요. 그녀는 가벼운 신음 소리를 냈어요. 그 소리가 나를 엄청나게 흥분시켰어요. 나는 다시 일어나 그녀의 팬티를 벗겼어요. 이번에는 그녀가 마다하지 않더군요. 팬티가 잘 벗겨지도록 다리를 들어 올리기까지 했어요. 그녀는 누가 보기에도 예쁜 여자는 아니었을 겁니다. 하지만 그녀의 보지는 매력적이었어요. 여느 여자의 음부 못지않게 매력적이었지요. 그녀는 눈을 감고 있었어요. 내가 두 손을 그녀의 엉덩이 밑으로 밀어 넣자, 그녀는 허벅지를 쫙 벌리더군요. 그 효과가 너무나 엄청나서 나는 즉시 사정을 해버렸어요. 그녀의 몸속으로는 들어가 보지도 못했지요. 그녀의 거웃에 약간의 정액이 묻어 있었어요. 기분이 참담했습니다. 하지만 그녀는 괜찮다고, 자기는 만족한다고 하더군요.

우리는 이야기를 나눌 시간이 별로 없었어요. 벌써 8시가 되었기 때문에 그녀는 곧 부모님 집으로 돌아가야 했어요. 왜 그랬는지는 모르지만, 그녀는 자기가 외동딸이라고 했습니다. 저녁 시간에 맞추어 귀가하지 못하는 이유가 생긴 것을 너무나 기쁘고 자랑스럽게 생각하는 듯했습니다. 그 모습이 안쓰러워 나는 하마터면 눈물을 흘릴 뻔했지요. 우리는 집 앞의 정원에서 아주 오랫동안 입맞춤을 나눴어요. 이튿날, 나는 다시 파리로 떠났습니다.」

브뤼노는 그 대목에서 잠시 이야기를 중단하였다. 그가 그렇게 숨을 돌리고 있을 때면, 정신과 의사는 조심스럽게 목청을 가다듬고 나서 대개 〈좋아요〉라고 말했다. 그런 다음, 시간이 얼마나 흘렀는가에 따라서 다시 시작하자는 말을 하기도 하고, 〈오늘은 여기까지 할까요?〉 하고 말끝을 약간 올려서 묻기도 했다. 그런 말들을 할 때면 정신과 의사는 으레 빙그레 웃음을 지었다. 상냥하고도 경박한 미소였다.

13

 같은 해 여름, 아나벨은 생 팔레의 어떤 디스코텍에서 한 남학생으로부터 키스를 받았다. 그녀가 『스테파니』라는 잡지에서 남녀간의 우정에 관한 기사를 읽은 지 얼마 되지 않았을 때의 일이다. 이 잡지는 〈어린 시절의 남자 친구〉에 관한 이야기를 하면서, 몹시 혐오스러운 주장을 하고 있었다. 즉, 어릴 적 남자 친구가 애인으로 바뀌는 것은 대단히 드문 일이며, 그의 자연스러운 운명은 애인보다는 오히려 〈믿을 만한 친구〉가 되는 것이라는 얘기였다. 또한 다른 남자들과 처음으로 연애를 하면서 이러저러한 일로 마음에 상처를 입거나 고민거리가 생겼을 때는, 그가 종종 속내 이야기를 들어 주고 위안을 주는 사람의 역할을 할 수도 있다는 것이었다.
 하지만 잡지의 그런 주장에도 불구하고, 아나벨은 그렇게 첫 키스를 경험하고 나자 미셸을 떠올리며 가슴이 미어지는 듯한 슬픔을 느꼈다. 그녀는 그 남학생이 따라오려는 것을 뿌리치고 디스코텍을 나왔다. 경(輕)오토바이의 도난 방지 장치를 푸는데 손이 부들부들 떨렸다. 그날 저녁 그녀는 자기 드레스 중에서 가장 예쁜 것을 골라 입었다. 그녀는 거기에서 1킬로미터밖에 떨어지지 않은 오빠 집으로 가기로 했다. 밤 11시가 조금 넘어서 도착했는데도 거실에 아직 불이 켜져 있었다. 그 불빛을 보자 울컥 눈물이 솟았다. 1974년 7월의 어느 날 밤, 아나벨은 바로 그런 정황에서 자신이 하나의 개별적 존재라는 사실을 고통스럽게 깨달았다. 인간이 하나의 동물로서 자신의 개별적인 삶을 자각하는 것은 먼저 고통을 통해서다. 하지만 사회적인 존재로서 자신의 개별적인 삶을 완전하게 자각하는 것은 〈거짓말〉을 매개로 할 때이다. 개별적인 삶은 사실상 이 거짓말과 혼동될 수 있다. 아나벨은 열여섯 살 때까지 부모에게 숨기는 것이 없었다. 미셸에게도 비밀로 하는 것이 없었다(그것이 아주 드물고 소중한 일이었음을 그녀는 비로소 깨닫고 있었다). 그날 밤 아나벨은 몇 시간 만에 인간의 삶이 거짓말들의 끊임없는 연속이라는 사실을 깨달았다. 같은 기회를 통해서, 자신이 아름답다는 것도 알았다.

개별적인 삶, 그리고 그것의 결과로 나타나는 자유의 느낌은 〈민주주의〉의 자연적인 토대를 이룬다. 민주주의 체제에서 개인과 개인의 관계는 보통 〈계약〉의 형태로 조정된다. 만일 어떤 계약이 계약 당사자들 가운데 어느 한쪽의 자연권을 침해한다거나 계약 취소에 관한 분명한 조항을 갖추고 있지 않다면, 그 계약은 이 같은 사실만으로도 무효가 된다.

브뤼노는 1974년 여름에 대해서는 기꺼이, 그리고 상세하게 이야기를 했지만, 그해 가을부터 시작된 고등학교 3학년 시절에 대해서는 거의 말을 하지 않았다. 기억이 뚜렷하지는 않지만, 그 시기의 색조는 음산한 청록색이었다. 그는 전과 다름없이 미셸과 아나벨을 자주 만났다. 동생과 동생의 여자 친구이니까 가까이 지내는 게 당연했지만, 그런 만남이 지속되리라는 보장은 없었다. 그들은 대학 입학 자격 시험을 앞두고 있었고, 학년 말이 되면 어쩔 수 없이 헤어져야 할 처지였다. 미셸은 예전과 달리 매우 강렬한 행동을 하곤 했다. 지미 헨드릭스를 듣는가 하면 카펫 바닥에서 뒹굴기도 했다. 뒤늦게 사춘기의 징후를 보이고 있는 셈이었다. 아나벨과 미셸은 서로 불편함을 느끼는 듯했다. 상대방의 손을 잡는 일이 갈수록 뜸해지고 있었다. 요컨대, 언젠가 브뤼노가 자기 정신과 의사에게 그 상황을 요약하여 말한 것처럼, 〈모든 게 망쳐지고 있었다.〉

브뤼노는 아닉과 관계를 가진 뒤로, 여자에 대해 조금 더 자신감을 갖게 되었다. 하지만 그 첫 번째 성공은 전혀 다른 성공으로 이어지지 않았다. 아나벨의 반에 실비라는 여학생이 있었다. 아주 예쁘고 귀엽게 생긴 갈색 머리 여학생이었다. 브뤼노는 그녀에게 키스를 하려고 하다가 매몰차게 거절당했다. 하지만 그는 자기와 관계하기를 원하는 여자가 이미 한 사람 있었으니, 앞으로도 더 있을 수 있으리라고 생각했다. 그런 자신감은 미셸을 대하는 태도에도 영향을 미쳤다. 그는 어렴풋하게나마 자신이 보호자가 되어 주어야 할 듯한 기분을 느끼곤 했다. 그럴 때마다 그는 미셸에게 말했다.

「아나벨하고 무언가를 해야 해. 그녀는 네가 무언가를 해주리라 고대하고 있어. 그녀는 널 사랑해. 게다가 그녀는 우리 학교에서 가장 예쁜 여학생이야.」

그때마다 미셸은 몸을 비비 꼬면서 〈그래, 맞아〉 하고 짧게 대답했다. 하지만 날이 가고 달이 가도 미셸은 브뤼노가 말하는 그 무언가를 하지 않았다. 그는 성년의 문턱에서 망설이고 있는 게 분명했다. 아나벨과 키스하는 것이 어쩌면 그 망설임에서 벗어날 수 있는 유일한 방법이었는지도 모른다. 하지만 미셸은 그걸 깨닫지 못하고 있었다. 그는 그 이행의 시기가 영원히 지속되리라는 느낌에 속고 있었다. 일반 대학이 아니라 명문 그랑드제콜에 진학할 학생들은 4월에 2년 과정의 준비반에 들어가기 위한 서류를 작성해야 했다. 미셸은 다른 어떤 학생보다 그랑드제콜에 합격할 가능성이 많았다. 그럼에도 그는 등록 서류를 작성하지 않음으로써 선생님들의 분노를 샀다. 대학 입학 자격 시험은 한 달 보름 앞으로 다가와 있었다. 미셸은 갈수록 마음을 잡지 못하고 방황하는 듯했다. 수업 시간에는 교실 창문 너머로 구름과 나무와 다른 학생들을 바라보고 있기가 일쑤였다. 인간 세상의 어떤 사건도 그의 마음을 진정으로 움직일 수는 없을 듯했다.

한편, 브뤼노는 문과 대학에 진학하기로 마음을 정해 놓고 있었다. 테일러·매클로린 급수 같은 것에 싫증이 난 탓도 있지만, 그보다는 문과 대학에 여학생이 많다는 것이 주된 이유였다. 그의 아버지는 전혀 이의를 제기하지 않았다. 평생 자유분방하게 살아온 늙은이들이 다 그렇듯이, 그는 늘그막에 감상적인 사람으로 변하여 자기의 이기심 때문에 아들의 인생을 망쳤다고 스스로를 호되게 책망하고 있었다. 하긴 그런 자책이 전혀 터무니없는 것은 아니었다. 그가 마지막으로 사귄 정부는 눈이 부시게 아름다운 여자였다. 하지만 그는 5월에 그녀와 헤어졌다. 그녀의 이름은 쥘리 라무르였고, 예명은 줄리아 러브였다. 그녀는 최초의 프랑스식 포르노 영화에 출연하고 있었다. 오늘날에는 기억할 사람이 거의 없겠지만, 클로드 베르나르 오베르 감독이나 프랑시스 르루아 감독의 영화들이었다. 그녀는 자닌과 비슷하게 생겼지만, 자닌보다 훨씬 더 멍청해 보였다. 브뤼노의 아버지는 어느 날 우연히 전처의 젊은 시절 사진을 들여다보다가 두 여자가 닮았다는 사실을 깨닫고는, 〈이건 운명의 장난이야…… 이건 운명의 장난이야……〉 하고 되뇌었다. 쥘리는 베나제라프 감독의 집에서 열린 만찬에 참석했다가 철학자 들뢰즈를 만난 적이 있었다. 그 뒤로 그녀는 걸핏하면 포르노를 지적으로 정당화하는 말을 늘어놓곤 했다. 브뤼노의 아버지는 그 꼴을 더 봐줄 수가 없었다. 게다가 그녀와 사귀는 데는 돈이 많이 들었다. 그녀는 영화 촬영을 하면서 자주 경험한 탓에 운전기사가 딸린 롤스로이스며 모피 코트, 온갖 종류의 선정적인 장신구 따위에 익숙해져 있었다. 그는 1974년 말에 생트 막심에 있는 집을 팔아야만 했다. 몇 개월 뒤에 그는 대학에 진학할 아들을 위해서 파리 천문대 정원 근처에 있는 원룸 하나를 샀다. 밝고 조용하고 앞이 탁 트인 아주 멋진 원룸이었다. 그는 브뤼노에게 원룸을 구경시켜 주면서, 자기가 아들에게 특별한 선물을 하고 있다는 생각을 전혀 하지 않았다. 오히려 할 수 있는 한 잘못된 것을 바로잡으려 애쓰고 있다는 생각을 했다. 어쨌거나 그것은 분명히 잘한 일이었다. 하지만 그는 원룸 안을 이리저리 둘러보다가 기분이 약간 들뜨는 바람에 무심코 이런 말을 했다.

「여자들을 맞아들여도 되겠는데!」

그는 아들의 얼굴 표정을 보고 즉시 그렇게 말한 것을 후회했다.

미셸은 결국 오르세에 있는 파리11대학의 수학·물리학부에 원서를 냈다. 무엇보다 대학 기숙사가 가까이 있다는 점에 마음이 끌린 것이었다. 그야말로 미셸다운 생각이었다. 예상했던 대로 그들은 둘 다 대학 입학 자격 시험에 합격하였다. 시험 결과가 발표되던 날, 아나벨은 그들과 함께 결과를 보러 갔다. 1년 사이에 그녀는 많이 성숙해져 있었다. 약간 야위고 미소에 그늘이 졌지만, 오히려 한결 아름다워 보였다. 브뤼노는 안타까운 마음에 두 사람을 위해 자기가 나서야겠다고 생각했다. 생트 막심에 있던 아버지 집은 이미 팔린 뒤였지만, 그의 어머니가 권했던 대로 디 메올라의 집에는 갈수 있을 듯했다. 그는 두 사람에게 자기랑 함께 가자고 제안했다. 그들은 한 달 뒤인 7월 말에 떠났다.

14
1975년 여름

이런 짓들을 하면서 어떻게 저희 하느님께로 돌아오겠느냐?
음탕한 바람이 들어 야훼는 안중에도 없구나.
― 「호세아」 5장 4절

아비뇽에서 버스를 타고 카르팡트라에서 내렸을 때 그들을 맞아 준 것은 병색이 완연한 남자였다. 1920년대에 미국으로 이민간 이탈리아 무정부주의자의 아들 프란체스코 디 메올라는 〈성공한〉 사람이었다. 물론 경제적인 면에서 말이다. 브뤼노의 아버지 세르주 클레망이 그랬듯이, 그는 제2차 세계 대전이 끝날 무렵 근본적으로 새로운 사회가 도래하리라는 것과 오랫동안 엘리트나 소수 주변인들의 것으로 여겨져 왔던 행위들이 경제적으로 상당한 중요성을 갖게 되리라는 것을 알아차렸다. 그래서 그는 브뤼노의 아버지가 성형외과 부분에 투자하고 있을 때, 음반 제작에 뛰어들었다. 그 분야에서 어떤 사람들은 그보다 훨씬 더 많은 돈을 벌었다. 그건 누구도 부정할 수 없다. 하지만 그도 자기 나름대로 파이의 큰 몫을 챙기는 데에 성공했다. 40대에 접어들면서 그는 캘리포니아에서 많은 사람들이 그랬던 것처럼 하나의 새로운 물결이 다가오고 있음을 직감하였다. 그 조류는 한 번 반짝 하고 사라지는 유행과는 비교가 안 될 만큼 강력한 것으로서 서구 문명 전체를 뒤흔들 가능성이 많아 보였다. 그는 빅 서에 있던 자기 빌라에서 불교 연구가 앨런 와츠와 뉴에이지 사상가 카를로스 카스타네다, 심리학자 에이브러햄 매슬로와 칼 로저스 등을 만나 대화를 나눌 수 있었다. 조금 뒤에는 그 운동의 진정한 정신적 아버지인 올더스 헉슬리를 만나는 특권을 누리기도 했다. 시력을 거의 잃어 가고 있던 늙은 헉슬리는 그에게 이렇다 할 관심을 보이지 않았다. 하지만 그 만남은 그에게 결정적인 인상을 남기게 된다.

그는 1970년에 캘리포니아를 떠나 프랑스의 프로방스 지방에서 저택을 샀다. 그 이유는 그 자신이 보기에도 분명하지 않았다. 나중에 거의 죽을 때가 되어서야, 그는 자기가 〈유럽에서 죽기〉를 원했던 것이 아닐까 하고 생각하기에 이르렀다. 하지만 캘리포니아를 떠날 당시에는 그저 피상적인 동기만을 의식하고 있었다. 그는 프랑스의 1968년 5월 운동에 깊은 인상을 받은 바 있었다. 캘리포니아에서는 히피의 물결이 퇴조하기 시작하던 때라, 그는 유럽의 젊은이들을 상대로 무언가를 할 수 있지 않을까 하고 생각했다. 제인은 그런 생각에 찬성하면서 그가 프랑스로 가도록 부추겼다. 프랑스 젊은이들은 드골주의의 가부장제적 굴레로 숨막혀 하고 있기 때문에 불씨 하나로 모든 걸 태울 수 있다는 게 그녀의 생각이었다. 그 몇 해 전부터 프란체스코의 가장 큰 즐거움은 자기가 참가하고 있는 운동의 영적인 아우라에 홀린 아주 젊은 여자들과 마리화나 담배를 함께 피우고 향내가 진동하는 만다라의 한복판에서 그녀들과 섹스를 하는 것이었다. 빅 서에 오는 여자들은 대개 프로테스탄트 집안에서 성장한 어린 바보들이었고, 적어도 그중의 반은 숫처녀들이었다. 그런데 1960년대 말이 되면서 빅 서에 오는 여자들이 부쩍 줄어들기 시작했다. 그래서 그는 유럽으로 돌아갈 때가 된 모양이라고 생각했다. 그는 다섯 살 때 이탈리아를 떠나온 자기가 〈돌아간다〉라고 말하는 것을 스스로 이상하게 여겼다. 그의 아버지는 혁명적인 운동가였을 뿐만 아니라 교양이 풍부하고 멋을 알며 아름다운 언어인 모국어를 사랑하는 사람이기도 했다. 그는 아버지의 그런 면이 자기에게 영향을 끼쳤을 거라고 생각했다. 사실 그는 언제나 미국인들을 바보로 생각해 온 터였다.

그는 여전히 대단한 미남이었다. 끌로 새긴 듯 윤곽이 뚜렷한 얼굴에 살갗은 구릿빛이었고 하얀 장발은 구불구불하고 숱이 많았다. 하지만 그의 몸속에서는 암세포가 마구 퍼져 나가면서 이웃한 세포들의 유전자 암호를 파괴하고 독소를 분비하고 있었다. 그를 진찰한 전문의들은 많은 점에서 서로 의견이 달랐다. 그러나 한 가지 핵심적인 점, 즉 그가 곧 죽을 거라는 점에서는 의견이 같았다. 그의 암은 수술할 수 없는 것이었다. 의사들의 대부분은 치료보다 편안하게 죽을 수 있게 하는 쪽을 생각하고 있었다. 몇 가지 약을 써서 마지막까지 고통을 느끼지 않게 하자는 것이었다. 사실 그는 이제껏 별다른 통증은 느끼지 않고 그저 전반적인 피로감을 느끼고 있을 뿐이었다. 하지만 그는 자기가 죽는다는 것을 받아들이지 않고 있었다. 받아들일 생각조차 해본 적이 없었다. 현대의 서구인들에게는, 아주 건강한 사람들에게조차 죽음에 대한 생각이 일종의 효과음처럼 따라다닌다. 이 소리는 늘그막이 되면 갈수록 성가시게 끼어들고, 미래에 대한 계획과 욕망이 사라지는 순간 그들의 뇌를 가득 채운다. 예전에 이 효과음은 주님의 왕국이 다가오는 소리였지만, 오늘날에는 죽음이 다가오는 소리이다.

그가 기억하기로, 헉슬리는 자신의 죽음이 다가오고 있다는 것에 전혀 관심이 없어 보였다. 하지만 헉슬리가 그럴 수 있었던 것은 아마도 망령이 들었거나 마약 중독자였기 때문이었을 것이다. 디 메올라는 플라톤과 『바가바드기타』와 『도덕경』을 읽은 바 있었다. 그 책들 중 어떤 것도 그의 마음을 달래 주지 않았다. 그의 나이 이제 겨우 예순 살이었다. 하지만 그는 죽어 가고 있었다. 갖가지 징후가 그걸 말해 주고 있었고, 누가 보기에도 상황이 분명했다. 그는 섹스에조차 흥미를 잃어 가고 있었다. 아나벨을 보고 아름답다는 말을 하긴 했지만 그건 그냥 건성으로 한 말이었다. 그는 브뤼노와 미셸에게는 눈길조차 주지 않았다. 오래전부터 그의 주위에는 젊은이들이 많았다. 그가 제인의 두 아들을 만나는 것에 약간의 호기심을 보였다면, 그건 아마도 젊은이들에게 둘러싸여 살아온 습관 때문이었을 것이다. 요컨대, 그는 그들 세 젊은이에게 전혀 관심이 없었다.

그는 자기 소유로 되어 있는 캠프장 한복판에 그들을 내려 주면서, 아무 데나 텐트를 쳐도 좋다고 말했다. 그러고는 서둘러 저택 안으로 들어갔다. 되도록 아무도 만나지 않고 자리에 눕고 싶어서였다. 겉모습만 보면, 그는 여전히 육감적이고도 똑똑한 남자로 보일 만했다. 반짝반짝 빛나는 그의 눈에서는 빈정거리는 듯한 기색이 묻어나지만, 그것도 보기에 따라서는 지혜로운 느낌을 줄 수 있을 법했다. 어떤 멍청한 여자들은 그를 보고 명석하면서도 선량해 보인다고 말한 적이 있었다. 하지만 정작 그 자신은 선량함과는 거리가 멀다고 스스로 생각하고 있었다. 그는 오히려 자기가 얼치기 배우 같다고 생각했다. 사람들이 자기 연기에 그토록 잘 속아 넘어가는 게 그저 신기할 뿐이었다. 새로운 정신적 가치를 찾겠다고 오는 젊은이들을 대하면 때로는 약간 슬픈 기분마저 들었다. 그가 보기에 그 젊은이들은 정말 바보들이었다.

지프에서 내려 몇 초가 지나기도 전에, 브뤼노는 거기에 온 것이 실수라는 사실을 깨달았다. 캠프장은 약간의 기복을 보이며 완만하게 남쪽으로 내려가고 있었고, 여기저기에 관목과 꽃이 보였다. 폭포도 하나 눈에 띄었다. 폭포 아래에 초록빛 물웅덩이가 있는데, 그 바로 옆의 너럭바위에 벌거벗은 여자가 누워서 햇볕을 쬐고 있었다. 물에 들어가기 전에 몸에 비누질을 하고 있는 여자의 모습도 보였다. 브뤼노 일행의 바로 옆에서는 키가 크고 수염을 기른 남자가 돗자리에 무릎을 꿇고 앉아 있었다. 명상을 하는 것 같기도 하고 자고 있는 것 같기도 했다. 그 남자 역시 알몸이었고 햇볕에 아주 보기 좋게 그을어 있었다. 길게 늘어뜨린 그의 연한 금발이 구릿빛 살갗과 선명한 대조를 이루고 있었다. 그의 생김새는 영화배우 크리스 크리스토퍼슨과 조금 비슷했다. 브뤼노는 주눅이 들었다. 그런 광경을 전혀 예상하지 못했던 것은 아니지만, 막상 대하고 보니 기가 꺾이고 만 것이었다. 바로 떠난다면 그냥 돌아갈 수 있는 시간이 아직 있을 듯했다. 그는 자기 일행 쪽으로 눈길을 돌렸다. 아나벨은 놀랍도록 차분한 모습으로 벌써 텐트를 펼치고 있었다. 미셸은 나무 그루터기 위에 앉아서 배낭 끈을 가지고 손장난을 치고 있었다. 마음을 완전히 딴 곳에 팔고 있는 듯한 모습이었다.

물은 경사가 조금이라도 있으면 그것을 따라 흘러간다. 인간은 거의 모든 행위에서 자기 원칙을 고수하기 때문에 진로 변경을 잘 받아들이지 않는다. 설령 진로를 바꾼다 하더라도 그 길을 계속 가는 경우가 많지 않다. 1950년에 프란체스코 디 메올라와 이탈리아의 한 여배우 사이에서 아들이 태어났다. 아이 어머니는 주로 대사가 거의 없는 역할로 나오는 삼류 배우였다. 「쿠오 바디스」에서 대사 두 마디를 하는 이집트 노예 역할을 맡은 것이 그녀 영화 인생의 절정이었다. 그들은 아들의 이름을 다비드라 지었다. 다비드는 열다섯 살 때부터 록 스타가 되기를 꿈꾸었다. 10대 때에 그런 꿈을 꾸는 사람이 어찌 다비드뿐이랴. 록 스타는 사장이나 은행가보다 훨씬 부유할 뿐 아니라, 반항아의 이미지까지 가지고 있지 않은가. 젊고 멋있고 유명하며, 여자들에게는 사랑을 받고 남자들에게는 시샘을 받는 록 스타, 그들은 당시 서구 사회의 위계 구조에서 절대적인 정점을 이루고 있었다. 고대 이집트에서 파라오를 신격화한 이래로, 유럽과 미국의 젊은이들이 록 스타들에게 바친 숭배에 비견될 만한 것은 인류 역사에 아무것도 없었다. 다비드는 신체적인 면에서만 보면 자기 목적에 도달하기 위한 모든 것을 갖추고 있었다. 그는 동물적이면서도 악마적인 미남이었다. 얼굴은 남성미가 물씬하면서도 선이 여자처럼 고왔고, 길게 늘어뜨린 검은 머리는 숱이 아주 많고 약간 곱슬거렸으며, 눈은 크고 짙은 파란색이었다.

다비드는 아버지의 인맥 덕택에 열일곱 살 때 벌써 싱글 음반을 녹음할 수 있었다. 하지만 그건 완전한 실패였다. 사실 그해는 「서전트 페퍼즈」, 「데이즈 어브 퓨쳐 패스트」 같은 명반들이 많이 나온 해였다. 게다가 지미 헨드릭스와 롤링 스톤즈와 도어즈는 창작 활동의 절정에 있었고, 닐 영은 녹음을 시작하고 있었으며, 브라이언 윌슨은 한창 많은 사람의 기대를 모으고 있던 터였다. 그럭저럭 쓸 만은 하지만 창의성이 거의 없는 베이스기타 연주자는 어디 가서 명함도 내밀 수 없던 시절이었다. 다비드는 그 실패에 굴하지 않고 그룹을 네 번이나 바꿔 가며 다양한 스타일을 시도하였다. 아버지가 캘리포니아를 떠난 지 3년이 지나서, 그는 자기 역시 유럽에 가서 기회를 잡아 보리라고 결심했다. 그는 남프랑스 지중해 연안의 한 클럽에서 쉽사리 연주 계약을 따냈다. 그 정도는 문제도 되지 않았다. 밤마다 그의 분장실로 여자들이 몰려왔다. 그것 역시 문제될 게 없었다. 하지만 어떤 음반 회사에서도 그의 데모 테이프에 관심을 보이는 사람이 없었다.

다비드가 아나벨을 만났을 때, 그는 이미 5백 명 이상의 여자를 경험한 바 있었다. 하지만 그녀처럼 완벽한 미인을 만나기는 그때가 처음이었다. 아나벨은 아나벨대로 전에 다른 여자들이 그랬던 것처럼 그에게 마음이 끌렸다. 그녀는 계속 버티다가, 도착한 지 일주일이 되어서야 그의 요구를 받아들였다. 별이 총총하던 밤, 저택 뒤뜰에서 서른 명쯤 되는 남녀가 춤을 추고 있을 때의 일이었다. 아나벨은 해가 그려진 짧은 티셔츠에 흰 치마를 입고 있었다. 다비드는 그녀 가까이에서 춤을 추다가 간간이 다가와서 그녀를 빙빙 돌리곤 했다. 그들은 한 시간이 넘도록 때로는 빠른 리듬에 때로는 느린 리듬에 맞추어 계속 춤을 추어 댔다. 브뤼노는 나무에 꼼짝 않고 기대서서 가슴을 조이며 경계를 하고 있었다. 미셸은 이따금 빛의 동그라미 가장자리에 나타났다가 이내 어둠 속으로 사라지곤 했다. 그러다가 갑자기 아나벨로부터 채 5미터도 떨어지지 않은 곳에 그가 나타났다. 아나벨은 춤추는 사람들 속에서 빠져나와 미셸에게 다가갔다. 브뤼노는 그녀가 미셸에게 〈춤추지 않을래?〉 하고 묻는 소리를 똑똑히 들었다. 춤을 추던 때와는 달리 그 순간에는 그녀의 얼굴이 무척 슬퍼 보였다. 미셸은 느린 손짓으로 그녀의 권유를 거절했다. 그 동작이 어찌나 느리던지, 마치 선사시대의 동물 하나가 막 소생하여 움직이는 듯했다. 아나벨은 5초에서 10초쯤 미셸 앞에 가만히 서 있다가, 다시 춤추는 사람들 속으로 들어갔다. 그러자 다비드가 그녀의 허리를 잡고 자기 쪽으로 세게 끌어당겼다. 그녀는 그의 어깨에 한 손을 얹었다. 그녀의 얼굴에 미소가 어려 있다는 느낌이 들었다. 브뤼노는 눈을 떨구었다.

다시 눈을 들어 보니, 미셸이 사라지고 없었다. 아나벨은 다비드의 품에 안겨 있었다. 그들의 입술이 서로 가까웠다.

미셸은 텐트 안에 누워서 날이 밝기를 기다렸다. 새벽녘에 갑자기 천둥이 치고 사나운 돌풍이 불었다. 그는 자기가 조금 겁을 먹고 있다는 사실에 무척 놀랐다. 이어서 천둥 소리가 잦아들고 비가 후드득후드득 떨어지기 시작했다. 빗방울들이 텐트의 천을 투덕투덕 때리고 있었다. 얼굴 바로 위에서 소리가 들리는데, 그의 몸에는 빗방울이 닿지 않았다. 문득 자기 인생이 그 상황과 비슷하리라는 예감이 그의 뇌리를 스치고 지나갔다. 나는 앞으로 인간의 다양한 감정들 사이로 지나가게 될 것이다. 때로는 그것들이 아주 가까이에 있을 수도 있으리라. 다른 사람들은 행복을 느끼기도 하고 불행을 느끼기도 하겠지. 하지만 그 감정들 가운데 어떤 것도 나에게 닿거나 영향을 미치지는 못하리라.

그날 밤, 아나벨은 춤을 추면서 그가 있는 쪽으로 여러 번 눈길을 보냈다. 그는 움직이고 싶었지만 그럴 수가 없었다. 자신이 얼음처럼 차가운 물속에 빠져들어 가는 듯한 느낌이 들었다.

빗소리가 들리는데도 사위가 너무나 고요하다는 느낌이 들었다. 그는 몇 센티미터의 허공이 자기와 세계를 갈라놓고 있다고 느꼈다. 허공이 마치 단단한 껍데기나 갑옷처럼 그를 둘러싸고 있었다.

15

 이튿날 아침 미셸의 텐트는 텅 비어 있었다. 그의 소지품은 모두 사라지고, 쪽지 한 장만 달랑 남아 있었다. 쪽지에는 그냥 〈걱정들 하지 마〉라는 말만 적혀 있었다.
 브뤼노는 일주일 더 머물다가 떠났다. 열차에 오르면서, 그는 거기에 머무는 동안 여자를 사귀려고 한 적도 없고 누구에게 말을 걸려고 한 적도 없다는 사실을 깨달았다.
 8월 말경, 아나벨은 생리를 할 때가 지났다는 것을 알아차렸다. 그녀는 이곳에서 알아차린 게 그나마 다행이라고 생각했다. 병원을 찾는 데에는 아무 문제가 없었다. 다비드의 아버지가 가족 계획을 지지하는 의사 하나를 알고 있었다. 아나벨은 그 의사를 만나러 마르세유로 갔다. 그는 적갈색의 자그마한 콧수염을 기른 30대 남자였다. 그는 아주 성의 있는 태도를 보이면서 자기를 선생님이라 부르지 말고 그냥 로랑이라고 불러 달라고 했다. 그런 다음, 여러 가지 도구를 보여 주면서 흡입과 소파의 메커니즘을 설명하였다. 그는 고객들과 민주적인 대화를 하고 싶어 했고, 고객들을 마치 여자 친구처럼 대했다. 그는 여성들의 투쟁을 초기부터 지지해 왔다면서 아직도 해야 할 일이 많이 남아 있다고 역설했다. 수술 날짜는 이튿날로 잡혔다. 비용은 모두 가족 계획 협회가 부담한다고 했다.

아나벨은 신경이 극도로 예민해진 채 호텔 방으로 돌아왔다. 그녀는 이튿날 수술을 받고 하룻밤 더 호텔에서 머문 다음 집으로 돌아가기로 했다. 3주 전부터 그녀는 밤마다 다비드의 텐트에 갔었다. 처음엔 조금 아프더니 횟수가 거듭되면서 쾌감이 느껴졌다. 아주 강렬하게 느낀 적도 있었다. 성적인 쾌감이 그토록 강렬할 수 있다는 것을 예전에는 짐작조차 하지 못했다. 하지만 그 남자에 대해서는 어떤 애정도 느낄 수가 없었다. 그녀는 그가 곧 다른 여자와 동침하리라는 것을 알고 있었다. 십중팔구는 그녀가 수술을 받으러 와 있는 그 순간에도 다른 여자와 함께 있을 터였다.

그날 밤 산부인과 의사 로랑은 친구들과 저녁 식사를 하면서, 아나벨이라는 환자 이야기에 열을 올렸다. 〈우리는 바로 그녀 같은 여자들을 위해 투쟁해 온 거야. 꽃다운 나이의 아가씨들이 바캉스 가서 벌인 한 번의 불장난 때문에 인생을 망치는 일이 없도록 하기 위해서 싸운 거란 말일세〉하면서.

아나벨은 크레시에 돌아가서 겪을 일을 생각하며 한걱정을 했었다. 그러나 막상 돌아와 보니 아무 일도 일어나지 않았다. 그녀가 돌아온 날은 9월 4일이었다. 그녀의 부모는 피부가 구릿빛으로 그을러서 건강해 보인다며 좋아했다. 그들은 미셸이 할머니 집을 떠나 벌써 대학 기숙사에 들어갔다고 알려 주었다. 그들은 딸에게 무슨 일이 일어났는지 전혀 모르고 있는 게 분명했다. 그녀는 미셸의 할머니를 뵈러 갔다. 할머니는 피곤해 보였지만, 그녀를 반갑게 맞아 주고 손자의 주소도 선뜻 알려 주었다.

「다른 학생들은 아직 기숙사에 안 들어간 모양인데, 미셸만 먼저 들어간 게 좀 이상하지 않니?」

「네. 강의가 시작되려면 아직 한 달이나 남았는데 이상하네요.」

「정말, 그 애 속은 알다가도 모르겠어.」

인간은 때로 야만의 숲 한복판에 사랑이 햇살처럼 빛나는 작고 따뜻한 자리를 만들어 낼 줄 알았다. 서로 주체가 되고 서로 아껴 주는 작은 공간을.

아나벨은 그런 공간을 생각하면서, 그 다음 2주 동안 미셸에게 편지를 썼다. 쉬운 일이 아니었다. 지우고 다시 쓰기를 숱하게 되풀이했다. 다 쓰고 나니 40쪽에 달하는 긴 편지가 되었다. 그것은 그녀가 처음으로 쓴 진짜 연애편지였다. 그녀는 개학날인 9월 17일에 그것을 부쳤다. 그리고 답장을 기다렸다.

오르세에 있는 파리11대학은 미국식 캠퍼스를 모델로 해서 지은, 파리 지역의 유일한 대학이다. 공원 안에 흩어져 있는 여러 동의 기숙사에 학부생부터 박사 과정 학생까지 머물 수 있게 되어 있다. 이곳은 교육의 장일 뿐만 아니라 소립자 물리학 분야에서 대단히 높은 수준에 도달해 있는 연구 중심지이기도 하다.

미셸은 233동의 꼭대기 층인 5층의 모퉁이 방에 살고 있었다. 그는 그 방에서 지내는 것을 금세 아주 편안하게 느꼈다. 방 안에는 작은 침대와 책상과 책꽂이들이 있었다. 창문은 잔디밭 쪽으로 나 있었다. 잔디밭이 강까지 펼쳐져 있기 때문에 전망이 아주 좋았다. 창문에서 몸을 약간 숙이면 오른쪽으로 입자 가속기의 콘크리트 덩어리가 보였다. 개강을 한 달 앞두고 있는 그 시기에는 기숙사가 거의 비어 있었다. 아프리카 학생들이 몇 명 있을 뿐이었다. 그들로서는 개강 한 달 전의 텅 빈 기숙사에라도 머물 수 있다는 게 여간 고마운 일이 아니었다. 기숙사가 완전히 문을 닫는 8월에는 머물 곳을 구하는 게 큰 문제였다. 미셸은 여자 관리인과 몇 마디 말을 나누면서 그런 사정을 알게 되었다. 그는 방에만 머물러 있지 않고 낮에는 강을 따라서 걷곤 했다. 그는 아직 모르고 있었다. 자기가 그 기숙사에서 8년 넘게 머물게 되리라는 것을.

어느 날 오전 11시경에 그는 무심한 나무들 사이를 걷다가 풀밭에 벌렁 누웠다. 갑자기 마음이 아려 왔다. 그는 자신이 그토록 괴로워하고 있음에 놀랐다. 그의 세계관은 대속이나 은총 같은 기독교의 개념과도 거리가 멀었고 자유나 용서와 같은 개념과도 무관했다. 그의 세계관은 기계적이고 비정한 성격을 띠고 있었다. 초기 조건이 주어지고 초기 상호 작용의 네트워크에 매개 변수가 정해지면, 사건들은 인간의 마음과 무관한 텅 빈 공간에서 전개된다. 이 사건들이 결정론적인 성격을 띠는 것은 어찌할 수가 없다. 이미 일어난 일은 반드시 일어날 수밖에 없었던 일이다. 그 밖의 가능성은 없었다. 그 일에 대해서 누구도 책임질 수 없었다. 밤이면 미셸은 눈에 덮인 추상 공간을 꿈에서 보곤 했다. 그의 몸은 붕대에 감긴 채 나지막한 하늘 아래 제철 공장들 사이에서 헤매기 일쑤였다. 낮이면 그는 아프리카 학생들 중 하나와 이따금 마주쳤다. 잿빛 피부에 자그마한 말리 인이었다. 그들은 아무 말 없이 고갯짓만 주고받았다. 대학 식당이 아직 문을 열지 않아서, 미셸은 땅거미가 내릴 무렵에 인근의 슈퍼마켓에 나가 참치 통조림 따위를 사오곤 했다.

10월 중순경 아나벨은 그에게 두 번째 편지를 썼다. 처음 것보다 짧은 편지였다. 그러기 전에 그녀는 무슨 소식이라도 들을 수 있을까 싶어서 브뤼노에게 전화를 한 바 있었다. 브뤼노 역시 소식을 듣지 못하고 있었다. 그가 아는 것이라곤 미셸이 규칙적으로 할머니에게 전화를 한다는 것과 크리스마스 전에는 할머니를 보러 오지 않으리라는 것뿐이었다.

11월의 어느 날 저녁, 미셸은 분석 실습을 마치고 돌아오는 길에 기숙사의 우편함에서 쪽지 하나를 발견하였다. 쪽지에는 이런 말이 적혀 있었다. 〈미셸 학생, 마리 테레즈 고모에게 전화해 봐. 긴급한 일이래.〉 미셸은 두 해 전부터 마리 테레즈 고모와 고종 사촌 누나 브리지트를 거의 만나지 못했다. 그는 즉시 고모에게 전화를 걸었다. 할머니에게 다시 심장 발작이 와서 모에 있는 종합 병원으로 모셨다는 얘기였다. 〈병세가 위독해. 매우 위독한 모양이야. 대동맥이 약해서 심장이 멎을지도 모른대.〉

미셸은 걸어서 시내를 가로지른 다음, 자기가 지난해까지 다녔던 무아상 고등학교를 따라 갔다. 오전 10시쯤이었다. 같은 시각에 아나벨은 교실에서 수업을 받고 있었다. 그녀가 공부하고 있던 것은 에피쿠로스의 텍스트였다. 그녀는 에피쿠로스가 명석하고 온건하지만 약간 지루하다고 느끼고 있었다.

하늘은 어둡고 강물은 칙칙했다. 성(聖) 앙투안 종합 병원을 찾는 것은 어렵지 않았다. 온통 유리와 강철로 된 초현대식 건물이라서 금방 눈에 띄었다. 이 병원이 문을 연 것은 지난해였다. 마리 테레즈 고모와 브리지트는 8층 층계참에서 그를 기다리고 있었다. 둘 다 눈물을 흘린 기색이 역력했다. 〈네가 할머니를 꼭 봐야 하는 건지 모르겠다〉 하고 고모가 말했다. 미셸은 가타부타 말하지 않았다. 겪어야 할 일이라면 그냥 겪으리라는 게 그의 생각이었다.

할머니는 집중 치료실에 혼자 있었다. 새하얀 시트 밖으로 할머니의 팔과 어깨가 드러나 있었다. 너무나 늙어 버린 쭈글

쭈글하고 희끄무레한 맨살. 미셸은 그 살에서 눈을 떼기가 어려웠다. 할머니의 두 팔에는 점적 튜브가 꽂혀 있고, 이 팔들은 가죽띠로 침대 가장자리에 묶여 있었다. 대롱 하나가 할머니의 목으로 들어가 있고, 시트 밑으로 빠져나온 전선들이 여러 기록 장치에 연결되어 있었다. 사람들은 할머니의 잠옷도 벗겨 버렸고, 쪽을 찐 머리도 그대로 두지 않았다. 할머니는 아주 오래전부터 아침마다 머리를 곱게 빗어 쪽을 찌곤 했다. 미셸은 희끗희끗한 머리를 묶지 않고 길게 늘어뜨린 할머니를 상상할 수 없었다. 그건 그의 할머니가 아니라, 아주 젊어 보이기도 하고 아주 늙어 보이기도 하는 낯선 여인이었고, 의사들의 손에 맡겨진 가엾은 육신이었다. 미셸은 할머니의 손을 잡았다. 그가 예전과 똑같이 알아볼 수 있는 건 할머니의 손뿐이었다. 그는 어려서부터 할머니의 손을 자주 잡았고, 열일곱 살이 넘어서도 그 버릇을 버리지 않았다. 할머니는 눈을 뜨지 않았다. 그래도 그의 손길은 느끼고 있을 터였다. 그는 예전에 그랬듯이 손에 별로 힘을 주지 않고 그냥 자기 손으로 할머니의 손을 감싸고 있었다. 그러면서 할머니가 자기 손길을 느낄 수 있기를 간절히 바랐다.

할머니는 혹독한 어린 시절을 보냈다. 술에 젖어 사는 거친 남자 어른들 사이에서 일곱 살 때부터 농장 일을 했다. 할머니의 청소년기는 너무나 짧았다. 그래서 그 시기에 관해서는 이렇다 할 만한 추억이 없다. 남편이 죽고 나서, 할머니는 공장에서 일을 해가며 자식 넷을 키웠다. 한겨울에는 아이들이 씻을 물을 마당에서 길어 오곤 했다. 퇴직한 지 얼마 되지 않은 어느 날 아들이 불쑥 찾아왔다. 예순 살이 넘은 어머니에게 제 새끼를 맡기러 온 것이었다. 할머니는 기꺼이 손자를 맡았다. 아이는 부족함을 전혀 모르고 자랐다. 옷은 언제나 깔끔했고 일요일 점심때는 늘 특별한 요리를 먹었으며 애정도 듬뿍 받았다. 할머니는 평생 그렇게 자식과 손자를 위해 살았다. 만일 누구든 인류의 행동에 관해서 철저하게 분석하고자 한다면, 미셸의 할머니와 같은 사람들을 반드시 고려해야 하리라. 그런 사람들은 역사적으로 존재했다. 평생토록 오로지 헌신과 사랑으로 고된 일을 마다하지 않고 살았던 사람들, 자기들의 삶을 말 그대로 남에게 바친 사람들, 그러면서도 전혀 스스로를 희생하고 있다고 생각하지 않은 사람들, 헌신과 사랑의 마음으로 자신들의 삶을 남에게 바치는 것 말고는 삶의 다른 방식을 생각하지 않았던 사람들은 분명히 존재했다. 그리고 그런 사람들은 대개 여성이었다.

미셸은 할머니의 손을 감싸 쥔 채 병실에 15분쯤 머물렀다. 그러자 인턴 한 사람이 들어오더니, 더 머물러 있으면 방해가 될 수도 있다고 알려 주었다. 뭔가 해야 할 일이 있는 모양이었다. 수술은 물론 아니었다. 그건 불가능했다. 그래도 해볼 건 다 해보자는 심산인 듯했다.

미셸은 마리 테레즈 고모의 차를 타고 할머니 집으로 돌아갔다. 차를 타고 가는 동안 아무도 입을 열지 않았다. 고모는 기계적으로 르노16 승용차를 몰고 있었다. 집에 돌아와 식사를 할 때도 그들은 별로 말을 하지 않았다. 이따금 지난 일 한두 가지를 이야기했을 뿐이었다. 마리 테레즈는 일부러 더 분주하게 몸을 놀리고 있었다. 하지만 자꾸만 솟아나는 눈물을 주체하지 못해 간간이 일손을 놓고 눈물을 훔쳤다.

아나벨은 구급차가 떠나는 것도 목격한 바 있고, 나중에 르노16 승용차가 돌아오는 것도 보았다. 그녀는 밤 1시쯤에 일어나 옷을 입었다. 그녀의 부모는 자고 있었다. 그녀는 미셸네 집의 철책문까지 걸어갔다. 방마다 불이 다 켜져 있었다. 그들은 거실에 있는 듯했다. 하지만 커튼 때문에 아무것도 알아볼 수가 없었다. 가랑비가 부슬부슬 내리던 밤이었다. 시간이 10분쯤 흘렀다. 아나벨은 초인종을 눌러 미셸을 만날 수도 있었고, 그냥 돌아갈 수도 있었다. 말하자면 그녀는 〈자유〉가 무엇인지를 구체적으로 경험하고 있는 중이었다. 어쨌거나 그 10분은 혹독한 시련의 시간이었고, 그 시간을 겪은 뒤로 그녀는 예전과는 전혀 다른 사람이 될 터였다.

미셸은 많은 세월이 흐른 뒤에, 인간의 행동을 초(超)유동 상태의 헬륨의 운동과 비교한 짤막한 논문을 발표하게 된다. 인간의 뇌 내부에서 뉴런과 시냅스 사이에 전자가 교환되는 것은 원자 수준의 아주 미묘한 현상이다. 이 현상은 원칙적으로 말해서 양자 역학에서 말하는 불확정성 원리의 지배를 받는다. 하지만 대다수의 뉴런은 작은 차이들을 통계적으로 무효화함으로써 인간의 행동에 결정론적인 성격을 부여한다. 그래서 인간의 행동은 다른 모든 자연계의 운동과 마찬가지로 일정한 틀을 벗어나지 않게 된다. 그런데 대단히 드문 일이긴 하지만, 기독교인들이 〈은총의 역사(役事)〉라고 일컫는 것과 같은 어떤 상황에서는, 또 다른 정합성을 가진 파동이 출현해서 인간의 행동을 새로운 방향으로 이끈다. 이 새로운 행동은 체계가 전혀 다른 조화 진동자들의 지배를 받는다. 이 행동은 일시적인 것일 수도 있고 결정적인 것일 수도 있다. 우리가 〈자유 행동〉이라고 부르는 것이 바로 그것이리라.

그날 밤에는 그런 새로운 행동이 나타나지 않았다. 아나벨은 그냥 자기 집으로 돌아왔다. 그녀는 갑자기 나이가 많이 들어 버린 듯한 기분을 느꼈다. 그 뒤로 그녀는 25년 가까운 세월이 흘러서야 미셸을 다시 만나게 된다.

3시쯤에 전화벨이 울렸다. 간호사는 진심으로 가슴 아파하는 듯했다. 할 수 있는 건 다 해보았지만, 심장이 너무 약해서 어쩔 도리가 없었다는 것이었다. 〈그래도 고통은 받지 않으셨어요. 그건 분명히 말씀드릴 수 있어요. 하지만 이 말씀을 드리지 않을 수 없네요. 이젠 끝났어요.〉

미셸은 아주 작은 발걸음으로 자기 방으로 갔다. 보폭이 기껏해야 20센티미터밖에 안 될 듯했다. 브리지트가 일어서서 그를 따라가려 하자, 마리 테레즈가 손짓으로 그녀를 말렸다. 잠시 후, 그의 방에서 고양이 울음소리 같기도 하고 개가 울부짖는 소리 같기도 한 괴성이 들려왔다. 브리지트는 더 참지 못하고 부리나케 달려갔다. 미셸은 침대 발치에 웅크리고 있었다. 눈을 휘둥그렇게 뜨고 있는 그의 얼굴에 어려 있는 것은 슬픔도 아니었고 인간의 다른 어떤 감정도 아니었다. 그의 얼굴에는 동물적인 공포가 가득 서려 있었다.

제2부
기이한 계기들

1

 브뤼노는 푸아티에[12]를 막 지난 지점에서 순간적으로 자동차에 대한 통제력을 상실했다. 그의 푀조305는 안쪽 차선으로 쭉 미끄러져 중앙 분리대를 살짝 들이받고 180도를 돌아서 멈춰 섰다. 재규어 한 대가 시속 220킬로미터로 달려오다가, 운전자가 황급히 브레이크를 밟으며 핸들을 꺾는 바람에 하마터면 건너편 가드레일을 들이받을 뻔했다. 재규어는 경적을 요란하게 울리며 다시 내달렸다. 브뤼노는 차에서 내려 재규어 쪽으로 주먹을 내지르며 소리쳤다.
「젠장, 빌어먹을! 망할 놈의 호모 자식!」
 그러고는 다시 차를 돌려 가던 길을 계속 갔다.

 〈변화의 장〉은 1975년에 설립되었다. 설립자는 68세대에 속하는 사람들이다(사실 그들 중에서 1968년에 무엇인가를 한 사람은 아무도 없다. 말하자면 그들은 68년 운동에 참여한 사람들이 아니라 68년 운동의 〈정신〉을 지닌 사람들이다). 그들 가운데 한 사람의 부모가 쥘레에서 남쪽으로 조금 떨어

---

12 프랑스 서부 푸아투·샤랑트 지방의 중심 도시.

진 곳에, 솔숲이 군데군데 있는 넓은 땅을 소유하고 있었다. 그들은 그 땅에 〈변화의 장〉이라는 캠프장을 만들었다.[13] 그들의 계획은 1970년대 초에 한창 유행하던 절대 자유주의 사상의 영향을 강하게 받은 것으로서, 일종의 유토피아를 구체적으로 실현하자는 것이었다. 다시 말하면, 〈지금 여기에서〉 자율과 개인 자유 존중과 직접 민주주의의 원리에 따라 살려고 노력하는 장소를 만들자는 것이었다. 하지만 그들이 생각한 건 새로운 공동체가 아니라 그보다 한결 소박한 바캉스 촌이었다. 말하자면, 그들이 생각하는 〈변화의 장〉은 그들의 취지에 찬동하는 사람들이 여름휴가 동안에 모여 새로운 원리들을 자기들의 삶에 실제로 적용해 보는 장소였고, 휴머니즘과 공화주의 정신을 바탕으로 공동 작업과 창조적인 만남을 촉진하는 장소였으며, 한 설립자의 말마따나 〈화끈하게 섹스를 할 수 있는〉 장소였다.

브뤼노는 남(南)숄레 나들목에서 고속 도로를 빠져나와 해

[13] 초판에서는 이 캠프장의 이름이 〈가능성의 공간〉으로 되어 있었고, 캠프장이 있는 장소도 숄레가 아니고 루아양이었다. 〈가능성의 공간〉은 지롱드 하구의 루아양에 실제로 존재하는 캠프장이다. 이 소설의 초판이 나오자마자, 캠프장 쪽에서는 소설의 묘사에 항의하면서 플라마리옹 출판사를 상대로 책을 회수해서 폐기할 것을 요구하는 소송을 제기하였다. 결국 쌍방은 2판부터 캠프장 이름과 소재지 이름을 바꾸는 조건으로 화해하였다. 우리는 이 화해를 존중하여 초판의 지명을 사용하지 않기로 했다. 다만, 이런 결정에는 한 가지 문제가 있다. 캠프장과 관련된 다른 지명들이 그대로 남아 있어서, 지리적으로 앞뒤가 안 맞는 대목이 생긴다는 것이다(예컨대, 위에서 보듯 브뤼노는 캠프장을 갈 때 푸아티에를 거쳐 간다. 하지만 파리에서 루아르 지방의 숄레를 가는 거라면 더 남쪽에 있는 푸아티에로 내려갈 이유가 없다. 또 캠프장은 해변에 있는 것으로 되어 있는데, 숄레는 내륙에 있는 도시라서 해변과는 거리가 멀다). 프랑스 지리에 밝은 독자들이나 지도를 참조해 가며 소설을 읽는 독자들은 이 점을 감안하기 바란다.

안 도로를 따라 10킬로미터쯤 달렸다. 지도만 보아서는 캠프장의 위치를 정확히 알 수가 없었다. 날도 더운데 길에서 하루를 다 보내게 생겼다고 생각하고 있는데, 우연히 표지판이 눈에 들어왔다. 하얀 바탕에 씌어진 알록달록한 글씨들이 〈변화의 장〉을 알리고 있었다. 그 아래에 합판으로 만든 더 작은 표지판이 붙어 있는데, 거기에는 빨간색의 예술적인 글씨로 이런 문장이 씌어 있었다. 〈남의 자유는 나의 자유를 무한히 확대한다.〉 러시아 무정부주의자 미하일 바쿠닌의 그 말이 캠프장의 표어인 모양이었다. 오른쪽으로 나 있는 길은 바다로 통하는 게 분명했다. 그 길에 플라스틱 오리를 질질 끌고 가는 젊은 여자 두 사람이 나타났다. 둘 다 티셔츠 아래에는 아무것도 입지 않은 차림이었다. 잡년들, 하면서 브뤼노는 눈으로 그녀들을 좇았다. 성기가 불뚝거렸다. 젖은 티셔츠의 위력이 대단하구나 싶었다. 보아하니 그녀들은 옆쪽의 캠프장으로 가는 듯했다.

브뤼노는 푀조305를 주차하고 〈환영〉이라는 팻말이 붙어 있는 작은 오두막으로 갔다. 안으로 들어가 보니, 예순 살쯤 된 여자가 가부좌를 틀고 앉아 있었다. 무명 블라우스가 헐렁해서 그녀의 쪼글쪼글하게 야윈 젖가슴이 살짝 드러나 보였다. 브뤼노는 가슴 한쪽이 아릿해지는 것을 느꼈다. 그녀가 상냥하게 미소를 지었다. 약간 억지스러운 상냥함이었다. 〈어서 오십시오〉 하고 그녀가 말했다. 그러고는 다시 히쭉 웃었다. 이 여자 바보 아냐? 하는 생각이 들었다.

「예약증 갖고 계시죠?」

브뤼노는 인조 가죽으로 된 작은 여행 가방에서 서류를 꺼냈다. 〈됐어요〉 하고 그녀가 계속 바보 같은 미소를 지으며 말했다.

캠프장 안에서는 차량 운행이 금지되어 있었다. 브뤼노는 두 번 걸음을 하기로 마음먹었다. 먼저 자리를 하나 골라 텐트를 치고 나서 짐을 옮길 생각이었다. 파리에서 떠나오기 직전에 그는 사마리텐 백화점에서 이글루형 텐트(중국제, 2~3인용, 449프랑)를 산 바 있었다.

풀밭에 다다르자 가장 먼저 눈에 띄는 것은 피라미드였다. 밑변 20미터에 높이도 20미터라서, 측면이 완벽한 이등변삼각형을 이루고 있었다. 검은 나무 테가 둘린 창유리들이 모든 벽을 격자 모양으로 나누고 있었다. 어떤 창유리에서는 비낀 햇살이 강렬하게 반사되고 있었고, 어떤 창유리를 통해서는 내부 구조가 훤히 들여다보였다. 층계참이며 칸막이들도 모두 검은 나무로 되어 있었다. 내부는 전체적으로 하나의 나무를 연상시키도록 구상된 듯했다. 정말 그런 거라면, 설계자의 의도는 상당히 성공적으로 실현된 셈이었다. 나무줄기에 해당하는 것은 피라미드를 관통하는 커다란 원기둥이었다. 이 원기둥 안에는 중앙 계단이 들어 있을 게 틀림없었다. 건물에서 사람들이 혼자서 또는 삼삼오오 짝을 지어 나왔다. 옷을 입은 축도 있고 알몸인 사람들도 있었다. 그런 광경에다 석양에 반짝이는 초원의 풍경까지 겹쳐지니 마치 공상 과학 영화의 한 장면을 보는 듯했다. 브뤼노는 2, 3분 동안 서서 그 장면을 바라보다가, 다시 텐트를 옆구리에 끼고 첫 번째 언덕을 올라가기 시작했다.

캠프장은 소나무가 우거진 언덕들로 이루어져 있었고, 언덕 사이사이에는 나무가 없는 빈터들이 있었다. 여기저기에 흩어져 있는 공동 샤워장들이 눈에 띄었다. 텐트를 치는 자리들 사이에는 아무런 경계가 없었다. 브뤼노는 조금씩 땀을 흘리고 있었다. 속이 더부룩했다. 아무래도 오는 길에 휴게소 식당에서 음식을 너무 많이 먹은 모양이었다. 어디에 자리를 잡아야 할지 요모조모 따져서 생각하기가 어려웠다. 하지만 그는 알고 있었다. 어디에 자리를 잡느냐 하는 것이 체류의 성공을 좌우하는 결정적인 요소일 수 있다는 것을.

그런 생각을 하고 있는데 두 나무 사이에 걸린 빨랫줄이 눈에 띄었다. 다 말라 가는 작은 팬티들이 저녁 산들바람에 살랑살랑 흔들리고 있었다. 거기에다 텐트를 치는 게 좋겠다는 생각이 들었다. 캠프장에서는 이웃끼리 알고 지내게 마련이다. 꼭 섹스를 하기 위해서가 아니더라도 서로 인사를 나누는 건 당연한 일이며 그것이 하나의 시작이 될 수 있다. 그는 텐트를 내려놓고 조립 방법을 알기 위해 설명서를 읽기 시작했다. 프랑스어 번역이 한심해서 영어 번역을 읽어 보았지만 한심하긴 마찬가지였다. 유럽의 다른 언어들에 대해서도 사정은 비슷했다. 엉터리 같은 되놈들, 〈반강(半鋼) 폴들을 기울여 돔의 형태를 만드세요〉가 도대체 무슨 뜻이야?

그는 설명서의 도해를 뚫어져라 바라보고 있었다. 절망감이 새록새록 커져 갔다. 그때 애 딸린 유부녀로 보이는 여자가 오른쪽에 나타났다. 여자는 가죽 미니스커트 차림이었다. 그녀의 커다란 젖가슴이 저녁 햇살을 받으며 흔들리고 있었다.

「방금 도착하셨나 보죠? 텐트 치는 거 도와 드릴까요?」

그가 잠긴 목소리로 대답했다.

「아닙니다. 혼자서도 할 수 있을 것 같습니다. 고마워요. 친절하시군요……」

그는 함정의 냄새를 맡았다. 아니나 다를까, 몇 초 뒤에 인접한 인디언식 천막(그들은 그런 것을 어디에서 샀을까? 직접 만들었을까?)에서 울부짖는 소리가 들려왔다. 여자는 황급히 달려가더니 사내아이 둘을 양 옆구리에 하나씩 끼고 다시 나왔다. 여자가 아이들을 살살 흔들기 시작하자 아이들은 더욱 큰 소리로 울어 댔다. 여자의 남편이 자지를 덜렁대며 종종걸음으로 다가왔다. 수염을 기른 아주 건장한 사내였다. 나이는 쉰 살쯤 되어 보이는데, 희끗희끗한 머리를 길게 늘어뜨리고 있었다. 그는 새끼원숭이들처럼 빽빽거리는 아이들 중의 하나를 품에 안더니 애무를 해주기 시작했다. 그 동작이 혐오감을 주었다. 브뤼노는 몇 미터 떨어진 곳으로 자리를 옮겼다. 하마터면 큰일 날 뻔했구나 싶었다. 그런 괴물들 옆에 자리를 잡았다간 밤을 하얗게 새울 것이 불을 보듯 뻔했다. 그녀는 아이들에게 젖을 먹이고 있는 게 분명했다. 그래도 아름다운 젖가슴이었다.

브뤼노는 인디언식 천막으로부터 사선 방향으로 몇 미터 더 멀어져 갔다. 하지만 빨랫줄에 널린 작은 팬티들로부터 너무 멀어지고 싶지는 않았다. 그것들은 온통 레이스와 투명한 천으로 된 섬세한 물건이었다. 인디언식 천막의 여자가 그런 것들을 입을 리 없었다. 그는 사촌간인지 자매간인지 혹은 고등학교 친구 사이인지 알 수 없는 두 캐나다 여자 사이에 자리를 찾아내고 텐트를 치기 시작했다.

일을 끝내고 나니 어느새 땅거미가 깔려 있었다. 그는 저녁 어스름 속에서 짐들을 찾으러 내려갔다. 도중에 여러 사람과 마주쳤다. 커플도 있었고 혼자 온 사람들도 있었다. 혼자 와 있는 40대 여자들이 적지 않은 듯했다. 〈상호 존중〉이라는 말을 써놓은 팻말들이 일정한 간격을 두고 나무에 박혀 있었다. 그 팻말들 중 하나에 다가가 보았더니, 팻말 아래에 작은 컵 하나가 매달려 있고 컵 안에는 프랑스 산업규격 표시가 찍힌 콘돔들이 가득 들어 있었다. 또 그 아래에는 하얀 플라스틱 쓰레기통이 있었다. 브뤼노는 쓰레기통의 페달을 밟고 손전등으로 안을 비춰 보았다. 쓰레기는 주로 맥주 깡통들이었고 다 쓰고 난 콘돔들이 더러 끼여 있었다. 마음이 놓였다. 여기에서는 일이 제대로 되겠구나 싶었다.

 짐을 들고 비탈길을 다시 오르자니 힘이 들었다. 무거운 여행 가방들 때문에 손이 아프고 숨이 찼다. 그는 비탈길 중간에서 멈춰 서지 않을 수 없었다. 몇몇 사람들이 캠프장 안을 돌아다니고 있었다. 그들의 손전등 불빛이 어둠 속에서 서로 부딪혔다. 멀리 보이는 해변 도로에는 아직 차들이 많았다. 생 클레망으로 가는 도로에 면한 〈다이너스티〉 클럽에서 젖가슴을 드러내고 하는 파티를 연다고 했다. 하지만 브뤼노는 거기에 갈 기력이 남아 있지 않았다. 거기보다 더 좋은 곳이 있다 해도 갈 수가 없을 듯했다. 브뤼노는 그렇게 멈춰 선 자리에서 반 시간을 머물렀다. 〈나는 나무들 사이로 자동차의 전조등을 바라보고 있다. 이게 바로 내 인생이다〉 하고 그는 생각했다.

 그는 텐트에 돌아와 위스키를 한 잔 마신 다음, 〈쾌락은 하나의 권리〉라고 주장하는 『스윙 매거진』을 훑어보면서 천천히 용두질을 했다. 그는 앙제 근처의 휴게소에서 그 잡지의 최신호를 샀다. 하지만 거기에 실린 갖가지 구인 광고에 답장을 보내고 싶은 마음은 없었다. 갱뱅이나 정액 샤워 같은 것은 그의 취향이 아니었고 그가 감당할 수 있을 것 같지도 않았다. 남자와 일대일로 만나기를 원하는 여자들이 없는 건 아니었지만, 그녀들은 대개 흑인을 선호하고 있었다. 흑인이 아니더라도, 신체 사이즈의 최소한을 정해 놓고 그 이상이 되는 남자를 요구했다. 브뤼노는 그 최소한에도 훨씬 못 미쳤다. 그는 이후로도 몇 차례 더 그 잡지를 구독하지만, 결국 그 세계는 자기와 어울리지 않는다는 것을 깨닫게 된다. 그는 성기가 너무 작아서 포르노의 네트워크 속에 실제로 들어갈 수가 없었다.

 하지만 대체적으로 그는 자신의 외모에 만족하는 편이었

다. 유능한 의사를 만난 덕에 모발 이식도 잘되었고, 헬스클럽에 규칙적으로 나간 덕에 근육도 보기 좋게 붙어 있었다. 마흔두 살 먹은 남자치고는 몸매가 그런 대로 괜찮은 편이라는 게 그의 솔직한 생각이었다. 그는 위스키를 한 잔 더 따라 마신 다음, 잡지 위에 정액을 내쏘고 욕망을 거의 가라앉힌 채 잠이 들었다.

2
열세 시간의 비행

〈변화의 장〉은 얼마 안 가서 낙후 문제에 직면하게 되었다. 1980년대의 젊은이들은 그곳의 설립 이념을 시대에 뒤떨어진 것으로 여겼다. 자생 모임인 연극 연구회와 캘리포니아 마사지 워크숍의 활동을 제외하면, 〈변화의 장〉은 결국 하나의 캠프장이었다. 그런데 숙박 시설의 안락함이나 식사 제공 서비스의 질로 볼 때, 이곳은 일반적인 휴양 시설과 경쟁이 되지 않았다. 게다가 이곳 특유의 무정부주의적인 문화는 입장과 지불에 대한 엄격한 통제를 어렵게 했다. 따라서 초기부터 불안정했던 재정 균형은 갈수록 회복하기가 곤란해졌다.

이런 상황에서 설립자들이 만장일치로 채택한 첫 조치는 젊은이들에 대해 우대 요금을 적용하는 것이었다. 하지만 그 결과는 별로 만족스럽지 않았다. 1984 회계 연도 초의 연례 총회에서 프레데릭 르 당텍은 이 시설의 번창을 보장할 방향 전환을 제안하였다. 기업들을 상대로 한 사업이야말로 1980년대에 새롭게 도전해 볼 분야라는 것이 그의 주장이었다. 그들은 모두 인본주의 심리학에서 나온 수행법과 치료법(게슈탈트, 재생, 잉걸불 위로 걷기, 교류 분석, 선 명상, 신경 언어학적 프로그램 등)에서 값진 경험을 얻은 바 있었다. 그런 능력을 활용해서 기업들을 상대로 한 합숙 연수 프로그램을 만들 수 있지 않겠는가? 격렬한 토론 끝에 그 계획은 채택되었다. 그리하여 피라미드가 세워지고, 연수자들을 수용하기 위한 50채의 방갈로가 지어졌다. 이 방갈로들은 아주 안락하지는 않았지만 그런 대로 머물 만한 숙박 시설이었다. 신축 공사가 어느 정도 마무리되자, 그들은 여러 대기업의 인사 관리 담당자들에게 우편 광고를 일제히 발송하였다. 정치적으로 좌파 성향을 두드러지게 보이던 몇몇 설립자는 그런 방향 전환을 좋지 않게 받아들였다. 그러나 설립자들 내부의 세력 다툼은 이내 끝나고, 그곳을 관리하고 있던 비영리 단체는 유한 책임 회사로 대체되었다. 프레데릭 르 당텍이 이 회사의 최대 주주가 되었다. 땅의 소유주인 그의 부모도 이 방향 전환을 반겼고, 지방의 상호 신용 금고도 사업을 지원하겠다고 나섰다.

5년 후, 〈변화의 장〉은 화려한 고객 명단(파리 국립 은행, IBM, 예산처, 파리 교통 공단, 부이그 등)을 갖추는 데에 성공했다. 기업 내 또는 기업 간 연수가 1년 내내 개최되었다. 〈바캉스 촌〉의 명맥을 유지하는 활동이 완전히 사라진 것은 아니지만, 주로 과거에 대한 향수로 유지되고 있을 뿐이어서 이 활동이 연간 수입액에서 차지하는 비율은 5퍼센트밖에 되지 않았다.

브뤼노는 심한 두통을 느끼며 잠에서 깨어났다. 그는 이곳에서 뭔가 대단한 일을 경험하게 되리라고 기대하지는 않았다. 그가 이곳에 대한 이야기를 들은 것은 〈인성 개발 — 긍정적인 사고〉라는 1일 5천 프랑짜리 연수를 다녀온 어떤 여사무원을 통해서였다. 그는 여름 휴가용 프로그램들을 소개하는 책자를 청구하여 읽어 보았다. 쾌적하다느니, 모두가 한

식구처럼 지낸다느니, 완전한 자유가 보장된다느니 하는 말로 미루어 어떤 장소일지 대충 짐작이 갔다. 그런데 한 면의 하단에 나와 있는 통계 수치가 그의 관심을 끌었다. 지난여름 7월에서 8월 사이에 그곳을 다녀간 사람 중에서 여자가 차지하는 비율이 63퍼센트라고 했다. 남자 하나에 여자가 거의 두 명꼴이었다. 그는 7월에 가서 일주일을 지내보기로 마음을 먹었다. 캠프장에 가는 것이 〈지중해 클럽〉은 물론 실외 스포츠 연맹을 통해서 휴가 여행을 가는 것보다 싸게 먹힌다는 것도 그의 결정에 한몫했다. 물론 그는 그런 캠프장에 오는 여자들이 어떤 여자들일지 짐작하고 있었다. 왕년에 극좌파였다가 기가 꺾여 버린 여자들이 많이 오지 않을까 싶었다. 더러는 에이즈 바이러스 보균자도 있을지 몰랐다. 하지만 남자 하나에 여자 둘이라면 가능성이 있었다. 잘하면, 그에게 여자가 둘이나 생길지도 모를 일이었다.

그해의 섹스 운(運)은 출발이 좋은 편이었다. 동유럽에서 여자들이 많이 오는 바람에 화대가 뚝 떨어졌다. 덕분에 몇 달 전의 반 가격인 2백 프랑만 있으면, 개인의 기호에 따라 몸을 풀 수 있었다. 그랬는데, 불행하게도 4월에 거액의 자동차 수리비가 들어갔다. 그의 과실이라서 보상도 받을 수 없었다. 결국 한동안 지출을 줄여야만 했다.

그는 한쪽 팔꿈치를 괴고 상반신을 일으킨 다음, 위스키를 한 잔 따라 마셨다. 『스윙 매거진』이 펼쳐져 있었다. 간밤에 펼쳐 놓은 페이지 그대로였다. 한 사내가 짧은 양말만 신은 옷차림으로 카메라를 향해 힘차게 성기를 내밀고 있었다. 찍느라고 힘깨나 들었을 법한 사진이었다. 사내의 이름은 에르베였다.

나하곤 거리가 멀군, 나하곤 거리가 멀어, 하고 브뤼노는 되뇌었다. 그는 사각 팬티를 입고 공동 샤워장 쪽으로 갔다.

인디언식 천막 옆을 지나가면서, 그는 전날 만났던 여자를 떠올렸다. 따지고 보면 섹스하기에는 괜찮은 여자라는 생각이 들었다. 대단히 크고 약간 물렁물렁한 젖가슴은 스페인식 용두질을 하는 데에 더없이 좋았다. 그러고 보니 그것을 해본 지도 3년은 족히 되었구나 싶었다. 그는 여자가 젖가슴으로 해주는 스페인식 용두질을 무척 좋아하였다. 하지만 창녀들은 대체로 그것을 좋아하지 않았다. 얼굴에 정액이 튀는 게 싫어서일까? 아니면 펠라티오를 할 때보다 시간도 많이 걸리고 공도 많이 들여야 하기 때문일까? 어쨌거나 그런 서비스를 제공하는 것은 흔한 일이 아닌 모양이었다. 스페인식 용두질은 일반적으로 요금표에 나와 있지 않았다. 따라서 창녀들은 그것을 예상하고 있지 않았고, 그래서 얻어 내기가 쉽지 않았다. 그녀들에게 그것은 직업적으로 하는 행위라기보다 사적으로 하는 행위였다. 브뤼노는 그것을 요구했다가 단순한 수음이나 펠라티오를 받는 것으로 만족해야 했던 적이 여러 번 있었다. 어쩌다 성공하는 경우가 있기는 했다. 그렇다 해도 스페인식 용두질이라는 분야에서는 공급이 구조적으로 불충분한 것이 분명했다.

생각이 거기까지 이르렀을 때, 그는 8호 공동 샤워장에 다다랐다. 늙은 여자들과 마주치게 될 것을 예상하면서 마음을 비우고 샤워장에 들어섰다가, 그는 젊은 여자들을 보고 큰 충격을 받았다. 한쪽에는 세면대가 죽 늘어서 있고 맞은편에는 샤워기들이 있는데, 샤워기 쪽에 10대 후반으로 보이는 여자들이 네 명 있었다. 그 가운데 두 명은 수영 팬티 차림으로 차례를 기다리는 중이었다. 다른 두 명은 팔딱거리는 잉어처럼 장난을 치고 있었다. 재잘거리기도 하고 서로 물을 끼얹으며 작은 비명을 지르기도 했다. 그들은 알몸이었다. 그 광경은 더할 나위 없이 아름답고도 색정적이었다. 브뤼노 같은 사람은 볼 자격이 없는 광경이었다. 그의 사각 팬티가 텐트처럼 봉긋해지고 있었다. 그는 한 손으로 성기를 꺼내든 다음 세면대에 바싹 붙어서 치간 칫솔을 잇새에 넣으려고 했다. 그러다가 잇몸을 찌르고는 피묻은 치간 칫솔을 입에서 다시 꺼냈다. 성기의 끄트머리가 화끈거리며 부풀어 오르고, 마치 개미가 기어가는 것처럼 근질거리더니 맑은 액체가 이슬처럼 맺히기 시작했다.

야리야리한 갈색 머리 여자가 샤워를 끝내고 나와서 수건을 잡았다. 그녀는 자기의 풋풋한 젖가슴을 만족스럽게 토닥였다. 자그마한 적갈색 머리 여자가 팬티를 벗고 그녀 대신 샤워기 밑으로 들어갔다. 그녀의 거웃은 짙은 금발이었다. 브뤼노는 가벼운 신음 소리를 냈다. 현기증이 스치고 지나갔다. 그는 마음속으로 자기가 그녀들 쪽으로 가는 것을 상상했다. 사각 팬티를 벗고 샤워기 근처로 가는 것은 그의 권리였다. 그가 샤워를 하기 위해 차례를 기다리고 있다고 해서 그에게 뭐라고 할 사람은 아무도 없었다. 그는 자기가 이런 말을 한다고 상상해 보았다. 〈물이 뜨거운가요?〉 두 샤워기는 50센티미터 정도 떨어져 있었다. 만일 그가 자그마한 적갈색 머리 여자 옆에서 샤워를 한다면, 어쩌다가 그녀의 몸이 그의 성기를 스칠지도 모를 일이었다. 그런 생각이 들자 현기증이 더욱 강하게 일었다. 그는 세면대를 붙잡고 매달렸다. 바로 그때, 젊은 남자 두 사람이 왁자하게 웃어 대면서 오른쪽에 나타났다. 그들은 형광색 줄무늬가 들어간 검은 반바지를 입고 있었다. 브뤼노의 성기는 이내 풀이 죽었다. 그는 성기를 사각 팬티 속으로 집어넣고 치간 칫솔로 잇새를 깨끗하게 하는 일에 몰두하였다.

조금 뒤에, 그는 여전히 그 만남의 충격에서 벗어나지 못한 채 아침을 먹으러 내려갔다. 그는 따로 떨어져 앉아 아무하고도 이야기를 나누지 않았다. 비타민이 첨가된 시리얼을 씹으면서, 그는 성을 추구하는 행위의 흡혈귀적 성격에 관해서, 혹은 그것의 파우스트적 측면에 관하여 생각했다. 예컨대 그는 사람들이 흔히 호모들에 관해서 잘못 알고 있는 것이 있다고 생각했다. 그는 호모를 만난 적이 거의 없었다. 반면에 그는 어린 남자들에게서 성적인 매력을 느끼는 성도착자들은 많이 알고 있었다. 사람들은 그들을 흔히 호모라고 부르지만 브뤼노가 보기에 그들은 상대의 나이에 상관없이 동성을 좋아하는 자들이 아니었다. 그들 가운데 일부는 어린 사내아이들을 좋아한다(다행히 그들은 아주 소수이다). 그러다가 징역형을 받고 감옥에 가기도 한다. 그런 자들에겐 감형도 없고 사면도 없다. 하지만 그들 대다수는 열다섯 살에서 스무 살쯤 된 젊은이들을 선호한다. 그들이 보기에 그보다 나이가 많은 상대는 탄력을 잃은 늙은 엉덩이밖에 가진 게 없다. 늙은 호모 두 사람이 함께 있거든, 그들을 주의 깊게 관찰해 보라. 때로는 사이가 좋아 보이고 서로 애정을 느끼고 있는 것처럼 보이기도 할 것이다. 하지만 그들이 서로 상대에 대해서 욕망을 느낄까? 천만의 말씀이다. 열다섯 살에서 스무 살쯤 된 젊은 남자가 지나가기가 무섭게 그들은 두 마리 늙은 표범으로 변하여 가던 길을 돌아간다. 그들은 그 작고 통통한 엉덩이를 서로 차지하려고 다툰다. 브뤼노가 보기엔 그랬다.

이른바 호모들은 사회의 나머지 구성원들에 대해 일종의 본보기 구실을 하는 경우가 적지 않았다. 젊은 몸을 선호한다는 측면에서도 마찬가지였다. 예컨대 브뤼노 자신을 놓고 보더라도, 마흔두 살인 그가 자기 나이의 여자들을 원했던가? 천만의 말씀이다. 그렇기는커녕, 미니스커트에 가려진 젊은 음부를 위해서라면, 세상 끝까지라도 갈 준비가 되어 있었다. 설령 세상 끝까지는 못 갈지라도, 서구의 다른 중년 사내들처럼 방콕까지는 갈 수 있을 듯했다. 열세 시간씩 비행기를 타고서라도 말이다.

3

성적인 욕망은 주로 젊은 육체를 지향한다. 따라서 성의 해방이 진전될수록 유혹의 장(場)에서 아주 젊은 여자들이 득세하는 것은 당연한 일이었다. 따지고 보면 그것은 욕망의 진실로 회귀한 것일 뿐이다. 마치 주가가 비정상적으로 뛰어올랐다가 거품이 빠지면서 가격의 진실로 회귀하는 것과 같다. 그렇다 해도 1968년 무렵에 스무 살이었던 여자들은 40대가 되면서 아주 분통 터지는 상황에 놓이지 않을 수 없었다. 대개 이혼녀인 그들은 스스로 결혼 제도의 소멸을 앞당기기 위해 갖은 노력을 다 기울였던 사람들답게 부부 관계에는 별로 기대를 걸고 있지 않았다. 설령 다정하고 행복하게 사는 부부가 있다 할지라도 그들이 보기에 결혼 제도 자체는 믿을 것이 못 되었다. 한편, 그들은 장년이나 노년에 비해 청년이 우월하다는 것을 유례없이 자신만만하게 주장했던 세대에 속한다. 그래서 그들은 한 세대가 흐른 뒤에 자기들을 대체한 세대로부터 멸시를 당하는 처지가 되었어도 별로 놀라지 않았다. 육체 숭배에 누구보다 열을 올렸던 그들은 자기들을 보는 타인의 시선에서 시들어 가는 몸에 대한 혐오감을 읽어 냈을 뿐만 아니라, 그들 스스로 그와 똑같은 혐오감을 느끼고 있었다.

 같은 연배의 남자들도 대체로 비슷한 처지에 놓여 있었다. 하지만 처지가 그렇게 비슷한데도, 이들 사이에서는 어떠한 연대도 생겨나지 않았다. 사내들은 40대가 되어서도 여전히 젊은 여자를 찾고 있었다(물론 이것이 뜻대로 되는 일은 아니었다. 하지만 더러 성공을 거두는 남자들도 있었다. 특히 시류를 잘 타서 경제적으로, 지적으로 혹은 매스미디어적으로 상당한 지위에 도달한 사람 중 그런 자들이 많았다). 반면에, 여자들의 경우에는 거의 예외 없이 중년이라는 것이 실패의 나이, 자위 행위의 나이, 굴욕의 나이였다.

 〈변화의 장〉은 성적인 자유와 욕망의 표현이라는 면에서 특별한 장소였지만, 중년의 남녀들에게는 다른 어떤 곳보다 우울함과 쓸쓸함을 많이 느끼게 하는 장소가 되지 않을 수 없었다. 숲 속의 빈터에서 달빛을 받으며 몸을 섞던 시절은 갔다! 정오의 태양 아래에서 오일을 바른 몸과 몸이 벌이던 격정과 환희의 축제도 갔다! 40대 남녀들은 자기들의 시들시들한 성기와 축축 늘어진 살을 바라보면서 그렇게 되뇌고 있었다.

 1987년 몇몇 종교의 영향을 받은 최초의 워크숍들이 〈변화의 장〉에 출현했다. 거기에 오는 남녀들은 고집스럽게 육체 숭배를 계속 주장하고 있었다. 따라서 기독교는 당연히 배제되었다. 하지만 대단히 모호하다는 점 때문에 오히려 빈약한 정신을 가진 자들을 매혹시키는 이국의 신비주의 사상은 그들의 육체 숭배와 잘 맞아떨어졌다. 감각 마사지 교실과 오르곤[14] 해방 교실이 오랫동안 지속되었음은 물론이고, 점

---

14 오스트리아 출신의 미국 심리학자 라이히가 발견한 생명 에너지. 라이히는 리비도의 생체 물리학적 변형인 이 에너지가 자연과 우주에 충만해 있으며 이것으로 모든 병을 치유할 수 있다고 주장하였다.

성술이나 이집트 타로 카드, 차크라 명상, 신비한 에너지 등에 관한 워크숍도 갈수록 깊은 관심을 모았다. 〈천사와의 만남〉이라는 프로그램도 생겼고, 수정의 진동을 느끼는 법을 가르치는 강좌도 열렸다. 1991년에는 시베리아 샤머니즘이 등장했다가 참가자 한 사람이 사망하는 불상사를 빚었다. 신성한 장작불을 지펴 놓은 한증 오두막에 너무 오래 머물러 있던 초보자가 심장 마비로 죽고 말았던 것이다. 성감 마사지와 막연한 심령론과 철저한 이기주의를 한데 결합해 놓은 탄트라 수행은 대성공을 거두었다. 결국 〈변화의 장〉은 몇 년 사이에 상당히 인기가 높은 〈뉴에이지〉 센터가 되었다. 그러면서도 1970년대의 쾌락주의적이고 절대 자유주의적인 특색을 유지함으로써, 프랑스는 물론 유럽 시장에서도 독보적인 지위를 확보하게 되었다.

브뤼노는 아침을 먹고 자기 텐트로 돌아왔다. 샤워장에서 만난 젊은 여자들이 아직 눈에 아른거렸다. 그는 자위 행위를 할까 말까 망설이다가 결국은 그만두었다. 그의 넋이 나가게 만든 그녀들은 캠프장 주변에서 자주 마주치는 68세대 여자들의 딸들일 터였다. 그러니까, 그 늙은 탕녀들 일부는 자식을 낳는 데에 성공했다는 얘기다. 브뤼노는 그 사실을 놓고 잠시 생각에 빠져들었다. 까닭은 분명치 않았지만 기분이 별로 좋지 않았다. 그는 이글루형 텐트의 지퍼를 잡아채듯 열고 밖으로 나갔다. 파란 하늘에 작은 구름들이 떠가고 있었다. 브뤼노는 그 구름들을 보면서 정액이 튀어서 하늘에 여기저기 묻어 있는 것 같다고 생각했다. 그는 한 주일 동안의 프로그램을 살펴보았다. 그는 1번 옵션인 〈창의성과 릴랙스 요법〉을 신청한 바 있었다. 오전에는 세 워크숍 중에서 하나를 선택할 수 있었다. 하나는 무언극과 사이코드라마, 다른 하나는 수채화, 나머지 하나는 창의적인 글쓰기였다. 사이코드라마는 하고 싶지 않았다. 이미 샹티이 근처의 어떤 성에서 그것을 하느라고 주말을 보낸 적이 있었다. 거기에서 50대의 사회 복지사들이 어린아이로 돌아가 체조 매트 위를 뒹굴면서 자기들 아빠에게 곰인형을 사달라고 떼를 쓰는 광경을 보았다. 그런 건 피하는 게 좋을 듯했다. 수채화에는 마음이 끌렸다. 하지만 그건 틀림없이 밖에 나가서 하게 될 것이었다. 같잖은 그림 하나 그리려고 솔잎에 웅크리고 앉아 벌레들과 싸울 생각을 하니 마음이 영 내키지 않았다.

글쓰기를 지도하는 사람은 검은 머리를 길게 기른 여자였다. 그러잖아도 커다란 입이 빨간 루주 때문에 더욱 커 보였다(사람들이 흔히 〈펠라티오를 잘하는 입〉이라고 부르는 그런 입이었다). 그녀는 헐렁한 검은색 블라우스에 검은색 꼬챙이바지를 입고 있었다. 아름답고 세련된 여자였다. 그래봤자 늙은 탕녀일 뿐이지 하고 생각하면서, 브뤼노는 둥그렇게 둘러앉은 참가자들 사이의 빈자리를 골라 웅크리고 앉았다. 그의 오른쪽에는 뚱뚱하고 머리가 희끗희끗한 여자가 앉아 있었다. 얼굴이 누렇게 뜬 그 여자는 술 냄새를 풍기며 거친 숨소리를 냈다. 아침 댓바람부터 술을 마셔 댔는지 오전 10시 반밖에 안 됐는데 벌써 곤드레만드레 취해 있었.

강사가 말문을 열었다.

「우리가 이렇게 한자리에 모인 것을 축하하는 뜻으로, 그리고 대지와 다섯 방위에 인사를 올리는 뜻으로, 하타 요가의 한 동작으로 워크숍을 시작하겠습니다. 흔히 〈해에게 올리는 인사〉라고 부르는 동작입니다.」

그 동작에 관한 도무지 이해할 수 없는 설명이 이어졌다. 브뤼노 옆자리의 술 취한 여자가 첫 트림을 토해 냈다. 강사가 그녀에게 말했다.

「자클린, 피곤한가 봐⋯⋯. 안 되겠다 싶으면 하지 마. 그냥 누워 있어. 조금 있으면 다른 사람들도 누울 거니까.」

아닌 게 아니라, 참가자들은 강사가 생수 광고 문구 같은 연설을 늘어놓는 동안 몸을 쭉 펴고 누워 있어야만 했다.

「여러분은 맑고 신비로운 물속으로 들어가고 있습니다. 그 물이 여러분의 팔다리와 배를 적십니다. 우리의 어머니이신 대지에 감사하십시오. 우리 어머니이신 대지에 안심하고 몸을 맡기십시오. 여러분의 욕망을 느껴 보세요. 그 욕망을 갖게 된 것에 대해 여러분 스스로에게 감사하십시오.」

브뤼노는 꼬질꼬질한 다다미에 누워 있으려니 슬며시 짜증이 났다. 옆자리의 술 취한 여자는 계속 트림을 해대고 있었다. 트림 사이사이에 〈하아아!〉 하는 소리가 터져 나오곤 했다. 자기 속이 편해지고 있음을 그렇게 나타내는 듯했다. 강사는 대지의 기운이 배와 성기에 활력을 주느니 어쩌니 하면서 개그 같은 연설을 계속하고 있었다. 그녀는 흙, 불, 물, 공기의 4원소를 두루 언급하고 나더니, 자기 연설에 만족한 표정을 지으며 이렇게 말을 맺었다.

「이제 여러분은 합리적인 정신의 장벽을 넘어, 여러분 마음속의 깊숙한 곳으로 내려갔습니다. 무한한 창조의 공간을 향해 여러분 자신을 활짝 여십시오.」

브뤼노는 〈그래, 잘났다. 이 항문에 털 난 여자야!〉 하고 속으로 볼멘소리를 하고는, 끙끙거리며 다시 일어나 앉았다. 글쓰기 시간이 주어지고, 작품 소개와 낭독이 이어졌다. 참가자 중에 그럭저럭 괜찮은 여자가 한 명 있었다. 청바지와 티셔츠를 입은 자그마한 적갈색 머리 여자였다. 강사가 엠마라고 부르면서 발표를 시키자, 그녀는 자기 시를 낭송했다. 달나라의 양들이 어쩌고저쩌고 하는 멍청하기 짝이 없는 시였다. 참가자들은 대개 우리 어머니이신 대지와 우리 아버지이신 태양을 다시 만나게 된 것에 대한 감사와 환희를 표현하고 있었다. 브뤼노 차례가 되었다. 그는 침울한 목소리로 자기의 짤막한 글을 읽었다.

호모 자식들은 꼭 택시 같아.
사람이 죽어 가도 멈추질 않아.

강사가 말했다.
「지금 느끼고 있는 게 그거군요. 그렇게 느끼는 건 나쁜 기운을 이겨 내지 못했기 때문이에요. 나는 분명히 느낄 수 있어요. 당신 마음의 심층에 뭔가 꿈틀거리는 게 있어요. 그걸 해방시켜야 돼요. 자, 우리가 도와줄게요. 지금 당장 해보십시다. 우리 모두 일어나서 에너지를 한데 모읍시다.」
그들은 자리에서 일어나 서로 손을 잡고 하나의 원을 이루었다. 브뤼노는 마지못해 옆 사람들의 손을 잡았다. 오른쪽에는 술 취한 여자가 있었고, 왼쪽에는 카바나[15]처럼 수염발을 늘어뜨린 추저분한 늙은이가 있었다. 강사는 차분하게 정신을 집중하고 〈옴!〉 하는 소리를 길게 내질렀다. 그러자 다른 사람들도 일제히 〈옴!〉 하는 소리를 내지르기 시작했다. 누가 말리지 않으면 평생이라도 그러고 있을 사람들 같았다. 브뤼노는 용기를 내어 같이 소리를 내보려고 했다. 그때 그의 오른쪽이 갑자기 기우뚱해지는 느낌이 들었다. 술 취한 여자가 최면 상태에 빠져 흐물흐물 무너져 내리고 있었다. 그는 그녀를 잡고 있던 손을 놓았다. 하지만 이미 그녀 쪽으로 몸이 쏠려 있던 터라 고꾸라지는 것을 피할 수가 없었다. 그는

---

15 François Cavanna(1923~2014). 프랑스 작가. 대표작으로 『신의 모험』, 『그리하여 원숭이는 바보가 되었다』, 『이탈리아 사람들』 등이 있음. 긴 턱수염으로 유명함.

늙은 여자 앞에 털썩 무릎을 꿇고 말았다. 그녀는 다다미에 등을 대고 누운 채 몸을 떨어 대고 있었다. 강사가 잠시 소리 지르는 것을 중단하고 그녀에게 다가가 차분하게 말했다.
「그래, 자클린, 눕고 싶다는 느낌이 오면 눕는 게 좋아.」
두 여자는 서로 잘 아는 사이인 듯했다.

두 번째 글쓰기는 처음보다 한결 순조롭게 진행되었다. 브뤼노는 아침에 잠깐 본 광경에서 시상을 얻어, 다음과 같은 시를 지어냈다.

> 나는 내 좆을 햇볕에 그을린다.
> (거웃, 거웃, 불 거웃!)
> 나는 수영장에 있다.
> (거웃, 거웃, 좆 거웃!)
>
> 나는 일광욕실에서
> 하느님의 모습을 본다.
> 눈이 아름다운 하느님이
> 사과를 먹고 있다.
>
> 하느님은 어디에 사실까?
> (거웃, 거웃, 거시기 거웃!)
> 천국에 사시겠지.
> (거웃, 거웃, 자지 거웃!)

「유머러스하네요……」
그게 강사의 평이었다. 말투에서 약간 비난하는 기색이 묻어났다.

「신비주의 성향이 느껴져……. 은연중에 신비주의를 드러내고 있어…….」

술 취한 여자가 끼어들어 그렇게 평을 했다.

〈미치겠군. 이런 걸 언제까지 참고 견뎌야 하는 거지? 이런 짓거리를 할 가치가 있는 걸까?〉 브뤼노는 진심으로 그렇게 자문하고 있었다.

워크숍이 끝나자 그는 자기가 눈독을 들였던 자그마한 적갈색 머리 여자에게 말을 붙여 볼 생각도 안 하고 서둘러 자기 텐트로 향했다. 점심을 먹기 전에 위스키를 한 잔 마시고 싶어서였다. 텐트 가까이에 다다랐을 때, 그는 아침에 샤워장에서 곁눈질로 보았던 젊은 여자 하나와 마주쳤다. 그녀는 젖가슴을 앞으로 내미는 우아한 동작으로 레이스 달린 작은 팬티들을 빨랫줄에서 걷고 있었다. 그는 금방이라도 허공에서 폭발하여 지방질 섬유로 산산이 흩어질 것 같은 기분을 느꼈다. 내 청소년기 이후로 달라진 게 무엇이 있는가? 하고 그는 생각했다. 그의 욕망은 예전의 그 욕망이었다. 욕망을 채울 수 없으리라고 느끼는 것 또한 예전 그대로였다. 젊음만을 존중하는 세계에서는 모든 존재가 점차로 황폐해진다.

브뤼노는 점심을 함께 먹을 사람을 찾다가 가톨릭 신자로 보이는 여자 쪽으로 다가갔다. 그녀가 가톨릭 신자임을 알아보는 건 어렵지 않았다. 우선 그녀는 커다란 철제 십자가를 목에 걸고 있었다. 게다가 그녀는 아래 눈꺼풀이 부어오른 것처럼 도톰하고 시선이 그윽했다. 시선이 그윽한 여자는 가톨릭 신자이거나 신비주의적 성향을 지닌 사람일 가능성이 많다(때로는 알코올 중독자일 수도 있지만 말이다). 기다란 검은 머리에 피부가 아주 하얗고, 약간 야위긴 했지만 제법 괜찮아 보이는 여자였다. 그녀 맞은편에는 적갈색이 도는 금발의 여자가 앉아 있었다. 스위스나 캘리포니아 쪽에서 온 여자로 보였다. 키가 적어도 1미터 80센티미터는 되고 건강 상태도 아주 좋은 듯했다. 그녀는 탄트라 교실의 책임자였다. 알고 보니 태어난 곳은 크레테유[16]였고, 이름은 브리지트 마르탱이었다. 브뤼노가 짐작한 대로 그녀는 캘리포니아에 머문 적이 있었다. 거기에서 젖가슴을 다시 만들고 동양의 신비주의 사상에 입문했으며 이름도 샨티 마르탱으로 바꾸었다. 그런 다음 크레테유에 돌아와 플라나드 파 탄트라 교실을 운영하는 중이었다. 가톨릭 신자로 보이는 여자는 그녀를 대단히 좋아하는 듯했다. 처음에 그들이 화제로 삼은 것은 자연식 요법이었다. 브뤼노는 예전에 맥아에 관한 자료를 참조한 적이 있어서 그들의 대화에 그럭저럭 끼어들 수 있었다. 하지만 이내 종교적인 주제로 옮아가게 되자, 브뤼노는 대화를 따라잡을 수 없었다. 예수를 크리슈나와 동일시할 수 있을까? 린틴틴[17]을 러스티보다 더 좋아해도 되는 걸까? 브뤼노로서는 도무지 알아들을 수 없는 소리뿐이었다. 가톨릭 신자인 여자는 가톨릭 신자이면서도 교황을 좋아하지 않는 모양이었다. 요한 바오로 2세가 중세적인 사고방식 때문에 서구의 정신적 진화에 제동을 걸고 있다는 게 그녀의 주장이었다. 〈맞아요. 그는 고골[18]이죠〉 하고 브뤼노가 맞장구를 쳤다. 그의 입에서 거의 알려지지 않은 말이 튀어나오자, 두 여자가 그에게 더 관심을 보였다.

「그런데 달라이라마는 자기 귀를 쫑긋쫑긋 움직이는 장난도 칠 줄 알죠……」

---

16 파리 남동쪽 발 드 마른 도(道)의 도청 소재지.
17 1920년대에 처음 미국 영화에 등장하여 1950년대 후반의 「린틴틴의 모험」이라는 텔레비전 연속극으로 유명해진 셰퍼드. 러스티는 이 개와 함께 아파치 요새 기병대에 맡겨진 고아 소년.
18 바보라는 뜻의 프랑스 말. 1980년대에 젊은이들 사이에서 생겨난 말.

그는 슬픈 목소리로 그렇게 말을 맺고는 콩 스테이크를 마저 먹었다.

가톨릭 신자는 커피도 마시지 않고 서둘러 일어섰다. 인성 개발 프로그램인 〈네-네의 법칙〉이라는 워크숍에 지각하고 싶지 않다고 했다. 〈아 네, 그 네-네의 법칙 정말 훌륭하죠!〉 하고 탄트라 강사가 열띤 어조로 거들었다. 그러면서 그녀도 일어섰다. 가톨릭 신자는 브뤼노 쪽으로 고개를 돌리더니 예쁘게 미소를 지으며 말했다.

「얘기 고마웠어요……」

보아하니, 그의 얘기가 그리 나쁘지는 않았던 모양이다. 브뤼노는 캠프장을 다시 가로질러 가면서 생각했다. 〈저런 탕녀들하고 이야기하는 것은 담배 꽁초로 가득 찬 소변기에 오줌을 누는 것과 같아. 아니면 생리대로 가득 찬 변기에 똥을 누는 것과 같지. 변이 흘러내려 가지 않아서 곧 역겨운 냄새가 나기 시작하거든.〉 공간은 살과 살을 갈라놓는다. 말은 통통 튀면서 살과 살 사이의 공간을 가로지른다. 타인의 이해도 얻지 못하고 반향도 일으키지 못한 그의 말들은 허공에 고인 채 썩는 냄새를 풍기고 있었다. 그건 누가 보기에도 명백한 일이었다. 그러고 보면 말도 살과 살을 갈라놓을 수 있는 셈이다.

그는 수영장에 가서 덱체어 하나를 골라 앉았다. 젊은 여자들이 오두방정을 떨고 있었다. 남자들이 자기들을 물속으로 떠밀어 주지 않아서 안달이 난 사람들 같았다. 중천에 뜬 해가 강한 빛살을 쏘아 대고 있었고, 그 빛살을 맞고 번들거리는 알몸들이 파란 수면 주위에서 서로 마주치고 있었다. 브뤼노는 자기도 모르는 사이에 『여섯 동무와 장갑 낀 남자』[19]를 읽는 데에 푹 빠져 버렸다. 최근에 아셰트 출판사의 녹색 문고로 복간된 이 소설은 아마도 폴 자크 봉종의 작품 중 최고

일 듯했다. 따가운 햇살을 잊고, 충직한 개 카피와 함께 리옹의 안개 속에 들어가 있는 것은 기분 좋은 일이었다.

오후의 프로그램을 보니, 센서티브 게슈탈트 마사지, 목소리 해방시키기, 온탕 재생 중의 하나를 선택할 수 있게 되어 있었다. 우선 보기에, 마사지가 가장 섹시할 듯했다. 그는 마사지 교실 쪽으로 올라가면서 목소리를 해방시키기라는 워크숍에서는 무엇을 하는지 잠깐 살펴보았다. 열 명쯤 되는 사람들이 탄트라 강사의 지도에 따라 마치 겁에 질린 칠면조처럼 꽥꽥거리면서 팔짝팔짝 뛰고 있었다.

언덕 꼭대기에 다다라 보니, 목욕 수건을 깔아 놓은 탁자들이 커다란 동그라미를 이루고 있었다. 자그마한 갈색 머리 남자가 눈을 약간 사시처럼 뜨고 동그라미 한복판에서 센서티브 게슈탈트 마사지의 연혁을 간략하게 설명하기 시작했다. 이 마사지는 〈게슈탈트 마사지〉 혹은 〈캘리포니아 마사지〉에 관한 프리츠 펄즈의 연구에서 생겨나 감각 마사지의 연구 성과를 부분적으로 수용함으로써 가장 완벽한 마사지 방법이 되었다고 했다. 그는 〈변화의 장〉에 오는 사람들 중에 자기와 생각이 다른 사람들이 있다는 것을 알고 있었다. 하지만 굳이 논쟁을 벌이고 싶지는 않다고 했다. 어쨌거나 마사지는 쎄고 쎘고 마사지마다 그 나름의 특성이 있다는 게 그의 결론이었다. 강사는 그렇게 서론을 늘어놓은 뒤에, 참가자 중의 하나를 눕혀 놓고 시범을 보이기 시작했다. 누워 있는 여자의 어깨를 주무르면서 그가 말했다.

19 프랑스의 아동 문학가 폴 자크 봉종(1908~1978)의 소년 모험 소설 『여섯 동무』 시리즈 가운데 하나(1963년 작품). 1961년부터 녹색 문고를 통해 간행되기 시작한 이 시리즈는 봉종의 사후에도 다른 작가들이 동일한 인물들을 가지고 계속 작품을 만들어 냄으로써 모두 마흔아홉 권이 나왔다.

「먼저 상대방의 긴장을 느껴야 합니다.」

그녀의 기다란 금발로부터 몇 센티미터밖에 떨어지지 않은 곳에서 그의 성기가 흔들거리고 있었다. 그가 여자의 젖가슴에 오일을 부으면서 말을 이었다.

「조화, 언제나 조화를 생각해야 합니다. 몸의 각 부분을 따로따로 생각하지 마시고 전체적으로 보십시오.」

그의 두 손이 배로 내려가고 있었다. 여자는 눈을 감은 채 허벅지를 벌렸다. 쾌감을 느끼는 모양이었다.

「이상입니다. 이제 여러분이 두 사람씩 짝을 지어 직접 해 보십시오. 자, 그냥 서 있지 마시고 왔다 갔다 하면서 짝을 찾으세요.」

브뤼노는 앞선 광경에 넋을 잃고 있던 탓에 뒤늦게 짝을 찾아 나섰다. 그 순간에 어떻게 하느냐에 따라서 모든 게 달라지는 거였는데, 그만 때를 놓치고 말았다. 자기가 점찍어 둔 여자에게 조용히 다가가서 상냥하게 미소를 지으며 〈저랑 같이하실까요?〉 하고 물었어야 하는 것이었다. 다른 사람들은 요령을 잘 알고 있었는지, 불과 30초 만에 모든 게 끝나 버렸다. 브뤼노는 어찌할 줄 몰라 하며 주위를 둘러보다가 작고 딱 바라진 갈색 머리 남자와 마주쳤다. 몸에 털이 많고 성기가 굵은 남자였다. 브뤼노는 미처 알아차리지 못했지만, 거기에는 남자 일곱 명에 여자는 다섯 명밖에 없었다.

브뤼노와 짝을 이룬 갈색 머리 남자가 호모처럼 보이지는 않는다는 점이 그나마 다행이었다. 남자는 뾰루퉁한 기색을 보이며 아무 말 없이 배를 깔고 엎드리더니 두 팔을 포개어 머리를 올려놓고 기다렸다.

「상대의 긴장을 느껴 보세요······. 몸을 전체적으로 보고 조화를 존중하세요······.」

강사는 그렇게 말하고 있었지만, 브뤼노는 무릎 위로 더

올라가지 못하고 자꾸 오일만 발라 대고 있었다. 사내는 나무토막처럼 옴짝달싹하지 않았다. 그는 엉덩이에까지 털이 부스스했다. 오일이 목욕수건 위로 방울방울 떨어지기 시작했다. 사내의 장딴지가 오일에 완전히 절어 버릴 판이었다. 브뤼노는 고개를 들어 주위를 둘러보았다. 바로 근처에 두 남자가 등을 대고 누워 있었다. 브뤼노의 왼쪽에 있는 남자는 여자에게서 마사지를 받는 중이었다. 그의 가슴을 문지르는 여자의 젖가슴이 가만가만 흔들렸다. 남자의 코는 서 있는 여자의 음부 높이에 있었다. 강사가 틀어 놓은 라디오카세트에서 신시사이저 음악이 흘러나와 공기 중으로 널리 퍼져 나가고 있었다. 하늘은 구름 한 점 없이 맑았다. 브뤼노 주위에 있는 남자들의 번들거리는 성기가 햇살을 받으며 천천히 곤추서고 있었다. 잔혹하게도 그 모든 게 현실이었다. 브뤼노는 더 계속할 수가 없었다. 강사는 브뤼노로부터 가장 멀리 떨어져 있는 탁자에서 어떤 커플에게 조언을 늘어놓고 있었다. 브뤼노는 잽싸게 자기 배낭을 챙겨 수영장 쪽으로 내려갔다. 풀장 주위에 사람들이 많이 모이는 시간이었다. 벌거벗은 여자들이 잔디밭에 누워 있었다. 이야기를 나누거나 책을 읽는 여자들이 있는가 하면, 그냥 햇볕을 쬐고 있는 축도 있었다. 어디에 가서 앉지? 그는 한 손에 수건을 들고 잔디밭을 가로질러 이리저리 돌아다녔다. 마치 질과 질 사이에서 갈팡질팡하고 있는 듯한 기분이었다. 이제 어딘가에 자리를 잡지 않으면 안 된다고 생각하고 있는데, 마침 점심시간에 만났던 가톨릭 신자가 눈에 띄었다. 그녀는 살빛이 가무잡잡한 검은 곱슬머리 남자와 이야기를 나누고 있었다. 남자는 땅딸막하고 눈에는 웃음기가 가득했으며 활기가 넘쳐 보였다. 브뤼노는 그녀에게 보일 듯 말 듯한 손짓으로 알은체를 하고, 그녀 가까이에 털썩 앉았다. 하지만 그녀는 그의 손짓을 보지 못했다. 한 사내가 지나가다가 살빛이 가무잡잡한 남자에게 〈안녕, 카림!〉 하고 소리를 쳤다. 카림은 이야기를 중단하지 않고 손을 흔들어 인사에 답했다. 그녀는 등을 대고 누운 채 조용히 이야기에 귀를 기울이고 있었다. 브뤼노의 눈길이 그녀의 야윈 허벅지 사이로 쏠렸다. 불두덩이 아주 예뻤다. 가운데가 알맞게 튀어나오고 검은 거웃이 보기 좋게 곱슬거렸다. 카림은 그녀에게 말을 하면서 자기 불알을 살살 문지르고 있었다. 브뤼노는 바닥에 머리를 대고 누워서 1미터 앞에 있는 그녀의 거웃에 생각을 집중했다. 그건 참으로 부드러운 세계였다. 그는 이내 깊은 잠에 빠져들었다.

1967년 12월 14일, 프랑스 국회는 피임의 합법화에 관한 뇌비르트 법을 제1차 심의에서 통과시켰다. 아직 사회 보험의 대상은 아니었지만, 경구 피임약이 약국에서 자유롭게 팔리기 시작한 게 그때부터였다. 또한 이른바 〈성적인 해방〉의 혜택이 사회의 모든 계층에게 골고루 돌아가게 된 것도 그때부터였다. 그전까지만 해도 성적인 해방은 고급 관리자와 자유업 종사자, 예술가, 일부 중소 기업 사장 등의 전유물이었다. 예전에 그 성적인 해방은 때때로 공동체주의적 꿈의 형태로 제시된 바 있었다. 그 점을 생각하면서 현실을 따져 보는 것은 참으로 흥미로운 일이다. 실제로 성적인 해방은 공동체주의의 실현이기는커녕, 개인주의가 역사적으로 발전하는 과정에서 나타난 하나의 새로운 단계로 보이기 때문이다. 〈가정〉이나 〈살림〉 같은 아름다운 말들이 시사하듯이, 부부와 가족은 자유주의 사회 내부에서 원시 공산주의의 마지막 섬으로 남아 있었다. 그런데 성적인 자유는 개인을 시장 원리로부터 지켜 주는 그 마지막 공동체를 파괴하는 결과를 가져왔다. 그 파괴의 과정은 오늘날에도 계속되고 있다.

〈변화의 장〉 운영 위원회는 저녁 식사가 끝나고 나면 대개 야간 무도회를 개최하였다. 새로운 정신 세계를 향해 활짝 열려 있다는 장소에서 그런 흔해 빠진 행사가 자주 열린다는 것은 일견 매우 놀라운 일로 여겨질 수도 있다. 하지만, 그것은 결국 공산주의 사회에서가 아니라면 성적인 만남의 방식으로 무도회만 한 것이 없다는 것을 명백히 보여 주는 것이 아니겠는가. 〈변화의 장〉을 대표하는 프레데릭 르 당텍은 자기들이 무도회를 여는 것에 대한 변명으로, 원시 사회에서도 춤과 신들림이 축제의 중심에 놓여 있었다고 말하곤 했다. 어쨌거나 〈변화의 장〉에서는 중앙 잔디밭에 음향 장치와 바가 설치되고, 사람들이 달빛 아래에서 밤 1시가 넘도록 몸을 흔들어 대는 일이 자주 있었다. 브뤼노에게 그건 또 다른 기회였다.

　그런데 이 캠프장에 오는 젊은 여자들은 그 댄스 파티에 거의 참가하지 않았다. 그녀들은 인근의 디스코텍(빌보케, 다이너스티, 2001, 해적)에 가는 것을 더 좋아했다. 이 디스코텍들은 맥주 파티나 남성 스트립쇼, 포르노 스타의 밤 같은 테마 공연을 준비하여 손님들을 끌었다. 젊은 여자들이 그쪽으로 몰리니까 젊은 남자들도 따라가게 마련이었다. 결국 〈변화의 장〉에 남아 있는 젊은이들은 몽상을 좋아하거나 성기가 작은 남자 두세 명뿐이었다. 그들은 텐트 속에 들어앉아 조용히 기타를 뜯고 있기 십상이었지만, 다른 젊은이들은 그들에게 다른 꿍꿍이가 있는 것으로 오해하곤 했다.

　브뤼노는 그 젊은이들에게서 동병상련을 느꼈다. 하지만 젊은 여자들이 없다고 해서 그들처럼 텐트 속에 죽치고 있을 수는 없는 노릇이었다. 캠프장에 오는 길에 앙제의 휴게소에서 남성 월간지 『뉴 룩』을 읽고 있는 남자를 만났었다. 그때 그 남자는 〈어디든 빈 구멍이 있으면 막대기를 꽂아 넣고 싶다〉고 말했다. 브뤼노는 그런 희망을 가지고 하얀 바지에 감색 폴로셔츠 차림으로 밤 11시에 음악 소리가 들려오는 곳으로 내려갔다.

그는 춤추는 사람들을 죽 둘러보았다. 먼저 카림이 눈에 들어왔다. 그는 가톨릭 신자를 버려 두고 어떤 매력적인 여자에게 노력을 집중하고 있었다. 그녀는 장미십자단의 단원이었다. 남편과 함께 그날 오후에 도착한 여자였다. 그들 부부는 키가 크고 날씬하고 진지하게 생긴 모습으로 보아 알자스 지방 출신인 듯했다. 그들은 대단히 크고 복잡한 텐트를 쳤다. 천막 위에 덧씌우는 천들과 받침줄이 많이 달린 텐트라서, 남편이 그것을 치는 데 무려 네 시간이나 걸렸다. 해질 무렵에 남편은 브뤼노를 붙잡고 장미십자단의 감춰진 매력에 관해서 이야기했다. 작고 동그란 안경 너머에서 그의 눈이 반짝거렸다. 그는 영락없는 광신자처럼 보였다. 브뤼노는 귀를 기울여 듣긴 했으나 그의 이야기를 받아들이지 않았다. 그의 말에 따르면, 장미십자단 운동은 연금술과 라인 강 유역의 신비주의 사상의 영향을 받아 독일에서 생겨났다. 보아하니, 호모들과 나치들의 야바위인 모양이었다. 브뤼노는 가스 버너 앞에 무릎을 꿇고 앉아 있는 대단히 예쁜 그의 아내를 홀깃거리면서, 〈이보게, 자네 십자가를 내 머릿속에 집어넣을 생각일랑 말고 자네 항문 속에나 집어넣게〉 하고 생각했다. 그때 그의 아내가 일어서더니 남편에게 어서 와서 아이의 옷을 갈아입히라고 요구했다. 브뤼노는 속으로 〈그리고 그 십자가 위에다 장미를 얹게나……〉 하고 결론을 내렸다.

이제 그의 아내는 카림과 춤을 추고 있었다. 그들은 짝이 잘 맞지 않는 한 쌍이었다. 게르만 계의 키다리 여자가 자기보다 15센티미터나 작은 통통하고 약아빠지게 생긴 남자와 마주하고 있었으니 말이다. 카림은 생글생글 웃으면서 계속 무언가를 지껄이고 있었다. 여자를 꼬시겠다는 애초의 목표

따위는 안중에도 없고 그냥 이야기에 취해 버린 사람 같았다. 그럼에도 일에 진전이 있어 보였다. 여자도 같이 생글거리면서 거의 홀린 듯한 눈으로 그를 바라보고 있었다. 한번은 숫제 깔깔거리며 웃기까지 했다. 그녀의 남편은 잔디밭의 반대편 끝에서 새로운 신자가 될 가능성이 있는 남자 하나를 붙잡고, 1530년에 니더작센에서 시작된 장미십자단 운동의 기원을 설명하고 있었다. 그의 세 살짜리 아들은 코를 질질 흘리면서, 잊을 만하면 한 번씩 자러 가자고 빽빽 울며 보챘다. 브뤼노는 거기에서 또다시 〈생생한 삶〉의 진정한 한순간을 보고 있다고 생각했다. 그의 옆에서는 성직자 풍의 비쩍 마른 두 남자가 카림의 훌륭한 성과를 놓고 논평을 하고 있었다. 한 남자의 평은 이러하였다. 〈저 친구 열성이 대단하구먼……. 이론상으로는 저 여자의 상대가 될 수 없을 것 같은데 용케 해내고 있어. 인물도 딸리고 키도 작고 배까지 나왔지만, 저 친구 열의가 있어. 그게 남다른 점이야.〉 다른 남자는 눈에 보이지 않는 묵주를 손가락으로 한 알 한 알 돌리는 듯한 동작을 취하면서 침울한 표정으로 고개를 끄덕였다. 브뤼노는 보드카에 오렌지주스를 섞은 음료를 마저 털어 넣다가, 카림이 마침내 풀이 무성한 비탈길로 여자를 데려가는 데에 성공했음을 알아차렸다. 카림은 쉴새없이 무슨 말을 지껄대면서 한 손으로는 그녀의 목을 감싸고 다른 한 손으로는 그녀의 치맛속을 더듬고 있었다. 브뤼노는 춤추는 사람들로부터 멀어져 가면서 〈저 나치 탕녀가 곧 허벅지를 벌리겠군……〉 하고 생각했다. 무도회장을 막 빠져나가려는데, 낮에 만난 가톨릭 신자가 언뜻 보였다. 스키 강사처럼 생긴 어떤 사내가 그녀의 엉덩이를 한창 어루만지고 있는 중이었다. 브뤼노는 문득 텐트에 남아 있는 라비올리 통조림을 떠올렸다.

텐트로 돌아가기 전에, 그는 그저 절망에 빠진 사람의 반사적인 행동으로, 자기 집에 전화를 걸어 자동 응답기에 녹음된 메시지가 있는지를 확인하였다. 메시지가 하나 있었다. 미셸이 차분한 목소리로 이렇게 말하고 있었다. 〈형, 바캉스 떠난 모양이네⋯⋯. 돌아오면 전화해 줘. 나도 휴가 중이야. 오래오래 쉴 거야.〉

4

 그는 걸어서 국경까지 간다. 독수리 떼가 눈에 보이지 않는 어떤 지점을 중심으로 빙빙 돌고 있다. 어딘가에 썩은 고기가 있는 모양이다. 길의 기복에 따라서 그의 허벅지 근육이 탄력성 있게 반응한다. 노르스름한 풀밭이 언덕을 덮고 있다. 동쪽으로 시야가 무한히 펼쳐져 있다. 그는 어제부터 아무것도 먹지 않았다. 하지만 이제 그는 아무것도 두렵지 않다.
 그는 잠에서 깨어나, 자기가 옷을 다 입은 채 침대에 비스듬히 누워서 잤음을 깨닫는다. 〈모노프리〉의 업무용 출입구 앞에서 일꾼들이 트럭에 실린 짐을 부리고 있다. 아침 7시가 조금 넘은 시각이다.

 미셸은 몇 년 전부터 학문에만 전념하며 살아왔다. 사람들이 살아가면서 느끼는 갖가지 감정들은 그의 연구 대상이 아니었다. 그는 그런 감정들을 잘 모르고 있었다. 그가 보기에 오늘날의 삶은 아주 정확하게 체계화하는 것이 가능할 듯했다.
 그의 간단한 인사에 슈퍼마켓에서 카운터를 보는 여자들이 답례를 보내고 있었다. 그는 10년 넘게 이 건물에 살고 있었다. 그동안 많이 사람들이 오고 가는 것을 보았다. 때로는 한 쌍의 남녀가 살러 오기도 했다. 그럴 때 그는 그들이 이사하는 광경을 지켜보곤 했다. 친구들이 계단을 통해 상자며 전등 따위를 옮겼다. 그들은 젊었고, 간간이 깔깔거리며 웃었다. 그렇게 이사 와서 살다가 헤어질 때도, 두 동거자가 종종(항상 그런 것은 아니지만) 같은 시간에 이사를 나가곤 했다. 그리고 나면 건물에 빈 아파트가 하나 생겼다. 이와 같은 삶에서 어떤 결론을 내려야 하는 걸까? 인간의 이 모든 행동을 어떻게 해석해야 하는 걸까? 그건 쉽지 않은 문제였다.

그가 인생에서 바라는 게 있다면 그저 누군가를 사랑하는 것이었다. 아니 어쩌면 바라는 게 전혀 없는지도 몰랐다. 어느 쪽도 확실하지는 않았다. 미셸이 생각하기에, 인생이란 어떤 간단한 것이 될 수도 있을 듯했다. 그저 무한히 되풀이되는 작은 의식(儀式)들을 조합하는 게 인생이라고 생각하면서 살 수도 있지 않을까 싶었다. 때로는 그 의식들이 조금 어리석어 보이지만, 그래도 그것에 의지하면서 큰 내기도 걸지 않고 비극을 겪는 일도 없이 살 수 있을 법했다. 하지만 사람들의 삶은 그렇게 짜여 있지 않았다. 미셸은 이따금 외출을 해서 사람들과 건물들을 살펴보곤 했다. 그가 보기에 한 가지 분명한 것은 아무도 어떻게 살아야 하는지를 모르고 있다는 것이었다. 아니, 아무도 모르고 있다는 건 과장일 수도 있었다. 무언가에 전력을 다 바치고 있는 듯한 사람들, 어떤 대의에 따라 행동하는 듯한 사람들도 더러는 있었으니까 말이다. 그들의 삶은 어떤 의미 때문에 무게가 있어 보였다. 에이즈 퇴치 활동을 전개하는 〈액트 업〉이라는 단체의 활동가들도 그런 사람들이었다. 그들은 갖가지 동성애 행위를 클로즈업해서 찍은 광고들을 텔레비전에 내보내는 게 중요하다고 생각하고 있었다. 다른 사람들이 그 광고를 포르노라고 생각하건 말건 그들은 아랑곳하지 않았다. 대체로 보아 그들의 삶은 즐겁고 활기차 보였으며, 다양한 사건들로 점철되어 있었다. 그들에게는 파트너가 여러 명이었다. 그들은 이른바 〈백룸〉에서 항문 성교를 하곤 했다. 이따금 콘돔이 빠지기도 하고 터지기도 했다. 그러면 에이즈로 죽는 사람이 생겼다. 하지만 그들은 친구들의 죽음에 당당하고 전투적인 의미를 부여하곤 했다. 상업방송 TF1은 그들의 요구를 받아들여 인간의 존엄성이란 무엇인가를 시청자들에게 끊임없이 가르치려 들었다. 미셸은 청소년기에 인간은 고통을 통해서 더욱 존엄해질 수 있다고 생각했다. 이제 그는 자기가 잘못 생각했다는 것을 인정하지 않을 수 없었다. 인간을 존엄하게 만드는 것은 고통이 아니라 텔레비전이었다.

텔레비전이 주는 순수하고도 반복적인 기쁨을 맛보고 싶은 생각이 없었던 것은 아니지만, 그는 외출을 하는 게 좋겠다고 생각했다. 어차피 슈퍼마켓에도 들러야 했다. 무언가 할 일이 있다는 건 좋은 것이다. 뚜렷한 지표가 없는 사람은 이 일 저 일로 왔다 갔다 하다가 결국 아무것도 얻지 못하게 된다.

아직 7월 9일(성 아망딘 축일)밖에 되지 않았는데, 〈모노프리〉의 진열대에 벌써 9월 개학을 위한 학용품들이 나와 있었다. 〈개학 때 신경을 쓰지 않기 위하여〉라는 광고 문구는 그가 보기에 별로 설득력이 없었다. 도대체 끊임없이 신경을 쓰지 않고서 어떻게 교육이 되고 학문이 되겠는가?

이튿날 그는 우편함에서 〈트루아 쉬스〉라는 통신 판매 회사의 카탈로그를 발견했다. 하드 커버로 장정된 두툼한 책자였다. 그런데 그 책자 어디에도 그의 주소가 적혀 있지 않았다. 회사의 배달원이 직접 우편함에 넣어 준 모양이었다. 오래전부터 통신 판매를 이용해 온 그는 그런 세심한 배려에 익숙해져 있었다. 그것은 그와 통신 판매 회사가 서로 충실한 관계를 맺고 있다는 증거였다. 통신 판매 회사의 판매 전략은 벌써 가을을 겨냥하고 있었다. 하지만 아직은 햇살이 찬연한 7월 초였다.

청소년기에 미셸은 삶의 부조리나 실존적인 절망이나 일상의 어찌할 수 없는 공허함을 주제로 한 소설들을 여러 권 읽은 바 있었다. 하지만 그는 극단론의 성격을 띤 그런 문학에 대해서는 부분적으로밖에 공감을 할 수가 없었다. 당시에 미셸은 브뤼노를 자주 만났다. 브뤼노는 작가가 되기를 꿈꾸었다. 그는 습작도 많이 하고 용두질도 많이 하였다. 그는 미셸로 하여금 베케트를 알게 해주었다. 베케트는 사람들 말대로 〈위대한 작가〉인 듯했다. 하지만 미셸은 그의 책 어느 것도 끝까지 다 읽어 내지 못했다. 때는 1970년대 말이었고, 그와 브뤼노는 20대의 문턱을 넘어서고 있었다. 그들은 그 나이에 벌써 자신들이 늙었다고 느꼈다. 그런 느낌은 이후에도 계속되었다. 늙었다는 느낌은 갈수록 더해 갔고, 그들은 그 때문에 수치심을 느끼곤 했다. 하지만 그것은 그들만의 문제가 아니었다. 그들의 시대 자체가 머지않아 그와 비슷한 변화를 겪게 되었기 때문이다. 즉, 죽음에 대한 비극적인 느낌을 늙음이라고 하는 더 일반적이고 더 여린 느낌 속에 묻어 버리는 것이 시대의 조류가 되어 버린 것이다. 그로부터 20년이 지난 뒤에도, 브뤼노는 여전히 죽음에 대해서 생각하지 않고 있었고, 앞으로도 그럴 것이었다. 그는 죽는 날까지 삶을 원할 것이고, 죽는 날까지 삶 속에 있을 것이며, 죽는 날까지 일상의 삶과 시들어 가는 육체가 야기하는 불행에 맞서 싸울 사람이었다. 마지막 순간까지 삶이 조금이라도 더 연장되기를 바랄 사람, 특히 마지막 순간까지 쾌락의 시간이 한 번이라도 더 주어지기를 바랄 사람, 그게 브뤼노였다. 긴 안목에서 보면 어떤 여자로부터 펠라티오를 받든 안 받든 아무 차이가 없는 것이지만, 브뤼노에게는 그것이 실제로 맛보아야만 하는 쾌락이었다. 미셸은 통신 판매 회사 카탈로그의 속옷에 관한 페이지(섹시한 가터벨트!)를 넘기면서 그런 생각을 하고 있었다.

브뤼노와 달리 그는 자위 행위를 거의 하지 않았다. 젊은 연구원 시절에는 그도 미니텔[20] 접속을 통해서, 혹은 진짜 여자들(주로 제약 회사의 영업 사원들)을 만나면서 성적 환상을 품었을 것이다. 하지만 그런 환상들은 점차로 사라져 버렸다. 이제 그는 남성적인 능력이 쇠퇴해 가는 것을 평온한 마음으로 받아들이고 있었다. 어쩌다 마음이 동하면 가벼운 자위 행위로 충분히 풀 수 있었다. 그의 자위 행위에는 그다지 대단한 성적 환상이 필요하지 않았다. 웬만한 경우에는 그저 통신 판매 회사의 카탈로그를 보는 것만으로 족했고, 그것으로 좀 부족하다 싶으면 79프랑짜리 음란 CD의 도움을 빌면 성적 환상이 차고도 넘쳤다. 반면에 그가 알기로 브뤼노는 젖가슴 탱탱하고 엉덩이 동글동글하고 입이 살가운 젊은 여자들을 찾아다니느라 중년을 탕진하고 있었다. 그나마 다행인 것은 그가 공무원이라서 먹고사는 데에 별 지장이 없다는 것이었다. 브뤼노는 부조리한 세계에 살고 있었다. 멋진 여자와 작고 뚱뚱하고 못생긴 여자, 미남자와 못난 사내들로 이루어진 멜로드라마 풍의 세계, 그게 바로 브뤼노가 살고 있는 세계였다. 그에 반해서 미셸은 간명하고 사건이 별로 없는 세계에 살고 있었다. 하지만 그의 세계에도 시간의 매듭과 리듬은 있었다. 롤랑 가로스 테니스 대회, 크리스마스, 12월 31일,

20 1980년대에 프랑스 정보통신부가 개발한 정보 통신용 단말기. 이 통신망을 이용하여 포르노 정보를 유포하는 상행위가 널리 퍼졌다.

1년에 두 번씩 오는 〈트루아 쉬스〉의 카탈로그 등과 같은 상업적인 의례들이 리듬을 부여하고 있기 때문이었다. 만일 그가 동성애자였다면, 에이즈 마라톤이나 〈게이 프라이드〉 같은 행사에 참여할 수 있었으리라. 그가 색을 밝히는 사람이었다면 에로티즘 박람회에 열광했으리라. 그리고 스포츠를 좋아하는 사람이었다면, 프랑스 일주 사이클 대회의 피레네 구간 경기를 생중계로 보았으리라. 하지만 그는 동성애자도 색을 밝히는 사람도 스포츠를 좋아하는 사람도 아니었다. 그는 소비자로서 이렇다 할 특성이 없는 사람이었다. 그래도 자기 동네 〈모노프리〉에 이탈리아 주간(週間)이 돌아오는 것을 환영할 줄은 알았다. 요컨대, 그의 세계는 그 나름대로 잘 짜여 있었고, 거기에 행복이 있을 수도 있었다. 미셸로서는 그보다 더 잘하고 싶었다 해도 어떻게 해야 할지를 몰랐을 것이다.

7월 15일 아침에, 미셸은 건물 입구의 쓰레기통에서 기독교 광고 전단 한 장을 집어들었다. 거기에는 여러 사람들의 살아온 이야기가 실려 있었다. 그 이야기들은 한결같이 부활한 그리스도와의 만남이라는 행복한 결말을 보여 주고 있었다. 그는 어떤 젊은 여자의 이야기(《이자벨은 자기의 대학 공부가 위태로워졌다는 것을 알고 충격을 받았다》)에 잠시 흥미를 느꼈다. 하지만 파벨의 이야기(《체코 군 장교 파벨은 미사일 추적 기지를 지휘하는 것을 자기 군대 경력의 정점으로 여기고 있었다》)를 읽고 나서는, 그 체험이 자기의 삶에 더 가깝다는 것을 인정하지 않을 수 없었다. 미셸은 다음과 같은 대목에서 쉽사리 자신을 파벨과 동일시하였다. 〈파벨은 명문 대학에서 공부한 전문 기술자로서 자기 삶에 만족하고 살 수도 있었을 것이다. 하지만 그는 불행했고 늘 살아야 할 이유를 찾고 있었다.〉

미셸은 며칠 전에 보던 통신 판매 회사의 카탈로그를 다시 펼쳐 들었다. 그 목록은 단순히 상품들을 소개하는 데에 그치지 않고, 유럽의 불안에 대한 그 나름의 역사적인 해석을 제시하고 있었다. 처음 몇 쪽부터 장차 다가올 문명의 변화에 대한 의식을 은연중에 드러내더니, 17쪽에 이르러서는 그 의식을 명백하게 정식화하였다. 미셸은 컬렉션의 주제를 규정한 다음과 같은 두 문장을 놓고 몇 시간 동안 사색에 잠겼다. 〈낙관주의, 너그러움, 은근한 연대, 화합 등이 세상을 발전시킵니다. 미래는 여성의 것입니다.〉

밤 8시 뉴스에서, 뉴스캐스터 브뤼노 마쥐르는 미국의 한 무인 탐사선이 화성에서 화석 생물의 흔적을 탐지했다고 알려 주었다. 그 화석 생물은 박테리아의 일종으로, 메탄을 발생시키는 원시 박테리아인 듯하다고 했다. 그러니까, 지구에서 가까운 한 행성에서 생물학적인 고분자가 조직되고, 원시적인 핵과 아직 잘 알려지지 않은 어떤 막으로 이루어진 자가 복제의 구조가 생성될 수 있다는 얘기였다. 그런데, 왜 그 뒤로 모든 생명 활동이 정지되었을까? 아마도 기후 변화 때문에 생식이 갈수록 어려워지다가 결국엔 완전히 중단되어 버렸으리라. 화성 생물의 역사는 뉴스로서 가치가 별로 없는 소박한 단신으로 소개되었다. 그러나 브뤼노 마쥐르는 분명히 깨닫지 못했겠지만, 화성에서 벌어진 그 맥없는 실패에 관한 짤막한 이야기는 인류가 오랫동안 소중하게 쌓아올린 신화적 또는 종교적인 구조물들과 격렬하게 충돌하고 있었다. 유일하고 장엄한 창조 행위는 없었다. 선택받은 백성도 없었고, 선택받은 종이나 행성도 없었다. 우주 도처에서 대체로 실패로 끝난 확실치 않은 시도들이 있었을 뿐이다. 게다가 그 모든 시도는 너무나 단조로웠다. 화성에 존재했던 박테리아의 DNA는 지구 박테리아의 DNA와 동일한 듯했다. 미셸은 그 점을 확인하고 약간 슬픈 기분에 젖어 들었다. 그런 기분을 느낀다는 것 자체가 우울증의 징후가 아닐까 하는 생각이 들었다. 정상적인 상태에 있는 연구자라면 두 박테리아의 DNA가 동일하다는 사실에 오히려 기뻐했을 것이고, 거기에서 통합적인 이론의 가능성을 보았으리라. 만일 DNA가 어디에서나 동일하다면, 거기에는 분명히 어떤 이유들이 있을 것이고, 그 이유들은 펩티드의 분자 구조나 자가 복제의 위상 기하학적 조건과 깊은 관련을 맺고 있을 터였다. 젊은 때 같았으면, 미셸은 그러한 이유들을 밝혀 낼 수 있으리라는 기대에 열광했을 것이었다.

1982년 데플레슈앵을 만났을 때, 미셸은 파리11대학에서 박사 학위 논문을 끝내 가고 있었다. 그 연구의 일환으로 그는 알랭 아스페 박사의 실험에 참여하였다. 동일한 칼슘 원자로부터 연속적으로 방출된 두 광자의 운동이 서로 분리될 수 없음을 증명하기 위한 아주 흥미로운 실험이었다. 미셸은 그 팀에서 가장 젊은 연구원이었다.

아스페의 실험은 정확하고 엄밀했으며 완벽한 자료로 뒷받침되어 있었다. 이 실험은 학계에 상당한 반향을 불러일으켰다. 1935년에 아인슈타인과 포돌스키와 로젠이 양자 이론에 대해 반론을 제기한 이래, 처음으로 그것에 대한 완벽한 재반론이 나왔다는 게 학계의 일반적인 견해였다. 실험 결과는 양자 이론의 예언과 완벽하게 일치하였고, 아인슈타인의 가설에서 나온 벨의 부등식은 명백하게 부정되었다. 그럼으로써 이제 두 개의 가설만이 남게 되었다. 하나의 가설은, 소립자의 운동을 결정하는 감추어진 속성들이 국소적이지 않다는 것이었다. 다시 말해서, 소립자들은 서로 얼마만큼 떨어져 있든 간에 즉각적으로 서로 영향을 미칠 수 있다는 얘기였다. 또 하나의 가설은, 소립자들이 관측 문제와 무관하게 내재적인 속성을 지니고 있다는 생각을 버려야 한다는 것이었다. 내재적인 속성을 지닌 소립자라는 개념을 포기하면, 우리는 깊디깊은 존재론적 공허 앞에 놓이게 된다. 그렇게 되지 않으려면, 철저한 실증주의를 채택하는 한편, 잠재된 현실이라는 개념을 완전히 포기하고 관찰 가능한 것을 예측하는 수학적 형식주의를 발전시키는 것으로 만족해야 한다. 연구자들의 대부분은 물론 두 번째 가설 쪽으로 결집하였다.

아스페의 실험에 관한 보고서는 『피지컬 리뷰』 48호에 처음으로 발표되었다. 보고서의 제목은 〈아인슈타인·포돌스키·로젠 식 상상 속 실험의 실험을 통한 구현: 벨 부등식의 새로운 부정〉이었다. 미셸 제르진스키는 그 보고서의 공동 작성자였다. 그로부터 며칠 뒤에, 그는 데플레슈앵의 방문을 받았다. 데플레슈앵은 당시 마흔셋이었고 국립 과학 연구 센터의 분자 생물학 연구소를 이끌고 있었다. 그는 자기네 연구소의 연구자들이 유전자 돌연변이의 메커니즘에서 뭔가 근본적인 것을 놓치고 있다는 생각을 하던 참이었다. 그가 보기에는 원자 수준에서 나타나는 더 근본적인 현상들과 관련된 어떤 것이 있는 듯했다.

그들의 첫 면담은 대학 기숙사에 있는 미셸의 방에서 이루어졌다. 데플레슈앵은 실내 장식의 간소함과 방 분위기의 스산함에 놀라지 않았다. 그가 예상했던 것과 비슷했기 때문이었다. 대화는 밤늦게까지 계속되었다. 데플레슈앵은 먼저 기본적인 화학 원소의 수가 제한되어 있다는 사실로부터 이미 1910년대에 닐스 보어의 성찰이 시작되었음을 상기시켰다. 전자기장과 중력장에 바탕을 둔 원자 이론에 따르자면 화학 원소의 수는 당연히 무한해야 한다. 하지만 우주는 백 개쯤 되는 원소로 구성되어 있다. 고전적인 전자기학적 이론과 맥

스웰 방정식에 비추어 보면 도무지 정상이라고 볼 수 없는 그런 상황이 양자 역학의 발전으로 이어진 것이었다. 데플레슈앵이 보기에는 오늘날의 생물학도 그와 유사한 상황에 놓여 있었다. 동물계와 식물계 전체에 걸쳐 동일한 고분자, 불변의 초(超)구조가 존재한다는 사실은 고전적인 화학으로는 설명될 수가 없었다. 아직 명백하게 해명할 수는 없지만, 양자 수준의 어떤 요소가 어떤 식으로든 생물학적 현상들의 조절에 개입하고 있는 게 틀림없었다. 그런 분야는 완전히 새로운 연구 영역이었다

그 첫 면담 때, 데플레슈앵은 미셸의 열린 정신과 차분한 성품에 깊은 인상을 받았다. 그는 다음 토요일에 자기 집에서 저녁을 먹자고 미셸을 초대했다. 그의 동료 중에 전사 효소에 관한 논문을 쓴 생화학자가 한 사람 있는데, 그 학자도 같이 초대하겠다고 했다.

미셸은 데플레슈앵의 집에 들어서면서, 어떤 영화의 배경 속에 들어와 있는 듯한 기분을 느꼈다. 색상이 밝은 목제 가구, 6각형 타일, 아프가니스탄 융단, 마티스의 그림들……. 안락하면서도 교양의 정취가 그윽한 그런 집이 있으리라고 상상은 했지만, 직접 구경해 보기는 처음이었다. 그런 집에 사는 사람이라면 브르타뉴 지방이나 알프스에 별장도 하나쯤 가지고 있을 법했다. 〈음악으로는 바르톡의 5중주가 어울리겠군……〉하고 그는 식사를 시작하면서 언뜻 생각했다. 고급 샴페인을 곁들인 식사였다. 디저트로는 붉은 과일로 만든 푸딩이 나왔고, 새콤달콤한 특급 로제가 곁들여졌다. 그때 데플레슈앵이 그에게 자기 계획을 털어놓았다. 미셸을 위해 분자 생물학 연구소에 계약직 연구원 자리를 하나 마련할 수 있다고 했다. 미셸이 생화학 분야의 지식을 보강해야 하는 문제가 있긴 하지만, 그건 금방 해결될 수 있으리라는 것이었

다. 또 미셸이 연구원으로 일하는 동안 자기가 국가 박사 학위 논문을 지도해 줄 것이고, 학위를 얻으면 전임 연구원 자리를 마련해 줄 수 있으리라고 했다.

미셸은 벽난로 인방(引枋) 한가운데에 놓인 작은 조각상에 눈길을 보냈다. 손으로 지면을 가리키는 듯한 자세를 취하고 있는 부처를 아주 단아한 선으로 형상화한 조각상이었다. 그는 목청을 한번 가다듬고 나서 그 제안을 받아들였다.

그 뒤로 10년 동안 방사성 동위원소 측정법이 비약적으로 발전함으로써, 분자 생물학 분야에 많은 연구 성과가 축적될 수 있었다. 하지만 그들이 처음 만났을 때 데플레슈엥이 제기했던 이론적인 문제들을 놓고 보면, 그들은 단 한 발짝도 나아가지 못했다는 게 미셸의 생각이었다.

미셸은 한밤중에 다시 화성의 박테리아에 관해 궁금증을 느꼈다. 인터넷 메일 박스를 열어 보니 메시지가 열다섯 개쯤 와 있었다. 대부분은 미국 대학들에서 온 것이었다. 화성의 박테리아에서도 아데닌, 구아닌, 티민, 시토신이 정상적인 비율로 발견되었다고 했다. 그는 시간을 좀 보낼 양으로 미시건 대학의 사이트에 접속해 보았다. 노화에 관한 연구 보고가 하나 올라와 있었다. 앨리시아 마르시아 코엘료라는 연구원이 평활근에서 나온 섬유 아세포가 반복적으로 분열할 때 DNA의 염기 서열이 상실된다는 사실을 밝혀 낸 모양이었다. 그건 별로 놀랄 만한 일이 아니었다. 앨리시아는 미셸이 아는 연구원이었다. 10년 전, 볼티모어에서 유전학 학술 대회가 열렸을 때 술을 너무 많이 마시며 저녁 식사를 한 뒤에 그의 동정(童貞)을 앗아간 여자가 바로 앨리시아였다. 그녀는 너무나 취해서 미셸이 브래지어 벗기는 것을 도와줄 수 없었다. 미셸에게는 그 순간이 아주 난처하고 고통스럽기까지 했다. 그가 브래지어 훅과 씨름하고 있는 동안, 그녀는 자기 남편과 얼마 전에 헤어졌다고 고백했다. 브래지어를 벗기고 나서는 모든 게 정상적으로 진행되었다. 그는 발기가 된다는 사실에 스스로 놀랐고, 아무런 쾌감도 느끼지 못하면서 그녀의 질 속에 사정을 할 수 있다는 사실에 더더욱 놀랐다.

5

〈변화의 장〉에 자주 오는 피서객 중에는 브뤼노와 같은 40대가 많았다. 또한 브뤼노처럼 공공 부문이나 교육 부문에 종사하면서 공무원이라는 지위 덕분에 빈곤을 면하고 있는 사람들이 많았다. 그들은 정치적인 성향으로 보면 거의 모두가 좌파에 속한다고 볼 수 있었다. 가족 상황으로 말하자면, 거의 모두가 독신자였고, 대개는 이혼을 하고 나서 혼자 사는 사람들이었다. 요컨대 브뤼노는 거기에 오는 사람들의 특성을 두루 지니고 있는 전형적인 인물이었다. 그런 사정 때문인지 그는 〈변화의 장〉에 온 지 며칠이 지나고 나서는 평소보다 조금 더 편안한 기분을 느끼기 시작했다. 그렇게 기분이 달라지니까, 아침 식사 시간에는 도저히 참고 봐줄 수가 없는 신비주의 성향의 탕녀들도 해질녘의 아페리티프 시간에는 그런 대로 봐줄 만한 여자들로 변하곤 했다. 그들은 비록 희망은 없을지라도 자기들보다 더 젊은 다른 여자들과 경쟁을 벌일 태세를 갖춘 듯했다. 죽음 앞에서는 모두가 평등한데, 나이가 무슨 상관이랴 하는 태도였다.

수요일 오후 브뤼노는 그런 여자들 중의 하나인 카트린을 알게 되었다. 카트린은 〈마리 파 클레르〉[21]에 참가한 적이 있는 50대 여자였다. 갈색 머리가 곱슬곱슬하고 살빛이 가무스름한 여자였는데, 스무 살쯤에는 남자들에게 대단히 인기가 많았을 듯했다. 그 나이에도 아직 젖가슴의 아름다운 곡선을 유지하고 있었다. 하지만 브뤼노는 그녀의 엉덩이가 대단히 뚱뚱하다는 것을 수영장에서 확인했다. 그녀는 고대 이집트의 상징 체계, 태양 타로 카드 등에 관심이 많았다. 그녀가 아누비스 신에 관해서 이야기하고 있을 때, 브뤼노는 자신의 사각 팬티를 내렸다. 그는 자기가 발기하더라도 그녀가 화를 내지 않을 것이고, 오히려 자기와 그녀 사이에 우정이 생겨나리라고 생각했다. 하지만 불행하게도 그의 성기는 발기하지 않았다. 그녀는 군살이 두두룩한 허벅지를 딱 붙이고 있었다. 그들은 꽤나 냉랭하게 헤어졌다.

  같은 날 저녁, 식사 시간 조금 전에 피에르 루이라는 남자가 그에게 말을 걸어왔다. 그는 자기가 수학 교사라고 했다. 아닌 게 아니라, 누가 보기에도 수학 교사처럼 보였다. 브뤼노는 그 남자를 이틀 전 연극의 밤 행사 때에 본 적이 있었다. 그는 1인 촌극을 했다. 어떤 수학적 증명에 관한 일종의 부조리 개그였는데 재미는 조금도 없었다. 그는 화이트보드에 아주 빠르게 수식을 써나가다가 이따금 갑자기 멈추었다. 그러고는 생각하는 시늉을 하느라고 대머리에 주름을 잔뜩 잡았다. 또 자기 딴에는 사람들을 웃기려고 그러는지 눈썹을 까딱까딱 치켜올리기도 했다. 한 손에 펠트펜을 든 채 잠시 그러고 있다가는 다시 수식을 쓰면서 알아들을 수 없는 말을 더듬거렸다. 촌극이 끝나자 대여섯 사람이 박수를 보냈다. 잘했다고 치는 것이라기보다는 연민 때문에 치는 박수였다. 그는 심하게 얼굴을 붉혔다. 그것으로 끝이었다.

21 『마리 클레르』 같은 여성지가 제시하는 여성상에 반기를 든 1970년대 페미니스트 운동 단체.

그 뒤로 이틀 동안 브뤼노는 여러 차례 그와 마주쳤지만 그때마다 이야기 나누는 것을 피했다. 그는 대개 챙이 위쪽으로 접힌 모자를 쓰고 다녔다. 그는 키가 대단히 컸다. 적어도 1미터 90센티미터는 될 듯했다. 몸은 야윈 편인데 배가 조금 볼록했다. 그런 몸으로 다이빙대 위에 서 있으면 정말 가관이었다. 나이는 마흔다섯 살쯤 되어 보였다.

그날 저녁에도 그가 먼저 알은체를 했지만, 브뤼노는 그가 다른 사람들이 즉흥적으로 추는 아프리카 춤에 동참할 기미를 보이자 얼른 자리를 피했다. 그러고는 공동 식당을 향해서 비탈길을 내려갔다. 왕년에 페미니스트였던 여자 옆에 빈자리가 있었다. 그녀 맞은편에는 고대 이집트 상징 체계 워크숍에 그녀와 함께 참가하고 있는 여자가 앉아 있었다. 그가 두부 스튜에 숟가락을 대기가 무섭게, 죽 늘어선 식탁 끄트머리에 피에르 루이가 나타났다. 그는 브뤼노 맞은편에 빈자리가 있음을 보고 희색 만연한 얼굴로 다가왔다. 그는 자리에 앉자마자 이야기를 시작했다. 개그를 하느라고 일부러 그러는 줄 알았는데, 그는 정말로 심하게 말을 더듬었다. 옆에 앉은 두 탕녀들은 귀에 거슬리는 새된 소리로 둘이서 계속 시시덕거리고 있었다. 오시리스의 환생이며 이집트의 인형극 따위에 관한 이야기를 하느라고 그녀들은 그들에게 전혀 관심을 보이지 않았다. 한순간 브뤼노는 그 어릿광대 같은 사내가 자기의 직업에 관해서 묻고 있음을 알아차렸다. 〈아, 별거 아닙니다……〉 하고 그는 대답을 얼버무렸다. 브뤼노는 다른 얘기는 다 해도 학교 교육에 관한 이야기는 하고 싶지 않았다. 그는 분위기가 신경에 거슬려서 식사를 계속할 수가 없었다. 나가서 담배나 피워야겠다고 생각하면서 일어서는데, 공교롭게도 두 여자가 같이 일어섰다. 그러고는 그들에게 눈길 한번 주지 않고 엉덩이를 흔들며 식탁을 떠났다. 그 사건이 터진 것은 십중팔구 그것 때문이었을 것이다.

 브뤼노가 식탁에서 10미터쯤 멀어져 갔을 때였다. 갑자기 휘파람 소리나 곤충의 울음소리 같은 매우 날카로운 소리가 들려왔다. 소리가 나는 쪽으로 몸을 돌려보니, 피에르 루이가 얼굴이 새빨개진 채 주먹을 불끈 쥐고 있었다. 그는 두 발을 모아서 단숨에 식탁 위로 뛰어 올라갔다. 그러더니 주먹으로 자기 머리통을 내지르면서 식탁 위를 이리저리 돌아다녔다. 그의 발길에 채인 접시와 유리잔이 바닥에 떨어졌다. 그는 사방으로 발길질을 하면서 큰 소리로 이렇게 되뇌고 있었다.

「당신들 그러면 안 돼! 나를 그런 식으로 대접하면 안 되는 거야!……」

 이번만은 그가 말을 더듬지 않았다. 다섯 사람이 달려들어 그를 제지했다. 그날 밤, 그는 앙굴렘 정신 병원에 입원했다.

 브뤼노는 새벽 3시쯤에 소스라치게 놀라며 잠에서 깨어났다. 이마와 등에 식은땀이 맺혀 있었다. 그는 텐트 밖으로 나갔다. 하늘엔 보름달이 휘영청 떠 있고, 캠프장은 괴괴하였다. 어딘가에서 청개구리의 단조로운 울음소리가 들려왔다. 그는 연못가에서 아침이 밝아 오기를 기다렸다. 신새벽이 되자 조금 추운 느낌이 들었다. 오전의 워크숍이 시작되는 시각은 10시였다. 그는 10시 15분쯤에 피라미드 쪽으로 갔다. 그는 글쓰기 교실의 문 앞에서 잠시 망설이다가 한 층 아래로 내려갔다. 그런 다음 약 20초 동안 수채화 교실의 프로그램을 검토해 보고 나서 다시 계단을 몇 칸 올라갔다. 계단 중간 중간에 곧은 난간이 둥글게 휘어지는 곳이 있었다. 이곳에서는 단의 폭이 넓어지다가 다시 줄어들고 있었고, 곡선의 첨점 부분에 가장 넓은 단이 있었다. 브뤼노는 벽에 등을 기대고 그 가장 넓은 칸에 앉았다. 기분이 좋아지기 시작했다.

브뤼노는 중고등학교 시절에도 수업이 시작된 직후에 그렇게 계단이 꺾이는 부분의 넓은 칸에 앉아서 드물게 행복한 순간을 맛보곤 했다. 그는 아래위의 층계참에서 똑같은 거리를 두고 앉아 차분한 마음으로 무언가를 기다렸다. 눈은 감고 있을 때도 있었고 크게 뜨고 있을 때도 있었다. 그러다가 누가 오면 그는 발딱 일어나 책가방을 챙겨 들고 수업이 이미 시작된 교실 쪽으로 종종걸음을 쳤다. 하지만 아무도 오지 않는 때도 종종 있었다. 그럴 때는 세상이 아주 평온하게 느껴졌다. 그가 있는 곳은 역사 수업을 하는 교실도 아니고 체육 수업을 하는 교실도 아니었다. 그의 자리는 타일이 깔린 잿빛 계단이었다. 그런 생각을 하노라면, 그의 마음이 가볍게 날갯짓을 하면서 기쁨을 향해 올라가곤 했다.

물론 그날은 상황이 달랐다. 그가 거기에 와서 바캉스 촌의 공동 생활에 참여하는 것은 스스로 선택한 일이었다. 위층에는 글쓰기 교실이 있었고 바로 아래층에는 수채화 교실이 있었다. 그 아래층에서는 마사지나 홀로트로픽 호흡법에 관한 연수가 열리고 있을 거고, 한 층 더 내려가면 아프리카 춤을 배우는 사람들이 모여 있을 터였다. 어디를 가나 사람들은 숨을 쉬며 살아가고 있었고, 쾌락을 얻거나 자기들의 잠재적인 능력을 개발하려 하고 있었다. 피라미드의 어느 층에서나 사람들은 점점 더 앞으로 나아가고 있었다. 아니, 앞으로 나아가려 애쓰고 있었다. 그들은 사회적으로든 성적으로든 직업적으로든 우주적으로든 자기들의 적응력을 높이겠다는 의지를 갖고 있었다. 흔히 하는 말로 〈자기 스스로를 가꾸어 가는〉 사람들이었다. 하지만 브뤼노는 나른하고 약간 졸린 기분을 느끼고 있을 뿐이었다. 원하는 것도 없었고 찾는 것도 없었다. 그의 자리는 어디에도 없었다. 그의 마음은 무(無)의 왕국을 향해, 이 세상에 존재하면서도 존재하지 않는 순수한 무아경을 향해 천천히 올라가고 있었다. 브뤼노는 자기가 거의 행복하다고 느꼈다. 열세 살 이후로는 처음 느껴 보는 기분이었다.

이 근처 어디에 과자 파는 데가 있는지 가르쳐 주시겠어요?

그는 텐트로 돌아와서 세 시간 동안 잤다. 그러고 나니 심신이 다시 가뿐해졌고 성기도 발기해 있었다. 남자들은 성적인 욕구가 채워지지 않으면 불안감을 느낀다. 이 불안감에는 종종 명치 부분에 갑작스럽게 경련이 일어나는 현상이 수반된다. 마치 정액이 아랫배 쪽으로 역류하여 명치를 자극하고 가슴에 불안감을 안겨 주는 것만 같다. 그럴 때 성기는 늘 고통스럽게 달아올라 있으며 약간 축축하게 젖어 있다. 브뤼노는 일요일부터 자위 행위를 하지 않았다. 아마도 그게 실수였던 모양이다. 서구 사회의 마지막 신화인 섹스, 그것은 누구나 할 수 있는 일이고 반드시 해야 할 일이었다. 브뤼노는 사각 수영 팬티를 입고 어깨에 둘러메는 작은 가방에 콘돔들을 집어넣었다. 그러다가 그는 피식 웃음을 흘렸다. 몇 년 동안 그는 늘 콘돔을 지니고 다녔다. 하지만 그의 콘돔을 사용해 본 적은 한 번도 없었다. 그가 만난 여자들은 창녀들뿐인데, 그녀들은 언제나 콘돔을 지니고 있었던 것이다.

바닷가에는 반바지 차림의 건장한 사내들과 스트링 비키니 차림의 젊고 예쁜 여자들이 넘쳐 났다. 그토록 많은 여자들을 보니 마음이 놓였다. 브뤼노는 감자튀김 한 봉지를 사서 들고 피서객들 사이로 돌아다니다가 스무 살쯤 되어 보이는 어떤 여자에게 눈독을 들였다. 젖가슴이 기가 막히게 아름다운 여자였다. 둥글고 탱탱하고 약간 올려 붙은 데다가 캐러멜빛 유두륜이 넓었다. 그는 〈안녕하세요……〉 하고 말을 건넨 다음 잠시 기다렸다. 여자의 이마에 주름이 잡혔다. 그는 다시 〈안녕하세요〉라고 말했다. 뒷말을 생각하고 있는데, 자기도 모르게 이런 말이 튀어나왔다.

「이 근처 어디에 과자 파는 데가 있는지 가르쳐 주시겠어요?」
「뭐라고요?」

여자는 한쪽 팔꿈치를 괴고 일어서면서 그렇게 되물었다.

브뤼노는 그제서야 그녀의 귀에 워크맨 이어폰이 꽂혀 있음을 알아차렸다. 그는 「형사 콜롬보」에 나오는 피터 포크처럼 팔을 옆으로 흔들면서 가던 길을 돌아갔다. 그녀에게 같은 말을 되풀이하는 건 쓸데없는 일이었다. 스스로 생각하기에도 그건 너무나 복잡하고 미묘한 심리 상태에서 나온 말이라서, 그녀로서는 선뜻 이해할 수가 없을 듯했다.

그는 방금 본 젖가슴의 이미지를 기억에 간직하려고 애쓰면서, 바다 쪽으로 비스듬하게 내려가고 있었다. 그때 갑자기 그의 정면으로 젊은 여자 세 명이 파도를 헤치며 나왔다. 그들은 자기들의 해수욕 수건을 깔아 놓은 곳으로 갔다. 브뤼노는 거기에서 몇 미터 떨어진 곳에 자기 수건을 깔았다. 그들은 그에게 전혀 신경을 쓰지 않고 있었다. 그는 재빨리 티셔츠를 벗어 자기 옆구리를 가린 다음 몸을 옆으로 돌리고 성기를 꺼냈다. 세 여자가 일제히 젖가슴을 햇볕에 그을리기 위해 수영복의 윗도리를 아래쪽으로 말아 내렸다. 브뤼노는 미처 손을 댈 겨를도 없이 티셔츠에 격렬하게 사정을 했다. 그는 신음 소리를 한 번 내고 모랫바닥에 엎어졌다. 그것으로 끝이었다.

아페리티프 시간의 원시적인 의식

저녁 먹기 전의 아페리티프 시간은 〈변화의 장〉의 하루 중에서 가장 화기애애한 때였다. 이 시간에는 대개 음악이 함께했다. 그날 저녁에는 세 명의 남자가 50명 남짓한 손님들을 위해 탐탐을 연주하였다. 손님들은 제자리에서 팔을 사방으로 흔들며 춤을 추었다. 그것은 몇몇 아프리카 무용 교실에서 가르치고 있던 수확의 춤이었다. 그런 식으로 몇 시간 동안 춤을 추고 나면, 어떤 참가자들은 〈트랑스〉[22] 상태를 느낀다고 했다. 정말 느끼는 건지 느끼는 척하는 건지는 알 수 없었지만 말이다. 글말이나 옛말의 뜻으로 보면, 〈트랑스〉는 격심한 불안 혹은 위험이 임박했다고 생각할 때 느끼는 공포를 가리킨다. 〈그런 트랑스를 계속 겪으며 사느니 나는 차라리 몰래 떠나고 싶어〉라고 에밀 졸라는 쓴 적이 있었다.

브뤼노는 예의 가톨릭 신자에게 샤랑트 지방의 피노[23] 한잔을 대접하며 물었다.

「이름이 뭐예요?」

「소피예요. 아프리카 춤은 별로 마음에 들지 않아요. 뭐랄까, 너무…….」

너무 어떻다는 거지? 그는 그녀가 다음 말을 쉽게 꺼내지 못하는 까닭을 이해했다. 너무 원시적이라고? 그건 안 될 말이었다. 너무 리듬이 강하다고? 그것 역시 인종 차별주의자라는 의심을 받게 할 만한 말이었다. 결국 그 바보짓거리 같은 아프리카 춤에 관해서 할 수 있는 말은 아무것도 없었다. 가엾은 소피. 그녀는 자기 속내를 감추느라 최선을 다하고 있었다. 검은 머리에 파란 눈, 뽀얀 살결. 그만하면 예쁜 얼굴

---

22 신들린 상태, 무아경을 가리키는 프랑스 말.
23 발효하기 전의 신선한 포도즙에 코냑을 섞어 만든 술.

이었다. 가슴은 작지만 매우 민감할 듯했다. 브뤼노는 그녀가 브르타뉴 지방 사람일 거라고 생각했다.

「브르타뉴에서 왔어요?」

「네. 생 브리왹에서요.」

그녀가 쾌활하게 대답하고 나서 덧붙였다.

「하지만 브라질 춤은 무척 마음에 들어요……」

아프리카 춤을 좋아하지 않는다고 말한 것에 대해 사과하는 뜻으로 하는 소리인 듯했다. 하지만 브뤼노는 그 말에 짜증이 났다. 그러지 않아도 브라질이라면 덮어놓고 좋아하는 일부 몰지각한 자들에 대해 염증을 내고 있던 터였다. 왜 하필이면 브라질이란 말인가? 브뤼노가 알기로, 브라질은 축구와 자동차 경주에 환장한 바보들이 사는 똥통 같은 나라였고, 폭력과 부패와 민중의 빈곤이 극에 달한 나라였다. 그가 보기에, 만일 지구 상에 혐오할 만한 나라가 있다면 그건 단연코 브라질이었다. 브뤼노는 흥분한 마음을 가누지 못하고 큰 소리로 말했다.

「소피! 마음만 먹으면 나도 브라질로 바캉스를 떠날 수 있소. 만일 거기에 간다면, 나는 빈민가를 돌아다닐 거요. 철갑을 두른 미니버스를 타고 가서, 조직 폭력배의 두목이 되기를 꿈꾸는 여덟 살짜리 꼬마 킬러와 열세 살 나이에 에이즈로 죽는 어린 창녀들을 보겠소. 나는 겁내지 않을 거요. 철갑이 나를 보호해 주고 있을 테니까 말이오. 오전을 그렇게 보내고 나면, 오후에는 마약 거래자들과 포주들이 우글거리는 해변으로 가겠소. 그 방탕하고 절박한 삶의 현장에서 서구인의 우울한 기분을 잊을 테요. 소피, 당신 말이 맞아요. 집에 돌아가는 대로 여행사에 가서 알아봐야겠소.」

소피는 그를 찬찬히 살펴보고 나서, 이마에 수심 어린 주름을 잡고 잠시 생각에 잠겨 있더니, 마침내 슬픈 목소리로 말했다.

「살아오면서 고통을 많이 겪었나 봐요.」

브뤼노가 다시 소리쳤다.

「소피, 니체가 셰익스피어에 관해서 뭐라고 썼는지 알아요? 〈이 남자는 고통을 많이 겪은 게 틀림없다. 오죽했으면 어릿광대 노릇을 다 하고 싶어 했겠는가!〉 내가 보기에 셰익스피어는 과대평가된 작가예요. 하지만 니체 말대로 그는 괜찮은 어릿광대죠.」

브뤼노는 말을 중단했다. 놀랍게도 정말로 고통스러운 기분이 들기 시작했다. 그가 만난 여자들은 때때로 아주 상냥했다. 그녀들은 그의 공격적인 태도에 너그러움으로 답하였고 그의 냉소적인 태도에 부드러움으로 답하였다. 남자라면 누가 그렇게 행동했겠는가? 브뤼노는 마음속에 감동의 물결이 번지는 것을 느끼며 말했다.

「소피, 당신의 보지를 빨고 싶어……」

하지만 이번에는 그녀가 그의 말을 귓전으로 들었다. 그녀는 사흘 전에 자기 엉덩이를 더듬던 스키 강사 쪽으로 돌아서서 그와 대화를 시작했다. 브뤼노는 몇 초 동안 어안이 벙벙한 채로 있다가, 주차장 쪽을 향해서 잔디밭을 가로질러 갔다.

숄레의 르클레르 슈퍼마켓은 밤 10시까지 영업을 했다. 그는 진열대 사이로 돌아다니면서 아리스토텔레스를 생각했다. 아리스토텔레스의 말에 따르면, 키가 작은 여자는 인류의 나머지 사람들과 다른 종에 속한다. 〈남자는 키가 작아도 사람처럼 보인다. 그러나 여자는 키가 작으면 내 눈에는 사람이 아니라 다른 종에 속하는 피조물로 보인다〉라고 그 철학자는 썼다. 그는 어떻게 그런 기이한 주장을 할 수 있었을까? 무슨 까닭으로 평소의 양식(良識)과 그토록 동떨어진 주장을 했을까?

  브뤼노는 위스키와 라비올리 통조림과 생강 비스킷을 사서 돌아왔다. 캠프장에는 어둠이 짙게 깔려 있었다. 저쿠지 노천탕 앞을 지나는데 속삭이는 소리와 숨죽인 웃음소리가 들려왔다. 그는 가던 길을 멈추고 슈퍼마켓 봉지를 한 손에 든 채 나뭇가지 사이로 노천탕 안을 들여다보았다. 두세 쌍의 남녀가 있는 듯했다. 속삭이는 소리와 웃음소리가 뚝 끊겼다. 물이 보글보글 뿜어져 나오는 소리만 희미하게 들릴 뿐이었다. 그때 달이 구름 사이로 얼굴을 내밀었다. 마침 남녀 한 쌍이 새로 와서 옷을 벗기 시작했다. 속삭이는 소리가 다시 들려왔다. 브뤼노는 비닐봉지를 내려놓고 성기를 꺼내어 자위를 하기 시작했다. 그는 이내 사정을 했다. 새로 온 여자가 막 뜨거운 물속에 들어가던 순간이었다. 벌써 금요일 밤이었다. 그는 체류를 일주일 연장하리라고 생각했다. 마음가짐을 새로이 해서 여자도 찾아내고 사람들과 이야기도 나눌 생각이었다.

6

 금요일 밤에 브뤼노는 잠을 편안하게 자지 못했다. 꿈자리가 몹시 사나웠다. 꿈에서 그는 살이 포동포동하고 털이 없는 새끼 돼지로 변해 있었다. 그는 다른 돼지들과 함께 컴컴한 터널 속으로 빨려 들어갔다. 거대한 소용돌이 모양을 이루고 있는 터널이었다. 터널의 내벽은 녹이 잔뜩 슬어 있었다. 그는 물에 떠내려가고 있었는데, 물살이 그리 세지 않아서 이따금 바닥을 디디고 서 있을 수도 있었다. 그러다가 더 세찬 물결이 몰아치면 다시 몇 미터 아래로 휩쓸려 내려갔다. 간간이 다른 돼지들 중의 하나가 갑작스럽게 아래로 빨려 들어가는 모습이 보였다. 돼지들은 더 아래로 내려가지 않으려고 어둠 속에서 발버둥을 쳤다. 터널 안은 조용했다. 그들의 굽이 금속 벽에 긁히는 소리만이 정적을 깨고 있었다. 그러다가 터널 안쪽에서 기계가 윙윙 돌아가는 듯한 소리가 들려오기 시작했다. 그는 소용돌이를 따라 계속 내려가면 거대하고 날카로운 프로펠러가 달린 터빈에 다다르게 된다는 것을 점차 알아차렸다.
 결국 그는 터빈에 다다라 목이 잘렸다. 잘려 나간 머리는 소용돌이의 출구에서 몇 미터 아래로 뚝 떨어졌다. 그곳은 풀밭이었다. 그의 두개골은 세로 방향으로 두 동강이 나 있었다. 하지만 풀밭에 떨어지는 서슬에도 다치지 않고 온전히 남아 있는 부분에는 여전히 의식이 있었다. 그는 곧 개미 떼가 뇌 속으로 몰려와 뉴런들을 먹어 버릴 것이고, 그럼으로써 자신은 의식을 완전히 잃게 되리라는 것을 알고 있었다. 아직은 개미 떼가 오지 않았기 때문에 그는 한쪽 눈으로 지평선을 살필 수 있었다. 풀로 덮인 지표면이 무한히 뻗어 있는 것처럼 보였다. 백금빛 하늘 아래에서 거대한 톱니바퀴들이 시계 반대 방향으로 빙빙 돌고 있었다. 그는 세상의 종말을 보고 있다고 생각했다. 적어도 그가 알고 있던 세계는 종말에 다다른 것이 분명했다.

아침 식사 시간에 브뤼노는 68세대에 속하는 남자 한 사람을 알게 되었다. 그는 브르타뉴 사람이고 수채화 교실의 강사였다. 그의 이름은 폴 르 당텍, 바로 〈변화의 장〉 이사장의 동생으로서 설립자 중에서도 최초의 핵심 멤버에 속하는 사람이었다. 인도 풍의 상의를 입고 희끗희끗한 수염을 길게 기르고 있는 데다가 트리스켈[24] 문양의 목걸이를 걸고 있는 모양이 영락없는 예전 히피의 모습이었다. 쉰다섯 살이 넘은 이 늙은 히피는 이제 평온한 삶을 살고 있었다. 그는 새벽에 일어나 언덕 사이를 거닐며 새들을 관찰하는 것으로 하루를 시작했다. 그런 다음 칼바커피[25]를 마시고 담배를 말아 피우면서 사람들과 이런저런 이야기를 나누었다. 수채화 교실은 10시나 되어야 시작되므로 시간은 충분했다.

수인사가 끝난 뒤에 브뤼노가 그에게 말했다.

「〈변화의 장〉의 고참이시니까(브뤼노는 이 말을 하면서 피식 웃었다. 비록 말뿐일지라도 어떤 은근한 연대감을 표시하

---

[24] 세 개의 가지가 같은 중심에서 소용돌이 꼴로 퍼져 나가는 상징적인 문양.
[25] 커피에 칼바도스라는 사과 브랜디를 섞은 것.

려는 자신이 우스워서였다), 이곳의 초기 모습을 기억하시겠군요. 성적인 해방을 소리 높이 외쳤던 1970년대 말입니다……」

그는 대뜸 볼멘소리를 내질렀다.

「해방은 무슨 얼어 죽을 놈의 해방! 기껏해야 내 자지의 해방이지. 파르투즈[26]를 해도 옆에서 구경만 하는 여자들은 늘 있었고, 제 물건만 흔들어 대는 사내들도 노상 있었어. 그건 예나 지금이나 똑같애.」

「그래도 에이즈 때문에 달라진 게 있다고 하던데……」

그는 마른기침으로 목을 가다듬은 다음, 브뤼노의 지적을 인정하며 말했다.

「남자들의 경우에는 그렇지. 사실, 예전에는 한결 간편했어. 입이든 질이든 격식을 차리지 않고 그냥 들어갈 수 있었으니까. 하지만 그것만으로 진정한 의미의 파르투즈를 했다고 볼 수는 없어. 우선 아무나 거기에 참여할 수 있었던 게 아냐. 입구에서 선별되었지. 대개 커플로 온 사람들만 받아 주었어. 그뿐이 아냐. 나는 가끔 이런 여자들을 봤네. 다리를 벌린 채 음액을 질질 흘리고 있는데 아무도 삽입하러 오는 남자가 없어서 파티 내내 자위만 하던 여자들 말일세. 그냥 그녀들을 기쁘게 해주기 위해서 하는 것도 불가능했어. 최소한 발기가 되어야 뭐든 할 수 있었을 텐데, 그녀들 앞에서는 그것조차 안 되었던 거지.」

브뤼노는 생각에 잠긴 표정으로 말했다.

「요컨대 성적인 공산주의는 존재한 적이 없었고, 단지 유혹 체계가 확대되었을 뿐이군요.」

「그런 셈이야……. 유혹이야 어느 시대에나 있었던 거니까 그게 조금 확대되었다고 해방이라고 말할 순 없지.」

---

26 세 사람 이상이 함께하는 성행위. 파티를 뜻하는 프랑스어 〈파르티*partie*〉에 속화 접미사를 붙인 속어.

듣고 보니, 브뤼노의 용기를 돋워 주는 이야기는 아니었다. 하지만 그날은 토요일이었고, 새로운 피서객들이 오는 날이었다. 브뤼노는 긴장을 풀고, 로큰롤을 추듯이 일의 흐름에 자신을 내맡기기로 했다. 그런 마음가짐 때문인지, 하루가 아무 일도 없이 그냥 지나가 버렸다. 그는 밤 11시쯤에 다시 저쿠지 노천탕 앞으로 지나갔다. 보글거리는 물 위로 실낱 같은 증기가 달빛을 받으며 피어오르고 있었다. 그는 조용히 다가갔다. 욕조는 직경이 3미터쯤 될 듯했다. 반대편 가장자리 근처에서 한 쌍의 남녀가 서로 끌어안고 있었다. 여자가 남자 위에 말을 타듯이 올라타 있는 듯했다. 〈나도 들어갈 권리가 있어〉 하고 브뤼노는 제풀에 성을 내며 생각했다. 그는 얼른 옷을 벗고 저쿠지 안으로 들어갔다. 밤 공기는 삽상한데 물은 기분 좋게 따끈따끈했다. 욕조 위로 얼키설키 뻗어 있는 소나무 가지 사이로 별들이 보였다. 그는 긴장을 조금 풀었다. 두 남녀는 그에게 전혀 신경을 쓰지 않았다. 여전히 남자 위에서 움직이고 있던 여자가 신음 소리를 내기 시작했다. 그녀의 얼굴 표정은 보이지 않았다. 남자 역시 거친 숨소리를 내기 시작했다. 여자의 움직임이 더욱 빨라졌다. 한순간 여자가 몸을 뒤로 젖혔다. 달빛에 그녀의 가슴이 환히 드러났다. 그녀의 얼굴은 검은 머리채에 가려져 있었다. 여자는 몸을 다시 일으키더니 두 팔로 그를 감싸 안으면서 찰싹 달라붙었다. 남자는 더욱 거칠게 숨을 쉬다가 곰처럼 으르렁거리는 소리를 길게 내지르고는 죽은 듯이 조용해졌다.

그들은 2분 정도 계속 끌어안고 있었다. 그러다가 남자가 먼저 일어나 욕조 밖으로 나갔다. 남자는 옷을 입기 전에 성기에서 콘돔을 말아 내렸다. 놀랍게도 여자는 남자와 함께 일어날 생각을 않고 계속 물속에 남아 있었다. 남자의 발소리가 멀어져 가고 다시 정적이 깃들였다. 그녀가 물속으로 다리를 죽 뻗었다. 브뤼노도 그녀를 따라 했다. 발 하나가 그의 허벅지 위로 올라오더니 그의 성기를 살짝 스쳤다. 그녀가 찰싹찰싹 물소리를 내며 가두리를 벗어나 그에게 왔다. 이제 구름이 달을 가리고 있었다. 50센티미터 앞에 그녀가 있었지만, 그는 여전히 그녀의 표정을 볼 수 없었다. 그의 허벅지 아래에 한 팔이 놓이고 다른 팔이 그의 어깨를 감쌌다. 브뤼노는 그녀의 품에 기대어 몸을 웅크렸다. 그의 얼굴이 그녀의 젖가슴에 닿아 있었다. 그녀의 가슴은 작고 단단했다. 그는 그녀의 포옹에 몸을 내맡기면서 젖가슴 언저리를 훑었다. 그녀가 욕조 한가운데로 가고 있다는 느낌이 들었다. 아닌 게 아니라 그녀는 욕조 가운데로 옮겨가서 천천히 맴을 돌기 시작했다. 그는 목의 긴장을 풀고 고개를 뒤로 착 젖혔다. 수면에서는 약하게 들리던 물소리가 몇 센티미터 아래에서는 요란하게 으르렁대는 소리로 변했다. 그의 얼굴 위에서 별들이 천천히 돌고 있었다. 그는 그녀의 품에 안겨 편안하게 휴식을 취했다. 곤추선 그의 성기가 수면 위로 떠올랐다. 그녀는 두 손을 가만가만 움직여 그의 몸을 어루만졌다. 겨우 느낄 수 있을 만큼 섬세한 애무였다. 그는 완전한 무중력 상태에 있는 듯한 기분이 들었다. 그녀의 긴 머리카락이 그의 배를 스치더니, 그녀의 혀가 귀두 끝에 닿았다. 그의 온몸이 행복감으로 바르르 떨렸다. 그녀는 입을 오므려 천천히, 아주 천천히 그의 성기를 자기 입 안에 넣었다. 그는 눈을 감았다. 황홀감으로 온몸에 전율이 스치고 지나갔다. 물 밑의 요란한 으르렁거림조차 그의 마음을 한없이 편안하게 만들어 주고 있었다. 그녀의 입술이 성기의 뿌리에 닿았을 때, 그는 그녀 목의 움직임을 느끼기 시작했다. 쾌감의 파동이 더욱 강렬하게 온몸으로 퍼져 나갔다.

7
캠핑 트레일러 안에서 나눈 대화

크리스티안의 캠핑 트레일러는 브뤼노의 텐트에서 50미터쯤 떨어진 곳에 있었다. 그녀는 안에 들어서면서 불을 켰다. 그러고는 부시밀즈 병을 꺼내어 두 개의 잔에 따랐다. 그녀는 날씬하고 브뤼노보다 작았다. 젊었을 때는 대단히 예뻤으리라는 생각이 들었다. 하지만 섬세한 얼굴에 생기가 없고 붉은 반점이 잔잔하게 나 있었다. 예전의 아름다움을 그대로 간직하고 있는 것은 비단결 같은 검은 머리채뿐이었다. 눈은 파란색이었고, 눈매는 부드럽지만 조금 슬퍼 보였다. 나이는 마흔 살쯤 된 듯했다.

그녀가 말했다.

「어쩌다 마음이 내키면, 누구하고든 날 원하는 사람과 섹스를 해. 다만 상대가 삽입을 원할 때는 콘돔을 반드시 요구하지.」

그녀는 위스키로 입술을 적신 다음 한 모금 마셨다. 브뤼노는 그녀를 바라보았다. 그녀는 스웨트 셔츠만 걸친 반라의 차림이었다. 그녀의 불두덩은 예쁜 곡선을 보이고 있었다. 하지만 대음순은 아쉽게도 약간 처져 있었다.

「나도 당신에게 오르가슴을 느끼게 해주고 싶어.」

「서두를 것 없어. 먼저 한잔해. 원하면 여기에서 자도 돼. 자리가 있으니까…….」

그녀는 더블베드를 가리켰다.

그들은 캠핑 트레일러의 임대 비용에 관해서 이야기를 나누었다. 크리스티안은 등허리에 문제가 있어서 텐트 생활을 할 수 없다고 했다. 문제가 꽤나 심각한 모양이었다.

그녀가 다시 말했다.

「내가 보기에 남자들은 대부분 삽입 성교보다 펠라티오를 더 좋아해. 삽입 성교는 남자들을 난처하게 만들 때가 많지. 발기 상태를 유지하기가 어렵거든. 하지만 시들시들하던 성기도 입 안에 넣어 주면 다시 팔팔해져. 페미니즘이 펠라티오를 좋아하는 남자들에게 심각한 타격을 주었을 거라는 느낌이 들어. 남자들이 고백하는 것 이상으로 말이야.」

「그런 관점에서 보면 페미니즘보다 더 나쁜 것은 없지…….」

브뤼노는 어두운 표정으로 그렇게 말하고는 술잔의 반을 비웠다. 그런 다음 그녀에게 물었다.

「이곳에 온 지 오래됐어?」

「거의 초창기부터 왔어. 결혼하고 나서 발길을 끊었다가, 이제는 해마다 와서 2, 3주씩 머물다 가. 처음엔 대안적인 요소를 지닌 〈신(新)좌파〉 성향의 장소였어. 그런데 지금은 완전히 〈뉴 에이지〉 풍이야. 그 점에서는 달라진 게 별로 없어. 1970년대에도 여기 사람들은 이미 동양의 신비주의 사상에 관심이 많았어. 오늘날에도 저쿠지며 마사지 강습은 그대로 있잖아? 예전과 다름없이 쾌적하긴 한데, 이젠 조금 서글픈 장소가 되었어. 물론 바깥 사회보다는 폭력적 요소가 훨씬 적지. 상대를 낚는 과정의 난폭함을 종교적인 분위기가 조금 감춰 주니까. 하지만 이곳에는 고통받는 여자들이 많아. 똑같이 고독하게 늙어 가는 처지라 해도, 남자들보다는 여자들이 고통을 훨씬 더 많이 겪어. 남자들은 싸구려 술을 마시고 입에서 썩은 냄새가 나건 말건 그냥 쓰러져 자. 그리고 나서 깨어나면 똑같은 일을 되풀이해. 그러다 보면 빨리 죽게 되고 고통도 일찍 끝나지. 반면에 여자들은 진통제를 먹고 요가를 하고 심리 상담원을 만나러 다녀. 그래서 늙어서 꼬부라지도록 살게 되고 그만큼 고통도 많이 받게 돼. 이곳에 오는 나이 든 여자들은 쇠약해지고 추해진 몸을 팔고 있는 거나 진배없어. 그녀들 스스로도 그것을 알고 있어. 그래서 또 고통을 겪지. 그런데도 그 짓을 계속해. 사랑받는 것을 포기할 수 없기 때문이지. 그녀들은 죽을 때까지 그 환상에서 벗어나지 못해. 여자는 어떤 나이가 되면, 남자의 성기에 자기 몸을 비빌 수는 있어도 남자로부터 사랑을 받을 수는 없어. 남자들이 원래 그런 족속이거든.」

브뤼노가 나직한 목소리로 말했다.

「크리스티안, 그렇게 과장할 건 없어. 남자라고 다 그런 건 아니잖아. 예컨대, 지금 난 당신을 즐겁게 해주고 싶어.」

「그래, 당신 말을 믿어. 당신은 친절한 남자 같애. 이기적이면서도 친절한 남자야.」

그녀는 스웨트 셔츠를 벗고 침대에 비스듬하게 눕더니, 엉덩이 밑에 베개를 받치고 허벅지를 벌렸다. 브뤼노는 먼저 그녀의 음부 주위를 한참 핥고 나서, 혀를 빠르게 놀려 음핵을 자극했다. 크리스티안이 깊은 숨을 토해 내며 말했다.

「손가락을 넣어 줘……」

브뤼노는 그 말에 따랐다. 그리고 몸을 옆으로 돌려 그녀의 음핵을 계속 핥으면서 다른 한 손으로는 젖가슴을 어루만졌다. 그는 그녀의 젖꼭지가 딱딱해지는 것을 느끼며 고개를 들었다. 그녀가 다시 말했다.

「계속해 줘……」

그는 머리를 그녀의 배 위에 편안하게 얹고 집게손가락으로 음핵을 애무했다. 그녀의 소음순이 부풀어 오르기 시작했다. 그는 솟구치는 기쁨에 이끌려 게걸스럽게 소음순을 핥았다. 그녀의 입에서 신음 소리가 터져 나왔다. 한순간 그는 자기 어머니의 야위고 쭈글쭈글한 음부를 떠올렸다. 그 기억은 곧 스러졌다. 그는 점점 더 빠르게 음핵을 문지르면서 혀를 살갑게 놀려 음순을 할쭉할쭉 핥았다. 그녀의 배에 홍조가 번지고, 감창 소리가 점점 커졌다. 그녀는 축축하게 젖어 있었고 기분 좋게 짭짤했다. 브뤼노는 잠깐 동작을 멈추었다가, 질과 항문에 손가락을 하나씩 삽입하고 혀끝을 매우 빠르게 놀려 음핵을 다시 핥기 시작했다. 그녀는 긴 파동으로 경련하면서 조용하게 오르가슴을 맞았다. 그는 그녀의 축축한 음부에 얼굴을 기댄 채 꼼짝 않고 있다가 그녀 쪽으로 두 손을 내밀었다. 그녀는 그의 손을 감싸쥐며 〈고마워〉하고 말했다. 그러고는 침대에서 일어나 스웨트 셔츠를 입고 두 사람의 잔에 위스키를 다시 따랐다.

브뤼노가 말했다.

「아까 저쿠지에서 정말 좋았어. 우리는 말 한마디 하지 않았지. 당신 입이 닿는 것을 느꼈을 때, 나는 아직 당신 얼굴이 어떻게 생겼는지도 모르고 있었어. 유혹의 요소라곤 전혀 없었지. 그건 대단히 순수한 어떤 것이었어.」

「그 모든 게 크라우제 소체가 작용해서 생기는 일이야······.」

크리스티안은 말하다 말고 빙그레 웃었다.

「미안해. 내가 과학 선생이다 보니······.」

그녀는 부시밀즈를 한 모금 마시고 말을 이었다.

「음핵과 귀두는 크라우제 소체로 뒤덮여 있어. 신경 말단이 아주 풍부한 이 소체들이 자극을 받으면, 뇌에서 엔도르핀이 많이 분비돼. 어느 여자에게든 음핵이 있고 어느 남자에게

든 귀두가 있어. 그리고 이 음핵과 귀두를 덮고 있는 크라우제 소체의 수는 사람에 따라 크게 다르지 않아. 거기까지는 매우 평등하지. 하지만 당신도 잘 알다시피 또 다른 게 있어. 나는 내 전남편을 무척 사랑했어. 그를 어루만지고 그의 성기를 정성스럽게 핥곤 했어. 내 안에서 그의 성기가 움직이는 것을 느끼는 것도 좋아했지. 내 덕분에 그의 성기가 딴딴하고 꼿꼿해진다는 게 자랑스러웠어. 발기한 그의 성기를 카메라로 찍어서 그 사진을 지갑 속에 항상 넣고 다녔어. 나에게 그 사진은 신성한 종교화 같은 것이었어. 그에게 쾌감을 주는 것이 나의 가장 큰 기쁨이었지. 하지만 결국 그는 더 젊은 여자와 살겠다고 나를 버렸어. 조금 전에 보니까, 당신도 내 보지에 별로 매력을 느끼는 것 같지 않았어. 아니라고 말할 필요 없어. 나는 누구보다 나 자신을 잘 알아. 내 것이 벌써 늙은 여자의 음부와 비슷하다는 거 알고 있어. 나이가 들면 콜라겐의 가교 결합이 증가하고 유사(有絲) 분열 중에 엘라스틴이 잘게 쪼개짐으로써, 세포 조직이 점차로 탄력과 유연함을 잃게 마련이야. 스무 살 때는 내 음부도 대단히 아름다웠어. 하지만 이젠 음순이 약간 늘어져 있다는 것 잘 알고 있어.」

브뤼노는 술잔을 비웠다. 무어라고 대답을 했으면 좋겠는데, 할 말을 찾아낼 수가 없었다. 조금 뒤에 그들은 침대에 누웠다. 그는 크리스티안의 허리에 한 팔을 둘렀다. 두 사람은 그런 자세로 잠이 들었다.

8

 브뤼노가 먼저 잠에서 깨어났다. 나무 우듬지에서 새가 지저귀고 있었다. 크리스티안은 밤새 시트를 젖히고 잔 모양이었다. 그녀의 엉덩이가 예뻐 보였다. 아직 동글동글하고 매우 섹시했다. 그는 문득 「인어공주」라는 노래의 한 구절을 떠올렸다. 그의 집에 그 노래가 담긴 옛날 싱글 음반이 있었다. 자크 형제들[27]이 부른 「뱃사람들의 노래」가 함께 실려 있는 음반이었다. 인어공주는 온갖 시련을 겪은 뒤에 자기 목소리와 고향과 아름다운 꼬리를 포기했다. 왕자를 너무나 사랑한 나머지 진짜 여자가 되기 위해서였다. 폭풍우가 몰아치던 밤 그녀는 바닷가로 휩쓸려 왔다. 거기에서 마녀의 묘약을 마셨다. 그녀는 자기 몸이 둘로 갈라지는 듯한 고통을 느꼈다. 그 고통이 너무나 심해서 의식을 잃고 말았다. 그 대목에서 간주가 들어가는데, 조가 아주 달라지면서 새로운 풍광이 전개되는 듯한 느낌을 주곤 했다. 그런 다음, 여성 독창자가 다음과 같은 구절을 노래한다. 〈그녀가 깨어나 보니, 햇살이 밝게 빛나고 앞에 왕자가 있었대요.〉 브뤼노는 그 구절을 들을 때마

---

27 1944년에 결성되어 40년 동안 활동했던 프랑스 남성 4중창단.

다 가슴이 저릿저릿해지는 감동을 느끼곤 했다.

그는 크리스티안과 간밤에 나누었던 이야기를 떠올렸다. 그러면서 자기는 아마도 그녀의 약간 늘어진 음순을 사랑하게 되리라고 생각했다. 아침에 깨어나면 늘 그랬듯이 그리고 대부분의 남자들이 그러하듯이, 그는 발기해 있었다. 새벽 어스름 속이라서 그런지, 헝클어진 검은 머리채에 둘러싸인 그녀의 얼굴이 무척 창백해 보였다. 그가 그녀의 몸속으로 성기를 삽입하려는 순간 그녀가 살포시 눈을 떴다. 그녀는 조금 놀란 눈치였지만 선선히 다리를 벌려 주었다. 그는 그녀의 몸속에서 움직이기 시작했다. 그러나 이내 자기 성기가 점점 물렁해지고 있음을 알아차렸다. 무척 슬펐다. 불안하기도 하고 부끄럽기도 했다.

「내가 콘돔을 끼는 게 좋겠지?」

「응. 그게 좋겠어. 옆의 화장품 가방 속에 들어 있어.」

브뤼노는 포장지를 뜯었다. 〈뒤렉스 테크니카〉였다. 당연한 얘기지만, 그의 성기는 라텍스 속에 들어가자마자 완전히 풀이 죽어 버렸다.

「미안해. 정말 미안해.」

「괜찮아. 이리 와서 누워.」

그녀가 상냥하게 말했다.

확실히 에이즈는 그 세대의 남자들에겐 그야말로 하나의 축복이었다. 그들은 성기가 물렁해진다 싶으면 얼른 콘돔을 꺼낸다. 그러면 그들의 성기는 완전히 물렁해져 버리지만, 그건 정력이 약한 탓이 아니라 콘돔 탓이다. 따라서 〈이놈의 것에는 도무지 익숙해지질 않아……〉라고 한마디만 하면 그들의 남성적인 능력은 대체로 의심을 받지 않는다. 그렇게 짧은 의식을 거행하고 나면, 그들은 여자의 몸에 기대어 평온하게 잠이 든다.

아침을 먹고 나서, 그들은 피라미드를 지나 연못 쪽으로 갔다. 연못가에는 아무도 없었다. 그들은 아침 햇살이 찬연한 풀밭에 누웠다. 크리스티안이 그의 반바지를 벗기고 수음을 해주기 시작했다. 그녀의 손놀림은 아주 부드럽고 섬세했다.

나중에 그녀 덕분에 그들이 스와핑 클럽에 가게 되었을 때, 브뤼노는 그런 손놀림이 대단히 드문 장점이라는 것을 깨닫게 된다. 그런 곳에 오는 여자들의 대부분은 손놀림의 미묘한 차이를 전혀 고려하지 않고 난폭하게 용두질을 했다. 그녀들은 음경을 너무 세게 쥘 뿐만 아니라, 그것을 미친 듯이 흔들어 대기가 일쑤였다. 십중팔구는 포르노 영화의 여배우들을 흉내내느라고 그랬을 것이다. 그게 화면에서 보기에는 볼 만한 광경일지 몰라도, 솔직히 말해서 촉각적인 효과는 보잘것 없고 오히려 고통스럽기만 했다. 반면에, 크리스티안은 스치듯이 가볍게 손을 놀렸고 손가락을 간간이 적셔 가며 민감한 부위를 두루두루 부드럽게 자극해 주었다.

허리가 드러나는 짧은 웃옷을 입은 여자 한 사람이 그들 근처를 지나가서 연못가에 앉았다. 브뤼노는 숨을 깊이 들이마시며 오르가슴을 억제했다. 크리스티안은 그를 보며 싱긋 웃었다. 햇살이 따가워지고 있었다. 브뤼노는 〈변화의 장〉에서 보내는 두 번째 주가 무척 행복하리라고 생각했다. 어쩌면 그들 두 사람은 이후로도 자주 만나면서 노년을 함께 보내게 될지도 모를 일이었다. 그러면 그들은 이따금 육체적으로 행복한 순간들을 경험해 가면서 욕망의 내리막길을 함께 걸어가게 될 것이었다. 그렇게 늙어 가다 보면, 육체적인 사랑의 연극도 막을 내리고 모든 게 끝나 버릴 터였다.

크리스티안이 샤워를 하는 동안, 브뤼노는 전날 르클레르 슈퍼마켓에서 사온 〈마이크로 캡슐 처리〉 피부 노화 방지 크림의 사용 설명서를 읽고 있었다. 겉포장에는 주로 〈마이크로 캡슐〉이라는 개념의 새로움을 강조하는 말이 적혀 있었지만, 사용 설명서에는 세 가지 효능이 더 자세하게 나와 있었다. 유해한 자외선 차단, 보습 효과의 24시간 지속, 유리기(遊離基)의 제거가 바로 그 효능이었다. 그것을 한참 읽고 있는데, 이집트 타로 카드에 관심이 많은 왕년의 페미니스트 카트린이 왔다. 그녀는 그가 묻지도 않았는데, 〈춤추며 일하자〉라는 인성 개발 워크숍에 갔다오는 길이라고 말했다. 그 워크숍의 취지는 참가자 개개인의 〈참모습〉을 일깨워 주는 일련의 상징 놀이를 통해서 자기의 소명을 찾아내는 것이었다. 카트린은 그날 처음으로 참가했는데, 자기에게 마녀 같은 면도 약간 있고 암사자 같은 면도 약간 있는 것으로 나왔다고 했다.

「그런 사람에게 어울리는 일은 판매 부서의 책임자래요. 나도 그런 일을 할 걸 그랬나 봐요.」

그녀의 말에 브뤼노가 〈음……〉 하며 대답을 망설이고 있는데, 마침 샤워를 끝낸 크리스티안이 허리에 수건을 두르고 돌아왔다. 카트린은 말문을 닫았다. 그녀의 표정이 눈에 띄게 굳어 있었다. 그녀는 〈선 명상과 아르헨티나 탱고〉라는 워크숍이 있다면서 자리를 떴다. 크리스티안이 멀어져 가는 그녀의 뒤통수에 대고 말했다.

「나는 자기가 〈탄트라와 회계〉를 하는 줄 알았는데…….」

브뤼노가 크리스티안에게 물었다.

「저 여자 알아?」

「그럼 알지. 20년 전부터 알고 지내는 사이인 걸. 저 바보 같은 여자도 〈변화의 장〉의 오랜 단골이야. 처음 생길 무렵부터 오기 시작했으니까.」

크리스티안은 머리채를 흔들고 나서 수건을 터번처럼 둘렀다.

그들은 다시 비탈길을 함께 올라갔다. 브뤼노는 갑자기 그녀의 손을 잡고 싶었다. 그는 머뭇거리지 않고 마음 가는 대로 했다. 비탈길을 반쯤 올라갔을 때 크리스티안이 다시 말문을 열었다.

「나는 프랑스의 페미니스트들을 도저히 좋아할 수가 없었어. 그들은 허구한 날 설거지 타령에 가사 분담 타령만 했어. 남자들에게 설거지를 시키지 않으면 안 된다는 강박감에 사로잡힌 여자들 같았지. 이따금 요리나 청소에 관해서 말하기도 했지만, 그들의 주된 화제는 설거지였어. 그들은 몇 년 사이에 자기들 주위에 있는 남자들을 무기력하고 툴툴거리기 잘하는 신경증 환자로 만들어 버렸어. 당연한 얘기지만, 그때부터 그들은 남자다운 남자를 그리워하기 시작했지. 결국 그들은 자기네 남자들을 차버리고 남성 우위를 과시하는 라틴계의 멍청한 사내들과 붙어먹었어. 지적인 여자들이 깡패들과 난폭한 사내들과 바보 같은 남자들에게 매력을 느낀다는 사실에 나는 늘 충격을 받았어. 요컨대 그녀들은 그런 사내 두세 명과 성관계를 가졌어. 아주 섹시한 여자들의 경우에는 때로 그보다 많은 사내들과 관계를 갖기도 했지. 그런 다음, 그녀들은 아이를 낳고, 『마리 클레르』에서 나온 요리법 카드를 보면서 잼을 만들기 시작했어. 나는 그런 시나리오가 되풀이되는 것을 숱하게 보았어.」

브뤼노는 달래는 듯한 말투로 말했다.

「다 지나간 일이야.」

그들은 수영장에서 오후를 보냈다. 풀 맞은편에서 젊은 여자들이 워크맨을 서로 듣겠다고 실랑이를 하면서 팔짝거리고 있었다. 크리스티안이 말했다.

「저 애들 귀엽지, 안 그래? 젖가슴이 자그마한 저 금발의 여자애 정말 예쁘다…….」

그러고 나서 그녀는 목욕 수건 위에 누웠다.

「선탠 크림 좀 건네줘…….」

크리스티안은 워크숍에 전혀 참가하지 않았다. 그것들을 정신 분열증적인 활동이라 여기며 약간의 혐오감마저 느끼고 있었다. 그녀가 말했다.

「내 말이 좀 가혹하게 들릴지 모르지만, 나는 마흔 살을 넘긴 그 68세대 여자들을 알아. 나 역시 거의 그 세대에 속하니까. 그네들은 고독 속에서 늙어 가고 있어. 그네들의 질(膣)은 죽어 있는 거나 다름없어. 그네들에게 5분 동안만 질문을 해봐. 그네들이 차크라니 크리스털 힐링이니 빛의 진동이니 하는 것들을 전혀 믿지 않는다는 것을 알게 될 거야. 그네들 깐에는 믿으려고 애를 쓰고 있어. 그러니까 한 번에 두 시간씩 걸리는 워크숍을 견디겠지. 워크숍에 참가하고 있는 동안에는 천사의 존재를 느끼고 자기들 마음속에서 꽃이 피어나는 것을 느껴. 그러다가 워크숍이 끝나면, 홀로 늙어 가는 못난 자신을 다시 만나게 돼. 그래서 그네들은 자주 울어. 여기는 눈물 바람이 많은 곳이야. 특히 선(禪)과 관련된 워크숍들이 끝난 뒤에 눈물 바람이 많지. 사실 그네들에겐 선택의 여지가 없어. 돈 문제도 있거든. 그네들은 대개 정신분석을 받았어. 그러느라고 돈을 탕진했지. 브라만 교의 진언이나 탄트라 따위에 의지하는 건 어리석기 짝이 없는 일이지만, 어쨌든 정신분석보다는 싸지.」

「게다가 치과 의사들에게 갖다 바치는 돈도 적지 않을 테고…….」

브뤼노는 들릴 듯 말 듯하게 그렇게 말하고, 그녀의 벌어진 허벅지 사이에 머리를 얹었다. 그러고 있으면 스르르 잠이 올 듯했다.

밤에 그들은 다시 저쿠지에 갔다. 그는 오르가슴까지는 올라가지 않게 해달라고 그녀에게 부탁했다. 캠핑 트레일러로 돌아와서, 그들은 섹스를 했다. 그가 콘돔 쪽으로 손을 내밀고 있는데, 그녀가 〈그냥 해······〉라고 말했다. 그는 그녀가 행복해하고 있음을 느꼈다. 육체적인 사랑의 가장 놀라운 특성 중의 하나는 서로 간에 최소한의 호감만 있다면 상대에 대해 강한 친밀감을 느끼게 해준다는 것이다. 일단 성관계를 갖고 나면 말투부터 너나들이로 바뀐다. 그리고 상대를 만난 지 하루밖에 안 되었어도, 다른 사람들에게는 전혀 하지 않을 이야기를 털어놓고 싶어진다. 그렇듯이, 브뤼노는 그날 밤 아무에게도 해본 적이 없는 몇 가지 이야기를 그녀에게 들려주었다. 정신과 의사에게는 물론이고 동생인 미셸에게조차 하지 않은 이야기들이었다. 그는 자기 어린 시절에 관해서, 할머니의 죽음에 관해서, 기숙사에서 당한 모욕에 관해서 이야기했다. 또 자기 청소년기와 기차 안에서 벌인 자위 행위에 관한 이야기도 들려주었다. 자기 아버지 집에서 보낸 여름날들에 관해서도 이야기했다. 크리스티안은 그의 머리를 어루만지면서 귀 기울여 듣고 있었다.

그들은 그 한 주일을 함께 보냈다. 브뤼노가 떠나기 전날, 그들은 생 조르주 드 디돈에 있는 해물 요리 전문 레스토랑에서 저녁 식사를 했다. 바람 한 점 없는 더운 날씨였다. 테이블을 비추고 있는 촛불들이 거의 흔들리지 않았다. 그들은 지롱드 하구가 내려다보이는 곳에 앉아 있었다. 멀리 그라브 곶이 보였다. 브뤼노가 말했다.

「바닷물이 달빛에 반짝이는 것을 보고 있노라면, 여느 때와 달리 아주 분명하게 느껴지는 것이 있어. 나와 이 세계 사이에 아무 관계도 없다는 느낌 말이야.」

「정말 떠나야 하는 거야?」

「응. 아들 녀석과 2주간을 함께 보내야 해. 사실은 지난 주에 떠났어야 하는 건데, 일주일을 연장한 거야. 이젠 더 늦출 수가 없어. 애 엄마가 모레 비행기를 타거든. 휴가 여행을 예약한 모양이야.」

「아들이 몇 살이야?」

「열두 살.」

크리스티안은 무언가를 골똘히 생각하다가 백포도주를 한 모금 마셨다. 그녀는 긴 드레스를 입고 있었다. 화장을 해서 그런지 한결 젊은 느낌을 주었다. 드레스의 몸통 부분이 레이스로 되어 있어서 그녀의 젖가슴이 비쳐 보였다. 그녀가 말했다.

「아무래도 나 사랑에 빠졌나 봐.」

브뤼노는 갑자기 몸이 굳어 버린 사람처럼 어떤 몸짓을 보일 엄두조차 못 내고 다음 말을 기다렸다. 그녀가 다시 말했다.

「나는 누아용[28]에 살고 있어. 아들하고 같이 살아. 애가 열세 살이 될 때까지는 별다른 문제 없이 잘 살았어. 아이는 아마도 제 아버지를 보고 싶어 했을 거야. 하지만 잘 모르겠어……. 아이들이 진정으로 아버지를 필요로 하는 걸까? 분명한 건, 그 애 아버지는 아들을 전혀 필요로 하지 않았다는 거야. 처음엔 가끔 아이를 보러 왔어. 아이를 데리고 영화관에도 가고 맥도날드에도 갔지. 그는 언제나 예정된 시간을 못 채우고 아이를 다시 데려오곤 했어. 그러다가 아이를 보러 오는 일이 점점 뜸해지더니, 새로 사귄 애인과 남프랑스에서 살림을 차리고 나서는 아예 발길을 끊어 버렸어. 거의 나 혼자서 아이를 키운 셈이야. 내가 엄하게 키우지 못한 탓인지, 2년 전부터 아이가 나쁜 친구들하고 어울려 다니기 시작했어. 내가 이런 얘기를 하면 놀라는 사람들이 많던데, 누아용은 폭력이 난무하는 도

---

28 파리 북쪽 피카르디 지방의 우아즈 도에 있는 도시.

시야. 흑인도 많고 아랍인도 많아. 치안 문제가 심각하다 보니 극우파 국민전선이 지난 선거에서 표를 40퍼센트나 얻었어. 우리 집은 도시 외곽에 있어. 우편함이 박살나기 일쑤고 지하 창고에는 아무것도 둘 수가 없어. 두려움에 가슴이 철렁할 때가 종종 있어. 총소리를 들은 적도 가끔 있어. 나는 학교에서 퇴근하고 돌아오면 문과 창문을 꼭꼭 걸어 잠그고 집에 틀어박혀 있어. 밤에는 절대로 밖에 나가지 않아. 가끔 미니텔에 접속해서 채팅을 조금 할 뿐이야. 내 아들은 밤늦게 돌아와. 아예 들어오지 않을 때도 가끔 있어. 나는 그 애에게 무어라고 할 엄두가 나지 않아. 그 애가 난폭하게 나올까 봐 두려워.」

「거기가 파리에서 먼가?」

그녀가 빙긋이 웃으며 대답했다.

「전혀 멀지 않아. 기껏해야 80킬로미터쯤 떨어져 있을 거야.」

그녀가 다시 빙긋 웃었다. 그녀의 얼굴에 애정과 희망이 넘쳐 났다. 그녀가 다시 말했다.

「나는 인생을 사랑했어. 감수성이 풍부하고 천성이 다정다감한 사람이었지. 나는 섹스하는 것을 언제나 무척 좋아했어. 그랬는데 뭔가 나쁜 일이 벌어졌어. 그게 뭔지는 잘 모르겠어. 하지만 내 인생에 뭔가 좋지 않은 일이 있었던 게 분명해.」

브뤼노는 벌써 텐트를 걷고 소지품을 자동차 안에 넣어 둔바 있었다. 그는 크리스티안의 캠핑 트레일러에서 마지막 밤을 보냈다. 아침에 그는 그녀와 삽입 성교를 했지만 잘되지 않았다. 마음이 너무 심란한 탓이었다.

「내 위에다 사정을 해봐.」

그녀는 정액을 자기 얼굴과 젖가슴에 문질렀다.

「날 보러 올 거지?」

그가 문을 막 나서려는데, 그녀가 다시 말했다. 그는 보러 가겠다고 약속했다. 때는 8월 1일 토요일이었다.

9

 브뤼노는 평소와 달리 간선 도로를 피하고 샛길을 따라 달렸다. 그는 파르트네[29]에 다다르기 조금 전에 차를 세웠다. 무언가를 생각하고 싶어서였다. 하지만 딱히 무엇에 관해 생각하려는지는 그 자신도 알지 못했다. 그는 단조롭고 평온한 풍경 한복판에 주차를 했다. 물이 거의 흐르지 않는 것처럼 보이는 어떤 수로 근처였다. 물에 수생 식물들이 떠 있었다. 자라는 건지 썩어 가고 있는 건지 잘라 말하기가 어려웠다. 정적 속에서 이따금 희미한 벌레 울음소리가 들려왔다. 주변에 곤충들이 있는 모양이었다. 그는 풀이 무성한 비탈에 누웠다. 가까이서 보니 물이 아주 조금씩 흐르고 있는 것이 느껴졌다. 물은 남쪽으로 천천히 흘러가고 있었다. 개구리는 보이지 않았다.
 1975년 10월, 대학에 들어가기 직전에 브뤼노는 아버지가 사준 원룸으로 이사했다. 그때는 자기에게 새로운 삶이 시작되고 있다고 느꼈다. 하지만 이내 환상을 버리지 않으면 안 되었다. 물론 파리3대학의 문과대에는 여학생들이 있었다.

---

29 프랑스 서부 되 세브르 도에 있는 도시. 브뤼노가 떠나온 대서양 연안의 루아양에서 파리를 향해 북동쪽으로 120킬로미터 정도 올라온 곳에 있다.

그냥 있는 정도가 아니라 아주 많았다. 하지만 모두 사귀는 남자가 있는 것처럼 보였다. 설령 사귀는 사람이 없다 하더라도 브뤼노의 파트너가 되고 싶지는 않은 듯했다. 그는 여학생을 사귀겠다는 일념으로 모든 강의를 빼놓지 않고 들었다. 덕분에 이내 우등생이 되었다. 카페테리아에 가면 그들을 볼 수 있고 그들이 수다 떠는 소리를 들을 수 있었다. 보아하니 그들은 놀러 나가서 남자들을 만나고, 서로 파티에 초대하면서 살고 있는 듯했다.

브뤼노는 먹는 것을 탐하기 시작했다. 강의를 마치고 집으로 돌아가는 길에 그가 무언가를 먹기 위해 들르는 가게들의 차례가 이내 정해졌다. 그 식탐의 도정은 생 미셸 대로를 따라 내려가다가 게뤼삭 거리와 만나는 지점에서 핫도그 하나를 사먹는 것으로 시작되었다. 그 도정은 거기에서 조금 더 내려가 피자를 먹는 것으로 이어졌고, 때로 거기에 케밥이 보태지기도 했다. 생 제르맹 대로와 만나는 곳에 있는 맥도날드에서는 코카콜라와 바나나 밀크셰이크를 곁들여 치즈버거 몇 개를 먹었다. 그런 다음 하르프 거리를 따라 뒤뚱뒤뚱 내려가서 마지막으로 튀니지 제과점에 들렀다.

그렇게 해서 배가 그득해지면, 그는 〈라탱〉 영화관 앞에서 발걸음을 멈추곤 했다. 그곳은 포르노 영화 두 편을 동시에 상영하는 영화관이었다. 때때로 그는 버스 노선도를 보는 척하면서 영화관 앞에 30분 동안 머물러 있었다. 여자 혼자 들어가거나 남녀 한 쌍이 들어가면 슬그머니 따라 들어가려고 그랬던 것이지만, 그의 기대는 번번이 무너졌다. 그래도 대개는 혼자서라도 영화관에 들어가곤 했다. 일단 들어가면 마음이 한결 편해졌다. 좌석을 안내하는 여자는 대단히 신중했다. 그녀의 배려 덕분에 남자들은 서로 멀리 떨어져서 앉을 수 있었다. 남자들은 언제나 몇 개의 빈 좌석을 사이에 두고 앉았다. 브뤼노는 「음란 간호사들」, 「노 팬티 히치하이커」, 「여교수는 허벅지를 벌리고 있었다」, 「빨아 주는 여자들」 같은 영화를 보면서 어느 누구의 방해도 받지 않고 조용히 용두질을 할 수 있었다. 다만 영화관에서 나갈 때는 꽤나 신경이 쓰였다. 영화관이 생 미셸 대로에 직접 면해 있었기 때문에, 같은 대학의 여학생과 마주칠 가능성이 적지 않았다. 그래서 브뤼노는 대개 어떤 남자가 일어나기를 기다렸다가 그의 뒤에 바싹 붙어서 나갔다. 남자 친구들끼리 포르노 영화관에 온 것처럼 보이는 편이 덜 창피할 듯해서였다.

영화관에까지 들렀다가 집에 돌아오면 대개 자정 무렵이 되어 있었다. 그는 잠들기 전에 샤토브리앙이나 루소를 읽었다.

일주일에 한두 번꼴로 브뤼노는 삶을 바꾸어 근본적으로 다른 방향으로 나아가리라고 결심하곤 했다. 그가 마음을 다잡는 방식은 이러하였다. 먼저 완전히 벌거숭이가 되어 거울 앞에 선다. 불룩한 배, 늘어진 볼, 벌써 처진 엉덩이 등 자기의 추한 모습을 직시할 필요가 있는 것이다. 그렇게 해서 철저한 자아 비판이 이루어졌다 싶으면 전등을 모두 끈다. 그러고 나서 두 발을 모으고 앉아 두 손을 가슴에 포갠 다음, 고개를 약간 앞으로 숙여 정신을 집중한다. 그 상태에서 숨을 천천히 깊게 들이마셔 배를 최대한 부풀린다. 그런 다음 아주 천천히 숨을 내쉬면서 마음속으로 수를 하나 센다. 어떤 수를 셀 때든 정신 집중이 흐트러지면 안 된다. 어느 수든 다 중요하지만, 특히 중요한 것은 4와 8, 그리고 마지막 수인 16이다. 숨을 끝까지 내쉬면서 16이라는 수를 세고 나면 다시 일어선다. 이제 그는 완전히 새로운 사람이다. 그는 씩씩하게 살 각오가 되어 있고, 삶의 흐름에 자연스럽게 몸을 실을 준비가 되어 있다. 다시는 두려움도 수치심도 겪지 않게 되리라. 먹는 것도 정상적으로 먹을 것이고, 젊은 여자들 앞에서

도 정상적으로 행동할 것이다. 〈오늘은 네 여생의 첫날이다.〉

그 간단한 의식은 그의 소심증에는 전혀 효과가 없었지만, 탐식증에 대해서는 이따금 상당한 효능을 발휘하였다. 정상적으로 먹으면서 이틀을 버티는 경우가 가끔 있었으니 말이다. 의식의 효능이 떨어지면, 그는 그것을 정신 집중이 부족한 탓으로 돌리고 다시 의식을 거행했다. 그때만 해도 그는 아직 젊었던 것이다.

어느 날 저녁, 그는 튀니지 제과점에서 나오다가 아닉과 마주쳤다. 그는 1974년 여름의 짧은 만남 이후로 그녀를 다시 만난 적이 없었다. 그녀는 예전보다 더 못나 보였고, 살도 더 쪄서 비만에 가까운 상태가 되어 있었다. 알이 두껍고 네모진 검은 테 안경은 그녀의 갈색 눈을 더욱 작아 보이게 하고 병적으로 하얀 피부를 더욱 창백해 보이게 했다. 그들은 서로 거북한 기색을 역력히 드러내며 커피를 함께 마셨다. 그녀는 파리4대학의 문과대 학생이었고, 바로 근처에 살고 있었다. 그녀의 방에서 밖을 내다보면 생 미셸 대로가 훤히 보인다고 했다. 그녀는 헤어지면서 자기 전화 번호를 남겼다.

그 다음 몇 주 동안, 브뤼노는 여러 차례 그녀를 만나러 갔다. 그녀는 자기 몸을 너무 수치스럽게 여긴 나머지 한사코 옷을 벗지 않으려고 했다. 그 대신 첫날 저녁에 브뤼노에게 펠라티오를 해주겠다고 제안했다. 그녀는 자기 몸이 어떻다는 식으로 구구한 변명을 늘어놓기보다는, 그냥 피임약을 먹지 않기 때문이라고 둘러댔다.

「정말이야. 난 이게 더 좋아……」

그녀는 저녁에 놀러 나가는 적이 없고 언제나 집에만 있었다. 허브 차도 끓여 마시고 다이어트도 시도하고 있었지만, 효과가 전혀 없었다. 브뤼노는 여러 번 그녀의 바지를 벗기려고 했다. 그때마다 그녀는 몸을 잔뜩 웅크리고 아무 말 없이 거칠게 그를 떠밀었다. 그는 결국 단념하고 그녀의 입 쪽으로 성기를 내밀곤 했다. 그녀의 펠라티오는 빠르고 너무 센 편이었다. 그들은 때때로 자기들의 공부를 화제에 올리기도 했다. 하지만 함께 나눌 이야기가 많지는 않았다. 그는 오래 머물지 않고 금방 돌아오곤 했다. 정말이지 그녀는 예쁘지 않았다. 그는 자기가 그녀와 함께 거리를 걷거나 레스토랑에서 함께 식사를 하거나 영화관 앞에서 함께 줄을 서 있는 모습을 상상하기가 쉽지 않았다. 그러기보다는 튀니지 과자를 구역질이 나도록 먹고 그녀의 집에 올라가 펠라티오를 받는 편이 한결 나았다.

어느 날 저녁, 아닉이 죽었다. 3월 말치고는 유난히 포근하던 날이었다. 브뤼노는 여느 때처럼 튀니지 제과점에서 아몬드가 박힌 기다란 막대 과자를 산 다음, 센 강변으로 내려가던 중이었다. 유람선의 스피커 소리가 공기를 타고 퍼져 나갔다가 노트르담 대성당의 벽에 부딪혀 돌아오고 있었다. 그는 꿀을 발라 놓은 끈적거리는 과자를 끝까지 와삭와삭 씹어먹었다. 그러고 나자 자신에 대한 견딜 수 없는 혐오감이 다시 엄습했다. 그는 파리 한복판에서 사람들이 보는 가운데 자기반성의 의식을 거행하는 것도 괜찮겠다고 생각했다. 그는 발꿈치를 모으고 앉아 두 손을 가슴에 포갠 다음 눈을 감았다. 그런 다음 정신을 집중하고 천천히 숨을 쉬면서 수를 세기 시작했다. 마법의 수 16을 세고 나서, 그는 눈을 뜨고 결연하게 다시 일어섰다. 유람선은 사라지고 강변은 텅 비어 있었다. 날씨는 여전히 포근했다.

아닉네 건물 앞에 사람들이 모여 있고, 경찰관 두 명이 그들을 제지하고 있었다. 브뤼노는 다가가서 보았다. 아닉의 몸뚱이가 길바닥에 부딪혀 기묘하게 뒤틀린 채 으스러져 있었다. 부러진 두 팔은 마치 머리통에 달린 두 부속물 같았고, 얼굴의 잔해 주위에는 피가 홍건하게 고여 있었다. 그녀는 바닥에 부딪히기 직전에 자기를 보호하려는 마지막 반사 행동으로 머리를 두 팔로 감싼 게 틀림없었다.

「8층에서 뛰어내렸대요. 즉사하고 말았지요……」

브뤼노 옆에 있던 여자가 이상하게 들뜬 목소리로 말했다. 그때 구급차가 도착했다. 두 남자가 들것을 가지고 내렸다. 아닉의 시신을 들어 올리던 순간에 브뤼노는 박살난 머리통을 보고 고개를 돌렸다. 구급차가 사이렌을 울리며 떠났다. 브뤼노의 첫사랑은 그렇게 끝났다.

1976년 여름은 아마도 그의 생애에서 가장 잔인한 시기였으리라. 그는 갓 스물이었다. 폭염이 기승을 부리고 있었다. 밤이 되어도 더위는 누그러들 줄 몰랐다. 그런 점에서 1976년은 역사적인 해로 남을 것이다. 젊은 여자들은 속이 비치는 짧은 드레스를 입고 다녔다. 그 드레스들이 땀 때문에 그들의 살에 달라붙곤 했다. 브뤼노는 욕망에 겨운 눈을 희번덕거리며 온종일 거리를 배회하기가 일쑤였다. 그러다가 밤중에 다시 일어나 파리 시내를 걸어서 가로지르며, 카페의 테라스를 기웃거리고 디스코텍 앞에서 사람들의 동정을 살폈다. 그는 춤에는 영 소질이 없었다. 그의 성기는 시도 때도 없이 발기해 있었다. 다리 사이에 눅진한 살덩어리가 있고, 그것이 부패해서 벌레들이 꾀고 있는 듯한 기분이 들었다. 그는 거리에서 여러 차례나 젊은 여자들에게 말을 걸어 보았다. 하지만 그 대가로 얻은 것은 모욕뿐이었다. 그런 날 밤이면 그는 거울을 보았다. 그의 머리털은 땀 때문에 머리통에 착 달라붙어 있었고, 앞머리는 벌써부터 벗겨질 조짐을 보이고 있었다. 반팔 셔츠 아래로는 주름진 뱃살이 보였다. 그는 섹스숍을 드나들고 핍쇼를 보러 다니기 시작했다. 그러면 그럴수록 고통은 더욱 심해질 뿐이었다. 결국 그는 처음으로 창녀의 신세를 졌다.

〈1974년에서 이듬해에 걸쳐 서구 사회에 미묘하면서도 결정적인 변화가 일어났다〉 하고 브뤼노는 생각했다. 그는 잠바를 둘둘 말아 베개를 삼고, 수로 옆의 풀이 무성한 비탈에 누워 있었다. 그는 풀을 한 움큼 뽑아 촉촉하면서도 까끌까끌한 감촉을 느껴 보았다. 그가 제대로 된 인생을 살아 보려고 애쓰던 그 시기에 서구 사회는 더욱 어두운 쪽으로 변해 갔다. 1976년 그 여름에 브뤼노는 그 모든 변화가 아주 나쁜 결말을 맞게 되리라고 예감했다. 개인주의화의 가장 완벽한 발현인 신체적 폭력이 성적인 욕망의 뒤를 이어 서구 사회에 다시 나타날 조짐을 보이고 있었다.

10
헉슬리 형제

> 근본적인 교의를 수정하거나 혁신해야 할 때,
> 희생이 되는 세대들은 변화의 한가운데 있으면서도
> 본질적으로 변화에 영향을 받지 않으며
> 대개는 변화에 노골적으로 적대하게 된다.
> — 오귀스트 콩트, 「보수주의자들을 향한 호소」

정오쯤에 브뤼노는 다시 자동차에 올라 파르트네 시내로 들어갔다. 결국 여느 때처럼 고속 도로를 타기로 했다. 그는 공중전화 박스에서 자기 동생에게 전화를 걸었다. 동생은 즉시 전화를 받았다.

「지금 파리로 돌아가는 길이야. 오늘 저녁에 봤으면 좋겠는데. 내일은 안 돼. 아들은 봐야 하거든. 뭔가 중요한 일이 있는 모양인데, 오늘 만나지 뭐.」

미셸은 그냥 덤덤하게 듣고 있다가 한참만에 대답했다.

「좋을 대로 해……」

대부분의 사람들이 그랬듯이, 미셸은 사회학자들과 시사 평론가들이 말하는 사회의 원자화 경향을 매우 나쁜 것으로 보고 있었다. 또 대부분의 사람들이 그랬듯이, 그는 다소 귀찮고 골치 아픈 일이 생기더라도 어느 정도 가족 관계를 유지하는 것이 바람직하다고 보고 있었다. 그래서 그는 여러 해 동안 마리 테레즈 고모의 집에서 크리스마스를 보내려고 애썼다. 고모는 파리 북동쪽 교외 르 랭시에 있는 집에서 착하지만 고집이 센 남편과 함께 노년을 보내고 있었다. 고모부는 언제나 공산당에 투표를 했고 자정 미사에 가는 것을 거부하였다. 그 때문에 성탄 전야에 매번 입씨름이 벌어졌다. 다른 식구들이 자정 미사를 보는 동안, 미셸은 용담술을 마시면서 늙은 고모부의 이야기를 들었다. 고모부는 이따금 판에 박은 말들을 섞어 가면서 노동자의 해방에 관해 일장 연설을 하곤 했다. 그러고 나면 다른 식구들이 왔다. 그중에는 고종 사촌 누나 브리지트도 있었다. 미셸은 브리지트를 무척 좋아했고, 그녀가 행복하기를 바랐다. 하지만 그녀의 남편이 너무나 멍청해서 사는 게 쉽지 않아 보였다. 그녀의 남편은 제약 회사 영업 사원이었는데 기회만 있으면 아내 몰래 바람을 피웠다. 미남인 데다가 여기저기로 돌아다니는 게 그의 일이다 보니, 그런 기회가 자주 있었다. 브리지트의 얼굴은 날이 갈수록 수척해지고 있었다.

미셸은 매년 찾아가던 고모네 집을 1990년에는 가지 않았다. 그에게는 아직 브뤼노가 남아 있었다. 가족 관계는 몇 년 동안, 때로는 몇 십 년 동안 유지된다. 다른 어떤 관계보다 오랫동안 유지되는 것이 가족 관계이다. 하지만 그것도 결국은 단절되고 만다.

브뤼노는 밤 11시경에 도착했다. 이미 술을 약간 마신 탓인지, 그는 댓바람에 이론적인 이야기를 하고 싶어 했다. 자리에 채 앉기도 전에 그의 이야기가 시작되었다.

「올더스 헉슬리는 『멋진 신세계』에서 놀랍도록 정확하게 미래를 예언했어. 생각하면 생각할수록 그 정확함에 놀라게 돼. 그가 그 책을 쓴 것이 1932년이야. 그 점을 생각하면 헉슬리는 정말 굉장한 작가지. 그 이후로 서구 사회는 줄곧 그 모델에 다가가려고 노력해 왔어. 우선 출산에 대한 통제가 갈수록 정확해지고 있어. 이런 경향이 계속되면 언젠가는 생식과 섹스가 완전히 분리될 것이고, 인류의 재생산이 안전성과 유전학적 신뢰성이 완전히 보장되는 실험실에서 이루어지게 될 거야. 그러면 가족 관계가 소멸하고 혈연이라는 개념이 사라지겠지. 또 의약의 진보 덕분에 젊은이와 늙은이의 구별이 점차 사라져 가고 있어. 헉슬리가 묘사한 세계에서는 60대 노인이 20대 젊은이와 똑같은 외모와 욕망을 지니고 똑같은 활동을 해. 그러다가 노화에 맞서 싸우는 것이 불가능해지면 자유롭게 안락사를 선택할 수 있어. 고통받지 않고 아주 조용하고 빠르게 죽을 수 있지.『멋진 신세계』에 묘사된 사회는 비극과 극단적인 감정이 사라진 행복한 세계야. 성적인 자유가 완벽하고, 개성을 꽃피우거나 쾌락을 추구하는 데에 아무런 장애가 없어. 우울증과 슬픔과 회의를 겪는 순간들이 남아 있긴 하지만, 그런 문제는 항울제나 항불안제 같은 약을 복용함으로써 간단히 해결할 수 있어. 〈1세제곱센티미터의 약으로 열 가지 감정을 다스리는〉 진보가 이룩되거든. 그 세계가 바로 오늘날 우리가 열망하는 세계, 오늘날 우리가 살고 싶어 하는 세계가 아니겠어?」

미셸은 아무 말 없이 듣고만 있었는데, 브뤼노는 마치 미셸의 반론을 제지하려는 듯한 손짓을 하고 나서 말을 이었다.

「사람들이 헉슬리의 세계를 대개 전체주의적 악몽으로 생각하고 있다는 거 잘 알아. 사람들이 그 책을 악의에 찬 고발로 치부하고 있다는 것도 알아. 하지만 그런 태도는 한낱 위선일 뿐이야. 유전자 조작, 성적인 자유, 노화에 맞선 투쟁, 레저 문화 등 모든 점에서 〈멋진 신세계〉는 우리에게 하나의 천국이야. 사실 우리는 지금까지 바로 그런 세계에 도달하려고 노력해 왔어. 비록 성공은 못했지만 말이야. 다만 그 세계가 오늘날 우리의 평등주의적 가치 체계와 배치되는 점이 한 가지 있기는 해. 아니, 평등주의적 가치 체계와 배치된다기보다는 능력주의적 가치 체계와 배치되는 점이 하나 있어. 사회를 카스트로 나누고 각 카스트의 유전적 특성에 따라서 서로 다른 일에 종사하게 하는 제도가 바로 그거야. 하지만 헉슬리의 예언은 오직 그 점에 관해서만 들어맞지 않았어. 기계화와 자동화가 진전되면서 거의 쓸모없게 된 유일한 요소지. 올더스 헉슬리는 글재주가 아주 형편없는 작가야. 그의 문장은 무겁고 서걱서걱하며, 그의 인물들은 따분하고 기계적이지. 하지만 그는 뛰어난 직관을 지니고 있었어. 그는 과학 기술의 발전이 몇 세기 전부터 인간 사회의 진화를 선도해 왔고 앞으로도 점점 더 그렇게 되리라는 것을 깨닫고 있었어. 비록 그가 섬세함이나 심리 분석이나 문체에는 결함이 있었다 할지라도, 당초의 직관이 정확했던 것에 비하면 그런 결함은 별로 중요하지 않아. 또한 그는 공상 과학 작가들을 포함한 모든 작가 중 생물학의 중요성을 가장 먼저 깨달은 사람이야. 그는 물리학의 뒤를 이어 생물학이 사회 변화의 견인차 역할을 하게 되리라는 것을 알고 있었어.」

브뤼노는 말문을 닫았다. 문득 동생이 조금 여위었다는 생각이 들었다. 무슨 걱정거리가 있는지 마음을 약간 딴 데에 팔고 있는 듯했다. 사실, 미셸은 며칠 전부터 슈퍼마켓에 가는 것을 게을리하고 있었다.

지난 몇 년 동안과는 달리 슈퍼마켓 앞에 거지들과 신문팔이들이 많이 죽치고 있었다. 그래도 한여름이라서 다행이었다. 여름은 가난이 덜 고통스럽게 느껴지는 계절인 것이다. 만일 전쟁이라도 나면 저들은 어떻게 될까? 미셸은 부랑자들이 느릿느릿 움직이는 것을 통유리창 너머로 관찰하면서 그런 생각을 했다.

브뤼노는 포도주를 한 잔 따라 마셨다. 배가 고프다는 느낌이 들기 시작했다. 그때 갑자기 미셸이 지친 목소리로 말문을 열었다.

「헉슬리는 영국의 위대한 생물학자 집안 출신이야. 다윈의 친구이던 그의 할아버지는 진화론을 옹호하기 위한 글을 많이 썼어. 그의 아버지와 그의 형 줄리언 역시 저명한 생물학자였어. 실용주의적이고 자유주의적인 영국 지식인의 전통에 충실한 집안이었지. 계몽주의 시대의 프랑스 지식인들과는 달리 그들은 관찰과 실험적인 방법을 중시했어. 젊은 시절에 헉슬리는 아버지가 집에 초대한 지식인들을 만날 기회가 많았어. 그들 중에는 경제학자나 법률가도 있었지만, 과학자가 특히 많았지. 그는 자기 세대의 작가들 중에서 유일하게 생물학이 가져올 진보를 예감한 사람이야. 만일 나치즘이 없었다면 그가 예상한 진보는 훨씬 더 빨리 이루어졌을 거야. 나치 이데올로기 때문에 우생학과 인종 개량의 발상들이 무조건 나쁜 것으로 치부되었지. 그것들로 다시 돌아가는 데에 몇 십 년이 걸렸어.」

미셸은 자리에서 일어나 서가에서 『내가 감히 생각하는 것』이라는 책을 꺼냈다.

「이 책은 올더스의 형인 줄리언 헉슬리가 1931년에 출간한 거야. 『멋진 신세계』보다 1년 앞서 나온 책이지. 이 책에는 인류를 포함한 생물 종들의 개량과 유전자 조작에 관한 모든 아이디어들이 제시되어 있어. 동생인 헉슬리가 소설로 형상화한 그 모든 것들이 인류가 추구해야 할 하나의 바람직한 목표로 이 책에 분명히 제시되어 있어.」

미셸은 다시 자리에 앉아 이마의 땀을 훔쳤다.

「제2차 세계 대전 직후인 1946년에 줄리언 헉슬리는 갓 창설된 유네스코의 사무처장으로 임명되었어. 같은 해에 그의 동생은 『다시 가본 멋진 신세계』를 발표했지. 이 책에서 올더스 헉슬리는 자기의 『멋진 신세계』를 하나의 고발과 풍자로 소개하려 애쓰고 있어. 몇 년 뒤에 올더스 헉슬리는 히피 운동의 중요한 이론적 지주가 되었어. 그는 줄곧 섹스의 완전한 자유를 지지했고 환각제의 사용에서 개척자 역할을 했어. 에살렌 공동체의 설립자들은 모두 그를 알고 있었고 그의 사상에서 영향을 받았지. 나중에 뉴 에이지는 에살렌 공동체 설립자들의 테마를 온전히 인계했어. 그런 점에서 보면, 올더스 헉슬리는 20세기에 가장 큰 영향력을 행사한 사상가 중 하나지.」

그들은 길모퉁이에 있는 레스토랑으로 저녁 식사를 하러 갔다. 해물을 끓는 기름에 튀겨 소스를 발라 먹는, 2인분에 2백70프랑짜리 중국식 요리를 잘하는 레스토랑이었다. 미셸은 줄곧 집에만 있다가 사흘 만에 외출을 한 터였다.

「그러고 보니 오늘 아무것도 안 먹었네.」

미셸은 새삼스레 놀라는 기색을 보이며 그렇게 말했다. 그는 여전히 한 손에 책을 들고 있었다. 쌀밥을 깨작거리면서 그가 말을 이었다.

「올더스 헉슬리는 1962년에『섬』을 발표했어. 그의 마지막 책이지. 이 책은 어떤 섬을 무대로 삼고 있어. 식생이며 풍광으로 볼 때 스리랑카를 모델로 한 듯한 낙원 같은 열대의 섬이야. 이 섬에는 20세기의 상업적인 조류와 무관한 독창적인 문명이 발달해 있어. 과학 기술의 측면에서 대단히 진보해 있으면서도 자연을 존중하는 문명이야. 유대·기독교적 억압과 가족 관계가 야기하는 신경증에서도 완전히 벗어난 평화로운 문명이지. 거기에서는 나체로 사는 것이 자연스럽고 사랑과 쾌락을 자유롭게 추구해.『섬』은 졸작이지만 쉽게 읽히는 책이야. 이 책은 히피들에게 막대한 영향을 끼쳤고 그들을 통해서 뉴 에이지 신봉자들에게도 영향을 주었어. 찬찬히 읽어 보면,『섬』에 묘사된 공동체와『멋진 신세계』의 공동체 사이에 많은 공통점이 있다는 것을 알게 돼. 사실 헉슬리 자신은 노망이 들었던 탓인지 그 유사성을 전혀 의식하지 못했던 것 같아. 하지만 『섬』에 묘사된 사회는 『멋진 신세계』와 닮은 구석이 많아. 히피 사회가 자유주의적인 부르주아 사회나 그것의 변형인 스웨덴식 사회 민주주의사회와 닮은 점이 많다는 것도 그것과 무관하지 않아.」

미셸은 말을 중단하더니, 새우 하나를 매운 소스에 적시고 젓가락을 도로 내려놓았다. 입맛이 떨어진 듯한 표정을 지으며 그가 다시 말했다.

「올더스 헉슬리는 그의 형과 마찬가지로 낙관주의자였어. 유물론과 근대 과학이 낳은 형이상학적 돌연변이는 두 가지 중대한 결과를 야기했어. 합리주의와 개인주의가 바로 그거야. 헉슬리의 실수는 그 두 결과 사이의 세력 관계를 잘못 평가했다는 거야. 특히 죽음에 대한 의식이 강해짐으로써 개인주의가 확대되리라는 것을 제대로 예상하지 못한 게 그의 실수였어. 개인주의에서 자유와 자아 의식이 생기고, 나와 남을 구별하려는 욕구와 남보다 우월해지려는 욕구가 생겨. 『멋진 신세계』에 묘사된 것과 같은 합리적인 사회에서는 서로 우월해지려고 다투는 것이 완화될 수 있어. 공간을 지배하려는 욕구의 은유(隱喩)인 경제적 경쟁은 부유하면서도 경제의 흐름이 통제되는 사회에서는 더 존재할 이유가 없어. 또 생식을 통해 시간을 지배하려는 욕구의 은유인 성적인 경쟁은 섹스와 생식의 분리가 완전하게 실현된 사회에서는 더 존재할 이유가 없어. 하지만 헉슬리는 합리주의만 생각했을 뿐 개인주의를 고려하지 않았어. 그는 섹스가 생식으로부터 분리되고 나면 쾌락의 원리로서 존속하기보다 자기 도취적인 차별화의 원리로서 존속한다는 것을 이해하지 못했어. 부유해지려는 욕구에 대해서도 사정은 마찬가지야. 스웨덴식 사회 민주주의 모델은 자유주의 모델을 이겨 본 적이 없어. 또 그 모델은 성적인 영역에서는 실험된 적이 없어. 그 까닭이 무엇이겠어? 근대 과학이 야기한 형이상학적 돌연변이가 개인주의와 허영과 증오와 욕망을 낳기 때문이야. 욕망은 그 자체로 고통과 증오와 불행의 원천이야. 불교나 기독교의 성현들뿐만 아니라 철학자라고 불릴 만한 사람들 모두가 그것을 깨닫고 사람들에게 가르쳤어. 플라톤에서 푸리에를 거쳐 헉슬리에 이르는 유토피아주의자들의 해결책은 욕망의 직접적인 만족을 도모함으로써 욕망과 그에 따른 고통을 소멸시키자는 거야. 반면에 섹스와 광고가 판치는 우리 사회는 욕망의 충족을 개인적인 영역에 묶어 두면서 욕망을 어마어마한 규모로 발전시키는 데에 몰두하고 있어. 사회가 잘 돌아가기 위해서는 경쟁이 지속되어야 하고, 경쟁이 지속되기 위해서는 욕망이 증가하고 확대되어야 하는 거지. 그 욕망이 인간의 삶을 황폐하게 만들고 있어.」

미셸은 지친 기색으로 이마의 땀을 닦았다. 그의 음식은 거의 그대로 남아 있었다. 브뤼노가 천천히 말문을 열었다.

「완화제가 있어. 휴머니즘적인 해독제가 있다고……. 그 정도는 아니더라도 죽음을 잊을 수 있게 하는 것들이 분명히 있어. 『멋진 신세계』에서는 그것이 항불안제와 항우울제야. 『섬』에는 명상과 환각제, 힌두교와 관련된 몇 가지 요소들이 나와 있어. 실제로 오늘날 사람들은 그 두 가지를 결합시키려 하고 있어.」

미셸은 싫은 기색을 역력히 드러내며 되받았다.

「줄리언 헉슬리 역시 『내가 감히 생각하는 것』에서 종교의 문제를 다루고 있어. 책의 제2부에서 그 문제를 다루고 있지. 그는 과학과 유물론의 진보가 모든 전통 종교의 토대를 무너뜨렸다는 것을 분명히 의식하고 있어. 동시에 그는 어떤 사회도 종교 없이는 존속할 수 없다는 점을 의식하고 있어. 그래서 그는 1백 페이지가 넘는 지면을 통해 자기 나름대로 과학과 양립할 수 있는 종교의 토대를 세워 보려고 하지. 하지만 그 결과는 별로 설득력이 없어. 우리 사회가 그런 쪽으로 가고 있다고는 말할 수 없어. 사실, 육체적인 죽음을 피할 수 없는 것이라면 종교와 과학을 융합할 수 있다는 기대는 물거품이 되기 십상이고, 인간의 허영과 잔인성은 갈수록 심해질 수밖에 없지. 사랑이 작은 위안은 되겠지만, 그것도 희망이 될 수 없기는 마찬가지야.」

11

브뤼노가 다녀간 뒤에, 미셸은 2주일 내내 누워서 지냈다. 그는 사회가 종교 없이 존속할 수 있는 길에 관하여 생각에 생각을 거듭하였다. 한 개인의 경우만 놓고 보더라도 종교 없이 존속한다는 건 결코 쉬운 일이 아닐 듯했다. 며칠 동안 그는 침대 왼쪽에 놓인 라디에이터를 물끄러미 바라보았다. 철이 되면 파이프에 뜨거운 물이 가득 찰 것이었다. 그는 새삼스레 그것이 편리하고 기발한 기계 장치라고 생각했다. 그의 생각은 잠시 그렇게 샛길로 빠졌다가도 이내 처음의 화두로 돌아가곤 했다. 만일 어떤 종교도 존재하지 않게 된다면 서구 사회는 얼마나 오랫동안 존속할 수 있을까?

어린 시절에 그는 텃밭의 채소에 물 주는 것을 좋아했다. 그는 그 시절에 찍은 작고 네모난 흑백 사진 한 장을 간직하고 있었다. 여섯 살쯤 된 미셸이 할머니가 보는 앞에서 물뿌리개를 들고 있는 모습을 찍은 사진이었다. 조금 더 자라서 그는 할머니 심부름으로 물건을 사러 가는 것을 좋아했다. 빵을 사고 남는 돈으로는 카랑바르[30]라는 사탕을 사 먹을 권

---

[30] 상표명. 포장지에 인쇄된 우스갯소리와 수수께끼로 인기를 끌고 있음.

리가 있었다. 빵을 산 다음에는 농장으로 우유를 받으러 갔다. 아직 따끈따끈한 우유를 알루미늄 통에 받아서 집으로 돌아올 때면 군데군데 움푹 패인 길에 땅거미가 깔렸다. 길섶에는 가시덤불도 많았다. 그 길을 따라 걷노라면 슬며시 겁이 날 때도 있었다. 그래도 그 시절엔 물건 사러 가는 것이 좋았다. 오늘날 슈퍼마켓에 가는 것과는 전혀 달랐다. 그는 슈퍼마켓에 갈 때마다 어떤 시련을 겪으러 가는 기분을 느끼곤 했다. 다만 상품들이 계속 바뀌고 독신자를 위한 새로운 냉동 식품이 끊임없이 출현한다는 점은 마음에 들었다. 최근에 그의 단골 슈퍼마켓인 〈모노프리〉의 정육 매장에는 타조 스테이크까지 등장했다.

DNA 분자를 구성하는 두 개의 가지는 복제가 가능해지도록 하기 위해 서로 떨어져 나간 다음 각자 자기 쪽으로 추가적인 뉴클레오티드를 끌어당긴다. 이 분리의 순간은 통제가 불가능한 돌연변이가 쉽게 일어날 수 있는 위험한 순간이다. 이런 돌연변이는 대개 유해하다.

단식에 지적인 자극 효과가 있다는 게 사실인 모양이다. 미셸은 음식을 입에 대지 않은 지 일주일 만에, DNA 분자가 이중나선 형태로 되어 있는 한 완벽한 복제는 불가능하다는 것을 직관적으로 깨달았다. 세포가 무한히 세대를 거듭하는 과정에서 어떤 감손(減損)이 생기는 것을 피하고 완벽한 복제를 얻는 방법은 없을까? 그러기 위해서는 유전자를 담는 구조가 뫼비우스 띠나 원환면(圓環面) 같은 위상을 가져야 할 듯했다.

어린 시절에 미셸은 물건들이 저절로 훼손되고 마모되는 것을 견딜 수 없었다. 하얀 플라스틱 자가 두 동강 났을 때, 그는 스카치테이프로 계속 수선해 가면서 그것을 몇 년 동안 간직하였다. 스카치테이프를 자꾸 덧대다 보면 선을 그리는 데도 쓸 수 없을 만큼 자가 울퉁불퉁해졌지만, 그래도 그는 그것을 간직하였다.

먼 훗날, 그의 연구를 계승한 프레데릭 허브체작은 그에 관해서 이렇게 쓰게 된다. 〈미셸 제르진스키의 천재적인 특성 중 하나는 자신의 첫 직관에 매이지 않고 그것을 넘어섰다는 점이다. 그 직관에 따르면, 유성 생식은 그 자체로 유해한 돌연변이의 원천이다. 수천 년 전부터 인류의 모든 문화에는 섹스와 죽음 사이에 불가분의 관계가 있다는 직관적인 깨달음이 배어 있었다. 만일 어떤 연구자가 분자 생물학의 연구 결과로부터 나온 반박할 수 없는 논거를 통해 그 관계를 확인했다면, 그는 거기에서 연구를 중단하고 자기 임무가 완료된 것으로 생각했을 것이다. 하지만 제르진스키는 유성 생식의 틀을 벗어나 세포 분열의 위상적 조건을 총체적으로 검토해야 한다는 것을 직감했다.〉

미셸은 샤르니 초등학교에 다니면서부터 남자아이들의 잔인함에 충격을 받았다. 물론 자연과 더불어 사는 시골 아이들이라서 때로 어린 들짐승처럼 야성을 드러내는 것은 있을 수 있는 일이었다. 하지만 그들이 컴퍼스의 침이나 펜촉으로 두꺼비를 콕콕 찌를 때 보여 주던 그 충동적이고 천연덕스러운 본성에는 경악을 금할 수 없었다. 가엾은 두꺼비의 살갗 속으로 보랏빛 잉크가 퍼져 나가면, 두꺼비는 호흡 곤란에 빠져 천천히 죽어 갔다. 아이들은 빙 둘러서서 눈을 반짝이며 두꺼비의 단말마를 지켜보았다. 아이들이 좋아하는 또 다른 놀이 하나는 가위로 달팽이의 더듬이를 자르는 것이었다. 달팽이의 감각 기능은 더듬이에 집중되어 있고, 그 끝에는 눈이 달려 있다. 달팽이는 더듬이가 없으면 갈 길을 잃은 채 고통을 겪는다. 미셸은 잔인하기 짝이 없는 그 어린 짐승들과 거리를 두는 것이 좋겠다고 생각했다. 반면에, 여자아이들은 한결 여리고 순해서 별로 두려워할 게 없었다. 수요일 저녁마다 텔레비전에서 방영되던 「동물의 왕국」은 세상에 대한 그 최초의 직관을 더욱 공고하게 만들어 주었다. 동물계라는 그 야비하고 추악한 세계, 그 끊임없는 살육의 세계에 헌신과 이타주의의 자취가 있다면, 그것은 모성애나 보호 본능에서 나온 행동들뿐이었다. 어떤 오징어의 암컷은 제 알들에 다이버가 접근하면 길이 20센티미터의 작은 몸뚱이로 일말의 주저 없이 다이버를 공격했다. 참으로 비장한 장면이었다.

30년 세월이 흐른 뒤에, 미셸은 다시 한 번 똑같은 결론에 도달하지 않을 수 없었다. 확실히 여자들은 여러 면에서 남자들보다 나았다. 여자들은 상냥하고 다정하고 동정심이 많았으며, 폭력이나 잔혹함이나 이기심이나 자기 주장에 이끌리는 경향이 덜했다. 게다가 여자들은 남자들보다 합리적이고 똑똑하고 근면했다.

미셸은 커튼에 비치는 햇살의 움직임을 살피면서 생각했다. 그렇다면 남자들은 대관절 무슨 쓸모가 있는 것일까? 맹수들이 많았던 옛날에는 남성의 힘이 중요한 역할을 했다. 하지만 몇 세기 전부터 남자들은 거의 아무것에도 쓸모가 없어진 것처럼 보인다. 그들은 이따금 테니스 경기를 하면서 따분함을 잊는다. 그건 별로 나쁠 게 없다. 하지만 때로 그들은 〈역사를 발전시키는 것〉이 필요하다고 생각하기도 한다. 그들이 역사를 발전시킨다고 생각하면서 벌이는 일은 주로 전쟁과 혁명이다. 전쟁과 혁명은 터무니없는 고통을 야기할 뿐 아니라, 매번 모든 것을 백지 상태로 만들고 다시 건설할 것을 강요함으로써 과거의 가장 좋은 것을 파괴하기가 일쑤다. 그리하여 인류의 진화는 정연한 흐름 속에서 점진적으로 상승해 가는 양상을 보이기보다는 무질서하고 불규칙하고 폭력적인 양상을 보였다. 그 모든 것에 대한 직접적인 책임은 전적으로 남자들에게 있다. 모험과 도박을 좋아하는 그들의 성향, 그들의 기괴한 허영심, 그들의 무책임, 그들의 폭력에 말이다. 여자들이 주도하는 세계는 모든 점에서 남자들이 주도하는 세계보다 나을 것이다. 비록 진보는 더딜지언정, 그 세계는 모두가 행복한 상태를 향해 규칙적으로 나아갈 것이다. 되돌아가는 일도 없이, 그리고 모든 것을 한 번에 물거품으로 만들어 버리는 일도 없이 말이다.

8월 15일 아침에 미셸은 자리를 털고 일어났다. 그런 다음 거기에 아무도 없기를 바라면서 밖으로 나갔다. 기대했던 대로 거리는 거의 텅 비어 있었다. 그날 그는 자기 머릿속에 떠오른 몇 가지 생각들을 기록해 두었다. 그는 그 메모를 훗날 자기의 가장 중요한 저작인 『완전 복제를 향한 서설』을 집필할 때 다시 보게 된다.

같은 시간에 브뤼노는 자기 아들을 전처에게 데려다 주는 중이었다. 그는 심신이 지쳐 있었다. 기분이 암담했다. 아이 엄마 안느는 〈누벨 프롱티에르〉라는 여행사에서 주관한 패키지 투어에서 돌아오는 길이리라. 그녀가 간 곳이 이스터 섬이라고 했는지 베닌이라고 했는지 잘 기억이 나지 않았다. 그녀는 십중팔구 여자 친구들을 사귀고 주소를 교환했으리라(두세 번 만나다가 서로 싫증을 낼 게 뻔한데도 말이다). 하지만 그녀는 남자들을 만나지는 않았을 것이다. 브뤼노가 느끼기에 그녀는 남자들에 관한 한 완전히 마음을 접어 두고 있는 듯했다. 그녀는 그와 2분 동안 따로 이야기를 하면서 아들과 함께 지낸 시간이 어떠했는지 물어보리라. 그러면 브뤼노는 〈잘 지냈어〉라고 대답할 것이다. 그는 짐짓 차분하고 자신감 있는 목소리로 말할 것이다. 그래야 그녀가 좋아할 것이기 때문이다. 하지만 그는 약간 우스갯소리 같은 느낌을 주면서 이렇게 덧붙이리라. 〈그런데 빅토르 녀석, 텔레비전을 끼고 살더군.〉 그는 이내 불편함을 느낄 것이다. 안느는 자기가 담배를 끊은 뒤로는 남들이 자기 집에서 담배 피우는 것을 견디지 못했다. 그녀의 아파트는 세련되게 장식되어 있었다. 그녀의 집을 나서는 순간에, 브뤼노는 일이 어쩌다 이 지경이 되었나 하면서 회한을 느낄 것이다. 그는 자기 마음을 들키지 않으려고 빅토르에게 얼른 입을 맞추고 발길을 돌릴 것이다. 아들과 함께 보낸 2주일은 그렇게 끝이 나리라.

사실 그 2주일은 고난의 시간이었다. 브뤼노는 버번 병을 손 닿는 곳에 두고 침대에 누운 채 옆방에서 아들이 내는 소리를 듣곤 했다. 오줌을 누고 나서 물 내리는 소리도 들리고, 리모컨을 눌러 텔레비전 채널을 바꾸는 소리도 들렸다. 그의 동생이 침대에 누워 라디에이터를 물끄러미 바라보고 있던 바로 그 시간에, 브뤼노 역시 몇 시간 동안 멍하니 라디에이터의 파이프들을 바라보고 있었다. 빅토르는 거실의 소파 베드에서 잤다. 녀석은 하루에 열다섯 시간씩 텔레비전을 보았다. 아침에 브뤼노가 눈을 떠보면, 텔레비전에서는 벌써 M6채널의 만화 영화가 나오고 있었다. 빅토르는 아빠의 잠을 방해하지 않으려고 헤드폰을 낀 채 소리를 들었다. 아이는 거칠지도 않았고 못되게 굴지도 않았다. 하지만 그들 부자 사이에는 할 말이 아무것도 없었다. 하루에 두 번씩 브뤼노는 조리해서 파는 가공 식품을 데워 식탁을 차렸다. 그들은 마주 앉아 식사를 하면서도 거의 말을 하지 않았다.

일이 어쩌다 그 지경에 이르렀을까? 빅토르는 세 달 전에 열세 번째 생일을 맞은 바 있었다. 몇 년 전만 해도 아이는 그림을 그려서 제 아버지에게 보여 주곤 했다. 아이는 미국의 만화 출판사 〈마블 코믹스〉의 인물들, 이를테면 파탈리스, 판

타스티크, 미래의 파라오 등을 똑같이 그릴 줄 알았고, 그 인물들을 자기가 지어낸 이야기에 등장시키기도 했다. 그들은 때때로 〈밀 보른〉[31] 놀이도 했고, 일요일 오전에는 루브르 미술관에도 갔다. 한번은 브뤼노의 생일을 맞이해서 열 살짜리 빅토르가 도화지에 여러 가지 색깔에 커다란 글씨로 정성스럽게 〈아빠 사랑해요〉라고 써서 준 적도 있었다. 이제 그런 시절은 갔다. 그런 시절은 사실상 끝나 버렸다. 그리고 브뤼노는 알고 있었다. 상황이 갈수록 나빠지리라는 것을, 서로에 대한 무관심이 점차 증오로 바뀌어 가리라는 것을. 몇 년 더 지나면, 그의 아들은 제 또래의 여자들과 사귀려고 할 것이다. 만일 브뤼노가 그때까지도 젊은 여자들에 대한 욕망을 버리지 않는다면, 그 역시 아들 또래의 여자들을 원하게 될 것이다. 그러면 그들은 남자 대 남자로 경쟁하는 관계가 되어, 한 우리에 갇힌 두 동물처럼 서로 싸우게 되리라. 시간이라는 우리에 갇혀 있는 두 동물처럼.

집으로 돌아오는 길에, 브뤼노는 밤늦게까지 문을 여는 아랍인 식료품점에 들러 아니스 술 두 병을 샀다. 그런 다음 억병으로 취하기 전에 동생에게 전화를 걸어 이튿날 만나자고 했다.

브뤼노가 미셸의 집에 도착했을 때, 미셸은 단식 기간 이후에 갑자기 식욕이 왕성해졌는지 이탈리아 소시지를 게걸스럽게 먹으면서 커다란 잔에 담긴 포도주를 홀짝홀짝 마시고 있었다.

「형도 한잔해, 한잔하라고…….」

31 25에서 2백 킬로미터까지 거리가 표시되어 있는 구간 카드와 공격 카드, 방어 카드, 장화 카드 등 네 종류의 카드 106장을 가지고 1천 킬로미터에 누가 먼저 도달하는가를 겨루는 놀이. 〈밀 보른〉은 1천 킬로미터라는 뜻.

미셸이 분명하지 않은 소리로 그렇게 권했다. 브뤼노는 그가 자기 얘기를 귓등으로 들을 것 같은 느낌이 들었다. 정신과 의사나 벽을 보고 이야기하는 기분이 들 듯했다. 그럼에도 그는 이야기를 시작했다.

「몇 년 동안 아들 녀석은 나를 의지했고 내 사랑을 요구했어. 나는 우울증에 걸려 있었고 내 삶에 불만을 가지고 있었기 때문에, 상황이 더 나아지기를 기다리면서 녀석을 돌보지 않았어. 그때 나는 아들이 나를 필요로 하는 시기가 그렇게 짧게 끝날 줄 몰랐어. 일곱 살에서 열두 살 사이의 아이들은 경이로운 존재야. 착하고 분별 있고 열려 있지. 그 아이들은 모나게 굴거나 못되게 굴지 않고 쾌활하게 살아. 사랑으로 가득 차 있고 주위 사람들이 쏟은 애정에 만족하지. 그러다가 모든 게 나빠져. 돌이킬 수 없이 나빠져 버리지.」

미셸은 마지막 남은 소시지 조각을 마저 삼키고 포도주를 다시 한 잔 따라 마셨다. 그의 손이 심하게 떨리고 있었다. 브뤼노가 말을 이었다.

「사춘기에 막 들어선 사내아이보다 더 어리석고 심술궂고 고약한 존재를 상상하기란 쉽지 않을 거야. 녀석들이 제 또래의 다른 사내아이들과 패거리를 짓고 있을 때는 특히 그렇지. 사춘기에 막 들어선 사내아이는 괴물에다 바보야. 녀석들의 부화뇌동은 거의 상상을 초월하지. 그 나이가 되면 인간의 내면에 있는 가장 나쁜 것이 돌연 하나의 사악한 결정(結晶)으로 모습을 드러내는 것 같아. 그 녀석들이 어렸을 때를 생각하면 도무지 믿을 수 없는 모습이지. 사정이 이러하니, 어떻게 성징(性徵)이라는 것이 절대적으로 나쁜 힘이라는 것을 의심할 수 있겠어? 그런 녀석들과 한 지붕 밑에서 사는 사람들은 도대체 어떻게 견디며 사는지 모르겠어. 내가 보기엔, 사람들이 그것을 견딜 수 있는 것은 그들의 삶이 텅 비어 있을 때나 가능한 거야. 그렇다고 내 삶이 비어 있지 않다는 얘기는 아냐. 내 삶도 텅 비어 있어. 그래도 나는 견뎌 내지 못할 거야. 어쨌거나 세상은 거짓으로 가득 차 있어. 모두가 우스꽝스럽게 거짓말을 하고 있어. 사람들은 이혼을 하고도 좋은 친구로 남아. 주말에는 번갈아 가면서 아이와 시간을 보내지. 그건 비열한 거야. 아주 비겁하고 쩨쩨한 짓이지. 사실 남자들은 자기 자식들에게 관심을 갖지도 사랑을 느끼지도 않아. 더 일반적으로 말해서, 남자들은 사랑을 느끼는 능력이 없어. 사랑이란 그들과 거리가 먼 감정이야. 그들이 아는 건 욕망, 특히 동물적이고 성적인 욕망이며 수컷끼리의 경쟁이야. 그래도 옛날에는 남자들이 나이가 들고 결혼 생활도 오래 하고 나면, 자기 아내에 대해 고마움을 느끼곤 했어. 아내가 자식 낳아 주고 살림 잘하고 좋은 요리사에다 좋은 섹스 파트너 노릇까지 해줄 때에 말이야. 그럴 때 남자들은 자기 아내랑 같은 침대에 자면서 쾌락을 느꼈지. 어쩌면 여자들이 원하는 건 그런 고마움의 감정이 아니었을 거야. 그래서 불화가 있었을지도 몰라. 하지만 그 감정은 아주 강력한 것이었어. 그래서 남자들은 아내와 성행위를 하는 기분이 갈수록 밍밍해져도, 말 그대로 아내 없이는 살 수 없었지. 불행하게도 아내가 먼저 세상을 떠나면, 술로 세월을 보내다가 몇 개월 만에 아내 뒤를 따라가는 남자들이 적지 않았어. 한편, 그 시절엔 자식들에 대한 생각도 오늘날과 달랐어. 자식이란 어떤 신분과 규범을 계승하고 재산을 상속받는 존재였지. 봉건 귀족의 경우는 말할 것도 없고, 상인이나 농민, 수공업자 등 사회의 모든 계급에서 그러했어. 오늘날에는 그런 것이 존재하지 않아. 나는 봉급쟁이고 세입자야. 내 아들에게 물려줄 것이 전혀 없어. 아들에게 일을 가르쳐야 하는 것도 아냐. 나는 녀석이 나중에 무슨 일을 하게 될지조차 모르고 있어. 또

내가 익힌 규범은 내 아들에게 유효하지 않은 것이 될 가능성이 많아. 녀석은 내가 살던 세계와는 다른 세계에서 살게 될 테니까 말이야. 만일 우리가 모든 것은 끊임없이 변하게 마련이라는 생각을 받아들인다면, 인간의 삶이 대대손손 이어지는 것이 아니라 개별적인 삶으로 끝나 버린다는 사실을 받아들일 수밖에 없을 거야. 그렇게 되면 과거 세대와 미래 세대는 전혀 중요하지 않게 되지. 우리 삶이 바로 그래. 오늘날에는 자식을 낳는다는 것이 남자들에게 아무런 의미가 없어. 하지만 여자들의 경우는 달라. 여자들은 여전히 누군가에게 사랑을 베풀고 싶어 하고, 사랑할 존재를 필요로 하지. 남자들은 그런 욕구를 느끼지 않아. 그건 예나 지금이나 마찬가지야. 남자들 역시 아기를 돌보고 싶어 하고 자녀들과 놀고 싶어 한다고 주장하는 것은 거짓이야. 오래전부터 많은 사람들이 그런 주장을 되풀이하고 있지만, 아무리 그래도 그건 진실이 아냐. 이혼으로 가족이라는 틀이 깨지고 나면, 남자들에게는 부자 관계나 부녀 관계라는 게 전혀 의미가 없어. 자식은 그저 한번 빠지면 헤어날 수 없는 함정이고, 평생 관계를 유지해야 하는 애물단지야.」

미셸은 자리에서 일어나더니 주방으로 가서 물을 한 잔 마셨다. 공중에서 불그스름한 바퀴들이 빙빙 돌고 토할 것 같은 기분이 들기 시작했다. 손이 자꾸 떨리고 있었다. 브뤼노의 말이 맞다. 부성애란 허구이고 거짓말이다. 거짓말은 그것이 현실을 변화시킬 수 있을 때에만 쓸모가 있다. 변화가 실패로 돌아가면, 남는 건 거짓말에 대한 의식과 씁쓸한 뒷맛뿐이다.

그는 거실로 돌아왔다. 브뤼노는 안락의자에 웅크리고 앉아서 죽은 사람처럼 꼼짝도 하지 않았다. 고층 건물들 사이로 어둠이 내리고 있었다. 낮에는 숨이 막힐 듯이 덥더니, 기온이 그런 대로 견딜 만해졌다. 갑자기 새장이 눈에 들어왔다. 그의 카나리아가 몇 년 동안 살았으나 이제는 텅 비어 버린 새장이다. 다른 새를 키울 생각이 없으니 새장을 버려야 하리라. 그는 문득 맞은편 건물에 사는 『스무 살』의 편집자를 생각했다. 이사를 가버렸는지 몇 달 전부터 그녀가 보이지 않았다. 그는 떨리는 손에 주의를 집중하려고 애썼다. 떨림이 조금씩 덜해지는 듯했다. 브뤼노는 여전히 꼼짝 않고 있었다. 두 사람 사이로 또다시 몇 분 동안 침묵이 흘렀다.

12

브뤼노가 한숨을 내쉬며 다시 말문을 열었다.

「1981년에 안느를 만났어. 그녀는 별로 아름답지 않았어. 하지만 나는 자위 행위에 신물이 나 있던 터였어. 그나마 다행인 것은 그녀의 젖가슴이 컸다는 거야. 나는 언제나 큰 젖가슴을 좋아했거든.」

그가 다시 한숨을 길게 내쉬었다.

「젖가슴이 큰, 나의 그 고상한 프로테스탄트……」

미셸은 브뤼노의 눈이 눈물에 젖은 것을 보고 깜짝 놀랐다.

「세월이 흐르자 그녀의 젖가슴은 축 늘어지고 우리의 결혼 생활도 끝났지. 나는 그녀의 인생을 내팽개쳤어. 늘 그런 생각이 들어. 나는 그 여자의 삶을 내팽개쳤어. 포도주 남은 거 있어?」

미셸은 주방에 가서 포도주 한 병을 가져왔다. 브뤼노가 그렇게 자기 속내를 털어놓는 것은 드문 일이었다. 그는 브뤼노가 정신과 치료를 받다가 중단했다는 것을 알고 있었다. 사실 사람은 누구나 자신의 고통을 최소화하려고 애쓴다. 속마음을 드러내는 것도 고통스러운 일이지만, 그 편이 덜 고통스럽겠다 싶으면 사람들은 이야기를 한다. 그리고 나서는 말문을 닫고 다시 혼자가 된다. 브뤼노가 자기 인생의 실패한 부분을 되짚고 싶어 하는 것은 아마도 무언가를 희망하고 있기 때문일 것이었다. 어떤 새로운 출발을 생각하고 있는 것일 수도 있었다. 그렇다면 그건 좋은 징조였다.

브뤼노가 말을 이었다.

「그녀가 못난 건 아냐. 하지만 그녀의 얼굴은 평범하고 전혀 매력이 없었어. 어떤 젊은 여자들의 얼굴에서 발산되는 화사한 빛이나 자색 같은 것이 그녀에게는 없었지. 그녀는 다리가 너무 굵어서 미니스커트 따위는 입을 생각조차 하지 않았어. 그 대신 나는 브래지어를 착용하지 말고 아주 짧은 톱을 입어 보라고 권했지. 젖가슴이 큰 여자가 그렇게 입으면 대단히 섹시하거든. 그녀는 약간 쑥스러워하더니 결국은 받아들였어. 그녀는 에로티즘이나 야한 속옷에 관해서는 전혀 아는 바가 없었어. 물론 그런 걸 경험해 본 적도 없었고. 그러고 보니, 마치 네가 전혀 모르는 사람에 관해 이야기하듯이 그 여자 얘기를 하고 있네. 너도 그 여자를 봤으니 잘 알고 있을 텐데 말이야. 안 그래?」

「형 결혼식에서 봤지……」

「그래, 맞아. 네가 내 결혼식에 왔었지.」

브뤼노는 새삼스레 놀라는 기색을 보이며 맞장구를 쳤다.

「그래, 생각난다. 네가 올 줄 몰랐기 때문에 내가 많이 놀랐지. 나는 네가 나와 관계를 끊고 싶어 하는 줄 알았거든.」

「사실 형과 관계를 끊고 싶었어.」

미셸은 그때를 다시 떠올렸다. 아닌 게 아니라 자기가 무엇 때문에 그 음울한 결혼식에 갔었는지 새삼 의아한 생각이 들었다. 뇌이유의 그 교회가 생각났다. 식장에는 장식이 거의 없었고 사람을 주눅들게 할 만큼 분위기가 엄숙했다. 부유하지만 허영심은 없어 보이는 사람들이 좌석을 반 이상 채우고 있었다. 신부의 아버지는 금융업자였다. 브뤼노는 신부의 부모에 대해서 이렇게 말한 적이 있었다.

「그들은 정치적으로 좌파에 속하는 사람들이었어. 하긴, 그 시절엔 모두가 좌파였지. 그들은 내가 결혼도 하기 전에 자기네 딸과 함께 사는 것을 전혀 이상하게 생각하지 않았어. 우리가 결혼한 것은 그녀가 아이를 가졌기 때문이야. 그야말로 흔해 빠진 이유였지.」

미셸은 썰렁한 장내에 또렷하게 울려 퍼지던 목사의 말을 떠올렸다. 목사는 진정한 인간이자 진정한 하느님인 그리스도에 대해서, 하느님이 당신 백성과 맺으신 계약에 대해서 이야기했다. 하지만 미셸은 목사가 이야기하는 바가 정확하게 무엇을 뜻하는지 이해할 수가 없었다. 그런 식으로 45분 정도가 지나자, 미셸은 비몽사몽 상태에 빠져들었다. 그러다가 이런 말이 귀에 들어와서 갑자기 깨어났다.

「이스라엘의 하느님께서는 당신의 두 자녀가 홀로 있는 것을 불쌍히 여기시어 이렇게 축복을 내려 주셨습니다.」

처음에 그는 자기가 유대인들이 모인 곳에 와 있나 하고 어리둥절해 했다. 그러다가 1분 정도 생각하고 나서야, 그 이스라엘의 하느님이 프로테스탄트들이 말하는 하느님과 똑같은 존재라는 사실을 깨달았다. 목사는 더욱 확신에 찬 목소리로 유창하게 설교를 계속했다.

「자기 아내를 사랑하는 것은 자기 자신을 사랑하는 것입니다. 어떤 사람도 자신의 몸을 미워하지는 않습니다. 오히려 자기 몸에 영양을 주고 자기 몸을 보살핍니다. 그리스도께서 교회에 대해서 하시는 것처럼 말입니다. 우리는 그리스도 안에서 한 몸을 이루고 있습니다. 우리는 그 몸의 살과 뼈를 받은 팔다리입니다. 남자가 부모 곁을 떠나 자기 여자와 결합하면, 두 사람은 한 몸이 되는 것입니다. 이것은 그리스도와 교회에 관련된 위대한 신비입니다.」

아닌 게 아니라, 〈두 사람이 한 몸이 되는 것〉은 핵심을 찌르는 말이었다. 미셸은 그 말이 뜻하는 바에 관해 잠시 생각하다가 안느에게 눈길을 보냈다. 그녀는 차분하게 정신을 집중하고 목사의 말에 귀를 기울이고 있었다. 미셸은 그녀가 그런 대로 아름답다고 생각했다. 목사는 더욱 활기찬 목소리로 말을 이었다.

「주여, 당신을 섬기는 이 여인을 너그러운 눈으로 보아 주소서. 이 여인이 혼인을 통해 자기 남편과 결합하려는 이 순간에 당신의 보호를 요청하고 있나이다. 이 여인이 충실하고 정결한 아내로 그리스도 안에 머물게 하여 주소서. 라헬처럼 남편에게 상냥하고 레베카처럼 슬기롭고 사라처럼 절조를 지키는 여인이 되게 하소서. 언제나 신앙과 계명을 지키며 살게 하시고, 남편과 결합한 몸으로서 나쁜 관계를 일체 맺지 않게 하소서. 조심성 있는 몸가짐으로 칭송을 얻고 정숙함으로 존경을 받게 하소서. 하느님의 말씀을 통해 인생의 지혜를 배우게 하소서. 자식을 많이 낳게 해주시고, 두 사람이 자녀들의 자녀를 3대와 4대까지 볼 수 있게 해주소서. 이 두 사람이 행복한 노년에 이르게 하시고, 하늘의 왕국에서 선택받은 자들의 안식을 누리게 해주소서. 우리 주 예수 그리스도의 이름으로 비나이다, 아멘.」

미셸은 하객들을 헤치며 제단으로 다가갔다. 그에게 떠밀린 사람들이 따가운 눈총을 보냈지만 아랑곳하지 않았다. 그는 좌석 세 줄 정도의 거리를 두고 멈춰 서서 신랑 신부가 반지를 교환하는 장면을 지켜보았다. 목사는 신랑 신부의 손을 잡고 고개를 숙이더니 놀라운 집중력을 보이며 묵도를 올렸다. 교회당 안에 홀연 깊은 정적이 감돌았다. 목사는 다시 고개를 들고 큰 소리로 말했다. 힘이 넘치는 듯하면서도 어떤 절망감 같은 것이 배어 있는 목소리였다.

「하느님께서 맺어 주신 것을 인간이 떼어 놓지 못할지라!」

조금 뒤에, 미셸은 제기를 정돈하고 있는 목사에게 다가가서 말했다.

「방금 하신 말씀에 깊은 흥미를 느꼈습니다.」

목사는 세련된 미소를 지었다. 미셸은 아스페의 실험과 EPR 역설을 들먹이며 이야기를 계속했다.

「두 개의 소립자가 결합되면, 분리시킬 수 없는 하나의 통일체가 형성됩니다. 제가 보기에 그것은 목사님께서 말씀하신 한 몸에 관한 이야기와 밀접한 관련이 있는 듯합니다.」

미소를 짓고 있던 목사의 얼굴이 약간 굳어졌다. 미셸은 활기를 띠며 말을 이었다.

「제 말씀은, 존재론적 관점에서 보면 힐베르트 공간에서 양자에게 고유 상태 벡터를 부여할 수 있지 않겠느냐 하는 것입니다. 제 말씀이 무슨 뜻인지 아시겠어요?」

「물론입니다, 물론이죠……」

목사는 주위를 둘러보면서 그렇게 중얼거리다가, 갑자기 실례하겠다고 말하고는 신부 아버지 쪽으로 돌아섰다. 그들은 서로 한참 손을 잡고 있다가 가볍게 포옹을 했다. 신부 아버지가 감동 어린 목소리로 말했다.

「아주 멋진 예식이었습니다. 대단히 훌륭했어요……」

브뤼노의 회상이 이어졌다.

「예식이 끝나고 피로연이 열렸어. 너는 거기에 오지 않았더구나. 조금 거북한 자리였어. 명색이 내 결혼식인데 내가 아는 사람이 아무도 없었으니 말이야. 내 아버지는 아주 늦게 도착했어. 그래도 오긴 왔지. 면도도 제대로 안 하고 넥타이도 비뚜로 맨 채 그야말로 늙은 플레이보이 티를 물씬 풍겼지. 안느의 부모는 나 같은 놈이 아니라 어떤 다른 사윗감을 원했을 거라고 확신해. 하지만 좌파 부르주아 프로테스탄트였던 그들은 교육자에 대해 상당한 존경심을 가지고 있었어. 게다가 나는 교수 자격 소지자였고, 그녀는 중등 교사 자격증밖에 가지고 있지 않았지. 고약한 건, 그녀의 여동생이 아주 예뻤다는 거야. 언니랑 많이 닮고 젖가슴도 컸는데, 얼굴은 언니처럼 평범하지 않고 대단히 아름답더군. 이목구비의 아주 작은 차이가 그렇게 사람을 달라 보이게 한다는 사실이 놀라웠어.」

그는 다시 한숨을 내쉬고 포도주를 한잔 마셨다. 그의 이야기가 다시 길게 이어졌다.

나는 1984학년도에 디종에 있는 카르노 고등학교에서 처음으로 교사 자리를 얻었어. 안느가 임신 6개월째로 접어들던 때였어. 그로써 우리는 부부 교사가 되었지. 이제 정상적인 삶을 영위할 일만 남아 있었던 거야.

우리는 학교에서 지척에 있는 바느리 거리에 아파트를 얻었어. 부동산 중개소의 여자가 말하더군. 〈여기는 파리가 아니에요. 월세는 싸지만 사는 건 파리만 못할 거예요. 그래도 살아 보면 아시겠지만 여름엔 관광객들이 있어서 제법 활기가 돌아요. 바로크 음악 축제 때에는 젊은이들이 많이 모이죠.〉 바로크 음악 축제라고?…….

나는 이내 내가 저주받았다는 사실을 깨달았어. 부동산 중개소의 여자는 사는 게 파리만 못할 거라고 말했지만 그건 상관없었어. 나는 파리에서 행복한 적이 없었으니까. 문제는 내가 내 아내만 빼고 모든 여자를 탐했다는 거야. 지방의 다른 도시들이 다 그렇듯이 디종에는 유행을 좇는 새침떼기 여자들이 많았어. 파리보다 더 심했지. 그해에는 패션이 갈수록 섹시해지고 있었어. 작고 귀엽게 생긴 여자들이 짧은 치마를 입고 호호 웃으면서 돌아다니는데 정말 미치겠더군. 어디를 가나 그런 여자들이 보였어. 낮에 수업을 할 때는 바로 내 눈앞에 있었고, 점심 시간에 학교 옆의 〈페널티〉라는 바를 지나다 보면 안에서 그런 여자들이 남자들하고 이야기하고 있는 게 보였어. 나는 집에 가서 아내랑 점심을 먹곤 했지. 토요일 오후에 시내 번화가에 나가 봐도 그런 여자들이 옷가지나 음반을 사고 있는 게 보였어. 나는 안느와 함께 있었어. 그녀는 아기 옷을 보고 있었어. 그녀의 임신은 순조로웠고, 그녀는 믿어지지 않을 정도로 행복해 했어. 그녀는 잠을 많이 잤고 먹고 싶은 건 뭐든지 다 먹었어. 우리는 섹스를 중단하고 있었지만, 그녀는 그 사실조차 알아차리지 못했던 것 같아. 그녀는 출산 준비 교육을 받으면서 다른 여자들하고 친해졌어. 사교적이고 상냥해서 사람을 잘 사귀는 여자였지. 나는 태어날 아이가 아들이라는 것을 알았을 때 엄청난 충격을 받았어. 대번에 내가 최악의 삶을 살게 되리라는 것을 깨달았지. 누가 보기에도 나는 행복했어야 마땅한데, 실제로는 전혀 그렇지 않았어. 나는 겨우 스물여덟 살이었는데, 벌써 나 자신이 죽었다고 느끼고 있었어.

빅토르는 12월에 태어났어. 그 애가 생 미셸 성당에서 영세를 받던 일이 생각나. 아주 놀라운 경험이었어. 〈영세를 받는 사람들은 영적인 건물을 건설하기 위한 살아 있는 반석, 성스러운 교회를 위한 초석이 됩니다〉라고 신부가 말했어. 빅토르는 온통 발그스레하고 쪼글쪼글한 모습으로 하얀 레이스로 된 옷에 싸여 있었어. 그건 마치 고대의 초기 교회에서 했던 것과 같은 합동 영세라서, 여남은 가족이 모여 있었어. 신부가 다시 말하더군. 〈우리는 영세를 통해서 교회에 통합됩니다. 영세는 우리로 하여금 그리스도의 몸을 이루는 지체가 되게 합니다.〉 안느는 4킬로그램쯤 되는 아기를 내내 안고 있었어. 아기는 찡찡거리거나 울지도 않고 아주 얌전했지. 〈그러니까 나는 남의 일부이고 남 역시 나의 일부가 아니겠습니까?〉 하고 신부가 말하자, 부모들끼리 서로 바라보았어. 그들의 얼굴에 어떤 의혹 같은 것이 스치고 지나가더군. 그러고 나서 신부는 내 아들의 얼굴에 성수를 세 번 뿌리고 성유를 발랐어. 그 향내 나는 기름은 주교가 축성한 것으로서 성령의 은총을 상징하는 것이라고 했어. 신부가 이내 아들을 보며 말했어. 〈빅토르, 너는 이제 기독교인이다. 이 성령의 기름을 바름으로써, 너는 그리스도의 몸에 속하게 되었다. 너는 이제부터 예언자이자 성직자이자 왕이신 그리스도의 사명에 동참해야 한다.〉

그날의 일이 하도 인상적이어서 나는 〈신앙과 생활〉이라는 단체에 가입했어. 모임은 매주 수요일에 열렸지. 회원 중에 젊은 한국 여자가 있었어. 아주 예쁜 여자였지. 나는 그녀를 보자마자 그녀와 자고 싶은 생각이 들었어. 하지만 그건 불가능한 일이었어. 그녀는 내가 유부남이라는 것을 알고 있었거든. 아내가 어느 토요일에 회원들을 우리 집에 초대했어. 한국 여자는 짧은 치마를 입고 소파에 앉아 있었지. 나는 오후 내내 그녀의 다리를 홀깃거렸어. 하지만 아무도 눈치챈 사람은 없었어.

2월 방학 때에 아내가 빅토르를 데리고 친정에 갔어. 나는 디종에 혼자 있었지. 나는 가톨릭 신자가 되기 위해 새로운 시도를 했어. 나의 〈에페다〉 매트리스 위에 누운 채, 샤를 페기의 『순결한 성인들의 신비』를 읽었지. 아니스 술을 홀짝이면서 말이야. 페기의 글은 대단히 아름다웠어. 정말 미려했지. 하지만 그 책은 결국 나의 사기를 완전히 꺾어 버렸어. 죄와 용서에 관한 그 모든 이야기를 읽어 보니, 하느님은 1천 명의 의인이 구원받는 것보다 한 명의 죄인이 회개하는 것을 더 기뻐하시는 것 같았어. 나도 죄인이 되었으면 좋겠다 싶었어. 하지만 나는 그럴 수가 없었어. 죄를 지을 수 있는 젊은 시절을 누가 나에게서 앗아 갔다는 느낌이 들었어. 내가 원하는 건 그저 입술이 과일 속살 같은 젊은 여자로부터 펠라티오를 받는 것뿐이었어. 디스코텍에는 그런 젊은 여자들이 많았어. 아내가 없는 동안 나는 〈슬로 록〉과 〈지옥〉이라는 디스코텍에 여러 번 갔어. 하지만 그런 젊은 여자들은 나 아닌 다른 남자들과 사귀고 있었고, 내 성기가 아닌 다른 남자들의 성기를 빨고 있었어. 그런 꼴을 더는 참고 볼 수가 없어서 다시는 그런 곳에 가지 않았지.

그 무렵은 미니텔을 통해서 포르노가 폭발적으로 유포되던 시기였어. 그것에 미쳐 있는 사람들이 아주 많았지. 나 역시 미니텔에 접속한 채 밤을 새우곤 했어. 빅토르가 자다가 깨면 아내에게 들킬 염려가 있었지만, 다행히 녀석이 밤새 잠을 잘 잤기 때문에 문제가 없었지. 문제는 전화 요금이었어. 미니텔에 접속한 뒤로 처음 전화 요금 청구서가 나왔을 때, 나는 아내가 알게 될까 봐 겁이 났어. 그래서 청구서가 든 봉투를 우편함에서 몰래 꺼내어 학교 가는 길에 뜯어보았지. 무려 1만 4천 프랑이나 나왔더군. 다행히 나에게는 대학 다닐 때부터 가지고 있던 예금 통장이 남아 있었어. 나는 그 통장에 있던 돈을 모두 우리 계좌로 이체했어. 아내는 아무것도 눈치채지 못했지.

제대로 산다는 건 남의 시선이 있을 때에 비로소 가능해지는 거야. 나는 카르노 고등학교의 교사들인 내 동료들이 나에게 증오나 악의가 전혀 없는 시선을 보내고 있다는 것을 점차 깨닫게 되었어. 그들은 나를 경쟁자로 생각하지 않았어.

우리는 똑같은 임무에 종사하고 있었고, 나는 그들과 한편이었어. 그들은 나에게 세간의 상식에 맞는 삶이 어떤 것인지를 가르쳐 주었지. 나는 운전면허를 땄고 통신 판매 회사의 카탈로그에 관심을 갖기 시작했어. 봄이 오면 우리는 길마르 선생네 집의 잔디밭에서 오후를 보내곤 했어. 길마르 선생은 디종 근처의 퐁텐이라는 곳에 살고 있었어. 집은 꽤나 허름했지만 나무들이 있는 넓은 잔디밭은 아주 쾌적했지. 길마르는 수학 교사였고 가르치는 반들이 나와 거의 같았어. 그는 후리후리하고 약간 구부정했어. 머리는 적갈색이 도는 금발이었고 긴 콧수염을 늘어뜨리고 있었지. 어딘가 모르게 독일의 회계사 같은 느낌을 주는 사람이었어. 그는 자기 아내와 함께 바비큐를 차려 내곤 했어. 대개 네댓 쌍의 부부가 함께 모였지. 우리는 날이 저물도록 이야기를 나누고, 약간 알딸딸하도록 술을 마시곤 했어. 길마르의 아내는 간호사였는데, 엄청난 색녀라는 소문이 자자했어. 아닌 게 아니라 그녀가 잔디밭에 앉을 때면 스커트 속에 아무것도 입지 않았다는 걸 알 수 있었지. 그들은 남프랑스 지중해 해안의 아그드 곶에 있는 나체주의자 해변에서 여름 방학을 보냈어. 보쉬에 광장에 있는 스와핑 사우나에도 이따금 갔던 것 같아. 소문이 그렇게 났더라고. 내 아내에게는 감히 그들에 대해서 말할 엄두가 나지 않았지만, 나는 그들이 괜찮은 사람들이라고 생각했어. 그들에게는 사회 민주주의적인 구석이 있었어. 1970년대에 우리 어머니 주위에서 어슬렁거렸던 히피들하고는 전혀 달랐지. 길마르는 훌륭한 교사였어. 어려움에 빠진 학생들을 돕기 위해 방과후에 학교에 남는 것을 망설인 적이 없었어. 장애인들을 위해 기부금도 많이 냈던 것으로 알고 있어.

브뤼노가 갑자기 입을 다물었다. 몇 분 후에 미셸은 자리에서 일어나더니, 문을 겸한 창문을 열고 발코니로 나가 밤공기를 들이마셨다. 그가 알고 있는 사람들은 대부분 조금 전에 브뤼노가 말한 것과 비슷한 삶들을 영위하고 있었다. 광고나 패션처럼 매우 까다로운 신체 조건을 요구하는 몇몇 분야에서는 사정이 다르겠지만, 그 밖의 분야에서는 브뤼노 정도 되는 사람이라면 신체적으로 동료들과 조화하며 살아가는 데에 별로 지장이 없다. 또 브뤼노나 미셸의 분야는 〈드레스 코드〉도 느슨하고 암묵적이다. 그런 환경에서 몇 년 동안 지내고 나면, 성적인 욕망은 사라지고 사람들은 식도락과 포도주 따위에 관심을 쏟게 된다. 브뤼노도 그렇게 성적인 욕망을 잊고 남들처럼 수더분하게 살 수도 있었을 텐데, 그는 그렇게 되지 못했다. 그는 포도주 따위에는 관심이 없다. 그는 11.95프랑짜리 〈비외 파프〉에 대해서 단 한마디도 하지 않았다.

미셸은 형의 존재를 반쯤은 잊은 채, 난간에 기대어 건물들을 바라보았다. 어둠에 묻힌 건물들에는 불들이 거의 다 꺼져 있었다. 성모 몽소 승천절 연휴의 마지막 밤이었다. 그는 브뤼노에게 돌아가 그의 옆에 앉았다.

브뤼노를 한낱 개인으로만 바라볼 수 있을까? 그의 기관들이 썩어 가는 것은 그의 몫이다. 또한 그는 개인적으로 육체적인 쇠퇴를 겪고 죽음을 맞게 될 것이다. 하지만 그의 쾌락주의적 인생관이나 그의 의식과 욕망을 구조화하는 역장(力場)은 그의 세대 전체에 속한다. 어떤 실험을 위해 장비를 설치하고, 하나 또는 여러 개의 관측 가능한 물리량을 선택하면, 하나의 원자 시스템에 일정한 운동 — 입자적인 운동이든 파동적인 운동이든 — 을 부여할 수 있다. 마찬가지로 브뤼노는 한낱 개인으로 보일 수도 있지만, 다른 관점에서 보면 어떤 역사적 흐름의 수동적인 요소일 뿐이다. 동기, 욕망, 가치관 등 어떤 점에서 보더라도 그는 동시대인들과 전혀 다를 게 없다.

 욕구 불만 상태에 빠진 동물이 보여 주는 첫번째 반응은 대개 더 힘을 내서 목표에 도달하려고 하는 것이다. 예를 들어 어떤 닭(갈루스 도메스티쿠스)을 철망 울타리에 가두어 먹이를 얻지 못하게 하면, 이 닭은 철망 울타리를 넘어가 보려고 안간힘을 쓴다. 그러다가 그 행동은 점차 다른 행동으로 바뀐다. 이 다른 행동에는 일견 아무 목적이 없어 보인다. 예를 들어 비둘기(콜룸바 리비아)는 원하는 먹이를 얻지 못하게 되면, 땅바닥을 자꾸 콕콕 쪼아 댄다. 땅바닥에는 먹을 것이 전혀 없는데도 말이다. 비둘기는 그렇게 공연히 부리로 땅바닥을 쪼는 행위를 할 뿐만 아니라, 제 깃털을 매끈하게 다듬는 짓을 하기도 한다. 욕구 불만이나 갈등을 초래하는 상황에서 자주 나타나는 그런 의미 없는 행동을 흔히 〈대상(代償) 행위〉라 부른다. 1986년 초, 나이 서른을 갓 넘긴 브뤼노가 글을 쓰기 시작한 것도 그와 맥락이 비슷한 행위였으리라.

13

 먼 훗날 미셸 제르진스키는 이런 기록을 남기게 된다.
 〈형이상학적 돌연변이가 일어날 때는 반드시 일련의 작은 변이들이 그것을 예고하고 준비하고 촉진한다. 그 작은 변이들은 종종 아무도 알아차리지 못하는 사이에 역사에 출현했다가 사라진다. 나는 나 자신을 그런 작은 변이들 중의 하나로 생각한다.〉
 유럽 사람들 속에서 방황했던 제르진스키는 살아 있던 동안에는 사람들에게 제대로 이해받지 못했다. 그의 연구를 계승한 허브체작은 『클리프덴 노트』의 서문에서, 어떤 사람의 사상이 실질적인 대화 상대자가 없는 상태에서 발전되어도 때로는 개인적인 특이성이나 망상의 함정에서 벗어날 수 있다고 강조한다. 제르진스키의 놀라운 점은 그것뿐이 아니다. 그는 자기의 형이상학적 성찰을 표현하기 위해 반박이 가능한 과학 논문의 형태를 선택했다. 그것은 일찍이 유례가 없는 일이다. 부연하자면, 제르진스키는 생애의 마지막 순간까지 자신을 다른 무엇이기에 앞서 하나의 과학자로 여겼다. 그는 자기가 인류의 진화에 공헌한 것이 있다면, 그것의 핵심은 생물 물리학 분야의 저작이라고 생각했다. 이 저작들은 자기 정합성과 반박 가능성이라는 통상의 기준을 충실히 따르고 있다. 그의 후기 저작에 포함되어 있는 철학적인 요소들은 그 자신이 보기엔 그저 모험적이고 약간 무모한 제안들일 뿐이었다. 그는 그것들이 논리 전개로 정당화되기보다는 순전히 개인적인 동기에서 나온 성찰로 이해되기를 바랐다.

그는 약간 졸렸다. 잠든 도시 위로 달이 천천히 미끄러져 가고 있었다. 그가 뭐라고 한마디만 하면, 브뤼노는 자리에서 일어나 잠바를 걸치고 엘리베이터 속으로 사라질 것이었다. 라 모트 피케에 가면 택시는 얼마든지 있었다. 사람들은 현재 벌어지고 있는 사건들에 관해서 고찰할 때, 우연에 대한 믿음과 결정론적인 확신 사이를 끊임없이 오간다. 하지만 과거에 관해서 생각할 때는 아무런 의심이 없다. 모든 일이 그렇게 될 수밖에 없었던 방식으로 전개된 것처럼 보이기 때문이다. 이러한 인지적 오류는 사물의 본질적 속성을 전제로 하는 존재론과 결합되어 있고, 객관성이라는 개념과 연관되어 있다. 미셸은 이런 환상을 이미 상당한 정도로 넘어서 있었다. 그가 브뤼노의 이야기에 관해서 흔히 할 수 있는 간단한 말조차 하지 않았던 것은 아마도 그 때문이었을 것이다. 그는 눈물 섞인 목소리로 자기의 망가진 삶에 관해 넋두리를 늘어놓는 남자를 제지할 수도 있었지만 그렇게 하지 않았다. 그와 반쪽 혈연으로 연결되어 있는 그 남자는 사람과 사람의 대화에서 암묵적으로 요구되는 한계를 한참 전에 넘어 버린 터였다. 미셸은 자기가 연민이나 타인을 존중하는 마음 때문에 소파에 웅크리고 있는 그 남자를 내보내지 않는 거라고는 생각하지 않았다. 그가 계속 침묵하고 있는 것은, 비비 틀어 가며 장황하게 늘어놓는 브뤼노의 이야기를 통해 이번에는 어떤 메시지가 나타나리라는 것을 직감하고 있기 때문이었다. 그것은 어렴풋하지만 이론의 여지가 없는 직감이었다. 브뤼노의 말들이 처음으로 어떤 결정적인 의미를 드러내려 하고 있었다.

미셸은 자리에서 일어나 화장실에 들어갔다. 그는 아무 소리도 내지 않고 아주 조심스럽게 구토를 했다. 그런 다음 물로 얼굴을 축이고 거실로 돌아갔다.

브뤼노가 그를 올려다보며 나직하게 말했다.

「넌 인간미가 없어. 우리가 처음 만났을 때부터 아나벨을 대하는 너의 태도를 보면서 그렇게 느꼈어. 하지만 내 인생에는 너만 한 대화 상대자가 없어. 내가 디종에 살던 그 무렵에 너에게 교황 요한 바오로 2세에 관한 글을 보낸 적이 있어. 너는 아마 그 글을 받고 전혀 놀라지 않았을 거야.」

미셸이 슬픈 목소리로 대답했다.

「어떤 문명이든 어버이의 희생을 정당화할 구실을 찾게 마련이야. 역사적 정황을 고려할 때, 형에게는 선택의 여지가 없었어.」

「나는 정말로 요한 바오로 2세를 존경했어!」

브뤼노는 그렇게 반박하고 다시 긴 이야기를 시작했다.

내가 기억하기로 그건 1986년의 일이었어. 텔레비전 채널로 카날 플뤼스와 M6가 새로 개국하고, 『글로브』지가 창간되고, 배우 콜뤼슈가 가난한 사람들에게 무료로 식사를 제공하는 〈마음의 레스토랑〉 운동을 시작하던 무렵이었지. 요한 바오로 2세는 서구 사회에서 무슨 일이 벌어지고 있는지를 깨달은 유일한 사람이었어. 나는 디종의 〈신앙과 생활〉이라는 단체에서 내 글을 못마땅하게 여기는 것을 보고 아연했어. 그들은 임신 중절과 콘돔에 관한 교황의 견해를 비판하고 있었어. 그들이 나를 이해하지 못했듯이, 나도 그들을 이해하지 못했어. 사실 그들을 이해하기 위한 노력도 별로 하지 않았어. 우리 모임은 회원들의 집에서 열렸어. 각 부부가 돌아가면서 모임을 주관하고, 다른 사람들은 저마다 샐러드며 케이크 같은 먹을거리를 가져왔지. 나는 바보처럼 히죽히죽 웃기도 하고 고개를 까딱거리기도 하고 포도주 병을 비우기도 하면서 시간을 보냈어. 그들의 이야기는 그저 건성으로 듣고 있었지. 반면에 안느는 대단히 열성적이었어. 그녀는 이민 온 문맹자들에게 문자를 가르치는 모임에 참가하고 있었어. 그녀가 모임 때문에 늦게 들어오는 날이면, 나는 빅토르를 일찍 재워 놓고 미니텔의 음란물을 보면서 용두질을 했지. 하지만 미니텔을 통해서 사람을 만나는 데에는 한 번도 성공한 적이 없어.

4월에 안느가 생일을 맞았을 때, 나는 그녀에게 은실을 박아 넣은 게피에르[32]를 사주었어. 그녀는 약간 뜨악해하다가 입는 걸 받아들이더군. 그녀가 그것을 입느라고 애쓰고 있는 동안, 나는 샴페인 남은 것을 마저 마셨지. 그러고 났더니 그녀의 목소리가 들려왔어. 힘없고 약간 떨리는 음성으로 〈나 준비됐어……〉 하더군. 나는 방 안으로 들어서면서 내가 실수했다는 것을 깨달았어. 그녀의 처진 엉덩이는 가터벨트에 잔뜩 눌려 있었고, 아이에게 젖을 먹이느라 늘어진 젖가슴은 예전의 그 모습이 아니었어. 지방흡입수술에 실리콘주입수술까지 한바탕 대공사를 벌여야 할 판이었지……. 그녀는 절대로 받아들이지 않았겠지만 말이야. 나는 눈을 감으면서 그녀의 팬티 속에 손가락을 넣었어. 성기가 전혀 발기할 기미를 보이지 않았어. 바로 그때, 옆방에서 빅토르가 자지러지게 울기 시작했어. 견딜 수 없을 정도로 길고 새되게 울부짖었지.

---

32 허리 아래로 내려오는 뷔스티에와 가터벨트로 이루어진 여성 속옷.

그녀는 목욕가운을 걸쳐 입고 옆방으로 달려갔어. 그녀가 돌아오자 나는 그냥 펠라티오나 해달라고 부탁했어. 그녀는 빠는 게 서툴렀어. 그녀의 이가 닿는 게 느껴질 정도였지. 하지만 나는 눈을 감고 내가 가르치는 반에 있는 가나에서 온 여학생을 머릿속에 그렸어. 그 여학생의 발그스름하고 약간 까끌까끌한 혀를 상상하면서 나는 아내의 입 안에 사정하는 데에 성공했지. 나는 아이를 또 낳을 생각은 전혀 없었어. 이튿날 나는 가족에 관한 시를 썼어. 그 시는 나중에 어떤 잡지에 실렸지.

「나한테 아직 그 시가 있어.」
미셸은 그렇게 말하더니 서재에 가서 잡지를 찾아 왔다. 브뤼노는 조금 놀란 기색을 보이며 잡지를 뒤적이다 시가 실린 페이지를 찾아냈다.

> 오늘날에도 아직 가정은 얼마간 살아남아 있다.
> (무신론자들 사이에서 반짝이는 신앙의 불꽃,
> 구토가 만연한 속에서 반짝이는 사랑의 불꽃),
> 우리는 그 불꽃들이
> 어떻게 반짝이고 있는지 모른다.
> 불가해하게 짜인 일에 매여서
> 노예처럼 살아가는 우리,
> 우리가 자아를 실현하며 우리 자신의 삶을 사는 길은
> 오로지 섹스뿐
> (하지만 그마저도 섹스가 허용된 사람들, 섹스가 가능한 사람들에게만
> 허용되는 이야기다).

오늘날 결혼과 정절은
우리가 살 수 있는 길을 완전히 가로막고 있다.
우리 안에 있는 어떤 힘이
놀이와 빛과 춤을 요구하고 있지만,
사무실에서든 교실에서든
우리는 그 힘을 되찾지 못할 것이다.
그리하여 우리는 갈수록 어려워져 가는 사랑을 통해
우리 운명과 다시 만나려고 애쓴다.
갈수록 시들해지고 점점 더 말을 듣지 않는 몸뚱이,
우리는 그 몸뚱이를 팔려고 애쓴다.
그러면서 우리는
슬픔의 어둠 속으로 사라져 간다.
진정한 절망에 도달할 때까지.

우리는 모든 것이 캄캄해지는 곳에 다다를 때까지
고독한 내리막길을 걷는다.
아이도 없고 아내도 없이,
우리는 한밤중에
호수 속으로 들어간다
(그리고 우리의 늙은 살가죽에 닿는 물은 너무나 차다).

그 시를 쓰자마자, 브뤼노는 알코올 중독으로 인한 혼수 상태와도 같은 깊은 잠에 빠져 들었다. 그랬다가 아들의 울음소리 때문에 두 시간 만에 깨어났다. 두 살에서 네 살 사이의 아이들은 자아에 대한 의식이 부쩍 강해짐에 따라 자기 중심적인 과대망상의 발작을 곧잘 일으킨다. 그때 녀석들이 목표로 삼는 것은 주위 사람들(주로 부모)을 모두 저희의 노예로 만드는 것이다. 저희의 욕구가 아주 미세하게 바르르 떨리기만 해도 모두가 굽신거리도록 만들겠다는 속셈이다. 녀석들의 이기심에는 한계가 없다. 그게 바로 개인주의의 속성이다. 브뤼노는 거실의 카펫에서 몸을 일으켰다. 아이는 악을 바락바락 쓰며 울고 있었다. 엄청나게 화가 났다는 표시였다. 브뤼노는 약간의 잼에 렉소밀[33] 두 알을 으깨어 넣어 가지고 아이의 방으로 갔다. 아이는 똥을 싸놓고 그렇게 악을 쓴 것이었다. 안느는 뭐 하느라고 여태 안 오지? 흑인들에게 글을 가르치는 봉사 활동은 끝나는 시간이 갈수록 늦어지고 있었다. 그는 똥 묻은 기저귀를 마룻바닥에 내던졌다. 냄새가 지독했다. 아이는 렉소밀을 섞은 잼을 순순히 받아먹고 이내 잠이 들었다. 브뤼노는 잠바를 걸쳐 입고 쇼드로느리 거리의 〈매디슨〉으로 갔다. 그곳은 밤새도록 영업을 하는 바였다. 그는 한 병이 3천 프랑이나 하는 샴페인 〈동 페리뇽〉을 신용 카드로 지불하고 아주 예쁜 금발 여자와 나눠 마셨다. 위층에 있는 한 방에서 그녀는 긴 시간을 들여 그에게 수음을 해주었다. 그녀는 그의 쾌감이 너무 고조되지 않도록 이따금 손놀림을 멈추었다. 그녀의 이름은 엘렌이었다. 디종에서 태어나고 자랐으며 관광학을 공부하고 있다고 했다. 나이는 스무 살이었다. 그가 그녀의 몸속으로 성기를 삽입하자, 그녀는 질을 수축시켰다. 그는 3분 넘게 완벽한 행복감을 맛보았다. 브뤼노는 바를 나오면서 그녀의 입술에 입을 맞추고, 그녀가 사양하는데도 굳이 팁을 주었다 — 그에게는 현금 3백 프랑이 남아 있었다.

그 다음 주에 브뤼노는 자기 작품들을 한 동료에게 보여 주기로 마음먹었다. 그는 쉰 살쯤 된 문학 교사로서 대단히 명민한 마르크스주의자였고 동성애자로 소문이 나 있는 사

---

[33] 프랑스에서 가장 많이 팔리는 신경 안정제의 하나.

람이었다. 파자르디라는 그 동료는 유쾌하게 놀라워하면서 말했다.

「폴 클로델, 아니 그보다는 샤를 페기의 영향이 엿보여요. 페기의 자유시를 연상시켜요……. 하지만 독창적이군요. 그다지 흔하게 접할 수 있는 작품이 아니에요.」

그는 그 다음에 할 말이 무엇인지에 대해서 일말의 의심도 없었다.

「『무한』지에 보내요. 오늘날에는 거기에서 문학이 만들어져요. 선생님의 작품들을 솔레르스[34]에게 보내야 합니다.」

「네? 누구라고요?」

브뤼노는 조금 놀라면서 그렇게 되물었다. 솔레르스라는 이름이 어떤 매트리스의 상표명과 비슷했기 때문이었다.

그는 동료가 일러 준 대로 원고를 보내고, 3주 후에 『무한』을 발행하는 드노엘 출판사에 전화를 걸었다. 놀랍게도 솔레르스가 직접 전화를 받아 한번 만나자고 했다. 브뤼노는 수요일이 좋겠다고 말했다. 그날은 수업이 없어서 낮 동안에 파리를 갔다 올 수 있으리라고 생각한 것이었다. 파리로 가는 기차 안에서 그는 『기묘한 고독』[35]을 읽어 보려고 하다가 이내 포기하였다. 그래도 『여자들』[36]을 몇 페이지 읽는 데에는 성공했다. 특히 섹스와 관련된 대목들이 읽을 만했다. 그

---

34 『무한 *L'Infini*』은 필립 솔레르스가 1983년에 창간한 계간 문예지. 솔레르스는 1960년에 『텔 켈 *Tel Quel*』이라는 문예지를 창간하여 전위적이고 실험적인 문예 운동을 전개하다가, 1982년 이 잡지를 출간하던 쇠이유 출판사와 결별하고 이듬해에 드노엘 출판사를 통해 『무한』을 창간하였다. 나중에 갈리마르 출판사로 발행처를 옮긴 이 문예지의 주요 필자로는 줄리아 크리스테바와 밀란 쿤데라 등이 있다.

35 1958년 프랑수아 모리악, 루이 아라공 등의 칭찬을 받으며 솔레르스를 일약 신세대의 기수로 부상시킨 그의 첫 소설.

36 솔레르스의 소설(1983년 작품). 고인이 된 몇몇 저명인사와 파리 지식인 사회에 대한 사실적인 묘사로 물의를 빚음.

들이 만나기로 한 곳은 위니베르시테 거리에 있는 어떤 카페였다. 솔레르스는 나중에 그의 명성을 높이는 데에 한몫을 하게 될 그 유명한 궐련 물부리를 흔들면서 10분 늦게 도착했다.

「지방에 살아요? 그거 안 좋은데. 당장 파리로 와요. 당신은 재능이 있어요.」

솔레르스는 요한 바오르 2세에 관한 브뤼노의 글을 『무한』의 다음 호에 실을 거라고 알려 주었다. 브뤼노는 그저 얼떨떨하기만 했다. 당시 솔레르스는 한창 가톨릭의 〈반(反)개혁〉에 동조하면서 교황을 열렬히 지지하는 선언을 잇달아 내놓고 있었지만, 브뤼노는 그런 사실을 모르고 있었다. 솔레르스가 활기 찬 어조로 말했다.

「페기, 좋아요. 감동을 주죠! 그리고 사드, 사드! 특히 사드를 읽어야 돼요!……」

「가족에 관한 제 원고는……」

「네, 그것도 아주 좋아요. 당신은 반동분자예요. 그 점이 좋아요. 위대한 작가들치고 반동분자 아닌 사람이 없어요. 발자크, 플로베르, 보들레르, 도스또예프스끼 등 반동분자가 아주 많죠. 하지만 섹스도 해야 돼요. 안 그렇소? 파르투즈를 해봐야 돼요. 그건 중요한 일이오.」

솔레르스는 브뤼노를 가벼운 자아 도취 상태에 빠뜨려 놓고 5분 만에 자리를 떴다. 그 도취 상태는 디종으로 돌아오는 동안에 조금씩 진정되었다. 필립 솔레르스는 유명한 작가인 듯했다. 하지만 『여자들』을 읽으면서 분명히 알게 된 것이 있었다. 솔레르스가 관계한 여자들은 문화계의 늙은 탕녀들뿐이라는 것이었다. 젊은 여자들은 솔레르스 같은 작가들보다 가수들을 더 좋아하고 있었다. 그렇다면, 하찮은 잡지에 시시껄렁한 시 몇 편을 발표하는 게 무슨 소용이 있겠는가?

브뤼노가 다시 미셸에게 말했다.

「그래도 나는 내 시가 실린 『무한』지를 다섯 권 샀어. 요한 바오로 2세에 관한 작품은 실리지 않았어. 다행한 일이지.」

그는 안도하듯이 한숨을 내쉬었다.

「그건 정말 졸작이었거든······. 포도주 남은 거 있니?」

「한 병 있어.」

미셸은 주방으로 가서 〈비외 파프〉[37]팩의 여섯 번째이자 마지막 병을 가져왔다. 피곤한 느낌이 들기 시작했다. 그가 말했다.

「내일 근무하지 않아?」

브뤼노는 아무 대답 없이 마룻바닥의 한 곳을 물끄러미 바라보았다. 하지만 마룻바닥의 그곳에는 아무것도 없었다. 그저 몇 군데에 때가 더께를 이루고 있을 뿐이었다. 그러더니 술 병 따는 소리가 나자 다시 활기를 찾고 술잔을 내밀었다. 그는 조금씩 천천히 마셨다. 그의 시선은 이제 라디에이터 근처에서 떠돌고 있었다. 이야기를 계속할 마음이 전혀 없는 듯했다. 미셸은 잠시 망설이다가 텔레비전을 켰다. 토끼에 관한 방송이 나오고 있었다. 그는 소리가 들리지 않도록 음량을 완전히 줄여 버렸다. 집토끼에 관한 것인 줄 알았더니 산토끼에 관한 방송이었다. 그때 갑자기 브뤼노의 목소리가 들려와 그를 깜짝 놀라게 했다.

「내가 디종에 몇 년 동안 살았는지 따져 보고 있었어. 4년인가 5년인가 하고 말이야. 교직에 있어 보니까, 모든 해가 비슷비슷해. 어쩌다 몸이 아파서 병원에 가거나 아이들이 자라는 것 말고는 이렇다 할 사건도 없고 변화도 없어. 어쨌거나 그동안에 빅토르가 자라서 나를 〈아빠〉라고 부르기 시작

---

[37] 교황 이야기가 자꾸 나오는데, 공교롭게도 포도주 상표마저 〈늙은 교황〉이라는 뜻이다.

했어.」

브뤼노가 갑자기 흐느끼기 시작했다. 소파에 웅크린 채 코를 훌쩍이면서 꺼이꺼이 울었다. 미셸은 손목시계를 보았다. 4시가 조금 넘은 시각이었다. 텔레비전 화면에서는 들고양이 한 마리가 산토끼의 시체를 주둥이에 물고 있었다.

브뤼노는 티슈를 꺼내어 눈초리에 괴어 있는 눈물을 닦았다. 하지만 눈물은 계속 솟아나고 있었다. 그는 자기 아들을 생각하는 중이었다. 만화를 즐겨 그리고 그를 사랑했던 가엾은 빅토르. 그는 그 빅토르에게 행복한 시간과 사랑의 시간을 별로 마련해 주지 않았다. 그랬는데 녀석은 곧 열다섯 살이 될 참이었다. 녀석에게 행복의 시간은 이미 끝나 버린 것이었다.

「안느는 아이를 더 낳고 싶어 했을 거야. 사실 아이들 키우면서 전업 주부로 사는 것이 그녀에게는 딱 어울렸어. 파리로 돌아가서 새로운 자리를 신청하는 건 그녀가 원한 일이 아니었어. 내가 그녀를 부추겼지. 물론 그녀는 거부할 엄두를 내지 못했어. 여성이 자아를 실현하려면 직장을 가져야 한다는 생각 때문이었을 거야. 당시엔 누구나 그렇게 생각했어. 속으로는 딴 생각을 하는 사람들조차도 겉으로는 그렇게 생각하는 척했지. 안느는 언제나 세상 사람들과 똑같은 생각을 하고 싶어 했어. 나는 우리가 파리로 돌아가는 것은 사실상 시끄럽지 않게 이혼하기 위한 것임을 아주 잘 알고 있었어. 지방에서는 사람들이 서로 친하게 지내고 이야기도 많이 나누지. 나는 사람들이 우리의 이혼을 놓고 이러쿵저러쿵 떠드는 것을 원치 않았어. 설령 잘한 일이라고 칭찬을 하거나 담담하게 인정하는 소리를 한다 해도 듣고 싶지 않았어. 1989년 여름에 우리는 〈지중해 클럽〉이 주관하는 바캉스 여행을 떠났어. 그게 우리가 함께 보낸 마지막 바캉스였지. 저녁 식사

전에 했던 바보 같은 놀이들과 바닷가에서 젊은 여자들을 곁눈질하며 보냈던 시간들이 생각나. 내가 젊은 여자들에게 한눈을 팔고 있을 때, 안느는 다른 주부들과 이야기를 나누고 있었어. 그녀가 배를 깔고 엎드려 있으면 울퉁불퉁하게 멍울진 셀룰라이트가 보였고, 등을 대고 돌아누워 있으면 임신선이 보였지. 거기는 모로코였어. 아랍 인들은 불친절하고 공격적인 데다가 태양은 너무나 뜨거웠지. 나는 공연히 돌아다녀 봤자 피부암에나 걸리겠다 싶어서 아프리카 전통 가옥에 들어앉아 자위 행위를 하면서 시간을 보냈어. 그래도 아들 녀석은 여행의 즐거움을 만끽했지. 〈미니 클럽〉에서 아주 재미있게 놀더라고.」

브뤼노의 목소리가 다시 갈라지기 시작했다.

「난 비열한 놈이었어. 난 내가 비열한 놈이라는 것을 알고 있었어. 대개 부모들은 자식을 위해 자신들을 희생해. 그게 정상적인 길이야. 그런데 나는 내 젊음의 종말을 견딜 수가 없었어. 내 아들이 자라 나 대신 젊은이가 된다는 사실을 받아들였어야 하는데 나는 그러질 못했어. 내 인생은 망쳐 버렸을지언정, 내 아들은 제대로 살도록 도와주었어야 하는데 나는 그렇게 하지 않았어. 나는 다시 하나의 개인으로 돌아가고 싶었어.」

「단자(單子)[38]로 돌아가고 싶어 했구나……..」

미셸이 나직하게 그렇게 말했지만, 브뤼노는 아무 대꾸 없이 잔을 비우고는, 마음을 딴 데 팔고 있는 듯한 말투로 말했다.

「술이 다 떨어졌네…….」

브뤼노는 자리에서 일어나 잠바를 입었다. 미셸은 현관까지 그를 따라갔다. 브뤼노가 다시 말했다.

---

[38] 라이프니츠 철학에서 말하는 실재의 형이상학적 단위.

「나는 내 아들을 사랑해. 만일 그 애에게 어떤 사고가 생기거나 불행한 일이 벌어진다면, 나는 도저히 견딜 수 없을 거야. 나는 이 세상 그 무엇보다 그 아이를 사랑해. 하지만 나는 그 아이의 삶을 인정하지 못했어.」

미셸은 말없이 고개를 끄덕였다. 브뤼노는 엘리베이터 쪽으로 갔다.

미셸은 서재로 돌아가서 종이에 이렇게 적었다. 〈혈연에 관해 무언가를 쓸 것〉. 그런 다음 깊이 생각할 필요를 느끼며 자리에 누웠다. 하지만 그는 곧바로 잠이 들었다. 며칠 뒤에 그는 그 종이를 다시 찾아내어 바로 아래에 〈혈연의 법칙〉이라고 적고, 10분 동안 먼산바라기를 하였다.

14

 9월 1일 오전에 브뤼노는 파리 북역(北驛)으로 크리스티안을 마중 나갔다. 그녀는 누아용에서 아미앵까지 시외 버스를 탄 다음 파리까지 직행 열차를 타고 오기로 되어 있었다. 날씨는 대단히 화창했다. 그녀가 탄 기차는 11시 37분에 도착했다. 그녀는 긴 드레스를 입고 있었다. 소매에 레이스가 달린 작은 꽃무늬 드레스였다.
 그들은 인도 식당에서 점심을 먹고 섹스를 하기 위해 그의 집으로 갔다. 그는 마룻바닥에 왁스를 발라 광을 내고 꽃병에 꽃을 꽂아 놓았었다. 시트는 깨끗하고 새물내가 났다. 그는 긴 시간을 들여 삽입 성교를 하고 그녀가 오르가슴에 오를 때까지 기다리는 데에 성공했다. 커튼 틈새로 햇살이 비쳐 들어 그녀의 검은 머리카락이 반짝였다 — 검은 머리채 속에 흰 머리카락이 몇 가닥 섞여 있는 것도 보였다. 그녀는 첫 오르가슴을 느낀 뒤에 곧바로 두 번째 오르가슴에 올랐다. 그녀의 질은 격렬한 수축을 되풀이하였다. 그 순간 그는 그녀의 몸속에 사정을 했다. 그는 그녀의 품에 안겨 몸을 웅크렸다. 그들은 이내 잠이 들었다.
 잠에서 깨어나 보니, 해가 고층 빌딩들 사이로 뉘엿뉘엿 지고 있었다. 벌써 저녁 7시였다. 브뤼노는 백포도주 한 병을 땄다. 그는 디종에서 파리로 돌아온 뒤의 삶에 관해서 아직 아무에게도 이야기한 적이 없었다. 이제 그는 그 이야기를 할 참이었다.

1989학년도에 안느는 파리 콩도르세 고등학교에 발령을 받았어. 우리는 로디에 거리에다 아파트를 얻었어. 침실 두 개에 거실 겸 주방이 있는 꽤나 어두운 아파트였지. 안느는 학교에 나가고 빅토르는 유치원에 다니고 있었기 때문에, 나는 낮 시간을 자유롭게 쓸 수 있었어. 그 시기에 나는 안마 시술소에 드나들기 시작했어. 우리 동네에는 〈뉴 방콕〉, 〈황금 연꽃〉, 〈마이 린〉 등 타이 식 안마 시술소가 여러 군데 있었어. 여자들이 예의 바르고 상냥해서 갈 때마다 기분이 괜찮았어. 같은 시기에 나는 정신과 진료도 받기 시작했어. 수염을 덥수룩하게 기른 정신과 의사를 정기적으로 만났지. 아니, 수염에 대한 기억은 확실치 않아. 어떤 영화에서 본 의사하고 혼동하고 있는지도 모르겠어. 나는 내 청소년기에 관해서 이야기하기 시작했어. 의사가 나를 경멸하고 있다는 것을 느끼면서도 안마 시술소에 관한 이야기도 많이 했지. 그런 대로 나에게 도움이 되었어. 하지만 나는 1월에 의사를 바꾸었어. 새 의사는 괜찮은 사람이었어. 병원이 스트라스부르 생 드니 근처에 있었기 때문에, 병원 갔다 오는 길에 섹스숍들을 한 바퀴 둘러볼 수도 있었지. 의사의 이름은 아줄레였어. 그는 대기실에 언제나 『파리 마치』를 비치해 두고 있었어. 요컨대 그는 나에게 좋은 의사라는 인상을 주었어. 내 케이스에 별로 흥미를 느끼는 것 같지는 않았지만, 나는 그럴 수도 있겠다고 너그럽게 생각했어. 사실 내 케이스는 너무나 평범한 거였어. 나는 그저 욕구 불만에 빠진 늙어 가는 사내였고, 아내에게 성욕을 느끼지 않게 된 얼간이였으니까 말이야. 그 즈음에 아줄레 박사는 어떤 재판에 정신 감정 의사로 불려 나간 적이 있었어. 사탄을 숭배하는 일군의 청소년들이 정신 장애가 있는 여자를 토막 내서 먹은 엽기적인 살인 사건에 관한 재판이었어. 정신과 의사라면 그런 쪽에 더 흥미를 느끼는 게 당연하지. 아줄레 박사는 진료를 끝낼 때마다 나에게 운동을 하라고 권했어. 내가 보기에 그는 운동에 강박 관념을 갖고 있는 듯했어. 사실 그 자신도 배가 조금씩 나오고 있었거든. 어쨌거나 진료 시간은 그런 대로 즐거웠어. 하지만 활기는 별로 없었지. 그는 내가 부모에 관해서 이야기할 때만 조금 생기가 도는 듯했어. 2월 초에 그에게 들려줄 만한 정말 흥미로운 일화가 하나 생겼어. 〈마이 린〉의 대기실에서 일어난 일이었지. 나는 안으로 들어가서 어떤 남자 옆에 앉았어. 그의 얼굴을 보지도 않았는데 왠지 내가 아는 사람인 것 같은 느낌이 들더라고. 아주 막연한 느낌이었지만 말이야. 곧 여자 하나가 와서 그를 데리고 올라갔어. 나도 금방 뒤따라 올라갔지. 안마실은 두 개뿐이었고 비닐 커튼으로 분리되어 있었어. 나는 당연히 그 사람 옆에서 안마를 받게 되었지. 여자가 비누질을 한 가슴으로 내 아랫배를 애무하기 시작했을 때, 문득 어떤 생각이 번개처럼 뇌리를 스치고 지나갔어. 옆 안마실에서 〈바디 바디〉 서비스를 받고 있는 남자는 바로 내 아버지였던 거야. 이젠 영락없이 퇴직자로 보일 만큼 늙어 버렸지만 그는 분명히 내 아버지였어. 그 순간 아버지가 쾌감의 절정에서 내는 희미한 감창 소리가 들려왔어. 나 역시 곧 사정을 했지만, 나는 몇 분을 기다렸다가 옷을 입었어. 입구에서 아버지랑 마주치고 싶지 않았기 때문이야. 정신과 의사에게 그 일화를 들려주던 날, 나는 집에 돌아오는 길에 아버지에게 전화를 걸었어. 아버지는 나의 느닷없는 전화에 조금 놀랐겠지만, 그런 내색을 하지 않고 무척 반가워했어. 내가 안마 시술소에서 느꼈던 대로 아버지는 은퇴를 했고 칸에 있는 클리닉의 자기 지분을 다 팔아 버렸다더군. 최근 몇 년 사이에 많은 돈을 잃었다고 했어. 그래도 아직 경제적으로는 괜찮은 편이었어. 아버지보다 사정이 딱한 노인들은 얼마든지 있었거든. 우리는 조만간 만나기로 하고 전화를 끊었어. 하지만 다시 만나기가 그리 쉽지는 않았지.

3월 초에 교육청의 장학사로부터 전화가 왔어. 어떤 여교사가 예정보다 일찍 출산 휴가를 내는 바람에 학년 말까지 가르칠 수 있는 자리가 하나 났다더군. 자리가 난 곳은 공교롭게도 내 모교인 무아상 중고등학교였어. 나는 조금 망설였어. 아주 나쁜 추억이 있는 곳이라 그럴 만도 했지. 하지만 세 시간쯤 요모조모 따져보고 나니까, 상관없다는 생각이 들더라고. 늙는다는 게 바로 그런 걸 거야. 감정의 반응은 무뎌지고 원한도 기쁨도 별로 간직하지 않게 돼. 그 대신 몸 여기저기에 이상은 없는지, 기관들의 균형이 무너져 있지는 않은지에 주로 관심을 갖게 되지.

나는 부임 인사를 하기 위해 기차를 타고 내려갔어. 기차에서 내려 학교까지 걸어서 시내를 가로질러 갔어. 무엇보다 나를 놀라게 했던 것은 도시가 내 기억 속에 있는 것보다 훨씬 작고 초라했다는 거야. 정말이지 흥미를 끌 만한 것이 전혀 없었어. 그 시절엔 아버지가 일요일 저녁에 그 도시로 데려다줄 때마다 거대한 지옥 속으로 들어가는 기분이 들곤 했지. 그런데 그곳은 거대하기는커녕 아주 작고 이렇다 할 특징도 없는 도시였어. 집들을 봐도 거리들을 봐도 떠오르는 게 없더군. 학교 역시 현대식 건물로 바뀌어 옛날의 그 모습은 오간 데가 없었어. 나는 기숙사 건물들을 둘러보았어. 그 건물들은 향토 역사 박물관으로 변해 있었어. 거기에서 다른 사내아이들이 나를 때리고 모욕했지. 녀석들은 나에게 침을 뱉고 오줌을 깔기고 내 머리를 대변기에 처박는 짓을 하면서 즐거워했어. 하지만 나는 그런 곳에 다시 왔는데도 아무런 감정을 느끼지 않았어. 그저 약간의 슬픔을 느꼈을 뿐이야. 그건 딱히 어떤 사건을 떠올리면서 느낀 슬픔이 아니라 그냥 막연하게 가슴이 먹먹해지는 느낌이었어. 〈하느님조차 이미 있었던 일을 없었던 것으로 만드실 수는 없다〉라고 어떤 가톨릭 저자가 말한 적이 있어. 하지만 모라는 도시에서 보낸 내 청소년기에서 무엇이 남았는가를 생각해 볼 때, 이미 있었던 일을 없었던 것으로 만드는 게 그리 어려운 일로 보이지는 않았어.

나는 몇 시간 동안 시내를 돌아다녔어. 인공 백사장에 있는 카페에도 가보았지. 카롤린 예세얀과 파트리샤 오베예르가 생각났어. 하지만 사실 그 여학생들은 내 기억에서 사라진 적이 없었어. 그러니까 거리에서 본 어떤 것 때문에 그녀들을 떠올렸던 건 아닌 셈이지. 나는 많은 젊은이들과 마주쳤어. 이주민의 자녀들이 자주 눈에 띄더군. 특히 흑인들이 많았어. 내 청소년 시절보다 훨씬 많았지. 진짜 달라진 게 있다면 바로 그 점이었어. 그렇게 돌아다니다가 학교에 들어가서 인사를 했어. 교장은 내가 그 학교 졸업생이라는 것을 알고 좋아했어. 내 학적부를 찾으러 가려고 하더군. 하지만 나는 딴 얘기를 꺼내어 그것을 가까스로 모면했어. 내가 가르칠 반은 세 반이었어. 1학년 한 반에 2학년 문과 한 반과 이과 한 반이었지. 나는 2학년 문과반 수업이 가장 어려우리라는 것을 금방 깨달았어. 남학생 세 명에 여학생이 서른 명이나 되는 반이었어. 10대 후반의 여학생들이 서른 명이나 있었지. 금발, 갈색 머리, 적갈색 머리, 프랑스인, 아랍계, 아시아계 할 것 없이 모두가 매력적이고 욕망을 자극하는 여학생들이었어. 게다가 그들은 이미 알 건 다 알고 있는 것처럼 보였어. 남자와 자기도 하고 남자를 바꾸기도 하면서 자기들의 젊음을 즐기고 있는 듯했지. 나는 매일 콘돔 자판기 앞을 지나다녔는데, 그녀들은 전혀 어려워하지 않고 내 앞에서 콘돔을 사곤 했어.

그 애들이 아무리 그러해도 나와는 상관없는 일이다 하고 생각했다면 전혀 문제가 없었겠지. 그런데 나는 어쩌면 나에게도 기회가 있을지 모른다고 생각하기 시작했어. 그게 화근이었지. 나는 이혼한 가정의 딸들이 많을 거라고 생각했어. 아버지의 이미지를 찾는 여학생이 하나쯤은 있을 듯했어. 그런 여학생을 만난다면 무언가 일이 될 수도 있겠다 싶었지. 하지만 그러자면 남자답고 믿음직하고 우람한 아버지의 모습이 필요했어. 나는 수염을 기르고 헬스클럽에 등록했어. 수염을 기르는 건 성공이라고 보기가 어려웠지. 내 수염은 듬성듬성 나는 데다가 샐먼 루시디 풍의 약간 수상쩍은 느낌을 주었어. 반면에 근육 단련 쪽은 성과가 좋았어. 몇 주 만에 삼각근과 흉근이 아주 보기 좋게 붙더군. 문제는 내 성기였어. 새롭게 제기된 문제였지. 지금은 도저히 믿어지지 않을 이야기지만, 1970년대에는 사람들이 남자 성기의 크기에 대해서 거의 신경을 쓰지 않았어. 청소년기에 나는 내 몸에 대해 온갖 종류의 콤플렉스를 다 갖고 있었지만 성기에 대해서만은 콤플렉스가 없었지. 누가 성기의 크기를 문제삼기 시작했는지는 모르겠어. 십중팔구는 호모들일 거야. 미국 추리 소설에서도 그 주제를 언급한 대목을 종종 찾아볼 수 있지. 하지만 사르트르의 저작에는 어디에도 그 문제에 관한 언급이 없어. 어쨌거나 헬스클럽의 샤워실에서 나는 내 성기가 아주 작다는 사실을 깨달았어. 어느 날 집에서 길이를 재봤어. 12센티미터였어. 줄자를 음경 뿌리까지 최대한으로 끌어당겨서 재도 13이나 14센티미터밖에 되지 않았어. 새로운 고민거리가 생긴 거지. 하지만 그 문제에는 아무런 해결책이 없었어. 그건 근본적이고 결정적인 장애였어. 그때부터 나는 흑인 남자들을 미워하기 시작했어. 무아상 고등학교에는 흑인 남학생들이 많지 않았어. 흑인 청소년들은 대부분 피에르 드 쿠베르탱 기술 고등학교에 다녔거든. 유명한 드프랑스가 철학적인 스트립쇼로 젊은이들에게 아첨을 하던 바로 그 학교였지. 내가 가르치는 2학년 문과반에는 흑인 남학생이 딱 한 명 있었어. 벤이라고 하는 크고 우람한 학생이었지. 녀석은 언제나 야구 모자를 쓰고 나이키 운동화를 신고 다녔어. 나는 녀석의 자지가 대단히 클 거라고 확신했지. 모든 여학생이 녀석 앞에서 사족을 못 쓰는 듯했어. 나는 그들에게 말라르메의 시를 공부시키려고 애쓰고 있었지만, 그건 아무 의미도 없는 일이었어. 나는 서구 문명이 이렇게 종말을 고하고 마는구나 하고 씁쓸하게 생각했지. 서구 문명이 망토원숭이 같은 자들의 커다란 남근 앞에서 다시 머리를 조아리고 있는 것만 같았어. 나는 팬티를 입지 않고 학교에 가는 버릇을 들이게 되었지. 벤이라는 녀석은 공교롭게도 내가 점찍어 놓은 여학생하고 사귀고 있었어. 얼굴이 아주 귀엽고 젖가슴이 사과처럼 예쁜 금발 여학생이었지. 그들은 서로 손을 잡고 수업에 들어오곤 했어. 한번은 이런 일이 있었어. 프루스트의 『잃어버린 시간을 찾아서』 중 〈게르망트 쪽〉에 나오는 다음과 같은 문장에 대해서 학생들에게 해설을 하라고 시켰던 날이야.

〈여러 세대 전부터 프랑스 역사에서 가장 위대한 요소들끼리만 만나서 유지되어 온 하나의 혈통이 있다. 게르망트 공작 부인에게는 이런 순수한 피가 흐르고 있었기에, 그녀의 일거수일투족에는 서민들이 말하는 《짐짓 꾸민 듯한 태도》라는 것이 없었고, 그녀의 몸가짐은 더없이 소박하기만 했다.〉

나는 벤을 바라보고 있었어. 녀석은 껌을 씹으면서 머리를 긁적이기도 하고 사타구니를 긁적거리기도 했어. 그 원숭이 같은 녀석이 거기에 담긴 뜻을 어떻게 이해할 수 있었겠어? 다른 학생들도 마찬가지였을 거야. 그들이 거기에 담긴 뜻을 어떻게 이해할 수 있었겠어? 나 자신이 프루스트의 〈진의〉를 이해하는 데에 어려움을 느끼기 시작하던 터였으니 학생들이야 오죽했겠어? 혈통의 순수성, 종족의 고결함에 비견되는 천재의 고결함, 위대한 의학 교수들의 특별한 환경 등등에 관한 그 수십 쪽의 글들이 나에겐 그저 설사 똥 같은 것으로만 보였어. 내가 보기에 우리는 게르망트 공작 부인의 시대보다 훨씬 단순해진 세상에 살고 있었어. 게르망트 공작 부인은 오늘날 갱스터 랩을 하는 스눕 도기 독보다 돈이 훨씬 적었어. 스눕 도기 독은 빌 게이츠만큼 돈이 많지는 않지만, 빌 게이츠보다 훨씬 많은 여자들을 흥분시키고 있어. 우리가 사는 세상을 이해하는 데에 중요한 요소는 돈과 섹스, 이 두 가지뿐이었어. 물론 오늘날에도 프루스트 식으로 제트 족에 관한 소설을 쓸 수는 있을 듯했어. 명예와 부를 대비시키고, 대중적인 명성과 〈행복한 소수〉를 위한 고급스러운 명성 사이의 대립을 형상화하는 소설 말이야. 하지만 그런 소설을 쓰는 게 무슨 의미가 있을까 싶었어. 문화적인 명성이란 진정한 명성, 혹은 대중 매체적 영예에 비하면 보잘것없는 유사품일 뿐이었어. 진짜 명성을 누리는 자들은 어마어마하게 많은 돈을 긁어모으고 있었어. 다른 일을 하며 사는 어떤 인간보다 많은 돈을 벌었지. 은행가나 장관이나 기업주는 영화배우나 팝스타에 비하면 경제적으로든 성적으로든 아무것도 아니었지. 프루스트가 그토록 정교하게 묘사한 기품이라는 것이 오늘날에는 아무 의미가 없다는 생각이 들었어. 토마스 만이 그랬듯이, 프루스트는 철저하게 유럽인으로 남아 있었던 마지막 유럽인들 중의 하나야. 그의 글은 오늘날의 실상과는 너무나 동떨어져 있어. 게르망트 공작 부인에 관한 문장은 지금 읽어 보아도 여전히 미려해. 하지만 그런 글은 우리를 맥 빠지게 만드는 것이 되어 버렸어. 결국 나는 프루스트에서 보들레르로 넘어갔어. 그의 주제는 견고했어. 불안, 죽음, 수치, 도취, 동경, 잃어버린 어린 시절 등 어느 것 하나 내가 느끼는 현실과 동떨어진 것이 없었어. 그렇긴 해도, 봄날에 나를 달뜨게 만드는 그 어린 여자들 앞에서 이런 시를 읽고 있자니 기분이 참으로 묘했어.

> 얌전히 있으라, 오 나의 고통이여, 더 조용히 있어 다오.
> 그대가 요구하던 어둠살, 이렇게 바야흐로 내리지 않는가.
> 어둑어둑한 대기가 도시를 감싸 오고 있다.
> 어떤 이에게는 안식을, 어떤 이에게는 근심을 안겨 주면서.
>
> 죽을 운명을 타고난 인간들의 천한 무리가
> 쾌락이라는 그 무자비한 형리의 채찍을 맞으며
> 천한 잔치 판에서 회한을 줍고 있는 동안,
> 나의 고독이여, 이리로 오라, 나에게 손을 다오.[39]

나는 거기에서 읽기를 멈추었어. 학생들이 그 시에서 뭔가를 느끼고 있다는 걸 알 수 있었어. 교실 안에 깊은 침묵이 감돌고 있었지. 그 수업이 그날의 마지막 시간이었어. 30분 후면 나는 기차를 타러 갈 예정이었고, 그 뒤에 집으로 돌아가 아내를 다시 만날 거였어. 그때 갑자기 교실 뒤쪽에서 벤의 목소리가 들려왔어.

---

[39] 14행시 「묵상」의 첫 두 연. 1861년 11월에 발표되어 시집 『악의 꽃』에 추가로 수록된 작품.

「죽음의 원리가 머릿속을 지배하고 있군요, 원 세상에!」

목소리는 컸지만 별로 건방진 태도는 아니었어. 녀석의 말투에는 약간 경탄하는 듯한 기색도 배어 있었어. 녀석이 보들레르를 두고 하는 말인지 나를 두고 하는 말인지도 확실치 않았어. 그리고 따지고 보면, 시에 대한 녀석의 해석이 그리 나쁜 건 아니었지. 그럼에도 나는 그냥 넘어갈 수가 없었어. 그래서 그냥 이렇게 말했지.

「나가세요.」

녀석은 그대로 앉아 있었어. 나는 30초 정도 기다렸어. 식은땀이 흐르더군. 무슨 말을 더 해야겠다 싶은데 말이 떠오르지 않았어. 그래도 힘을 내서 다시 말했지.

「나가세요.」

녀석은 자리에서 일어서더니 아주 느릿느릿 소지품을 챙겨 내 쪽으로 다가왔어. 폭력적인 대결에서는 서로 맞선 힘들이 대등하게 균형을 이루는 마술 같은 유예의 순간이 언제나 있게 마련이야. 벤이 내 근처에 와서 걸음을 멈추었어. 녀석은 나보다 머리 하나가 더 컸어. 나는 녀석이 나에게 주먹을 날릴 거라고 생각했어. 하지만 그런 일은 벌어지지 않았어. 녀석은 그냥 문 쪽으로 걸어갔어. 내가 이긴 셈이었지. 하지만 그건 초라한 승리였어. 벤은 이튿날부터 수업에 다시 들어왔어. 녀석이 뭔가를 눈치챈 듯했어. 수업 중에 제 여자 친구를 애무하기 시작했지. 그녀의 치마를 말아 올리고 그녀의 허벅지에 한 손을 올려놓는 거였어. 그냥 살며시 손을 대는 정도가 아니라 되도록 위쪽으로 올라가 샅 가까이에 손을 올려놓았지. 그러고는 나를 바라보면서 빙그레 웃는 거야. 아주 〈쿨〉하게 말이야. 나는 그 여자애를 건딜 수 없을 정도로 지독하게 원하고 있었어. 나는 그 주의 토요일과 일요일을 인종 차별주의적인 풍자문을 작성하면서 보냈어. 글을 쓰는 동안 내 성기는 줄곧 발기해 있었지. 월요일에 나는 『무한』지에 전화를 걸었어. 이번엔 솔레르스가 자기 사무실로 직접 오라고 하더군.

그는 쾌활하고 짓궂은 것이 텔레비전에 나올 때와 똑같았어. 아니, 텔레비전에 나올 때보다 더 했어.

「당신 진짜 인종 차별주의자로구먼. 느낌이 오는데. 이런 식으로 가면 당신 뜨겠어요. 좋아요, 아주 훌륭해!」

그는 손을 아주 우아하게 놀려 내 원고 한 장을 꺼냈어. 그가 이런 대목에 밑줄을 쳐놓았더군. 〈우리는 흑인들을 부러워하고 찬양한다. 그들을 본받아 다시 동물이 되기를 원하기 때문이다. 커다란 자지가 달리고 그 자지의 부속 기관으로 아주 작은 뇌가 딸려 있는 동물이 되고 싶기 때문이다.〉 그는 그 종이를 살랑살랑 흔들며 말했어.

「진하고 시원스럽고 아주 멋져요. 당신은 재능이 있어요. 그런데 안이한 표현이 가끔 눈에 띄어요. 그리고 〈인종 차별주의자는 태어나는 것이 아니라 만들어지는 것이다〉[40]라는 부제가 썩 마음에 들지 않아요. 패러디라든가 암시 같은 것은 언제나 조금…… 뭐랄까…….」

솔레르스의 얼굴이 어두워졌어. 하지만 그는 궐련 물부리를 한 번 돌리고 나서 다시 미소를 지었지. 그는 진짜 어릿광대였어. 매우 상냥한 어릿광대.

「그래도 상당히 독창적이에요. 전혀 무겁지도 않고요. 게다가, 당신은 인종 차별주의자이기는 해도 반유대주의자는 아니더군요.」

그러면서 솔레르스가 다른 대목을 가리켰어. 〈서구 사회에서 흑인이 되지 않은 것을 아쉬워하지 않는 사람들이 있다면,

---

[40] 시몬 드 보부아르의 『제2의 성』에 나오는 〈여자는 태어나는 것이 아니라 만들어지는 것이다〉라는 말을 패러디한 것.

그건 유대인들뿐이다. 그들은 오래전부터 지성과 죄의식과 수치심의 길을 선택했기 때문이다. 서구 문화에서 유대인들이 죄의식과 수치심을 바탕으로 만들어 낸 것에 필적하거나 접근할 수 있는 것은 아무것도 없다. 흑인들이 유대인들을 유독 미워하는 까닭이 바로 거기에 있다.〉

솔레르스는 흡족한 표정으로 의자에 등을 기대고 깊숙이 앉아 깍지 낀 두 손으로 뒷머리를 받쳤어. 나는 한 순간 그가 책상 위에 두 발을 올릴 거라고 생각했어. 하지만 그렇게까지는 하지 않더군. 그는 한시도 가만히 있지 않고 몸을 계속 움직였어.

「그건 그렇고, 이 원고를 어떻게 하지?」

「모르겠어요. 실어 주실 수 있으면 그렇게 하시든지요.」

「맙소사!」

그는 마치 내가 무슨 농담이라도 한 것처럼 폭소를 터뜨렸어.

「『무한』에 이걸 실으라고요? 이봐요, 아직 잘 모르는 모양인데……. 지금은 셀린[41]의 시대가 아니에요. 어떤 주제에 대해서는 우리는 원하는 대로 쓰는 시대가 아니란 말이오……. 나는 그동안 골치 아픈 일을 많이 겪었소. 그 정도면 충분하다고 생각하지 않아요? 내가 갈리마르 출판사에 있다고 해서, 뭐든지 내가 원하는 대로 할 수 있다고 생각하는 거요? 당신도 알다시피, 난 사람들의 감시를 받고 있어요. 사람들이 이제나저제나 내가 잘못을 저지르기를 고대하고 있단 말이오. 안 돼요, 이 원고를 싣는 건 어려울 거요. 뭐 다른 거 없어요?」

그는 내가 다른 원고를 가져오지 않았다는 사실에 정말 놀라는 눈치였어. 나는 그를 실망시킨 게 미안했어. 그와 친해

---

[41] Louis-Ferdinand Céline(1894~1961). 프랑스의 작가. 『밤의 끝으로 가는 여행』(1932) 같은 소설과 팸플릿을 통해 보수적인 사회의 틀에 박힌 사고를 고발하고 반유대주의적 독설을 서슴지 않음.

지고 싶었는데, 그리고 그와 함께 춤도 추러 가고 그가 자주 간다는 〈퐁 루아얄〉에서 위스키도 얻어 마시고 싶었는데 말이야. 출판사를 나와 보도에 내려서자 한 순간 엄청난 절망감이 엄습했어. 생 제르맹 대로에 여자들이 지나가고 있었어. 해질녘인데도 날씨는 더웠지. 그때 나는 내가 결코 작가가 되지 못하리라는 것을 깨달았어. 한편으로는 작가가 되든 안 되든 그건 나에게 별로 중요하지 않다는 생각도 들었어. 그렇다면 내게 중요한 건 무엇이었을까? 섹스? 나는 이미 섹스를 위해 내 월급의 반을 바치고 있었어. 안느는 아직 그 사실을 전혀 알아차리지 못하고 있었지만 말이야. 정말 이해할 수 없는 일이었지. 나는 실리지도 않는 원고를 쓰는 대신 극우파 국민전선에 가입할 수도 있었을 거야. 하지만 얼간이들과 슈크루트[42]를 함께 먹는 게 무슨 소용이 있겠어? 게다가 정치적으로 우파에 속하는 여자들은 존재하지 않아. 국민전선에 있는 여자들은 정치적인 입장 때문이 아니라, 공수특전단 출신 사내들과 섹스를 하기 위해서 있는 거야. 생각이 거기에 미치자, 내 원고가 터무니없고 몰상식한 것으로 느껴졌어. 그래서 쓰레기통이 눈에 띄자마자 그것을 던져 버렸지. 나는 〈휴머니즘적인 좌파〉의 입장을 고수해야 한다고 생각했어. 그게 내가 성적으로 무언가를 얻을 수 있는 유일한 길이라고 내심 확신했지.

나는 〈에스코리알〉이라는 카페의 테라스에 앉았어. 어느새 성기가 부풀어올라 있더군. 뜨겁고 아픈 느낌이 자꾸 일었어. 나는 맥주 두 병을 마신 다음 걸어서 집으로 돌아갔어. 센 강을 건너는데 문득 아질라가 생각났어. 아질라는 내가 가르

---

[42] 가늘게 썬 양배추를 소금물에 절여 발효시킨 것에 햄, 소시지, 감자 등을 곁들여 먹는 서양요리. 돼지고기가 들어가기 때문에 이슬람 교도나 유대인들은 먹지 않음.

치는 반에 있던 아주 예쁘고 똑똑한 여학생이야. 아랍계 이주민의 딸인데, 공부도 잘하고 아주 성실했어. 얼굴이 영리하면서도 상냥해 보였지. 남을 깔보는 듯한 기색은 전혀 없었어. 그녀는 학업에 대한 성취 욕구가 남달리 강해 보였어. 그런 여학생들의 가정 환경을 보면, 집안에 난폭하고 잔인한 남자 어른들이 있는 경우가 종종 있어. 아질라가 그런 경우라면, 조금 상냥하게 대해 주는 것만으로 충분하겠다는 생각이 들었어. 나는 다시 어떤 가능성을 믿기 시작했어. 그 뒤로 2주일 동안, 나는 그녀에게 말을 걸고 칠판 앞에 나와서 발표를 하도록 권했어. 그녀는 내가 눈길을 보내면, 그것을 이상하게 여기지 않고 응답의 눈길을 보내곤 했어. 나는 서둘러야만 했어. 학년 말이 다가오고 있었거든. 그녀가 칠판 앞으로 나왔다가 자기 자리로 돌아갈 때면, 꼭 끼는 청바지를 입은 탓에 윤곽이 그대로 드러난 그녀의 작은 엉덩이가 보였어. 나는 그녀가 너무나 마음에 들어서 창녀들을 만나러 가는 일을 중단했어. 그녀의 찰랑찰랑하는 머리카락 속으로 내 성기가 들어가는 장면을 상상하기도 했고, 그녀의 논술을 읽으면서 용두질을 하기까지 했어.

6월 11일 금요일에 그녀는 검은색의 짧은 치마를 입고 왔어. 수업은 6시까지였어. 그녀는 맨 앞줄에 앉아 있었어. 그녀가 다리를 꼬는 장면이 책상 밑으로 보이는 순간, 나는 하마터면 기절할 뻔했어. 그녀의 옆에 앉아 있던 뚱뚱한 금발의 여학생은 끝종이 울리기가 무섭게 나가 버렸어. 나는 자리에서 일어나 그녀의 학습 자료 파일에 한 손을 올려놓았어. 그녀는 그대로 앉아 있었어. 전혀 서두르는 기색을 보이지 않았지. 다른 학생들이 모두 나가고 교실 안에 정적이 밀려들었어. 나는 한 손에 학습 자료 파일을 들고, 〈리멤버…… 지옥……〉 하고 몇 단어를 읽었어. 그런 다음 그녀 앞에 앉으면서 파일을 내려놓았지. 하지만 입이 떨어지지 않았어. 우리는 1분 넘게 그냥 말없이 앉아 있었어. 나는 몇 차례 그녀의 크고 검은 눈을 똑바로 바라보았어. 그러면서도 그녀의 가장 작은 몸짓이나 젖가슴의 가장 미약한 팔딱임까지 낱낱이 느낄 수 있었어. 그녀가 나를 향해 몸을 반쯤 돌리고 다리를 약간 벌렸어. 그 순간에 내가 어떤 동작을 취했는지는 기억이 나지 않아. 아마 내 의지와 별로 상관없는 어떤 동작이었을 거야. 잠시 후 퍼뜩 정신을 차려 보니, 내 왼쪽 손바닥이 그녀의 허벅지에 닿아 있었어. 시야가 흐릿해지면서 카롤린 예세얀이 다시 보이고 돌연 수치심이 엄습했어. 똑같은 실수였어. 20년 전에 저지른 실수가 똑같이 되풀이된 거였어. 20년 전에 카롤린 예세얀이 그랬던 것처럼, 그녀는 몇 초 동안 말없이 그대로 있었어. 얼굴을 약간 붉힌 채 말이야. 그러다가 살며시 내 손을 치웠어. 그러나 자리에서 일어나지 않았고, 나갈 기색도 보이지 않았지. 나는 철책 창문 너머로 한 여학생이 교정을 가로질러 가는 것을 보았어. 그 여학생은 역 쪽으로 서둘러 가고 있었어. 나는 오른손으로 내 바지의 지퍼를 내렸어. 그녀가 눈을 휘둥그렇게 뜨면서 내 성기에 눈을 주더군. 그녀의 눈에서 뜨거운 파동이 발산되고 있었어. 그 눈빛의 힘만으로도 쾌감의 절정에 오를 수 있겠다 싶었지. 그래도 나는 그녀가 어떤 몸짓을 보여 공모자가 되어 주기를 바랐어. 나는 그녀의 손 쪽으로 내 오른손을 움직였어. 하지만 끝까지 갈 힘이 없었어. 나는 애원하는 듯한 동작으로 내 성기를 잡고 그녀에게 내밀었어. 그녀가 까르르 웃더군. 나 역시 웃지 않았나 싶어. 그러면서 수음을 시작했지. 내가 웃으면서 수음을 계속하는 동안 그녀는 소지품을 챙겨 자리에서 일어났어. 그러고는 나가다 말고 교실 문턱에서 몸을 돌려 마지막으로 한 번 더 나를 바라보았지. 그 순간에 나는 사정을 했어. 갑자기 눈앞이 흐릿해지면서 아무것도 보이지 않고, 문 닫히는 소리와 멀어져 가는 그녀의 발소리만 들려왔어. 나는 완전히 얼이 빠져 있었어. 징 같은 것으로 세게 얻어맞고 난 기분이었지. 그래도 기차역에서 정신과 의사 아줄레 박사에게 전화를 걸 정신은 있었어. 어떻게 기차를 타고 가서 어떻게 지하철을 갈아탔는지 전혀 기억이 나질 않아. 아줄레 박사는 8시에 나를 맞아주었어. 나는 계속 부들부들 떨고 있었어. 그는 나를 진정시키기 위해 즉시 주사를 한 대 놓았어.

나는 성(聖) 안나 병원에서 사흘을 보낸 다음, 파리 남쪽 에손 도의 베리에르 르 뷔송에 있는 교원 정신병원으로 옮겨졌어. 때가 때인지라 아줄레는 무척 불안했을 거야. 언론에서 소아 성애에 관해 한창 떠들어 대기 시작하던 때였어. 소아 성애에 대해 맹공을 퍼붓자고 기자들끼리 약속이라도 한 듯했어. 늙은이들에 대한 증오심, 늙는 것에 대한 혐오감을 이유로 늙은이가 미성년자를 탐하지 못하게 하는 것이 국민적 대의가 되어 가는 중이었지. 나는 나이 어린 여학생을 상대로 교사의 권한을 남용한 파렴치범이었어. 게다가 그녀는 아랍계 이주민의 딸이었으니 인종 차별의 혐의까지 받게 될 판국이었어. 요컨대 면직은 물론이고 린치를 당해도 싼 사안이었지. 아줄레 박사는 2주일이 지나자 조금 안도하는 기색을 보이기 시작했어. 조금 있으면 방학이 시작되는 데다가 피해자인 아질라가 아무 말도 하지 않은 것처럼 보였기 때문이지. 내 사건은 미성년자에 대한 성추행이 아니라 교사들에게 얼마든지 있을 수 있는 대수롭지 않은 사건의 양상을 띠어 가고 있었어. 결국 아줄레 박사는 나를 자살할 우려가 있는 우울증 환자로 규정하고, 지속적인 정신과 치료가 필요하다고 당국에 보고했지. 그의 보고에서 무엇보다 나를 놀라게 한 것은, 내가 고통스럽게 청소년기를 보낸 무아상 중고등학교가 학생들이 별로 〈거칠지 않은〉 학교로 통하고 있다는 사실이었어. 아줄레는 학교 환경을 문제삼기보다는, 내가 청소년기에 그 학교에서 입은 정신적 손상이 거기에 돌아옴으로써 되살아났다는 점을 강조했어. 결국 자기가 맡은 사안을 아주 잘 처리한 셈이지.

나는 교원 정신 병원에 6개월 조금 넘게 입원해 있었어. 내 아버지가 여러 번 면회를 왔지. 아버지는 갈수록 힘이 없어 보이고 갈수록 너그러워 보였어. 나는 신경 이완제를 너무 많이 복용한 탓에 성적인 욕구를 전혀 느끼지 않았어. 하지만 이따금 간호사들의 품에 안기고 싶은 욕구가 일곤 했어. 그럴 때면 그녀들에게 바싹 기대어 몸을 웅크린 채 1, 2분 동안 꼼짝 않고 있었어. 그런 다음 다시 눕곤 했지. 그게 나에게 많은 도움이 되었기 때문에, 주임 의사는 간호사들에게 큰 불편이 없으면 내 행동을 받아들이라고 권했지. 그는 아줄레가 나를 거기에 보내면서 모든 것을 다 말해 주지 않았다는 것을 짐작하고 있었어. 하지만 정신 분열증 환자와 망상증 환자처럼 더 심각한 케이스들이 많았기 때문에, 나에게 신경을 쓸 겨를이 없었지. 나에겐 주치의가 있으니까 그것으로 충분하다고 생각했던 모양이야.

내가 다시 교단에 선다는 것은 물론 있을 수 없는 일이었지. 그래도 교육부는 나를 내팽개치지 않고, 1991년 초에 프랑스어 교과 과정 위원회에 다시 발령을 내주었어. 교사를 할 때만큼 근무 시간이 적은 것도 아니고 방학도 없어졌지만, 내 봉급은 깎이지 않았어. 그 뒤로 얼마 지나지 않아서 나는 안느와 이혼했어. 우리는 양육비와 아이를 교대로 맡는 문제에 관해서 통상적인 방식대로 합의를 했어. 변호사들은 우리에게 선택의 여지를 주지 않았어. 그들은 이혼을 마치 틀에 박힌 계약처럼 처리하더군. 우리는 법원에서 수속을 기다리고 있던 사람들 중에서 가장 먼저 불려 나갔어. 판사는 우리가 준비해 간 서류를 신속하게 검토한 다음 몇 가지 사항을 간단하게 확인했어. 15분도 채 걸리지 않아서 이혼 수속이 모두 끝났어. 우리는 법정을 나와 법원 앞 계단에 함께 내려섰어. 정오가 조금 넘어 있었어. 때는 3월 초였고, 나는 갓 서른다섯 살이었어. 내 인생의 제1부는 그렇게 끝났어.

브뤼노는 이야기를 중단했다. 밖은 완전히 어둠에 잠겨 있었다. 그도 크리스티안도 여전히 벌거숭이 차림이었다. 그는 눈을 들어 그녀를 보았다. 그러자 그녀는 뜻밖의 동작으로 그를 깜짝 놀라게 했다. 그에게 다가와 한 팔로 그의 목을 감싸더니 그의 두 뺨에 입을 맞추는 것이었다.

브뤼노는 천천히 다시 말문을 열었다.

「그 뒤로도 내 삶은 별로 달라지지 않았어. 나는 모발 이식 수술을 했어. 의사가 아버지 친구였는데, 결과가 좋았어. 나는 헬스클럽에도 계속 다녔어. 여름 휴가 때는 〈누벨 프롱티에르〉 여행사가 주관하는 패키지에 참가했고, 〈지중해 클럽〉과 실외 스포츠 연맹을 통해 만남을 시도하기도 했어. 몇 번 되지는 않지만 더러 여자를 만나기도 했어. 대체로 보아서 내 연배의 여자들은 섹스를 하고 싶은 욕구가 그다지 강해 보이지 않았어. 어쩌다가 젊은 날의 열정과 욕망을 되찾고 싶어 하는 것 같기는 했어. 하지만 나는 그녀들에게 그런 것을 불러일으킬 수가 없었어. 당신 같은 여자는 만나 본 적이 없어. 당신 같은 여자가 존재할 수 있다는 생각조차 하지 않았지.」

그녀가 약간 잠긴 목소리로 말했다.

「타인에 대해서 조금은 너그러워질 필요가 있어. 누군가 먼저 시작하는 사람이 있어야 하는 거야. 만일 내가 그 아랍계 이주민의 딸과 같은 처지에 있었다면, 나는 어떻게 했을까?

잘 모르겠어. 하지만 당신에게는 그때도 뭔가 사람의 가슴을 뭉클하게 하는 어떤 것이 있었을 거야. 나는 확신해. 결국 나는 당신에게 즐거움을 주는 걸 받아들이지 않았을까 싶어.」

그녀는 다시 엎드리면서 브뤼노의 허벅지 사이에 머리를 올려놓더니, 그의 귀두를 혀끝으로 가만가만 핥아 주었다. 그러다가 느닷없이 말했다.

「뭔가를 먹고 싶어……. 벌써 밤 2시네. 그래도 파리에는 먹을 데가 있겠지?」

「물론이지.」

「지금 올려 줄게. 아니, 그러지 말고 택시 안에서 손으로 해줄까?」

「아냐, 지금 해줘.」

15
맥밀런의 가설

 그들은 택시를 잡아타고 파리 중앙 시장으로 가서 밤새도록 영업을 하는 음식점을 찾아 들어갔다. 브뤼노는 앙트레로 롤몹스[43]를 시켰다. 그는 〈이제 난 무엇이든 할 수 있다〉 하고 생각했다. 그러다가 이내 자기가 과장하고 있음을 깨달았다. 물론 생각만으로는 못할 일이 없었다. 자기가 시궁쥐나 소금통이 되는 것을 상상할 수도 있었고, 에너지 장(場)과 자기를 동일시할 수도 있었다. 하지만 실제로는 어떤가? 그의 몸은 완만한 파괴의 과정을 겪고 있는 중이었다. 크리스티안의 몸도 마찬가지였다. 서로 살을 섞는 밤이 계속 갈마든다 해도, 그들의 개인적인 의식은 죽는 날까지 끈질기게 남아 있으리라. 롤몹스나 회향(茴香)으로 맛을 돋운 농어 요리를 함께 먹는다 해도 달라질 건 아무것도 없었다. 크리스티안은 속내를 알 수 없게 계속 침묵을 지키고 있었다. 그들은 전통적인 방식으로 만든 몽벨리아르 산 소시지와 함께 특제 슈크루트를 본 요리로 먹었다. 남자들은 애정 어린 섹스를 통해 오르가슴에 오르고 나면, 기분 좋은 이완 상태에 젖어든다.

---

[43] 청어의 살코기를 피클에 감아 작은 꼬치에 꿴 독일식 요리.

브뤼노는 그런 느긋한 기분을 느끼며 잠시 자기의 직업적인 관심사에 대해서 생각했다. 그 생각을 요약하면 이러하다. 〈폴 발레리의 시는 장차 이공계 학생들의 프랑스어 교육에서 어떤 역할을 하게 될까?〉 브뤼노는 슈크루트를 다 먹고 묑스테르 치즈를 주문한 뒤에 그 물음에 대해 〈아무 역할도 하지 않을 것이다〉라고 대답하고 싶은 기분을 느꼈다.

　브뤼노는 체념 어린 말투로 말했다.

「나는 아무짝에도 쓸모가 없어. 소시지를 먹을 줄만 알지, 돼지를 어떻게 기르는지도 모르고 소시지나 포크를 어떻게 만드는지도 몰라. 나는 나를 둘러싸고 있는 물건들, 내가 사용하거나 먹고 마시는 것들을 생산할 수 있는 능력이 없어. 그것들의 생산 과정을 이해할 수 있는 능력조차 없어. 만일 산업 활동이 정지되거나 엔지니어와 전문 기술자들이 사라져 버린다면, 난 공장을 다시 가동시키는 일을 전혀 할 수 없을 거야. 경제와 산업 부문의 문외한인 나는 나 자신의 생존조차 책임질 수 없을 거야. 먹을 것과 입을 것을 어떻게 구해야 할지도 모를 거고, 악천후로부터 나를 지키지도 못할 거야. 나의 기술적인 능력은 네안데르탈인의 능력에도 훨씬 못 미치지 않을까 싶어. 나는 나를 둘러싸고 있는 사회에 의존하기만 할 뿐, 사회에는 거의 쓸모가 없어. 내가 할 줄 아는 거라곤 낡아빠진 문화적 대상에 대한 모호한 해석을 생산하는 것뿐이야. 그런데도 나는 봉급을 받아. 그것도 평균을 훨씬 웃도는 짭짤한 봉급을 받지. 내 주위 사람들은 대부분 나와 비슷해. 내가 아는 사람 중에서 쓸모 있는 사람이 있다면, 그건 내 동생뿐이야.」

「동생이 아주 대단한 일을 했나 봐. 무슨 일을 했지?」

　브뤼노는 상대를 놀라게 할 만한 대답을 찾느라고 접시의 치즈 조각을 이리저리 돌리면서 잠시 생각했다.

「그는 새로운 젖소를 만들어 냈어. 이건 하나의 예일 뿐이지만, 내가 기억하기로는 그의 연구 덕분에 유전적으로 변형된 젖소들이 태어났어. 영양이 아주 풍부한, 품질 좋은 우유를 생산하는 젖소들이 말이야. 그는 세상을 변화시키는 데에 기여했어. 하지만 난 아무것도 하지 않았고 아무것도 만들어 내지 않았어. 세상에 기여한 것이 전혀 없지.」

「그래도 나쁜 일은 하지 않았잖아…….」

크리스티안의 얼굴이 어두워졌다. 그녀는 후식으로 나온 아이스크림을 담뿍담뿍 퍼먹었다. 1976년에 7월에 그녀는 방투의 사면에 있던 미 메올라의 사설 캠프장에서 2주일을 보낸 바 있었다. 그 전해에 브뤼노가 아나벨과 미셸을 데리고 갔던 바로 그 캠프장에서 말이다. 그녀가 브뤼노에게 그 사실을 이야기했을 때, 두 사람은 우연의 일치에 경탄하였다. 곧 이어 그녀는 두 사람이 훨씬 더 일찍 만날 수도 있었다는 사실에 가슴이 미어지는 듯한 아쉬움을 느꼈다. 만일 그가 스무 살이고 그녀가 열여섯 살이었던 1976년에 그들이 만났더라면, 그들의 삶이 완전히 달라질 수도 있었으리라 하고 그녀는 생각했다. 그러면서 그녀는 자기가 그를 사랑하고 있음을 스스로 인정하였다.

크리스티안이 다시 말문을 열었다.

「따지고 보면, 그 우연의 일치가 깜짝 놀랄 만한 일은 아냐. 내 부모도 당신 어머니와 비슷한 부류의 사람들이었으니까 말이야. 그들은 1950년대에 비트 족과 비슷한 그 자유분방한 무리에 속해 있었고, 당신 어머니와도 자주 어울렸을 거야. 그들이 서로 아는 사이일 수도 있어. 하지만 굳이 그걸 확인하고 싶지는 않아. 나는 그런 사람들을 경멸해. 경멸하는 정도가 아니라 증오한다고 볼 수도 있어. 그들은 악을 대표하고 있고 악을 생산해 냈어. 내가 그들을 잘 알기 때문에 하는 소리야. 나는 1976년의 그 여름을 똑똑히 기억하고 있어. 디 메올라는 내가 도착하고 나서 2주일 있다가 죽었어. 그는 암세포가 온몸에 퍼져 있었고 아무것에도 관심이 없는 것처럼 보였어. 그래도 나를 유혹할 생각은 했지. 내가 당시에는 괜찮았거든. 하지만 억지를 부리지는 않았어. 육체적으로 고통을 느끼기 시작했던 것 같아. 20년 전부터 그는 영적인 입문 운운하면서 늙은 현자 행세를 해왔어. 그러면서 젊은 여자들을 유혹했지. 그는 죽는 순간까지 그런 연기를 계속했어. 내가 도착한 지 2주일이 지나서 그는 독약을 먹었어. 아주 순한 거라서 효과가 몇 시간 만에 나타나는 약이었지. 그런 다음 거기에 와 있던 모든 사람을 맞아들였어. 사람들은 차례차례 들어가서 몇 분씩 그를 만나고 나왔어. 그야말로 〈소크라테스의 죽음〉과 비슷한 장면이었지. 그는 플라톤뿐만 아니라 우파니샤드와 노자에 대해서도 이야기했어. 한마디로, 평소에 하던 코미디를 마지막으로 한 번 더 되풀이한 것이지. 올더스 헉슬리에 대해서도 많은 이야기를 했던 모양이야. 헉슬리와 만났던 일을 회고하면서 그때 나눈 대화를 되새기더라는 거야. 아마 그는 조금 보태서 이야기를 했을 거야. 어쨌거나 그는 죽어 가고 있었어. 마침내 내 차례가 되었지. 막상 그를 대하니 측은한 느낌이 들었어. 그런데 그는 대뜸 내 블라우스를 풀어 헤치라고 요구하더군. 나는 그가 시키는 대로 했어. 그는 내 젖가슴을 바라보다가, 무슨 말인가를 중얼거렸어. 하지만 제대로 알아들을 수가 없었어. 벌써 혀가 잘 돌아가지 않는 모양이었어. 그때 갑자기 그가 안락의자에서 일어나더니 내 가슴 쪽으로 손을 내밀었어. 나는 그가 하는 대로 내버려 두었지. 그는 내 젖가슴 사이에 잠시 얼굴을 갖다 대고는 다시 안락의자에 주저앉았어. 그의 손이 바들바들 떨리고 있었어. 마침내 그가 나보고 나가라는 신호를 보냈어.

나는 그의 눈에서 영적인 가르침 따위는 전혀 읽을 수가 없었어. 지혜 따위는 전혀 없어 보였지. 내가 그의 시선에서 읽은 것은 그저 두려움뿐이었어.

그는 그날 해거름에 죽었어. 언덕 꼭대기에서 화장을 해달라고 유언을 남겼지. 사람들이 모두 나서서 나뭇가지들을 모았어. 그러고 나서 화장이 시작되었지. 그의 아들 다비드가 화장 장작에 불을 붙였어. 다비드의 눈에서는 이상한 광채가 났어. 나는 다비드에 관해서 아는 바가 없었어. 록 음악을 한다는 얘기만 들었지. 그의 주위에는 오토바이를 타고 온 미국인들이 있었어. 문신을 새기고 가죽 잠바를 입은 험상궂은 사내들이었어. 나는 어떤 여자 친구와 함께 와 있었는데, 밤이 되니까 여간 불안하지 않았어.

여러 탐탐 연주자가 불 앞에 자리를 잡더니 장중한 리듬으로 천천히 탐탐을 두드렸어. 그러자 참가자들이 춤을 추기 시작했어. 불이 활활 타오르고 있었어. 사람들은 여느 때처럼 하나둘 옷을 벗었어. 화장을 하려면 대개는 향과 백단이 필요해. 그런데, 그날 거기에는 그런 것이 없었나 봐. 그저 숲에 떨어져 있는 나뭇가지들을 긁어모았을 뿐이야. 십중팔구는 나뭇가지들에 백리향, 로즈마리, 사리에트 같은 그 지방의 향초들이 섞여 있었을 거야. 30분쯤 지나니까 꼭 바비큐를 하는 것과 같은 냄새가 나기 시작했거든. 바비큐 얘기를 한 것은 다비드의 친구였어. 가죽 조끼를 입은 뚱뚱한 사내였는데, 긴 머리는 기름때로 번들거렸고 앞니가 빠져 있었어. 약간 히피처럼 보이는 또 다른 친구가 원시 부족들의 식인 풍속에 관한 얘기를 늘어놓더군. 많은 원시 부족 사회에서 죽은 추장의 살을 먹는 관습이 있는데, 그것은 부족을 매우 단단하게 결속시키는 의식이라는 거였지. 앞니 빠진 사내는 고개를 주억거리며 낄낄거렸어. 다비드는 그 두 사내 곁으로 가서 그들과 이야기를 나누기 시작했어. 그는 완전히 벌거숭이가 되어 있었어. 활활 타오르는 불길의 불그스름한 빛 때문인지, 그의 몸이 매우 아름다워 보였어. 당시에 그가 보디빌딩을 하고 있지 않았나 싶어. 나는 뭔가 좋지 않은 일이 생길 것 같은 느낌이 들어서, 서둘러 자리를 떴어. 그런 다음 곧 잠자리에 들었지.

조금 뒤에 천둥비가 몰아쳤어. 나는 무엇에 홀린 사람처럼 자다 말고 일어나 화장을 하던 곳으로 돌아갔어. 서른 명쯤 되는 사람들이 아직 춤을 추고 있었어. 빗속에서 완전히 발가벗은 채 말이야. 한 사내가 느닷없이 내 어깨를 잡더니 나를 화장 장작 쪽으로 끌고 가서 유해를 보라고 강요했어. 눈구멍이 휑하게 드러난 두개골이 보였어. 다 타지 않은 살이 흙과 뒤섞여서 작은 진흙더미 같은 것을 이루고 있었어. 나도 모르게 비명이 터져 나왔어. 사내가 나를 놓아주더군. 나는 허겁지겁 도망을 쳤어. 이튿날 여자 친구와 함께 그곳을 떠났어. 그 뒤로는 그 사람들 소식을 몰라.」

「『파리 마치』에 실린 기사 못 봤어?」

「못 봤는데…….」

크리스티안은 놀라는 기색을 보였다. 브뤼노는 긴 이야기를 시작하기에 앞서 커피 두 잔을 주문했다. 그는 오랜 세월에 걸쳐서 사람살이가 추잡하고 험악하다는 생각을 키워 온 바 있었다. 그가 보기에, 세상은 짐승들이 우글거리는 하나의 싸움터였다. 이 짐승들은 견고한 우리에 갇혀 더 넓은 지평으로 나아가지 못한다. 그 지평은 분명히 지각할 수는 있으나 도달할 수는 없다. 그 지평의 다른 이름은 도덕률이다. 하지만 혹자는 말한다. 사랑에 도덕률이 포함되어 있고, 사랑을 통해 도덕률이 구현된다고 말이다. 크리스티안은 그런 생각을 하고 있는 브뤼노를 그윽하고도 다정한 시선으로 바라보았다. 그녀의 눈에 약간 피곤한 기색이 어려 있었다.

「그건 아주 추악한 사건이야.」

브뤼노는 생각만 해도 싫증이 난다는 듯한 표정을 지으며 이야기를 계속했다.

놀랍게도 언론에서는 그 사건을 별로 다루지 않았어. 사건의 자초지종은 이래. 5년 전에 로스앤젤레스에서 재판이 열렸어. 사탄을 숭배하는 사이비 종교 집단이 유럽에서는 아직 낯선 주제일 때였지. 디 메올라의 아들 다비드는 열두 명의 용의자 가운데 하나였어. 나는 그 이름을 금방 알아보았지. 용의자 중에서 경찰의 추적을 피해 달아난 자가 두 명 있었는데, 그중 하나가 다비드였어. 『파리 마치』의 기사는 그가 브라질로 도피했을 거라고 추측하고 있었어. 범죄의 증거가 명백했기 때문에 그는 혐의를 벗을 수가 없었어. 그의 집에서 살인과 고문 장면을 담은 비디오가 백여 개 발견되었는데, 그중의 일부에 그가 복면을 쓰지 않은 모습으로 나와 있었다는 거야. 공판 때 상영된 비디오는 메리 맥날라한이라는 노파와 젖먹이 손녀의 피살 장면을 담은 거였어. 다비드는 할머니가 보는 앞에서 전지 가위로 아기의 수족을 절단했어. 그런 다음 손가락으로 할머니의 눈알을 뽑고 피가 철철 흐르는 눈구멍에 대고 자위 행위를 했지. 그러면서 카메라를 리모콘으로 조작하여 자기 얼굴이 크게 나오도록 줌렌즈를 작동시켰어. 범죄 현장은 차고 같은 곳이었어. 노파는 여러 개의 금속 목걸이로 벽에 단단히 묶여 있었어. 마지막 장면에서 노파는 자기가 지린 똥 속에 누워 있었어. 그런 극악한 범죄 장면들이 45분 넘게 계속되는데, 그걸 끝까지 다 본 사람들은 경찰관들뿐이었대. 배심원들은 10분 만에 영사를 중단해 달라고 요구했다는 거야.

『파리 마치』에 실린 기사의 대부분은 캘리포니아 주 검사

다니엘 맥밀런이 『뉴스위크』지와 가진 인터뷰를 번역한 것이었어. 맥밀런의 말에 따르면, 중요한 건 한 인간 집단을 단죄하는 일이 아니라 한 사회 전체를 심판하는 일이었어. 그가 보기에, 그 사건은 미국 사회가 1950년대부터 도덕적으로 얼마나 타락해 가고 있는지를 잘 보여 주는 것이었지. 공판 때에 그는 판사로부터 공소 사실의 틀을 벗어나지 말라는 요청을 여러 번 받았다더군. 그는 그 사건을 찰스 맨슨 패밀리의 연쇄 살인 사건에 비교했어. 판사는 그게 말도 안 된다고 생각했어. 찰스 맨슨 패밀리의 구성원들이 대부분 히피였던 것과는 달리, 이 사건에서는 비트 족이나 히피 집단과 관계 있는 용의자가 다비드 디 메올라 한 사람뿐이라는 거였지.

다음 해에 맥밀런은 『육욕에서 살인까지: 어떤 세대』라는 책을 발간했어. 프랑스에서는 〈살인 세대〉라는 제목으로 출간되었는데 번역이 너무 엉성했지. 나는 그 책을 읽고 무척 놀랐어. 책을 읽기 전에는 종교적 근본주의자들의 흔해 빠진 주장이 담겨 있을 거라고 생각했지. 반(反)그리스도가 돌아왔으니 학교에서 다시 기도를 의무화해야 한다는 식으로 횡설수설하는 거 말이야. 그런데 알고 보니, 관련 자료를 잘 활용해서 쓴 명쾌한 책이었어. 이 책에는 여러 사건이 상세하게 분석되어 있는데, 저자 맥밀런이 특히 관심을 보인 것은 다비드의 사건이었어. 그는 방대한 조사 작업을 벌여 다비드의 행적을 낱낱이 밝히고 있었어.

다비드는 부친이 사망한 직후인 1976년 9월에 저택과 30헥타르의 땅을 팔고 파리에서 오래된 건물들의 아파트를 여러 채 샀어. 그런 다음 커다란 원룸 하나는 자기가 쓰고 나머지는 세를 놓기 위해 개수를 했어. 넓은 아파트를 나누어 방을 늘리기도 하고, 〈하녀방〉이라 불리는 꼭대기 층의 작은 방들을 터서 원룸을 만들기도 했지. 공사가 다 끝나자 원룸이 스무 채나 생겼고, 그것만으로도 상당한 수입을 보장받게 되었어. 그는 가요계에서 성공하는 것을 여전히 포기하지 않고 있었어. 어쩌면 파리에서 기회를 잡을 수도 있을 거라고 생각했지. 하지만 그는 벌써 스물여섯 살이었어. 녹음실들을 순회하기에 앞서, 그는 자기 나이에서 두 살을 빼기로 결정했어. 그건 아주 쉬운 일이었지. 사람들이 나이를 물을 때 〈스물네 살〉이라고 대답하기만 하면 되는 거였으니까. 굳이 진짜 나이를 확인하려는 사람은 아무도 없었어. 그에 앞서 이미 오래전에 브라이언 존스가 똑같은 생각을 한 바 있지. 맥밀런이 수집한 증언들 중의 하나에 따르면, 다비드는 칸에서 열린 어떤 파티에서 믹 재거를 만난 적이 있대. 그는 믹 재거와 마주치자마자, 마치 독사와 맞닥뜨린 것처럼 깜짝 놀라면서 뒤로 2미터나 물러났다는 거야. 다비드가 보기에 믹 재거는 당시 세계에서 가장 위대한 스타였어. 그는 돈도 많고 대중으로부터 사랑도 많이 받고 있었어. 그러면서도 냉소적이었지. 한마디로 다비드가 꿈꾸는 것을 모두 갖춘 인물이었어. 다비드는 그가 매력적인 까닭은 악을 완벽하게 상징하기 때문이라고 생각했지. 대중은 악동 믹 재거가 보여 주는 〈벌받지 않는 악〉의 이미지를 좋아한다고 생각한 거지. 한번은 믹 재거가 세력 다툼의 문제에 봉착한 적이 있었어. 그룹 내부에서 브라이언 존스와 자존심 싸움이 벌어진 거야. 그런데 그 유명한 수영장 사건이 터짐으로써 문제가 간단히 해결되었어. 공식적인 버전은 브라이언 존스가 그냥 수영을 하다가 죽은 것으로 되어 있지만, 다비드는 믹 재거가 술 취한 브라이언 존스를 수영장으로 떠밀어 버렸다고 알고 있었지. 다비드는 그런 짓을 하고 있는 자기 모습을 얼마든지 상상할 수 있었어. 그는 확신하고 있었어. 믹 재거는 그렇게 살인을 저지름으로써 세계에서 가장 위대한 록 그룹의 리더가 되었다고. 그리고 세상의 위대한 일들은 살인을 바탕으로 이루어진다고 말이야. 1976년 그 여름에, 그는 필요하다면 누구라도 수영장에 떼밀어 버리겠다고 독한 마음을 먹었어. 하지만 그런 각오가 성공을 가져오지는 않았지. 그 뒤로 몇 해 동안 그가 올린 성과라고는 보조적인 베이스 기타 연주자로서 음반 제작에 몇 차례 참여한 게 고작이었어. 게다가 그 음반들은 전혀 성공을 거두지 못했지. 그래도 여자들에게는 여전히 인기가 있었어. 에로티즘에 대한 욕구가 갈수록 커지면서, 그는 두 명의 여자와 동시에 섹스를 하는 버릇을 들이게 되었어. 여자들은 그의 외모에 반해서 대부분 그 요구를 받아들였어. 그는 동물적이라고 할 수 있을 만큼 강력하고 남성적인 매력을 지니고 있었어. 자기의 길고 굵은 남근과 털북숭이 음낭을 자랑스러워했지. 그는 삽입 성교에 대해서는 점차 흥미를 잃었던가 봐. 그 대신 무릎을 꿇고 펠라티오를 해주는 여자들을 보면서 쾌감을 느꼈다는 거야.

1981년 초에 그는 캘리포니아에서 온 어떤 사람을 파리에서 만나, 아주 귀가 솔깃한 정보를 들었어. 희대의 살인마 찰스 맨슨에게 헌정하는 헤비메탈 CD를 만들기 위해 그룹을 찾고 있다는 소식이었지. 그는 다시 한 번 가능성을 시험해 보기로 결심했어. 그래서 몇 년 사이에 가격이 네 배로 오른 원룸들을 모두 팔고 로스앤젤레스로 떠났지. 당시에 그의 실제 나이는 서른한 살이었고 공식적인 나이는 스물아홉 살이었어. 그는 미국의 제작자들을 만나러 가기 전에, 자기 나이에서 다시 세 살을 빼기로 결정했어. 외모로 보면 스물여섯 살이라고 해도 누구나 믿어 줄 만했지.

CD 제작은 지지부진했고, 살인마 맨슨은 교도소에서 막대한 권리금을 요구하고 있었어. 또다시 꿈이 좌절된 다비드는 사탄 숭배자들의 서클에 드나들기 시작했어. 캘리포니아는 언제나 사탄을 숭배하는 이단 종파들이 가장 좋아하는 곳이었어. 1966년에 앤트 라 베이가 로스앤젤레스에 세운 〈제일 사탄 교회〉와 1967년에 샌프란시스코의 하이트 애쉬베리 지구에 설립된 〈최후 심판 프로세스 교회〉 이래로 죽 그러했지. 그런 사이비 종교 집단들은 여전히 존재하고 있었고, 다비드는 그들과 접촉했어. 그들은 일반적으로 난교 의식만 거행했고, 어쩌다 동물들을 제물로 바치는 의식을 벌이곤 했어. 하지만 다비드는 그들을 매개로 훨씬 더 폐쇄적이고 잔혹한 서클들과 관계를 맺게 돼. 그가 사귀었던 자들 중에 존 디 조르노라는 외과 의사가 있었어. 소위 〈낙태 파티〉를 여는 자였지. 그 자는 낙태 수술이 끝난 뒤에, 태아를 빻고 이겨서 빵 반죽에 섞은 다음 참가자들과 나누어 먹었다는 거야. 다비드는 이내 깨달았어. 가장 과격한 사탄 숭배자들은 사탄을 전혀 믿지 않는다는 사실을 말이야. 그들은 그와 마찬가지로 골수 물질주의자들이었어. 그래서 그들은 오각 성형(星形)과 양초와 검은 드레스 따위를 사용하는 키치 풍의 의식을 얼마 안 가서 그만두곤 했어. 사실 그런 의식의 목적은 초보자들이 도덕적인 자기 억제를 극복하도록 도와주는 데에 있었거든. 1983년에 다비드는 처음으로 살인 의식에 참여했어. 푸에르토리코의 한 어린아이가 희생자였지. 그가 톱니칼로 아기를 거세하는 동안 존 디 조르노는 아기의 안구를 빼서 씹어 먹었다는 거야.

당시에 다비드는 록 스타가 되는 것을 거의 포기하고 있었어. 가끔 MTV에서 믹 재거를 볼 때면 시샘이 가슴을 저며 오긴 했지만 말이야. 어쨌거나 찰스 맨슨에게 CD를 헌정하려던 계획은 무산되었고, 다른 것을 시도하기에는 그도 너무 늙어 버렸지. 비록 다섯 살이나 젊은 것처럼 나이를 속이고 있긴 했지만, 자기가 너무 늙었다는 것을 스스로 느끼기 시작하던 참이었지. 그러면 그럴수록 지배와 전능에 대한 그의 환상은 날로 도를 더해 갔어. 급기야는 나폴레옹과 자신을 동일시하는 지경에까지 이르렀지. 그는 유럽을 불 바다와 피 바다로 만들었던 나폴레옹을 존경했어. 나폴레옹은 어떤 이데올로기나 종교나 신념을 내세우지도 않고 수십 만의 사람들을 죽음으로 내몰았어. 히틀러나 스탈린과는 달리, 나폴레옹은 자기와 세상의 나머지 사람들을 철저하게 구분했어. 그가 보기에 다른 사람들은 그저 자신의 지배욕을 충족시키기 위한 도구일 뿐이었어. 다비드는 자기 가문의 뿌리가 이탈리아의 제노바에 있고, 나폴레옹도 옛날 제노바 공화국의 섬이었던 코르시카 출신이라는 점을 생각해 냈어. 그러고는 자기가 나폴레옹과 친척 관계에 있다고 상상했지. 새벽에 전선을 둘러보다가, 팔다리가 잘리고 배가 갈라진 채 쓰러져 있는 수천 구의 시체를 바라보면서, 〈까짓거…… 파리의 남녀들이 하룻밤만 자고 나면, 이 모든 피해를 다 복구할 수 있어〉라고 말했다던 그 독재자와 말이야.

다비드는 몇몇 다른 참가들과 함께 잔혹한 범죄 행위에 점점 더 깊이 빠져 들어갔어. 때때로 그들은 가면을 쓴 뒤에 자기들의 살육 장면을 필름에 담았어. 참가자 중에 어떤 비디오 회사에서 일하는 프로듀서가 있어서 비디오카세트를 대량으로 복제하는 것은 어렵지 않았지. 잔인한 장면을 많이 담은 〈스너프〉 영화는 카피당 2만 달러에 거래되고 있었어. 어느 날 저녁, 다비드는 어떤 변호사 친구의 집에서 열린 파르투즈에 초대를 받았어. 그는 한 침실에 들어갔다가 그 방의 텔레비전 화면에 나오고 있는 것이 자기들이 만든 비디오 중의 하나임을 알아보았어. 그들이 한 달 전에 찍은 비디오였지. 거기에는 그가 절단기로 한 남자의 성기를 자르는 장면이 들어 있었어. 그는 흥분이 고조되어 집주인 딸의 여자 친구 하나를 끌어당겨 자기가 앉은 의자 앞에 바싹 붙였어. 여자는 조금 몸부림을 치다가 그의 성기를 빨기 시작했지. 화면에서 그는 절단기를 마흔 살쯤 된 남자의 허벅지에 살짝살짝 갖다 대면서 성기 쪽으로 접근시키고 있었어. 두 팔이 십자로 포개진 채 꽁꽁 묶여 있던 남자는 겁에 질려 울부짖고 있었지. 화면에서 남자의 성기가 잘리는 순간, 다비드는 여자의 입 안에 대고 사정을 했어. 그러고는 여자의 머리채를 잡고 거칠게 고개를 비틀어 그 다음 장면을 보도록 강요했지. 반쯤 잘려 나간 성기에서 피가 뚝뚝 떨어지는 장면을 고정 샷으로 길게 촬영한 것을 말이야.

다비드에 관해서 수집된 증언은 거기에서 끝나. 경찰은 그런 비디오의 원본 하나를 우연히 손에 넣었대. 그런데 다비드는 누구한테 사전에 귀띔을 받았는지, 경찰이 덮치기 전에 도망을 쳤어. 다니엘 맥밀런은 이상의 사실을 바탕으로 자기 주장을 펼쳐 나가. 그가 자기 책을 통해 분명하게 밝히고 있는 바에 따르면, 자칭 사탄주의자들은 하느님도 사탄도 그 어떤 초월적인 힘도 믿지 않아. 그들의 의식에 신성을 모독하는 행위가 끼어들기는 하지만, 그것들은 성욕을 자극하기 위한 부차적인 요소일 뿐이야. 그것들 대부분은 금세 효능을 잃게 되지. 사실 그들은 그들의 스승인 사드 후작이 그랬던 것처럼 철저한 물질주의자들이고, 점점 더 강렬한 쾌락을 추구하는 색골들이야. 다니엘 맥밀런에 따르면, 1960년대부터 1990년대에 이르기까지 도덕적 가치가 점차 파괴되어 온 것은 논리적이고 필연적인 과정이었어. 통상의 도덕적 제약에서 벗어난 자들이 성적인 쾌락을 물리도록 만끽하고 난 뒤에 잔혹 행위라는 더 폭넓은 쾌락으로 관심을 돌리는 건 당연한 일이었다는 거지. 2세기 전에 사드 후작도 그와 비슷한 길을 걸었어. 그런 의미에서, 1990년대의 〈연쇄 살인자들〉은 1960년대 〈히피들〉의 사생아였어. 1950년대의 빈 행위 예술가들은 그들의 공통된 조상이라고 말할 수 있을 거야. 니치나 무엘이나 슈바르츠코글러 같은 빈 행위 예술가들은 예술적인 퍼포먼스를 한답시고 동물 학살을 공개적으로 자행했어. 그들은 멍청한 관객들 앞에서 동물의 내장을 들어내고 동물의 피와 살 속에 손을 집어넣는 등 애먼 동물에게 고통을 주는 행위를 극단까지 밀고 나갔지. 그들이 그런 짓거리를 하는 동안, 그들의 하수인 하나는 나중에 화랑에서 자료를 전시하기 위해 살육 장면을 사진에 담거나 영화로 만들었어. 인간의 내면에 깊숙이 자리 잡고 있는 동물적 본성과 악을 적나라하게 드러내려는 그 광적인 의지는 그 뒤로 수십 년 동안 계속 나타났어. 다니엘 맥밀런에 따르면, 1945년 이후 서구 문명에 나타난 그런 움직임은 힘에 대한 야만적인 숭배로 되돌아가자는 것이었고, 몇 세기에 걸쳐서 도덕과 법의 이름으로 세워진 규범들을 거부하는 행위일 뿐이었어. 빈 행위 예술가들과 비트족, 히피들, 연쇄 살인자들에게는 몇 가지 공통점이 있어. 그들은 절대적인 자유를 추구했고, 모든 사회 규범에 맞서 개인의 완전한 권리를 주장했어. 그들이 보기에 도덕과 애정과 정의와 연민 등이 이루어 내는 사회 규범은 한낱 위선일 뿐이야. 그런 점에서, 찰스 맨슨 사건은 히피적인 실험의 극악무도한 일탈이 아니라 그것의 논리적 귀결이었어. 그리고 다비드 디 메올라는 자기 아버지가 찬양한 개인의 해방이라는 가치를 계승하여 실행에 옮겼을 뿐이지. 맥밀런은 보수주의 정당에 속해 있었는데, 개인의 자유에 대한 그의 비판은 자신의 정당 내부에서조차 반발을 샀어. 하지만 그의 책은 상당히 큰 반향을 불러일으켰지. 그는 그 책의 인세로 돈을 번 다음에 본격적으로 정치에 뛰어들었어. 그리하여 이듬해에 하원 의원으로 당선되었지.

 브뤼노는 말문을 닫았다. 새벽 4시였다. 커피를 다 마신 지도 한참 되었다. 손님은 그들밖에 없었다. 그 시간에 빈의 행위 예술가 헤르만 니치는 미성년자를 강간한 죄로 오스트리아의 감옥에 갇혀 있었다. 이미 예순 살을 넘긴 그는 머지않아 죽을 것이었다. 그러면 세상에서 악의 근원 하나가 사라지게 되는 셈이었다. 브뤼노로서는 그렇게까지 흥분할 이유가 전혀 없었다. 실내는 조용했다. 혼자서 손님 접대를 맡고 있는 웨이터만 테이블 사이를 돌아다니고 있었다. 웨이터는 그들이 그만 나가 주기를 바라고 있었을지 모르지만, 그곳은 스물네 시간 내내 영업을 하는 음식점이었다. 그것은 가게 정면에도 게시되어 있고 메뉴판에도 적혀 있었다. 한마디로 말해 그건 계약에 따른 의무였다.
「후레자식들, 우리를 귀찮게 하지는 않겠지.」
 브뤼노의 입에서 무심코 그런 말이 튀어나왔다.
 현대 사회에서 인간의 삶은 한두 차례 위험한 고비를 거치게 마련이다. 그런 시기를 겪는 사람들을 위해 유럽의 대도시 한복판에 밤새도록 영업을 하는 음식점이 있는 것은 당연하다.
 그는 나무딸기 바바루아[44]와 버찌 브랜디 두 잔을 주문했다. 크리스티안은 아무 말 없이 그의 긴 이야기를 귀담아 들었다. 그녀의 침묵은 어떤 고통스러운 마음의 표현이었으리라. 이제 단순한 기쁨으로 돌아갈 시간이었다.

---

44 생크림에 젤라틴을 첨가한 단 음식.

16
선의의 미학을 지향하며

> 새벽빛이 밝아 오매, 젊은 여자들은 장미를 따러 간다.
> 어떤 사조(思潮) 하나 있어 골짜기로 도회로 퍼져 나가매,
> 신들린 시인들의 예지가 되살아나고, 요람에서는
> 보호의 손길이 떠나며, 청춘에게서는 왕관이 벗겨지고,
> 노인들에게서는 불멸에 대한 믿음이 사라진다.
> ― 로트레아몽, 『포에지 II』

  브뤼노가 살아오면서 자주 만났던 사람들은 대부분 쾌락을 좇아 행동했다. 물론 그 쾌락이라는 개념 속에는 타인의 평가나 칭찬과 긴밀하게 결합된 자아 도취적 만족감이 포함되어 있다. 사람들은 저마다 자기 나름의 쾌락을 얻기 위한 다양한 전략들을 채택하고, 그것들을 인생이라 부르고 있었다.
  하지만 그 규칙에도 예외는 있었다. 그의 이부 동생 미셸의 경우가 그러하였다. 그에게는 쾌락이라는 말 자체를 결부시키기가 어려울 듯했다. 하지만 쾌락이 아니더라도, 미셸에게 어떤 행동을 하게 하는 동기가 있긴 있었을까? 등속도 직선 운동은 마찰이나 외부의 힘이 개입되지 않으면 무한히 지속된다. 미셸의 삶은 질서정연하고 합리적이었으며, 사회 계층으로 보면 상류층의 중간에 속해 있었다. 브뤼노가 보기에, 미셸의 그런 삶은 이제껏 이렇다 할 마찰 없이 영위되고 있었다. 분자 생물학 분야의 연구자들로 이루어진 닫힌 세계에서도 서로 자기 세력을 키우려는 암투가 있을 법했다. 하지만 미셸은 그런 것과도 전혀 무관한 듯했다.

  침묵이 그들을 무겁게 짓누르고 있다는 느낌이 들던 참에

크리스티안이 입을 열었다.

「당신은 인생을 아주 어둡게 보고 있어······.」

「니체적인 인생관이지. 아니, 저속한 수준의 니체적 인생관이라고 하는 편이 낫겠다. 내가 시 한 편 읽어 줄게.」

브뤼노는 자기 호주머니에서 수첩을 꺼내더니 다음과 같은 시를 낭송했다.

> 모든 게 늘 그저 그렇고 시시껄렁하다
> 이런 삶이 영원회귀인가 뭔가를 한다니, 참.
> 그래도 나는 딸기 아이스크림을 먹는다
> 차라투스트라라는 카페의 테라스에서.

크리스티안은 또다시 침묵을 지키다가 말했다.

「우리가 무엇을 해야 하는지 알았어. 지중해 해안의 아그드 곶에 있는 나체주의자 해변으로 파르투즈를 하러 가자. 거기에 가면 네덜란드 간호사도 있고 독일 공무원도 있어. 모두가 아주 예의 바르고 부르주아적인 사람들이야. 북구의 나라들이나 베네룩스에서 온 사람들이 많아. 룩셈부르크의 경찰관들과 파르투즈를 해보는 것도 괜찮지 않아?」

「나는 여름 휴가를 다 써버렸어.」

「나도 그래. 개학이 화요일이야. 하지만 나에겐 휴가가 더 필요해. 바보 같은 아이들을 가르치는 게 지긋지긋해. 당신에게도 휴가가 더 필요해. 당신은 다른 많은 여자들하고 즐겨 볼 필요가 있어. 그건 가능한 일이야. 당신이 내 말을 믿지 않는다는 걸 알아. 그러나 분명히 말하지만, 그건 가능해. 나에게 의사 친구가 하나 있어. 그에게 부탁하면 병가를 내는 데에 필요한 진단서를 만들어 줄 거야.」

그들은 월요일 아침에 아그드 역에 도착해서 택시를 타고 나체주의자 해변으로 갔다. 크리스티안은 짐이 거의 없었다. 짐을 챙기러 누아용에 갔다 올 시간이 없었던 것이다. 그녀가 말했다.

「아들녀석에게 돈을 보내야겠어. 녀석은 날 업신여기지만, 앞으로도 몇 년 동안은 녀석을 책임지고 감당하지 않으면 안 돼. 나는 녀석이 폭력배가 되지 않을까 걱정하고 있어. 이상한 사내들과 자주 어울려 다니는 게 수상해. 회교도들이나 나치들하고도 어울려 다녀⋯⋯. 만일 그 녀석이 오토바이를 타고 돌아다니다가 죽게 되면, 그 고통은 이루 말할 수가 없을 거야. 하지만 한편으로는 내 아들이 폭력배가 되지 않았다는 사실에 마음이 조금 가벼워질지도 모르겠어.」

이미 9월에 들어서 있었기 때문에, 숙소를 잡는 데에는 전혀 어려움이 없었다. 아그드 곶의 나체주의자 복합단지는 1970년대와 1980년대 초에 건설된 다섯 동의 건물로 이루어져 있었다. 숙박객을 수용할 수 있는 규모가 침대 수로 1만에 달하니, 나체주의자들을 위한 시설로는 세계 최대 규모를 자랑한다. 이 단지의 객실은 면적이 22제곱미터로서, 소파 베드를 갖춘 침실 겸 거실과 작은 주방, 2단식 간이침대, 샤워실, 화장실, 발코니 등을 포함하고 있었다. 최대 수용 인원은 네 명 — 대개는 부부와 두 자녀 — 이었다. 그들은 금세 그곳에서 지내기가 아주 좋다고 느꼈다. 서향의 발코니는 요트 항구에 면해 있어서, 아페리티프를 마시면서 석양의 마지막 햇살을 즐길 수 있게 해주었다.

아그드 곶 나체주의자 휴양지에는 쇼핑 센터도 세 군데나 있고 미니 골프장과 자전거 대여소도 있다. 하지만 피서객들이 이곳을 찾는 이유는 무엇보다 해수욕장과 섹스가 주는 더 기본적인 즐거움을 얻기 위해서다. 이곳은 독특한 사회학적 명제가 구체적으로 실현되고 있는 장소이다. 이런 시설이 원만하게 운영되고 있다는 것은 놀라운 일이다. 더욱 놀라운 것은 무슨 헌장 같은 것이 제정되어 있는 것도 아니고 그저 개인들이 저마다 자주적으로 행동하고 있을 뿐인데도, 개인들의 욕구가 일치하면서 행동의 지표가 자연스럽게 나타난다는 점이다. 사람에 따라서는 다르게 볼 수도 있겠지만, 브뤼노는 그런 생각을 바탕으로 이곳을 소개하는 기사를 한 편 썼다. 자신이 그곳에서 2주일 동안 보고 느끼고 겪은 것을 종합한 그 기사의 제목은 〈마르세양 해수욕장의 모래 언덕: 선의의 미학을 지향하며〉이다. 나중에 브뤼노가 『에스프리』[45] 지에 보낸 이 원고는 편집 위원회의 최종 심사 단계에서 아깝게 게재가 거부되고 만다. 브뤼노는 이렇게 썼다.

〈아그드 곶에서 무엇보다 나를 놀라게 한 것은 유럽의 해수욕장에서라면 어디에서나 볼 수 있는 보통의 가게들과 음란물이나 섹스와 관련된 물건들을 파는 가게들이 나란히 있다는 점이다. 예를 들어 빵집과 식료품을 주로 파는 소형 슈퍼마켓 옆에 옷가게가 하나 있는데, 그 가게에서 주로 투명한 미니스커트나 라텍스로 된 속옷이나 젖가슴과 엉덩이가 드러나도록 디자인된 드레스를 판다고 생각해 보라. 그렇듯 성격이 다른 가게들이 나란히 있는 것을 보는 건 놀라운 일이 아닐 수 없다. 그 다양한 가게들 사이로 사람들은 스스럼없이 돌아다니며 물건을 고른다. 그들 중에는 아이를 동반한 부부도 있고 아이를 동반하지 않은 부부도 있으며 혼자 온 여자들도 있다. 그것 역시 놀라운 광경이다. 또한 이곳의 신문·잡지 가게에는 보통의 일간지나 잡지들이 다양한 스와핑

---

45 프랑스의 유력한 월간 문예지. 1932년에 엠마뉘엘 무니에가 창간했으며, 주요 필자로 폴 리쾨르, 앙드레 글뤽스만, 옥타비오 파스 등이 있음.

잡지나 포르노 잡지는 물론이고 갖가지 성애용 기구들과 나란히 진열되어 있다. 그것을 보고 충격을 받거나 눈살을 찌푸리는 손님은 단 한 사람도 없다. 그것 역시 놀라운 일이다.

일반적인 휴양 시설들은 보통 《가족》형과 《청춘》형으로 대별된다. 가족형이란 미니 클럽, 어린이 클럽, 젖병 데우는 기구, 기저귀 교체용 테이블 등을 볼 수 있는 곳이고, 청춘형이란 스키나 윈드서핑 같은 활주 스포츠, 야행성의 사람들을 위한 댄스 파티, 12세 미만 입장 불가 장소 등을 볼 수 있는 곳이다. 아그드 곶의 나체주의자 휴양 시설은 그런 이분법으로부터 상당히 벗어나 있다. 가족 단위의 피서객들이 많이 찾아오는 곳이면서도, 통상의 《꼬시기》와는 사뭇 다른 섹스 레저가 중요한 의미를 갖는 곳이기 때문이다.

그런가 하면 이곳은 전통적인 나체주의자 휴양지와도 구별된다. 전통적인 나체주의자 휴양지에서는 나체 생활의 《건전한》 측면을 강조할 뿐 그것을 직접 섹스와 연결시키지 않는다. 또 그곳에서는 자연식이 권장되고 담배처럼 유해한 기호품은 거의 금지된다. 그리고 참가자들은 대개 자연 보호주의적 성향을 보이며, 요가나 명주화(明紬畵)나 동양의 체조 같은 활동을 중심으로 서로 만난다. 그들은 자연 그대로의 환경 속에 있는 거칠고 소박한 주거 형태를 기꺼이 받아들인다. 반면에, 아그드 곶의 숙박 시설은 휴양지의 표준에 맞는 안락함을 갖추고 있다. 이곳에도 자연이 있지만 그것은 주로 잔디밭이나 화단 정도이다. 또한 이곳에서는 다양한 외식을 즐길 수 있다. 정통 레스토랑과 피자 전문점, 해물 전문 레스토랑, 감자튀김 가게, 아이스크림 가게 등이 나란히 있기 때문이다. 나체 생활 그 자체도 다른 성격을 띠고 있는 것처럼 보인다. 전통적인 나체주의자 휴양지에서는 기후 조건이 허용하는 한 나체 생활은 하나의 의무이다. 사람들은 엄중한 감시 속에서 이 의무를 지키며, 만일 훔쳐보기와 비슷한 행동을 할 때는 호된 지탄을 받게 된다. 반면에 아그드 곶에서는 바에 가든 슈퍼마켓에 가든 매우 다양한 복장이 평화롭게 공존하는 것을 보게 된다. 완전한 알몸이 있는가 하면, 선정적인 의도를 노골적으로 드러낸 옷차림(미니스커트, 속옷, 넓적다리까지 올라오는 부츠)이 있고, 전통적인 형태의 복장까지 있다. 게다가 아그드 곶에서는 훔쳐보기가 암묵적으로 용인된다. 백사장에서 남자들이 지나는 길에 보이는 여성 성기 앞에서 걸음을 멈추는 것은 흔히 있는 일이다. 어떤 여자들은 남자들의 그런 시선에 더 은밀한 부분을 노출시키는 방법을 선택하기까지 한다. 이를테면 거웃을 제거함으로써 음핵과 대음순이 더 잘 보이게 하는 것이다. 이런 점들 때문에 아그드 곶의 분위기는 대단히 독특하다. 이탈리아 디스코텍의 선정적이고 자아 도취적인 분위기와도 거리가 멀고, 대도시 홍등가의 《걸쩍지근한》 분위기와도 거리가 멀다. 요컨대 아그드 곶의 나체주의자 해변은 섹스의 쾌락이 중요한 의미를 차지한다는 점만 빼면, 꽤 괜찮은 축에 드는 전통적인 해수욕장과 비슷하다. 성적인 면에서 볼 때 이곳의 분위기는 《사회 민주주의적》이라고 말할 수 있을 것이다. 이곳을 자주 찾아오는 외국인 가운데 다수가 독일인이고, 네덜란드와 스칸디나비아에서 오는 휴양객도 적지 않아서 더욱 그런 느낌이 드는지도 모르겠다.〉

이틀째 되던 날, 브뤼노와 크리스티안은 해변에서 루디와 하넬로레라는 부부를 알게 되었다. 이 부부는 그곳의 생활이 어떻게 이루어지는지를 더 잘 이해할 수 있도록 이끌어 주었다. 루디는 위성 유도 센터에서 일하는 기술자였다. 그의 주된 임무는 통신 위성 〈아스트라〉의 정지 궤도상의 위치를 점

검하는 것이라고 했다. 하넬로레는 함부르크의 한 대형 서점에서 일하고 있었다. 그들은 10여 년 전부터 아그드 곶에 오기 시작한 단골이었다. 그들에겐 아이가 둘 있지만 그해에는 부부끼리만 일주일을 보내기 위해 아이들을 하넬로레의 친정 부모에게 맡겼다고 했다. 바로 그날 저녁에 그들 네 사람은 지중해 해안의 전통 요리 부야베스로 유명한 생선 요리 전문 레스토랑에서 식사를 했다. 그런 다음 독일 부부의 객실로 갔다. 브뤼노와 루디는 먼저 하넬로레와 차례로 관계를 가졌다. 그동안에 그녀는 크리스티안의 성기를 애무하였다. 그 다음에는 두 여자가 위치를 바꾸었다. 두 남자가 차례로 크리스티안과 관계를 갖고 나자, 이번에는 하넬로레가 브뤼노에게 펠라티오를 해주었다. 그녀는 몸이 대단히 아름다웠다. 운동을 통해 가꾸어진 것으로 보이는 풍만하면서도 단단한 몸이었다. 게다가 그녀의 펠라티오는 매우 섬세했다. 브뤼노는 너무나 강렬한 자극을 받은 나머지 조금 빠르게 사정을 하고 말았다. 루디는 한결 노련했다. 두 여자가 합심해서 혀를 겨끔내기로 갖다 대며 귀두를 핥아 주는데도 20분 동안이나 사정을 억제하고 있었으니 말이다. 하넬로레는 버찌 브랜디를 한 잔씩 마시면서 그날 저녁의 파티를 마무리하자고 제안했다.

아그드 곶의 나체주의자 해변에는 커플 전용 디스코텍이 두 군데 있었다. 하지만 그 독일 부부는 그곳에는 거의 가지 않는다고 했다. 〈클레오파트라〉와 〈절대〉라는 이름의 그 디스코텍들은 나체주의자 구역 밖에 있는 〈엑스타시아〉에 대부분의 고객을 빼앗기고 있었다. 행정 구역상으로 마르세양에 속해 있는 〈엑스타시아〉는 블랙룸, 핍룸, 온수 풀, 저쿠지 등을 갖추고 있는 데다가, 최근에는 랑그독 루시용 지방에서 가장 근사하다는 거울 방까지 마련했다고 했다. 〈엑스타시아〉는 1970년대 초부터 거둔 성공에 만족하지 않고, 사람들이 혹할 만한 요소를 계속 제공함으로써 〈신화적인 나이트클럽〉의 지위를 계속 유지해 왔다는 것이었다. 하지만 하넬로레와 루디는 이튿날 저녁에 〈클레오파트라〉에 가자고 제안했다. 〈엑스타시아〉보다 작지만 분위기가 화기애애하기 때문에 초보 커플에게는 훌륭한 출발점이 되리라는 게 그들의 생각이었다. 해수욕장의 한복판에 있는 그곳은 저녁 식사 후에 친구들끼리 가볍게 한잔하기에 딱 좋은 곳이라고 했다.

「여자들의 경우에는 새로 구입한 야한 옷이 있으면, 그곳의 호의적인 분위기에서 사람들의 반응을 시험해 볼 수도 있죠.」

루디는 그렇게 우스갯소리를 하고 버찌 브랜디를 한 잔씩 더 따라 주었다. 네 사람은 여전히 벌거벗은 채로 있었다. 브뤼노는 하넬로레의 입 안에 사정하고 나서 한 시간도 채 지나지 않았는데 성기가 다시 딱딱해지고 있음을 알아차렸다. 그는 기쁨에 들뜬 천진한 어조로 그것에 관해 말했다. 크리스티안은 브뤼노가 너무나 좋아하는 것을 보고 마음이 짠해져서, 독일 친구들이 흐뭇한 표정으로 지켜보는 가운데 그에게 수음을 해주기 시작했다. 끝머리에 가서는 하넬로레도 가세하여 그의 허벅지 사이에 웅크린 채 그의 성기를 할짝할짝 핥았다. 그동안에도 크리스티안은 그를 계속 애무하였다. 루디는 버찌 브랜디에 조금 취해서 〈구트…… 구트……〉를 연발하고 있었다. 그들은 반쯤 취한 채 아주 좋은 기분으로 헤어졌다.

브뤼노는 어린 시절에 읽은 『5인 클럽』에 관해서 이야기했다. 그 소설에 나오는 클로드라는 소녀에 대해 오래전부터 마음속으로 그려 오던 이미지와 크리스티안이 닮았다고 말이다.

「이제 클로드가 내 곁에 있으니 충견 〈다고〉만 있으면 더 바랄 게 없는 거지.」

브뤼노는 그렇게 말하며 웃었다.

이튿날 오후, 그들 네 사람은 바닷가로 나갔다. 하늘이 맑았다. 9월치고는 무척 더운 날씨였다. 〈넷이서 알몸으로 바닷가를 걷는 기분이 괜찮군〉 하고 브뤼노는 생각했다. 마음에 아무 갈등이 없고 성적인 문제로부터 이미 벗어났다고 느끼는 건 기분 좋은 일이었다. 남에게 즐거움을 주기 위해 저마다 자기 나름대로 노력하고 있고 앞으로도 그러하리라는 것을 안다는 건 정말 기분 좋은 일이었다.

아그드 곶의 나체주의자 해변은 3킬로미터가 넘도록 길게 뻗어 있고 경사가 완만하다. 그래서 이곳에서는 어린아이들도 아무런 위험 없이 해수욕을 즐길 수 있다. 실제로 긴 해변의 대부분은 가족끼리 해수욕을 하고 스포츠(윈드서핑, 배드민턴, 연 날리기)를 즐기기 위한 곳으로 되어 있다. 루디의 설명에 따르면, 성적인 모험을 해보고 싶어 하는 커플들은 마르세양이라는 간이 식당을 조금 지나 해변의 동쪽 부분에 모인다. 그곳에는 무너지지 않도록 말뚝으로 받쳐 놓은 모래 언덕들이 봉긋봉긋하게 솟아 있다. 모래 언덕 꼭대기에 올라서면, 한쪽으로는 바다를 향해 완만한 경사를 이루며 내려가는 백사장이 보이고, 다른 쪽으로는 한결 기복이 심한 지대가 보인다. 모래 언덕과 평지로 이루어진 이 지대에는 털가시나무의 작은 숲들이 군데군데 흩어져 있다.

그들은 모래 언덕 바로 아래의 백사장에 자리를 잡았다. 그 좁은 공간에 2백 쌍 정도 되는 커플이 모여 있었다. 혼자 온 남자들도 있었다. 그중 몇 명은 커플들 속에 자리를 잡았고, 나머지 남자들은 모래 언덕들을 따라 걸으면서 양쪽 방향을 번갈아 살피고 있었다.

브뤼노의 기사는 이렇게 계속된다.

〈우리는 이곳에 머무는 동안 오후마다 그 백사장으로 나갔다. 인간의 쾌락을 바라보는 시선은 물론 사람마다 다를 수 있다. 죽음 앞에서는 모든 게 다 부질없다고 생각하면서 쾌락에 엄격한 시선을 보낼 사람도 있을 것이다. 그런 극단적인 입장을 받아들이지 않는다면, 마르세양 해수욕장의 모래 언덕은 누구에게나 아주 인간적인 장소로 여겨질 수 있을 것이다. 그곳은 아무에게도 정신적 고통을 주지 않고 각자의 쾌락을 최대화하자는 휴머니즘적 제안에 딱 들어맞는 장소이다. 이제부터 그 점을 입증해 보이고자 한다.

성적인 쾌감(인간이 경험할 수 있는 가장 강렬한 쾌감)은 주로 촉각, 특히 성감대라 불리는 몸의 특정 부위를 자극하는 것에 좌우된다. 이 성감대는 크라우제 소체로 덮여 있고, 이 소체들은 시상 하부에서 다량의 엔도르핀을 방출시킬 수 있는 뉴런들과 연결되어 있다. 물론 이 단순한 시스템이 성적인 쾌감의 모든 것을 좌우하지는 않는다. 신피질에서 일어나는 어떤 심리적 메커니즘이 그 시스템에 겹쳐지기 때문이다. 이 심리적 메커니즘은 여러 세대에 걸친 문화적 축적 덕분에 생겨나는 한결 풍부한 과정으로서 주로 성적 환상과 사랑의 감정을 동원한다. 내가 보기에, 마르세양 해수욕장의 모래 언덕은 성적 환상을 터무니없이 격화시키는 장소가 아니다. 이곳은 오히려 성적인 문제에 대해 균형 잡힌 태도를 갖게 해주는 장소이며, 《선의》의 원리에 바탕을 둔 정상적인 성으로 돌아가려는 시도의 거점이다. 모래 언덕과 바다 사이의 이 공간에서 어떤 일이 벌어지는지 구체적으로 살펴보자. 먼저 한 커플이 공개적으로 애무를 시작한다. 어느 커플이든 이 선도적인 역할을 할 수 있다. 대개는 여자가 자기 파트너의 성기를 손으로 어루만지거나 혀로 핥아 주고, 남자가 그것에 화답하여 여자에게 똑같이 해주는 것으로 일이 시작된다. 옆의 커플들은 그 애무를 주의 깊게 지켜보고, 조금 떨어진 곳에 있는 커플들은 더 잘 보기 위해 다가든다. 그들이 처음 시작한 커플을 조금씩 따라하면서 백사장에는 애무와 색정의 물결이 퍼져 나간다. 이 물결은 놀라울 정도로 사람을 흥분시킨다. 성적인 열기가 고조되면서 많은 커플들이 서로 다가들어 집단적인 애무에 들어간다. 그런데 이 대목에서 유의해야 할 것이 있다. 누구든 어떤 상대에게 접근하고자 할 때에는 사전에 대개는 명시적으로 동의를 구해야 한다는 것이다. 여자들은 원하지 않는 애무를 피하고 싶으면 간단한 고갯짓으로 그 사실을 알린다. 그러면 남자들은 즉시 정중하게 사과를 한다. 남자들의 태도는 너무나 예의 바른 나머지 익살스러운 느낌마저 든다.

모래 언덕을 넘어 내륙 쪽으로 더 들어가면, 남성 참가자들의 이 지극히 정중한 태도가 훨씬 더 놀라운 것으로 느껴진다. 왜냐하면, 이 구역은 한 여자가 여러 남자들을 상대하는 이른바 《갱뱅》의 애호가들을 위한 장소이기 때문이다. 이곳에서도 역시 한 커플이 애무를 시작함으로써 판이 벌어진다. 보통은 여자의 펠라티오로 시작된다. 그러면 즉시 열 명에서 스무 명쯤 되는 남자들이 이 커플을 에워싼다. 남자들은 앉거나 선 자세로 그 장면을 보면서 자위 행위를 한다. 어떤 때는 그것으로 판이 중단되고 관객들이 점차 흩어져 간다. 또 어떤 때는 여자가 손짓으로 다른 남자들이 가세해도 좋다는 뜻을 알린다. 그러면 남자들은 서두르지 않고 차례차례 그녀에게 다가가서 손이나 입으로 애무를 하기도 하고 삽입을 하기도 한다. 여자는 판을 중단하고 싶으면 역시 간단한 손짓으로 그 사실을 알린다. 말은 전혀 오고 가지 않는다. 모래 언덕들 사이로 불어와 풀들을 눕히는 바람 소리가 또렷하게 들린다. 때로는 그 바람마저 잠잠해져 깊은 적막이 감돈다. 쾌락에 겨운 거친 숨결이 적막을 깰 뿐이다.

아그드 곶의 나체주의자 해수욕장이 마치 공상적인 사회주의자들이 주장한 어떤 목가적인 생활 공동체라도 되는 양 좋은 면만을 부각시켜 묘사하는 것은 내 의도가 아니다. 다른 곳에서와 마찬가지로 아그드 곶에서도 젊고 몸매가 좋은 여자나 매력적이고 힘이 좋은 남자는 가는 곳마다 듣기 좋은 제안을 받는다. 다른 곳에서와 마찬가지로 아그드 곶에서도 뚱뚱하거나 늙었거나 못생긴 사람들은 자위 행위로 만족해야 하는 신세를 면치 못한다(다만, 다른 공공 장소에서는 일반적으로 금지되는 이 행위가 여기에서는 호의적으로 받아들여진다는 점에서 차이가 있기는 하다). 하지만 아그드 곶의 나체주의자 해수욕장은 다른 곳에서 찾아보기 힘든 특별한 장점으로 우리를 놀라게 한다. 포르노 영화에 나오는 것보다 훨씬 더 자극적인 성행위들이 다양하게 펼쳐지는데도 폭력적인 요소나 예의에 어긋나는 행위는 전혀 생겨나지 않는다는 점이 바로 그것이다. 내가 보기에 이 《성적인 사회 민주주의》는 규율과 계약 존중의 미덕을 잘 보여 주는 흔치 않은 본보기이다. 독일인들로 하여금 한 세대 간격으로 두 차례의 세계 대전을 치르고 나서도 폐허 속에서 경제를 부흥시킬 수 있게 한 것도 바로 그 규율과 계약 존중이라는 미덕이다. 그런 점에서 전통적으로 그와 같은 문화적 가치들을 중요하게 여겨 온 나라(한국이나 일본) 사람들은 아그드 곶에서 벌어지고 있는 일들을 어떻게 받아들일지 무척 궁금하다. 어쨌거나 예의 바르고 규칙을 잘 지키는 그런 태도는 참가자 누구에게나 평온한 쾌락을 보장해 주기 때문에 사람들을 설득하는 힘이 대단히 강하다. 이 나체주의자 해변에서 소수파를 이루고 있는 사람들(랑그독 지방의 편협한 극우파 패거리, 아랍계 불량배, 리미니에서 온 이탈리아인들)에게도 그 태도

가 쉽게 위력을 발휘한다는 점이 그 사실을 잘 말해 준다.〉

브뤼노는 아그드 곶에서 머문 지 일주일이 지났을 때, 그 대목에서 기사를 중단했다. 그 뒤에 나올 것은 한결 정감 있고 섬세하고 미묘한 내용이었다.

브뤼노와 크리스티안은 오후를 바닷가에서 보낸 다음 7시쯤에 아페리티프를 마시는 버릇을 들였다. 그는 캄파리[46]를 마셨고 그녀는 대개 화이트 마티니를 마셨다. 그는 비낀 햇살이 벽 — 안에는 하얗게 칠하고 밖에는 약간 분홍빛이 나게 칠한 벽 — 을 타고 움직이는 것을 가만히 지켜보곤 했다. 그러는 동안 크리스티안은 얼음이나 올리브 등을 가지러 알몸으로 객실 안을 왔다 갔다 했다. 그는 그 모습을 바라보며 기쁨을 느꼈다. 그의 내면에서 아주 이상한 일이 벌어지고 있었다. 숨을 쉬는 것이 한결 가뿐해진 듯한 느낌이 드는가 하면, 마음이 고요해져서 한참 동안 아무 생각도 하지 않는 때가 있었다. 두려움이 엄습하는 일도 사라졌다.

어느 날 저녁 그는 크리스티안에게 말했다.

「나 행복하다는 느낌이 들어.」

그녀는 얼음을 집으려다 말고 얼음통을 손으로 꽉 쥔 채 가만히 있다가 아주 길게 숨을 내쉬었다. 그가 말을 이었다.

「나 당신이랑 살고 싶어. 불행은 이제껏 겪은 것으로 충분하다고 생각해. 우리는 너무나 오랫동안 불행할 만큼 불행했어. 나는 우리가 함께 살면 끝까지 행복할 수 있을 거라고 믿어. 훗날 설령 질병과 장애와 죽음이 찾아온다 할지라도 우리는 죽는 날까지 행복할 수 있을 거야. 당신은 어떻게 생각할지 모르지만, 난 시도해 보고 싶어. 나 당신을 사랑하는가 봐.」

[46] 약초에 향료를 섞어서 담근 이탈리아의 식전주. 선홍색을 띠며 쓴맛이 난다.

크리스티안은 울음을 터뜨렸다.

조금 뒤에 그들은 〈해신(海神)〉이라는 레스토랑에서 해물 요리를 앞에 놓고 마주 앉았다. 그들은 브뤼노의 제안을 실행에 옮길 수 있는 방법을 찾아보려고 애썼다. 그녀가 주말마다 파리에 오는 것은 쉬운 일이었다. 하지만 파리로 전근하는 것은 거의 불가능했다. 그렇다고 크리스티안이 학교를 그만둘 수 있는 형편도 아니었다. 브뤼노의 아들에게 들어가는 양육비를 고려할 때, 브뤼노의 봉급으로는 둘이서 살기가 빠듯했다. 게다가 크리스티안의 아들도 있었다. 그 때문에라도 시간이 더 필요할 듯했다. 하지만 당장은 아니더라도 가능성은 있었다. 그렇게 무언가가 가능해 보이는 것은 참으로 오랜만에 있는 일이었다.

이튿날 브뤼노는 미셸에게 짧고도 감동적인 편지를 썼다. 이 편지에서 그는 자기가 행복하다고 말했고, 미셸과 자기가 서로를 완벽하게 이해해 본 적이 없음을 아쉬워하였다. 그리고 미셸 역시 어떤 식으로든 행복을 찾을 수 있었으면 좋겠다고 썼다. 그는 〈너의 형, 브뤼노〉라는 말로 편지를 끝냈다.

17

 그 편지가 도착했을 때, 미셸은 이론의 벽에 봉착하여 낙담에 빠져 있던 중이었다. 마르주노의 가설에 따르면, 개인의 의식은 힐베르트 공간들의 총합으로 정의되는 포크 공간 속의 확률장(確率場)과 비슷한 것으로 볼 수 있다. 개인의 의식이라는 장(場)은 대체로 시냅스의 극히 미세한 부위에서 일어나는 아주 간단한 전자적 사상(事象)들을 바탕으로 구성된다. 그렇다면 개인의 통상적인 행동은 장의 탄력적인 일그러짐에 해당하고, 자유 의지에 따른 일탈 행위는 장의 파열에 해당한다. 하지만 그게 대체 어떤 위상에서 그러하다는 것인가? 힐베르트 공간들의 자연적인 위상이 자유 행동의 출현을 설명해 줄 수 있을까? 그건 확실치 않다. 또 오늘날 이 문제를 대단히 은유적인 용어가 아닌 다른 용어로 제기하는 것이 가능할까? 그것 역시 확실치 않다.
 미셸은 새로운 개념적 틀이 나와야 하리라고 확신하고 있었다. 그는 매일 밤 컴퓨터를 끄기 전에, 그날 발표된 실험 결과들을 보기 위해 인터넷을 통해 곳곳에 열람 신청을 해놓곤 했다. 그러고 나서 다음날 아침이면 전날의 실험 결과를 꼬박꼬박 검토하였다. 그러면서 그가 확인한 것은 세계 도처의 연구소들이 무의미한 경험주의에 빠진 채 갈수록 맹목적으로 나아가고 있다는 것이었다. 어떤 결론에 접근하게 해주거나, 하다못해 어떤 가설이라도 세울 수 있게 해주는 실험 결과가 있으면 좋으련만, 그런 것이 전혀 없었다. 현재까지의 연구 성과만 놓고 보면, 개인의 의식은 동물의 계통수에서 어느 날 갑자기 튀어나온 것이었다. 여기에는 뚜렷한 이유가 없었다. 그리고 이 의식은 언어보다 훨씬 앞서는 것임이 분명했다. 다윈주의자들은 무의식적으로 목적론에 빠져 있는 탓에 늘 그랬듯이 의식의 출현에 관해서도 자연도태의 가설을 내세우고 있었다. 그리고 늘 그랬듯이 이 가설이 설명해 주는 것은 아무것도 없었다. 그것은 그저 신화적인 재구성일 뿐이었다. 그들이 인간을 중심에 놓고 사고하는 것은 고마운 일이지만, 사실 그 인간 중심주의적 원칙은 별로 설득력이 없었다. 생명이 진화를 거듭하여 스스로를 바라볼 수 있는 눈과 스스로를 이해할 수 있는 뇌를 갖게 되었다고 치자. 그래서 어쨌단 말인가? 그런 식으로는 의식의 출현이라는 현상을 전혀 설명할 수가 없다. 선충류에는 없던 자기 의식이 〈라케르타 아길리스〉 같은 도마뱀에 와서는 분명히 나타나게 되었다. 자기 의식이 있다는 건 십중팔구 중추신경 조직과 그 이상의 어떤 것이 있음을 의미하는 것이다. 그 어떤 것은 여전히 완전한 미스터리로 남아 있었다. 미셸이 보기에 의식의 출현은 어떠한 해부학적, 생화학적 조건과도 관계가 없는 듯했다. 그는 바로 그 점 때문에 낙담하고 있었다.

하이젠베르크라면 이럴 때 어떻게 했을까? 닐스 보어라면 이럴 때 어떻게 했을까? 뒤로 물러서서 생각을 했을 것이다. 들판에서 산보를 하고 음악을 들었으리라. 새로운 것은 단순히 낡은 것을 뜯어고치는 것만으로는 생겨나지 않는다. 정보에 정보를 추가하는 것은 모래를 한 줌 한 줌 더하는 것과 같다. 그런 작업은 경험의 영역을 한정하는 개념적 틀 때문에 애초에 그 결과가 정해져 있다. 오늘날의 연구자들에게는 그 어느 때보다 새로운 시각이 필요하다.

날씨는 계속 더웠다. 하루하루가 덧없이 서글프게 지나가고 있었다. 9월 15일 밤에, 미셸은 평소와 달리 행복한 꿈을 꾸었다. 꿈속에서 그는 한 소녀 가까이에 있었다. 소녀는 나비와 꽃에 둘러싸인 채 숲에서 말을 타고 있었다(꿈에서 깨어났을 때, 그는 그 이미지가 30년 전에 본 『사파이어 왕자』[47]의 타이틀 백에 나오는 것임을 깨달았다. 그는 할머니 집에서 일요일 오후마다 이 만화 영화를 보며 깊은 감동을 받곤 했다). 다음 순간 그는 혼자서 거대한 초원 한복판을 걷고 있었다. 초원엔 여기저기 언덕과 골짜기가 있고 키가 큰 풀이 우거져 있었다. 그는 지평선을 분간할 수가 없었다. 고운 연회색으로 빛나는 하늘 아래로 풀이 무성한 언덕들이 무한히 계속되는 것처럼 보였다. 하지만 그는 머뭇거리지도 서두르지도 않고 어딘가로 나아가고 있었다. 그는 자기가 서 있는 곳으로부터 몇 미터 아래의 땅 속으로 강이 흐르고 있고, 자기가 본능적으로 그 강을 따라 나아가리라는 것을 알고 있었다. 그의 주위로 부는 바람 때문에 풀들이 물결처럼 남실거렸다.

잠에서 깨어났을 때 그는 즐겁고 활기찬 기분을 느꼈다. 휴직한 지 두 달이 넘도록 그런 기분은 처음이었다. 그는 밖으로 나가서 에밀 졸라 대로로 돌아든 다음 피나무들 사이로 걸어다녔다. 그는 혼자였지만 그 때문에 고통스럽지는 않았다. 그는 앙트르프러뇌르 거리의 모퉁이에서 걸음을 멈추었다. 〈졸라콜로르〉라는 가게가 문을 여는 중이었다. 아시아 계

---

[47] 일본의 데츠카 오사무(手塚治虫)가 1960년대에 만든 애니메이션 『리본의 기사』가 프랑스에서는 이런 제목으로 방영되었다.

의 여점원들이 계산대에 자리를 잡고 있었다. 오전 9시를 막 넘긴 시각이었다. 보그러넬 빌딩들 사이로 보이는 하늘이 이상하게 맑았다. 갑자기 막다른 길에 들어선 느낌이 들었다. 나의 출구는 어디에 있는가 하고 그는 생각했다. 어쩌면 맞은편 건물에 사는 『스무 살』의 편집자하고 이야기를 나누어 보았어야 했는지도 모른다. 그녀는 종합적인 성격을 지닌 잡지를 편집하면서 사회의 다양한 일들을 많이 접했을 것이다. 따라서 이 세상 속으로 들어가려면 어떻게 해야 하는지를 알고 있을지도 모른다. 심리적인 문제에 대해서도 뭔가 해줄 말이 있으리라. 아마도 그녀에게서 배울 게 많을 것이다. 미셸은 그런 생각을 하면서 거의 뛰다시피 성큼성큼 돌아와 그녀의 아파트로 통하는 계단을 단숨에 올라갔다. 그는 세 차례에 걸쳐 한참 동안 초인종을 눌렀다. 아무 대답이 없었다. 그는 낭패스러운 기분을 느끼며 발길을 돌렸다. 자기 건물의 엘리베이터 앞에서 그는 자기 자신에 대해 스스로에게 물었다. 나는 우울증 환자가 아닐까? 내가 지금 고민하고 있는 문제는 아무 의미도 없는 것이 아닐까? 그의 동네에서는 몇 년 전부터 국민전선에 대한 경계와 투쟁을 호소하는 포스터들이 갈수록 많아지고 있었다. 그는 그 문제에 관해서 어느 쪽도 편들지 않는 극도의 무관심을 보였다. 이런 무관심은 그 자체로 하나의 불안한 징후였다. 우울증 환자들의 의식 상태는 종종 정신분석학에서 말하는 〈투입 중단〉, 즉 세상 사람들의 관심사에 대해 정신적인 에너지의 투입을 철저하게 중단하는 것으로 묘사된다. 이런 의식 상태는 우선 자기와 직접적인 관련이 없는 문제들에 대한 관심의 결여로 나타난다. 그러니까, 좀 거칠게 말하자면, 사랑에 빠진 우울증 환자는 상상할 수 있어도 애국심 강한 우울증 환자는 생각할 수 없다는 얘기다.

미셸은 집에 돌아와 주방으로 들어서다가 문득 이런 생각을 했다. 인간의 행위가, 특히 개인의 정치적 행동이 이성에 따라 자유롭게 결정된다는 믿음이야말로 민주주의의 토대다. 하지만 이 믿음은 아마도 자유와 예측 불가능성을 혼동한 결과일 것이다. 강물이 흘러가다가 교각 주위에 다다르면 소용돌이를 일으킨다. 이 강물의 소용돌이는 구조적으로 예측이 불가능하다. 그렇다고 해서 이 소용돌이를 놓고 〈자유롭다〉고 말할 사람은 아무도 없을 것이다.

그는 백포도주 한 잔을 마시고 커튼을 내린 다음 자리에 누워 생각을 계속했다.

카오스 이론의 방정식들에는 그것들이 적용되는 물리적 계(界)가 한정되어 있지 않다. 그래서 유체역학, 기상학, 개체군 유전학, 집단 사회학 등에 두루 응용될 수 있다. 이 방정식들이 형태론적 모델화라는 측면에서 위력을 발휘하는 것은 확실하다. 하지만 이것들의 예측 능력은 보잘것없다. 반면에 양자 역학의 방정식들은 미시 물리학적 시스템의 운동을 아주 정확하게 예측할 수 있게 해준다. 만일 물질주의적 존재론으로 돌아가겠다는 생각을 완전히 버린다면, 그 정확성은 완벽해질 수도 있다. 이 두 이론을 수학적으로 결합하는 것은 현재로선 시기상조다. 어쩌면 불가능할지도 모른다. 하지만 미셸은 확신하고 있었다. 뉴런과 시냅스의 네트워크가 확장되는 과정에서 나타나는 끌개[48]의 구조와 성격을 알아내는 것이 인간의 행동과 사고를 설명하는 일의 열쇠라는 것을.

미셸은 최근에 발표된 연구 논문을 복사해서 보내 온 것이 없나 하고 우편함을 뒤지다가, 자기가 일주일 넘게 우편물을

---

[48] 카오스 이론의 기본적인 개념 중 하나. 자연계의 운동을 위상 공간에서 나타내 보면 어떤 일정한 패턴을 보이게 된다. 물리학에서는 이것을 끌개(어트랙터)라고 하며 어떤 계의 운동을 설명하는 기준으로 삼고 있다.

확인하지 않았음을 깨달았다. 그동안 쌓인 우편물이 꽤 많았다. 물론 대부분은 광고물이었다. TMR이라는 고급 여행사는 〈코스타 로만티카〉호를 진수함으로써 호화 유람선 여행의 신기원을 이루겠다는 야심을 드러내고 있었다. 〈코스타 로만티카〉는 〈바다에 떠 있는 진정한 천국〉이라고 했다. 유람선 여행의 첫 단계는 이렇게 묘사되어 있었다. 〈유람선에 오르면 먼저 햇살이 가득한 커다란 홀로 들어가게 됩니다. 고개를 들면 유리로 된 거대한 둥근 천장으로 하늘이 그대로 보입니다. 다음에는 바다의 파노라마를 감상할 수 있는 엘리베이터를 타고 상갑판까지 올라갑니다. 상갑판에서는 뱃머리의 거대한 유리를 통해서 마치 대형 화면으로 보듯이 바다를 볼 수 있습니다.〉 미셸은 나중에 자세히 검토해 보기로 하고 그 광고물을 한쪽에 치워 두었다. 상갑판을 거닐며 투명한 유리벽 너머로 바다를 바라보고 하늘을 지붕 삼아 몇 주일 동안 항해를 한다? 그것도 나쁠 건 없지. 그동안에 서구는 폭격을 맞고 붕괴될 수도 있을 것이다. 그러면 유람선 관광객들은 햇볕에 그을린 매끈한 몸으로 새로운 대륙에 상륙하게 되리라.

그런 날이 올 때 오더라도 당장은 살아야 한다. 그것도 가능한 한 즐겁고 슬기롭고 책임감 있게 살아야 한다.

유통 체인 〈모노프리〉는 〈새소식〉이라는 광고 책자를 통해 그 어느 때보다 시민의 기업이라는 개념을 강조하고 있었다. 소식지의 편집자는 미식이 아름다운 몸매와 양립할 수 없다는 통념에 다시 한 번 이의를 제기했다. 〈모노프리〉는 창업 이래로 상품 진열 방식이나 자사 브랜드, 상품 견본의 신중한 선택 등 모든 면에서 줄곧 그런 통념과 반대되는 신념을 표명해 왔다. 소식지 편집자는 〈잘 먹으면서 아름다운 몸을 가꾸는 것은 누구에게나 지금 당장 가능한 일입니다〉라고 주저 없이 단언하고 있었다. 첫 페이지는 그렇게 논쟁적이고 참여적이었지만, 책자의 나머지 부분은 생활의 지혜, 교육적인 게임, 유용한 정보 등과 같은 재미난 내용으로 채워져 있었다. 덕분에 미셸은 놀이 삼아 자기의 1일 칼로리 소비량을 계산해 볼 수 있었다. 계산의 첫 단계는 자기가 일상적으로 하는 활동을 해당란에 표시하는 것이었다. 청소, 다림질, 수영, 테니스, 섹스 등 수많은 활동이 나와 있었다. 하지만 그는 지난 몇 주 동안 그 어느 것도 하지 않았다. 그가 표시할 수 있던 활동은 앉아 있기, 누워 있기, 잠자기 같은 것뿐이었다. 각각의 활동에 필요한 열량은 다 합쳐 본 결과, 그가 하루를 살아가는 데에 필요한 열량은 1천7백50킬로칼로리였다. 브뤼노가 보내온 편지에 따르면, 그는 해수욕도 많이 하고 섹스도 적잖이 하는 모양이었다. 그 새로운 데이터를 가지고 계산을 다시 해보니, 하루에 필요한 열량이 2천7백 킬로칼로리로 올라갔다.

우편물 중에는 편지가 한 통 더 있었다. 크레시 라 샤펠 읍 사무소에서 온 편지였다. 버스 터미널 확장 공사 때문에 공영 묘지의 구획을 조정해야 할 필요가 생겼고, 그에 따라 일부 묘를 옮겨야 한다는 내용이었다. 옮겨야 할 묘 중에는 그의 할머니 무덤도 들어 있었다. 이장을 할 때에는 행정 명령에 따라 가족 중의 한 사람이 반드시 입회하도록 되어 있으니, 시간이 되는 날 10시 반에서 12시 사이에 묘지 임대 담당자와 약속을 잡으라는 것이었다.

18
재회

 예전에 크레시 라 샤펠까지 운행되던 레일카는 교외선 열차로 대체되어 있었다. 교통편뿐만 아니라 읍 자체도 예전의 그 모습이 아니었다. 미셸은 역 광장에 멈춰 서서 마치 낯선 고장에 온 사람처럼 주위를 둘러보았다. 제네날 르클레르 대로에 대형 슈퍼마켓 〈카지노〉가 들어서 있었다. 새로운 주택과 빌딩이 도처에 보였다.
 읍사무소 직원은 인근에 유로디즈니 놀이 공원이 개원되고 수도권 고속 전철이 마른 라 발레 신도시까지 연장되면서 그 모든 변화가 일어났다고 설명했다. 파리에서 많은 사람들이 내려와 정착했고, 땅값이 거의 세 배로 오르자 마지막까지 버티던 농부들마저 농지를 팔아 버렸다는 것이었다. 옛날의 농지에는 이제 체육관과 다목적 홀, 수영장 등이 들어서 있었다. 그런 변화와 함께 범죄가 약간 증가하긴 했지만 다른 곳보다 심한 편은 아니라고 했다.
 미셸은 옛 모습을 온전히 간직하고 있는 오래된 집들과 수로를 따라 공영 묘지를 향해 걸어갔다. 약간 착잡하고 슬픈 기분이 들었다. 그것은 누구나 어린 시절의 추억이 서린 장소에 다시 갈 때 느끼는 그런 감정이었다. 그는 옛 성벽을 따라

난 길을 지나 물레방아 앞에서 걸음을 멈추었다. 방과후에 아나벨과 그가 즐겨 앉던 벤치가 거기 그대로 있었다. 커다란 물고기들이 검푸른 물을 거슬러 헤엄치고 있었다. 구름 사이에 해가 얼굴을 내밀었다.

인부가 묘지 입구 근처에서 미셸을 기다리고 있었다.
「아저씨가 그······.」
「맞소.」
〈무덤 파는 인부〉를 요즘 말로 뭐라고 하지 하면서 망설이는데, 그가 먼저 대답을 했다. 그는 한 손에 삽 한 자루와 검은 비닐로 된 커다란 쓰레기봉투를 들고 있었다.
「꼭 봐야 되는 건 아니오······.」
인부는 퉁명스러운 말투로 그렇게 말하고는 열려 있는 무덤 쪽으로 걸어갔다. 미셸은 그를 따라갔다.

죽음이란 이해하기 어려운 것이다. 인간은 저마다 자기 나름대로 죽음에 관한 이미지를 만들게 마련이지만, 그것은 언제나 마지못해 하는 일이다. 미셸은 이미 20년 전에 할머니의 시신을 보았고, 그 시신에 마지막으로 입을 맞춘 바 있었다. 그럼에도 그는 무덤 구덩이에 눈길을 보내자마자 가슴이 철렁하도록 놀랐다. 할머니의 시신은 목관에 넣어 매장되었었다. 그런데 갓 파헤친 흙 속에서 보이는 거라고는 부서진 나무토막들과 썩은 널빤지와 형체가 분명치 않은 어떤 하얀 것들뿐이었다. 그는 자기 눈앞에 있는 것이 무엇인지를 깨닫고 얼른 고개를 돌렸다. 하지만 그는 이미 보았다. 흙칠갑을 한 채 눈구멍이 휑하게 뚫려 있던 두개골과 거기에 매달려 있던 하얀 머리털 뭉치를. 그리고 흙과 뒤섞인 채 흩어져 있던 등뼈들을.

인부는 유해를 비닐 봉투에 계속 담다 말고 옆에 웅크리고 있는 미셸을 흘깃 쳐다보며 투덜거렸다.

「늘 이 모양이라니까……. 누구든 안 보고는 못 배기지. 나원, 볼 게 뭐 있다고 꼭 보려고들 드는지. 관이라는 게 20년을 갈 수는 없는 거여!」

그는 꼭 화난 사람 같았다.

미셸은 그가 비닐 봉투의 내용물을 새 묏자리에 옮겨 붓는 동안 그로부터 몇 발짝쯤 떨어져서 지켜보고 있었다. 인부가 일을 다 끝내고 그에게 다가왔다.

「괜찮소?」

미셸이 고개를 끄덕였다.

「묘석은 내일 옮길 거요. 자아, 이 장부에 서명하시오.」

그래, 죽음이란 그런 것이었다. 20년이 지나고 나면 그렇게 흙과 뒤섞인 채 하얀 머리털 뭉치로만 남는 게 죽음이었다. 할머니의 머리털은 놀라울 정도로 숱이 많아서 마치 살아 있는 느낌을 주었다. 미셸은 텔레비전 앞에서 수를 놓던 할머니의 모습을 떠올렸다.

〈스포츠 바〉 앞을 지나가다가, 미셸은 자기가 떨고 있음을 알아차렸다. 그는 안으로 들어가서 파스티스 한 잔을 시켰다. 자리에 앉고 보니 바의 내부 설비가 예전과 많이 달라졌다는 느낌이 들었다. 예전에 없던 미국식 당구대와 비디오 게임기들과 텔레비전이 보였다. 텔레비전에서는 MTV의 뮤직비디오가 나오는 중이었다. 광고판에 붙은 『뉴 룩』지의 표지는 여배우 자라 화이트의 성적 환상과 호주 백상어에 대한 기사를 홍보하고 있었다. 그는 점차 나른한 상태로 빠져 들어갔다.

아나벨이 먼저 그를 알아보았다. 담배를 사고 출구 쪽으로 돌아서려는 순간 의자에 웅크리고 앉아 있는 그가 눈에 들어왔다. 그녀는 잠시 망설이다가 그에게 다가갔다. 그가 고개를 들었다.

「뜻밖이네……」

그녀는 작은 소리로 그렇게 말하고 그의 맞은편에 앉았다. 그녀는 거의 예전 모습 그대로였다. 맑고 매끈한 얼굴이며 환하게 빛나는 금발이 믿기지 않을 정도로 옛날과 똑같았다. 그녀가 마흔 살이라고 하면 아무도 믿어주지 않을 듯했다. 기껏해야 스물일곱이나 스물여덟 살로 보였다.

그녀가 크레시에 와 있는 것은 그와 비슷한 사정 때문이었다.

「아버지가 일주일 전에 돌아가셨어. 대장암이었어. 오랫동안 고생하셨어. 지독한 병마였지. 엄마를 돕기 위해서 장례식 끝나고 며칠 더 머물렀어. 살기는 파리에 살아. 자기처럼.」

미셸은 시선을 떨구었다. 잠시 침묵이 흘렀다. 옆 테이블에서는 두 젊은이가 가라테 경기에 관해서 이야기를 나누고 있었다.

「3년 전에 우연히 어떤 공항에서 브뤼노를 만났어. 그에게서 자기 소식을 들었어. 연구원이 되었다며? 그 분야에서는 모르는 사람이 없을 정도로 중요한 인물이라던데. 결혼하지 않았다는 얘기도 들었어. 나는 그리 신통치 않아. 나는 시립 도서관에서 사서로 일하고 있어. 역시 결혼은 안 했고. 종종 자기 생각을 했어. 내 편지에 답장을 안 했을 때는 미워하기도 했어. 23년 전 얘긴데, 아직도 이따금 그때 생각이 나.」

그녀는 역까지 그를 바래다주겠다고 했다. 땅거미가 깔리고 있었다. 6시가 거의 다 된 시각이었다. 그들은 그랑 모랭 강에 놓인 다리 위에서 걸음을 멈추었다. 물속에서 자라는 식물들이 보였다. 강가에는 밤나무와 버드나무가 늘어서 있었다. 물은 맑고 푸르렀다. 화가 코로는 이 풍광을 좋아해서 여러 차례 화폭에 담았다고 한다. 어떤 집 정원에 노인 한 사람이 서 있는 게 보였다. 꼼짝하지 않고 서 있는 품이 꼭 허수아

비 같았다. 아나벨이 말했다.

「이제 우리는 동일한 지점에 서 있어. 죽음으로부터 똑같은 거리만큼 떨어져 있는 지점에 말이야.」

그녀는 열차가 출발하기 직전에 승강구의 발판에 올라서서 그의 뺨에 입을 맞추었다. 그가 말했다.

「또 봐.」

「응.」

그 다음 토요일에 아나벨은 저녁을 함께 먹자고 그를 집으로 초대했다. 그녀는 르장드르 거리에 있는 작은 원룸에 살고 있었다. 작은 공간을 알뜰하게 활용한 탓에 조금 답답한 느낌을 주긴 했지만, 따뜻한 분위기가 감도는 집이었다. 천장과 벽이 어두운 빛깔의 목재로 덮여 있어서 마치 선실에 들어와 있는 느낌을 주었다.

「8년 전부터 여기에 살고 있어. 사서 시험에 합격하고 나서 여기로 이사했어. 그 전에는 TF1방송의 공동 제작부에서 일했어. 방송 일에 싫증도 나고 그 바닥도 마음에 들지 않아서 직업을 바꾼 거야. 그 바람에 수입은 3분의 1로 줄었지만 지금 하는 일이 한결 나아. 나는 17구 시립 도서관의 아동 도서 코너에서 일하고 있어.」

그녀가 장만한 음식은 새끼양 고기를 넣은 카레와 렌즈콩에 향료를 섞은 〈달〉이라는 인도 요리였다. 식사 도중에 미셸은 말을 거의 하지 않았다. 그녀의 가족에 관해서 몇 가지 질문을 했을 뿐이었다. 그녀의 큰오빠는 아버지 회사를 물려받았고, 결혼해서 세 자녀를 두었다고 했다.

「딸 둘에 아들 하나야. 가정 생활은 원만한 것 같은데, 불행하게도 회사가 어려움을 겪고 있어. 정밀 광학 기계 분야에서도 나라들간의 경쟁이 대단히 치열해졌나 봐. 파산 위기를 몇 차례나 맞았어. 큰오빠는 파스티스를 마시고 국민전선 당수 르펜에게 투표하는 것으로 근심을 달래고 있어. 작은오빠는 로레알의 마케팅부에 취직했는데, 최근에 미국으로 발령이 났어. 북미 마케팅부의 책임자가 되었거든. 여기에 오는 일이 거의 없기 때문에 얼굴 보기가 쉽지 않아. 그는 이혼을 했고 아이는 없어.」

형제의 운명은 서로 달랐지만, 시대의 징후를 드러낸다는 점에서는 거의 마찬가지였다.

아나벨이 말을 이었다.

「나는 행복한 삶을 살지 못했어. 사랑을 너무 중요하게 생각했던 탓인가 봐. 나를 사랑한다는 남자들에게 너무 쉽게 몸을 맡기곤 했어. 남자들은 자기들 욕심을 채우고 나면 나를 버렸고, 나는 그 때문에 고통을 받았어. 남자들은 사랑하기 때문에 섹스를 하는 게 아니라, 욕정을 채우기 위해 섹스를 해. 그 평범한 진리를 깨닫는 데에 오랜 세월이 걸렸지. 내 주위에 있던 사람들 모두가 자유분방하게 살고 있었어. 나도 한동안 그런 환경에 물들어 살았지. 하지만 나는 누구를 성적으로 자극하거나 유혹하는 데에서는 전혀 기쁨을 느낄 수 없었어. 나중에는 성행위를 한다는 것 자체가 싫어지더라고. 남자들의 태도를 더는 견딜 수가 없었어. 내 드레스를 벗기는 순간에 그들의 얼굴에 어리던 의기양양한 미소, 쾌감의 절정에서 짓던 그 바보 같은 표정, 특히 행위가 끝난 뒤에 보여 주던 그들의 천박하고 상스러운 태도에 신물이 났어. 그들은 한심하고 용렬했어. 거짓말하고 잘난 척하기가 일쑤였지. 결국 그들에게 나는 다른 사람으로 대체될 수 없는 고유한 존재가 아니라 얼마든지 바꾸어 버릴 수 있는 가축 같은 존재였어. 설령 내 생김새가 미학적으로 흠이 없다는 이유로 그들이 나와 함께 레스토랑에 가는 걸 자랑스러워한다 해도, 내가 한

낯 가축으로 취급받고 있다는 느낌은 지울 수가 없었어. 딱 한 번 상당히 진지한 사람을 만났다 싶어서 그와 살림을 차린 적이 있어. 그는 영화배우였어. 용모는 배우로 성공할 만했는데 재능이 없었는지 영화계에서 전혀 두각을 나타내지 못했어. 그래서 집세도 주로 내가 내야 하는 형편이었지. 2년 동안 함께 살았는데, 어느 날 내가 임신을 했어. 그는 내가 그 사실을 말하자마자 대번에 아이를 떼라고 요구했어. 나는 그가 하자는 대로 했어. 하지만 병원 문을 나서면서 모든 게 끝났다고 생각했지. 나는 바로 그날 저녁으로 그를 떠나서 얼마간 호텔에 머물렀어. 그때 내 나이가 서른 살이었어. 그게 두 번째 낙태였지. 다시는 그런 일을 겪고 싶지 않았어. 1988년은 모두가 에이즈의 위험성을 의식하기 시작하던 때였어. 나는 그것을 일종의 해방으로 받아들였어. 그때까지 이미 수십 명의 남자와 자보았지만, 그중에 기억할 만한 남자는 한 사람도 없었어. 오늘날 사람들은 인생의 어느 시기에 데이트를 하고 삶을 즐기고 나면 곧 죽음의 그림자가 어른거리기 시작한다고 생각해. 내가 만났던 사람들은 모두 늙는 걸 두려워했어. 끊임없이 자기들의 나이에 대해서 생각했지. 늙은 것에 대한 그 강박관념은 아주 일찍부터 시작돼. 스물다섯 살밖에 안 된 사람들이 그러는 것도 봤어. 일단 그런 강박관념에 사로잡히기 시작하면 갈수록 심해지지. 나는 그런 사람들과 만나는 것을 그만두기로 했어. 그런 판에서 벗어나고 싶었지. 이제 나는 새로운 삶을 살고 있어. 쾌락에서 놓여난 평온한 삶이야. 퇴근해서 돌아오면 책을 읽고 허브 차나 따뜻한 음료를 마셔. 주말에는 크레시에 가서 조카들과 많은 시간을 보내. 하지만 때로 남자가 필요하다고 느끼는 건 사실이야. 밤에는 무섭고 잠을 잘 이루지 못해. 신경 안경제가 있고 수면제가 있지만 그것만으로는 충분치 않아. 인생이 아주 빠르게 지나갔으면 좋겠어.」

미셸은 말없이 듣고만 있었다. 그는 그녀의 이야기에 전혀 놀라지 않았다. 여자들은 대부분 달뜬 채 청소년기를 보낸다. 그 시절에는 남자들과 섹스에 관심이 많다. 그러다가 점차 섹스에 싫증을 낸다. 허벅지를 벌리고 싶은 마음도 엉덩이를 내밀기 위해 등을 구부리고 싶은 마음도 시들해진다. 그녀들은 애정 어린 관계를 원하지만 찾아내지 못하고, 열정을 원하지만 예전처럼 진정으로 느끼지 못한다. 그러면 그녀들에게는 괴로운 세월이 시작된다.

소파 베드를 펼쳐 놓으니까 그것이 가용 공간을 다 차지하고 있었다. 그녀가 말했다.
「이거 처음으로 사용하는 거야.」
그들은 나란히 누워서 서로 끌어안았다.
「오랜 전부터 피임약을 복용하지 않고 있어. 집에 콘돔도 없는데. 자기 있어?」
「아니……」
그러면서 그는 빙그레 웃었다. 내가 콘돔을 가지고 다닐 거라고 생각해 하는 뜻의 미소였다.
「내가 입으로 해줄까?」
그는 잠시 생각했다가 대답했다.
「응. 그래.」
기분 좋은 펠라티오였다. 하지만 쾌감이 그리 강렬하지는 않았다(따지고 보면 그는 한 번도 강렬한 쾌감을 느껴 본 적이 없었다. 성적인 쾌감이란 어떤 사람들에게는 강렬하지만, 어떤 사람들에게는 그저 그런 것이거나 하찮은 것일 수도 있다. 그 차이는 어디에서 오는 걸까? 교육의 문제인가? 뉴런들이 접속되는 방식의 문제인가? 아니면 뭘까?). 그녀의 펠라티오는 쾌감을 준다기보다 감동을 주었다. 그것은 재회와 중단된 운명의 상징이었다. 아나벨이 펠라티오를 끝내고 돌아누워 잠이 들었을 때, 미셸은 그녀를 품에 안았다. 놀랍고 신기했다. 그녀의 몸은 탄력 있고 부드럽고 따뜻하고 더없이 매끄러웠다. 그녀의 허리는 아주 가늘고 엉덩이는 컸다. 젖가슴은 작고 단단하였다. 그는 그녀의 다리 사이로 한쪽 다리를 밀어 넣고 그녀의 배와 젖가슴에 손을 하나씩 얹었다. 그 부드러움과 따뜻함 속에서 그는 다시 갓난아기로 돌아간 듯한 기분을 느꼈다. 그는 곧 잠이 들었다.

처음에 그는 한 남자를 보았다. 남자는 공간의 한 부분 같은 느낌을 주었다. 몸의 다른 부위는 옷에 가려져 있고 그의 얼굴만이 드러나 있었다. 얼굴에서 두 눈이 반짝이는데 그 표정을 읽어 낼 수가 없었다. 남자의 정면에 거울이 하나 있었다. 거울에 눈을 준 순간 남자는 허공 속으로 떨어지는 듯한 기분을 느꼈다. 그럼에도 그는 거울 앞에 자리를 잡고 앉았다. 그는 거울에 비친 자기 모습을 자기와 독립되어 있고 다른 사람들과 소통할 수 있는 정신적 형상으로 간주하였다. 그렇게 1분쯤 지나니까 어느 정도 무심한 상태가 되었다. 하지만 몇 초 동안 고개를 돌리자 모든 게 다시 원점으로 돌아갔다. 그는 다시금 거울에 비친 형상과 자기가 같은 존재라는 느낌을 애써 지워 버려야만 했다. 자아란 간헐적으로 찾아오는 신경증이다. 그는 자기의 그 신경증이 치유되려면 아직 멀었다고 생각했다.

그 다음에 그는 하얀 담을 보았다. 담에 문자들이 나타나고 있었다. 그 문자들은 조금씩 두꺼워지더니 담벽에 일종의 저부조(低浮彫)를 만들어 냈다. 그것은 맥박이 뛰는 것처럼 팔딱거리는 저부조였다. 그 팔딱거림이 혐오감을 주었다. 문자들은 먼저 〈평화〉라는 단어를 만들고 다음엔 〈전쟁〉이라는 단어를 만들었다. 이어서 다시 〈평화〉라는 단어가 새겨졌다. 그러다가 일거에 그 현상이 중단되었다. 담벽의 표면은 다시 반들반들해졌다. 공기가 액체로 변하고 그 속으로 어떤 파동이 지나갔다. 거대한 태양이 노랗게 빛나고 있었다. 그는 시간의 뿌리가 형성되는 장소를 보았다. 그 뿌리는 나선형의 덩굴손을 내밀며 우주 전체로 뻗어 나갔다. 중심 부근의 덩굴손들은 마디가 많았고 말단의 덩굴손들은 새순처럼 싱싱하고 끈적끈적하였다. 이 덩굴손들은 공간의 이 부분 저 부분에 달라붙어 그것들을 얽고 묶었다.

그는 죽은 남자의 뇌를 보았다. 그 뇌는 공간의 부분이면서 공간을 포함하고 있었다.

마지막으로 그는 공간의 정신적 결집체를 보았고, 그것과 반대되는 정신의 공간적 결집체도 보았다. 또한 공간을 구조화하는 정신의 갈등을 보았고, 두 개의 구(球)를 나누고 있는 아주 가느다란 선 같은 공간을 보았다. 첫번째 구에는 존재와 구별이 있었다. 두 번째 구에는 무(無)와 개인의 소멸이 있었다. 그는 주저 없이 몸을 돌려 두 번째 구를 향해 평온한 마음으로 걸어갔다.

그는 침대에서 빠져나왔다. 아나벨은 고른 숨을 쉬며 자고 있었다. 입방체 모양의 소니 알람 시계에 〈03:37〉이라는 숫자가 나타나 있었다. 다시 잠들 수 있을까? 다시 자야 한다. 그는 자기가 가져온 〈자낙스〉를 몇 알 먹었다.

이튿날 아침, 그녀는 그에게 커피를 끓여 주었다. 그녀 자신은 홍차를 마시고 토스트를 먹었다. 날씨가 화창했다. 하지만 벌써 약간 쌀쌀했다. 그녀는 그의 벗은 몸을 바라보았다. 그의 몸은 중년 남자의 몸이 아니었다. 놀랍게도 청소년기의 날씬함을 그대로 간직하고 있었다. 하지만 그들은 이제 예전의 그들이 아니었다. 그녀는 아이를 갖고 싶어도 유전적 기형이 생길 위험을 무릅쓰지 않고는 아이를 낳을 수 없는 처지였다. 그의 경우에도 남성적인 능력이 이미 상당히 약해져 있는 상태였다. 종의 보존이라는 관점에서 보면, 그들은 시시한 유전적 가치를 지닌 늙어 가는 두 개체였다. 그녀는 많은 일을 겪으며 살았다. 코카인을 복용한 적도 있고 파르투즈에 참가한 적도 있으며 호화 호텔에서 잔 적도 있다. 그녀가 청춘을 보낸 시대는 풍속의 해방이 대세였고, 그녀는 자신의 미모 때문에 그 조류의 중심에 놓이게 되었다. 그녀는 그 때문에 고통을 받았고 결국은 자기 인생을 거의 다 잃고 말았다. 반면에 미셸은 무관심 때문에 그 조류는 물론이고 인생 그 자체의 주변에 놓이게 되었고, 그 조류의 영향을 받지 않았다. 그는 그저 자기 동네 〈모노프리〉의 충실한 고객이 되고 분자 생물학 분야의 연구에 매진하는 것으로 만족하였다. 두 사람의 삶은 그렇게 달랐다. 하지만 그 차이가 그들 몸에 어떤 흔적을 남기지는 않았다. 그들은 둘 다 똑같이 늙어 가고 있었다. 세월 그 자체가 파괴 작업을 벌여 그들의 세포와 세포 소기관이 지닌 복제 능력을 서서히 감퇴시키고 있는 것이었다.

높은 지능을 가진 포유류 동물로서 서로 사랑하며 살 수도 있었을 그들은 그 가을날 아침의 찬연한 햇살 속에서 서로를 바라보고 있었다.

그녀가 말했다.

「많이 늦었다는 거 알아. 하지만 시도하고 싶어. 나는 74~75학년도에 쓰던 통학용 열차 패스를 아직 간직하고 있어. 우리가 함께 고등학교를 다니던 시절에 쓰던 패스 말이야. 그걸 볼 때마다 눈물이 나려고 해. 어쩌다 일이 이렇게까지 잘못되었는지 이해할 수가 없어. 이 상황을 도저히 받아들일 수가 없어.」

19

 서구가 한창 자멸해 가고 있는 마당에, 그들에게 가능성이 있을 리 없었다. 그럼에도 그들은 일주일에 한두 번씩 계속 만났다. 아나벨은 산부인과를 다시 찾아갔고, 다시 피임약을 먹기 시작했다. 그는 마침내 삽입 성교를 하기에 이르렀다. 하지만 그가 성행위보다 더 좋아하는 건 그녀 곁에서 자고 그녀의 살아 있는 몸을 느끼는 것이었다. 어느 날 밤, 그는 루앙의 센 강 우안에 있는 놀이 공원을 꿈에서 보았다. 사람이 거의 타고 있지 않은 대형 회전 관람차가 납빛 하늘을 배경으로 허공에서 빙빙 돌아가고 있었다. 그 아래쪽으로 뭍에 올려진 녹슨 화물선들의 실루엣이 보였다. 그는 가건물들 사이로 나아가고 있었다. 가건물들의 빛깔은 요란하지만 윤기가 없었다. 비가 섞인 찬바람이 그의 얼굴을 때렸다. 그가 공원 출구에 다다랐을 때, 가죽 잠바를 입은 젊은이들이 면도칼로 그를 공격했다. 그들은 몇 분 동안 악착같이 그를 괴롭히다가 마침내 놓아주었다. 그의 눈에서 피가 흐르고 있었다. 그는 자기가 영원히 시력을 잃게 되리라고 생각했다. 그의 오른손도 반쯤 잘려 있었다. 하지만 그는 두렵지 않았다. 아나벨이 언제나 자기 곁에 머물며 사랑으로 자기를 감싸 주리라는 것을 알고 있었기 때문이었다.

    11월 1일 만성절을 맞이하여 그들은 술락[49]으로 여행을 떠났다. 거기에는 아나벨 오빠의 별장이 있었다. 도착한 다음 날 아침에 그들은 바닷가로 나갔다. 그는 약간 피곤해서 벤치에 앉았다. 그동안에 그녀는 바닷가를 계속 거닐었다. 바다가 짐승처럼 으르렁거리며 뒤척였다. 그것은 잿빛도 되었다가 은빛으로 바뀌기도 하는 분명치 않은 빛깔의 움직임이었다. 모래톱에 부딪혀 부서지는 파도가 햇살 가득한 수평선에 비말로 피어올라 아름답게 반짝였다. 밝은 색 잠바를 입은 아나벨의 어렴풋한 실루엣이 수면을 따라 움직이는 게 보였다. 늙은 셰퍼드 한 마리가 〈해변 카페〉의 하얀 플라스틱 탁자와 의자 사이로 어슬렁거리고 있었다. 하지만 그 개 역시 공기와 물과 햇살이 어우러진 해미 때문에 그저 어렴풋하게만 보였다.

    저녁 식사 때에 그녀는 농어구이를 주문했다. 그들이 살고 있는 사회는 식욕을 채우는 것에 대해서는 약간의 과잉을 허용하고 있었다. 그러니까 그들도 원하기만 하면 먹는 데서 삶의 즐거움을 찾으려고 해볼 수 있었을 것이었다. 하지만 그들은 그러고 싶은 생각이 별로 없었다.

    그는 연민을 느끼고 있었다. 그녀에 대해서, 그녀가 품고 있는 무량한 사랑에 대해서, 인생의 우여곡절이 망쳐 버린 그 사랑에 대해서 그는 연민을 느꼈다. 연민은 어쩌면 그의 마음을 흔들 수 있는 유일한 인간적 감정일지도 몰랐다. 그 밖의 감정을 마주하면 그는 온몸에 찬 기운이 돌 정도로 신중한 태도를 보이기가 일쑤였다. 사랑에 대해서도 마찬가지였다.

---

49 프랑스 남서부 지롱드 도에 있는 해수욕장. 술락 쉬르 메르를 줄여서 말한 것.

파리에 돌아온 뒤로 그들은 향수 광고에 나오는 것과 비슷한 즐거운 순간들을 경험했다(몽마르트르의 계단을 함께 오르기, 센 강의 다리 위에서 서로 끌어안고 있다가 갑자기 방향을 튼 유람선의 전조등 불빛을 받으며 꼼짝 않고 서 있기 등). 또한 그들은 일요일 오후의 가벼운 말다툼과 시트 속에서 몸을 웅크리고 있는 침묵의 순간과 삶이 느슨하게 풀어지는 권태의 순간도 경험했다. 아나벨의 원룸은 빛이 잘 들지 않아서 오후 4시만 되면 불을 켜야 했다. 그런 어두운 분위기 때문인지 이따금 슬픈 기분에 젖는 때도 있었다. 하지만 그 어떤 순간에도 그들은 진지함을 잃지 않았다. 그들은 자기들 인생에서 마지막으로 진정한 인간관계를 경험하고 있다는 것을 잘 알고 있었다. 그런 느낌 때문에 그들의 한 순간 한 순간은 어떤 애절한 것이 되지 않을 수 없었다. 그들은 서로를 대단히 소중하게 여겼고 서로에 대해 크나큰 연민을 느꼈다. 그러나 그런 태도가 미래에 대한 희망으로 이어지지는 않았다. 어쩌다 뜻밖의 마법이 작용한 덕분에 그들 사이로 상쾌한 바람이 불고 찬란한 햇살이 비쳐드는 날도 있기는 했다. 하지만 그런 날보다는 그들 속으로, 그들이 딛고 있는 땅 위로 잿빛 그늘이 번져 가고 있음을 느끼는 날이 더 많았다. 그들은 모든 것에서 종말의 낌새를 보고 있었다.

20

 브뤼노와 크리스티안 역시 파리로 돌아왔다. 아그드 곳이 아무리 좋다 해도 휴가를 더 연장할 수는 없는 노릇이었다. 이튿날 출근을 하면서 그는 가짜 진단서로 자기에게 2주간의 휴가라는 놀라운 선물을 안겨 준 그 의사를 생각했다. 그러다가 그르넬 거리에 있는 사무실에 도착해서야 햇볕에 그을린 자기 모습이 전혀 아팠던 사람처럼 보이지 않을 거라는 사실을 깨달았다. 상황이 좀 우습게 됐구나 싶었다. 하지만 아무려면 어떠랴 하는 생각도 동시에 들었다. 그의 직업과 관련된 모든 것들, 즉 동료들, 재충전을 위한 연수, 청소년 인격 형성, 다른 문화에 대한 열린 태도를 가르치는 것 등등은 이제 전혀 중요해 보이지 않았다. 그에게는 크리스티안이 있었다. 그에게 성적인 쾌감을 주고 그가 아플 때 보살펴 주는 크리스티안이 중요했다. 바로 그 순간에 그는 생각했다. 다시는 아들을 만나러 가지 않게 되리라고.
 한편 크리스티안의 아들 파트리스는 그녀가 없는 사이에 아파트를 온통 난장판으로 만들어 놓았다. 뭉개진 피자 조각과 콜라 깡통과 담배꽁초가 거실 바닥에 흩어져 있었고, 바닥이 군데군데 불에 그을어 있었다. 그녀는 한참을 망설이다가, 호텔에 가서 자고 싶은 마음을 억누르고 청소를 하기로 결심했다.

누아용은 지저분하고 재미없고 위험한 도시였다. 그녀는 주말마다 파리에 가는 버릇을 들였다. 그들은 거의 토요일마다 커플 전용 나이트클럽 — 〈2+2〉, 〈크리스와 마뉘〉, 〈샹델〉 — 에 갔다. 〈크리스와 마뉘〉에서 보낸 첫 밤은 브뤼노에게 두고두고 아주 선연한 기억으로 남게 된다. 댄스 플로어 옆으로 방들이 여러 개 있었다. 연보랏빛으로 야릇한 조명을 한 방들이었다. 방 안에는 침대들이 나란히 놓여 있었다. 그들 주위에서 여러 커플이 섹스를 하거나 애무를 하고 있었다. 여자들은 대부분 알몸이었지만, 블라우스나 티셔츠를 그대로 입고 있는 여자들과 그냥 드레스만 말아 올리고 있는 여자들도 더러 보였다. 가장 커다란 방에는 스무 쌍쯤 되는 커플이 있었다. 말은 거의 오고 가지 않았다. 에어컨 윙윙거리는 소리와 쾌감의 절정으로 올라가는 여자들의 감창 소리만이 들릴 뿐이었다. 그는 침대 하나를 골라 앉았다. 바로 옆에서 키가 큰 젖가슴이 풍만한 갈색 머리 여자가 쉰 살쯤 되어 보이는 남자로부터 애무를 받고 있었다. 남자는 셔츠와 넥타이를 그대로 착용하고 있는 반라의 차림이었다. 크리스티안이 그의 바지 단추를 끄르고 주위를 둘러보면서 수음을 해주기 시작했다. 그러자 한 남자가 다가오더니 그녀의 치마 속으로 손을 넣었다. 그녀가 훅을 끄르자 치마가 카펫 위로 미끄러져 내렸다. 그녀는 속에 아무것도 입지 않고 있었다. 남자는 무릎을 꿇고 그녀를 애무하기 시작했다. 그러는 동안 그녀는 계속 브뤼노에게 용두질을 해주었다. 브뤼노 옆의 갈색 머리 여자는 점점 더 큰 소리로 신음 소리를 내고 있었다. 그는 여자의 젖가슴을 두 손으로 움켜쥐었다. 그는 마치 발정 난 쥐처럼 발기해 있었다. 크리스티안이 입을 갖다 대어 귀두의 홈과 소대(小帶)를 혀끝으로 간질이기 시작했다. 또 다른 커플이 들어와서 그들 옆에 앉았다. 여자는 인조가죽으로 된 미니스커트를 입고 있었다. 스물 살쯤 되어 보이는 자그마한 적갈색 머리 여자였다. 그녀는 브뤼노의 성기를 핥고 있는 크리스티안을 바라보았다. 크리스티안은 그녀에게 미소를 짓고 자기 티셔츠를 벗어 젖가슴을 보여 주었다. 그러자 적갈색 머리 여자는 자기 치마를 말아 올려 거웃이 무성한 음부를 드러냈다. 그녀는 거웃도 적갈색이었다. 크리스티안은 그녀의 한 손을 잡아 브뤼노의 성기 쪽으로 이끌었다. 그러자 여자가 브뤼노의 성기를 흔들기 시작했다. 그러는 동안 크리스티안은 다시 혀를 갖다 대어 핥아 주었다. 브뤼노는 몇 초 만에 도저히 억제할 수 없도록 갑자기 쾌감이 고조되는 바람에 크리스티안의 얼굴에 사정을 하고 말았다. 그는 몸을 벌떡 일으켜 크리스티안을 품에 안으며 말했다.

「미안해. 정말 미안해.」

크리스티안은 그에게 키스를 하고 그의 몸에 바싹 기대어 왔다. 그는 그녀의 뺨에 묻은 자기 정액 냄새를 맡았다. 그녀가 다정하게 말했다.

「괜찮아. 정말 괜찮아.」

조금 뒤에 그녀가 다시 말했다.

「우리 그만 나갈까?」

그는 슬픈 마음으로 그러자고 했다. 그의 흥분이 완전히 가라앉아 있었다. 그들은 얼른 옷을 다시 입고 바로 클럽에서 나왔다.

그 다음 몇 주 사이에 브뤼노는 자신을 조금 더 잘 조절할 수 있게 되었다. 그럼으로써 행복한 호시절이 시작되었다. 그의 삶에 비로소 하나의 의미가 생겼다. 그 의미는 그녀와 주말을 함께 보내는 데에서만 찾을 수 있는 것이었다. 그는 〈프낙〉 서점의 건강 코너에서 미국의 어떤 성의학자가 쓴 책을 찾아냈다. 저자가 주장하는 것의 핵심은 고환 바로 아래에 있는 활 모양의 작은 근육, 즉 치골미골근을 단련시키는 것이었다. 오르가슴 직전에 이 근육을 급격하게 수축시키면 원리상으로 사정을 피하는 것이 가능하다는 얘기였다. 브뤼노는 책에서 이르는 대로 연습을 하기 시작했다. 그것은 집요하게 매달릴 가치가 있는 하나의 목표였다. 클럽에 갈 때마다 엄청난 정력으로 그를 아연실색케 하는 남자들이 늘 있었다. 그들 가운데 일부는 그보다 나이가 많았다. 그들은 여러 여자와 내처 삽입 성교를 하고 몇 시간 동안 수음과 펠라티오를 받으면서도 발기 상태를 계속 유지하는 괴력을 발휘하곤 했다. 또한 브뤼노는 대다수 남자들의 성기가 자기 것보다 훨씬 크다는 사실을 확인하고 주눅이 들었다. 크리스티안은 그건 전혀 문제가 되지 않는다, 자기에게 그건 조금도 중요하지 않다고 누차 말했다. 그는 그녀의 말을 믿었다. 그녀는 분명히 그를 사랑하고 있었다. 하지만 그가 보기에 클럽에서 만나는 여자 대부분은 그가 성기를 꺼낼 때마다 약간 실망을 느끼는 듯했다. 물론 누구도 그의 성기가 작다고 말한 적은 없었다. 클럽에 오는 사람들은 누구나 예의 바르고 정중했으며, 클럽의 분위기는 언제나 화기애애했다. 그러나 그의 성기를 바라보는 여자들의 눈은 거짓말을 하지 않았다. 그녀들의 눈에 담긴 표정을 읽으면서 그는 성적인 면에서도 자기가 전혀 유능하지 않다는 사실을 점차 깨닫게 되었다.

그래도 그는 클럽을 드나들면서 일찍이 느껴 보지 못한 강렬한 쾌감의 순간들을 경험하였다. 그야말로 울부짖는 소리가 저절로 튀어나오고 금방이라도 실신해 버릴 것 같은 엄청난 쾌감의 순간들을 말이다. 그건 정력하고는 전혀 상관이 없었다. 정력보다는 오히려 기관의 민감성과 관계가 있는 듯했다. 한편 그는 애무를 아주 잘했다. 크리스티안이 그렇게 말했고 그 자신도 그게 사실임을 알고 있었다. 그가 애무를 해서 여자를 오르가슴으로 이끌지 못하는 것은 매우 드문 일이었다.

12월 중순경에 그는 크리스티안이 조금씩 야위어 가고 있다는 것을 알아차렸다. 그녀의 얼굴에 붉은 반점이 많이 피어 있었다. 그녀는 등허리가 계속 아파서 약의 복용량을 늘렸기 때문이라고 설명했다. 살이 빠지고 얼굴에 반점이 생긴 것은 약간의 부작용일 뿐이라는 것이었다. 그는 그녀가 난처해하고 있음을 느꼈다. 그 때문에 불안한 생각이 들기 시작했다. 그녀가 그를 안심시키기 위해 거짓말을 하는 것일 수도 있었다. 그녀는 마음이 너무 여리고 착한 여자였다. 토요일 저녁에는 대개 그녀가 요리를 하였다. 그들은 아주 맛있는 식사를 한 다음 클럽에 가곤 했다. 그녀는 가터벨트를 착용하고 속이 비치는 톱에 트임이 있는 치마를 즐겨 입었다. 때로는 가랑이가 터진 보디를 입기도 했다. 그녀의 음부는 부드럽고도 자극적이었으며, 그의 손길이 닿기만 하면 금방 축축해지곤 했다. 브뤼노로서는 한번도 기대해 본 적이 없는 경이로운 밤들의 연속이었다. 이따금 크리스티안이 남자들과 잇달아 관계를 가질 때, 그녀의 심장 박동이 너무 빨라지고 땀이 비 오듯 흐르는 경우가 있었다. 그러면 브뤼노는 질겁하여 행위를 중단시키고 그녀를 꼭 껴안아 주었다. 그녀는 그에게 몸을 바싹 기댄 채 키스를 하였고, 그는 그녀의 머리와 목을 어루만졌다.

21

 물론 거기에도 출구는 없었다. 커플 전용 클럽에 자주 드나드는 남녀들은 처음엔 섬세함과 감수성과 느긋함을 요구하는 쾌락을 추구하지만, 이내 그런 쾌락을 포기하고 성적 환상을 좇는 성행위로 방향을 바꾼다. 이런 성행위는 〈카날 플뤼스〉에서 방영되는 인기 포르노의 〈갱뱅〉 장면들을 직접 모방한 것이라서, 성의 없고 피상적인 것이기가 십상이다. 카를 마르크스는 자기가 속해 있던 체제의 한복판에서 〈이윤율 저하 경향〉이라는 불가사의한 개념을 독성이 강한 하나의 형이상학적 원리로 제시하였다. 그와 비슷하게, 브뤼노와 크리스티안이 들어간 그 절대 자유주의적 체제에도 쾌락률 저하 경향이 하나의 법칙으로 존재했다고 주장하고 싶어 하는 이들이 있을지 모르겠다. 하지만 그것은 실상을 지나치게 단순화한 부정확한 주장일 가능성이 많다. 욕망과 쾌락은 문화적이고 인류학적인 현상이다. 이것들은 한 사회의 성격을 결정짓는 요인이 아니라, 오히려 그 사회가 어떠하냐에 따라 성격이 달라지는 것들이다. 결국 욕망과 쾌락 그 자체로는 한 사회 구성원들의 성행동에 관해 거의 아무런 설명도 할 수가 없다. 사랑과 낭만이 있는 일부 일처제 사회에서는 원칙적으로 사랑하는 사람을 통해서만 성적인 욕망과 쾌락이 실현된다. 그에 반해서 브뤼노와 크리스티안이 살고 있던 자유 분방한 사회에서는 공식적인 문화(광고, 잡지, 사회 기구, 공중 보건 기관)가 제시하는 성적인 모델이 〈모험〉의 원리에 바탕을 둔 것이었다. 이런 체제에서는 욕망과 쾌락이 〈유혹〉이라는 과정의 결과로 나타난다. 이 과정에서 강조되는 것은 새로움, 열정, 개인의 창의성 등이다(이것들은 기업에서 사원들에게 요구하는 특성이기도 하다). 이러한 정신적 기준들이 힘을 잃고 육체적인 기준들이 득세하게 되면서, 커플 전용 클럽의 단골들은 점차 약간 다른 체제로 옮아간다. 그 다른 체제란 사드 후작을 추종하는 자들의 세계다. 공식 문화는 이 체제를 받아들이지 않지만, 속으로는 이 체제에 대해 성적 환상을 품고 있다. 이런 체제 속에 들어가자면, 자지는 크고 단단해야 하고 젖가슴에는 실리콘을 넣어야 하며 보지에는 거웃이 제거되고 음액이 흥건해야 한다. 커플 전용 클럽에 자주 드나드는 여자들은 대개 『코넥시옹』이나 『핫 비디오』 같은 잡지의 애독자였다. 그녀들이 클럽에 오는 목적은 그저 다수의 커다란 남근을 자기들 몸속에 넣는 것이었다. 커플 전용 클럽에 이어서 그녀들이 다음 단계로 찾아가는 곳은 일반적으로 새디스트·매저키스트 클럽이었다. 〈습관은 제2의 천성이다〉라고 말한 철학자 파스칼이 만일 이런 일에 관심을 가졌다면, 그는 아마도 이렇게 말했을 것이다. 〈성적인 쾌락은 습관의 문제다〉 하고 말이다.

브뤼노의 음경은 발기했을 때의 길이가 13센티미터였고, 발기 상태도 신통한 편은 아니었다(사춘기의 처음 얼마 동안을 제외하면 발기가 아주 오랫동안 지속된 적이 없었고, 한번 사정하고 나서 다음에 발기할 때까지 걸리는 시간은 그때 이후로 상당히 길어져 있었다). 그런 점에서 보면, 사실 브뤼노에게는 커플 전용 클럽 같은 장소가 전혀 어울리지 않았다. 그럼에도 많은 음부와 입을 접하게 되어 행복했다. 그건 예전 같으면 감히 꿈꿀 엄두조차 못 냈을 일이었다. 그 점에 대해서 그는 크리스티안에게 고마움을 느끼고 있었다. 그녀가 다른 여자들을 애무하는 순간은 아마도 클럽에서 경험할 수 있는 가장 감미로운 순간이었을 것이다. 그녀는 혀끝을 아주 민첩하게 놀렸고, 음핵을 찾아 자극하는 손가락의 움직임도 능숙했다. 그래서 그녀가 상대하는 여자들은 언제나 황홀해하는 모습을 보였다. 하지만 그녀의 애무에 대한 보답으로 그녀들이 브뤼노에게 해주는 것은 실망스럽기가 일쑤였다. 그녀들의 음부는 남자들의 잇단 삽입과 난폭한 손놀림(대개는 손가락으로, 때로는 한 손 전체로 하는 수음) 때문에 열릴 대로 열려 있었고 이미 달아오를 대로 달아올라 있었다. 그녀들이 브뤼노에게 해주는 수음은 크리스티안이 해주는 것과는 사뭇 달랐다. 그녀들은 포르노 여배우들의 격렬한 손놀림을 흉내내어, 마치 그의 물건이 무감각한 살덩어리라도 되는 양, 우스꽝스러운 피스톤 동작으로 마구 흔들어 댔다(온 실내를 진동시키던 테크노 음악도 더 섬세한 관능의 리듬이 생기는 것을 방해함으로써 그녀들의 손놀림이 지나치게 기계적인 것이 되게 하는 데에 한몫을 했다). 브뤼노는 이렇다 할 쾌감도 느끼지 못한 채 일찍 사정을 해버리곤 했다. 그러면 그날 밤은 끝나는 것이었다. 그들은 30분에서 1시간 정도 더 머물러 있기는 했지만, 크리스티안이 아무리 애를 써도 그의 활력은 좀처럼 되살아나지 않았다. 이튿날 잠에서 깨어나면, 그들은 다시 섹스를 했다. 그럴 때 브뤼노는 비몽사몽 속에서 간밤의 이미지들을 한결 부드러워진 형태로 다시 떠올리곤 했다. 대단히 감미로운 순간들이었다.

따지고 보면 가장 이상적인 것은 클럽에 가는 것이 아니라,

몇 커플을 집으로 초대해서 정답게 이야기를 나눠 가며 애무를 주고받는 것이었으리라. 브뤼노는 내심으로 그들이 머지않아 그런 길로 들어서게 되리라 확신하고 있었다. 그런 날이 올 것에 대비해서 미국 성의학자가 권한 근육 강화 훈련을 계속할 필요가 있었다. 크리스티안과 함께하는 그 일은 인생의 다른 어떤 일보다도 그에게 많은 기쁨을 안겨 주었다. 그것은 아주 중요하고 진지한 일이었다. 그는 그녀가 옷을 입고 있는 모습이나 주방에서 분주하게 일하고 있는 모습을 바라볼 때마다 그런 생각을 하곤 했다.

하지만 그녀와 멀리 떨어져 있는 주 중에는 방정맞은 생각이 자꾸 고개를 들었다. 운명이 나에게 얄궂은 장난을 치고 있는 게 아닐까? 삶이 마지막으로 나를 비열하게 놀리고 있는 것이 아닐까?

행복이 손에 잡힐 듯 가까이 있다고 느낄 때 찾아오는 불행, 그것이야말로 우리 인생의 가장 큰 불행이다.

사고는 2월의 어느 날 밤에 일어났다. 그들이 〈크리스와 마누〉에 있을 때의 일이었다. 브뤼노는 중앙에 있는 큰방에서 방석을 머리에 괸 채 크리스티안의 펠라티오를 받던 중이었다. 그녀는 무릎을 꿇은 자세에서 다리를 벌리고 엉덩이를 들어올린 채 그의 살 위로 윗몸을 숙이고 있었다. 그녀의 뒤로 지나가던 남자들이 콘돔을 끼고 번갈아 가며 그녀와 관계를 가졌다. 그렇게 다섯 남자가 거쳐 갔다. 그녀는 그들에게 눈길을 주지 않고, 마치 꿈을 꾸듯 눈을 반쯤 감은 채 브뤼노의 성기에 댄 혀를 조금씩 이리저리 움직이고 있었다. 그때 갑자기 그녀가 외마디 비명을 질렀다. 그녀 뒤에는 곱슬머리의 크고 건장한 사내가 있었다. 그는 허리를 크게 놀리며 계속 그녀의 몸속으로 파고 들어왔다. 그의 시선은 텅 비어 있었다. 마음을 딴 곳에 팔고 있는 듯했다. 브뤼노가 소리쳤다.
「그만해요! 그만해!」
 브뤼노는 자기가 크게 소리를 질렀다고 생각했지만, 그의 목소리는 곱슬머리 사내에게 전달되지 않았다. 그는 힘없이 우는소리를 냈을 뿐이었다. 그는 벌떡 일어나 사내를 사납게 떼밀었다. 사내는 얼떨떨한 표정으로 성기를 곧추세운 채 두 팔을 건들건들 흔들었다. 크리스티안은 옆으로 쓰러져 있었다. 얼굴을 일그러뜨리고 있는 것으로 보아 몹시 고통스러운 듯했다.
「많이 아파? 못 움직이겠어?」
 그녀는 고갯짓으로 움직일 수 없다는 뜻을 표시했다. 브뤼노는 바 쪽으로 달려가서 전화를 요구했다. 10분 후에 의료 구급대가 도착했다. 클럽의 남녀들이 모두 옷을 다시 입은 뒤였다. 그들은 구급대원들이 크리스티안을 들어올려 들것에 내려놓는 광경을 지켜보았다. 브뤼노는 그녀 곁을 지키려고 구급차에 올라탔다. 거기에서 아주 가까운 곳에 파리 시립 병원이 있었다. 그는 리놀륨으로 장식된 복도에서 몇 시간 동안 기다렸다. 마침내 당직 인턴이 와서 그녀가 이제 자고 있다고 알려주었다. 생명에는 지장이 없다고 했다.
 이튿날인 일요일 낮에 골수 채취가 행해졌다. 브뤼노는 저녁 6시쯤에 다시 병원으로 갔다. 벌써 어두웠다. 센 강 위로 차가운 가랑비가 내리고 있었다. 크리스티안은 베개 더미로 등을 받친 채 침대에 앉아 있다가 브뤼노를 보고 싱긋 웃었다. 진단은 간단했다. 꼬리척추뼈의 괴저가 치료가 불가능한 상태에 이르렀다고 했다. 그녀는 몇 달 전부터 이런 일을 예상하고 있었다. 어느 때고 일어날 수 있었던 일이 마침내 닥친 것이었다. 약은 병의 진행 속도를 늦출 뿐 진행 자체를 막지는 못했다. 이제 상황은 더 진전되지 않을 것이고, 합병증을 걱정할 필요도 없었다. 하지만 그녀는 이제부터 두 다리가 완전히 마비된 채 살아야 한다고 했다.

그녀는 열흘 뒤에 퇴원했다. 그날 브뤼노는 병원에 갔다. 이제 전과는 아주 다른 상황이 그를 기다리고 있었다. 인생은 혼미하고 긴 우수(憂愁)의 시간대로 점철되어 있다. 사람들은 인생의 대부분을 맥이 빠진 채로 보낸다. 그러다 보면 어느 날 갑자기 갈림길이 나타난다. 이 갈림길에서 어느 쪽을 선택하든 그것은 돌이킬 수 없는 것이 되고 만다.

크리스티안은 이제부터 장애 연금을 받게 될 것이고, 더는 일을 하지 않아도 될 터였다. 가사 지원 서비스도 무료로 받게 되어 있었다. 그녀가 휠체어를 굴려 브뤼노 쪽으로 다가왔다. 바퀴를 굴리는 것이 아직 서툴렀고, 팔뚝에 힘이 부족해 보였다. 그는 그녀의 두 뺨에, 그리고 입술에 키스를 하였다. 그가 말했다.

「이제 파리로 와. 내 집에 와서 살아도 되잖아?」

그녀가 상냥하게 물었다.

「자신 있어? 그게 정말 당신이 원하는 거야?」

그는 대답하지 않았다. 아니, 대답에 뜸을 들였다. 30초쯤 침묵이 흐른 뒤에 그녀가 덧붙였다.

「억지로 그러지 마. 당신에겐 아직 인생을 즐길 시간이 조금 더 남아 있어. 장애자를 돌보느라고 남은 인생을 허비할 필요는 없잖아?」

현대인들의 의식은 언젠가는 죽게 마련인 인간 조건에 적응하지 못하고 있다. 오늘날 사람들은 아주 오래오래 줄기차게 자기들 나이에 대해서 생각한다. 일찍이 어떤 시대, 어떤 문명에서도 나이에 대한 생각이 이토록 집요했던 적은 없다. 현대인들 각자의 머릿속에는 미래에 대한 한 가지 단순한 전망이 들어 있다. 자기의 남아 있는 삶에서 기대할 수 있는 육체적 쾌락의 총량이 고통의 총량을 밑도는 때가 오리라는 전망 말이다(요컨대, 현대인들은 자기들 마음속에서 계량기가 돌아가고 있음을 느끼고 있다. 그리고 이 계량기는 언제나 같은 방향으로 돈다). 사람에 따라 이르거나 늦거나 하는 차이는 있지만, 현대인들은 누구나 자기에게 남아 있는 쾌락과 고통의 양을 비교하는 때를 맞게 된다. 인생의 어느 고비부터 이런 성찰은 자살에 대한 생각으로 이어지게 마련이다. 그 점과 관련해서 우리가 주목할 만한 흥미로운 사실이 하나 있다. 20세기 말에 많은 사람들의 존경을 받았던 두 지식인 질 들뢰즈와 기 드보르가 자살했다는 사실이 바로 그것이다. 이들의 자살에는 뚜렷한 이유가 없었다. 이유가 있다면 단 하나, 장차 자기들의 육신이 쇠퇴해 가리라는 생각을 견디지 못했다는 것이다. 사람들은 이들의 죽음에 전혀 놀라지 않았고 어떤 논평도 가하지 않았다. 이 두 사람의 경우에 국한하지 않고 더 일반적으로 살펴보더라도, 오늘날의 자살 중에서 가장 빈번한 것은 노인들의 자살이다. 그리고 노인들의 자살은 얼마든지 있을 수 있는 일로 받아들여지기가 십상이다. 현대인들의 특성을 잘 보여 주는 예가 하나 더 있다. 사람들에게 물어보라. 만일 폭탄 테러를 당하게 된다면 자기가 어떻게 되기를 바라느냐고. 거의 대부분의 사람들은 팔다리가 잘리거나 얼굴이 흉해지기보다는 그 자리에서 죽는 게 낫다고 생각할 것이다. 그 이유는 뭘까? 그들이 삶에 조금 지쳐 있다는 것도 물론 한 가지 이유가 될 수 있을 것이다. 하지만 주된 이유는 불구가 되거나 몸의 기능을 잃고 살아가는 것이 죽음을 포함한 그 어떤 것보다도 끔찍해 보인다는 것이다.

그는 라 샤펠 앙 세르발 근처에서 방향을 틀었다. 콩피에

뉴 숲[50]으로 들어가 나무를 들이받아 버리면 모든 게 아주 간단하게 끝나 버릴 듯했다. 그는 몇 초 동안 더 망설이다 돌아나왔다. 가엾은 크리스티안.

그는 크리스티안이 누아용으로 떠난 뒤에 며칠 동안 망설이다가 그녀에게 전화를 걸었었다. 그는 그녀가 아들과 단둘이 영세민 아파트에 있다는 것을 알고 있었다. 휠체어에 앉아 그의 전화를 기다리고 있을 그녀를 상상하기도 했다.

그녀 말마따나 그가 장애자를 돌보며 살아가야 할 이유는 없었다. 그러니까 그녀는 그에 대한 원망을 품지 않고 죽었을 것이었다. 계단 아래 우편함 근처에서 그녀의 휠체어가 부서진 채 발견되었다고 했다. 얼굴이 부어오르고 목이 부러진 그녀와 함께. 그녀가 소지하고 있던 장애인 카드의 〈사고 시에 연락할 사람〉 난에는 브뤼노의 이름이 있었다. 그녀는 병원으로 실려 가던 중에 죽었다.

복합 장의 시설은 누아용을 조금 벗어난 곳에 있었다. 누아용에서 쇼니 쪽으로 가다가 바뵈프를 지나자마자 꺾어 들어가야 하는 곳이었다. 파란 작업복을 입은 직원 두 사람이 하얀 조립식 건물 안에서 그를 기다리고 있었다. 건물 안은 공업 고등학교의 실습실과 조금 비슷한 느낌을 주었다. 라디에이터가 많아서 그런지 너무 더웠다. 통유리창 너머로 반(半)주거 지역의 나직한 새 건물들이 보였다. 아직 뚜껑이 열려 있는 관이 가대(架臺)식 테이블 위에 놓여 있었다. 브뤼노는 다가가서 크리스티안의 시신을 보았다. 그 순간 그는 자기가 뒤로 쓰러지고 있음을 느꼈다. 그의 머리가 쿵 하고 바닥에 부딪혔다. 직원들이 조심조심 그를 일으켜 세웠다.

「울어요! 울어야 돼요!」

---

50 우아즈 도의 누아용에서 파리 쪽으로 25킬로미터쯤 떨어진 곳에 있는 숲.

나이가 더 많은 직원이 간곡한 목소리로 그에게 재우쳤다. 그는 머리를 흔들었다. 그는 자기가 울 수 없으리라는 것을 알고 있었다. 움직일 수도 없고 숨을 쉴 수도 없는 크리스티안의 시신. 말을 할 수도 없고 사랑을 할 수도 없는 크리스티안의 시신. 이제 그 몸을 위해서는 어떤 운명도 마련될 수 없었다. 그리고 그것은 온전히 그의 탓이었다. 이번엔 모든 카드를 다 뽑았고 마지막 판이라고 생각하면서 남은 것을 다 걸었는데, 이 판마저 실패로 끝나 가고 있었다. 예전에 그의 부모가 그랬듯이 그는 한 사람을 진정으로 사랑할 수 있는 능력이 없었다. 마치 허공에 붕 떠 있는 것처럼 감각이 몸과 따로 노는 상태에서, 그는 직원들이 전동 드릴로 관 뚜껑을 고정시키는 광경을 보았다. 그는 그들을 따라 〈침묵의 벽〉으로 갔다. 높이가 3미터쯤 되는 콘크리트 벽 속에 관을 안치하는 캡슐들이 벌집구멍처럼 포개어져 있었다. 반 정도는 빈 구멍이었다. 나이 많은 직원은 지시 사항이 적힌 문서를 들여다보고 나서 632번 캡슐 쪽으로 갔다. 그의 동료는 관을 올려놓은 작은 손수레를 밀면서 그의 뒤를 따라갔다. 바깥 공기는 습하고 차가웠다. 비가 내리기 시작한 참이었다. 632번 캡슐은 바닥에서 약 1미터 50센티미터쯤 올라간 중간 높이에 있었다. 직원들은 가뿐한 동작으로 관을 들어올려 캡슐 안으로 밀어 넣었다. 그런 다음 압축공기 스프레이 건을 이용해서 순간건조식 시멘트를 틈새에 분사했다. 일이 다 끝나자 나이 많은 직원이 브뤼노에게 장부에 서명을 해달라고 했다. 그가 자리를 뜨면서 말했다.

「원하시면 이 자리에 더 계셔도 됩니다. 묵상하고 천천히 나오시죠.」

브뤼노는 1번 고속 도로를 타고 돌아와 오전 11시쯤 파리

외곽 순환 도로에 다다랐다. 그는 하루를 다 쓸 작정을 하고 휴가를 냈었다. 장례식이 그렇게 빨리 끝나리라고는 생각하지 못했다. 그는 샤티용 시문(市門)으로 순환 도로를 빠져나와 알베르 소렐 거리에서 차를 세웠다. 바로 그의 전처가 사는 아파트 정면이었다. 오래 기다릴 것도 없이 10분쯤 지나자 책가방을 등에 진 그의 아들이 에르네스트 레예르 대로로부터 나타났다. 아이는 얼굴에 수심이 가득해 보였고, 걸어가면서 혼자 무어라고 중얼거리고 있었다. 저 애는 무슨 생각을 하고 있을까? 안느 말로는 아이가 혼자 있기를 좋아한다고 했다. 다른 아이들과 함께 학교에서 점심을 먹는 것보다 제 엄마가 아침에 해놓고 간 음식을 혼자 데워 먹는 것을 더 좋아한다는 것이었다. 저 애는 내가 없어서 고통을 받았을까? 아마 그랬을 것이다. 하지만 아이는 그런 내색을 한 적이 없었다. 아이들은 어른들이 건설해 놓은 세계를 잘 견뎌 낸다. 아이들은 최선을 다해 그 세계에 적응하려고 애쓴다. 훗날 그들은 대개 그 세계를 답습한다.

그의 아들 빅토르는 현관에 다다라서 비밀번호를 눌렀다. 아이는 자동차에서 몇 미터 떨어진 곳에 있었지만 브뤼노를 보지 못하고 있었다. 브뤼노는 자동차 문의 손잡이에 한 손을 얹으며 좌석에서 몸을 일으켰다. 아이가 건물 안으로 들어가고 현관문이 다시 닫혔다. 브뤼노는 잠시 엉거주춤한 자세로 꼼짝 않고 있다가 도로 털썩 주저앉았다. 아이에게 무슨 말을 할 수 있단 말인가? 아이에게 해줄 말이 뭐가 있단 말인가? 없었다. 아무것도 없었다. 그는 자기 삶이 끝났다는 것을 알고 있었다. 하지만 그렇게 끝나 버린 이유를 이해할 수 없었다. 모든 것이 어둡고 고통스럽고 모호했다.

그는 자동차를 출발시켜 파리 남부 고속 도로로 진입했다.

그런 다음 앙토니 나들목으로 나와서 보알랑 쪽으로 방향을 틀었다. 교원 정신병원은 베리에르 르 뷔이송에서 약간 떨어진 곳에 있었다. 베리에르 숲 바로 옆이었다. 그는 6개월 넘게 머문 적이 있는 그곳을 아주 잘 기억하고 있었다. 그는 빅토르 콩시데랑 거리에 주차를 하고 병원의 철책문까지 몇 미터를 걸어갔다. 당직을 서고 있는 남자 간호사는 그와 안면이 있는 사람이었다. 브뤼노가 말했다.

「나 다시 왔소.」

22
사오르주, 종점

> 광고가 지나치게 주니어 시장을 겨냥하다 보니,
> 젊음을 우위에 두고 나이든 사람에게 짐짓 친절하게 군다든가
> 노인을 희화화하고 조롱하는 전략이 횡행하였다.
> 세대간에 대화가 부족하다는 우리 사회의 핵심 문제에
> 대처하기 위해서는, 판매 부문과 관련된 사람들 모두가
> 시니어들의 편에 파견된 〈사절(使節)〉이 될 필요가 있다.
> — 코린 메지, 『시니어의 참모습』

모든 게 다 이렇게 끝나도록 되어 있었을 것이다. 아마도 다른 길이나 다른 출구는 없었으리라. 얽혔던 것을 풀고 이미 시작된 것을 완수하는 건 어쩔 수 없이 그래야 했던 일이었을 것이다. 미셸 제르진스키는 그런 심정으로 사오르주라는 마을로 갔다. 북위 44도, 동경 7도 30분에 자리 잡고 있고 표고가 5백 미터를 조금 웃도는 곳이었다. 그는 거기로 가기 전에 먼저 니스에 도착하여 윈저 호텔에 방을 잡았다. 이 호텔은 준(準) 호화 호텔이었지만 분위기가 꽤나 역겨웠다. 이 호텔 객실 하나는 필립 페랭이라는 졸렬한 화가가 장식한 것이라고 했다. 이튿날 아침, 그는 차량이 화려하기로 유명한 니스발 탕드 행 열차를 탔다. 열차는 니스 북쪽 교외를 통과했다. 아랍 인들의 영세민 임대 아파트가 있고 미니텔 채트 룸으로 성인들을 유혹하는 광고가 도처에 붙어 있으며 국민전선에 대한 지지율이 60퍼센트나 되는 곳이었다. 열차는 페용 생 테클 역을 지나 터널로 들어갔다. 터널을 빠져나오자, 차창으로 빛이 눈부시게 쏟아져 들어왔고 공중에 매달린 듯 언덕 높은 곳에 자리 잡고 있는 페용 마을이 오른쪽에 나타났다. 열차는 이른바 니스의 〈후배지〉를 통과하고 있는 중이었다. 시

카고나 덴버 등지에서 온 사람들이 아름다운 풍광을 홀린 듯이 바라보고 있었다. 미셸은 팡통 사오르주 역에서 내렸다. 그에게는 짐이 하나도 없었다. 때는 5월 말이었다. 그는 역에서 내려 30분 정도 걸었다. 도중에 터널을 하나 통과해야 했다. 버스나 택시 따위는 전혀 눈에 띄지 않았다.

파리를 떠나올 때 오를리 공항에서 산 여행 안내서에 따르면, 사오르주 마을은 계단식으로 층을 이루고 있는 높다란 집들이 아찔한 절벽 위에서 골짜기를 굽어보고 있어서 〈티베트에 온 듯한 느낌〉을 준다고 했다. 그럴 수도 있겠구나 싶었다. 어쨌거나 이곳은 이름을 제인으로 바꾼 그의 어머니 자닌이 인도 서부의 고아에서 5년 넘게 지낸 뒤에 인생의 마지막 시간을 보낼 곳으로 선택한 장소였다.

하지만 브뤼노의 생각은 달랐다.

「아냐, 어머니는 인생의 마지막 시간을 보낼 장소로 여기를 선택한 것이 아니라, 그냥 여기에 온 거야. 보아하니 그 늙은 탕녀는 이슬람으로 개종한 모양이야. 수피 신비주의나 그 비슷한 종류의 바보 같은 것에 홀렸나 봐. 마을의 외딴집에서 몇 명의 바바[51]들과 함께 살고 있어. 요즘은 언론에서 보도를 하지 않으니까 다들 바바와 히피가 사라졌는 줄 알지. 천만의 말씀이야. 오히려 갈수록 많아지고 있어. 실업률이 높아지면서 더욱 늘어나고 있지. 급속도로 증식하고 있다고 해도 과언이 아냐. 나 나름대로 조사를 해봤는데……」

브뤼노는 목소리를 낮추며 말을 이었다.

「그들은 〈새로운 전원 생활자〉를 자처하고 있어. 영악한 잔

---

51 〈바바 쿨〉이라고도 한다. 주로 1970년대에 비폭력주의와 자연보호주의의 기치를 내걸고 히피 운동의 생활 방식을 채택했던 사람들을 가리킨다. 바바는 힌디 말로 〈아빠〉라는 뜻이다.

꾀지. 실제로 그들은 시골에서 하는 일 없이 빈둥거리면서 그저 취업 희망자들을 돕기 위한 최저 소득 수당이나 타먹고 있어. 농사도 안 지으면서 산악 지방 농업 보조금을 받기도 해.」

그는 장난기 어린 표정으로 고개를 흔들고는 술잔을 단숨에 비우고 또 한 잔을 주문했다. 그들이 만나고 있는 곳은 마을에 하나밖에 없는 카페 〈질루네〉였다. 브뤼노가 미셸에게 거기에서 만나자고 한 것이었다. 이 카페는 브뤼노가 매도한 신(新) 히피 운동과는 전혀 다른 분위기(사냥, 낚시, 전통 문화 등과 관련된 분위기)를 풍기고 있었다. 조잡한 그림 엽서, 액자에 넣은 송어 사진들, 사오르주 페탕크[52] 협회의 포스터 등이 그런 느낌을 주었다. 브뤼노는 서류 가방에서 조심스럽게 종이 한 장을 꺼냈다. 〈브리그 마을의 양들을 지킵시다!〉라는 제목이 붙은 전단이었다. 그가 나직한 목소리로 말했다.

「내가 간밤에 타자기로 작성한 거야. 엊저녁에 양 사육자들하고 이야기를 나누었지. 그들은 곤경에 빠진 채 증오심을 품고 있어. 양들이 문자 그대로 떼죽음을 당하고 있거든. 자연 보호주의자들과 메르캉투르 국립 공원 때문이야. 자연보호주의자들이 국립 공원에 늑대들을 풀어놓았지. 이 늑대들이 양들을 잡아먹고 있는 거야!……」

그는 갑자기 언성을 높이면서 울음을 터뜨렸다. 미셸은 그의 편지를 통해서 그가 다시 교원 정신병원에 들어갔음을 알고 있었다. 그는 〈아마 다시는 나가기 어려울 것〉이라고 쓴 바 있었다. 그러니까 이번에는 특별히 병원에서 외출을 허용한 모양이었다.

미셸은 이야기가 자꾸 샛길로 빠지는 것을 막을 요량으로 말했다.

---

[52] 쇠로 된 공을 교대로 굴려 표적을 맞히는 프랑스 남부 지방의 놀이.

「어머니는 어때? 위독하다며……」

「그래, 죽어 가고 있어! 아그드 곳에서도 비슷한 일이 벌어지고 있어. 모래 언덕 구역에 사람들이 출입하는 것을 금지시켰나 봐. 해안 보호 협회가 압력을 넣어서 그런 결정이 내려졌대. 그 단체는 환경 운동가들이 완전히 장악하고 있어. 사람들이 거기에 모여서 무슨 나쁜 짓을 하는 거 아니잖아? 조용히 파르투즈만 할 뿐이지. 그런데 그게 제비갈매기들에게 방해가 된다는 거야. 빌어먹을 놈의 제비갈매기들!」

브뤼노는 감정이 격앙되어 잠시 말을 끊었다.

「그들은 파르투즈도 못하게 하고 양젖 치즈도 못 먹게 해. 진짜 나치들이지. 사회주의자들도 공모자야. 사회주의자들은 양들 편을 들지 않아. 양은 우파고 늑대는 좌파거든. 하지만 늑대는 독일의 셰퍼드와 비슷하게 생겼어. 셰퍼드는 극우파야. 도대체 누구를 믿어야 하는 거지?」

그는 어두운 표정으로 고개를 가로저었다. 그러다가 다시 느닷없이 물었다.

「니스에서 어느 호텔에 묵었니?」

「윈저.」

「하필이면 왜 윈저 호텔이야?」

브뤼노가 다시 흥분하기 시작했다.

「이제 사치에 맛을 들였나 보지? 대체 어떻게 된 거야? 나로 말하자면(그는 한 마디 한 마디에 점점 더 힘을 주어 말하고 있었다), 메르퀴르 호텔 체인의 충실한 고객이지. 호텔을 잡으려면 좀 알아보고 했어야 하는 거 아냐? 니스의 〈천사들의 만(灣)〉에 있는 메르퀴르 호텔은 계절에 따라 요금에 차이를 두는 제도를 시행하고 있어. 비수기에는 하룻밤 자는 데 330프랑이야. 별 두 개짜리 호텔의 숙박료로 별 세 개짜리 호텔의 편의 시설과 프롬나드 데장글레[53]에 면한 전망과 24시간 룸서비스를 즐길 수 있다는 얘기지.」

브뤼노는 숫제 울부짖다시피 하고 있었다. 〈질루네〉 카페의 주인(그의 이름이 질루였을까? 아마 그랬을 것이다)은 자기 손님의 약간 별쭝맞은 행동에 아랑곳하지 않고 주의 깊게 듣고 있었다. 돈에 관한 이야기나 가격과 품질의 관계에 관한 이야기는 언제나 많은 사람들의 흥미를 끈다. 그것은 인간의 특성 가운데 하나이다.

「아, 저기 얼간이가 왔네!」

브뤼노가 완전히 달라진 목소리로 쾌활하게 말하면서, 카페 안에 막 들어선 젊은이를 가리켰다. 스물두 살쯤 되어 보이는 젊은이였다. 전투복에 〈그린 피스〉 티셔츠를 받쳐입은 차림이었다. 낯빛은 거무스레했고, 검은 머리를 여러 가닥으로 잘게 나누어 땋아 내리고 있었다. 요컨대 자메이카 라스타주의자들의 패션을 따른 모습이었다.

브뤼노가 활기차게 말했다.

「안녕, 얼간이. 여기 이 사람은 내 동생이야. 자아 이제 노친네를 보러 갈까?」

젊은이는 말없이 고개를 끄덕였다. 이유야 어찌되었든 그는 브뤼노의 도발에 응하지 않기로 작정을 한 듯했다.

길은 마을을 벗어나 산을 끼고 완만한 경사를 보이며 이탈리아 쪽으로 올라가고 있었다. 높은 고개를 하나 넘자 양쪽 사면에 나무숲이 우거진 아주 넓은 골짜기가 나왔다. 10킬로미터만 더 가면 국경이었다. 동쪽으로 눈을 이고 있는 산봉우리들이 보였다. 사람의 자취가 전혀 느껴지지 않는 풍광이 웅대하고도 고요한 인상을 주었다. 라스타 풍의 히피 청년이

---

53 니스의 〈천사들의 만〉을 따라 나 있는 해변 도로. 〈영국인들의 산책로〉라는 뜻.

말했다.

「의사가 다녀갔어요. 어머님을 병원으로 모셔 갈 수가 없거든요. 어쨌거나 더는 어떻게 해볼 도리가 없어요. 자연의 법칙을 따를 수밖에요……」

브뤼노가 빈정거렸다.

「들었니? 너도 이 얼간이가 말하는 걸 들었지? 자연, 좋아하시네. 이 자들은 그 말을 입에 달고 살아. 이들은 이제 그 여자가 병드니까 어서 죽기를 학수고대하고 있어. 마치 함정에 빠진 동물이 죽기를 기다리듯이 말이야. 그 여자는 내 어머니야, 이 얼간이 자식아!」

잠시 사이를 두었다가 브뤼노가 말을 이었다.

「저 자식 꼬락서니 봤지? 다른 사람들도 비슷해. 더 꼴불견이지. 완전히 꼴값들을 떤다니까.」

미셸은 딴전을 피우며 대답했다.

「이쪽으로는 풍광이 대단히 아름다운데……」

집은 넓고 나지막했다. 투박한 돌을 쌓아올려 벽을 만들고 판석(板石) 지붕을 얹은 집이었다. 근처에는 샘이 하나 있었다. 미셸은 안으로 들어가기 전에 호주머니에서 〈캐논 프리마 미니〉 카메라(신축식 38-105밀리 줌, 프낙에서 판매하는 가격으로 1290프랑)를 꺼냈다. 그는 제자리에서 완전히 한 바퀴를 돌며 한참 동안 파인더에 눈을 대고 있다가 셔터를 눌렀다. 그런 다음 두 사람을 따라 들어갔다.

앞쪽의 큰방은 라스타 풍의 히피 청년과 다른 두 사람이 쓰는 방이었다. 얼굴은 잘 보이지 않지만 네덜란드에서 왔음 직한 얇은 금발의 여자가 벽난로 근처에서 털실로 망토를 뜨고 있었다. 그 옆에 앉은 히피 남자는 나이가 꽤 들어 보였다. 긴 머리와 염소수염이 똑같이 희끗희끗한 데다가 얼굴까지

갸름해서 영리한 염소를 보고 있는 듯한 느낌이 들었다.
「어머님은 여기 계세요······.」
 히피 청년은 그렇게 말하고 나서 벽에 못으로 박아 놓은 천 자락을 들어올렸다. 그들은 청년을 따라 옆방으로 들어갔다.
 미셸은 침대에 누워 있는 갈색 머리 여자를 주의 깊게 살폈다. 그녀는 방 안으로 들어서고 있는 그들을 눈으로 좇고 있었다. 미셸이 자기 어머니를 만나는 건 이번이 겨우 두 번째였다. 그리고 모든 점으로 미루어 이번이 마지막일 게 분명했다. 미셸은 그녀의 극도로 야윈 몰골에 충격을 받았다. 너무나 야위어서 광대뼈가 툭 튀어나오고 팔이 뒤틀려 보였다. 얼굴은 아주 진한 흙빛이었다. 숨쉬는 것조차도 힘든 듯했다. 임종이 다가오고 있는 게 분명했다. 그래도 크고 하얀 눈은 어슴푸레한 빛 속에서 아직 반짝이고 있었다. 그는 길게 누운 실루엣 쪽으로 조심스럽게 다가갔다. 브뤼노가 말했다.
「그렇게 조심스럽게 굴 것 없어. 그 여자는 이제 말도 하지 못해.」
 말은 못 할지 몰라도 아직 의식이 있는 것은 분명했다. 그녀는 그를 알아보았을까? 아마 알아보지 못했을 것이다. 어쩌면 그를 그의 아버지와 혼동했을지도 모른다. 그건 가능한 일이었다. 미셸은 자기가 아버지를 쏙 빼닮았다는 것을 알고 있었다.
 어떤 존재들은 우리가 그들에 대해서 어떻게 생각하든 간에, 우리 인생에서 아주 중요한 역할을 수행한다. 그들 중에는 우리 인생에 완전히 새로운 방향을 부여함으로써 우리 인생을 그들이 있기 전과 후로 확연히 나누어 버리는 사람들도 있다. 제인으로 이름을 바꾼 자닌의 경우에는 미셸의 아버지가 있기 전과 후가 확연히 달랐다. 그를 만나기 전에 그녀는 그저 돈 많고 자유분방한 부르주아였을 뿐이다. 그를 만난 뒤에 그녀는 뭔가 다른 존재가 되었다. 전보다 훨씬 더 형편없는 존재가 말이다. 어찌 보면 그들 두 사람에게 〈만남〉이라는 말은 어울리지 않는다. 그건 다른 적절한 말이 없어서 그냥 갖다 붙인 말일 뿐이다. 실제로 그들 사이에는 만남이라고 할 만한 것이 없었다. 저마다 자기 길을 가던 중에 우연히 마주쳐서 아이 하나를 낳았을 뿐이다. 그녀는 마르크 제르진스키의 마음 깊숙한 곳에 있는 수수께끼를 이해하지 못했고, 그것에 다가갈 수조차 없었다. 그녀는 자기의 비참한 삶이 종말을 맞고 있던 그 시간에 그런 것을 생각하고 있었을까? 아마 그랬을 것이다.

브뤼노는 침대 옆의 의자에 털썩 주저앉아서 훈계하듯이 말했다.

「당신은 한낱 늙은 탕녀야…… 죽어도 싸지.」

미셸은 그의 맞은편에 앉아 담배에 불을 붙였다. 브뤼노가 목청을 높여 말을 이었다.

「화장을 시켜 달라고 했다면서요? ……때가 되면 화장을 시켜 드리지요. 화장이 끝나고 나면 유골을 단지에 담겠어요. 그리고 아침마다 잠에서 깨어나면 그 단지에 오줌을 누겠어요.」

브뤼노는 하고 싶은 말을 속 시원하게 했다는 듯이 흡족한 표정을 지으며 고개를 주억거렸다. 제인은 쉰 목에서 나오는 듯한 이상한 소리를 냈다. 그때 히피 청년이 다시 나타나서 냉랭한 어조로 말했다.

「뭐 좀 마시겠어요?」

브뤼노가 호통을 쳤다.

「두말하면 잔소리지, 임마! 그걸 질문이라고 하냐? 술 한 병 가져와 와, 이 얼간이야!」

젊은이는 다시 나갔다가 위스키 한 병과 잔 두 개를 가지고 돌아왔다. 브뤼노는 위스키를 한 잔 가득 따라서 한 모금을 삼켰다. 미셸이 들릴 듯 말 듯한 목소리로 말했다.

「형을 이해해 주세요. 마음이 착잡하고 괴로워서 그러는 거니까.」

「그래. 그러니까 우리끼리 괴로워하게 나가 있어. 이 얼간이야.」

브뤼노는 쩝 하는 소리를 내면서 잔을 비우더니 다시 술을 따랐다.

「이 나쁜 연놈들, 조심하는 게 좋을 거다……. 어머니는 저들에게 가진 재산을 다 물려주었어. 그리고 저들은 잘 알고 있어. 너와 나에게 어머니의 재산 상속에 관한 불가침의 권리가 있다는 것을 말이야. 만일 우리가 유언에 이의를 제기한다면, 우리가 이길 게 확실해.」

미셸은 입을 다물었다. 그런 문제를 놓고 왈가왈부하고 싶은 생각이 없었다. 잠시 침묵이 이어졌다. 옆방에서도 말소리가 들려오지 않았다. 들리는 것이라곤 죽어 가는 사람의 숨소리뿐이었다. 목구멍을 겨우겨우 빠져나오는 듯 약하면서도 까슬까슬한 소리였다.

이윽고 미셸이 지친 듯한 목소리로 말문을 열었다.

「어머니는 늘 젊게 살고 싶어 했어. 그뿐이야……. 어머니는 젊은이들과 어울리고 싶어 했어. 당신 자식들은 빼고 말이야. 자식을 만나면 당신이 구세대에 속한다는 생각을 하게 되니까 만나는 걸 피하고 싶었겠지. 그건 별로 설명하기 어려운 것도 아니고 이해하기 어려운 것도 아냐. 난 이제 그만 가고 싶어. 어머니가 곧 돌아가실 거라고 생각해?」

브뤼노는 낸들 아느냐는 듯 어깨를 으쓱 추켜올렸다. 미셸은 자리에서 일어나 옆방으로 건너갔다. 다른 사람들은 보이지 않고 늙은 히피 혼자서 무공해 당근의 껍질을 벗기는 데에 골몰해 있었다. 미셸은 의사가 정확히 뭐라고 했는지를 알고 싶어서 그에게 물어보았다. 하지만 그는 질문과 상관없는 모호한 얘기만 늘어놓았다. 그가 당근을 손에 든 채 말했다.

「어머님은 통찰력이 있는 여자였소⋯⋯. 우리가 보기에 어머님은 죽음을 맞을 준비가 되어 있소. 상당히 높은 수준의 영적인 깨달음에 도달했기 때문이오.」

이 자가 지금 무슨 소리를 하는 거지? 미셸은 그런 얘기를 길게 하고 싶은 생각이 없었다. 그 늙은 멍청이는 말을 한다기보다 그저 입으로 소리를 내고 있을 뿐이었다. 미셸은 이내 발걸음을 돌려 다시 브뤼노에게 갔다. 그가 자리에 앉으며 말했다.

「저 멍청한 히피들은 종교가 명상이나 구도 등에 바탕을 둔 개인적인 행위라고 확신하고 있어. 종교는 오히려 계약과 전례(典禮)와 규범과 예식에 바탕을 둔 순전히 사회적인 행위인데, 그걸 이해할 수 있는 능력이 없는 거지. 오귀스트 콩트의 말에 따르면, 종교의 역할은 딱 하나야. 인류를 완벽한 통일 상태로 이끌어 가는 것이지.」

브뤼노가 성을 내며 그의 말을 잘랐다.

「너마저 오귀스트 콩트를 들먹이다니! 사람들이 영생을 믿지 않게 되는 순간부터 종교가 설 자리는 없는 거야. 너는 종교가 없으면 사회가 존속할 수 없다고 생각하는 모양인데, 그렇다면 영생에 대한 믿음이 사라지는 순간부터 사회 역시 사라지는 거지. 네 얘기를 들으니까 그 사회학자들이 생각나. 젊음에 대한 숭배는 1950년대에 생겨나 1980년대에 절정에 달한 일시적인 유행이라고 생각하는 사회학자들 말이야. 그들의 생각은 사실과 달라. 인간은 언제나 죽음을 두려워해 왔어. 자기 자신이 언젠가는 사라지고 말 것이라는 생각을 할 때마다 두려움에 빠지지 않을 수 없었어. 현세의 모든 재산

중에서 가장 소중한 것은 단연코 육체의 젊음이야. 게다가 우리는 오늘날 오로지 현세의 재산만을 믿어. 성 바오로는 〈그리스도가 다시 살아나지 않았다면 우리의 믿음은 헛된 것입니다〉라고 솔직하게 말한 바 있어. 그리스도가 부활하지 않았다고 생각해 봐. 그가 죽음에 맞선 싸움에서 패배했다고 생각해 보란 말이야. 그럼 무엇이 남지? 우리는 오늘날 부활을 믿지 않아. 젊음에 대한 숭배는 그래서 생긴 거야. 나는 새로운 예루살렘이라는 주제로 영화 시나리오를 한 편 썼어. 영화의 무대는 어떤 섬이야. 이 섬에는 벌거벗은 여자들과 크기가 작은 종자의 개들만 살고 있어. 남자들과 동물의 거의 모든 종들은 어떤 생물학적 재앙 때문에 사라져 버렸어. 시간은 정지되어 있고, 기후는 언제나 온난해. 나무에는 일년 내내 열매가 달려 있어. 여자들은 영원히 젊고 생기발랄하며, 작은 개들은 영원히 팔팔하고 명랑해. 여자들은 해수욕을 즐기며 서로를 애무하고, 작은 개들은 그녀들 주위에서 까불거리고 놀아. 개들은 색깔도 다양하고 종자도 다양해. 푸들, 폭스테리어, 브뤼셀 그리폰, 시츄, 킹 찰스 스패리얼, 요크셔테리어, 비숑 프리제, 웨스트하일랜드, 비글 등등 크기가 작은 종자는 뭐든지 다 있어. 덩치가 큰 종자는 딱 하나야. 바로 래브라도지. 이 개는 순하고 영리해서 다른 개들의 조언자 역할을 해. 이 섬에 남자가 존재했던 흔적은 비디오카세트 한 개로만 남아 있어. 프랑스의 전 총리 에두아르 발라뒤르가 텔레비전에 나와서 했던 발언들을 모아놓은 비디오야. 이 비디오는 일부 여자들에게 일종의 진정제와 같은 효능을 발휘해. 대부분의 개들에게도 마찬가지야. 이 섬에는 비디오카세트가 하나 더 있어. 클로드 다르제가 내레이션을 하는 〈동물의 왕국〉이야. 여자들은 이것을 거의 보지 않아. 하지만 이것도 쓸모는 있어. 옛 시대의 야만성에 대한 기록과 증언으로서 말이야.」

미셸이 나직하게 말했다.

「병원에서 그 시나리오를 쓴 거야? 글쓰기를 자유롭게 허용하고 있다는 얘기로군.」

미셸은 그 사실에 별로 놀라지 않았다. 대부분의 정신과 의사들은 환자들의 글쓰기를 좋은 일로 여긴다. 글쓰기에 어떤 치료 효과가 있다고 생각하기 때문이 아니라, 그것도 하나의 소일거리라고 생각하기 때문이다. 하긴 면도날로 손목을 긋는 것보다는 낙서라도 끼적거리고 있는 게 1백 배 낫지 않겠는가.

브뤼노가 말을 이었다. 자기 이야기에 스스로 도취된 듯한 목소리였다.

「하지만 이 섬에도 작은 사건들은 있어. 예를 들면 이런 거야. 어느 날 작은 개들 중의 한 마리가 바다에서 헤엄을 치다가 위험을 무릅쓰고 너무 멀리 나아가. 다행히 개가 위험에 놓여 있다는 것을 여주인이 알아차려. 그녀는 얼른 배에 뛰어올라 전속력으로 배를 몰고 가서 가까스로 개를 건져내. 개는 가엾게도 물을 너무 많이 마시고 기절해 버렸어. 다들 개가 곧 죽을 거라고 생각하지. 하지만 여주인은 인공호흡을 해서 개를 살려내. 모든 게 아주 잘 끝나고 개는 생기를 되찾아.」

브뤼노가 갑자기 말문을 닫았다. 그는 이제 아주 차분해져 있었다. 미셸은 손목시계를 들여다보고 주위를 한번 둘러보았다. 그의 어머니는 아무 소리도 내지 않고 있었다. 정오가 거의 다 된 시각이었다. 분위기가 더할 나위 없이 고요했다. 그는 자리에서 일어나 다시 옆방으로 갔다. 늙은 히피는 당근을 도마 위에 남겨 두고 어딘가로 사라졌다. 미셸은 맥주를 한 잔 따라 마시고 창문께로 걸어갔다. 전나무로 덮인 산비탈이 몇 킬로미터에 달하도록 아주 길게 펼쳐져 있었다. 멀리 눈으로 덮인 산봉우리들 사이로 호수가 푸르스름한 빛을 내며 반짝이는 것이 보였다. 참으로 아름다운 봄날이었다.

그의 마음은 육신을 벗어나 설봉들 사이를 평화롭게 떠돌고 있었다. 시간이 어떻게 가는 줄 모르고 창가에 그러고 서 있는데, 갑자기 어떤 이상한 소리가 들려왔다. 그는 즉시 현실로 돌아왔다. 그는 처음에 그 소리가 누군가의 울부짖음이라고 생각했다. 그러다가 이내 그게 노래 소리라는 것을 깨닫고 옆방으로 종종걸음을 놓았다. 브뤼노는 여전히 침대 발치에 앉은 채로 목청껏 노래를 부르고 있었다.

그들이 왔어요, 그들이 모두 여기 와 있어요.
비명 소리를 듣고 달려온 거예요.
어머니의 임종을 지키려고요, 라아아아 마아마아아…….

도무지 일관성이 없다. 일관성 없고 경박하고 우스꽝스러운 존재, 그게 바로 인간이다. 브뤼노는 자리에서 일어나더니 더욱 큰 소리로 다음 절을 부르기 시작했다.

그들이 왔어요, 그들이 모두 여기 와 있어요.
이탈리아 남부에서 온 사람들도 있어요
저주받은 아들 조르조까지 왔어요.
선물을 한 아름 안고요오오…….

노래가 끝나자 방 안에 다시 정적이 깃들였다. 그 정적을 깨고 파리 한 마리가 날아들었다. 파리의 날갯짓 소리가 또렷하게 들렸다. 파리는 방 안의 공기를 가로질러 제인의 얼굴에 내려앉았다. 쌍시목(雙翅目) 곤충의 특징은 가슴 두 번째 환절에 단 한 쌍의 날개가 붙어 있고, 가슴 세 번째 환절에 한 쌍의 평형곤(비행 시 평형을 유지하는 데에 쓰임)이 달려 있으며, 찌르거나 빨 수 있는 입이 있다는 것이다. 파리가 무람

없이 어머니 한쪽 눈 위로 가던 순간, 미셸은 뭔가를 알아차렸다. 그는 어머니에게 다가가서 손을 대지 않고 잠시 살펴보다가 말했다.

「어머니가 돌아가신 것 같아.」

소식을 듣고 달려온 의사는 미셸의 진단이 맞다는 것을 금방 확인해 주었다. 의사는 면사무소 직원을 대동하고 왔다. 문제는 이제부터였다. 장지는 어디로 하실 건가요? 혹시 가족묘가 있나요? 미셸은 그런 것들에 대해서 한 번도 생각해 본 적이 없었다. 갑자기 피로감이 몰려오고 당황스러운 기분이 들었다. 만일 그가 따뜻한 애정으로 가득 찬 가족 관계를 맺어 왔다면, 면사무소 직원 앞에서 우스꽝스러운 꼴이 되는 그런 지경에까지 이르지는 않았으리라. 그렇다고 면사무소 직원이 무례하게 굴었다는 얘기는 아니다. 그는 나무랄 데 없이 예의가 반듯했다. 브뤼노는 그 상황에 전혀 관심을 보이지 않고 있었다. 그저 조금 떨어져 앉아서 휴대용 게임기를 가지고 테트리스 게임을 한 판 벌이고 있을 뿐이었다. 면사무소 직원이 다시 말했다.

「그럼...... 사오르주 공동묘지에 묘를 쓰시는 게 어떨까요? 이 지방에 사시는 분들이 아니라면 성묘하러 오시기에 좀 멀기는 할 겁니다. 하지만 시신을 옮기는 문제만 놓고 생각한다면, 그게 가장 간편하죠. 장례는 오늘 오후에 바로 치를 수 있을 겁니다. 지금은 저희가 별로 바쁘지 않거든요. 매장 허가를 받는 데에도 아무 문제가 없을 거예요......」

「문제가 없고말고!」

의사가 좀 지나치게 열띤 어조로 맞장구를 쳤다.

「내가 여기 신청 용지를 가져왔네......」

의사는 쾌활하게 미소를 지으며 작은 종이 뭉치를 흔들어 보였다. 그때 브뤼노가 혼잣말로 중얼거렸다.

「젠장, 게임 아웃이야……」

아닌 게 아니라, 게임기에서 짧고 경쾌한 음악 소리가 흘러나왔다. 면사무소 직원이 목소리를 돋워 브뤼노에게 물었다.

「클레망 씨, 매장에 동의하시나요?」

브뤼노가 벌떡 일어나며 소리쳤다.

「절대로 안 되죠! 내 어머니는 화장되기를 원했소. 화장되는 것을 대단히 중요하게 생각했단 말이오!」

직원의 얼굴에 그늘이 졌다.

「사오르주에는 화장용 시설이 마련되어 있지 않아요. 요구하는 주민들이 거의 없는 특별한 시설이라서 굳이 마련할 필요가 없었거든요. 이거 정말 일이 어렵게 됐네요.」

브뤼노가 다시 힘을 주어 말했다.

「그건 내 어머니의 마지막 소원이었소…….」

직원은 머리를 아주 빠르게 굴리며 잠시 골똘한 생각에 잠겨 있다가 조심스럽게 말을 꺼냈다.

「니스에는 화장터가 있어요. 거기에 가서 화장을 하고 유골을 여기 공동묘지에 모시는 건 어떨까요? 그러면 니스에 어떻게 갔다 올 것인가 하는 문제만 생각하면 돼요. 물론 그 비용은 두 분이 부담하시는 거지만.」

아무도 대답하지 않았다. 직원이 말을 이었다.

「제가 전화를 해보겠습니다…… 화장하는 시간이 언제 비어 있는지를 미리 알아보는 게 좋을 겁니다.」

그는 수첩을 뒤적여 전화번호를 알아낸 다음, 휴대폰을 꺼내어 번호를 누르기 시작했다. 그때 브뤼노가 다시 끼어들어 팔을 크게 내저으며 말했다.

「그냥 둬요. 여기에 묻을게요. 어머니의 마지막 소원이 무엇이든 내가 알 바 아니오.」

그러고는 미셸을 보면서 위압적으로 덧붙였다.

「돈은 네가 내라.」

미셸은 군말 없이 수표책을 꺼내 들고 묘지 임대 기간을 30년으로 할 경우 비용이 얼마냐고 물었다.

「잘 생각하셨습니다. 30년 동안 고인을 추모하고 묘를 돌보면 할 도리는 다하는 겁니다.」

공동묘지는 마을에서 위쪽으로 1백여 미터 올라간 곳에 있었다. 파란 작업복을 입은 인부 두 사람이 관을 운반했다. 미셸과 브뤼노가 선택한 관은 마을 창고에 비축해 놓은 기본 모델이었다. 그것은 전나무로 짠 하얀 관이었다. 사오르주 면사무소는 장례 서비스의 체계를 아주 잘 갖춰 놓고 있는 듯했다. 해질녘이 다 되어 가고 있었는데도 햇살은 아직 따가웠다. 브뤼노와 미셸은 두 인부로부터 두 발짝쯤 떨어져서 나란히 걷고 있었다. 그들 옆에는 늙은 히피가 있었다. 그는 제인을 묘지까지 배웅하고 싶어 했다. 길은 자갈이 많고 팍팍했다. 말똥가리로 보이는 새 한 마리가 공중에서 천천히 맴을 돌고 있었다.

「여기는 뱀이 많은 곳일 게 틀림없어······.」

브뤼노는 그렇게 말하더니, 하얗고 매우 뾰족하게 생긴 돌멩이 하나를 집어들었다. 공동묘지의 담을 끼고 돌아가려는 찰나, 마치 브뤼노의 말이 맞다는 것을 확인시켜 주기라도 하듯 담을 따라 늘어선 덤불 사이로 살무사 한 마리가 나타났다. 브뤼노는 돌멩이를 치켜들고 뱀을 겨누다가 있는 힘껏 내리쳤다. 돌멩이는 뱀의 머리를 살짝 비껴 나가 담에 부딪혀 박살이 났다.

「뱀들도 자연 속에 저희의 자리가 있는 겁니다······.」

늙은 히피가 나무라는 듯한 말투로 말했다.

「자연 좋아하시네! 만일 자연이 사람이라면, 나는 놈의 머리에 오줌을 싸고 놈의 면상에 똥을 갈기겠어!」

브뤼노는 또다시 흥분해 있었다.

「빌어먹을 놈의 자연...... 내 똥구멍보다 못한 자연!」

그는 그러고도 성에 차지 않아 몇 분 동안 더 씨근덕거렸다. 그래도 하관을 할 때는 제법 예의 바르게 굴었다. 다만 몇 차례 킬킬거리는 소리를 내면서 고개를 가로젓는 행동을 보이기는 했다. 관이 내려가는 것을 보면서 어떤 기발한 생각을 언뜻 떠올렸는데, 그 생각을 분명한 말로 표현하기가 어려워서 그러는 것 같았다. 매장이 끝나자, 미셸은 두 인부의 손에 팁을 넉넉히 쥐어 주었다. 그는 그렇게 하는 것이 관행이겠거니 생각했다. 니스로 가는 기차가 출발하기까지는 아직 15분의 시간이 남아 있었다. 브뤼노는 미셸과 함께 떠나기로 했다.

그들은 니스 역 플랫폼에서 헤어졌다. 그들은 자기들이 다시는 서로 만나지 못하게 되리라는 것을 아직 모르고 있었다. 미셸이 물었다.

「병원에서 잘 지내는 거지?」

「그럼, 그럼. 조용하고 한가롭게 잘 지내지. 리튬을 복용하면서 말이야.」

브뤼노는 장난기 어린 미소를 지으며 덧붙였다.

「병원에 오늘 바로 돌아가지는 않을 거야. 하룻밤 더 자고 가도 되거든. 창녀들이 나오는 술집에 갈 거야. 니스에는 그런 데가 많지.」

그러더니 갑자기 이맛살을 찌푸리며 어두운 표정을 지었다.

「리튬을 복용했더니 이제 전혀 발기가 안 돼. 하지만 상관없어. 그래도 가보고 싶어.」

미셸은 건성으로 고개를 끄덕이고 열차에 올랐다. 그는 침대차에 자리를 예약해 둔 바 있었다.

제3부
감정의 무한

1

 파리에 돌아와 보니 데플레슈앵으로부터 편지가 와 있었다. 국립 과학 연구소의 내규 66조에 따라 휴직 기간이 만료되기 2개월 전에 복직이나 휴직 연장을 신청해야 한다는 내용이었다. 편지는 정중하고 유머가 넘쳤다. 데플레슈앵은 행정의 제약에 야유를 보내고 있었다. 하지만 신청 기한이 이미 3주나 지나 있었기 때문에 그로서도 사안의 처리를 더는 미룰 수가 없는 모양이었다. 미셸은 깊은 당혹감을 느끼며 편지를 책상에 올려놓았다. 그는 1년 전부터 연구 영역을 스스로 설정하는 자유를 누려 왔다. 하지만 그 결과로 얻은 게 무엇인가? 결국 아무것도 얻은 게 없지 않은가?

 그는 컴퓨터를 켜고 전자 우편을 확인하였다. 읽지 않은 메일이 80통이나 되는 것을 보니 마음이 언짢았다. 겨우 이틀 동안 자리를 비웠을 뿐인데 그렇게 많이 쌓이다니. 팔레조의 분자 생물학 연구소에서 보내온 소식이 하나 있었다. 그의 후임으로 팀장을 맡은 여성 연구자가 미토콘드리아의 DNA에 관한 연구 프로그램에 착수한 모양이었다. 세포핵의 DNA와 달리 미토콘드리아의 DNA에는 유리기(遊離基)의 공격에 손상된 유전자 암호를 회복시키는 메커니즘이 없는 듯하다는 것이었다. 별로 놀랄 만한 소식이 아니었다.

그보다는 오하이오 대학에서 보내온 소식이 한결 흥미로웠다. 효모균 류에 관해 연구해 본 결과, 성적인 방식으로 번식하는 변종들보다 클론으로 번식하는 변종들이 더 빠르게 진화한다는 사실이 밝혀졌다고 한다. 그렇다면 효모균 류의 경우에는 우연하게 일어나는 돌연변이가 자연 도태보다 더 유효한 셈이다. 재미있는 실험 모델이었다. 유성 생식을 진화의 동력으로 보는 기존의 가설을 명백하게 반박하는 것이기도 했다. 하지만 그것은 지엽적인 의미를 지니고 있을 뿐이었다. 유전자 암호가 완전히 풀리게 되면(그건 이제 시간 문제일 뿐이었다), 인류는 자신의 생물학적 진화를 스스로 통제할 수 있게 될 터였다. 그러면 성(性)은 본래 무용하고 위험하고 퇴행적인 기능을 한다는 사실이 밝혀질 것이었다. 그러나 돌연변이의 출현을 미래 알아내고 그것의 유해한 영향을 예측하는 것이 가능해졌다고는 해도, 아직 그 어떤 연구도 돌연변이의 발생을 결정하는 조건이 무엇인지를 밝혀 내지는 못하고 있었다. 돌연변이에 분명하고 유용한 의미를 부여해 주는 것은 아무것도 없었다. 따라서 연구를 그런 방향으로 진척시켜야 한다는 게 분명했다.

데플레슈앵의 사무실에 들어서서 보니, 선반을 빼곡하게 채우고 있던 서류와 책들이 치워져 있었다. 사무실이 갑자기 널찍해 보였다.

데플레슈앵이 보일 듯 말 듯한 미소를 지으며 말했다.

「보다시피, 나 떠나네. 이 달 말에 정년이거든.」

미셸은 아연했다.

어떤 사람들을 몇 년 동안, 때로는 몇십 년 동안 자주 만나다 보면, 개인적인 문제나 정말 중요한 화제를 회피하는 것이

서서히 버릇처럼 되어 간다. 그러면서도 언젠가 더 좋은 기회가 오면 그런 것들에 대해 이야기할 수 있으리라는 희망을 버리지 않는다. 더 인간적이고 더 완전한 관계를 맺을 수 있으리라는 전망은 끝없이 뒤로 미루어지지만 결코 완전히 사라지지는 않는다. 그것이 사라지는 것은 불가능하다. 어떤 인간관계도 좁고 고정된 틀에 완전히 매여 있는 것은 아니기 때문이다. 결국 사람들은 〈진정한〉 인간관계에 대한 기대를 버리지 않는다. 그 기대는 몇 년 동안, 때로는 몇십 년 동안 유지된다. 그러다가 어느 날 갑자기 어떤 결정적인 사건(대개는 죽음이라는 사건)이 일어나서 이미 때가 너무 늦었음을 일깨워 준다. 우리가 품었던 〈진정한〉 인간관계에 대한 기대가 실현되지 않았음을 말이다.

제르진스키가 15년 동안 연구소에 재직하면서 맺은 인간관계는, 우연히 함께 일하게 된 사람들끼리 순전히 일을 통해서만 만나는 매우 따분한 관계였다. 그런 틀을 벗어나 그가 특별한 관계를 맺고 싶어 했던 사람이 있다면, 그건 데플레슈앵 한 사람뿐이었다. 하지만 그것마저도 실패로 끝났다. 그는 사무실 바닥에 쌓여 있는 책 박스들에 아연한 눈길을 보냈다.

「여기서 이러지 말고 어디 가서 한잔하는 게 낫겠는 걸…….」

데플레슈앵이 그렇게 제안했다. 계제에 딱 맞는 제안이었다.

그들은 오르세 미술관을 따라서 걷다가 〈19세기〉라는 카페의 테라스에 자리를 잡았다. 옆 테이블에서는 이탈리아 여자 관광객 예닐곱 명이 활기차게 재잘거리고 있었다. 마치 천진한 새들이 지저귀고 있는 듯했다. 제르진스키는 맥주를 시켰고, 데플레슈앵은 위스키를 스트레이트로 주문했다.

「이제 무얼 하실 건가요?」

「모르겠어······.」

데플레슈앵은 정말 모르겠다는 듯한 표정을 짓고 있었다.

「여행이나 하지 뭐······. 섹스 관광이나 좀 해볼까 봐.」

그러면서 그가 빙그레 웃었다. 그의 미소 띤 얼굴은 아직 많은 매력을 지니고 있었다. 그건 물론 인생에 좌절하거나 환멸을 맛본 사람에게서 나타나는 매력이었다. 하지만 그것이야말로 참된 매력이 아니겠는가.

「농담이야······. 사실 그런 것에는 전혀 관심이 없어. 지식에 대해서라면 관심이 있지. 그래, 지식에 대한 욕구는 아직 남아 있어. 참 이상해. 지식욕이라는 거 말이야······. 그걸 가지고 있는 사람이 별로 많지 않아. 자네도 알다시피, 심지어는 연구자들 중에도 지식에 대한 욕구를 가진 사람이 아주 적어. 대다수는 그저 출세를 하는 것으로 만족하고 기회만 오면 행정 쪽으로 방향을 바꾸어 버리지. 하지만 지식에 대한 욕구는 인류의 역사에서 대단히 중요해. 그걸 우화로 이야기한다면 이런 식이 될 수 있을 거야. 지구 전체를 통틀어 고작해야 수백 명밖에 안 되는 아주 작은 집단의 사람들이 있어. 이들은 대단히 어렵고 추상적이어서 전문가가 아니면 도저히 이해할 수 없는 활동에 심혈을 기울이고 있어. 지구의 나머지 사람들은 그들에 대해서 전혀 알지 못해. 그들에겐 권력도 부도 명예도 없어. 그들은 자기들의 활동을 통해서 기쁨을 얻지만, 다른 사람들은 그것을 이해조차 할 수 없지. 하지만 그들이야말로 세상에서 가장 중요한 세력이야. 그 이유는 아주 간단해. 그들이 합리적 확실성의 열쇠를 쥐고 있기 때문이지. 그들이 무엇을 진리라고 주장하면 조만간 인류 전체가 그것을 진리로 인정해. 경제, 정치, 사회, 종교 분야의 어떤 권력도 합리적 확실성 앞에서는 무릎을 꿇지 않을 수 없어. 서구인들은 어찌 보면 철학이나 정치에 과도하게 관심을 가졌는지도 몰라. 철학적인 문제나 정치적 문제를 놓고 터무니없는 싸움을 벌이기가 일쑤였지. 또 서구인들은 문학과 예술을 열정적으로 좋아했다고 볼 수 있어. 하지만 사실 서구 문명의 역사에서 합리적인 확실성에 대한 욕구보다 더 중요한 것은 없었네. 서구인들은 결국 이 욕구를 위해 자기들의 종교와 행복과 희망을 희생했고 급기야는 자기들의 목숨마저도 바쳤지. 훗날 사람들이 서구 문명에 대해 총체적인 판단을 내리고자 한다면, 이 점을 반드시 기억해야 할 걸세.」

데플레슈앵은 말문을 닫고 생각에 잠긴 듯한 표정을 지었다. 그는 테이블 사이로 잠시 무심한 눈길을 보내다가 자기 술잔을 내려다보며 말을 이었다.

「고등학교 2학년 때 사귀었던 친구가 생각나. 내가 열여섯 살이었을 때의 일이야. 그는 아주 복잡하고 고민이 많은 녀석이었어. 부유하고 보수적인 가톨릭 집안 출신이었고, 그 자신도 그런 환경의 가치관을 온전히 공유하고 있었지. 어느 날 둘이서 이야기를 나누는데, 그가 이런 말을 했어. 〈어떤 종교의 가치를 결정하는 것은 그 종교를 바탕으로 형성될 수 있는 도덕의 성격이다.〉 나는 그저 놀라고 감탄했을 뿐 아무 대꾸도 하지 못했어. 그가 스스로 그런 결론에 도달한 것인지 아니면 어떤 책에서 읽은 것을 인용한 것인지는 알 수 없었어. 아무튼 그 말은 나에게 아주 깊은 인상을 남겼네. 40년 동안 두고두고 그 말에 대해 생각했지. 지금은 그 말이 옳지 않다고 생각해. 종교를 도덕적인 관점에서만 평가할 수는 없다는 생각이 들어. 물론 그리스도조차도 윤리의 보편적인 기준에 따라 심판되어야 한다는 칸트의 주장은 옳아. 하지만 나는 종교란 다른 무엇이기에 앞서 세계를 설명하기 위한 시도라고 생각하게 되었어. 만일 세계를 설명하기 위한 어떤 시도가 합리적 확실성에 대한 우리의 요구와 상충한다면, 그 시도는 성립될 수 없어. 수학적 증명이나 실험은 인간의 의식이 획득한 돌이킬 수 없는 권리야. 그걸 포기할 수는 없지. 요즘에 벌어지고 있는 일들을 보면 내 생각이 틀린 것처럼 보일 수도 있을 거야. 모든 종교 중에서 단연코 가장 어리석고 거짓되고 몽매주의적인 종교인 이슬람이 득세하고 있는 현실을 잘 알고 있네. 하지만 그것은 피상적이고 과도기적인 현상일 뿐이야. 장기적으로 보면, 이슬람은 소멸의 운명을 피할 수 없어. 기독교보다 훨씬 더 그래.」

제르진스키는 귀 기울여 듣고 있다가 고개를 들었다. 데플레슈앵이 종교 문제에 그토록 관심이 많다는 게 뜻밖이었다.
데플레슈앵이 잠시 머뭇거리다가 말을 이었다.
「그 친구 이름은 필립이야. 대학에 진학한 뒤로는 만나지 못했는데, 몇 년 뒤에 자살했다는 소식을 들었어. 그 자살이 조금 전에 말한 것과 관계가 있다고는 생각하지 않아. 하지만 그 친구는 동성애자이자 보수적인 가톨릭 신자이자 왕정 복고주의자였어. 그 세 가지가 하나로 결합되기는 결코 쉽지 않았을 거야.」
따지고 보면 제르진스키 자신은 종교에 관해서 이렇다 할 질문을 던져 본 적이 없었다. 하지만 그는 아주 오래전부터 알고 있었다. 유물론적 형이상학이 이전 시대의 종교적 신앙을 파괴했고, 물리학의 최근 성과가 다시 이 유물론적 형이상학을 무너뜨렸다는 사실을 말이다. 이상하게도 그는 그 점에 대해서 일말의 의심을 가져 본 적도 없고 그 때문에 정신적 불안을 느껴 본 적도 없었다. 그가 만났던 물리학자들도 마찬가지였다. 그런 사정을 염두에 두면서 제르진스키가 말문을 열었다.
「저 개인적으로는 실용적인 실증주의로 만족할 수밖에 없었다는 생각이 듭니다. 연구자들이 대개 그렇듯이 말입니다. 현상은 존재하고 법칙에 따라 서로 연결되어 있습니다. 원인이라는 개념은 과학적인 것이 아니죠. 세계란 우리가 그것에 관해서 갖고 있는 지식의 총합과 같습니다.」

데플레슈앵은 맥이 빠질 만큼 단순하게 대답했다.

「나는 이제 연구자가 아닐세……. 아마 그래서 이렇게 뒤늦게 형이상학적인 문제에 사로잡히는 거겠지. 하지만 물론 자네가 옳아. 계속 연구하고 실험해서 새로운 법칙들을 발견해 나가야지. 그 밖의 것은 전혀 중요하지 않아. 파스칼의 다음과 같은 말을 기억하게. 〈참된 것은 형상과 운동으로 이루어진다. 하지만 그게 어떤 것이냐를 운위하거나 기계 장치를 구상하는 것은 우스꽝스러운 일이다. 그것은 부질없고 불확실하고 고통스럽기 때문이다.〉 물론 이 대목에서도 데카르트보다는 파스칼이 옳아. 그건 그렇고…… 이제 어떻게 할 건지 결정했나? 자네도 알다시피(그는 미안하다는 듯한 몸짓을 했다)…… 신청 기한이라는 게 있어서 말이야.」

「네. 아일랜드의 골웨이 유전학 연구소로 가야 하지 않을까 싶습니다. 간단한 실험 설계를 조속하게 실행에 옮기고 싶은데, 그러자면 기온·기압의 특정한 조건과 방사성 동위원소 트레이서가 필요합니다. 특히 강력한 계산 능력을 가진 컴퓨터가 필요합니다. 제가 기억하기로 거기에는 크레이 병렬 처리 컴퓨터가 두 대 있습니다.」

「새로운 연구를 진행할 생각인가?」

데플레슈앵의 목소리가 아연 활기를 띠었다. 마음이 흥분되는 모양이었다. 그 자신도 그것을 깨닫고 머쓱하게 웃었다. 자기 자신이 우습다는 듯한 미소였다. 자신이 흥분한 이유를 해명하기라도 하듯 그가 나직한 목소리로 말했다.

「지식에 대한 욕구는 어쩔 수가 없어…….」

「제가 보기에, 자연 상태의 DNA만을 가지고 연구를 진행하는 것은 잘못입니다. DNA는 복잡한 분자입니다. 그것의 진화는 약간 제멋대로 이루어졌다고 볼 수 있습니다. 불필요한 중복 정보도 있고 유전자 암호를 지니지 않은 기다란 염기 서열도 있습니다. 한마디로 별의별 게 다 있습니다. 돌연변이의 일반적인 조건들을 제대로 시험하고자 한다면, 먼저 더 간단한 자가 복제 분자들을 가지고 시작할 필요가 있습니다. 기껏해야 수백 개 정도의 결합을 가진 분자들을 가지고 말입니다.」

데플레슈앵은 눈을 반짝이며 고개를 끄덕였다. 그는 자기의 들뜬 마음을 굳이 숨기려 하지 않았다. 이탈리아 여자 관광객들은 떠나고, 카페는 텅 비어 있었다. 미셸이 말을 이었다.

「물론 시간이 아주 오래 걸릴 겁니다. 우선 보기에는, 분자가 어떤 식으로 구성될 때 돌연변이가 생길 수 있는지를 밝혀 주는 것이 전혀 없는 듯합니다. 하지만 원자보다 한층 미시적인 수준에서는 구조적 안정성을 가능하게 하는 조건들이 틀림없이 있을 겁니다. 만일 우리가 수백 개의 원자를 놓고 어떤 안정된 구성을 계산해 낸다면, 그 다음부터는 처리 능력의 문제만 남게 될 것입니다. 좀 입빠른 소리를 하는 것 같기는 합니다만…….」

「그야 모르는 일이지…….」

데플레슈앵이 꿈꾸는 듯한 표정을 지으며 천천히 말했다. 먼 미래의 어떤 가능성을 생각하면서 마음속에 환상적인 그림을 그리고 있는 사람 같았다.

「연구소의 위계 구조를 떠나서 완전히 독립적으로 일을 할 수 있어야 할 겁니다. 어떤 것들은 순전한 가설 차원의 것이라서 사람들의 이해를 구하기가 어렵고 설득하는 데에 시간이 많이 걸릴 테니까요.」

「그렇겠지. 연구소를 이끄는 월콧에게 편지를 쓰겠네. 그 사람 괜찮아. 자네가 아무의 방해도 받지 않고 조용히 연구를 할 수 있도록 해줄 거야. 그러고 보니 자네 이미 그들하고 일을 해봤잖아? 젖소 가지고 연구할 때였지?」

「네, 대단한 일은 아니었습니다만⋯⋯.」

「걱정하지 말게. 내가 곧 퇴직할 몸이지만(이번엔 그의 미소에 약간의 아쉬움이 섞여 있었다). ⋯⋯아직 그런 일을 해줄 권한은 있네. 행정적으로는 자네가 파견 근무를 나가는 것으로 처리하겠네. 기간은 자네가 원하는 만큼 해마다 다시 정하기로 하고. 내 후임이 누가 되든 이 조치를 문제삼는 일은 없을 거야.」

두 사람은 루아얄 다리 근처에서 헤어졌다. 데플레슈앵이 제르진스키에게 손을 내밀었다. 그에게는 자식이 없었다. 그의 성적인 기호 때문에 자식을 갖는 것이 불가능했다. 허울뿐인 결혼은 우스꽝스러운 것이라고 늘 생각해 온 그였다. 그는 몇 초 동안 제르진스키의 손을 잡고 있으면서, 자신이 지금 특별한 순간을 경험하고 있다고 생각했다. 그러고 나자 심한 피로감이 밀려왔다. 그는 발길을 돌려 센 강가에 늘어선 고서 상인들의 진열대를 따라서 걸어갔다. 제르진스키는 설핏해지는 햇빛 속으로 멀어져 가는 그 남자를 1, 2분 동안 눈으로 좇았다.

2

 이튿날 저녁 그는 아나벨의 집에서 식사를 했다. 그런 다음 자기가 아일랜드로 떠나야 하는 까닭을 아주 분명하고 간결하게 설명했다. 이제야 나아갈 길을 찾았으며 자기가 생각하던 것들이 서로 분명하게 연결되어 있음을 알았노라고. 중요한 것은 DNA에 집중하지 않고 생명체를 하나의 자기 복제 시스템으로 총체적인 관점에서 보는 것이라고.
 처음 얼마 동안 아나벨은 아무런 대답을 하지 않았다. 입술이 가볍게 일그러지는 것을 어찌할 수 없었다. 그러다가 그에게 포도주를 더 따라 주었다. 그날 저녁 식사로 그녀가 준비한 것은 생선 요리였다. 그녀의 작은 원룸은 여느 때보다 더 선실 같은 느낌을 주고 있었다. 침묵 속에서 그녀의 말이 울렸다.
 「날 데려갈 생각은 없는 거지?……」
 다시 긴 침묵이 흘렀다.
 「그런 건 생각조차 안 했나 봐……」
 그녀의 말에는 어린아이의 투정과 놀라움이 섞여 있었다. 말끝을 흐리던 그녀가 기어이 울음을 터뜨렸다. 그는 아무런 몸짓도 보이지 않았다. 만일 그 순간에 그가 어떤 몸짓을 보였다면, 그녀는 그것을 뿌리치고 말았으리라. 울어야 할 때는 울게 내버려 둘 수밖에 없는 것이다.

「그래도 우리 열두 살 때는 사이좋게 지냈는데……」

그녀가 눈물에 젖은 채 그렇게 말했다. 그런 다음 눈을 들어 그를 바라보았다. 그녀의 얼굴은 맑고 더할 나위 없이 아름다웠다. 그녀의 입에서 뜻밖의 소리가 튀어나왔다.

「자기 아이를 갖고 싶어. 누군가 곁에 있을 사람이 필요해. 자기는 키우지 않아도 되고 보살피지 않아도 돼. 그 아이를 자식으로 인정하지 않아도 좋아. 그 아이를 사랑해 달라거나 나를 사랑해 달라고 말하지도 않을 거야. 나에게 아이만 하나 만들어 주면 돼. 내 나이 벌써 마흔이라는 거 알아. 위험은 각오하고 있어. 이것이 나의 마지막 기회야. 이따금 예전에 낙태했던 것을 후회하게 돼. 하지만 나를 임신시킨 첫번째 남자는 쓰레기 같은 놈이었고, 두 번째 남자는 무책임한 사람이었어. 인생은 짧고 기회는 너무나 빨리 달아나 버려. 열일곱 살 무렵에는 그걸 상상조차 하지 못했어.」

미셸은 담배에 불을 붙이고 깊이 생각하다가 중얼거렸다.

「굉장한 생각이야……. 인생을 사랑하지도 않으면서 아이를 낳겠다니, 정말 굉장해.」

아나벨은 자리에서 일어나 옷을 하나씩 벗으며 말했다.

「아무튼 우리 섹스해. 우리 섹스 안 한 지가 적어도 한 달은 됐어. 나 2주 전부터 피임약을 먹지 않았어. 그리고 마침 지금이 배란기야.」

그녀는 옷을 다 벗고 그의 앞에 섰다. 그런 다음 두 손으로 배와 젖가슴을 쓸면서 다리를 약간 벌렸다. 아름답고 섹시하고 사랑스러운 모습이었다. 그런데 왜 그에게는 아무 느낌이 없었을까? 그건 설명할 수가 없었다. 그는 새 담배에 불을 붙였다. 문득 그런 생각은 아무짝에도 쓸모가 없다는 깨달음이 일었다. 아이를 만들고 안 만들고는 합리적인 결정에 맡길 일이 아니다. 그건 한 인간이 이성적으로 내릴 수 있는 결정에 속하지 않는다. 그는 담배를 재떨이에 비벼 끄고 나직하게 말했다.

「그래 좋아.」

아나벨은 그가 옷을 벗도록 도와주고, 그가 자기 몸속으로 들어올 수 있도록 부드럽게 수음을 해주었다. 마침내 그가 성기를 삽입했다. 질이 따뜻하고 부드럽다는 것 말고는 별다른 느낌이 없었다. 그는 말 그대로 한 몸이 되게 하는 성행위의 기하학적 특성에 놀라고 질 점막의 부드러움과 풍요로움에 경탄하며 이내 움직임을 멈추었다. 아나벨은 그의 입에 키스를 하고 그를 품에 안았다. 그는 눈을 감고 자기 성기의 존재를 더욱 분명하게 느끼면서 다시 몸을 움직이기 시작했다. 사정하기 직전에 그는 생식 세포들이 결합하고 곧이어 최초의 세포 분열이 일어나는 장면을 머릿속에 그렸다. 앞으로 도피하기, 혹은 작은 자살의 뜻이 담긴 아주 또렷한 이미지였다. 의식의 파동 하나가 그의 성기를 따라 거슬러 올라왔다. 그는 정액이 몸 밖으로 분출하는 것을 느꼈다. 아나벨도 그것을 느끼고 길게 숨을 내쉬었다. 그런 다음 그들은 한동안 꼼짝 않고 있었다.

「한 달 전에 스미어 테스트를 받으러 오기로 되어 있었네요……」

산부인과 의사가 께느른한 목소리로 말문을 열었다.

「검사는 받으러 오지 않고 나한테 말도 없이 피임약을 끊었어요? 이렇게 겁 없이 임신을 해도 된다고 생각하세요? 잘 아시면서 왜 철없는 말괄량이처럼 구시는지 모르겠네요……」

진찰실 공기는 썰렁하면서도 조금 끈적끈적한 느낌을 주

었다. 아나벨은 밖으로 나오면서 6월의 햇살에 새삼스럽게 놀랐다.

이튿날 그녀는 산부인과에 전화를 걸었다. 세포 검사 결과 〈상당히 심각한〉 이상이 발견되었다고 했다. 생체 조직 검사와 자궁 내막 소파 수술을 실시해야 하리라는 것이었다.

「당연한 얘기지만, 아이를 갖는 건 당분간 포기하시는 게 나을 겁니다. 먼저 몸을 건강하게 해놓고 아이를 가져야 하지 않겠어요?」

산부인과 의사의 목소리에서는 불안해한다기보다 그저 약간 짜증스러워하는 듯한 기색이 느껴졌다.

그로써 아나벨은 세 번째 낙태를 경험하게 되었다. 태아가 2주밖에 되지 않았기 때문에 진공 흡입법이 사용되었다. 지난번 수술 받을 때에 비해서 장비가 많이 진보되어 있었다. 놀랍게도 모든 일이 끝나는 데에 10분이 채 걸리지 않았다.

검사 결과는 사흘 후에 나왔다.

「그러니까……」

의사는 다음 말을 고르고 있었다. 그가 갑자기 아주 나이 많고 유능한 의사라는 생각이 들었다. 표정도 다른 때와 달리 약간 슬퍼 보였다.

「유감스럽게도 의심의 여지가 없는 듯합니다. 자궁암이에요. 그것도 상당히 진행된 단계입니다.」

의사는 안경을 고쳐 쓰고 다시 서류를 검토하였다. 그러고 있으니 유능한 의사라는 느낌이 한결 더했다. 그는 별로 놀란 기색을 보이지 않았다. 폐경을 앞둔 여성이 자궁암에 걸리는 사례는 종종 있으며, 아이를 낳은 적이 없다는 사실이 위험을 높이는 요소가 되었다는 것이었다. 치료 방법은 이미 잘 알려져 있는 모양이었다. 그것에 관해서 의사는 한치의 의심도 없었다.

「자궁 절제 수술과 양측 난관·난소 절제 수술을 실시해야 합니다. 요즈음은 시술이 안전하게 이루어지니까 걱정하지 않으셔도 됩니다. 합병증의 위험도 거의 없고요.」

의사는 아나벨에게 눈을 주었다. 난처하게도 그녀가 아무 반응을 보이지 않고 있었다. 그저 망연한 표정을 짓고 있을 뿐이었다. 그것은 어떤 발작의 전조(前兆)이기가 십상이었다. 이런 경우에 임상의가 해야 할 일로 권장되는 것이 몇 가지 있다. 우선 환자가 심리 요법 서비스를 받도록 이끄는 것이다 (그는 정신과 의원들의 주소록을 준비해 놓고 있었다). 하지만 그보다 더 중요한 것은 환자가 〈의연한 생각〉을 갖도록 격려의 말을 해주는 것이다. 이를테면, 임신을 할 수 없다고 해서 성생활이 끝나는 것이 아니며, 환자에 따라서는 성적인 욕구가 이전보다 한결 왕성해지는 경우도 있다라는 식으로 말이다.

「그러니까 제 자궁을 들어낸다는 얘기로군요.」

그녀가 믿어지지 않는다는 표정으로 말했다.

「자궁뿐만 아니라 난소와 나팔관까지 잘라 내게 될 겁니다. 전이의 위험성을 일체 배제하는 편이 좋으니까요. 그리고 호르몬 대체 요법을 처방해 드리겠습니다. 요즘 들어 부쩍 빈번해진 처방입니다. 단순한 폐경의 경우에도 해주니까요.」

그녀는 크레시의 어머니 집으로 돌아왔다. 수술 날짜는 7월 17일로 잡혔다. 미셸은 그녀의 어머니와 함께 그녀를 병원에 데려갔다. 그녀는 두려워하지 않았다. 수술은 두 시간 남짓 걸렸다.

아나벨은 이튿날 깨어났다. 병실 창문 너머로 파란 하늘과 바람에 흔들리는 나무들이 보였다. 수술을 받았다는 느낌이 전혀 들지 않았다. 아랫배의 상처를 보고 싶었다. 하지만 간호사에게 부탁할 엄두가 나지 않았다. 전과 똑같은 여자인데 생식 기관이 제거되었다는 게 이상했다. 〈절제(切除)〉라는 말이 얼마 동안 머릿속을 맴돌다가 훨씬 난폭한 이미지로 바뀌었다. 〈사람들이 내 속을 비워 버렸어. 닭의 내장을 제거하듯이 말이야〉하고 그녀는 생각했다.

그녀는 일주일 뒤에 퇴원했다. 미셸은 월콧에게 편지를 보내 출발을 늦추겠다는 뜻을 알렸다. 그녀는 자기 어머니 집에서 그가 함께 지내기를 바랐다. 그는 조금 망설이다가 그녀의 뜻을 받아들여 오빠가 쓰던 방에 묵기로 했다. 아나벨은 자기가 입원해 있는 동안, 그와 어머니가 서로 마음이 통했다는 것을 알아차렸다. 미셸이 오고 나니까 큰오빠도 전보다 자주 들렀다. 하지만 사실 그들끼리 나눌 이야기는 별로 없었다. 미셸은 소기업이 안고 있는 문제들에 대해서 전혀 아는 바가 없었고, 그녀의 오빠 장 피에르는 분자 생물학의 발전에 따라 생겨날 문제들에 대해서 전혀 관심이 없었다. 그래도 저녁에 아페리티프를 마실 때면 비록 가식은 조금 섞였을지라도 남자들끼리의 은밀한 연대가 형성되기에 이르렀다.

아나벨은 몸을 편안히 해야 했다. 특히 무거운 물건 들어올리는 것을 삼가야 했다. 하지만 혼자서 몸을 씻고 보통 때처럼 식사를 하는 것은 가능했다. 오후에는 주로 정원에 앉아서 시간을 보냈다. 그러는 동안 미셸과 그녀의 어머니는 딸기나 자두를 따곤 했다. 바캉스 같기도 하고 어린 시절로 되돌아간 것 같기도 한 묘한 시간이었다. 그녀는 얼굴과 팔을 간질이는 햇살을 느꼈다. 대개는 아무것도 하지 않고 그냥 앉아 있었지만, 때로 자수를 놓거나 조카들을 위해 플러시천으로 작은 물건들을 만들기도 했다. 한 정신과 의사가 그녀에게 수면제와 다량의 신경 안정제를 처방해 주었다. 그녀는 잠을 많이 잤고, 늘 평화롭고 행복한 꿈을 꾸었다. 정신은 때로 엄청난 힘을 발휘한다. 물질의 영역을 넘보지 않고 제 영역에 머물러 있는 한 말이다.

미셸은 그녀와 나란히 침대에 눕곤 했다. 그는 한 손을 그녀의 허리 위쪽에 올려놓고 옆구리가 규칙적으로 오르내리는 것을 느꼈다.

정신과 의사가 정기적으로 와서 그녀를 진찰했다. 그는 올 때마다 걱정 어린 말을 중얼거렸다. 〈현실에 대한 애착을 상실한 듯하다〉라는 말을 하기도 했다. 그녀는 아주 상냥했지만 조금 이상해져 있었다. 그녀는 종종 까닭 없이 웃었다. 때로는 갑자기 눈물을 글썽이기도 했다. 그럴 때면 신경 안정제 〈테르시안〉을 한 알 더 먹었다.

그녀는 셋째 주부터 외출을 할 수 있게 되었다. 그리하여 강변이나 근처의 숲으로 가벼운 산책을 나갈 수 있었다. 어느 해보다 청명한 날이 많은 8월이었다. 햇빛 찬연한 나날이 계속되고 있었다. 하늘엔 천둥비를 예고하는 먹구름 한 점 떠 있지 않았다. 어떤 종말의 전조로 여길 만한 것은 아무것도 없었다. 미셸은 늘 그녀의 손을 잡고 걸었다. 그들은 종종 그랑 모랭 강변의 벤치에 앉았다. 강둑의 풀은 햇살을 받아 거의 하얗게 보였다. 너도밤나무들의 가지 아래로 짙은 녹색 강물이 남실거리며 끝없이 흘러가고 있었다. 외부 세계에는 그 나름의 법칙들이 있다. 그 법칙들은 인간의 것이 아니다.

3

8월 25일, 그녀가 검진을 받았다. 그 결과 암이 복부로 전이되었다는 게 밝혀졌다. 그런 경우에는 보통 전이가 계속 진행되어 암이 전신으로 퍼져 나간다고 했다. 방사선 치료를 시도할 여지는 있었다. 사실 해볼 수 있는 것은 그것밖에 없었다. 하지만 고통이 심한 데에 비해 치유율은 50퍼센트를 넘지 못한다는 점을 각오하지 않으면 안 되었다.

그날 저녁 식사 시간은 너무나 조용하였다. 모두의 침묵을 깨고 아나벨의 어머니가 조금 떨리는 목소리로 말했다.

「꼭 나을 거야, 애야……」

아나벨은 한쪽 팔로 어머니의 목을 감싸고 자기 이마를 어머니의 이마에 댔다. 두 사람은 1분쯤 그러고 있었다. 어머니가 잠자리에 든 뒤에 아나벨은 거실 안을 왔다 갔다 하기도 하고 책들을 이것저것 훑어보기도 했다. 미셸은 안락의자에 앉아 그 모습을 눈으로 좇다가, 긴 침묵 끝에 말했다.

「다른 의사에게 진찰을 받아 보는 게 어떨까…….」

「그래, 나쁠 건 없지.」

그녀의 대답은 선선했다.

수술받을 때 생긴 상처가 아직 아물지 않고 통증이 너무

심했기 때문에 섹스를 하는 것은 무리였다. 하지만 아나벨은 그를 한참 동안 품 안에 안아 주었다. 적막 속에서 그의 이가 서로 부딪히는 듯한 소리가 들렸다. 그녀는 손을 뻗어 그의 얼굴을 어루만졌다. 그의 얼굴이 눈물에 젖어 있었다. 그녀는 그의 성기를 부드럽게 애무하였다. 그것은 흥분을 불러일으키면서도 마음을 편안하게 해주는 애무였다. 그는 수면제 〈메프로니진〉을 두 알 먹고 이내 잠이 들었다.

아나벨은 오전 3시쯤에 자리에서 일어나 실내복을 걸치고 주방으로 내려갔다. 그런 다음 식기장을 뒤져 사발 하나를 찾아냈다. 열살 때 대모로부터 생일 선물로 받은 사발이었다. 거기에는 그녀의 이름이 새겨져 있었다. 그녀는 로히프놀[54] 튜브를 꺼내어 그 내용물을 사발 안에 한 알 한 알 정성스럽게 쌓아올리고 물과 설탕을 조금 첨가하였다. 이렇다 할 느낌이 없었다. 그저 형이상학적인 슬픔에 가까운 매우 일반적인 차원의 슬픔이 느껴질 뿐이었다. 내 인생은 이렇게 되도록 짜여 있었던 거야 하고 그녀는 생각했다. 내 몸속에서 방향 전환이 일어났어. 그럴 말한 까닭도 없이 앞을 내다볼 수 없는 암담한 길로 들어선 거야. 이제 내 몸은 행복과 기쁨의 원천이 될 수 없어. 오히려 나 자신뿐만 아니라 다른 사람들에게까지 불편과 불행의 원천이 되어 가고 있어. 따라서 나는 이 몸을 파괴하지 않으면 안 돼. 원목 벽시계가 째깍 째깍 초를 세고 있었다. 그 시계는 할머니가 결혼 선물로 어머니에게 물려준 것으로 집에서 가장 오래된 물건이었다. 그녀는 사발

---

54 벤조디아제핀 계열의 정신 안정제로 일부 국가에서는 불면 치료를 위해 사용되지만, 미국과 캐나다 등지에서는 마약으로 분류하여 판매·소지·사용을 금지하고 있다. 성범죄에 많이 사용된다 하여 〈강간 알약〉이라는 오명을 얻었으며, 과잉 복용은 사망을 가져온다.

에 설탕을 조금 더 넣었다. 그녀는 도저히 자기 운명을 받아들일 수가 없었다. 인생은 고약한 장난, 용서할 수 없는 농담이라는 생각이 들었다. 그러나 용서할 수 있든 없든 그녀로서는 어찌할 수 없는 게 인생이었다. 병마와 싸우기 시작한 지 고작 몇 주밖에 되지 않았는데, 그녀는 어느새 노인들에게서 흔히 나타나는 감정에 빠져들고 말았다. 다른 사람들에게 더는 짐이 되고 싶지 않았다. 그녀의 인생은 청소년기가 끝날 무렵부터 아주 빠르게 흘러가기 시작했다. 그 다음에는 기나긴 권태의 시기가 있었다. 그러다가 막바지에 이르러 다시 모든 게 빨라지고 있는 것이었다.

미셸은 신새벽에 침대에서 돌아눕다가 아나벨이 없는 것을 알아차렸다. 그는 옷을 입고 거실로 내려갔다. 아나벨은 의식을 잃은 채 소파 위에 쓰러져 있었다. 그녀는 소파 옆 탁자에 편지를 남겨 놓았다. 편지의 첫 문장은 이러하였다.

〈내가 사랑하는 사람들 속에서 죽고 싶어요.〉

병원 응급실의 책임자는 서른 살쯤 된 갈색 곱슬머리 남자였는데, 얼굴이 서글서글해서 그들에게 금세 아주 좋은 인상을 주었다.

「환자가 의식을 회복할 가능성은 아주 적습니다. 원하신다면 환자 옆에 계셔도 좋습니다. 저 개인적으로는 그렇게 해도 전혀 문제가 없다고 생각하니까요. 코마라는 건 아직 밝혀지지 않은 이상한 상태입니다. 여러분이 곁에 계셔도 환자가 느끼지 못하는 건 거의 확실합니다. 하지만 뇌 속에서는 미약한 전기적 활동이 계속되고 있어요. 그것이 어떤 정신적 활동과 연결되어 있는 것은 분명합니다. 하지만 그 활동의 성격은 여전히 수수께끼로 남아 있어요. 예후(豫後)는 어느 것 하나 확실하지 않습니다. 몇 주 또는 몇 달 동안이나 깊은 혼

수 상태에 빠져 있던 환자가 돌연 의식을 되찾는 경우를 봤습니다. 하지만 대개는 애석하게도 혼수 상태에서 죽음으로 넘어가지요. 그것 역시 갑작스럽게 일어나는 일입니다. 이 환자는 아직 젊으니까 다른 건 몰라도 심장이 버티어 줄 것은 확실하다고 볼 수 있습니다. 현재로서 말씀드릴 수 있는 것은 이것뿐입니다.」

도시 위로 해가 솟아오르고 있었다. 미셀 옆에 앉아 있던 아나벨의 큰오빠가 고개를 가로저으며 중얼거렸다.

「이럴 순 없어…… 이럴 순 없는 거야…….」

그는 마치 주문이라도 외듯 그 말을 계속 되뇌고 있었다. 하지만 그건 있을 수 있는 일이었다. 세상에 있을 수 없는 일은 없다.

간호사가 금속으로 된 트롤리를 밀면서 그들 앞으로 지나갔다. 트롤리 위에서 혈청 병들이 서로 부딪히고 있었다.

조금 지나자 해가 구름을 가르며 얼굴을 내밀고 파란 하늘이 나타났다. 날씨는 이전의 날들만큼이나 화창할 모양이었다. 아나벨의 어머니가 힘들게 몸을 일으키더니, 목소리의 떨림을 가누며 말했다.

「조금 쉬는 게 좋겠다…….」

아나벨의 큰오빠도 자리에서 일어나 두 팔을 늘어뜨린 채 자동 인형처럼 어머니를 따라갔다. 미셀은 고갯짓으로 그냥 남아 있겠다는 뜻을 알렸다. 그는 피곤하다는 느낌이 전혀 들지 않았다.

그 뒤로 몇 분 동안 그는 눈앞의 세계가 갑자기 낯설어 보이는 이상한 느낌을 받았다. 복도로 햇빛이 비쳐 들고 그는 복도의 플라스틱 의자에 홀로 앉아 있다. 그녀가 입원한 병동은 유난히 고요하다. 이따금 멀리서 문이 열리고 간호사가 나와 다른 복도로 간다. 건물 아래로부터 도시의 소음이 희미하게 올라온다. 그의 마음에는 아무런 감정이나 집착이 없다. 그런 무심의 경지에서 지난 일들이 뇌리를 스쳐 간다. 그들의 삶을 부숴 버린 메커니즘의 각 단계가 차례차례 떠오른다. 모든 일들이 그렇게 될 수밖에 없었다는 느낌이 든다. 모든 게 당연하고 분명해 보인다. 모든 게 과거라는 한정된 시간 속에 명백한 사실로 고정되어 있다. 오늘날에는 열일곱 살의 여자가 아나벨처럼 순진하지 않을 것이다. 오늘날에는 열일곱 살의 여자가 사랑을 그토록 중요하게 여기지 않으리라. 그 시절로부터 25년의 세월이 흘렀고, 세상은 많이 변했다. 여론 조사와 잡지들이 그 사실을 말해 준다. 오늘날의 처녀들은 한결 신중하고 합리적이다. 무엇보다 학업 성적에 신경을 많이 쓰고 장차 좋은 직업을 갖는 데에 필요한 일을 하려고 노력한다. 남자들과 데이트를 하긴 하지만, 그건 여가 활동이나 심심풀이일 뿐이다. 거기에는 성적인 쾌락과 자기 도취적 만족감이 거의 대등하게 작용한다. 더 나이가 들면, 그녀들은 이러저러한 조건을 따져 가며 합리적인 결혼을 하려고 애쓴다. 그녀들은 대개 상대의 사회적 위치와 직업적 조건이 합당하고 취미나 기호에 공통점이 있을 때 혼인을 결정한다. 사랑 따위는 중요하지 않다. 물론 그런 결혼이 행복할 리 없다(행복하기 위해서는 사랑이 가져다 주는 융합적이고 퇴행적인 상태에 빠질 수 있어야 한다. 하지만 요모조모 따지며 실리를 챙기는 사람은 이런 상태에 빠질 수 없다). 오늘날의 여자들은 그런 선택을 통해서 앞 세대 여자들을 괴롭힌 정신적인 고통에서 벗어나리라고 기대한다. 그러나 이 기대는 이내 실망으로 변한다. 열정의 고통이 사라진 뒤에 남는 것은 권태와 공허감, 늙는 것과 죽는 것에 대한 두려움뿐이다. 그렇듯이 아나벨의 인생 후반은 전반보다 훨씬 슬프고 음울했을 것이다. 그것은 추억할 것조차 없는 삶이었으리라.

미셸은 정오쯤에 그녀의 병실로 들어갔다. 그녀의 호흡이 너무나 약해서 가슴에 덮인 시트가 거의 오르내리지 않았다. 의사 말로는 그래도 조직에 산소를 공급하기에는 충분하다고 했다. 숨결이 더 미약해지면 모를까 보조 호흡 장치를 달 필요는 없다는 것이었다. 그녀의 팔꿈치 조금 위쪽에 점적 주사 바늘이 꽂혀 있고, 관자놀이에는 전극이 고정되어 있었다. 창문으로 비쳐 든 햇살에 하얀 시트와 그녀의 아름다운 금발이 환하게 빛났다. 그녀의 얼굴은 평소보다 조금 더 창백하기는 했지만 더할 나위 없이 평온해 보였다. 수심이나 공포의 기색은 조금도 느껴지지 않았다. 미셸의 눈에는 그녀가 그토록 행복해 보인 적이 없었다. 그에게 혼수 상태를 행복과 혼동하는 경향이 있었던 것은 사실이지만, 그래도 그녀는 더없이 행복해 보였다. 그는 그녀의 머리카락을 쓸어 주고 이마와 입술에 입을 맞추었다. 그건 분명히 때늦은 입맞춤이었다. 그래도 그건 좋은 일이었다. 그는 날이 저물 때까지 병실 안에 머물러 있었다.

그는 다시 복도로 나와, 몇 주 전부터 호주머니에 넣고 다니던 진홍색 표지의 자그마한 책을 꺼냈다. 에반스 웬츠[55] 박사가 엮은 불교 명상록이었다.

> 동에 있는 모든 중생,
> 서에 있는 모든 중생,
> 남에 있는 모든 중생,
> 북에 있는 모든 중생,
> 모두가 행복하고 앞으로도 불행하지 않기를.

---

55 W. Y. Evans-Wentz(1878~1965). 미국의 불교 사상 연구가. 『티베트 사자의 서』의 영어 번역자.

모두가 화목하고 적의 없이 살 수 있기를.

모든 게 자기들 잘못만은 아니라고 그는 생각했다. 그들은 고통으로 가득 찬 세계, 경쟁과 투쟁과 허영과 폭력의 세계에 살았다. 평화롭고 조화로운 세계에 살았던 게 아니었다. 그러나 한편으로 그들은 세계를 변화시키기 위해 아무 일도 하지 않았고, 세계를 개선하는 데에 전혀 기여하지 않았다. 아나벨에게 아이를 만들어 주었어야 했는데 하고 그는 생각했다. 그러다가 문득 자기가 실제로 그렇게 했음을, 아니 그럴 마음으로 그녀와 새로운 관계를 맺었음을 기억해 냈다. 그 생각을 하자 그의 마음이 기쁨으로 가득 찼다. 그는 비로소 지난 몇 주 동안에 자신의 마음에 평온함과 부드러움이 충만했던 까닭을 이해하였다. 이제 그가 아나벨을 위해서 할 수 있는 일은 아무것도 없었다. 하지만 그녀는 적어도 몇 주 동안은 자기가 사랑 받고 있다고 느꼈을 것이었다.

> 만약 어떤 사람이 사랑을 실천에 옮기고
> 음란한 행동에 몸을 내맡기지 않는다면,
> 또 정염의 속박을 끊고
> 도(道)에 눈을 돌린다면,
>
> 그는 사랑을 실천할 수 있었다는 이유로
> 범천(梵天)에 다시 태어나리라.
> 이내 해탈을 얻고
> 열반에 이르리라.
>
> 다른 생명을 죽이거나 해칠 생각을 하지 않는다면,
> 남을 모욕함으로써 자신을 높이려 하지 않는다면,

자비를 실천한다면
죽음에 임하여 그는 마음에 증오를 품지 않으리라.

밤에 아나벨의 어머니가 다시 왔다. 뭔가 달라진 게 있는가 보러 온 것이지만, 상황은 조금도 진전되지 않았다. 간호사가 참을성 있게 설명했다.

「깊은 혼수상태는 대단히 안정된 상태를 계속 유지할 수도 있어요. 때로는 몇 주가 지나야 예후가 나오기도 합니다.」

어머니는 딸을 보러 병실에 들어갔다가 1분 만에 흐느끼면서 다시 나왔다.

「어떻게 이런 일이……」

어머니가 고개를 가로저으며 말을 이었다.

「인생이 어쩌다 이렇게 되었는지 이해할 수가 없어. 자네도 알다시피 저 애는 착한 딸이었어. 언제나 다정다감했고 말썽 한번 일으킨 적이 없어. 그러나 저 애는 행복하지 못했어. 저 애가 말을 안 해도 난 그걸 알고 있었어. 저 아이라면 더 나은 인생을 살 수도 있었을 텐데……」

어머니는 낙담한 모습으로 이내 돌아갔다. 미셸은 이상하게도 배고픔이나 졸음을 느끼지 않았다. 그는 복도를 왔다 갔다 하다가 현관 로비로 내려갔다. 앤틸 제도 출신의 경비원 한 사람이 안내 창구에 앉아서 크로스워드를 하고 있었다. 미셸은 그에게 가볍게 고갯짓을 해보이고, 자동 판매기에서 코코아를 뽑아 통유리창으로 다가갔다. 고층 빌딩 사이에 달이 떠 있었다. 샬롱 대로를 달리는 자동차들이 보였다. 그는 아나벨의 목숨이 바람 앞의 등불이라는 것을 알 정도의 의학 지식은 가지고 있었다. 그녀의 어머니가 상황을 있는 그대로 받아들이지 못하는 것도 무리는 아니었다. 인간은 죽음을 받아들이지 못한다. 자신의 죽음이든 타인의 죽음이든 말이다.

미셸은 경비원에게 다가가 종이를 좀 줄 수 있느냐고 물었다. 경비원은 조금 놀란 기색을 보이며 병원 로고와 주소가 찍힌 편지지 한 묶음을 건네주었다(이 편지지는 훗날 클리프덴에서 발견된 그의 유고들 속에 끼어 있었다. 허브체작은 이 편지지에 찍힌 로고와 주소를 보고 다음과 같은 시가 아나벨이 죽기 직전에 씌어진 것임을 추정할 수 있게 된다). 루소가 말한 것처럼, 어떤 인간들은 삶에 악착같이 매달리다가 마지못해 삶을 떠난다. 그러나 아나벨의 경우는 그렇지 않으리라는 것을 그는 진작부터 예감하고 있었다.

그대는 행복을 주기 위해 태어난 아이였기에,
누구든 원하기만 하면 마음의 보물을 내밀었다.
다른 생명들을 위해, 자기와 인연을 맺은 어린것들을 위해
자기 목숨을 버릴 수도 있었으리라.

언제나 한결같던 사랑의 꿈은
아이의 고고지성을 통해
핏줄의 인연을 통해
어떤 자취를 남길 수도 있었으리라
시간 속에 공간 속에,
자국을 새길 수도 있었으리라.

영원히 거룩해진 육신 안에,
산들 속에 바람 속에
강물에 하늘에
흔적을 남길 수도 있었으리라.

그대는 지금 여기,

빈사자의 침상에 누워 있다.
코마 속에서 이토록 평온하게
그리고 변함없이 사랑을 품은 채로.

우리 몸은 싸늘해질 것이고,
그저 풀밭 속에 있게 되리라.
나의 아나벨,
개인적인 존재의 허무함이란 그런 거겠지.

우리는 인간의 형상으로는
별로 사랑하지 않았어.
아마도 태양과 우리 무덤에 내리는 비가,
바람과 서리가
우리의 고통에 종지부를 찍어 주겠지.

4

 아나벨은 이틀 후에 세상을 떠났다. 가족에게는 그게 오히려 잘된 일인지도 몰랐다. 사람들은 초상이 나면 그 따위 바보 같은 말들을 입에 담기 일쑤다. 그건 분명히 어리석은 말이다. 하지만 만일 불확실한 상태가 마냥 계속되었다면 아나벨의 어머니와 오빠로서는 견디기가 쉽지 않았으리라는 것도 사실이었다.

 강철과 콘크리트로 된 하얀 건물, 할머니가 돌아가셨던 바로 그 장소에서, 제르진스키는 다시금 무(無)의 힘을 느꼈다. 그는 병실을 가로질러 아나벨의 시신에 다가갔다. 그 몸은 온기를 서서히 잃어 가고 있다는 점만 빼면, 그가 알고 있던 것과 똑같은 몸이었다. 그녀의 육신은 이제 거의 싸늘해져 있었다.

 어떤 사람들은 언제나 새로운 게 있다고 생각하면서, 그리고 흔히 말하듯이 길모퉁이에서 근사한 모험이 기다리고 있다고 생각하면서 일흔 살, 여든 살까지 산다. 그들은 결국 죽을 때가 되거나 중증의 장애 상태가 되어야만 비로소 자기들도 죽을 수 있다는 사실을 받아들인다. 미셸 제르진스키의 경우는 그렇지 않았다. 그는 인생을 고독하게, 별과 별 사이의 텅 빈 공간 속에서 살았다. 그는 지식의 진보에 공헌했다. 그것은 그의 소명이었고, 그가 자기의 타고난 재능을 발휘하기 위해 찾아낸 방법이었다. 그러나 그는 사랑을 경험하지 못했다. 아나벨 역시 빼어난 미모에도 불구하고 사랑을 경험하지 못했다. 그리고 그녀는 이제 죽었다. 그저 일정한 중량을 가진 물체일 뿐 아무 쓸모가 없어져 버린 그녀의 몸이 빛 속에 가로놓여 있었다. 사람들이 관의 뚜껑을 닫았다.

그녀는 유서에서 화장을 시켜 달라고 했다. 의식이 시작되기 전에 그들은 병원 로비에 있는 커피 체인점에서 커피를 마셨다. 옆 테이블에서는 팔에 점적 주사 바늘을 꽂고 있는 집시 남자가 자기를 만나러 온 두 친구와 함께 자동차 얘기를 하고 있었다. 그곳은 조명이 약했다. 천장은 코르크 마개를 연상시키는 볼품없는 무늬로 장식되어 있었고, 거기에 전등 몇 개가 매달려 희미한 빛을 내고 있었다.

그들은 밖으로 나갔다. 햇살이 눈부셨다. 화장장은 병원에서 멀지 않은 곳에 있었다. 같은 복합단지 안에 있는 건물이었다. 화장로는 하얀 콘크리트로 된 커다란 입방체였다. 주위의 광장 역시 하얘서 반사광에 눈이 부셨다. 뜨거운 공기가 그들 주위에서 작은 뱀들처럼 스멀거리고 있었다.

화덕의 내부로 통하는 운반대 위에 관이 놓였다. 모두가 30초 정도 묵념을 올리고 나자, 직원이 기계 장치를 작동시켰다. 운반대를 움직이는 톱니바퀴들이 가볍게 삐걱거렸다. 문이 닫혔다. 내열 유리로 된 둥근 창 너머로 연소 광경을 지켜볼 수 있게 되어 있었다. 거대한 버너에서 불길이 치솟는 순간, 미셸은 고개를 돌렸다. 붉은 광채가 20여 초 동안 계속 눈앞에 어른거렸다. 그것으로 끝이었다. 직원 한 사람이 남은 재를 모아 작은 상자에 담았다. 그런 다음, 전나무로 만든 그 하얀 상자를 아나벨의 큰오빠에게 건네주었다.

그들은 크레시 쪽으로 차를 천천히 몰았다. 아나벨과 미셸이 함께 고등학교를 다닌 도시의 시청 앞 산책로를 따라 마로니에가 늘어서 있고, 그 사이로 햇살이 빛나고 있었다. 25년 전 그들은 바로 그 길에서 방과 후에 산보를 하곤 했다.

그녀의 어머니 집 정원에 열다섯 명쯤 되는 사람들이 모였다. 그녀의 작은오빠도 미국에서 와 있었다. 그는 야위고 신경질적인 모습이었다. 보아하니 스트레스가 많이 쌓여 있는 듯했다. 그의 복장은 지나치다 싶을 만큼 우아했다.

아나벨은 자기의 재를 부모님 집의 정원에 뿌려 달라는 말도 남겼다. 그 소원 역시 이루어졌다. 해가 설핏해지고 있었다. 그것은 먼지였다. 흰색에 가까운 먼지였다. 그 먼지가 마치 면사포처럼 장미나무들 사이의 땅바닥으로 살포시 내려앉았다. 그때 멀리서 철도 건널목의 경보기 소리가 들려왔다. 미셸은 열다섯 살 시절에 아나벨이 오후마다 역으로 마중을 나와 자기 품에 달려들곤 했던 일을 떠올렸다. 그는 땅과 태양과 장미를 바라보았다. 그리고 그녀의 재가 떨어진 풀의 표면을 보았다. 이해할 수 없는 일이었다.

모인 사람들 모두가 말이 없었다. 아나벨의 어머니가 포도주를 내왔다. 그녀가 미셸에게 잔을 내밀고, 그의 눈을 지그시 바라보며 나직하게 말했다.

「미셸, 원한다면 며칠 더 머물러 있어도 돼.」

「아닙니다. 곧 떠나겠습니다. 일을 해야 하거든요.」

그는 일 말고는 할 줄 아는 게 없었다. 갑자기 몇 줄기 빛살이 하늘을 가로지르는 듯한 느낌이 들었다. 그는 자기가 울고 있음을 깨달았다.

5

 드높은 창공 아래로 구름 바다가 가없이 펼쳐져 있었다. 비행기는 구름 바다로 다가가는 중이었다. 그는 문득 자기의 모든 인생이 이 순간에 이르도록 예정되어 있었던 게 아닐까 하고 생각했다. 눈부신 흰색과 칙칙한 흰색이 갈마드는 구름 바다와 광대한 창공으로만 이루어진 풍광이 몇 초 동안 더 이어졌다. 그러다가 시시각각 형상이 변하는 구름 속으로 비행기가 들어가면서 시야가 흐릿해졌다. 저 아래 인간 세상에는 초원이 있고 동물이 있고 나무가 있었다. 모든 게 푸릇푸릇하고 축축하고 더없이 자잘해 보였다.

 월콧이 아일랜드의 샤논 국제 공항에서 그를 기다리고 있었다. 그는 체격이 다부지고 몸짓에 활기가 넘치는 남자였다. 머리꼭지가 홀랑 벗겨지고 적갈색이 도는 금발이 주변을 두르고 있어서 마치 관을 쓰고 있는 것처럼 보였다. 그는 안개 낀 목장들과 구릉들 사이로 〈도요타 스타렛〉을 빠르게 몰고 갔다. 연구소는 골웨이에서 북쪽으로 조금 올라간 로스카힐이라는 행정 구역에 자리 잡고 있었다. 월콧은 시설을 구경시켜 주고 기술자들을 소개했다. 그들이 바로 그의 실험을 도와주고 분자 구성과 관련된 계산을 프로그래밍해 줄 사람들이었다. 모든 설비가 초현대적이었고, 실험실들은 더할 나위 없이 청결했다 — 그 모든 시설과 장비가 유럽 경제 공동체의 재정 지원으로 마련된 것이라고 했다. 미셸은 냉각 장치가 돌아가는 방에서 탑처럼 솟아 있는 두 대의 크레이 컴퓨터에 눈을 주었다. 희미한 빛 속에서 컨트롤 패널이 빛을 발하고 있었다. 그것들의 수백만 병렬 프로세서들은 라그랑주 방정식, 파동 함수, 스펙트럼 분석, 에르미트 연산자 등 무엇이든 처리할 태세를 갖추고 있었다. 그의 삶은 이제부터 바로 그 세계에서 펼쳐지게 될 것이었다. 그는 팔짱을 낀 채 두 팔로 몸을 꽉 누르고 있었다. 그래도 슬픔과 마음의 추위는 가시지 않았다. 월콧이 자동 판매기에서 커피를 뽑아다 주었다. 통유리창 너머로 푸르스름한 비탈이 보였다. 비탈은 코리브 호의 검푸른 물까지 이어지고 있었다.

로스카힐로 내려가는 길에 그들은 완만한 경사를 이룬 방목지를 따라 달렸다. 방목지에서 젖소들이 풀을 뜯고 있었다. 그 젖소들은 보통의 젖소들보다 작고 털빛이 연한 갈색이었다.

「알아보시겠습니까?」

월콧이 빙그레 웃으며 물었다.

「알아보시는군요……. 벌써 10년 전인가요? 그때 연구하신 결과로 나온 젖소들의 후손들입니다. 당시 우리 연구소는 설비도 제대로 갖추지 않은 아주 작은 연구소였지요. 제르진스키 씨의 연구가 우리에게 정말 큰 도움이 되었지요. 저 녀석들은 아주 튼튼합니다. 번식도 순조롭고 우유의 품질도 아주 좋아요. 가서 보시겠습니까?」

그는 길 가장자리에 차를 세웠다. 제르진스키는 방목지를 경계 짓는 나지막한 돌담으로 다가갔다. 젖소들은 조용히 풀을 뜯기도 하고 머리로 다른 소의 옆구리를 비비대기도 했다. 엎드려 있는 녀석들도 두세 마리 있었다. 이들의 세포 복제를 지배하는 유전자 암호를 만든 게 바로 그였다. 새로운 젖소를 창조했다고는 말할 수 없어도 젖소를 개량한 건 분명했다. 이 젖소들에게는 그가 신과 같은 존재라고 볼 수도 있었다. 하지만 젖소들은 그의 존재 따위는 안중에도 없는 듯했다. 언덕 꼭대기에서 안개가 내려와 젖소들을 점차로 시야에서 가리고 있었다. 그는 자동차로 돌아왔다.

월콧은 운전석에 앉아 〈크라벤〉을 피우고 있었다. 비가 부슬거리면서 자동차 앞 유리에 뽀얗게 김이 서렸다. 월콧이 물었다.

「가까운 분이 돌아가셨나 보죠?……」

그의 목소리는 상냥하고 조심스러웠다. 이 신중함은 전혀 무관심의 표현으로 보이지 않았다. 그래서 제르진스키는 아나벨에 관해서 그리고 그녀의 최후에 관해서 이야기했다. 월콧은 이따금 고개를 가로젓기도 하고 한숨을 내쉬기도 하면서 귀 기울여 들었다. 이야기가 끝나자 그는 한동안 입을 다물고 있다가 새로 담배를 피워 물었다. 그가 담배를 비벼 끄고 나서 말문을 열었다.

「나는 아일랜드 출신이 아닙니다. 케임브리지에서 태어났지요. 아일랜드에 오래 살았지만 영국인 기질이 아직 많이 남아 있다고 생각합니다. 흔히 말하기를 영국인들은 침착하고 신중하며 가장 비극적인 인생사도 유머를 가지고 대하는 여유가 있다고 하지요. 그다지 틀린 얘기는 아닐 겁니다. 하지만 그게 꼭 장점이라고 볼 수는 없습니다. 내가 보기엔 그런 특성이 오히려 그들의 어리석은 면입니다. 유머는 사람을 구하지 못합니다. 따지고 보면 거의 아무짝에도 쓸모가 없죠. 유머를 가지고 인생사를 대하는 게 몇 년 동안은 가능할 겁니다. 사람에 따라서는 죽음이 임박하는 순간까지 유머를 잃지 않을 수도 있겠지요. 하지만 결국 인생은 사람의 마음을 부숴 버립니다. 평생에 걸쳐 용기나 침착함이나 유머 같은 특성을 키워 왔다고 해도 마지막 순간이 되면 마음이 허물어지고 말죠. 그러면 사람들의 얼굴에서 웃음기가 싹 가십니다. 결국 남는 것은 고독과 추위와 침묵뿐입니다. 종당엔 그저 죽음이 있을 뿐이죠.」

그는 시동을 걸고 와이퍼를 작동시켰다. 그의 말이 이어졌다.

「여기에는 가톨릭 신자들이 많습니다. 물론 여기도 변하고 있습니다. 현대화 바람이 한창 불고 있죠. 여러 첨단 기술 기업이 사회 보장 부담과 세금이 적다는 이점을 활용하기 위해 여기에 자리를 잡았습니다. 로슈와 릴리가 이 고장에 있습니다. 게다가 마이크로소프트도 있죠. 이 고장 젊은이들은 너나 할 것 없이 마이크로소프트에서 일하기를 꿈꾸고 있습니다. 몇 년 전에 비해 미사에 참석하는 사람은 줄어들고, 성적인 자유는 확대되었지요. 디스코텍과 항우울제 복용자는 갈수록 늘어나고 있습니다. 결국 고전적인 시나리오대로 가고 있는 거지요…….」

그들은 다시 호수를 따라 달리고 있었다. 안개 속에서 태양이 솟아오르자 수면 위에 무지갯빛 광채가 어른거렸다. 월콧이 말을 이었다.

「그래도 가톨릭은 여전히 강한 영향력을 행사하고 있습니다. 예를 들어 연구소의 기술자들은 대부분 가톨릭 신자입니다. 그래서 그들과 사귀기가 쉽지 않습니다. 다들 성실하고 정중하긴 하지만, 나를 조금 이질적인 사람으로 보고 있어요. 마음을 터놓고 이야기할 수 있는 상대로 보지 않는 거죠.」

태양이 하얀 동그라미를 이루며 안개 속에서 완전히 빠져나왔다. 햇살이 퍼져 나가면서 호수가 온전히 제 모습을 드러냈다. 멀리 호수 건너편으로 트웰브 벤즈 산맥의 잿빛 연봉들이 보였다. 산봉우리들은 뒤로 갈수록 연한 빛깔을 띠면서 첩첩이 이어지고 있었다. 마치 어떤 꿈의 한 장면을 찍어 놓은 듯했다. 골웨이 어귀에서 월콧이 다시 말했다.

「나는 여전히 무신론자이지만, 여기 사람들이 가톨릭 신자가 되는 까닭을 이해합니다. 이 고장에는 아주 특별한 점이 있어요. 모든 것이 끊임없이 진동하고 있지요. 목초지의 풀이건 호수의 표면이건 모두가 신의 존재를 나타내고 있는 것처럼 보여요. 이곳의 햇빛은 움직임이 많으면서도 부드럽습니다. 끊임없이 변화하는 물질처럼 말입니다. 보면 아시겠지만, 여기는 하늘도 살아 있습니다.」

6

 그는 클리프덴 근처의 〈스카이 로드〉에 면한 아파트를 빌렸다. 아파트가 들어 있는 건물은 예전에 해안 경비대가 쓰던 집을 관광객용 셋집으로 다시 꾸민 것이었다. 방들은 관광객들에게 기쁨을 주려고 그랬는지 물레나 석유 램프 같은 옛날 물건들로 장식되어 있었다. 그것들이 그에게 방해가 되지는 않았다. 그는 자기가 이제부터 늘 호텔에 사는 기분으로 살게 되리라는 것을 알고 있었다.
 프랑스로 돌아갈 생각은 전혀 없었지만 처음 몇 주 동안은 여러 차례 파리에 가지 않을 수 없었다. 아파트를 팔고 은행 계좌를 옮기는 문제들이 남아 있었기 때문이었다. 그는 매번 샤논 공항에서 11시 50분 비행기를 탔다.
 비행기가 바다 위를 날고 있었다. 햇빛을 받아 하얗게 빛나는 수면이 보였다. 파도가 마치 벌레들처럼 서로 얽혀서 꿈틀거리고 있었다. 그 광대한 수면 아래에서는 연체동물이 번식하고 있을 것이고, 날카로운 이빨을 가진 물고기들이 그 연체동물을 잡아먹을 것이며, 다시 그 물고기들을 덩치가 더 큰 물고기들이 잡아먹고 있을 것이었다. 그는 종종 잠이 들었고 그때마다 나쁜 꿈을 꾸기가 일쑤였다. 자다가 깨어나 보면 비행기는 들판 위를 날고 있었다. 그는 비몽사몽 속에서도 들판의 색조가 한결같음에 놀라곤 했다. 들판은 갈색이거나 초록색이었지만 어느 쪽이든 색조가 칙칙했다. 파리 교외는 잿빛이었다. 비행기가 고도를 낮추며 천천히 하강하고 있었다. 마치 지상에서 움직이고 있는 수백만 생명의 고동에 어찌할 수 없이 끌려가고 있는 것만 같았다.

10월 중순이 되자 대서양에서 곧장 날아온 안개가 클리프덴 반도를 뒤덮었다. 관광객들은 모두 자취를 감추었다. 날씨가 추운 건 아니었지만 천지가 온통 깊고 부드러운 잿빛이었다. 제르진스키는 거의 밖에 나가지 않았다. 그는 파리에서 올 때 DVD 석 장을 가져왔다. 거기에는 40기가바이트가 넘는 데이터가 담겨 있었다. 그는 이따금 컴퓨터를 켜고 분자 구성을 하나씩 검토하였다. 그런 다음에는 담뱃갑을 손 닿는 곳에 두고 널따란 침대에 누웠다. 그는 아직 연구소에 나가지 않고 있었다. 통유리창 너머로 안개가 천천히 움직이는 게 보였다.

11월 20일쯤 되자 하늘이 활짝 개고 날씨가 한결 춥고 건조해졌다. 그는 해안 도로를 따라 산책하는 습관을 들였다. 그는 대개 고트럼나그와 노카발리를 거쳐 클라다그더프에 이르는 먼 길을 걸었다. 때로는 오그러스 곶까지 가기도 했다. 그곳에 서면 서구의 서쪽 끝에 서 있는 셈이었다. 눈앞에 대서양이, 아메리카와 유럽을 갈라놓는 4천 킬로미터의 해원이 펼쳐져 있었다.

그 두세 달의 동안 미셸 제르진스키는 아무 일도 하지 않았다. 어떤 실험에도 착수하지 않았고 어떤 계산도 프로그래밍하지 않았다. 하지만 허브체작에 따르면, 이 고독한 사색 기간이야말로 이후에 전개될 사유의 주된 요소들이 정리된 아주 중요한 시기였다. 어쨌거나 1999년의 마지막 몇 달은 서구인들 누구에게나 묘한 기분을 갖게 하는 시기였다. 특별한 기대와 은근한 반추가 이 시기를 풍미하였다.

 1999년 12월 31일은 금요일이었다. 브뤼노가 여생을 보내게 될 베리에르 르 뷔이송 정신병원에서는 환자들과 의료진이 함께 모여 조촐한 파티를 열었다. 그들은 샴페인을 마시며 파프리카 향을 가미한 칩을 먹었다. 파티의 분위기가 무르익었을 때 브뤼노는 어떤 간호사와 춤을 추었다. 그는 불행하지 않았다. 약이 제 효능을 발휘한 덕에 그의 모든 욕망이 사라져 버린 것이었다. 그는 오후의 간식을 좋아하였고, 저녁 식사 전에 모두가 함께 보는 텔레비전 오락 프로그램을 좋아하였다. 그는 무엇 하나 기대하지 않고 하루하루를 평온하게 살고 있었다. 두 번째 밀레니엄이 끝나는 그 밤도 그에게는 마냥 기분 좋은 밤이었다.
 세계 전역의 묘지에서는 묻힌 지 얼마 되지 않은 인간들이 무덤에서 계속 썩어 조금씩 해골로 변해가고 있었다.

 미셸은 그날 밤을 집에서 보냈다. 마을에서는 축제가 벌어지고 있었지만 너무 멀어서 소리가 들려오지 않았다. 혼수 상태에 빠져 있던 아나벨의 부드럽고 평온한 모습과 할머니의 여러 이미지가 몇 차례 뇌리를 스치고 지나갔다.
 그는 열서너 살 무렵에 손전등 같은 작은 기구들을 사서 분해와 조립을 되풀이했던 일을 떠올렸다. 한번은 할머니가 모터 달린 비행기를 선물해 준 적이 있었다. 그는 끝내 그 비행기를 이륙시켜 보지 못했다. 그것은 카키색으로 위장된 멋진 비행기였지만 결국은 상자 속에 갇히고 말았다. 돌이켜 보면, 그의 삶을 관통하며 흐르는 개인적인 의식이 있었다. 그러니까 그의 삶에도 몇 가지 개인적인 특성이 있는 셈이었다.

존재가 있고 사고(思考)가 있다. 사고는 공간을 차지하지 않는다. 존재는 공간의 한 부분을 차지한다. 존재는 우리 눈에 보인다. 그것들의 상(像)이 수정체에 맺히고 안방수(眼房水)를 통과하여 망막을 자극한다. 미셸은 텅 빈 건물에 홀로 남아 추억들을 잇달아 떠올렸다. 밤이 깊어 가면서 하나의 확신이 점차로 그의 마음을 가득 채워 가고 있었다. 그는 머지않아 다시 일을 시작할 수 있으리라고 생각했다.

지구 표면의 도처에서 지칠 대로 지친 인류가 자기들 자신과 자기들의 역사에 회의를 품은 채로 그럭저럭 새로운 밀레니엄으로 들어갈 채비를 하고 있었다.

7

혹자는 말한다.
우리가 이룩한 문명은 아직 허약하고,
우리는 이제 겨우 어둠에서 벗어나고 있을 뿐이라고.
우리 마음속에는
불행했던 지난 시대의 나쁜 이미지가 아직 남아 있다고.
과거는 모두 어둠 속에 묻어 버리는 편이 낫지 않겠느냐고.

하지만 이 이야기의 화자인 나는
그렇게 생각하지 않는다.
나는 온 마음으로 차분하고도 단호하게 상기시키고자 한다.
하나의 형이상학적 혁명이 일어났다고.

중세의 기독교인들은 고대 문명을 상상하고
그것에 관해 완벽한 이미지를 만들어 냈다.
그렇다고 해서 그들이 자기들 자신을 문제 삼거나
회의에 빠지지는 않았다.
그들은 이미 하나의 단계를 넘어섰기 때문이다.

그들은 이미 하나의 파열점을 통과했기 때문이다.

또한 물질주의 시대의 인간들은
기독교의 의식을 이해하거나 자기들 것으로 받아들이지 않으면서도
그 의식에 계속 참여하였다.
그들은 기독교의 옛 문화에서 나온 저작들을 읽고 또 읽었지만,
인간 중심주의적인 관점을 포기한 적이 없었다.
그들은 조상들이 죄와 은총의 문제를 둘러싸고 벌였던 논쟁을
도무지 이해할 수 없었다.

그와 마찬가지로, 우리는 오늘날
물질주의 시대에 관한 이야기를
한낱 옛날 이야기로 들을 수 있다.
그건 슬픈 이야기지만,
우리는 슬픔을 느끼지 못할 것이다.
우리는 이제 그 사람들과 다르기 때문이다.
우리는 그들의 육신과 욕망에서 태어났으나,
그들의 범주와 속성을 거부하였다.
우리는 그들의 기쁨도 알지 못하고
그들의 괴로움도 알지 못한다.
우리는 무심하게 힘들이지 않고
죽음이 지배하는 그들의 세계에서 벗어났다.

우리 조상들이 살았던 그 고통의 세기들을
우리는 오늘날 망각의 늪으로부터 끌어낼 수 있다.

또 하나의 개벽과도 같은 일이 일어났다.
이제 우리는 우리의 삶을 살 권리가 있다.

알베르트 아인슈타인은 1905년에서 1915년 사이에 한정된 수학 지식을 가지고 거의 혼자 연구를 해서, 인력과 공간과 시간에 관한 일반적인 이론을 만들어 냈다. 특수 상대성 원리라는 최초의 직관을 바탕으로 성립된 이 이론은 이후 천체 물리학이 발전하는 데에 중대한 영향력을 행사하였다. 일견 실제적인 유용성이 없는 듯하고 당시의 물리학계가 전혀 주목하고 있지 않던 영역에서, 아인슈타인은 고독하게 그런 위대한 일을 해냈다. 그것은 힐베르트의 말마따나 〈인간 정신의 명예를 위한 것〉이었다. 아인슈타인의 그런 대담한 노력은 실무한(實無限)의 개념을 확립한 수학자 칸토르의 연구 활동이나 논리학의 토대를 다시 규명한 논리학자 프레게의 노력에 견줄 만하다. 허브체작이 『클리프덴 노트』에 붙인 서문에서 강조하고 있듯이, 미셸 제르진스키가 2000년에서 2009년 사이에 클리프덴에서 행한 고독한 지적 활동 역시 아인슈타인의 노력과 비교하여 조금도 손색이 없다. 아인슈타인이 그 시절에 그랬던 것처럼, 제르진스키 역시 자기의 직관을 엄밀한 토대 위에서 발전시키기 위한 수학적 전문성을 충분히 갖추고 있지 않았기에 더더욱 그러하다.

제르진스키는 2002년에 최초의 저작 『감수 분열의 위상』을 출간하여 상당한 반향을 불러일으켰다. 이 책은 감수 분열 때에 일어나는 염색체의 분리 자체가 구조적 불안정성의 근원이라는 것을 처음으로 입증해 낸 기념비적인 저작이었다. 이 책에서 그는 반박의 여지가 없는 열역학적 논거들을 바탕으로, 염색체의 분리가 일어나 반수성(半數性) 생식 세포들이 생기는 것이야말로 유성 생식을 하는 모든 종들이 반드시 죽을 수밖에 없는 이유임을 밝혀 냈다.

2004년에 나온 두 번째 저서 『힐베르트 공간 속의 위상에 관한 세 가지 추측』은 학계를 깜짝 놀라게 하였다. 이 책은 연속체 역학에 대한 반발, 형식의 대수학을 다시 정의하기 위한 시도 — 묘하게 플라톤주의적 울림을 지닌 시도 — 로 받아들여졌다. 전문 수학자들은 이 책에 제시된 추측의 이점을 인정하면서도, 명제가 엄밀하지 않다거나 접근 방식이 약간 시대 착오적이라는 식의 비판을 가하였다. 사실 허브체작도 인정하듯이, 제르진스키는 당시 최신의 수학 저작을 참조하지 않았다. 그런 것에는 별로 관심을 갖지 않았던 것으로 보인다.

2004년에서 2007년 사이의 활동에 대해서는 우리가 확보하고 있는 증언이 아주 적다. 그는 골웨이 연구소에 매일같이 갔다. 하지만 다른 연구자들과는 그저 기술적이고 업무적인 관계만 맺고 있었다. 크레이 컴퓨터의 어셈블러를 어느 정도 습득한 뒤로는 프로그래머들의 신세를 질 일도 별로 없었다. 그래도 월콧만은 제르진스키와 그런 대로 개인적인 관계를 유지했던 듯하다. 월콧 역시 클리프덴 근처에 살고 있었다. 그는 퇴근길에 이따금 제르진스키를 보러 가곤 했다. 그의 증언에 따르면 제르진스키는 종종 오귀스트 콩트에 관한 이야기를 했다. 특히 클로틸드 드 보[56]에게 보낸 서신들과 미완의 마지막 저서인 『주관적 종합』을 자주 인용했다고 한다. 어느

---

56 Clotilde de Vaux(1815~1846). 스물아홉 살에 오빠의 스승인 오귀스트 콩트를 만나 정신적인 사랑으로 그의 지적인 활동에 영감을 주다가 2년여 만에 요절한 여인. 콩트는 『실증 정치학 체계』에서 그녀에게 장문의 헌사를 바치며 〈그대의 이름은 고마움을 아는 인류의 기억에 오래오래 내 이름과 함께 남으리라〉라고 썼고, 나중에 사랑과 질서와 진보의 가치를 내건 〈인류교(人類教)〉를 창시하면서 그녀를 신격화하였다.

날 제르진스키가 그에게 말했다.

「콩트는 과학적인 방법론을 포함한 여러 가지 측면에서 실증주의의 진정한 창시자로 볼 수 있습니다. 그는 당대의 어떤 형이상학이나 어떤 존재론도 마음에 들어하지 않았습니다. 만약 콩트가 1924년에서 1927년 사이의 닐스 보어와 같은 상황에 놓여 있었다면, 그는 자신의 엄격한 실증주의적 태도를 견지했을 것이고 코펜하겐 해석을 지지했을 겁니다. 그런데 콩트는 개인적인 삶을 허구적인 것으로 보고 사회적 상황의 실제성을 강조했습니다. 또한 역사적인 과정과 의식의 조류에 끊임없이 관심을 기울였지요. 게다가 그는 사랑의 감정을 대단히 중요하게 여겼습니다. 그런 점들을 감안해 보면, 그는 아마도 존재론을 다시 정의하려는 최근의 움직임에 반대하지 않았을 겁니다. 주렉과 체와 하드캐슬의 저작이 나온 뒤로 새로운 존재론이 확고한 틀을 잡아가고 있습니다. 대상의 존재론이 상태의 존재론으로 바뀌어 가고 있는 것이지요. 사실 상태의 존재론만이 인간관계의 실제적인 가능성을 회복할 수 있습니다. 상태의 존재론에서는 소립자들이 식별되지 않습니다. 우리가 관측할 수 있는 어떤 〈수(數)〉를 통해서 그것들을 규정할 수 있을 뿐입니다. 상태의 존재론에서 식별될 수 있고 명명될 수 있는 실체는 파동 함수와 이것을 매개로 해서 나타나는 상태 벡터뿐입니다. 이런 존재론을 받아들일 때에 비로소 형제애와 연민과 사랑에 다시 의미를 부여할 수 있게 되는 것이지요.」

그들은 발리코닐리로 가는 도로를 따라 걷고 있었다. 지척에서 대양이 반짝였다. 멀리 수평선에서는 해가 대서양으로 가라앉고 있는 중이었다. 월콧은 제르진스키의 사유가 불확실하고 신비주의적인 길에서 헤매고 있다는 느낌을 갈수록 자주 갖게 되었다. 그 자신은 여전히 도구주의의 철저한 신봉자였다. 그는 영미의 실용주의적 전통을 계승하고 빈 학파의 논리 실증주의에도 영향을 받은 터라 콩트의 저작을 약간 의심스러운 눈으로 보고 있었다. 그가 목소리에 힘을 주어 말했다.

「실증주의는 유물주의를 대체했고, 유물주의와는 달리 새로운 휴머니즘을 세울 수 있었습니다. 유물주의는 휴머니즘과 양립할 수 없었고 결국은 휴머니즘을 파괴하게 되죠. 하지만 유물주의에도 그 나름의 중대한 역사적 의미가 있었습니다. 당시에는 신이라고 하는 장벽을 넘을 필요가 있었으니까요. 사람들은 그 장벽을 넘었고, 그 결과로 고뇌와 회의에 빠지게 되었습니다. 그러다가 오늘날에 와서 또 하나의 장벽을 넘었습니다. 코펜하겐에서 일어난 일이 바로 그것이죠. 우리는 이제 신도 필요로 하지 않고 잠재적 현실이라는 개념도 필요로 하지 않습니다. 우리에겐 인간의 지각, 인간의 증언, 인간의 경험이 있습니다. 그리고 그것들을 결합하는 이성과 그것들을 살아 움직이게 하는 감성이 있지요. 그 모든 것이 어떤 형이상학이나 어떤 존재론도 없이 발전해 가고 있습니다. 우리에게 이제 신이나 자연이나 현실이라는 관념들은 필요하지 않습니다. 관찰자들의 공동체 내에서 합리적인 상호 주관성을 매개로 경험의 결과에 대한 합의가 이루어질 수 있습니다. 그 경험들은 이론들에 의해 서로 연결됩니다. 이론들은 가능한 한 경제 원칙을 만족시켜야 합니다. 반드시 반박 가능한 것이 되어야 하고요. 이제 우리에게는 지각되는 세계, 느껴지는 세계, 인간의 세계가 있습니다.」

월콧의 생각은 확고부동했다. 존재론을 필요로 하는 것은 인간 정신의 소아병일 수도 있겠다고 제르진스키는 생각했다.

제르진스키는 2005년 말에 더블린을 여행하다가 『켈즈 서(書)』[57]를 접하게 되었다. 서기 800년경에 아일랜드의 수도사들이 대단히 정교한 채색 삽화를 넣어 완성했다는 이 필사본은 그의 사유가 진전되는 데에 중요한 역할을 했다. 허브체작이 주저 없이 단언하는 바에 따르면, 제르진스키는 이 라틴어 복음서의 삽화를 오래오래 관조함으로써 일련의 직관을 얻고 그것을 바탕으로 고분자 내의 에너지적 안정성과 관련된 계산들의 복잡성을 극복할 수 있었다고 한다. 허브체작의 주장에 완전히 동의하지는 않는다 하더라도, 『켈즈 서』가 여러 세기에 걸쳐 그 해설자들로 하여금 황홀함에 가까운 경탄을 표명하게 했다는 점은 인정하지 않을 수 없다. 1185년에 기랄두스 캄브렌시스[58]가 행한 다음과 같은 묘사도 그중의 한 예가 될 수 있다.

〈이 책은 성(聖) 히에로니무스가 라틴어로 번역한 4복음서의 필사본으로서 거의 페이지마다 경이로운 빛깔의 장식과 삽화가 들어가 있다. 기적처럼 잘 그려진 그리스도의 얼굴이 보이는가 하면, 날개가 둘이나 넷 혹은 여섯 개 달린 신비로운 복음서 저자들의 모습도 보인다. 독수리, 황소, 사자, 사람의 얼굴 등을 표현한 다른 그림들도 무수히 많다. 언뜻 보면 이 그림들은 서툰 솜씨로 성의 없이 그린 것처럼 보일 수도 있다. 모든 게 더없이 정교하고 섬세한데도 전혀 그렇게 느끼지 않는 사람도 있을 것이다. 하지만 이 그림들에 담긴 비밀

---

57 송아지 피지에 라틴어 4복음서를 필사하고 채색 삽화를 더한 중세 아일랜드의 아름다운 책. 당대에 필사와 채색 삽화로 명성이 높았던 아이오나 섬의 성(聖) 콜룸바(또는 콜룸실) 수도회 수사들이 서기 800년경에 필사하고 806년에 장식을 완성한 것으로 알려져 있다. 현재 더블린의 트리니티 대학 도서관에 이 책을 위한 상설 전시장이 마련되어 있다.

58 Giraldus Cambrensis(1146~1223). 영국 웨일스 지방의 성직자이자 역사가. 주요 저서로 아일랜드의 지리와 주민들의 삶을 기술한 『아일랜드 지리지』가 있음.

을 간파하겠다는 마음가짐으로 아주 주의 깊게 바라본다면 참으로 놀라운 것을 발견하게 될 것이다. 형상들은 복잡하고 정교하고 섬세하고 치밀하기가 이를 데 없으며 서로서로 얽혀 있고 이어져 있다. 또한 색채는 매우 산뜻하고 찬연하다. 그래서 이 모든 건 사람의 솜씨에서 나온 것이 아니라 천사의 솜씨에서 나온 것이라는 말이 절로 나오게 되리라.〉

허브체작의 주장에 따르면, 모든 새로운 철학은 설령 순전히 논리적인 공리의 형태로 표명된다 할지라도, 실제로는 우주에 대한 새로운 상(像)과 결합되어 있다. 그것 역시 우리가 수긍할 수 있는 주장이다. 제르진스키는 인류에게 육체적인 불멸을 가져다줌으로써 시간에 대한 우리의 개념을 근본적으로 변화시켰다. 하지만 허브체작에 따르면, 제르진스킨의 그보다 더 큰 공헌은 공간에 관한 새로운 철학의 요소들을 제시했다는 것이다. 〈만다라〉에 나타나는 무한히 순환하는 형상들을 오래오래 관조하다 보면 우리는 티베트 불교에서 그리는 세계상을 이해할 수 있다. 또 8월의 어느 날 오후에 그리스의 한 섬에서 햇살이 하얀 자갈에 부딪혀 부서지는 것을 관찰하다 보면, 우리는 데모크리토스의 사상에 관한 충실한 이미지를 그릴 수 있다. 그와 마찬가지로, 우리가 제르진스키의 사상에 더욱 쉽게 다가가고자 한다면, 『켈즈 서』의 장식을 구성하는 십자가와 나선의 무한 구조를 관조하면 된다. 아니면 제르진스키가 『켈즈 서』에서 영감을 받아 썼다는 『얽힘에 관한 명상』의 미려한 글을 읽어 보는 것도 좋은 방법이다. 그 책은 『클리프덴 노트』와 별도로 출간되었다. 다음은 그 책의 한 대목이다.

〈자연에 나타나는 형상들은 인간이 지어내는 형상들이다.

삼각형이나 얽혀 있는 모양이나 나뭇가지 형태가 나타나는 것은 그것들이 우리 뇌 속에 있기 때문이다. 우리는 그것들을 알아보고 가늠한다. 우리는 그것들 속에서 살아간다. 우리는 인간이 지어내고 인간에게 전달될 수 있는 창조물들 속에서 성장하다가 죽는다. 우리는 인간적인 공간 속에서 측량을 하고 그 측량을 통해 우리의 도구들 사이에 공간을 창조한다.

깨달음이 없는 사람들은 공간을 생각하면서 공포에 떤다. 그들은 공간을 거대하고 캄캄하고 텅 빈 것으로 상상한다. 그리고 존재를 이 공간 속에 고립된 채 웅크리고 있는 하나의 공 같은 형태로 상상한다. 3차원의 영원한 무게에 짓눌려 있는 하나의 형상으로 말이다. 사람들은 공간이라는 관념에 겁을 먹고 옹송그린다. 그들은 추위와 공포를 느낀다. 최선의 경우에는 공간을 가로지르기도 하고, 공간의 한복판에서 서로 슬프게 인사를 나누기도 한다. 하지만 이 공간은 그들의 내면에 있고 그들 자신의 정신이 지어낸 것일 뿐이다.

인간은 자기들이 두려워하는 그 공간 속에서 사는 법과 죽는 법을 배운다. 그들의 정신이 지어내는 공간 속에서 분리와 거리와 고통이 생겨난다. 하지만 더 설명할 필요 없이 분명한 사실이 있다. 사랑하는 사람은 바다 건너 산 너머에서 자기 연인이 부르는 소리를 듣는다. 어머니는 바다 건너 산 너머에서 자기 아이가 부르는 소리를 듣는다. 사랑은 존재들을 결합시킨다. 영원히 하나가 되게 한다. 선행은 존재와 존재를 묶어 주고 악행은 존재와 존재를 이간시킨다. 분리란 악의 또 다른 이름이다. 분리란 거짓의 또 다른 이름이기도 하다. 사실 세상에 존재하는 것은 아름답고 거대하고 상호적인 얽힘뿐이기 때문이다.〉

허브체작이 정확하게 지적하듯이, 제르진스키의 가장 큰

공적은 개인의 자유라는 개념을 넘어섰다는 것이 아니라(이 개념은 그의 시대에 이미 빛이 바래 있었고, 그것이 진보의 토대가 될 수 없다는 것을 누구나 암묵적으로 인정하고 있었다), 양자 역학의 가설들에 대한 대담한 해석을 통해 사랑을 가능하게 하는 조건들을 되살려 냈다는 점이다. 그 점과 관련해서 우리는 아나벨의 이미지를 한 번 더 떠올리지 않을 수 없다. 제르진스키는 사랑을 경험하지 못했다. 하지만 아나벨을 통해서 사랑의 이미지를 얻을 수는 있었다. 그는 아직 알려지지 않은 어떤 방식으로 사랑이 존재할 수 있다는 것을 깨달았다. 그의 이론적인 작업이 마무리되어 가던 마지막 몇 달 동안 그를 이끌었던 것은 십중팔구 사랑에 대한 그런 생각이었을 것이다. 그 시기에 대해서 자세하게 알려진 바는 거의 없지만 말이다.

제르진스키가 실종되기 직전에 아일랜드에서 그를 만났던 몇 안 되는 사람들의 증언에 따르면, 그는 죽음을 담담하게 받아들이고 있는 사람처럼 보였다고 한다. 무언가에 쫓기는 사람처럼 불안해 보이던 그의 얼굴은 한결 평온해져 있었다. 그는 종종 몽상에 젖은 채 〈스카이 로드〉를 따라 천천히 걸었다. 그 길은 이름 그대로 하늘을 몸으로 느끼며 걸을 수 있는 길이었다. 서쪽으로 가파른 언덕과 완만한 언덕이 번갈아 가며 봉긋봉긋 솟아 있고, 그 언덕들 사이로 길이 구불구불하게 나 있었다. 반짝이는 바닷물에 비친 작은 바위섬들이 빛의 굴절 때문에 일그러져 보였다. 수평선에서는 구름이 빠르게 움직이며 갖가지 형상을 지어내고 있었다. 희부옇기도 하고 군데군데 빛살이 스며들어 밝게 빛나기도 하는 기이한 물질의 덩어리가 움직이는 것 같았다. 그는 물안개에 젖은 얼굴을 하고 유유하게 걷곤 했다. 그는 자기 연구가 끝나 가고 있음을 알고 있었다. 그는 창문으로 에리슬라난 곳이 내다보이는 서재에 그동안 써온 원고를 가지런히 정리해 두었다. 매우 다양한 주제를 다룬 글이 수백 쪽에 달했다. 그중에서 엄밀한 의미로 과학적인 연구 작업의 결과라고 할 수 있는 것은 80쪽 정도밖에 되지 않았다. 분자 구성과 관련된 계산에 상세한 설명을 가할 수도 있었지만, 그는 그것이 불필요하다고 판단하였다.

2009년 3월 27일 해거름에 그는 골웨이 중앙 우체국에 가서, 연구 논문 한 부를 파리의 과학 아카데미에 보내고 또 한 부를 영국의 『네이처』지에 보냈다. 그 다음에 일어난 일에 대해서는 어느 것 하나 확실한 것이 없다. 하지만 그의 자동차가 오그르스 곶 근처에서 발견되었다는 사실 때문에 사람들은 그가 자살했을 거라고 추측했다. 월콧이나 연구소의 다른 연구원들은 그런 결말에 별로 놀라는 기색을 보이지 않았다. 월콧은 나중에 이렇게 말했다.

「그의 내면에는 지독한 슬픔 같은 것이 있었습니다. 내 평생 그렇게까지 슬픔에 젖어 있는 사람은 본 적이 없어요. 어쩌면 슬픔이라는 말로는 모자랄지도 모르겠어요. 모든 감정이 사라지고 마음이 완전히 황폐해진 상태였다고나 할까요? 나는 늘 그가 삶을 버거워한다는 인상을 받았어요. 생기나 활기하고는 전혀 거리가 먼 사람이었지요. 내가 보기에 그는 자기 연구에 꼭 필요한 시간만 견뎌 낸 겁니다. 그러기 위해서 그가 얼마나 애를 썼을지 우리로서는 도저히 상상할 수가 없지요.」

어쨌거나 제르진스키의 실종을 둘러싼 수수께끼는 여전히 풀리지 않은 채로 남아 있다. 한때는 그의 유해가 끝내 발견되지 않았다는 사실 때문에 그가 자기의 연구 결과를 불교의 가르침과 대조해 보기 위해 아시아, 특히 티베트에 갔다는 소문이 끈질기게 나돌았다. 하지만 오늘날 이 소문을 믿는 사람은 아무도 없다. 우선 그가 아일랜드를 떠나기 위해 비행기를 탄 흔적이 전혀 발견되지 않았다. 또한 그가 비망록의 마지막 몇 쪽에 그려 놓은 그림들이 한때는 만다라로 해석되었지만, 결국에는 『켈즈 서』에 사용된 것과 비슷한 켈트족의 상징들을 조합한 것으로 밝혀졌다.

오늘날 우리는 미셸 제르진스키가 말년을 보낼 곳으로 선택한 아일랜드에서 죽음을 맞았다고 믿고 있다. 그는 일단 연구가 완성되고 나자 자신에게 일체의 인간적인 집착이 없음을 느끼고 죽음을 선택한 것으로 보인다. 많은 증언을 통해 확인할 수 있듯이, 그는 서구 세계의 서쪽 끝인 오그러스 곶에 매료되어 있었다. 그가 산책하기를 즐겼던 그곳은 부드럽고도 변화무쌍한 빛에 늘 흠씬 젖어 있는 곳이었고, 그가 마지막으로 남긴 글에서 쓴 바와 같이 〈하늘과 빛과 물이 뒤섞이는〉 곳이었다. 오늘날 우리는 미셸 제르진스키가 바다 속으로 들어갔다고 믿고 있다.

에필로그

앞의 이야기에 나온 인물들의 생애와 외모와 성격에 관해 우리는 많은 것들을 세세히 알고 있다. 그렇다 해도 이 책은 하나의 픽션으로 간주되어야 한다. 이 책은 증명할 수 있는 일의적 진실을 반영한 것이라기보다 부분적인 추억들을 바탕으로 믿을 만하게 재구성한 이야기이다.

미셸 제르진스키는 2000년에서 2009년 사이에 자기의 위대한 이론을 세우려고 애쓰는 한편 추억과 개인적인 인상과 이론적 성찰이 복잡하게 뒤섞인 『클리프덴 노트』를 남겼다. 이 책이 출간됨으로써 우리는 그가 살면서 겪은 여러 사건들에 관해서 많은 것을 알게 되었고, 그의 특별한 인생관이 어떤 기로와 시련과 비극에서 비롯된 것인지도 알게 되었다. 하지만 그의 사람됨이나 인생 역정에는 아직 밝혀지지 않은 부분이 많이 남아 있다.

그에 반해서 다음에 이어지는 이야기는 역사에 속한다. 제르진스키의 연구에서 비롯된 사건들은 이미 숱하게 기술되고 논평되고 분석된 바 있다. 따라서 우리는 그 사건들을 간단히 요약하는 것으로 그치고자 한다.

2009년 6월 『네이처』지는 「완전 복제를 향한 서설」이라는 논문을 별책으로 출간했다. 미셸 제르진스키의 마지막 연구 작업을 종합한 이 80쪽짜리 논문은 출간되자마자 과학계에 엄청난 충격파를 던졌다. 세계 도처에서 수십 명의 분자 생물학자들이 제르진스키가 제시한 실험들을 다시 해보고 계산들을 세밀하게 검토하였다. 몇 개월 뒤에 첫 검토 결과가 나왔고 이어서 매주 새로운 결과들이 쏟아져 나왔다. 한결같이 제르진스키의 가설들이 유효하다는 것을 정확하게 뒷받침하는 것들이었다.

2009년 말에 이르러서는 일말의 의심도 남아 있지 않게 되었다. 제르진스키의 가설들은 유효하고 과학적으로 입증된 것으로 간주되었다. 그 연구가 가져올 실제적인 결과는 누가 보기에도 엄청난 것이었다. 어떤 교란이나 돌연변이가 생길 수 없는 유전자 암호의 표준 형태가 있고, 모든 유전자 암호는 아무리 복잡한 것이라도 이 표준 형태로 다시 쓰여질 수 있다는 얘기였으니 말이다. 이것은 결국 어떤 세포든 무한한 복제 능력을 가질 수 있다는 뜻이었고, 아무리 진화한 동물종이라도 클론화를 통해 복제될 수 있는 불멸의 종으로 바뀔 수 있다는 얘기였다.

프레데릭 허브체작이 전 세계 수백 명의 연구자들과 동시에 제르진스키의 연구 결과를 접한 것은 그의 나이 스물일곱 살 때였다. 당시에 그는 케임브리지 대학에서 생화학 박사 과정을 끝내 가던 참이었다. 그는 아직 연구의 방향을 잡지 못한 채 혼란스러운 마음으로 몇 년 전부터 유럽을 편력하고 있었다(그가 프라하 대학과 괴팅겐 대학, 몽펠리에 대학, 빈 대학에 잇달아 등록했던 흔적을 찾아볼 수 있다). 그 자신의 말에 따르면, 그는 〈새로운 패러다임뿐만 아니라, 세계를 보는 다른 방식과 세계와 자기의 관계를 설정하는 다른 방식〉

을 찾고 있었다.

어쨌거나 그는 제르진스키의 연구 결과에서 나온 급진적인 명제를 옹호한 최초의 인물이었고, 처음 몇 년 동안은 유일한 인물이기도 했다. 그 급진적인 명제란 인류는 사라지고 인류 대신 새로운 종이 생겨나야 한다는 것이었다. 즉, 인류 대신 무성 생식을 하고 영원히 죽지 않는 새로운 종, 개인성과 분리와 생성 변화를 극복한 새로운 종을 만들어 내야 한다는 명제였다. 이것에 대해 계시 종교의 신봉자들이 적의에 찬 반응을 보였음은 더 말할 나위도 없다. 유대교와 기독교와 이슬람교는 전에 없이 일치 단결하여, 제르진스키의 연구 결과가 〈창조주와 특별한 관계를 맺음으로써 성립되는 인간의 존엄성을 심각하게 침해한다〉면서 격렬한 비난을 퍼부었다. 다만 불교 신자들의 반응은 달랐다. 따지고 보면 석가모니의 사유는 애초에 생로병사라는 네 가지 고통에 대한 자각을 바탕으로 성립되었다. 물론 부처는 수행을 통해서 그 고통으로부터 벗어나는 길을 가르쳤지만, 과학 기술을 통한 어떤 해결책이 있었다면 그것을 굳이 거부하지 않았으리라는 것이 그들의 생각이었다.

아무튼 허브체작은 기성 종교들로부터 지지를 받지 못하는 것을 당연하게 받아들였다. 그를 놀라게 한 것은 오히려 휴머니즘의 전통적인 지지자들이었다. 그들은 제르진스키의 연구에 대해 철저하게 거부하는 태도를 보였다. 오늘날의 우리로서는 〈개인의 자유〉와 〈인간의 존엄성〉과 〈진보〉라는 개념들을 이해하기 어렵겠지만, 물질주의 시대(즉 중세 기독교가 소멸한 뒤로부터 제르진스키의 저작이 출간되기까지의 수세기 동안)에는 이 개념들이 중요한 위치를 차지하고 있었다는 점을 상기하지 않으면 안 된다. 이 개념들은 모호하고 자의적이어서 사회적인 실효성을 전혀 발휘할 수 없었다. 15세기부터 20세기에 이르는 인류의 역사가 본질적으로 분리와 해체가 점차로 진행되는 역사로 규정될 수 있다는 사실이 그 점을 잘 말해준다. 하지만 그 개념들이 자리 잡게 하는 데에 기여했던 식자층이나 반(半)식자층은 이 개념들에 대한 집착을 버리지 않고 있었다. 그러니 허브체작의 주장이 처음 몇 년 동안 좀처럼 받아들여지지 않은 것도 이해할 만하다.

허브체작의 프로젝트에 대해서 처음엔 모두가 혐오감을 드러내며 비난을 퍼부었다. 그러다가 세계 여론이 서서히 그것을 지지하는 쪽으로 돌아서더니, 마침내 유네스코가 그것에 대한 재정 지원을 결정하기에 이르렀다. 그 몇 년 동안의 역사를 돌이켜 보면, 허브체작의 초상이 분명하게 드러난다. 그는 대단히 명석하고 투지만만했으며, 실용주의적이면서도 유연한 사고방식을 가진 인물이었다. 요컨대 그는 탁월한 선동가였다.

그는 위대한 연구자의 재능을 지닌 사람은 아니었지만, 국제 과학계에서 미셸 제르진스키의 이름과 업적이 불러일으키는 만장일치의 경의를 이용할 줄 알았다. 그는 심오하고 독창적인 철학자의 소질을 지닌 사람도 아니었다. 하지만 『얽힘에 관한 명상』과 『클리프덴 노트』에 서문을 쓰고 해설을 함으로써, 제르진스키의 사상을 대중이 이해하기 쉽도록 간명하고도 충격적인 방식으로 소개할 줄 알았다. 허브체작의 첫 논문인 「미셸 제르진스키와 코펜하겐 해석」은 파르메니데스의 〈사고 행위와 사고 대상은 서로 뒤섞인다〉라는 말에 대해 두고두고 생각하게 했다. 그 다음 논문인 「구체적인 한계 설정에 관하여」와 「현실」에서는 빈 학파의 논리 실증주의와 콩트의 종교적 실증주의의 기묘한 종합을 시도하고 있다. 그의 글에서는 서정적인 비약도 군데군데 눈에 띈다. 자주 인용되는 다음 대목이 그 점을 잘 보여 주고 있다.

《무한의 공간들의 영원한 침묵》이란 없다. 사실 침묵도 공간도 허공도 존재하지 않기 때문이다. 우리가 알고 있는 세계, 우리가 창조하는 세계, 즉 인간적인 세계는 여자의 젖가슴처럼 둥글고 매끈매끈하고 동질적이고 따뜻하다.〉

어쨌거나 허브체작은 대중의 마음속에 새로운 생각을 심어 주는 데에 성공했다. 그리하여 인류는 세계 전체의 진화를 통제할 수 있고 통제해야 하며, 특히 인류 자신의 진화를 통제할 수 있고 통제해야 한다는 생각을 점점 더 많은 사람들이 받아들이게 되었다. 허브체작은 이 고투의 과정에서 약간의 신(新)칸트주의자들로부터 귀중한 지지를 얻어 냈다. 그들은 니체의 영향을 받은 사상들이 전반적으로 퇴조하는 틈을 타서 지식인 세계와 학계와 출판계에서 주도권을 행사하고 있던 터였다.

이상에서 허브체작의 남다른 특성을 몇 가지 측면에서 이야기했다. 하지만 모두가 인정하는 바대로, 그의 진정으로 천재적인 특성은 일의 성패를 좌우하는 요소가 무엇인지를 놀랍도록 정확하게 간파했다는 점이다. 자기의 주장을 뒷받침하기 위해 20세기 말에 〈뉴 에이지〉라는 이름으로 등장했던 그 절충적이고 막연한 이데올로기를 끌어들인 것도 그의 천재성을 보여 주는 한 가지 예이다. 그는 당시로서는 처음으로 〈뉴 에이지〉가 심리적이고 존재론적이고 사회적인 해체에서 비롯된 현실의 고통에 대응하기 위해 나왔다는 사실을 깨달았다. 〈뉴 에이지〉는 철저한 환경 보호주의와 전통적인 사상들과 히피 운동에서 물려받은 요소들이 혐오스럽게 뒤섞인 것이기는 하지만, 그것으로 그치지 않고 20세기와 단절하려는 실제적인 의지와 반도덕주의, 개인주의, 절대 자유주의적이고 반사회적인 측면을 드러냈다. 또한 〈뉴 에이지〉는 어떤 사회도 종교라는 중심 축이 없으면 존속할 수 없음을 자각했고, 패러다임의 변화를 간절하게 요구하였다.

허브체작은 일을 원만하게 성사시키기 위해서는 타협이 필요하다는 것을 누구보다 잘 알고 있었다. 그래서 그는 2011년 말에 창립한 〈인간 잠재력 운동〉에 주저 없이 〈뉴 에이지〉의 몇 가지 테마를 공공연하게 끌어들였다. 〈가이아의 대뇌 피질 형성〉이라든가 〈지구 상에는 백억 명의 인구가 있고, 인간의 뇌 속에는 백억 개의 뉴런이 있다〉라는 유명한 비교, 〈새로운 동맹〉에 바탕을 둔 세계 정부, 광고 카피 같은 느낌을 주는 〈미래는 여성의 것〉이라는 슬로건 같은 것들을 말이다. 그는 일체의 비합리적이거나 광신적인 일탈을 조심스럽게 피하고 오히려 과학계의 강력한 지지를 얻어 가면서 그 일을 대단히 능란하게 해냈다.

인류의 역사를 냉소적으로 보는 연구가들은 허브체작이 보여 준 것과 같은 〈능란함〉을 성공의 가장 중요한 요인으로 보는 경향이 있다. 하지만 어떤 강한 신념이 없다면 능란하다는 것 그 자체만으로는 중대한 변화를 이루어 낼 수 없다. 허브체작을 만났던 사람들이나 그와 토론을 벌여 본 사람들이 한결같이 강조하는 바에 따르면, 그의 설득력과 남다른 카리스마는 그의 솔직함과 개인적 확신에서 나온 것이었다. 그는 언제나 자기가 생각하는 바를 있는 그대로 정확하게 말했다. 낡아 빠진 이데올로기에 매여 있던 반대자들은 오히려 그런 단순성 앞에서 맥을 못 추었다.

허브체작의 계획에 대한 초기의 비난들 중의 하나는 사람이 사람답기 위해 꼭 필요한 성차(性差)를 없애 버리는 것과 관련되어 있었다. 그런 비난에 대한 그의 답변은 이러하였다.

「우리의 의도는 인류의 특성을 그대로 지닌 종(種)을 만드는 것이 아니라, 완전히 새로운 종을 만들어 내는 것이다. 또한 생식 방법으로서의 성행위가 종말을 고한다고 해서 성적인 쾌락이 없어지는 것은 아니다. 오히려 그 반대다. 최근에 크라우제 소체를 형성시키는 염기 서열이 밝혀졌다. 현재의 인류에게는 크라우제 소체들이 그저 음핵과 귀두의 표면에 퍼져 있을 뿐이다. 그러나 미래의 인류에게는 이 소체들이 피부 전체에 골고루 퍼져 있게 될 것이다. 그렇게 되면 인류는 일찍이 경험해 본 적이 없는 새로운 성적 쾌감을 맛보게 될 것이다.」

성차의 소멸보다 더 근본적인 문제와 관련된 비판들도 제기되었다. 그 비판들은 제르진스키의 연구 결과를 바탕으로 창조될 새로운 종에서는 모든 개체가 동일한 유전자 암호를 갖게 되므로 인격의 근본을 이루는 요소들 중의 하나가 사라지게 된다는 사실에 집중되었다. 이런 비판에 대해 허브체작은 다음과 같이 반박하곤 했다.

「우리는 우스꽝스럽게도 유전자의 개별성에 대해 그토록 자랑스러워하지만 사실은 그것이야말로 우리 불행의 가장 큰 원인이다. 유전자의 개별성이 사라지면 인격도 사라질 위험이 있다는 생각은 온당치 못하다. 일란성 쌍둥이를 보라. 그들은 동일한 유전 형질을 가지고 있음에도 각자의 개인사를 통해 저마다 다른 인격을 키워 가지 않는가! 그러면서도 그들은 어떤 신비스러운 형제애로 결합되어 있다. 그런 형제애가 바로 인류를 조화롭고 평화롭게 만드는 데에 가장 필요한 요소이다.」

허브체작은 스스로를 제르진스키의 단순한 계승자이자 실행자로 소개하면서 스승의 생각을 실현하는 것이 자기의 유일한 야망이라고 말하곤 했다. 그것은 아마도 진심에서 우러나온 말이었을 것이다. 『클리프덴 노트』 342쪽에 나와 있는 기묘한 아이디어를 그가 충실히 따랐다는 것도 그것의 한 증거가 될 수 있다. 거기에서 제르진스키는 새로운 종의 개체 수는 언제나 소수(素數)가 되어야 한다고 주장했다. 즉 처음에 개체 하나를 만들고 나서는 2, 3, 5, 7, 9 하는 식으로 엄격하게 소수를 따라서 수를 늘려 나가야 한다는 것이었다. 물론 그 목적은 1과 자기 자신으로만 나누어질 수 있는 수를 유지함으로써 사회 내부에 분파적인 집단이 생겨나는 것의 위험성을 상징적으로 일깨우자는 것이었다.

그런데 허브체작은 제르진스키의 그 아이디어에 담긴 의미를 전혀 따져 보지 않고 무조건 충실하게 따랐던 것으로 보인다. 더 일반적으로 말해서, 그는 제르진스키의 저작을 오로지 실증주의적으로 해석함으로써, 생물학적 돌연변이에 반드시 수반되어야 할 형이상학적 변혁의 중대함을 언제나 과소평가했다.

하지만 새로운 종을 창조한다는 계획에 담긴 철학적인 문제를 인식하지 못했다고 해서, 또 일반적인 철학 문제에 관해 무지했다고 해서 그 계획의 실현이 방해를 받거나 지연된 것은 아니었다. 그것은 결국 사회가 존속하기 위해서는 근본적인 변화 — 공동체와 영원성과 성스러움의 의미를 온전하게 회복시키는 변화 — 가 불가피하다는 생각이 서구 사회 전체에 얼마나 널리 퍼져 있었는지를 말해 주는 것이다. 다른 한편으로 보면 그것은 철학의 문제들이 대중의 정신 속에서 분명한 지시 대상을 완전히 상실해 버렸다는 사실을 보여 주는 것이기도 하다.

당시의 서구 사상계는 중대한 지각 변동을 맞고 있었다. 푸코와 라캉, 데리다, 들뢰즈의 저작은 수십 년에 걸쳐 터무니없이 과대평가되어 오다가 갑작스럽게 웃음거리가 되어 버렸다. 그들의 사상은 어떤 새로운 철학 사상에 길을 열어 주기는커녕, 〈인문 과학〉을 표방하는 지식인 전체에 대한 불신만 심어 주었다. 그럼으로써 과학자들이 사상의 모든 영역에서 강력하게 부상하는 것을 피할 수 없게 되었다. 어쩌다 〈뉴 에이지〉의 동조자들이 〈오랜 영적 전통〉에서 나온 이러저러한 신앙에 대해 앞뒤가 맞지 않는 관심을 보이기는 했지만, 그 관심조차도 사실은 그들이 정신 분열증에 가까운 참담한 조난 상태에 빠져 있음을 보여 주는 것에 지나지 않았다. 그들은 사회의 다른 구성원들 모두가 그랬듯이 오로지 과학만을 신뢰했다. 어쩌면 사회의 다른 구성원들보다 훨씬 더 그러했을 것이다. 그들이 보기에 과학은 부인할 수 없는 유일한 진리의 기준이었다. 심리 문제나 사회 문제를 포함한 모든 문제의 해결책은 오로지 과학 기술을 통해서만 얻을 수 있다고 그들은 내심으로 믿고 있었다. 사정이 그러했기 때문에 허브체작은 2013년에 세계적인 여론 운동의 실제적인 출발점이 된 그 유명한 슬로건을 마음놓고 내걸 수 있었던 것이었다. 〈돌연변이는 정신에서 오는 것이 아니라 유전자에서 온다〉라는 슬로건 말이다.

유네스코는 2012년에 처음으로 허브체작의 프로젝트를 지원하기 위한 예산을 승인했다. 그는 즉시 연구팀을 조직하고 작업에 착수했다. 과학적인 면에서 보면 그는 사실 별로 지도한 게 없었다. 하지만 연구자들을 조직하고 대외적인 협력 관계를 형성해 내는 역할에서는 아주 비상한 능력을 발휘하였다. 최초의 작업 결과는 사람들의 예상을 뒤엎고 대단히 빠르게 나왔다. 나중에 알려진 것이지만 거기에는 그럴 만한 사정이 있었다. 〈인간 잠재력 운동〉에 가입했거나 동조하는 많은 과학자들이 유네스코의 허락을 기다리지 않고 이미 오래전부터 오스트레일리아, 브라질, 캐나다, 일본 등지의 실험실에서 작업을 시작했던 것이었다.

인간처럼 지능을 가진 새로운 종의 첫 개체, 인간이 〈자신의 모습대로〉 지어낸 새로운 종의 첫 대표자가 창조된 것은 2029년 3월 27일이었다. 미셸 제르진스키가 실종된 지 꼭 20년째 되는 날이었다. 그 작업이 행해진 곳은 프랑스의 팔레조에 있는 분자 생물학 연구소였다. 연구 팀에 프랑스 인은 한 사람도 들어 있지 않았지만, 제르진스키에게 경의를 바치는 뜻으로 그가 일하던 연구소를 작업 장소로 선택한 것이었다. 그 사건은 텔레비전을 통해 생중계되었다. 물론 그 충격은 어마어마했다. 사람들은 60년 전인 1969년 7월의 어느 날 인간이 달에 첫발을 내딛는 장면이 생중계되었을 때보다 훨씬 더 큰 충격을 받았다. 방송의 첫머리에서 허브체작은 아주 짤막한 연설을 했다. 그의 말은 평소와 다름없이 솔직하고 단도직입적이었다. 그는 이렇게 선언했다.

「인류는 이제 자기 자신을 다른 종으로 대체하는 상황을 스스로 만들어 가고 있습니다. 이런 일은 우리가 알고 있는 우주에서 처음 있는 일입니다. 인류는 스스로를 소멸시키고 다른 종으로 거듭 태어나는 최초의 동물 종이 될 것입니다. 그리고 그 점을 자랑스러워하게 될 것입니다.」

이제 그로부터 50년 가까운 세월이 흘렀다. 오늘날의 현실은 허브체작의 말이 옳았음을 확인시켜 주고 있다. 어쩌면 그 자신도 이렇게까지 자기 예언이 맞아떨어지라고는 생각하지 못했을 것이다. 물론 옛 종에 속하는 인간들이 아직 조금 남아 있기는 하다. 그들은 주로 오랫동안 전통 종교의 영향을 받았던 지역에서 살고 있다. 하지만 그들의 출산율은 해마다 저하되고 있다. 그들의 소멸은 이제 피할 수 없는 일로 보인다. 갖가지 비관적인 예상을 뒤엎고, 이 소멸은 평온하게 진행되고 있다. 어쩌다 폭력 사태가 빚어지고 있기는 하지만 그 건수는 갈수록 줄어들고 있다. 돌이켜 보면 인간들이 자기 자신들의 소멸을 그토록 고분고분하게 받아들였다는 사실이 그저 놀랍기만 하다. 어쩌면 그들이 은근히 안도감을 느끼며 자기들의 소멸에 동의한 것이 아닐까 하는 생각마저 든다.

인류가 우리를 만들었으나, 우리는 이제 그들과 우리를 묶어 주고 있던 부모 자식의 연을 끊은 채 살아가고 있다. 그들의 관점에서 보면 우리는 행복하다. 우리는 그들이 도저히 극복할 수 없었던 이기주의와 잔혹성과 분노의 지배에서 벗어났다. 어쨌거나 우리는 완전히 다른 삶을 살고 있다. 우리 사회에도 여전히 과학과 예술은 존재한다. 하지만 우리는 〈진리〉와 〈아름다움〉을 추구할 때 개인적 허영심에 자극받는 일이 없으며, 그 추구를 예전만큼 중대하고 긴급한 일로 보지 않게 되었다. 옛 인류의 눈에는 우리 세계가 천국처럼 보일 것이다. 하기는 우리도 이따금 농담 반 진담 반으로 우리 자신을 〈신〉이라는 이름으로 부르는 경우가 있다. 옛 인류에게 그토록 많은 꿈을 꾸게 만들었던 그 이름으로 말이다.

역사는 존재한다. 역사는 사라지지 않으며 우리조차 역사의 지배를 피할 수는 없다. 하지만 이 책은 역사가 아니다. 이 책의 궁극적인 목적은 우리를 만들어 낸 그 불운하지만 용감한 종에게 경의를 표하는 것이다. 원숭이와 크게 다르지 않은 그 종은 고통 속에서 천하게 살았다. 하지만 그들의 마음속에는 고결한 꿈이 있었다. 그 종은 모순덩어리였고 개인주의적이었으며 싸움을 좋아했고 이기심에 끝이 없었으며 때로는 가공할 폭력을 행사하기까지 했다. 하지만 그들은 선의와 사랑에 대한 믿음을 끝까지 버리지 않았다. 또한 그들은 세계 역사에서 처음으로 자기 초월의 가능성을 예상하였고, 수

년 뒤에 그 가능성을 현실로 만들어 냈다. 그들의 마지막 대표자들이 사라져 가고 있는 지금, 우리가 인류에게 이 마지막 경의를 바치는 것은 당연한 일이라고 생각한다. 이 경의도 언젠가는 잊혀지고 시간의 모래 속으로 사라져 가겠지만, 적어도 한 번쯤은 이렇게 경의를 표할 필요가 있다.

이 책을 인류에게 바친다.

역자 해설
고통의 근원을 공략하는 독한 풍자

1. 서구 사회를 뒤흔든 형이상학적 대지진

프랑스 역사에서 1998년은 『소립자』라는 위대한 소설의 출간과 이 소설이 야기한 〈우엘벡 사건〉으로 기억될 것이다. 그해 미국 『뉴요커』지의 파리 특파원은 〈우엘벡 사건〉을 전하면서, 〈올가을의 파리 사람들은 우엘벡을 지지하는 사람 아니면 반대하는 사람이다〉라고 썼다.

아닌 게 아니라 그해 가을 프랑스는 우엘벡의 『소립자』를 둘러싼 뜨거운 논쟁으로 들썩거렸다. 거의 모든 신문과 잡지에 이 소설에 관한 서평이나 작가의 인터뷰가 실렸다. 『르 몽드』의 〈토론〉란에서는 우엘벡을 〈문학에 나타난 새로운 경향〉의 대표자로 규정한 프레데릭 바드레의 글을 시작으로 몇 주에 걸쳐 여러 작가와 평론가가 참여하는 찬반 토론이 펼쳐졌다. 우엘벡이 편집 위원으로 있던 문예지 『수직선』은 『소립자』의 인물들이 표명하는 몇 가지 위험한 주장들을 받아들일 수 없다는 이유로 그를 편집 위원회에서 제명했다. 한편, 『소립자』에 실명으로 등장하는 뉴에이지풍의 캠프장 〈가능성의 공간〉(2판부터 〈변화의 장〉으로 바뀜)을 운영하는 회사에서는 책의 수거와 폐기를 요구하는 소송을 제기하여 문학적 사건을 사회적 사건으로 비화시키는 데에 일조하였다.

한 권의 소설을 놓고 열렬한 찬사와 격렬한 비난이 그토록 극명하게 대조를 이룬 것은 논쟁을 좋아하는 프랑스 사회에서조차 그다지 흔한 일이 아니다. 『르 몽드』의 문학 칼럼니스트 피에르 르 파프가 규정한 것처럼 우엘벡은 프랑스 문단이 찾아낸 〈희귀한 새〉[1]이다. 하지만 이 새는 어떤 사람들에게는 희망과 비전을 주는 길조이지만, 어떤 사람들에게는 재앙을 불러오는 흉조이다. 『소립자』가 세기말의 시대 분위기를 반영하는 중요한 소설이라는 점에 대해서는 대다수의 평자가 동의하였다. 그러나 이 소설의 〈위대성〉에 대해서는 평가가 엇갈렸다. 프랑스에서 가장 많은 독자를 거느린 문예 월간지 『리르』는 이 책을 1998년 최고의 책으로 선정했지만, 공쿠르상 심사위원회는 프랑수아 누리시에의 집요한 지지에도 불구하고 결국 이 소설을 수상 후보작에서 제외시켰다. 베스트셀러 작가 베그베데르는 주간 『부아시』의 칼럼에서 이렇게 썼다. 〈책에는 좋은 책과 나쁜 책, 두 종류가 있다. 좋은 책은 다시 두 범주로 나눌 수 있다. 유쾌한 소품과 강한 충격을 주는 대작이 바로 그것이다. 그런데 미셸 우엘벡의 『소립자』는 그 둘을 절충한 새로운 범주, 즉 유쾌한 대작에 속한다. 『소립자』는 1990년대 최고의 소설이다. (……) 21세기에 우리 자녀들은 학교에서 이 소설을 공부할 것이다. 이 책은 모든 문학상을 한꺼번에 받아 마땅하다. 이 책을 위해 공쿠르와 앵테랄리에와 메디치와 르노도와 페미나와 아카데미 소설 대상을 합친 새로운 문학상이 만들어져야 한다.〉[2] 경쟁 관계에 있는 동료 작가를 이토록 격찬한 예를 문학사 어디에서 찾아볼

---

[1] 『르 몽드』, 1998년 8월 28일.
[2] 『부아시』, 1998년 8월 24일.

수 있을까? 그런가 하면, 일부 평론가들은 작가의 의도와 상관없이 주인공 미셸 제르진스키를 볼셰비키 비밀 경찰 체카의 창설자 이반 이바노비치 제르진스키와 연결시키고, 올더스 헉슬리의 『멋진 신세계』와 우생학에 관한 주인공들의 대화를 근거로 전체주의적 악몽을 상기시키기도 했다.[3] 또 이 소설의 철학적 야심을 애써 외면하면서, 〈독학자들이 흔히 그러듯 잡다한 지식을 무절제하게 나열했다〉거나 〈구성이 엄밀하지 못하고 논증에 논리성이 결여되어 있다〉라는 식으로 형식의 결함을 부각시키려는 평자도 있었다.[4]

소설 『소립자』가 그토록 흐드러진 상찬이나 공격의 대상이 된 까닭은 무엇보다 이 작품이 지닌 비범한 특성과 관계가 있다. 『르 몽드』의 피에르 르 파프는 프랑스 문학이 〈무기력과 침체에서 벗어나 멀리 바다 건너편에서도 알아볼 수 있는 것이 되기 위해서는 우뚝 솟은 등대와 가파른 해안 절벽과 빛나는 성채가 필요하다〉면서, 『소립자』가 바로 그런 문학의 하나임을 시사하고 있다.[5] 소립자는 우뚝 솟은 등대다. 성 풍속의 변천 과정을 중심으로 20세기 후반의 서구 역사를 다시 쓰고 인류의 미래를 비춰 보이겠다는 어마어마한 야심을 품고 있기 때문이다. 『소립자』는 가파른 해안 절벽이다. 대담한 단정과 지독한 절망과 편집증적 치밀함으로 타성에 젖은 기존 문학과의 현기증 나는 단절을 꾀하고 있기 때문이다. 『소립자』는 빛나는 성채다. 철학과 과학과 시를 동원하여 사랑과 형제애에 대한 꿈을 끝내 고수하고 있기 때문이다.

『소립자』는 작가의 우주적 야심에 걸맞게 대단히 풍부한 내

3 『오주르뒤이 르 파리지앵』, 1998년 8월 29일.
4 『르 피가로』, 1998년 9월 10일, 에릭 올리비에의 서평.
5 『르 몽드』, 1998년 8월 28일.

용과 매우 다면적인 성격을 지니고 있다. 독자들은 저마다의 세계관과 관심사에 따라서 다양한 레퍼런스를 만나게 될 것이다. 오귀스트 콩트와 헉슬리처럼 명시적으로 제시된 레퍼런스도 있지만, 감춰진 것들도 허다하다. 어떤 이들은 두 형제의 초상에서 장 폴 사르트르의 「벽」을 연상할 것이고, 어떤 이들은 새로운 인류의 탄생에서 『까라마조프 씨네 형제들』의 못다 이룬 꿈을 떠올리기도 할 것이다. 성애 장면의 충격적인 묘사를 보면서 카트린 밀레의 『카트린 M의 성생활』과 이 소설을 비교하려는 독자도 있을지 모른다.[6]

『소립자』에는 서구 사회의 천하고 비열한 삶을 있는 그대로 그려 내겠다는 작가의 의지가 관철되어 있다. 작가는 소설 속 인물들(특히 브뤼노)을 통해서 〈자멸해 가는 서구〉의 고통에 찬 삶, 포르노는 지천으로 널려 있으나 사랑은 없는 세계를 사실적으로 그려 낸다. 이 소설이 〈신(新) 자연주의〉로 분류되는 까닭이 거기에 있고, 우엘벡이 여기저기에서 공격을 당하는 까닭이 거기에 있다. 소설 속에서 브뤼노는 인종 차별주의적 발언을 서슴지 않고, 데플레슈앵 박사는 〈이슬람은 가장 어리석은 종교〉라는 위험한 주장을 펼친다. 작중 인물들의 이런 발언들 때문에 우엘벡은 인종 차별주의자로 오해를 받기도 했고, 어처구니없는 송사에 휘말리기도 했다.

하지만 숱한 오해와 공격 속에서도 서구 사회의 고통에 대한 『소립자』의 풍자는 빛을 잃지 않는다. 프로방스 대학의 브뤼노 비아르 교수가 지적한 대로, 〈우엘벡 소설의 출발점은 버

---

[6] 우리나라에서는 『카트린 M의 성생활』이 먼저 출간되었지만, 프랑스에서는 『소립자』가 3년 먼저 나왔다. 『소립자』가 성적 해방을 주도한 〈68세대〉를 공격하기 위해 쓰인 것이라면, 『카트린 M의 성생활』은 『소립자』에 대한 반격의 일환으로 68세대가 스스로를 상대로 정신 분석을 시도한 것이라고 볼 수 있다.

림받은 아이의 절망에 찬 외침〉[7]이다. 이 외침은 이기주의가 지배하는 사회에 대한 고발과 성적인 해방에 대한 냉소와 사랑이 불가능한 세계에 대한 참담한 절망으로 이어진다. 그 절망의 심연에도 한 줄기 빛은 있다. 그 빛은 어디에서 오는가? 과학에서 온다. 양자 역학과 분자 생물학과 실증주의에서 온다. 하지만 그 빛을 따라 우리가 도달한 곳에는 인류가 없다. 인류를 대체한 새로운 종(種)이 있을 뿐이다. 사랑할 줄 모르는 인류에 대한 풍자로 이보다 더 비장하고 이보다 더 지독한 것이 있을까?

2. 시(詩)가 세상을 변화시킬 것이라고 믿는 〈쓸모 있는 바보〉[8]

소설의 눈부신 오라 때문에 종종 잊히고 있지만, 우엘벡은 소설가이기에 앞서 보들레르의 후계를 자처하는 시인이며 그것도 세 권의 시집이 포켓판으로 묶일 만큼 드물게 대중성을 인정받은 시인이다. 그는 어떤 록 그룹과 함께 국제적인 순회 공연을 하면서 직접 무대에 올라가 시를 낭송하기도 했고, 그 공연 실황을 「인간의 현존」이라는 음반에 담기도 했다. 1992년에 나온 첫 시집 『행복의 추구』에 실린 다음과 같은 시를 읽어 보면, 『소립자』에 제기된 문제의식이 이미 오래 전부터 그의 내면에 자리 잡고 있었음을 확인할 수 있다.

그게 정말일까? 우리를 있는 그대로 사랑하는 어떤 이가

---

[7] 브뤼노 비아르, 「우엘벡의 소설을 어떻게 읽을 것인가」, 『우엘벡을 사랑하는 사람들의 모임 회보』 제9집, 3면.

[8] 이 부분은 계간 『시인세계』 창간호(2002년 여름)에 실린 역자의 글, 「미셸 우엘벡, 68세대에 대한 안티테제」를 부분적으로 자가 인용한 것이다.

죽음 너머의 어떤 곳에서 우리를 기다리고 있다는 것이?
얼음처럼 찬 공기가 물결처럼 잇달아 내 몸에 밀려온다.
나에겐 어떤 열쇠가 필요하다. 사람들을 다시 만나기 위해.

그게 정말일까? 때로는 인간이 서로 돕기도 한다는 것이?
또 우리가 열세 살이 넘어서도 행복할 수 있다는 것이?
내가 보기에 고독들 가운데는 치유할 길이 없는 것들도 있다.
나는 사랑에 대해 말하나, 이제 그것을 진정으로 믿지 않는다.

—『행복의 추구』3장 중에서

트리스탕 차라상을 받은 『행복의 추구』부터 두 번째 시집 『투쟁의 의미』(1996년 플로르상 수상)를 거쳐 세 번째 시집 『재생』(1999년)에 이르기까지, 우엘벡은 〈68세대〉라 불리는 프랑스 사회 주류 집단의 가치, 즉 자유, 개인주의, 성적인 해방 등에 줄기차게 이의를 제기해 왔다. 『행복의 추구』에 실린 「사랑, 사랑」이라는 시에서 우엘벡은 포르노의 시대에 살면서 〈사랑 한번 받아보지 못한 사람들, 남을 유혹하는 재주가 없는 사람들, 해방된 성과 지천이 되어 버린 쾌락을 누리지 못하는 사람들〉을 향해 이렇게 말한다.

벗들이여, 걱정하지 마라. 그대들이 잃은 것은 하찮은 것이다.
사랑은 어디에도 존재하지 않는다.
그저 잔인한 게임이 있을 뿐이며 그대들은 이 게임의 희생자다.
사랑은 전문가들의 게임일 뿐이다.

평단의 일각에서 우엘벡을 일컬어 〈성적인 프롤레타리아들의 예언자〉, 〈성적인 분야의 카를 마르크스〉[9]라고 부르는 까닭을 어느 정도 이해할 수 있게 하는 대목이다. 1968년 5월 운동은 프랑스 사회의 전통적인 가치를 무너뜨리면서 개인의 자유를 지고의 가치로 삼는 새로운 사회를 출범시켰다. 하지만 자유와 욕망의 무한 질주 속에서 한 세대를 보낸 오늘날 프랑스인들의 마음 한구석에서는 〈이건 아닌 것 같다〉라는 막연한 불안과 회의가 안개처럼 피어오르고 있다. 우엘벡은 뜻밖에도 대중에게 익숙한 일상의 언어로 그 안개 속을 섬광처럼 파고 들어가 고독과 추위와 죽음의 이미지를 만들어 냈다.

우엘벡을 〈바보들을 화나게 하는 작가〉라고 부르면서 열렬하게 지지하는 주간지 『로피니옹 앵데팡당트』는 시인 우엘벡에 대해 이렇게 쓰고 있다. 〈그는 시가 세상을 구원할지도 모른다고 생각하는 바보들 중의 하나다. 저마다 자기가 똑똑하다고 믿고 있는 시대에 여기 쓸모 있는 바보가 한 사람 있다. 만일 그가 없다면 우리는 끝까지 절망하고 말리라.〉[10]

3. 소설이 존재하는 이유

소설은 풍속의 변천이 가져온 참담한 파탄을 보여 주어야 한다.

— 발자크

아일랜드에는 독특한 문학상이 하나 있다. 〈국제 IMPAC 더블린 문학상〉이라 불리는 이 상은 노벨 문학상 다음으로

---

9 『레쟁로큅티블』, 1998년 8월 25일.
10 『로피니옹 앵데팡당트』, 1998년 10월 2일.

상금이 많다는 점(10만 유로)뿐만 아니라 수상 후보작을 세계 각국의 공공 도서관에서 추천한다는 점에서도 주목을 받을 만하다. 38개국 123개 도서관에서 수상 후보작을 추천한 2002년에는 우엘벡의 『소립자』가 수상작으로 결정되었다. 심사 위원회는 수상 이유를 이렇게 설명했다. 〈『소립자』는 이부(異父) 형제인 두 주인공의 삶을 통해서 본 현대 사회의 음울하면서도 때로 해학적인 초상이다. (……) 이 소설은 에너지와 신랄한 유머와 놀라운 격정으로 가득 차 있으며 (……) 역사, 생물학, 정치, 성(性) 등 주인공들의 삶에 영향을 미치는 모든 주제들에 관한 토론을 담고 있다.〉[11]

이 수상 이유는 소설이 존재하는 이유에 대한 우엘벡의 다음과 같은 신념과 일맥상통한다. 〈소설은 허구와 이론과 시를 결합하여 실존적인 쟁점들에 도달할 수 있을 때에만 존재할 이유가 있다.〉[12]

우엘벡은 첫 소설 『투쟁 영역의 확장』에서부터 이러한 소설관을 바탕으로 한 독특한 작품 세계를 구축해 왔다. 『투쟁 영역의 확장』은 경제적 자유주의와 성적인 자유주의 체제에서 고통받는 사람들의 삶을 사실적으로 그려 낸 작품이다. 『소립자』는 여기에 성 풍속의 변천사를 중심으로 서구 문명 전반에 발자크적 메스를 가한, 훨씬 더 야심만만한 작품이라고 볼 수 있다. 이부 형제 브뤼노와 미셸의 삶이 플롯의 중심을 이루고 있지만, 소설에 나오는 다음 대목이 시사하듯 이들의 삶은 시대의 초상을 그리기 위한 매개의 구실을 한다.

〈브뤼노를 한낱 개인으로만 바라볼 수 있을까? 그의 기관들이 썩어 가는 것은 그의 몫이다. 또한 그는 개인적으로 육체적인 쇠퇴를 겪고 죽음을 맞게 될 것이다. 하지만 그의 쾌락

---

11 『우엘벡을 사랑하는 사람들의 모임 회보』 제11집, 5면에서 재인용.
12 『레쟁로큅티블』, 1998년 8월 25일.

주의적 인생관이나 그의 의식과 욕망을 구조화하는 역장(力場)은 그의 세대 전체에 속한다. (……) 브뤼노는 한낱 개인으로 보일 수도 있지만, 다른 관점에서 보면 어떤 역사적 흐름의 수동적인 요소일 뿐이다. 동기, 욕망, 가치관 등 어떤 점에서 보더라도 그는 동시대인들과 전혀 다른 게 없다.〉(192면)

2001년에 출간된 세 번째 소설 『플랫폼』 역시 시대가 안겨준 바윗덩어리를 끊임없이 굴려 올리는 가련한 시지푸스들의 초상이다. 〈시지푸스는 독신이었다〉는 프란츠 카프카의 말처럼 이들은 가족이 해체되고 매춘이 부부간의 성을 대체하는 황량한 체제의 외톨토리들이다. 어쩌다 짝을 만나 황폐한 세상을 버티어 나갈 수 있으리라는 희망을 품어 보기도 하지만, 그 희망조차 어이없는 폭력 앞에 산산조각이 나고 만다. 바윗돌은 다시 천길 아래로 굴러떨어지고, 독신자 시지푸스는 절망적으로 다시 바윗돌을 밀어 올려야 한다.

〈미셸 우엘벡을 사랑하는 사람들의 모임〉을 이끄는 미셸 레비 여사의 말대로, 우엘벡이 말하고자 하는 것은 사랑이다.[13] 지금 우리에게 긴급한 것은 타인을 사랑하는 일이다. 그것만이 우리의 유일한 가능성이다. 인류에게 진정으로 필요한 것은 타인을 사랑하는 능력이다.

이세욱

---

13 『우엘벡을 사랑하는 사람들의 모임 회보』 제8집, 2면.

미셸 우엘벡 연보

1958년 출생 2월 26일 ~~~~

1964년 6세 부모의 이혼으로 할머니에게 맡겨짐(우엘벡이라는 필명은 할머니의 성을 딴 것).

1975년 17세 농학 분야의 엘리트 코스인 고등 농학원(소설가 알랭 로브그리예가 나온 학교이기도 함)에서 농업 경제학과 정보학을 공부하기 시작. 이 무렵부터 친구들의 권유로 시 동인 활동 시작.

1980년 22세 고등 농학원 졸업, 농학 기사 자격 취득. 대학 동창의 누이와 결혼.

1981년 23세 아들 에티엔 출생. 이혼에 따른 우울증으로 정신과 치료를 받음.

1985년 27세 문예지 『파리 신평론』의 편집장 미셸 빌토와 우정을 맺음. 이 잡지를 통해 처음으로 시를 발표. 미셸 빌토의 권유로 르 로셰 출판사의 〈사귀기 어려운 작가들〉 총서에 참여.

1991년 33세 미국 작가 러브크래프트의 전기 『세계에 맞서, 인생에 맞서 Contre le monde, contre la vie』를 르 로셰 출판사에서 출간. 프랑스 국회의 사무처 직원으로 취직. 에세이 『계속 살아 있기 Rester vivant』를 라 디페랑스 출판사에서 출간.

1992년 34세 라 디페랑스 출판사에서 첫 시집 『행복의 추구*La poursuite du bonheur*』 출간(트리스탕 차라상 수상). 마리 피에르 고티에와 만남.

1994년 36세 첫 소설 『투쟁 영역의 확장*Extension du domaine de la lutte*』(모리스 나도 출판사)을 발표하면서 폭넓은 독자층을 확보하기 시작. 여러 문예지의 기고가로 활동(『소설 공방』, 『수직선』, 『레쟁로큅티블』 등).

1996년 38세 출판사를 플라마리옹으로 옮김. 두 번째 시집 『투쟁의 의미*Le sens du combat*』 출간. 플로르상 수상.

1997년 39세 『계속 살아 있기』와 『행복의 추구』를 한 권으로 묶어 재출간.

1998년 40세 그의 작품 전체에 대해 〈젊은 문학인 국가 대상〉 수상. 마리 피에르 고티에와 재혼. 두 번째 소설 『소립자*Les particules élémentaires*』(『리르』지 선정 1998년 최고의 책, 노방브르상 수상, 30여 개 언어로 번역됨)를 발표하여 세계적인 명성을 얻음. 시평과 평론을 묶은 『발언*Interventions*』 출간.

1999년 41세 영화감독 필립 아렐과 함께 『투쟁 영역의 확장』 각색.

2000년 42세 자작시 낭송 음반 「인간의 현존Présence humaine」(음악: 베르트랑 뷔르갈라) 발매. 자신이 직접 찍은 사진들을 넣은 영상 수필집 『란사로테*Lanzarote*』 출간.

2001년 43세 세 번째 소설 『플랫폼*Plateforme*』 발표.

2002년 44세 소설 『소립자』로 세계 공공 도서관의 추천을 받아 아일랜드 정부가 수여하는 〈국제 IMPAC 더블린 문학상〉 수상.

2005년 47세 소설 『어느 섬의 가능성*La possibilité d'une île*』 발표. 앵테랄리에상 수상.

2008년 50세 「소립자」 영화 작업.

2009년 51세 『어느 섬의 가능성』 각색 및 영화화 작업.

2010년 52세 『지도와 영토 *La carte et le territoire*』 출간. 공쿠르상 수상.

2015년 57세 『복종 *Soumission*』 출간.

열린책들 세계문학 034 소립자

옮긴이 이세욱 1962년 태어나 서울대학교 불어교육과를 졸업하였으며, 현재 전문 번역가로 활동하고 있다. 옮긴 책으로 베르나르 베르베르의 『제3인류』(공역), 『웃음』, 『신』(공역), 『인간』, 『나무』, 『상대적이며 절대적인 지식의 백과사전』, 『베르나르 베르베르의 상상력 사전』(공역), 『뇌』, 『타나토노트』, 『개미』, 『아버지들의 아버지』, 『천사들의 제국』, 『여행의 책』, 움베르토 에코의 『로아나 여왕의 신비한 불꽃』, 『세상의 바보들에게 웃으면서 화내는 방법』, 『세상 사람들에게 보내는 편지』(카를로 마리아 마르티니 공저), 장클로드 카리에르의 『바야돌리드 논쟁』, 미셸 투르니에의 『황금구슬』, 카롤린 봉그랑의 『밑줄 긋는 남자』, 브램 스토커의 『드라큘라』, 파트리크 모디아노의 『우리 아빠는 엉뚱해』, 장자크 상페의 『속 깊은 이성 친구』, 에리크 오르세나의 『오래오래』, 『두 해 여름』, 마르셀 에메의 『벽으로 드나드는 남자』, 장크리스토프 그랑제의 『늑대의 제국』, 『검은 선』, 『미세레레』, 드니 게즈의 『머리털자리』 등이 있다.

지은이 미셸 우엘벡 **옮긴이** 이세욱 **발행인** 홍예빈
발행처 주식회사 열린책들 **주소** 경기도 파주시 문발로 253 파주출판도시
전화 031-955-4000 **팩스** 031-955-4004
홈페이지 www.openbooks.co.kr **이메일** literature@openbooks.co.kr
Copyright (C) 주식회사 열린책들, 2003, 2009, *Printed in Korea*.
ISBN 978-89-329-0947-9 04860 ISBN 978-89-329-1499-2 (세트)
발행일 2003년 3월 25일 초판 1쇄 2008년 3월 10일 초판 6쇄 2006년 2월 25일 보급판 1쇄 2008년 10월 30일 보급판 4쇄 2009년 11월 30일 세계문학판 1쇄 2025년 2월 5일 세계문학판 17쇄

이 도서의 국립중앙도서관 출판예정도서목록(CIP)은 서지정보유통지원시스템 홈페이지(http://seoji.nl.go.kr)와 국가자료공동목록시스템(http://www.nl.go.kr/kolisnet)에서 이용하실 수 있습니다.(CIP제어번호:CIP2009003357)

열린책들 세계문학
Open Books World Literature

001 **죄와 벌** 표도르 도스또예프스끼 장편소설 | 홍대화 옮김 | 전2권 | 각 408, 512면

003 **최초의 인간** 알베르 카뮈 장편소설 | 김화영 옮김 | 392면

004 **소설** 제임스 미치너 장편소설 | 윤희기 옮김 | 전2권 | 각 280, 368면

006 **개를 데리고 다니는 부인** 안똔 체호프 소설선집 | 오종우 옮김 | 368면

007 **우주 만화** 이탈로 칼비노 단편집 | 김운찬 옮김 | 416면

008 **댈러웨이 부인** 버지니아 울프 장편소설 | 최애리 옮김 | 296면

009 **어머니** 막심 고리끼 장편소설 | 최윤락 옮김 | 544면

010 **변신** 프란츠 카프카 중단편집 | 홍성광 옮김 | 464면

011 **전도서에 바치는 장미** 로저 젤라즈니 중단편집 | 김상훈 옮김 | 432면

012 **대위의 딸** 알렉산드르 뿌쉬낀 장편소설 | 석영중 옮김 | 240면

013 **바다의 침묵** 베르코르 소설선집 | 이상해 옮김 | 256면

014 **원수들, 사랑 이야기** 아이작 싱어 장편소설 | 김진준 옮김 | 320면

015 **백치** 표도르 도스또예프스끼 장편소설 | 김근식 옮김 | 전2권 | 각 504, 528면

017 **1984년** 조지 오웰 장편소설 | 박경서 옮김 | 392면

019 **이상한 나라의 앨리스** 루이스 캐럴 환상동화 | 머빈 피크 그림 | 최용준 옮김 | 336면

020 **베네치아에서의 죽음** 토마스 만 중단편집 | 홍성광 옮김 | 432면

021 **그리스인 조르바** 니코스 카잔차키스 장편소설 | 이윤기 옮김 | 488면

022 **벚꽃 동산** 안똔 체호프 희곡선집 | 오종우 옮김 | 336면

023 **연애 소설 읽는 노인** 루이스 세풀베다 장편소설 | 정창 옮김 | 192면

024 **젊은 사자들** 어윈 쇼 장편소설 | 정영문 옮김 | 전2권 | 각 416, 408면

026 **젊은 베르테르의 슬픔** 요한 볼프강 폰 괴테 장편소설 | 김인순 옮김 | 240면

027 **시라노** 에드몽 로스탕 희곡 | 이상해 옮김 | 256면

028 **전망 좋은 방** E. M. 포스터 장편소설 | 고정아 옮김 | 352면

029 **까라마조프 씨네 형제들** 표도르 도스또예프스끼 장편소설 | 이대우 옮김 | 전3권 | 각 496, 496, 460면

032 **프랑스 중위의 여자** 존 파울즈 장편소설 | 김석희 옮김 | 전2권 | 각 344면

034 **소립자** 미셸 우엘벡 장편소설 | 이세욱 옮김 | 448면

035 **영혼의 자서전** 니코스 카잔차키스 자서전 | 안정효 옮김 | 전2권 | 각 352, 408면

037 **우리들** 예브게니 자먀찐 장편소설 | 석영중 옮김 | 320면

038 **뉴욕 3부작** 폴 오스터 장편소설 | 황보석 옮김 | 480면

039 **닥터 지바고** 보리스 파스테르나크 장편소설 | 홍대화 옮김 | 전2권 | 각 480, 592면

041 **고리오 영감** 오노레 드 발자크 장편소설 | 임희근 옮김 | 456면

042 **뿌리** 알렉스 헤일리 장편소설 | 안정효 옮김 | 전2권 | 각 400, 448면

044 **백년보다 긴 하루** 친기즈 아이뜨마또프 장편소설 | 황보석 옮김 | 560면

045 **최후의 세계** 크리스토프 란스마이어 장편소설 | 장희권 옮김 | 264면

046 **추운 나라에서 돌아온 스파이** 존 르카레 장편소설 | 김석희 옮김 | 368면

047 **산도칸 — 몸프라쳄의 호랑이** 에밀리오 살가리 장편소설 | 유향란 옮김 | 428면

048 **기적의 시대** 보리슬라프 페키치 장편소설 | 이윤기 옮김 | 560면

049 **그리고 죽음** 짐 크레이스 장편소설 | 김석희 옮김 | 224면

050 **세설** 다니자키 준이치로 장편소설 | 송태욱 옮김 | 전2권 | 각 480면

052 **세상이 끝날 때까지 아직 10억 년** 스뜨루가츠끼 형제 장편소설 | 석영중 옮김 | 224면

053 **동물 농장** 조지 오웰 장편소설 | 박경서 옮김 | 208면

054 **캉디드 혹은 낙관주의** 볼테르 장편소설 | 이봉지 옮김 | 232면

055 **도적 떼** 프리드리히 폰 실러 희곡 | 김인순 옮김 | 264면

056 **플로베르의 앵무새** 줄리언 반스 장편소설 | 신재실 옮김 | 320면

057 **악령** 표도르 도스또예프스끼 장편소설 | 박혜경 옮김 | 전3권 | 각 328, 408, 528면

060 **의심스러운 싸움** 존 스타인벡 장편소설 | 윤기 옮김 | 340면

061 **몽유병자들** 헤르만 브로흐 장편소설 | 김경연 옮김 | 전2권 | 각 568, 544면

063 **몰타의 매** 대실 해밋 장편소설 | 고정아 옮김 | 304면

064 **마야꼬프스끼 선집** 블라지미르 마야꼬프스끼 선집 | 석영중 옮김 | 384면

065 **드라큘라** 브램 스토커 장편소설 | 이세욱 옮김 | 전2권 | 각 340, 344면

067 **서부 전선 이상 없다** 에리히 마리아 레마르크 장편소설 | 홍성광 옮김 | 336면

068 **적과 흑** 스탕달 장편소설 | 임미경 옮김 | 전2권 | 각 432, 368면

070 **지상에서 영원으로** 제임스 존스 장편소설 | 이종인 옮김 | 전3권 | 각 396, 380, 496면

073 **파우스트** 요한 볼프강 폰 괴테 희곡 | 김인순 옮김 | 568면

074 **쾌걸 조로** 존스턴 매컬리 장편소설 | 김훈 옮김 | 316면

075 **거장과 마르가리따** 미하일 불가꼬프 장편소설 | 홍대화 옮김 | 전2권 | 각 364, 328면

077 **순수의 시대** 이디스 워튼 장편소설 | 고정아 옮김 | 448면

078 **검의 대가** 아르투로 페레스 레베르테 장편소설 | 김수진 옮김 | 384면

079 **예브게니 오네긴** 알렉산드르 뿌쉬낀 운문소설 | 석영중 옮김 | 328면

080 **장미의 이름** 움베르토 에코 장편소설 | 이윤기 옮김 | 전2권 | 각 440, 448면

082 **향수** 파트리크 쥐스킨트 장편소설 | 강명순 옮김 | 384면

083 **여자를 안다는 것** 아모스 오즈 장편소설 | 최창모 옮김 | 280면

084 **나는 고양이로소이다** 나쓰메 소세키 장편소설 | 김난주 옮김 | 544면

085 **웃는 남자** 빅토르 위고 장편소설 | 이형식 옮김 | 전2권 | 각 472, 496면

087 **아웃 오브 아프리카** 카렌 블릭센 장편소설 | 민승남 옮김 | 480면

088 **무엇을 할 것인가** 니꼴라이 체르니셰프스끼 장편소설 | 서정록 옮김 | 전2권 | 각 360, 404면

090 **도나 플로르와 그녀의 두 남편** 조르지 아마두 장편소설 | 오숙은 옮김 | 전2권 | 각 408, 308면

092 **미사고의 숲** 로버트 홀드스톡 장편소설 | 김상훈 옮김 | 424면

093 **신곡** 단테 알리기에리 장편서사시 | 김운찬 옮김 | 전3권 | 각 292, 296, 328면

096 **교수** 샬럿 브론테 장편소설 | 배미영 옮김 | 368면

097 **노름꾼** 표도르 도스또예프스끼 장편소설 | 이재필 옮김 | 320면

098 **하워즈 엔드** E. M. 포스터 장편소설 | 고정아 옮김 | 512면

099 **최후의 유혹** 니코스 카잔차키스 장편소설 | 안정효 옮김 | 전2권 | 각 408면

101 **키리냐가** 마이크 레스닉 장편소설 | 최용준 옮김 | 464면

102 **바스커빌가의 개** 아서 코넌 도일 장편소설 | 조영학 옮김 | 264면

103 **버마 시절** 조지 오웰 장편소설 | 박경서 옮김 | 408면

104 **10 1/2장으로 쓴 세계 역사** 줄리언 반스 장편소설 | 신재실 옮김 | 464면

105 **죽음의 집의 기록** 표도르 도스또예프스끼 장편소설 | 이덕형 옮김 | 528면

106 **소유** 앤토니어 수전 바이어트 장편소설 | 윤희기 옮김 | 전2권 | 각 440, 488면

108 **미성년** 표도르 도스또예프스끼 장편소설 | 이상룡 옮김 | 전2권 | 각 512, 544면

110 **성 앙투안느의 유혹** 귀스타브 플로베르 희곡소설 | 김용은 옮김 | 584면

111 **밤으로의 긴 여로** 유진 오닐 희곡 | 강유나 옮김 | 240면

112 **마법사** 존 파울즈 장편소설 | 정영문 옮김 | 전2권 | 각 512, 552면

114 **스쩨빤치꼬보 마을 사람들** 표도르 도스또예프스끼 장편소설 | 변현태 옮김 | 416면

115 **플랑드르 거장의 그림** 아르투로 페레스 레베르테 장편소설 | 정창 옮김 | 512면

116 **분신** 표도르 도스또예프스끼 장편소설 | 석영중 옮김 | 288면

117 **가난한 사람들** 표도르 도스또예프스끼 장편소설 | 석영중 옮김 | 256면

118 **인형의 집** 헨리크 입센 희곡 | 김창화 옮김 | 272면

119 **영원한 남편** 표도르 도스또예프스끼 장편소설 | 정명자 외 옮김 | 448면

120 **알코올** 기욤 아폴리네르 시집 | 황현산 옮김 | 352면

121 **지하로부터의 수기** 표도르 도스또예프스끼 장편소설 | 계동준 옮김 | 256면

122 **어느 작가의 오후** 페터 한트케 중편소설 | 홍성광 옮김 | 160면

123 **아저씨의 꿈** 표도르 도스또예프스끼 장편소설 | 박종소 옮김 | 312면

124 **네또츠까 네즈바노바** 표도르 도스또예프스끼 장편소설 | 박재만 옮김 | 316면

125 **곤두박질** 마이클 프레인 장편소설 | 최용준 옮김 | 528면

126 **백야 외** 표도르 도스또예프스끼 소설선집 | 석영중 외 옮김 | 408면

127 **살라미나의 병사들** 하비에르 세르카스 장편소설 | 김창민 옮김 | 304면

128 **뻬쩨르부르그 연대기 외** 표도르 도스또예프스끼 소설선집 | 이항재 옮김 | 296면

129 **상처받은 사람들** 표도르 도스또예프스끼 장편소설 | 윤우섭 옮김 | 전2권 | 각 296, 392면

131 **악어 외** 표도르 도스또예프스끼 소설선집 | 박혜경 외 옮김 | 312면

132 **허클베리 핀의 모험** 마크 트웨인 장편소설 | 윤교찬 옮김 | 416면

133 **부활** 레프 똘스또이 장편소설 | 이대우 옮김 | 전2권 | 각 308, 416면

135 **보물섬** 로버트 루이스 스티븐슨 장편소설 | 머빈 피크 그림 | 최용준 옮김 | 360면

136 **천일야화** 앙투안 갈랑 엮음 | 임호경 옮김 | 전6권 | 각 336, 328, 372, 392, 344, 320면

142 **아버지와 아들** 이반 뚜르게네프 장편소설 | 이상원 옮김 | 328면

143 **오만과 편견** 제인 오스틴 장편소설 | 원유경 옮김 | 480면

144 **천로 역정** 존 버니언 우화소설 | 이동일 옮김 | 432면

145 **대주교에게 죽음이 오다** 윌라 캐더 장편소설 | 윤명옥 옮김 | 352면

146 **권력과 영광** 그레이엄 그린 장편소설 | 김연수 옮김 | 384면

147 **80일간의 세계 일주** 쥘 베른 장편소설 | 고정아 옮김 | 352면

148 **바람과 함께 사라지다** 마거릿 미첼 장편소설 | 안정효 옮김 | 전3권 | 각 616, 640, 640면

151 **기탄잘리** 라빈드라나트 타고르 시집 | 장경렬 옮김 | 224면

152 **도리언 그레이의 초상** 오스카 와일드 장편소설 | 윤희기 옮김 | 384면

153 **레우코와의 대화** 체사레 파베세 희곡소설 | 김운찬 옮김 | 280면

154 **햄릿** 윌리엄 셰익스피어 희곡 | 박우수 옮김 | 256면

155 **맥베스** 윌리엄 셰익스피어 희곡 | 권오숙 옮김 | 176면

156 **아들과 연인** 데이비드 허버트 로런스 장편소설 | 최희섭 옮김 | 전2권 | 각 464, 432면

158 **그리고 아무 말도 하지 않았다** 하인리히 뵐 장편소설 | 홍성광 옮김 | 272면

159 **미덕의 불운** 싸드 장편소설 | 이형식 옮김 | 248면

160 **프랑켄슈타인** 메리 W. 셸리 장편소설 | 오숙은 옮김 | 320면

161 **위대한 개츠비** 프랜시스 스콧 피츠제럴드 장편소설 | 한애경 옮김 | 280면

162 **아Q정전** 루쉰 중단편집 | 김태성 옮김 | 320면

163 **로빈슨 크루소** 대니얼 디포 장편소설 | 류경희 옮김 | 456면

164 **타임머신** 허버트 조지 웰스 소설선집 | 김석희 옮김 | 304면

165 **제인 에어** 샬럿 브론테 장편소설 | 이미선 옮김 | 전2권 | 각 392, 384면
167 **풀잎** 월트 휘트먼 시집 | 허현숙 옮김 | 280면
168 **표류자들의 집** 기예르모 로살레스 장편소설 | 최유정 옮김 | 216면
169 **배빗** 싱클레어 루이스 장편소설 | 이종인 옮김 | 520면
170 **이토록 긴 편지** 마리아마 바 장편소설 | 백선희 옮김 | 192면
171 **느릅나무 아래 욕망** 유진 오닐 희곡 | 손동호 옮김 | 168면
172 **이방인** 알베르 카뮈 장편소설 | 김예령 옮김 | 208면
173 **미라마르** 나기브 마푸즈 장편소설 | 허진 옮김 | 288면
174 **지킬 박사와 하이드 씨** 로버트 루이스 스티븐슨 소설선집 | 조영학 옮김 | 320면
175 **루진** 이반 뚜르게네프 장편소설 | 이항재 옮김 | 264면
176 **피그말리온** 조지 버나드 쇼 희곡 | 김소임 옮김 | 256면
177 **목로주점** 에밀 졸라 장편소설 | 유기환 옮김 | 전2권 | 각 336면
179 **엠마** 제인 오스틴 장편소설 | 이미애 옮김 | 전2권 | 각 336, 360면
181 **비숍 살인 사건** S. S. 밴 다인 장편소설 | 최인자 옮김 | 464면
182 **우신예찬** 에라스무스 풍자문 | 김남우 옮김 | 296면
183 **하자르 사전** 밀로라드 파비치 장편소설 | 신현철 옮김 | 488면
184 **테스** 토머스 하디 장편소설 | 김문숙 옮김 | 전2권 | 각 392, 336면
186 **투명 인간** 허버트 조지 웰스 장편소설 | 김석희 옮김 | 288면
187 **93년** 빅토르 위고 장편소설 | 이형식 옮김 | 전2권 | 각 288, 360면
189 **젊은 예술가의 초상** 제임스 조이스 장편소설 | 성은애 옮김 | 384면
190 **소네트집** 윌리엄 셰익스피어 연작시집 | 박우수 옮김 | 200면
191 **메뚜기의 날** 너새니얼 웨스트 장편소설 | 김진준 옮김 | 280면
192 **나사의 회전** 헨리 제임스 중편소설 | 이승은 옮김 | 256면
193 **오셀로** 윌리엄 셰익스피어 희곡 | 권오숙 옮김 | 216면
194 **소송** 프란츠 카프카 장편소설 | 김재혁 옮김 | 376면
195 **나의 안토니아** 윌라 캐더 장편소설 | 전경자 옮김 | 368면
196 **자성록** 마르쿠스 아우렐리우스 명상록 | 박민수 옮김 | 240면
197 **오레스테이아** 아이스킬로스 비극 | 두행숙 옮김 | 336면
198 **노인과 바다** 어니스트 헤밍웨이 소설선집 | 이종인 옮김 | 320면
199 **무기여 잘 있거라** 어니스트 헤밍웨이 장편소설 | 이종인 옮김 | 464면
200 **서푼짜리 오페라** 베르톨트 브레히트 희곡선집 | 이은희 옮김 | 320면
201 **리어 왕** 윌리엄 셰익스피어 희곡 | 박우수 옮김 | 224면

202 **주홍 글자** 너새니얼 호손 장편소설 | 곽영미 옮김 | 360면
203 **모히칸족의 최후** 제임스 페니모어 쿠퍼 장편소설 | 이나경 옮김 | 512면
204 **곤충 극장** 카렐 차페크 희곡선집 | 김선형 옮김 | 360면
205 **누구를 위하여 종은 울리나** 어니스트 헤밍웨이 장편소설 | 이종인 옮김 | 전2권 | 각 416, 400면
207 **타르튀프** 몰리에르 희곡선집 | 신은영 옮김 | 416면
208 **유토피아** 토머스 모어 소설 | 전경자 옮김 | 288면
209 **인간과 초인** 조지 버나드 쇼 희곡 | 이후지 옮김 | 320면
210 **페드르와 이폴리트** 장 라신 희곡 | 신정아 옮김 | 200면
211 **말테의 수기** 라이너 마리아 릴케 장편소설 | 안문영 옮김 | 320면
212 **등대로** 버지니아 울프 장편소설 | 최애리 옮김 | 328면
213 **개의 심장** 미하일 불가꼬프 중편소설집 | 정연호 옮김 | 352면
214 **모비 딕** 허먼 멜빌 장편소설 | 강수정 옮김 | 전2권 | 각 464, 488면
216 **더블린 사람들** 제임스 조이스 단편소설집 | 이강훈 옮김 | 336면
217 **마의 산** 토마스 만 장편소설 | 윤순식 옮김 | 전3권 | 각 496, 488, 512면
220 **비극의 탄생** 프리드리히 니체 | 김남우 옮김 | 320면
221 **위대한 유산** 찰스 디킨스 장편소설 | 류경희 옮김 | 전2권 | 각 432, 448면
223 **사람은 무엇으로 사는가** 레프 똘스또이 소설선집 | 윤새라 옮김 | 464면
224 **자살 클럽** 로버트 루이스 스티븐슨 소설선집 | 임종기 옮김 | 272면
225 **채털리 부인의 연인** 데이비드 허버트 로런스 장편소설 | 이미선 옮김 | 전2권 | 각 336, 328면
227 **데미안** 헤르만 헤세 장편소설 | 김인순 옮김 | 264면
228 **두이노의 비가** 라이너 마리아 릴케 시선집 | 손재준 옮김 | 504면
229 **페스트** 알베르 카뮈 장편소설 | 최윤주 옮김 | 432면
230 **여인의 초상** 헨리 제임스 장편소설 | 정상준 옮김 | 전2권 | 각 520, 544면
232 **성** 프란츠 카프카 장편소설 | 이재황 옮김 | 560면
233 **차라투스트라는 이렇게 말했다** 프리드리히 니체 산문시 | 김인순 옮김 | 464면
234 **노래의 책** 하인리히 하이네 시집 | 이재영 옮김 | 384면
235 **변신 이야기** 오비디우스 서사시 | 이종인 옮김 | 632면
236 **안나 카레니나** 레프 톨스토이 장편소설 | 이명현 옮김 | 전2권 | 각 800, 736면
238 **이반 일리치의 죽음·광인의 수기** 레프 톨스토이 중단편집 | 석영중·정지원 옮김 | 232면
239 **수레바퀴 아래서** 헤르만 헤세 장편소설 | 강명순 옮김 | 272면
240 **피터 팬** J. M. 배리 장편소설 | 최용준 옮김 | 272면
241 **정글 북** 러디어드 키플링 중단편집 | 오숙은 옮김 | 272면

242 **한여름 밤의 꿈** 윌리엄 셰익스피어 희곡 | 박우수 옮김 | 160면

243 **좁은 문** 앙드레 지드 장편소설 | 김화영 옮김 | 264면

244 **모리스** E. M. 포스터 장편소설 | 고정아 옮김 | 408면

245 **브라운 신부의 순진** 길버트 키스 체스터턴 단편집 | 이상원 옮김 | 336면

246 **각성** 케이트 쇼팽 장편소설 | 한애경 옮김 | 272면

247 **뷔히너 전집** 게오르크 뷔히너 지음 | 박종대 옮김 | 400면

248 **디미트리오스의 가면** 에릭 앰블러 장편소설 | 최용준 옮김 | 424면

249 **베르가모의 페스트 외** 옌스 페테르 야콥센 중단편 전집 | 박종대 옮김 | 208면

250 **폭풍우** 윌리엄 셰익스피어 희곡 | 박우수 옮김 | 176면

251 **어센든, 영국 정보부 요원** 서머싯 몸 연작 소설집 | 이민아 옮김 | 416면

252 **기나긴 이별** 레이먼드 챈들러 장편소설 | 김진준 옮김 | 600면

253 **인도로 가는 길** E. M. 포스터 장편소설 | 민승남 옮김 | 552면

254 **올랜도** 버지니아 울프 장편소설 | 이미애 옮김 | 376면

255 **시지프 신화** 알베르 카뮈 지음 | 박언주 옮김 | 264면

256 **조지 오웰 산문선** 조지 오웰 지음 | 허진 옮김 | 424면

257 **로미오와 줄리엣** 윌리엄 셰익스피어 희곡 | 도해자 옮김 | 200면

258 **수용소군도** 알렉산드르 솔제니찐 기록문학 | 김학수 옮김 | 전6권 | 각 460면 내외

264 **스웨덴 기사** 레오 페루츠 장편소설 | 강명순 옮김 | 336면

265 **유리 열쇠** 대실 해밋 장편소설 | 홍성영 옮김 | 328면

266 **로드 짐** 조지프 콘래드 장편소설 | 최용준 옮김 | 608면

267 **푸코의 진자** 움베르토 에코 장편소설 | 이윤기 옮김 | 전3권 | 각 392, 384, 416면

270 **공포로의 여행** 에릭 앰블러 장편소설 | 최용준 옮김 | 376면

271 **심판의 날의 거장** 레오 페루츠 장편소설 | 신동화 옮김 | 264면

272 **에드거 앨런 포 단편선** 에드거 앨런 포 지음 | 김석희 옮김 | 392면

273 **수전노 외** 몰리에르 희곡선집 | 신정아 옮김 | 424면

274 **모파상 단편선** 기 드 모파상 지음 | 임미경 옮김 | 400면

275 **평범한 인생** 카렐 차페크 장편소설 | 송순섭 옮김 | 280면

276 **마음** 나쓰메 소세키 장편소설 | 양윤옥 옮김 | 344면

277 **인간 실격·사양** 다자이 오사무 소설집 | 김난주 옮김 | 336면

278 **작은 아씨들** 루이자 메이 올컷 장편소설 | 허진 옮김 | 전2권 | 각 408, 464면

280 **고함과 분노** 윌리엄 포크너 장편소설 | 윤교찬 옮김 | 520면

281 **신화의 시대** 토머스 불핀치 신화집 | 박중서 옮김 | 664면

282 **셜록 홈스의 모험** 아서 코넌 도일 단편집 | 오숙은 옮김 | 456면
283 **자기만의 방** 버지니아 울프 지음 | 공경희 옮김 | 216면
284 **지상의 양식·새 양식** 앙드레 지드 지음 | 최애영 옮김 | 360면
285 **전염병 일지** 대니얼 디포 지음 | 서정은 옮김 | 368면
286 **오이디푸스왕 외** 소포클레스 비극 | 장시은 옮김 | 368면
287 **리처드 2세** 윌리엄 셰익스피어 희곡 | 박우수 옮김 | 208면
288 **아내·세 자매** 안톤 체호프 선집 | 오종우 옮김 | 240면
289 **폭풍의 언덕** 에밀리 브론테 장편소설 | 전승희 옮김 | 592면
290 **조반니의 방** 제임스 볼드윈 장편소설 | 김지현 옮김 | 320면
291 **의무론** 마르쿠스 툴리우스 키케로 지음 | 김남우 옮김 | 312면
292 **밤에 돌다리 밑에서** 레오 페루츠 지음 | 신동화 옮김 | 360면
293 **한낮의 열기** 엘리자베스 보엔 장편소설 | 정연희 옮김 | 576면